Uwe Schmidt

Die Scheinbuche

Uwe Schmidt

Die Scheinbuche

Ein biografischer Roman

© 2014 by
TEIA AG - Internet Akademie und Lehrbuch Verlag
Hedwigstr. 10
12195 Berlin

Tel. 030/367 266 - 90
Fax 030/367 266 - 92

www.teialehrbuch.de
buero@teia.de

1. Auflage, März 2014

Alle Rechte vorbehalten. Kein Teil dieses Buches darf in irgendeiner Form (Druck, Fotokopie oder einem anderen Verfahren) ohne schriftliche Genehmigung des Verlags reproduziert oder unter Verwendung elektronischer Systeme verarbeitet oder vervielfältigt werden. Widerrechtliche Nutzung oder Vervielfältigung des Materials sind strafrechtlich verboten. Die Angaben wurden mit größter Sorgfalt erstellt, dennoch kann für den Inhalt keine Gewähr übernommen werden

Umschlaggestaltung: Glöckner Design Kiel

ISBN 978-3-944658-06-3

1

Immer, wenn Hans ins Haus wollte, sei es nach vereinzelten Gefälligkeitseinsätzen im Institut, - er war seit langem pensioniert, - oder nach mit grimmiger Miene erledigten Einkäufen im nahe gelegenen Supermarkt, musste er an diesem Baum vorbei, der rechts vor dem Eingang stand und damit das Küchenfenster zu einem guten Teil verdeckte. Im Lauf von dreißig Jahren war dieses kleinblättrige Gewächs zu einem stattlichen Exemplar mit vielen phantasievollen Verästelungen herangewachsen. Schon wenn er in die Einfahrt einbog, zu Fuß seit langem, sah er diesen Baum, der ihn an seine Ehe erinnerte. Nicht sozusagen eins zu eins. Nicht, weil auch seine Partnerschaft mit Brendhild in diesen dreißig Jahren stetig gewachsen und sich in phantasievollen Verästelungen ergangen wäre. Es war vielmehr reziprok: in dem Maße wie der Busch vor dem Haus sich zu einem stattlichen Baum zurechtwuchs, verkümmerte ihre Partnerschaft von anfänglich gesundem Grün und kräftigem Aufbau zu einer ärmlichen Pflanze, der es an Phantasie, Kraft und Frische schon seit Jahrzehnten mangelte.

In seiner Verbitterung darüber, im sauren Saft eines stetig dahinköchelnden Hasses auf Brendhild, der erinnerungsverzerrende Wirkung zu besitzen schien, war er auf dem Weg, den Grund und den Hergang dieser bitteren Entfremdung zu verdrängen, wenn nicht gar zu vergessen. Der Buschbaum vor seiner Haustür gemahnte ihn aber daran, dass alles seinen Anfang genommen hatte, dass die heranwachsende Pracht der Scheinbuche und der Abwuchs seiner verkümmernden Ehe einmal einen viel versprechenden Ausgangspunkt hatten: Der Baum in der Kleinheit als Setzling, seine Partnerschaft mit Brendhild in der Größe erster Gefühle und dem Rausch einer Liebe, die er damals für unerschöpflich und zeitlich nicht begrenzt hielt.

Aber bei seinen täglichen, unvermeidlichen Begegnungen mit dem Baum fühlte er mehr, als dass es schon ein klarer Gedanke gewesen wäre, dass es noch mehr Verwandtschaft der gegensätzlichen Art mit dem Haustürgewächs geben müsse. Es könnte sein, so argwöhnte er, dass diese heimliche Gemeinschaft schon im Namen lag. Der Baum gab demnach etwas vor, was er nicht war. Er erinnerte in nichts an eine Buche, wie sie etwa hinten im Garten stand, auf dem Knick und mit Jahrhunderte alter Knorrigkeit auch die schlimmsten Stürme abgewettert hatte, lichtgrün in der Frühlingssonne und mit besonnenem Dunkelgrün im Sommer. Ihre großen Blätter hatten nichts zu tun mit der Scheinverwandtschaft vor dem Haus, außer in der Neige des Jahres, wenn beide in leuchtendem Gelb schmucken Herbstlaubs einander zu übertrumpfen trachteten. Und doch, so hatte er einst herausgefunden, besaß das Provokationsexemplar vor der Haustür sehr wohl Verwandtschaft mit dem eindeutigen Buchenbaum im Hintergarten. Der Kleinblättrige vor dem Küchenfenster, so hatte er gelesen, gehörte zur Familie der Buchengewächse, wäre sogar mit unserer Rot-Buche näher verwandt. Ihre Blätter würden zudem im Frühling beim Austrieb einen angenehmen Duft verbreiten, was Hans nur vage bestätigen konnte.

Er scheute sich immer wieder, in den scheinbaren Analogien und Kontrasten zur Scheinbuche mit seiner Brendhild-Ehe zu weit zu gehen. Hatten sie denn etwas vorgegeben, was sie nicht waren? Auf den ersten Blick wohl nicht. Aber in einer verborgenen, verkleinerten, verästelten Form dann wieder doch? Gehörte ihre Art von Partnerschaft, die er nun selbst in ihrem Anfang zunehmend mit Argwohn zu betrachten begann, dennoch zu der großen Familie der üblichen Eheführenden?

Hans verhedderte sich immer wieder in solchen Vergleichen. Er spürte, dass er auf eine vermaledeite Art mit diesem Vorgartenbaum verbunden war, dass der ihn in seiner höhnischen Üppigkeit immer wieder zu derart merkwürdigen Betrachtungen provozierte, zu Vergleichen, die sich aber niemals richtig zu Ende ziehen ließen, eines Teils, weil er das für lächerlich hielt und Vergleiche ohnehin hinkten, zum andern, weil die Abgründe dieser Abbildlichkeit ihn zutiefst erschreckten.

In einem erneuten Anfall von Wut auf diesen Hauswächter-Bäumling, der eigentlich eine verzweifelte Wut auf Brendhild und ihre höhnische Höflichkeit ihm gegenüber war, Brendhild, die er hinter und zwischen dem Baum im Küchenfenster, ohne aufzublicken hantieren sah, beschloss er, dass der Baum in absehbarer Zeit fallen müsse. Wann, da wollte er sich noch nicht recht festlegen. Nur dass es geschehen müsse, wurde ihm immer klarer. Und obwohl er die Lächerlichkeit dieser Handlung schon im Voraus erkannte, bereitete ihm die Vorstellung, diesem Scheinling demnächst mit der Säge zu Leibe zu rücken, bittere Genugtuung.

Bevor er die Hinrichtung des gleichmütigen, auch in diesem Jahr wieder üppig begrünten und sich weiterhin verästelnden Türwächters in die Tat umzusetzen gedachte, wollte er ihm noch eine letzte Gnadenfrist gewähren. Er betrachtete es als eine notwendige Form von Redlichkeit, der scheinbaren Verstrickung der Scheinbuche mit dem eigenen Schicksal und seiner seit vier Jahrzehnten bestehenden Schein-Ehe mit Brendhild auf den Grund zu kommen. Auch empfand er es als einen Akt von Fairness Brendhild gegenüber, dass er beschlossen hatte, sehr genau auch auf die eigenen Wurzeln zu schauen.

Während seines Aufenthalts in der Psychiatrie vor ungefähr fünfzehn Jahren hatte er als bekennender Naturwissenschaftler, der allem psychologischen „Kram" mit Skepsis gegenüberstand, gelernt, dass frühkindliche Erfahrungen jedweder Art für das weitere Leben prägend sein können und somit auch nicht folgenlos für alle tieferen Beziehungen zu anderen Menschen sind, selbst nicht zu künftigen Ehepartnern. Und so sah er es als eine großmütige Haltung Brendhild gegenüber an, in Betracht zu ziehen, dass dieser Niedergang, diese reziproke Ähnlichkeit mit der Scheinbuche auch etwas mit ihm zu tun haben könnte, obwohl ihm doch sein Gefühl immer wieder brennend nahe legte, dass der eigentliche Grund für ihr Elend bei Brendhild läge und alles seinen Anfang genommen hatte, weit bevor die Kinder geboren wurden.

Seiner schon sprichwörtlichen Gründlichkeit verdankte es Hans, dass er im Hochschulbereich so weit gekommen war. Der gleichen Gründlichkeit, die manchmal etwas starre und zwanghafte Formen annahm, verdankte er es auch, dass er nicht weiter gekommen war als bis zum wissenschaftlichen Rat, jenem sogenannten Mittelbau, der die undankbarste Stufe im universitären Bereich bedeutete: zwischen den wissenschaftlichen Mitarbeitern und den nicht selten selbstgefälligen Ordinarien, die auch dann noch auf den Mittelbau herabblickten, wenn sie sich dort in aller Höflichkeit Hilfe erbaten bei der meist technischen Lösung einer für ihre Forschung notwendigen Grundlage. Auch hier hatte er im Lauf der vielen Jahre viel Bitterkeit anhäufen können, weil er sich oft genug ausgenutzt fühlte. Zwar bewunderte man seine Gründlichkeit und Akribie, lächelte aber insgeheim über seinen manchmal etwas übertrieben Eifer und seine weit über das Eingeforderte hinausgehende Erklärungswut bezüglich unerheblicher Kleinigkeiten, die normalerweise für das in Frage stehende Forschungsvorhaben keine wesentliche Bedeutung besaßen.

Mit gleicher Gründlichkeit und eben solchem ausufernden Eifer, der selten Wesentliches vom Belanglosen zu unterscheiden vermochte, machte Hans sich an die „Erforschung seiner Vergangenheit", wie er das nannte.

Die Schwierigkeit bestand darin, dass die Erinnerung einfach zu groß war. Deshalb war er ja schließlich auch im Mittelbau gelandet. Er schaffte es einfach nicht, im Wegegewirr seines Wissens oder seiner Vergangenheit ein vernünftiges Straßensystem anzulegen mit klar überschaubaren, breiten Alleen, die, angefangen von der gelebten Gegenwart über die vielen davor liegenden Jahre schließlich durch die Kindheit führten, von denen gut einsehbare Nebenstraßen abgingen hin zu Geschwistern und Freunden oder anderen Wegbegleitern früher Jahre, so dass ein Ordnungssystem entstünde, das ihn beim Durchschreiten seiner Erinnerungen vor Verirrungen in unbedeutsame Randbereiche seines Lebens bewahrt hätte. So aber geriet er im Feuereifer des

Erinnerns immer wieder in ein scheinbar unentwirrbares Wegegeflecht, das aus Abenteuerpfaden, lieblichen Märchenwegen, überraschenden Sackgassen und nur zuweilen aus breiten Alleen bestand, die aber bereits nach kurzer Strecke wieder in zahllose, unüberschaubare Einzelwege übergingen, auf denen er sich heillos verhedderte, die Richtung verlor oder sich gänzlich festrannte.

Diese Erfahrungen minderten aber seinen Eifer nicht im Geringsten. Schon deshalb nicht, weil er sich seiner Abwege und Verirrungen gar nicht bewusst war. Jeder noch so kleine Pfad wurde mit der gleichen Sorgfalt und Begeisterung beschritten, wie sie eigentlich nur den Hauptwegen zugestanden hätten. Hans selber hatte seine riesige, fast kindliche Freude auch noch am kleinsten Abzweiger, auf dem zuweilen Namen standen, die ein normaler Mensch schon nach kürzester Zeit vergessen hätte. Er aber wusste ausnahmslos alle Namen. Er konnte in den meisten Fällen sogar noch die Menschen benennen, die sich in langer Reihe dahinter verbargen als Angehörige ersten, zweiten oder dritten Grades oder auch nur als deren Freunde, Bekannte oder Nachbarn.

Gerade auf diesen Abzweigungen geschah es aber bisweilen, dass unversehens ein großer Name auftauchte, wie etwa *Wilhelm Canaris*, der ein Crewkamerad vom Bruder des Vaters, also Hansens Onkel Friedrich, gewesen sein sollte. Oder beim späteren Erkunden der Wohnumgebung in Hannover, wohin er mit seinen Eltern noch als Kleinkind gezogen war, stieß er auf einen Bauunternehmer Himmler, von dem gemunkelt wurde, er stünde in einem nicht näher bekannten Verwandtschaftsverhältnis zum Reichsführer der SS, *Heinrich Himmler*. Manche behaupteten gar, er sei tatsächlich der Bruder der Nazigröße. Mit glänzenden Augen konnte Hans auch berichten, dass ein Freund einer entfernteren Freundin von ihm Leutnant unter *Rommel* in Afrika war. Ebenso strahlend verwies er gern darauf, dass der Vater einer anderen Freundin, die er als Achtjähriger mit ersten Küssen bedeckt hatte, mit *Rudolf Hess* befreundet gewesen sein sollte.

Auf diesen Wegen der Erinnerung geriet er von seinen kleinen Pfaden immer wieder unversehens auf die Autobahn der Weltpolitik, die vor ihm ausgebreitet lag mit dem rasanten Belag großer Namen, auf dem er kurze, zaghafte Schritte wagte, um sich dann aber sogleich wieder ins vertraute Gewirr zurückzuziehen.

Und noch etwas bereitete ihm beim Erinnern immer wieder Schwierigkeiten, besonders wenn es um seine ganz frühe Kindheit oder sogar um Ereignisse ging, die noch vor seiner Geburt lagen. In seiner erstaunlich lebhaften Phantasie, über die er ebenfalls schon seit frühester Kindheit verfügte, vermochte er nicht mehr in allen Fällen mit Sicherheit zu entscheiden, ob er sich tatsächlich an bestimmte Gegebenheit erinnerte oder ob er sie sich aus den Erzählungen von Eltern, Großeltern, Onkeln und Tanten nur so plastisch und lebendig ausgemalt hatte, dass sie vor seinem inneren Auge und nicht selten auch von seinem Empfinden her als echte Hanserlebnisse abgebucht wurden. So erging es ihm zum Beispiel auch mit den Indienerfahrungen seiner Großeltern mütterlicherseits.

Obwohl ihm ganz selbstverständlich klar war, dass er davon aus eigener Erfahrung gar nichts wissen konnte, weil die Zeit der Großeltern in Indien noch vor seiner Geburt lag und die beiden schon längst in Halle wohnten, als er eben vor diesem großelterlichen Hallenser Haus das Licht der Welt erblickte, so gab es doch auch Abenteuer in Indien, die ihm in ihrem zeitlichen Ablauf und der räumlichen Umgebung so vertraut vorkamen, als wäre er tatsächlich mit dabei gewesen im britisch-indischen Channapathna, südwestlich von Bangalore. Sein Großvater, ein über die Grenzen Deutschlands angesehener Sanskritforscher, studierte dort etwa zwanzig Jahre lang ganz besonders seltene südindische Sanskritinschriften an Tempeln, über die er ausführliche Abhandlungen verfasste, die in dem kleinen, sehr überschaubaren, elitären Kreis internationaler Sanskrit-Forscherkollegen ein zumindest anerkennendes Raunen, bei zweien von ihnen sogar sichtliches Entzücken hervorgerufen hatten.

Obwohl er also diesen 1857 in Dresden geborenen Großvater aus eigener Anschauung gar nicht mehr kennen konnte, - er starb 1927 in jenem Haus, in dem Hans noch nicht einmal zwei Jahre zuvor geboren worden war, - so vermengte er seine spätere sehr gute Kenntnis des großelterlichen Hauses, die ausführlichen Indienerzählungen seiner Mutter mit den Fotografien seines Großvaters, die dessen Frau auf seinem schweren, schwarz gebeizten Eichenschreibtisch als stete Erinnerung aufbewahrte, in seiner Phantasie so lebhaft miteinander, als sei ihm nicht nur das Leben seines Großvaters, sondern auch dessen Erlebnisse in Indien ganz und gar geläufig. Er konnte sich ohne Weiteres vorstellen, dass er anstelle seiner Mutter und seiner beiden Onkel, die in Indien zur Welt gekommen und aufgewachsen waren, selbst Kind in Indien gewesen wäre an der Seite seines Großvaters. Im Übrigen hatte er beim häufigen Betrachten alter vergilbter Bilder von diesem verehrten Vater seiner Mutter mit Stolz festgestellt, dass ihm, dem Enkel, mit fortschreitender Pubertät dieselben schwarzen, buschigen Augenbrauen wuchsen, wie er sie auf den Bildern seines Großvaters sprießen sah und unter denen kleine, wache Augen hinter einem randlosen Zwicker den Fotografen mit gutmütigem Spott anblickten. Ein imponierender wilhelminischer Bart, der sich auf den Bildern aus verschiedenen Zeiten vom Augenbrauenschwarz über ein mildes Grau bis hin zum Schlohweiß in den letzten Jahren seines Lebens allmählich ausfärbte, verwandelte den geliebten Großvater in eben jene von ihm so verehrte Respektsperson, von der er anderen gegenüber so viel zu erzählen wusste, dass bei den meisten, auch den überaus gutmütigen und wohlwollenden Zuhörern, allmählich die Aufmerksamkeit nachließ. Auf ihren Gesichtern, die anfangs noch Teilnahme ausdrückten, blieb später nur noch eine zwar freundliche, aber etwas abwesende Zuhörmiene stehen.

Diese Erzählart sollte auch zum Gütesiegel aller späteren Äußerungen von Hans werden, nicht nur in mündlicher, sondern auch schriftlicher Form. Selbst die erste Abfassung seiner Doktorarbeit geriet ihm so, dass sein Doktorvater sie ihm mit den Worten, im Unterton eines amüsierten Tadels, zurückgab: „Mein Gott, Herr Sogau, Sie schreiben das so, als handelte es sich hier um ein weit verzweigtes Märchen und nicht um Ihre wissenschaftlichen Forschungsergebnisse." Dabei verletzte es ihn in keiner Weise, dass seine Dissertation als „Märchenerzählung" bezeichnet wurde. Er wusste ja ganz genau, dass nicht seine Ergebnisse „Märchen" waren. Das hatte sein Professor ihm schon in vorangegangenen Gesprächen über seine Arbeit bestätigt. Es war eben nur wieder die Art der Darstellung dieser Ergebnisse, die er angeblich im Märchenstil verfasst haben sollte. Und obwohl er im Inneren eigentlich ganz stolz auf seine Erzählfähigkeit war und sich durchaus vorstellen konnte, dass auf diese Weise nüchterne Forschungsergebnisse etwas mehr Farbe und Spannung bekämen, bemühte er sich, dasselbe noch einmal zu schreiben, ohne die blumige Farbenpracht, den vermeintlichen Witz und die kleinen Überraschungen, mit denen er die erste Version garniert hatte. Da diese wissenschaftlich nüchterne Darstellung aber ganz gegen seine ihm angeborene „Begabung" einer schönen Erzählweise ging, folglich sein davon abgespeckter Wissenschaftsstil ohne Fluss und Anmut daherkam und damit nur mühsam zu lesen war, erhielt er lediglich ein „rite", mit dem dann auch seine gesamte Promotion bewertet wurde. Dabei wären seine Ergebnisse sicherlich ein „cum laude" oder gar „summa cum laude" wert gewesen. Aber es war halt eine Mischzensur, die sich zum Einen aus der überaus trockenen und lustlos machenden Darstellung seiner Forschungsergebnisse, zum Anderen aus der mündlichen Verteidigung seiner Thesen bestand, die ihm nun aber wieder nur in seiner üblichen, weit ausholenden und ebenso weit abschweifenden, die Zuhörenden allmählich ermüdenden Erzählweise, geriet.

Außer einer aufregenden, mit Tigern und Giftschlangen durchzogenen Geschichte aus Indien, die Hans manchmal als eine selbst erlebte weitererzählte, gab es noch eine zweite Geschichte aus seiner Familie, die zu den verschiedensten Anlässen erzählt und mit unterschiedlichen, teils bewundernden,

teils spöttischen Kommentaren versehen wurde. Es war ein Erlebnis seines Onkels Friedrich, das sich im ersten Weltkrieg auf den fürchterlichen Schlachtfeldern von Verdun ereignet hatte. Und obwohl Hans sich im Lauf des wiederholten Erzählens der Geschichte auch hier allmählich einzuleben begann, - seine Phantasie hatte alle Details bereits liebevoll ausgemalt und in einen dramatischen Spannungsbogen gebracht, - konnte er in dieser Geschichte nun beim besten Willen nicht mehr selbst als Protagonist auftreten. Alle, auch die schlechtesten Schüler in seiner Klasse, denen er seine Geschichten meist zu erzählen pflegte, kannten den Namen Verdun und wussten in etwa die Zeit, wann dort die fürchterlichsten Materialschlachten des ersten großen Kriegs getobt hatten. Und natürlich konnte Hans, der gerade erst der HJ angehörte, nie und nimmer auf diesen Feldern gekämpft haben. So blieb ihm nichts Anderes übrig, als sich mit seinen Phantasien über den Hergang auf sich selbst zu beschränken und zu träumen, er selbst wäre der Held gewesen, dem diese merkwürdige, irgendwie ja auch lächerliche Geschichte, wie er sich eingestehen musste, zugestoßen war. In kurzen Zügen hatte sich in etwa Folgendes ereignet:
Bei den ständig hin und herwogenden Gefechten, wobei es wechselseitig immer wieder zu Sturmangriffen von deutschen und französischen Soldaten mit fürchterlichen Verlusten auf beiden Seiten kam, musste zum wiederholten Mal die Kompanie seines Onkels aus den Schützengräben stürmen. Man wusste die Richtung. Viel sehen konnte man vor Gefechtsqualm und von Granaten in die Luft gerissener Erde nicht. Mitten im Lauf unter den vor Angst, Verzweiflung und Wut schreienden Männern spürte Friedrich wie ihm etwas blitzschnell zwischen den Beinen hindurch glitt und zwanzig Meter hinter ihm explodierte. Aber da hatte sich Friedrich schon zu Boden geworfen.
Später, als der Onkel schon längst aus dem Krieg heimgekehrt war, musste er bei Familienzusammenkünften seine „Heldengeschichte" immer wieder erzählen. Ganz besonders wurde er jedes Mal zur Wirkung der Granate zwischen seinen Beinen befragt. Friedrich grinste dann wie ein großer Junge: „Die Unterhose war ein bisschen angesengelt." „Huuch!" kam es peinlich amüsiert von der Frauenseite und mit schallendem Lachen von den Männern. „Aber meinen ‚private parts' ist nicht das Geringste passiert," lachte Friedrich aus vollem Hals, was die Damen noch mehr in schamvolle Begeisterung brachte, während sich die Männer auf die Schenkel schlugen. Obwohl Hans in sexuellen Dingen ein absoluter Spätentwickler war, wie er später nicht nur sich selbst gegenüber eingestand, ahnte er auch schon als kleiner Junge, was mit „private parts" gemeint sein könnte, schließlich legte das auch die Flugbahn der Granate – „zwischen meinen Beinen hindurch" – nahe.

Er hatte später beschlossen, diesen Begriff für seine Geschlechtsteile zu übernehmen. „Private parts" für das Unaussprechliche zwischen seinen Beinen – das hatte für ihn irgendwie einen vornehmen und zugleich weltmännischen Klang. Denn er verabscheute von Herzen all die anderen groben, meist abfälligen oder gar brutal klingenden Ausdrücke dafür. Selbst die medizinisch einwandfreien wie „Penis" oder „Hoden" brachte er nur mit Überwindung über die Lippen. Was nicht bedeutete, dass er kein Interesse dafür aufbringen konnte. Im Gegenteil. Als er seine *innersekretische Drüsenstörungen* (die Hoden waren noch nicht richtig entwickelt) mit allerlei Diät und anderen Anwendungen überwunden hatte, - sie hatten dazu geführt, dass er als kleiner Junge recht rundlich war und auf ärztliches Befragen bestätigen musste, dass er bis dahin keinerlei Erektionen erlebt hatte -, spürte er, wie sich jetzt auch bei ihm etwas regte. Immer wenn er sich an der hohen Fensterbank im Spielezimmer hochzog, genoss er das merkwürdig aufregende Gefühl, wenn er mit seinen „private parts" über die dicke weiße Bohle hinwegrutschte.

Aber natürlich war Hans viel zu verschämt, um irgendjemandem etwas von diesen geheimen Genüssen auch nur anzudeuten. Im Übrigen kamen Gespräche über derlei Dinge in seiner Familie praktisch überhaupt nicht vor. Nur eben in Onkel Friedrichs Kriegsheldenepos spielten sie zwangsläufig eine gewisse Rolle, ohne aber, wegen der granatenhaften Brutalität, mit der sie in der Erzählung auftrat, irgendwelche nennenswerten erotische Auswirkungen auf die Zuhörer zu haben. Hans konnte sich bei näherem Überlegen auch nicht vorstellen, dass die Granate – schon aus Gründen ihrer Schnelligkeit und ihres überraschenden Erscheinens - Onkel Friedrich auch nur annähernd ein ähnliches Gefühl vermittelt haben könnte, wie das seine Fensterbank im Spielezimmer vermochte. Aber allein die Nennung der „private parts" brachte in die sonst in diesen Dingen so gesprächsabstinente Familie einen ganz kleinen Hauch von Verruchtheit, den alle heimlich zu genießen schienen. Selbst die Frauen, auch wenn sie sich, ein wenig errötend, mit empört protestierendem Lachen ab- und einander zuwandten.

2

In seiner ihm angeborenen Gründlichkeit, in seinen akribischen Bestrebungen, auch nicht die kleinste Spur biografischer Einzelwege zu verpassen, ging Hans in seiner „Erinnerungsarbeit" ganz an den Anfang zurück.
Er begann seine Erinnerungen mit seiner eigenen Geburt. Selbstverständlich musste er sich eingestehen, dass eine direkte Erinnerung daran nicht mehr aufzuspüren war, auch wenn er in neuester Zeit etwas von pränataler Erfahrung und geburtstraumatischen Prägungen gelesen hatte. Nicht dass er solche Untersuchungsergebnisse von vornherein als unsinnig betrachtete, seine Achtung vor wissenschaftlicher Forschung verbot ihm solche Pauschaleinschätzung, dennoch meinte Hans, derartige Hinweise vernachlässigen zu dürfen. Einerseits, weil ihm diese Ergebnisse noch nicht abgesichert genug erschienen, zum anderen auch aus ganz pragmatischen Gründen: Er konnte sich selbst an keinerlei solche Erlebnisse erinnern und war mithin der Überzeugung, dass sie für seine Erinnerungsarbeit auch keinerlei Rolle spielen könnten und dürften, obwohl, wie er später erfuhr, seine Geburt unter recht dramatischen, wenn auch zugleich unter heiter poetischen Umständen stattgefunden hatte. Alles, was Hans von seinem plötzlichen Eintritt in die Welt wusste, war ihm in detaillierter, oft auch karikierender Weise von der Familie erzählt worden. Dabei versteht es sich natürlich von selbst, dass es zwei sehr unterschiedliche Sichtweisen gab, je nach Perspektive, aus der man seine Geburt betrachtete.
Da gab es die Schilderung seiner Mutter über diesen erstaunlichen Vorgang. Hans hielt es für ausgemacht, dieser Perspektive Vorrang einzuräumen zu müssen, weil er ihr den höchsten Betroffenheitsgrad zubilligte, auch wenn ihm die archaische Körperlichkeit dieser Sichtweise stets etwas unbehaglich geblieben war.
Diesem direkten Erleben seiner Geburt aus Muttersicht zwar nachgeordnet, nicht aber untergeordnet, empfand Hans die Sicht seiner Großmutter Dora, die das Gebären ihrer Tochter eher beiläufig, dafür aber mit umso größerem Erstaunen miterlebte. Sympathischer war Hans diese letztere Sichtweise aber vor allem noch aus einem anderen Grund. Seine Oma Dora erzählte diese Geschichte mit einer solchen Fabulierfreude, die Hans ja stets auch in seinen Geschichten erkennen ließ, nur dass seine wechselnde Zuhörerschaft sie in den seltensten Fällen auch wirklich als besondere Gabe würdigte und nicht, wie leider nur allzu häufig, sie als zu langatmig und immer wieder vom eigentlichen Erzählfaden abweichend empfand.

Hans freute sich schon mit drei Jahren an seiner Geburtsgeschichte, wie er sie aus dem Mund seiner Großmutter vernahm. Aber auch in späteren Jahren, zuletzt noch einmal mit sechzehn, da kurz danach seine geliebte Großmutter starb, hörte Hans seine Geburtsgeschichte aus ihrem Munde mit Anteilnahme, Freude und warmem Herzen. Fortan bemühte er sich, seinen ersten stürmischen Auftritt im Dasein mit den heiteren und fröhlichen Farben seiner Großmutter zu erzählen und weniger im dramatisch durchschlagenderen Tonfall seiner Mutter, der direkt Beteiligten, die aber die sie umgebende Poesie verständlicherweise nicht so intensiv wahrnehmen konnte, vielleicht in dieser besonderen Situation auch einfach nicht zur Kenntnis nehmen wollte.

Hans hatte festgestellt, dass er sein überraschendes, zwar durchaus erwartetes, nicht aber unter diesen Umständen und mit einer solch verblüffenden Geschwindigkeit erfolgtes Erscheinen auf der Welt am liebsten Frauen erzählte. Er rechnete dieses erhöhte Interesse seiner weiblichen Hörerschaft, im Vergleich zur männlichen, der unmittelbar existenziellen Betroffenheit der auch Gebärenden oder doch potenziell Gebärfähigen zu.

Die erste Frau, bei der er ein solch erhöhtes Interesse für seine eigene Geburt wahrgenommen hatte, war seine siebzehnjährige Freundin Almuth, die Hans zwar mit bebendem Herzen als erstes Mädchen „richtig" geküsst, aber in keiner Weise so behandelt hatte, dass man bei ihr auf ein recht bald eintretendes eigenes Gebärerleben rechnen konnte. Insofern war Almuths Interesse an Hansens Geburt ein rein antizipatorisches. Was ihn aber bewogen hatte, ihr seine Geburtsgeschichte ganz spontan zu erzählen, war weniger die ebenfalls spontan erfolgte Geburt als vielmehr der Ort, an dem sie stattfand: unter einem strahlend weiß blühenden Birnbaum. Unter einem solchen, nicht aber demselben, saß Hans eines Sonnenmorgens mit Almuth, einem schüchternen, unscheinbaren Mädchen, das er von der Schule her kannte. Da er Mädchen gegenüber auch eher scheu und zurückhaltend war, hatte es lange gedauert, bis die beiden sich überhaupt entdeckt hatten. Sie sprachen manchmal auf dem Schulhof miteinander, meist über auffällige Lehrer und Klassenarbeiten, die sie geschrieben hatten oder die ihnen noch bevorstanden. Nach einem Schulfest vor drei Monaten waren sie zusammen nach Hause gegangen. Almuth wohnte nur eine Straße weiter.

Es war eine kalte Februarnacht. Von Ferne war das dumpfe Dröhnen feindlicher Bomberverbände zu hören. In dieser Nacht aber fielen keine Bomben auf Hannover. Die beiden waren schließlich vor Almuths Haustür angelangt. Ähnlich wie Hans bewohnte sie mit ihren Eltern die untere Etage eines zweistöckigen Jugendstilhauses, dessen Haustür im oberen Glasteil drei ineinander verschlungene, gelbrote Flammen aufwies, begrenzt in Höhe und Breite durch

feine einfassende Bleistreifen, die das Feuer zu bändigen schienen. Jetzt standen beide unter der Platane vor dem Haus, die ihre ausladenden Äste weit über die Straße reckte, hinüber zu den Alleebäumen der gleichen Art auf der anderen Straßenseite. Im Sommer bildeten sie ein dunkelgrünes Dach, das sich über die ruhige Wohnstraße wölbte. Hans mochte den fleckigen, gelbgrünen manchmal ins Grau und Beige changierenden Stamm der stattlichen Bäume.
Almuth wollte keine Lücke im Gespräch aufkommen lassen und kommentierte mit flapsigen Worten den Abend und die Leute, mit denen sie zusammengesessen hatten. Hans versuchte, so gut er konnte, darauf einzugehen, mal zustimmend, mal nachfragend, merkte aber sehr bald, dass er mit seinen Gedanken ganz woanders war. Er fragte sich, ob es wohl angebracht, richtig oder womöglich gar ein von der Höflichkeit her gebotenes Erfordernis war, Almuth jetzt zu küssen. Er spürte sehr wohl, dass ihn nicht die pure Verliebtheit dazu trieb. Andererseits empfand er ein ängstliches Drängen, diese Gelegenheit zu nutzen, um zum ersten Mal ein Mädchen wirklich „richtig" zu küssen, nämlich auf den Mund. Schon damit er künftig endlich würde mitreden können, wenn seine Klassenkameraden von ihren amourösen Abenteuern berichteten und dabei Hans gelegentlich mit dem Ellenbogen in die Seite stießen, mit der spöttischen Aufforderung, doch auch mal eine „Geschichte aus seinem Liebesleben" zum Besten zu geben. Bisher war er stets bemüht gewesen, wissend zu lächeln und mit einem Satz zu antworten, den er von seinem Onkel Friedrich aufgeschnappt hatte und der alle weiteren Nachfragen elegant an ihm abgleiten ließ: „Der Kavalier genießt und schweigt." Nicht immer wusste er, das darauf folgende Lachen seiner Klassenkameraden richtig zu deuten. Meist war es gutmütig gemeint, hatte er den Eindruck. Bei der in der Folgezeit nicht ausbleibenden, aus seiner Hilflosigkeit entstandenen Wiederholung des galanten Satzes schien sich die Eleganz jedoch allmählich abzunutzen und als das zu erweisen, was sie tatsächlich auch war, eine Ablenkung, um seine gänzliche Unerfahrenheit grandios zu verbergen. Das Lachen bekam daher zunehmend eine mehr höhnische Färbung, fand Hans besorgt.
Es wurde also höchste Zeit, dass etwas geschah. Jetzt hatte er die Gelegenheit dazu, und der Mond half ihm dabei. Während Almuth immer noch bemüht war, keine Gesprächspause entstehen zu lassen, in die sie mit ihren eigenen Gedanken und Wünschen nach Nähe hätte stürzen können, legte Hans ihr mit einem Mal die Finger auf die Lippen. „Schau mal," flüsterte er und wies mit demselben Finger nach oben, „der Mond!" Auf dem Nachhauseweg hatte der Himmel begonnen aufzuklaren. Hans konnte schon bald vereinzelte Sterne zwischen den schweren, schwarzen Wolken ausmachen. Nun glänzte ein hel-

ler Dreiviertelmond vom Himmel, den er als zunehmenden Mond identifizierte, da er rechts eine vollendete Rundung zeigte wie der Buchstabe „z" in der Sütterlinschrift. Hans wollte seine Entdeckung Almuth erklären, aber dazu kam es nicht. Almuth erhob ihre Augen. Hans konnte dieses Erheben von oben her gut sehen, da er einen Kopf größer war als das zierliche junge Mädchen. Er blickte herunter auf Almuths blonden Haarschopf, der im Mondlicht ein wenig glänzte und sah wie ihre Augen fast andächtig zum Mond emporschauten. Das rührte ihn und erweckte in ihm ein geradezu zärtliches Gefühl.

Immer wieder hatte Hans sich ausgemalt, wie das wohl sein würde, wenn er zum ersten Mal ein Mädchen küsste. Im Kino gab es Anschauungsunterricht dafür genug. Die meisten dieser leidenschaftlichen Gesten und schmachtenden Blicke erschienen ihm jedoch immer wieder aufgesetzt und waren ihm daher unangenehm gewesen. Am ehesten hatte ihn noch überzeugt, wie es der fast väterlich wirkende große, blonde Liebhaber in „Wenn der Wind darüber geht" mit seiner Geliebten getan hatte, als es zum ersten Kuss zwischen beiden gekommen war. Hans hatte den Film im Übrigen nicht besonders aufregend gefunden. Er zog sich furchtbar in die Länge und das schon sehr früh erahnte Happy End hinterließ bei ihm keinerlei Gefühl von Erfüllung und Zufriedenheit. Aber die Geste hatte es ihm angetan. Der stattliche blonde Mann hielt in dieser Szene das Gesicht seiner zierlichen Geliebten, aus dem große, dunkle Augen strahlten, mit beiden Händen liebevoll umrahmt und küsste sie zuerst ganz zärtlich auf die Lippen, dann immer leidenschaftlicher, wobei aus der zarten Umrahmung ihres Gesichts mit seinen kräftigen Händen recht bald eine heftige Umarmung ihres Körpers mit starken Armen geworden war, was Hans an dieser Stelle als folgerichtig und stimmig empfunden hatte.

Während er jetzt auf seine mit großen Augen zum Mond aufblickende Almuth herabschaute, hatte er aber nur den Anfang dieser Filmumarmung im Sinn, die das Gesicht umrahmenden Hände. So wollte Hans das auch machen. Zwar fühlte er, wie seine Hände, als er sie zum Gesicht des Mädchens empor hob, gar nicht so sicher wie die erinnerten Filmhände waren, sondern leicht zitterten, schaffte er es aber dennoch, sie zärtlich um Almuths zum Himmel erhobenes Gesicht zu legen. Ganz vorsichtig neigte er sich zu ihr herunter und fühlte, wie seine Lippen die ihren zart berührten. Durch Hans ging ein Schauer des Glücks. Aus Dankbarkeit und Bescheidenheit hätte er es ohne Weiteres bei dieser zarten Berührung ihrer Lippen belassen können. Doch da spürte er erstaunt, wie sich Almuths Zunge ganz sanft, aber zielgerichtet durch seine noch geschlossenen Lippen hindurchdrängte und auch seine Zähne dazu bewegte, ihr Raum zu geben für Erkundungen. Hans spürte, wie ihn nach der Glückswelle, die seinen Körper durchflutete, noch eine ganz andere Welle erfasste. Er wollte seinen Unterleib ganz dicht an den Almuths drücken und empfand dabei Aufregendes und Verwirrendes. Doch da hatte sie sich schon mit einem flüchtigen Kuss auf seine Wange von ihm gelöst. „Gute Nacht!" flüsterte sie, wandte sich dem Haus zu und rannte mit leichten Füßen durch den Vorgarten die Stufen hinauf, wobei die Ecken ihres hellen Mantels rechts und links wie zum Abschied winkten, bevor sie in der Tür verschwand und im Haus das Licht anging, wobei die Flammen im oberen Glasteil der Haustür hell loderten.

Hans hatte Almuth dann auch zu seinem ersten und einzigen „Hausball" eingeladen, den er kurz vor seinem achtzehnten Geburtstag und wenige Monate vor der Bombardierung der elterlichen Wohnung für ein paar Freunde geben durfte. Großzügigerweise hatten Vater und Mutter ihm das für diesen Zweck ausgeräumte väterliche Arbeitszimmer und das Wohnzimmer zur Verfügung gestellt, die beide durch ein breite, fast bis zur Decke reichenden Schiebetür miteinander verbunden waren.

Es war Anfang Mai 1943, der späte Frühling in diesem Jahr hatte mit Macht begonnen, die so lange zurückgehaltene Blütenpracht mit einem Male auszuschütten über eine Stadt, die bereits offene Wunden schlimmer Bombardements aufwies. Über diese dunklen Ruinen waren die fallenden Blütenblätter uralter Kirschbäume aus noch älteren Hinterhöfen herübergeweht und hatten sich, im Versuch, sie gnädig einzuhüllen, wie weiße Gaze, tröstend über sie gelegt.

Hans hatte von seinen Freunden einladen dürfen, wen er wollte. Manche brachten ihre Freundinnen mit. Bier, Limonade und Wein standen auf den beiden Biedermeiertischchen, auf die Hansens Mutter kleine Spitzendeckchen gelegt hatte, die ihre Mutter selbst noch gehäkelt hatte, und die dann sehr viel später aus dem Hallenser Haus in die Hannoversche Wohnung herüber gewandert waren. Seine Eltern waren an diesem Abend zum „Frühlingsempfang" eingeladen, den die Schneiders von schräg gegenüber alljährlich um diese Zeit gaben. Paul Schneider war ein mit seinem Leben zufriedener, rundlicher Oberfinanzrat, seine Frau Caroline schmückte das Haus allein schon mit ihrer bloßen Erscheinung, und beide hielten sich viel zugute auf ihren Empfang, der in der Nachbarschaft zu einem festen Termin im gesellschaftlichen Leben geworden war. Hans verfüge also an diesem Abend über eine „sturmfreie Bude", wie ihm sein Vater beim Weggehen noch zugeraunt hatte. Selbstverständlich plante Hans in keiner Weise, es zu irgendwelchen Ausschweifungen kommen zu lassen, wie sie das Wort „sturmfrei" als zumindest alle Möglichkeiten einräumende Verheißung hätte nahe legen können.

Seine Gäste hatten sich dagegen sichtbar bemüht, schon um der so bedrohlich erscheinenden Lage da draußen etwas entgegen zu setzen oder sie gar gänzlich zu leugnen, sich mit dem Besten zu kleiden, was die Kriegszeiten noch hergaben.

Klaus Mechtholt, ein um zwei Jahre älterer Freund, den Hans aus langjähriger Nachbarschaft beider Familien kannte, - sie wohnten einander gegenüber, - und mit dem ihn ein besonders vertrauensvolles Verhältnis verband, war sogar in der der schicken Ausgehuniform eines Seekadetten erschienen. Neben ihm hatte sich strahlend, in seinem Glanze sich sonnend, Gisela lachend auf die Lehne des Biedermeiersofas gesetzt, das Hansens Mutter ebenfalls aus ihrem Elternhaus in die Hannoversche Wohnung gebracht hatte. Das junge Mädchen hielt sich auf der Lehne in der Waage, indem sie den nachlässig herabhängenden Arm ihres Kadetten umschlungen hielt. In dieser Geste lag mehr als nur das Bemühen, das Gleichgewicht des Körpers zu wahren. Hans meinte, auch einen ganz selbstverständlichen Besitzanspruch herauslesen zu können. Es fiel ihm gar nicht schwer, sich dieses strahlende Paar bereits als glückliche Familie vorzustellen, mit einem ebenso strahlenden kleinen Kind in ihrer Mitte. Er spürte zum wiederholten Mal, wie er sich auch jetzt wieder an Klaus hochzurecken trachtete, als könne er so an seiner Seite schneller wachsen, damit es nicht allzu sehr auffiele, wie jung und unerfahren er sich neben ihm fühlte, gerade auch im Blick auf den Umgang mit Mädchen. Was waren die beiden doch für ein Paar!

Hans dachte an seinen ersten Kuss und schaute zu Almuth hinüber. Sie hatten sich in der Folgezeit noch des Öfteren geküsst. Hans hatte es zu mehr gedrängt, was Almuth, zwar noch immer schüchtern, aber sehr entschieden zurückgewiesen hatte. Mit einem eingestandenermaßen dürftigen, aus seiner augenblicklichen Sicht ihm aber durchaus berechtigt erscheinenden Argument hatte Hans sie bedrängt, dass doch Krieg sei und niemand wisse, wie das ausgehe, und ob sie beide überhaupt am Leben bleiben würden und deshalb doch die Gelegenheit nutzen sollten. Almuth hatte sich diesem Drängen gegenüber jedoch als gänzlich unzugänglich erwiesen. Ganz gleich, was da komme, gab sie ihm zu verstehen, sie wolle mit dem Mann, dem sie sich hingeben würde, auch verheiratet sein.

Nun sah er sie dort drüben bei zwei anderen Mädchen sitzen. Sie lächelte hin und wieder zum Gekicher ihrer Nachbarinnen und schwieg die meiste Zeit über. Hans mochte sie noch immer, aber wenn er auf das Bild schaute, das Klaus und Gisela abgaben in ihrer strahlenden Verliebtheit, die sie vor niemandem zu verbergen suchten, dann konnte er nur seufzen. So sicher wie Klaus wäre er gern gewesen, ein so strahlend schönes Mädchen wie Gisela

wünschte Hans sich auch an seine Seite. Zugleich hatte er ein schlechtes Gewissen bei diesen Gedanken. Er wusste doch, wie verliebt Almuth in ihn war und wie gut es ihm getan hatte, als sie ihn damals unter der Platane wach geküsst hatte. Er versuchte, dieses Gefühl aus Sehnsucht und schlechtem Gewissen beiseite zu schieben und wandte sich der übrigen Gesellschaft zu.
Man lachte und rauchte, tanzte gelegentlich zu einem Grammofon und tat ganz so, als sei da draußen kein Krieg, als gäbe es keine Bomben, die die große Stadt immer löchriger werden ließen. Die jungen Männer, die meisten waren wie Hans um die achtzehn, schwadronierten untereinander und vor den Mädchen vom „Endsieg" fast so, als wären sie selbst dazu ausersehen, ihn herbeiführen zu können. Hans hielt sich zurück an diesem Abend, sowohl was seinen Alkoholkonsum betraf, als auch seine Beteiligung am großspurigen Gerede seiner Freunde. Ihm war beklommen zumute. Er wusste aber nicht, woher diese Beklommenheit rührte, ob sie im seinem verhaltenen Gefühl für Almuth im Vergleich mit der glücklichen Verliebtheit, die Klaus und Gisela ausstrahlten, zu suchen war, oder ob es nicht vielmehr der andauernde Druck einer so vollkommen unsicheren Zukunft war, der ihm manchmal regelrecht die Brust zuschnürte.
Fast wie ein unbeteiligter Zuschauer registrierte Hans, wie die Gespräche lauter und die Gesichter der jungen Männer erhitzter wurden.
„Auf den Führer und auf Deutschland!" rief Manfred Schröder mit erhobener Bierflasche in der Hand und einer Stimme, die nach Festigkeit zu ringen schien.
„Heil Hitler!" erwiderten einige diesen als etwas unmotiviert empfundenen Aufruf und wandten sich wieder den eigenen Gesprächen zu. Manfred gab sich damit aber nicht zufrieden.
„Ei, du," wandte er sich an den in seiner Nähe stehenden Franz Kortner, einen jungen Mann mit dunklem, gescheitelten Haar und einem ernsten Gesicht, aus dem kluge, graue Augen stets ein wenig Abstand zu seinem Gegenüber signalisierten. „Was guckst du so defätistisch? Glaubst du etwa nicht an den Endsieg, hä?" Seine trunkene Stimme klang dabei übertrieben laut und sollte wohl Entschlossenheit ausdrücken, wirkte aber eher lächerlich, fand Hans, mit ihren undeutlichen Konsonanten und übertrieben ausgesprochenen Vokalen. Besonders das Wort „defätistisch" geriet ihm nur sehr verschliffen und wirkte dadurch einfach nur albern. Statt den Schwankenden einfach nicht weiter zur Kenntnis zu nehmen und lachend zur Tagesordnung überzugehen, entstand in der Gesellschaft plötzlich eine gespannte Stille. Franz Kortner, fand Hans später, hätte gar nicht auf die demolierte Anfrage von Manfred Schröder eingehen sollen. Aber er tat es. Er wandte sich ihm zu, schaute ihn mit ernsten

Augen und klarem Gesicht an, das nirgendwo eine alkoholbedingte Entgleisung aufwies, und sagte mit leiser, aber fester Stimme:
„Nein, Manfred, ich glaube an keinen Endsieg, nach der Katastrophe von Stalingrad schon gar nicht. Ich mache mir große Sorgen um Deutschland."
Hans spürte, wie seine eigene Beklommenheit plötzlich die ganze Gesellschaft ergriffen zu haben schien. Zwischen Manfred und Franz war die Anspannung fast mit Händen zu greifen. Während Manfred auf die klar gesprochenen Worte von Franz zunächst völlig verblüfft reagiert hatte, sah Hans, wie sich auf dessen Gesicht jetzt Wut und Angst breitmachten.
„Mensch Franz," brüllte Manfred, „willst Du, dass ich Dich wegen ‚Feigheit vor dem Feind' melde? Die hängen dich auf, du Blödmann!"
Das Lächerliche in seiner um übertriebene Deutlichkeit ringenden, trunkenen Sprache stand dabei in einem merkwürdigen Kontrast zum bedrohlichen Ernst, der in diesen derangierten Worten lag.
„Mach, was du willst!" beschied ihn Franz kurz und kalt mit einer Stimme, in der für alle, so empfand es Hans, ganz eindeutig die Verachtung herauszuhören war, die Franz für die dumpfen, vom Alkohol durchtränkten Drohungen Manfreds empfand. Er wandte sich ab und verließ ohne ein weiteres Wort den Raum.
Hans war ihm nachgeeilt und hatte versucht, ihn zum Bleiben zu bewegen.
„Tut mir leid, Hans," sagte Franz mit einem flüchtigen Lächeln, „mir ist die Lust zum Feiern vergangen. Sag Deinen Eltern nochmals danke für ihre Großzügigkeit. Mach's gut." Er hatte aus dem Berg von Garderobe, der auf der Truhe gleich neben der Wohnungstür lag, seine schwarze Jacke herausgewühlt und war entschlossenen Schrittes ins Treppenhaus hinausgetreten.
Nachdem Hans mit sorgenvollem Gesicht die Tür hinter Franz geschlossen hatte, musste er sich einen Ruck geben, um zu den anderen zurückzukehren. Auch ihm war die Lust am Feiern vergangen nach diesem albernen Auftritt Manfreds. Um den hatte sich, wie Hans beim Eintritt ins verrauchte Wohnzimmer bemerkte, ein Kreis von Freunden gesammelt, in dem er auch Klaus erkannte. Dessen klare, von Autorität getragene Stimme redete beschwichtigend auf den sich nur noch schwach und mit undeutlichen Worten rechtfertigenden Manfred ein.
„Häng die ganze Sache mal ein bisschen tiefer, Mann," ermahnte ihn Klaus, „wir sind Freunde hier. Auch wenn wir unterschiedlicher Meinung sind und dir Franzens schon gar nicht passt, so gibt es unter uns überhaupt keine Drohung mit der Gestapo, ist dir das klar?"

Manfred murmelte noch ein paar unverständliche Worte und verließ schwankend das Zimmer. Kurze Zeit später war das Zuschlagen der Wohnungstür zu hören.
Nach und nach verabschiedete sich auch die übrige Gesellschaft. Mehr als man sich eingestehen mochte, hatte das Verhalten Manfreds die Stimmung verdorben. Spät war es obendrein. Hans verabredete sich noch mit Almuth für den nächsten Morgen, es war ein Sonntag. Man könne sich doch zum Spaziergang am Maschsee treffen, war sein Vorschlag, worein Almuth mit leuchtenden Augen einwilligte.
Dort, in einer parkartigen Ausbuchtung des Uferstreifens hatten sich beide unter einen mit weißem Blütenschnee überschütteten Birnbaum gesetzt und dann ins weiche Gras darunter auf den Rücken gelegt. Hans hielt dabei seinen Arm um Almuths Schulter gelegt und sie genoss die angenehme Stütze für den Kopf, die seine Armbeuge ihr bot. Er schaute versonnen durch die weißen Blütendolden, die hier und da ein Stück des blauen Frühlingshimmels freigaben.
„Willst Du wissen, wie es zuging bei meiner Geburt?" fragte er gedehnt und war erstaunt, wie lebhaft und prompt Almuths Reaktion auf diese Anfrage war.
„Klar doch, will ich das wissen. Alles möchte ich von dir wissen. Und natürlich auch, wie du auf die Welt gekommen bist, denn sonst gäbe es dich ja gar nicht!"
In dem Hans noch etwas verwundert dieser unwiderstehlichen Logik nachsann, begann er seine Geburtsgeschichte zu erzählen, wobei er versuchte, schon aus Gründen der Pietät, die Sichtweise seiner Mutter nicht unberücksichtigt zu lassen, sie aber dennoch mit der vertrauten und geliebten Erzählung seiner Großmutter zu verbinden. Zugleich wollte er aber auch das „Ich" aus: ‚So wurde ich geboren' nicht ganz außer Acht lassen, obwohl er sich selbstverständlich bewusst war, dass, trotz der scheinbaren Subjektivität des Ichs, in Wirklichkeit keine subjektive Erlebnisgeschichte daraus werden konnte, weil er im klassischen Sinn damals eben noch gar kein eigenständiges Subjekt war.
„Also hör zu," begann er seine Erzählung und schaute versonnen in die weißen Blütenblätter vor der abgrundtiefen Himmelsbläue über ihm. „Es war an einem Tag, ganz ähnlich dem heute. Im Garten hinter dem Haus meiner Großeltern, in dem es viele wunderbare alte Obstbäume gab, stand auch solch ein Birnbaum wie dieser hier, groß und mit Blüten überschüttet, wenn es Frühling wurde. Es war Anfang Mai, die Sonne schien schon warm, und meine Mutter, obwohl hoch schwanger mit mir, kniete auf dem Rasen vor den Rabatten und

zupfte frisches Unkraut, das nach den Regenschauern der letzten Tage mit Tulpen und Narzissen um die Wette wuchs.
„Schon dich doch Kind," mahnte meine Großmutter, die Kartoffelschalen zum Kompost hinten in den Garten trug. Meine Mutter, die sich weder damals noch sonst irgendwann in ihrem Leben „schonen" mochte, lächelte nur kurz über ihre Schulter und vertiefte sich sofort wieder in ihr Unkraut.
Nach ungefähr einer halben Stunde, sagte sie später, habe sie ein Unwohlsein im Unterleib gespürt. Natürlich hätte sie das nach Außen hin nie zugegeben, sich selbst gegenüber aber konnte sie sich eingestehen, dass sie es wohl doch ein wenig übertrieben haben könnte mit der Arbeit an diesem Morgen. So setzte sie sich unter den nur wenige Meter entfernten Birnbaum mit seiner üppigen Blütenpracht, um sich ein wenig auszuruhen.
Plötzlich habe sie „Stuhldrang" gespürt," fuhr Hans in seiner Erzählung fort, wobei ihm das Wort „Stuhldrang" nur schwer über die Lippen kam. Stets hatte Hans Mühe, die richtigen Worte für die ganz kreatürlichen Dinge zu finden, weil ihm jede Art archaischer Körperlichkeit zu allen Zeiten ein nicht näher definierbares Unbehagen bereitete.
„Sie wollte also ins Haus gehen, um sich Abhilfe zu verschaffen. Aus dem Sitzen drehte sie sich zuerst auf die Knie, weil sie ihren schweren Köper langsam und vorsichtig auf die Füße bringen wollte. Und dabei sei es passiert, hat sie mir später erzählt. Ich sei ihr kopfüber aus dem Leib geglitten, einfach so, ohne große Wehen vorweg. Ich hätte, so entdeckte sie, als sie wieder richtig bei sich war, ihren Schlüpfer um den Kopf gehabt. Mit dem hätte sie mich dann abgerieben, als meine Großmutter auf der Bildfläche erschien, herbeigerufen, durch einen seltsamen Schrei, den meine Mutter bei meinem plötzlichen Erscheinen ausgestoßen haben soll.
Die Mutter meiner Mutter, von einem unguten Gefühl bewegt, kam herbeigestürzt und traute ihren Augen nicht. Ihre Tochter, die noch immer unter dem mit schwerweißen Blütendolden beladenen Birnbaum kniete, hatte vor sich im Gras ein verschmiertes Baby liegen, das sie mehr versonnen als hastig oder gar verzweifelt, mit ihrem weißen Schlüpfer abrieb, um es zu befreien von Blut und käsigem Schleim."
An dieser Stelle wurde es Hans immer ganz seltsam zu Mute, manchmal meinte er eine leise Übelkeit zu spüren. Er war froh, dass er, obwohl doch ganz faktisch bei dieser Geburt beteiligt, die Einzelheiten derselben nicht bis ins Kleinste hatte mitbekommen können.
„Meine Großmutter erzählte später diese Szene immer wieder mit Ergriffenheit, wie sie ihre Tochter, fast stoisch ins Abreiben ihres Kindes versunken fand, das Gras vor ihr rot gefärbt vom Blut, mit der Nabelschnur, die zwi-

schen ihren Beinen heraushing und Mutter und Kind auf eine sehr lose, entspannte Weise noch verband. Eine Amsel, verborgen irgendwo oben zwischen den weißen Blüten im Wipfel des Birnbaums habe dazu ihr schönstes Frühlingslied gesungen, einen Begrüßungsgesang sozusagen, den sie nie in ihrem Leben vergessen werde. Dagegen wusste meine Mutter später noch nicht einmal zu sagen, ob da überhaupt ein Vogel im Garten gezwitschert habe, geschweige denn eine Amsel, die noch dazu mit Begrüßungsliedern beteiligt gewesen sein sollte, oben im Baum, unter dem sich gerade meine Geburt ereignet hatte.

Meine Großmutter habe eine ganze Weile dagestanden, erzählte sie, wie lange wüsste sie nicht, und hätte dabei dieses Bild für immer in sich aufgenommen. Dann sei ihr eingefallen, dass es von Nöten wäre, Mutter und Kind endgültig voneinander zu trennen. Ein prüfender Blick auf ihre noch immer kniende Tochter habe sie beruhigt, dass es keinen Grund zur Panik gäbe.

Daraufhin sei sie ins Haus gelaufen, um anschließend mit einer großen Küchenschere zum Birnbaum zurückzukommen. Mit einem beherzten Schnitt, was meine Mutter offenbar widerspruchslos geduldet habe, - es kann aber auch sein, dass sie es gar nicht gemerkt hatte, - durchschnitt meine Oma Dora die Nabelschnur und versah sie auf meinem übrig gebliebenen Ende behänd mit einem Knoten. Noch einmal eilte sie ins Haus und kam zurück mit einer Wolldecke, die sie neben meiner Mutter ausbreitete. Sie habe bereits mit dem Arzt telefoniert, teilte sie ihrer Tochter mit, der sei schon unterwegs, man solle die Mutter derweil behutsam auf dem Boden lagern, habe er angeordnet, so bequem wie möglich, damit die Nachgeburt auch ihren Weg fände. Das Kind solle man selbstverständlich in warme Tücher hüllen, bis er käme, um es anzusehen und entsprechend zu versorgen.

Dermaßen beruhigt, bettete meine Großmutter ihre Tochter, die weiterhin keine Anzeichen eines Schocks oder sonstige besorgniserregende Reaktionen erkennen ließ, auf die weiche Wolldecke unter dem Birnbaum, in dem die Amsel unentwegt sang. Der Himmel habe weiterhin gelacht, als freute er sich mit Mutter und Großmutter über diese ungewöhnliche, temperamentvolle Geburt. Ich, das Kind, in Windeln gewickelt, auf dem Bauch meiner Mutter liegend, blinzelte, mit meiner augenblicklichen Situation anscheinend durchaus zufrieden, in die warme Frühlingsluft.

Das Ganze sei ein so schönes und friedvolles Bild gewesen, erzählte meine Großmutter immer wieder mit der gleichen Rührung in der Stimme, dass ihr die Tränen gekommen seien und sie nur durch diesen Tränenschleier wahrgenommen habe, wie auch die Nachgeburt, ähnlich unkompliziert wie schon zuvor das Kind, sich vom Leib meiner Mutter getrennt habe.

Später, als ich schon erwachsen war, und meine Mutter gut aufgelegt mit mir beim Tee saß, hielt sie manchmal, beim Blick auf die vergangenen Jahre, versonnen inne. Ihre Augen schauten dann lächelnd in die Ferne. Sie stippte mich zum Spaß mit dem Finger schwungvoll an die Brust und sagte:
‚Du und Dein Bruder Friedhelm'– er war vier Jahre vor mir auf die Welt gekommen, ‚ihr habt schon bei eurer Geburt gezeigt, wes Geistes Kinder ihr seid. Friedhelm, der ewige Theoretiker, hat es sich schwer gemacht: Wie sagten doch gleich die Ärzte? Er sei eine Schiefhals-Steiß-Geburt gewesen, was immer das auch sein mag, - schwer war's halt, und du kannst dir vorstellen, was ich an dieser Theorie gelitten habe, bis er schließlich nach mehreren Stunden endlich da war. Du dagegen warst schon immer ganz praktisch veranlagt, hast dich mit dem Geborenwerden nicht lange aufgehalten und bist ganz einfach in die Welt gerutscht, du, meine liebste Sturzgeburt!'
Meist mündete die Betrachtung ihrer beiden Geburten danach in ein befreites Lachen, wobei ich überzeugt bin, dass sich das Gefühl der Befreiung besonders im Blick auf meine überstürzte Geburt ergab. Vom Unkraut-Rupfen zur Sturzgeburt - dazwischen lagen nicht nur wenige Meter, sondern auch nur wenige Momente."
Hans hielt inne und schaute Almuth lächelnd an, die neben ihm lag und voller Anteilnahme seiner Geschichte gefolgt war. Er entdeckte ein paar Tränenspuren auf ihrem Gesicht und zog sie, seltsam gerührt, zärtlich zu sich heran. Auch Almuth lächelte versonnen, ganz so, als könne sie unter diesem Birnbaum hier das geschilderte Geburtsgeschehen von damals sich nicht nur besonders gut vorstellen, sondern sogar ein wenig nachempfinden.

3

Auf dem Weg zur „Erforschung der Vergangenheit" betrachtete Hans sein sturzhaftes Erscheinen auf dieser Welt als vollkommen angemessen für ein Leben, wie er es sich wünschte, wenngleich auch nur selten zustande brachte. Es hatte den Anschein, als wollte er unbewusst den überschnellen Eintritt ins Dasein wieder dadurch ins rechte Lot bringen, dass er von nun an alles einer größtmöglichen, alles verzögernden Gründlichkeit unterwarf. Zwar pflichtete Hans später seiner Mutter durchaus bei, dass er im Gegensatz zu seinem Bruder eher praktisch veranlagt sei. Das aber bezog sich vor allem auf die Vorgehensweise, die Hans beim Spielen, Basteln und bei frühen handwerklichen Tätigkeiten an den Tag legte, nicht aber auf die Geschwindigkeit und eine womöglich lässige Eleganz, mit der sie hätten erfolgen können.

So erging es ihm auch mit dem für ihn so schnell und unerwartet erfolgten Umzug nach Hannover. Später bezeichnete er die abrupte Wende in seinem Leben stets, etwas zu großspurig vielleicht, als ‚Zeit des Erwachens', womit Hans eigentlich nichts Anderes ausdrücken wollte, als dass er von nun an über eine Erinnerung verfügte, die sich ganz offenkundig schon auf selbst Erlebtes stützen konnte. In seiner noch unbewussten Zeit wohnte die Familie in einer engen Wohnung unter dem Dach des Finanzamts einer Mittelstadt am Harzrand, dessen Leiter sein Vater überraschend geworden war, obwohl er, wie er stets betonte, doch lieber ein „kleines, handliches Amtsgericht" geleitet hätte.

Hans kannte die näheren Umstände seiner ersten beiden Lebensjahre nur aus den elterlichen Erzählungen. Zur „Erforschung seiner Vergangenheit" trugen sie eigentlich nichts Wesentliches bei, außer dass er erfuhr, wie sehr er in der Lage gewesen sei, auch schon als Kleinkind, sich mit sich selbst zu beschäftigen, wie er über Stunden hinweg, - Hans hielt das für maßlos übertrieben, - fähig gewesen sein soll, mit etlichen Knöpfen unterschiedlicher Größe und Farbe selbstvergessen und offensichtlich mit größtem Vergnügen zu spielen. Er wertete solche Äußerungen später nur als einen Hinweis darauf, dass die ihm eigene zähe Gründlichkeit sich hier schon angezeigt, möglicherweise auch ausgeprägt haben könnte.

Wenn er an die erste Zeit nach dem Umzug dachte, hatte er immer wieder ein Bild vor Augen, von dem er annahm, dass es den Frühling wiedergab, der unmittelbar auf das Beziehen der neuen Wohnung folgte. Andererseits musste er sich selbst gegenüber einräumen, dass es auch der zweite, wenn nicht gar der dritte Hannoversche Frühling gewesen sein könnte, da er nicht mehr genau zu sagen vermochte, wann sich unter seiner tastenden Erinnerung fester Boden gebildet hatte, der ein eigenständiges Betreten ermöglichte.

Wie dem auch sei, Hans sah sich in diesem ersten, zweiten oder dritten Frühling, - vielleicht war es ja sogar in allen drei Frühlingszeiten zu Beginn der Hannover-Zeit ganz ähnlich gewesen, - im Vorgarten spielen. Bei etlichen Jugendstilhäusern hatte er später diese Art von Vorgärten bis in die jüngste Gegenwart hinein noch entdecken können, was ihm jedes Mal ein süßwehmütiges Ziehen im Herzen verursachte.

Hansens Vorgarten in der Vorkriegsjugendstilvilla war nämlich nicht nur *ein* Vorgarten, sondern es waren eigentlich zwei Vorgärten auf ein und derselben Fläche. Zur Straße hin waren sie durch einen handgeschmiedeten Eisenzaun bewehrt, dessen einzelne Spitzen wie kleine Lanzen geformt waren, um mögliche Eindringlinge an einem allzu leichten Übersteigen zu hindern, sicherlich aber auch um den Anschein zu erwecken, glaubte Hans, dass es sich um ein wehrhaftes Haus handelte, das sich nach ein paar Metern Vorgarten stolz erhob und vom Wohlstand früherer Zeiten und Besitzer zeugte. Das besondere an diesem Vorgarten aber war, und er hätte nie darauf verzichten wollen, der sozusagen zweite Vorgarten im Vorgarten. Er entstand dadurch, dass es noch einmal eine eingezäunte Fläche gab, die ebenfalls einen schmiedeeisernen Zaun besaß, der sie, gleich rechts neben den Eingangsstufen, wenn man aus dem Haus trat, vom übrigen Vorgarten mit seinen Tulpen und Narzissen im Frühjahr und den blauen und altrosafarbenen Hortensien im Sommer und frühen Herbst trennte. Dieser innere Zaun, ganz ähnlich gefertigt wie der Straßenzaun, war um Einiges niedriger und besaß eine eigene Pforte. Hans glaubte, wenn er diese Pforte öffnete, - er war schon als kleines Kind in der Lage das zu tun, weil er an die schwarze, rollenförmige, mit einer kleinen Kugel als Abschluss versehenen Klinke heranreichen konnte, - jedes Mal ein Märchenland zu betreten. Dieser Vorgarten im Vorgarten unterschied sich von seiner Tulpen- und Hortensienumgebung so ähnlich wie sich ein Park von dem in seiner Mitte liegenden Teich unterscheiden mochte. Wenn Hans die Pforte öffnete, betrat er eine andere Welt. Das kleine, vielleicht vier mal vier Meter messende Quadrat war von einer niedrigen dunkelgrünen Buchsbaumhecke eingefasst. Dieselbe Hecke teilte auch die übrige Fläche, so dass es aussah, als führten vier Wege in die Mitte zu einem kleinen Rondell, das aus gleichem Buchsbaum bestand aber so unterbrochen war, dass alle vier Wege sich offen auf der kleinen Rundfläche treffen konnten.

Damals kümmerten Hans Größe oder Kleinheit von Flächen wenig. Er begriff unbewusst das System, das hinter diesem geheimnisvollen Vorgarten stand: die Welt lief, aus allen vier Himmelsrichtungen kommend, im Zentrum des kleinen umzäunten Gärtchens zusammen, nicht wild und ungezügelt, sondern planmäßig, von dunkelgrünen Buchsbaumhecken feinsinnig eingefasst.

Das war die eine Sicht auf seinen kleinen Garten, die er über Stunden, wie behauptet wurde, und worin er hätte einstimmen können, wenn er bereits ein Empfinden für Zeit gehabt hätte, schon als kleines Kind genießen und unbewusst zu verstehen vermochte.
Die andere Sicht seiner Gartenwelt bereitete Hans nicht minder Vergnügen. Er konnte sich vorstellen, dass ihm die Welt in alle vier Buchsbaumhimmelsrichtungen hin offen stand. Er verfügte gleichsam über sie, da er nur zu wählen brauchte, in welche Richtung er sich auf den Weg machen wollte. Nicht, dass er je einen Schritt getan hätte, es reichte ihm völlig aus, so interpretierte Hans später seine Gartengefühle, dass er es hätte tun können. In alle vier Richtungen, in eine buchsbaumgeordnete Welt, die durch schwarzes Schmiedeeisen geschützt und zusammengehalten, in angemessen erscheinender Größe sich um ihn breitete und sich für ihn bereithielt.
In einen kleinen, kurzbeinigen Spielanzug gekleidet, dessen rüschenförmiger Abschluss sich um seine Oberschenkel wie kleine gewellte Krägelchen schloss und die Hose etwas aufgeplustert erscheinen ließ, saß Hans in der Mitte seiner geharkten, mit weißen Kieselsteinen besäten kleinen, aber vollendeten Welt und befand sich damit auch genau in der Mitte seiner selbst.
Er bemerkte die Passanten nicht, die bisweilen vor dem Straßenzaun stehen blieben und mit gemischten Gefühlen zu ihm hinüber sahen, unsicher, ob der kleine hübsche Kerl in seinem extra Gärtchen eingesperrt war wie in einem Käfig, oder ob das sein ganz eigener, ganz besonderer Spielplatz wäre, den er sich selbst gewählt und auch selbst bezogen hatte. Als die Leute, manche mit einem kleinen Kopfschütteln, schließlich weitergingen, blieb diese Ambivalenz bestehen, denn, von außen gesehen, spielte Hans ja nicht im eigentlichen Sinne, etwa mit Steinen oder Stöckchen, Blüten oder Bienen. Andererseits vermittelte er auch nicht den Eindruck, als säße er unfreiwillig dort, eingesperrt oder weggesperrt in einem Kinderställchen, wie man sie, meist quadratisch, aus gedrechselten Holzstäbchen gefertigt, häufig in Häusern antraf, wo es Kleinstkinder vor allzu gefährlichen Wohnungskreuzzügen zu bewahren galt, zum Nutzen der Kinder und der Wohnung gleichermaßen.
Wirklich erste Schritte in die Welt da draußen aber unternahm Hans mit dem Auto. Genau genommen war es ein Holzauto von etwa dreißig Zentimeter Länge. Es war robust gebaut mit dicken Holzrädern, die mit schwarzem Hartgummi bereift waren und jeweils vermittels einer dicken Schraube an den viereckigen, ebenfalls aus Holz gefertigten Achsen befestigt waren, die vorn und hinten mit dem hölzernen Chassis fest verklebt und zur Sicherheit zusätzlich verschraubt waren. Im Führerhaus des Lastwagens, in das er mit seinen kleinen Fingern hineinfassen konnte, war ein scheibenförmiges Lenkrad an-

gebracht, das sich zwar drehen ließ, wobei diese Drehung jedoch keinerlei Auswirkung auf das Lenkverhalten des Autos besaß. Um es zur Kurvenfahrt zu bewegen, musste er es schon ein wenig gewaltsam aus seinem starren Geradeauslauf in die gewünschte neue Richtung ziehen oder schieben, was ihn aber nicht weiter störte und zumeist leicht zu bewerkstelligen war, besonders auf dem Gehweg vor dem Haus, der eine wassergebundene Kiesdecke als Belag besaß. Lediglich zur Straße hin gab es einen mit kleinen, quadratischen weißen Granitsteinen gepflasterten Streifen, von etwa einem halben Meter Breite, wo das schon mehr Mühe machte.

Auf der von einer umlaufenden Leiste eingefassten Ladefläche seines Autos transportierte Hans alle möglichen „Waren", wie er sie gerade auf dem Bürgersteig fand. Vornehmlich waren es vertrocknete Blätter vom Vorjahr, die aus den Gärten der Nachbarschaft immer wieder auf die Straße geweht wurden. Er war bemüht, wenigstens auf dem Bürgersteigabschnitt vor der elterlichen Wohnung einen halbwegs verlässlichen Reinigungsdienst zu gewährleisten, in dem er die Blätter, kleine Stöcke, achtlos fortgeworfenes Bonbonpapier oder Apfelkerngehäuse unter mit sprudelnden Lippen selbst erzeugtem Motorengeräusch zur Bordkante transportierte und in den Rinnstein kippte.

Nur einmal war er mit seinem Transportdienst überfordert gewesen, zumindest anfänglich. Es war der erste, zweite oder dritte Hannoversche Frühling, - auch bei diesem Ereignis mochte sich Hans beim späteren Erinnern nicht genau festlegen, obwohl er wegen der Erinnerungsfrische mehr zum dritten Frühjahr tendierte - als er auf einer Routinefahrt mit seinem Lastwagen, beladen mit den schier unerschöpflichen Blättern aus den Nachbargärten, plötzlich auf einen auf dem Rücken liegenden nackten toten Vogel stieß, dessen ebenfalls noch unbefiederte Flügel wie menschliche Arme ohne Hände ausgebreitet waren. Seine, für den kleinen Körper überdimensional großen Krallenfüße ragten mit zusammengezogenen Zehen in den Himmel. Der viel zu groß erscheinende Schnabel wies dort, wo er am Kopf des Vögelchens befestigt war, einen gelben Rand auf. Die Augen waren geschlossen, und es hatte den Anschein, als hätte der kleine Vogel sie im Sterben absichtlich zugekniffen.

Hans war zutiefst erschüttert. Zwar hatte er schon einmal einen toten Vogel gesehen, der mitten im Rund seines Buchsbaumvorgartens schwarz auf weißen Kieselsteinen gelegen hatte, auf der Seite und mit eingezogenen Krallen, aber der hatte wenigstens Federn besessen, die ihn nicht so hilflos nackt der Welt ausgesetzt erscheinen ließen, wie es der kleine bleiche tote Körper vor ihm war. Damals hatte Hans mit seiner Mutter den schwarzen Vogel hinten im Garten unter dem Kirschbaum beerdigt und die kleine Grabstelle mit einem Kreuz aus Kirschzweigen versehen.

Der erbärmliche federlose Vogelkörper mitten auf dem Gehweg erinnerte ihn dagegen an ein hilfloses Baby. Er spürte eine innere Verwandtschaft mit dem toten Wesen vor ihm auf dem Bürgersteig, sozusagen von Kind zu Kind. Lange kniete er davor und merkte, wie sich ihm die Kehle zuschnürte, er war dem Weinen nahe und überlegte, was zu tun sei. Er konnte das arme kleine Ding unmöglich einfach liegen lassen. Schließlich entfernte er die unvollständigen, aus Bruchstücken bestehenden Blätter von der Ladefläche seines Lastwagens und breitete die verbliebenen heilen vorsichtig aus, so dass eine durchgehende Schicht aus ansehnlichem Laub entstand. Dann nahm er den kleinen Vogel sacht in die Hand und legte ihn behutsam auf die trockenen Blätter. Er wendete den Wagen, fuhr langsam und feierlich zur Vorgartenpforte, bewältigte die Stufe aus rotem Granit, indem er das Auto kurzerhand hochhob und fuhr dann langsam und ernst weiter auf dem mit glatten Schieferplatten belegten schmalen Weg, der durch den Vorgarten rechts um das Haus herum in den hinteren Garten führte.

Das Grab des schwarzen Vogels war noch deutlich zu erkennen, obwohl die Querstange des Zweigekreuzes heruntergerutscht war und am Boden lag. Im nahen Sandkasten, den ihm seine Eltern kurz nach dem Einzug hatten aufstellen und mit weichem, weißen Sand füllen lassen, fand Hans eine Blechschaufel, mit der er nun ein zweites kleines Grab aushob, direkt neben dem ersten. Zuunterst legte er die Blätter aus seinem Wagen, darauf frische Grashalme, die er von der Rasenfläche hinter den Rhododendronbüschen pflückte. Er bettete vorsichtig den nackten Vogelkörper darauf und bedeckte ihn mit ganz vielen leuchtendgelben Löwenzahnblüten, die zuhauf zwischen dem Rasen wuchsen. Darauf verhielt Hans einen Augenblick und schob dann mit den Händen die Erde zurück, die er beim Graben der Kuhle auf die rechte Seite getürmt hatte. Er drückte das Grab glatt, suchte nach brauchbaren Kirschzweigen und band sie, einen längeren und einen kürzeren mit Grashalmen zu einem Kreuz zusammen. Auf ähnliche Weise reparierte er auch das Kirschzweigkreuz des schwarzen Vogels. Obwohl er eine unbestimmte Traurigkeit im Herzen spürte, war er mit seinem planvollen und zu einem richtigen und würdigen Ende geführten Handeln sehr zufrieden. Vor allem, weil er alles allein geschafft hatte, ohne mütterliche Hilfe.

Bei schlechtem Wetter und vor allem im Winter, wenn die Fußwege und Straßen mit nassem Schnee bedeckt waren, der sehr bald durch das emsige Streuen der Anlieger mit Sägespäne, Sand oder Asche aus den Kachelöfen, zuweilen auch mit Salz zu einem Matsch vermischt war, der mit der einstigen weißen Makellosigkeit frischer Schneeflocken nicht mehr das Geringste zu tun hatte, war Hans gezwungen, seine Transportarbeiten nach drinnen zu verle-

gen. Als Ausgangsbasis diente ihm dabei das „Spielezimmer", wie es in der Familie genannt wurde. Es war das kleinste von den vier Zimmern, deren Fenster alle zur Straßenseite hinausgingen und grenzte zur Linken ans Wohnzimmer, zur Rechten an das „Damenzimmer", das allein der Mutter vorbehalten war und ursprünglich mit ihrem danebenliegenden Schlafzimmer durch eine schmale Tür verbunden war. Seit aber Hans und sein Bruder Friedhelm Einzug gehalten hatten in Mutters Schlafzimmer, hatte sie die Tür zum Damenzimmer zugestellt, um mit diesem, auch zum Flur hin, stets abgeschlossenem Zimmer wenigstens einen Raum für sich zu besitzen, in dem sie all ihre Frauenintimitäten unterbringen konnte, die sie vor „ihren Männern" gern außer Reichweite gewusst hätte.
Erst allmählich hatte Hans begriffen, warum die Eltern kein gemeinsames Schlafzimmer besaßen, wie es ihm bei Besuchen in anderen Familien als Normalfall begegnet war. Der Grund dafür war sein Vater und dessen Krankheit. Seit Hans denken konnte, litt sein stets ein wenig vom Familienleben entfernt sich haltender Vater unter einem schlimmen Rückenleiden, das ihn mit voranschreitendem Alter immer mehr behinderte. Anfangs hielt man es in der Familie für die Folge eines schweren Unfalls, den der Vater im ersten Weltkrieg, zwar in Frontnähe, nicht aber durch Fronteinwirkung erlitten hatte. Als Hans diese Geschichte zum ersten Mal hörte, - man erzählte sie ihm erst, als man davon ausgehen konnte, dass er die Tragik des Geschehens schon halbwegs zu begreifen in der Lage war, - entfachte sie auf der Stelle seine lodernde Phantasie. Er konnte Stunden damit verbringen, sich das Ereignis zunehmend detaillierter und die Umstände, unter denen es geschehen war, immer drastischer auszumalen.
Der nüchterne Kern des verhängnisvollen Ereignisses war, abzüglich der auch in der Familie im Umlauf befindlichen Ausschmückungen, in etwa folgender: Bei einem temporeichen Vorstoß der Mittelmächte auf dem Gebiet Österreich-Ungarns, unweit von Lehmberg, hatte Karl Sogau, der künftige Vater von Hans, den Auftrag, hohe Offiziere ins Frontgebiet östlich von Lehmberg zu fahren.
Karl Sogau hatte sich seit seiner freiwilligen Meldung zum Kriegsdienst 1915 als sehr geschickt erwiesen, was den Umgang mit Pferden und Gespannen anbelangte, und wurde deshalb mit seiner einspännigen Kutsche im Kurierdienst zwischen Etappe und Frontgebiet eingesetzt; so auch an jenem strahlenden Frühlingstag 1917. Durch die noch spürbaren Folgen der Schneeschmelze musste Karl mit seinen gewichtigen Passagieren einen großen Bogen nach Südosten fahren, um die weiter nördlich gelegenen Überschwemmungsgebiete halbwegs sicher zu umgehen. Jetzt, auf der Rückfahrt vom

Frontgebiet, war Karl froh, das Grollen der Kanonen hinter sich gelassen zu haben. Die Aprilsonne schien von einem tiefblauen Himmel, der vom letzten Schauer wie blank gescheuert war. Karl hatte nur wenig Lust, den gleichen zeitraubenden Umweg nach Süden noch einmal zu fahren und kam auf die Idee, einfach den schnurgerade verlaufenden Bahndamm Richtung Lehmberg zu nehmen. Die Räder seiner Kutsche standen weit genug auseinander, um die Bahngleise mit einem auskömmlichen Abstand zu den Schienen zwischen sich zu nehmen. Ungemütlich war lediglich das Gehopse über die Eichenschwellen, aber auch an diesen gleichmäßigen, fast ein wenig wiegenden Rhythmus konnte man sich gewöhnen. Die Kutschräder mit ihrer Eisenbereifung, die über die Schottersteine im Wechsel mit den Bahnschwellen hinwegrumpelten, verursachten immerhin einen solchen Lärm, dass Karl von dem hinter ihm herannahenden Zug, der Soldaten aus dem Frontgebiet in die Etappe transportierte, nichts mitbekam. Auch der Mann auf der Lokomotive hatte offenbar die unerwartet vor ihm auf den Bahndamm entlang ratternde Kutsche viel zu spät bemerkt. Trotz einer sofort eingeleiteten Vollbremsung konnte er es nicht verhindern, dass die Maschine die Kutsche von hinten voll erwischte. Ein trockenes, hölzernes Krachen, vermengt mit dem Todesschrei des Pferdes, war es dann auch, was Karl noch wahrnahm, als er im hohen Bogen vom Kutschbock, seitlich an der mit kreischenden Rädern bremsenden Lokomotive vorbei die Böschung hinunter flog und ins flache Überschwemmungswasser eines über die Ufer getretenen Flüsschens stürzte. Der Aufprall im Wasser bewirkte zwar, dass Karl sich nicht sämtliche Knochen brach. Kurz unter der Wasseroberfläche aber lag ein abgestorbener Baum, nicht tief genug, um zu verhindern, dass Karl mit dem Rückgrat auf dem Stamm landete. Ihm blieb auf der Stelle die Luft weg, und als er wieder zu sich kam, konnte er Arme und Beine nur mühsam bewegen. Sanitäter des Truppentransports hatten Karl inzwischen im Schaffnerabteil eines Wagons ein behelfsmäßiges Krankenbett bereitet und seine blutende Rückenwunde verbunden. Als sie merkten, dass Karl zu sich gekommen war, grinsten sie ihn gutmütig an, und einer von ihnen grölte:
„Glückwunsch, Junge, für dich ist der Krieg vorbei!"
Sein später auftretendes, sich verschlimmerndes Rückenleiden wurde, wie erwartet, als Folge des kriegsbedingten Unfalls anerkannt und mit einer kleinen, aber immerhin ständig fließenden Rente abgegolten. Bei genaueren Untersuchungen in der Folgezeit aber stellte sich heraus, dass sich der Unfall zwar als sehr schwerwiegend erwies und Karl gerade noch einmal an einer Querschnittslähmung vorbei gekommen war. Ansonsten aber schien die Verwundung leidlich gut ausgeheilt und erwies sich keineswegs als Ursache für

seine permanenten Rückenbeschwerden, welche ihn, besonders morgens nach dem Aufstehen, in der ersten halben Stunde, fast steif werden ließen. Es zeigte sich schließlich, dass Karl unter der Bechterewschen Krankheit litt, die ihn zwar nicht umbringen würde, wohl aber dazu führte, dass sich seine Wirbelsäule immer mehr versteifte. Dabei sollte sie ihn zusätzlich und unwiderruflich noch in einen Bogen zwingen und auf diese Weise um zwanzig Zentimeter kürzer machen, als er es zu dem Zeitpunkt war, wo er noch aufrecht und stolz auf dem Kutschbock gesessen und schnurgerade Bahndämme befahren hatte.

Die Begleiterscheinungen seiner Krankheit, die sich immer gravierender ausprägten, brachten es mit sich, dass er besser in einem eigenen Schlafzimmer aufgehoben war, sowohl zu seinem eigenen Intimitätsschutz als auch zur Bewahrung der übrigen Familienmitglieder vor störenden Schlafgeräuschen und noch weitaus peinlicheren Tönen und Gerüchen, die ein Körper bei mangelnder Bewegung und daraus resultierenden Verdauungsprobleme zeitigte. Nachts war es ihm unmöglich aufzustehen, um die Toilette im entfernt liegenden Badezimmer zu erreichen, was zwangsläufig zur Folge hatte, dass er für die nächtlichen Bedürfnisse mit Urinflaschen auskommen musste.

Für Hans war er der etwas ferne Vater, auf den man Rücksicht nehmen musste, der sich, wiederum aus Rücksicht auf die Familie, selbst zurückzog und mit eiserner Disziplin seiner Arbeit in der Oberfinanzverwaltung nachging. Dort arbeitete er, wie auch bei der Aktendurchsicht zu Hause, zumeist an einem Stehpult, weil ihm diese Arbeitshaltung weniger schwer fiel, als gebeugt hinter einem Schreibtisch zu sitzen. Anwesend war dieser Vater für Hans und seinen Bruder eigentlich nur bei den gemeinsamen Mahlzeiten am Wochenende oder wenn er den von der Mutter eingeforderten Erziehungsvollzug zu erledigen hatte. Obstdiebstähle in Nachbarsgärten, bei denen sie erwischt worden waren, unentschuldigtes Fehlen in der Schule oder ähnliche Straftaten wurden nach dem Rapport mit immer den gleichen Sanktionen unter ebenfalls gleich bleibendem Ritual geahndet. Anfangs war es Hansens Bruder Friedhelm, der, dank seiner vier Jahre weiter reichenden Welterfahrung auch über die größere „kriminelle Energie" verfügte und als Erster darunter zu leiden hatte. Der Vater versuchte dann seine Amtsmiene aufzusetzen, ließ sich von der Mutter die Verfehlungen stichwortartig berichten, danach folgte eine kurze Anhörung des Delinquenten, ohne dass dessen Aussage den Fortgang des Verfahrens in irgendeiner Weise, weder positiv noch negativ, beeinflusst hätte. Aus seinem Aktenschrank, - die Verhandlung fand, um dem Ganzen einen offiziellen Rahmen zu verleihen und jeden Anschein von Willkür auszuschließen, im Arbeitszimmer statt, - entnahm der Vater darauf einen Rohrstock aus Rattan. Hans hätte diesen Rohrstock durchaus gemocht, - er war stilvoll, wohl geformt und von einer ausgewogenen Länge, - wenn er nicht zur Züchtigung des Bruders und, sobald er dem Kleinkindalter entwachsen war, der eigene Bestrafung gedient hätte.

Auf diese Weise war der Vater eine verborgen geliebte und zugleich gefürchtete Gestalt, die meist durch einen unnahbaren Ring aus Familienexistenz sichernder Arbeit, uneingeschränktem Respekt und einer geheimnisvollen Krankheitsaura, die ihn als Leidenden, wenn nicht gar als Märtyrer auswies, umgeben war.

Nur zweimal in seinem Leben hatte Hans es vermocht, diesen Ring zu durchbrechen, weniger aus eigenem Antrieb, sondern mehr als spontane Hilfeleistung auf Anforderung seines Vaters selbst in einer schwierigen Situation.

Das erste Mal geschah das, als seine Mutter wegen ihres permanenten Gallenleidens für einen Tag und eine Nacht zur Beobachtung im Krankenhaus bleiben musste. Am Morgen nach dieser Nacht, sie sollte erst am Mittag entlassen werden, wurde Hans von seinem Vater in dessen Schlafzimmer gerufen. Hans war zu diesem Zeitpunkt siebzehn Jahre alt, sein Bruder längst Soldat, und somit weilte er mit dem Vater allein im Haus. Als er das Schlafzimmer betrat, was bisher selten geschehen war, roch es ungelüftet und ein wenig nach Urin. Sein Vater saß gebeugt auf der Bettkante und bat ihn mit leiser, etwas heiserer Stimme:

„Junge, kannst Du mir mal beim Waschen behilflich sein? Ich schaff das nicht allein und hab doch nachher gleich die Sitzung in der Oberfinanzdirektion."

Für Hans war diese, fast ein wenig unterwürfig klingende Bitte seines Vaters völlig überraschend gekommen. Bisher war seine Mutter stets für derartige Dienste zuständig gewesen, und sie geschahen immer im Schlafzimmer des Vaters, selbstverständlich unter Ausschluss der Söhne.

„Du musst die große weiße Emaillewaschschüssel halb mit warmem Wasser füllen, ein Waschlappen liegt daneben, und nimm die Seife vom Waschbecken mit."

Beklommen machte sich Hans auf den Weg. Er fand alles im Badezimmer, wie der Vater es ihm aufgetragen hatte, und stellte die Schüssel mit dem darin schwappenden Waschwasser in die Mitte des Schlafzimmers. Sein Vater hatte sich schon seiner Nachtkleidung entledigt und stand nun völlig nackt vor seinem Bett.

Hans versuchte, so geschäftsmäßig wie möglich vorzugehen, indem er hinüberging zu seinem Vater, um ihn zur Waschschüssel zu geleiten. Dabei ließ es sich nicht vermeiden, dass er ihn in seiner ganzen weißen, gebeugten, verletzlichen Nacktheit ansehen musste. Es war das erste Mal, dass er seinen

Vater in dieser Weise zu Gesicht bekam. Neben einer selbstverständlichen Scheu und einem unbehaglichen Schamgefühl nahm er aber auch ein ganz unerwartetes Gefühl in sich wahr. Er empfand Rührung, fast ein wenig Zärtlichkeit für diesen hilflosen, verletzlich wirkenden, gebeugten kleinen Mann, der ihm gerade eben bis zur Schulter reichte.
Hans nahm seinen Vater bei der Hand, führte ihn behutsam in die Mitte des Zimmers vor die Waschschüssel und ließ ihn einsteigen. Ein wenig schüchtern, so schien es Hans, stand der sonst so gestrenge, Respekt einflößende, ferne Vater mit beiden Füßen inmitten der weißen Waschschüssel mit dem feinen dunkelblauen Rand. Die Hautfarbe des Vaters unterschied sich in ihrer Blässe nur unwesentlich vom Weiß der Schüssel. Nur unter den Achseln und im Schambereich kontrastierten schwarze Haarbüschel fast schmerzhaft mit der umgebenden weißen Haut.
„Nimm den Waschlappen, Junge, und fang von oben an," ermunterte er Hans, der ein wenig unbeholfen vor der blassen Gestalt stand, deren Zerbrechlichkeit noch einmal betont wurde durch die Schüssel, aus der sie sich mit so stark gebogenem Rücken erhob. Für Hans war es ein ganz neues fremdes Gefühl, seinem Vater körperlich so nahe zu kommen. Nicht nur räumlich hatte sich der Vater innerhalb der gemeinsamen Wohnung von der Familie ferngehalten. Er konnte sich auch nicht erinnern, dass sein Vater je zärtlich zu seinen Kindern gewesen wäre. Das Äußerste war, dass er ihnen mit der Hand gelegentlich über den Kopf strich, wenn ihr Verhalten seine Anerkennung fand.
Jetzt näherte sich Hans mit dem tropfenden Waschlappen dem Körper seines Vaters und begann, scheu und zurückhaltend dessen Schultern abzureiben.
„Nur zu, Junge," ermunterte ihn der Vater, „ich bin nicht aus Zucker, du kannst ruhig kräftiger zulangen."
Hans bemühte sich, etwas beherzter vorzugehen beim Waschen. Das gelang ihm auch, und allmählich verlor er seine Scheu vor dem so zerbrechlich wirkenden Körper, an dem die Wassertropfen in langen Bahnen herunter rannen, zurück in die Emailleschüssel. Er war jetzt beim Rücken angelangt und nahm zum ersten Mal wahr, wie stark die Beugung des Rückgrats geworden war im Lauf der letzten Jahre. Gebeugt sah er den Vater schon immer. Diese starke Rundung aber schien ihn immer weiter zu Boden zu ziehen. Dagegen, so sah es aus, wehrte sich sein Nacken, der länger geworden zu sein schien und sich der Beugung des Rückens entgegen zu stellen begann, was einen verzweifelt rührenden Eindruck auf Hans machte.
Jetzt war er bei den Hüften angelangt und versuchte unter Umgehung der „private parts" seines Vaters zu den Beinen zu gelangen.

„Zier dich man nicht so, Junge, du bist doch auch ein Mann und weißt, dass die ‚strategisch wichtigen Stellen' unbedingt gewaschen werden müssen. Gib mal den Lappen her, da komm ich noch selber ran. Ich zeig dir mal wie das geht." versuchte der Vater die Beklommenheit seines Sohnes zu mildern.
Hans spülte darauf den Lappen aus und reichte ihn erneut dem Vater, damit der sich den weißen Seifenschaum aus den schwarzen Haaren wischen konnte.
Den Rest des väterlichen Körpers, die von der wenigen Bewegung dünnen, nahezu haarlosen Beine, waren im Nu geschafft. Hans reichte seinem Vater das lange weiße baumwollene Unterhemd ohne Kragen, das mit einer Leiste von drei Knöpfen vorn am Hals geschlossen wurde. Er half dem Vater, aus der mit trübem Seifenwasser gefüllten Schüssel zu steigen, trocknete dabei erst den einen Fuß ab, dann den anderen, so dass der Vater nun auf dem Eichenparkett seines Schlafzimmers stand, im Hemd und noch mit bloßen Füßen.
„Den Rest kann ich allein. Danke dir, Junge."
Als Hans die Tür des väterlichen Schlafzimmers hinter sich schloss, spürte er zuerst Erleichterung. Aber dahinein mischte sich auch ein Gefühl von Stolz, ja sogar von Dankbarkeit. Es wäre ihm früher nicht im Traum eingefallen, dass sein Vater soviel, auch für ihn peinliche Nähe hätte zulassen können.
An eine ähnliche Situation mit seinem Vater, wo es ebenfalls zu einer vorher nie vorstellbaren körperlichen Nähe gekommen war, erinnerte sich Hans gern und stets mit einem stillen, stolzen Lächeln.
Nur ein paar Wochen nach der väterlichen Waschung in der weißen Emailleschüssel, saß die Familie am sonntäglichen Mittagstisch. Die Eltern legten Wert auf diese geruhsame Mahlzeit, an der auch der Vater teilnahm, der an Wochentagen sein Mittagessen normalerweise in der Kantine der Oberfinanzdirektion einnahm. Das Sonntagsessen diente dazu, auch über die Ereignisse der vergangenen Woche zu sprechen und sich abzustimmen für die kommenden Tage.
An diesem Sonntag saß man länger als gewöhnlich beieinander. Es ging um den Krieg. Die Eltern machten sich Sorgen um ihren Ältesten, der aber glücklicherweise noch nicht im Fronteinsatz war, sondern in Bielefeld als Sanitäter für eine Verwendung in Russland ausgebildet wurde. Wann es dahin gehen sollte, wohin genau und in welche Einheit, war noch völlig offen. Trotz der Ungewissheit, was Friedhelm anbelangte, und eines noch lange nicht absehbaren Kriegsendes, war der Vater in recht aufgeräumter Stimmung, wozu sicherlich auch die zweieinhalb Gläser Rotwein beigetragen hatten, die er sich zur

Feier des Sonntags aus seinem trotz Kriegszeiten noch wohlgefülltem Weinkeller jede Woche genehmigte.

Plötzlich aber verstummte der Redefluss, sein Gesicht nahm einen unruhigen Ausdruck an und mit gequälter Stimme brachte er heraus: „Entschuldigt bitte, ich muss ganz dringend mal austreten, meine Blase spielt verrückt in den letzte Tagen."

Er erhob sich mühsam, mit steifen Beinen, rückte um den Tisch herum und versuchte sich schnellstmöglich auf den langen Weg zum Badezimmer zu machen. Aber seine Beine folgten ihm nicht wie gewollt, und schon gar nicht konnte er den Druck beeinflussen, der ganz offensichtlich auf seiner Blase lastete. Als er an der Wohnzimmertür angelangt war, drehte er sich noch einmal um, schaute Hans mit flehentlicher Miene und groß aufgerissenen Agen an: „Ich glaube, ich schaff das nicht mehr!" presste er hervor. „Kannst Du mir irgendwie behilflich sein, Hans?"

Der hatte schnell begriffen. Im Nu war er aufgesprungen, rannte ins Schlafzimmer, das er, seit Friedhelm zum Militär eingezogen worden war, mit der Mutter allein teilte, griff den Topf, der zur Sicherheit stets unter seinem Bett stand, und eilte mit langen Schritten zum Vater, der verzweifelt und hilflos im Flur stand, nicht imstande, auch nur noch einen Schritt zu tun, ohne dass es zur Katastrophe gekommen wäre. Hans kniete sich vor den Vater und ermutigte ihn, sich in den Topf hinein zu erleichtern, den er ihm aufmunternd in Schritthöhe entgegenhielt. Mit einem tiefdankbaren Seufzer öffnete der Vater seine Hose, und im gleichen Augenblick rauschte es schon in den Topf hinein. Das Gesicht des Vaters entspannte sich bis hin zum Wohlgefallen. Er strich Hans mit der freien Hand linkisch über die Haare und seufzte im Ton tiefster Erleichterung:

„Danke dir, Junge, das war gerade noch im rechten Augenblick. Du hast mich vor einer furchtbaren Peinlichkeit bewahrt."

Hans strahlte. Er empfand die ganze Situation keineswegs als Zumutung, obwohl das Bild ans Groteske grenzte, wie er, vor seinem Vater kniend, den Topf empor hielt, in den dieser sich mit munterem Strahl ergoss.

Hans erhob sich und trug, noch immer stolz lächelnd, seine schwappende Fracht ins ferne Badezimmer.

4

Vom „Spielezimmer" begann für Hans die Welterkundung. Zunächst waren es Routinefahrten mit seinem Lastwagen im inneren Wohnungsbereich. Das Schlafzimmer, das er mit Friedhelm und seiner Mutter teilte, bot nicht mehr als eine kurze Exkursion in die Welt der Nacht. Da die Vorhänge in diesem Zimmer meist auch tagsüber zugezogen blieben, herrschte hier, auch bei Tageslicht draußen, eine Art Dämmerlicht, in dem man sich zwar zurechtfinden konnte, das für Hans aber dennoch die Nacht und damit die Macht der Dunkelheit repräsentierte, in der man sich Licht verschaffen musste, um klar zu sehen, um die Drohung der Finsternis unter Kontrolle zu halten.

Hans hatte zum fünften Geburtstag eine Taschenlampe geschenkt bekommen. Schwarz und rechteckig war sie, ihr Licht strahlte aus einem runden Glasfenster, das auf einer der beiden flachen Rechteckseiten eingelassen war. Sie besaß eine Besonderheit, die Hans ganz besonders fesselte. Links und rechts unterhalb des kleinen Scheinwerfers gab es jeweils einen silbernen Aluminiumknopf, der in einer senkrecht nach oben laufenden Schiene geführt werden konnte. Damit war es möglich, links eine rote und rechts eine grüne Scheibe vor den Scheinwerfer zu schieben. Schob man beide Filter gleichzeitig vor das Licht, so entstand ein dunkles Rot, von dem er aber so gut wie nie Gebrauch machte.

Besonders abends im Bett konnte er sich über lange Zeit vor dem Einschlafen mit dieser Taschenlampe beschäftigen. Er zog sich mit ihr unter die Bettdecke zurück, formte mit den aufgerichteten Knien eine Höhle, die er abwechselnd in weißes, rotes oder grünes Licht tauchte. Zu den verschiedenen Farben dachte er sich ganze Märchenszenarien aus, die mit Weiß in seiner eigenen Lebenswelt spielten, mit Rot in Räuberhöhlen, Feuersbrünsten oder gar in der Hölle Furcht erregende Gestalten erstehen ließen und mit Grün meist in einen Frühlingswald, auf liebliche Wiesen am Bach oder auch nur in den kleinen Park, der zehn Minuten von der Wohnung entfernt lag, hinausführten und gute Gefühle von Lebensfreude und Geborgenheit vermittelten.

Manchmal blieb er mit der Taschenlampe unter der Decke auch nur ganz bei sich. Das war die Zeit des weißen Lichts. Er hielt die Taschenlampe so in seiner Hand, dass sie nicht nach außen leuchtete, sondern durch seine runden, kleinen Finger hindurch. Auch wenn er keine Lücken zwischen den Fingern ließ, drang Licht hindurch. er glaubte dann, durch seine Finger und einen Teil der Hand sehen zu können. Seine Hand schien durchsichtig zu werden, sie bestand nur noch aus rötlichem Fleisch, das überall gleich hell war. Er wunderte sich immer wieder, warum er nur diese beeindruckende, scheinbar durchsichtige und nur aus Fleisch und Blut bestehende Hand sehen konnte und nicht die Knochen, von denen er wusste, dass es sie auch da drinnen gab, und die von Außen ganz deutlich zu fühlen waren. Immer wieder sann er darüber nach, warum ihm seine Lampe nur die makellose, knochenlose Röte offenbarte, und nahm diese wundervolle Erscheinung schließlich mit in seine Märchenträume, wo es auch stets um wundersame Dinge und Erscheinungen ging, in die sich makellos leuchtende, knochenfreie Hände wie selbstverständlich einfügten.

Wenn Hans dagegen auf Nachtfahrt im Schlafzimmer ging, hatte seine Taschenlampe keine magische Funktion mehr, sondern eine rein praktische. Er schaltete sie ein und stellte sie mit weißem Licht hinten auf die Ladefläche, wobei er sie mit der rechten Hand gegen das Führerhaus gedrückt hielt, so dass der darüber hinausragende Scheinwerfer mit seinem hellen Lichtkegel einen breiten Weg vor dem Fahrzeug ausleuchtete. Unter selbst erzeugtem Motorengeräusch fuhr er los aus dem Depot, das heißt unter dem Kopfende seines Bettes. Ein erstes Hindernis, das es zu umfahren galt, war sein hellblauer Keramiknachttopf, der für alle (Not-)Fälle unter seinem Bett deponiert war. Dann ging es quer durchs Zimmer, über Bettvorleger hinweg, die kein ernst zu nehmendes Hindernis darstellten, zielgerecht unter das Bett seiner Mutter, um Ladung aufzunehmen. Die beiden, aus glänzender lila Seide bestehenden, an der Ferse offenen Hausschuhe seiner Mutter verstaute er auf der Ladefläche des Lastwagens, wobei sie etwas nach hinten überstanden. Bei diesen Unter-Bett-Aktionen war es zumeist unumgänglich, besonders wenn er den Wagen in weitem Bogen unter dem Bett hindurch zog, dass hin und wieder kleine oder auch größere, zusammengeballte Staubflusen zwischen den Vorderrädern und der Achsaufhängung hängen blieben. Hans störte das nicht. Im Gegenteil, für ihn bedeutete das nur einen Einsatz unter erschwerten Bedingungen und eine neue Herausforderung.

Über die breite Holzschwelle ging es hinaus auf den Flur. Wenn alle außer Haus waren, verlängerte er die Nachtfahrt, indem er das Licht im Flur ausgeschaltet ließ, bis zur Wohnungstür. Wenn er die dann aber öffnete, überströmte ihn oft heller Morgensonnenschein, der die Fahrzeugbeleuchtung mit einem Schlag überflüssig machte. Er schaltete dann die Lampe sorgsam aus, bog scharf nach links und fuhr gewichtig brummend den Gang hinunter bis zur ersten Tür. In der Regel war sie verschlossen. Dahinter lebte Frieda aus Dorfmark, das Hausmädchen, das die Mutter stets noch mit „gnädige Frau" anredete. Man hatte Frieda zu verstehen gegeben, dass diese Anrede nicht unbedingt erforderlich wäre im Hause Sogau des Jahres 1930, aber Frieda bestand darauf. So habe sie das von zu Hause her gelernt, und so gehöre sich das auch, wenn man in Stellung wäre.

Als Anna, Friedas Nachfolgerin, - Frieda heiratete nach zwei Jahren einen Klempner aus ihrer Heimat, nachdem sie zuvor schon von ihm schwanger geworden war, - von Frieda hörte, dass man zur Hausherrin „gnädige Frau" sagte, lachte Anna nur ihr fröhliches Glockenlachen und belehrte ihre Vorgängerin mit stolz erhobener Stimme: „Nur Gott ist gnädig, Frieda!"

Bei Anna hieß Frau Sogau folglich nur „Frau Sogau", womit Frau Sogau im Grunde ja auch recht einverstanden war, obwohl sie sich an die Anrede „gnädige Frau" nicht nur gewöhnt hatte, sondern diese Titulierung, insbesondere wenn man ein Essen für Kollegen ihres Mannes aus der Oberfinanzdirektion gab, durchaus auch genießen konnte.

Manchmal aber war Frieda auch zu Hause, wenn Hans auf seiner Morgentour an ihrem Zimmer vorbei kam. Er klopfte dann leise, und Frieda öffnete ihm, bisweilen noch im Nachthemd, ihre Jungmädchentür. Hans rumpelte mit seinem Lastwagen über die Schwelle, Frieda schimpfte, dass Hans wieder die Hausschuhe der „gnädigen Frau" entführt habe, ließ ihn aber seine Bahn ziehen bis hin zur Waschkommode, auf der eine weit ausladende Keramikschüssel mit roter, wellenförmiger Umrandung stand. Die gelbliche Schüssel war mit winzigen Blümchen, wilden Stiefmütterchen und Gänseblümchen, übersäht, in ihrer Mitte erhob sich ein ebensolcher Krug mit roter Tülle und einem langen, gebogenen roten Henkel. Hans lenkte seinen Wagen in weitem Bogen vor der Kommode herum, wobei die Reifen auf den blanken Dielen durch das Herumziehen etwas quietschten, und fuhr noch einen kurzen Schlenker unter Friedas Jungmädchenbett mit dem rot karierten dicken Federbett darauf. Er umfuhr elegant Friedas weißen Nachttopf und rollte dann wieder – ohne Flusen an den Rädern – über die holprige Schwelle auf den Gang hinaus zur nächsten Tür, dem Badezimmer. Dieser schlauchartige Raum diente früher einmal als Küche, bevor man diese, noch vor dem Einzug der Sogaus, im Souterrain neu und bei weitem größer eingerichtet hatte.

Das Badezimmer erforderte ganz besondere Fahrkunst, weshalb Hans es auch am meisten liebte und sich stets auf diesen Endpunkt seines Ausflugs freute. Gleich links, wenn man hineinkam, stand die große Badewanne, die mit ihren löwenfüßigen Beinen gerade noch hoch genug war, damit er mit seinem Lastwagen darunter kommen und um ihre Füße Slalom fahren konnte. Dann kam der große, kupferne, mit Holz und Kohle beheizbare Badeofen, den Hans, wenn er samstags angefeuert wurde, besonders schätzen gelernt hatte. Zum Einen, weil er das Badezimmer mit wunderbarer Wärme erfüllte, zum Anderen wegen des herrlich heißen Wassers, das ihm entströmte und Hans beim Einsteigen jedes Mal viel zu heiß erschien, in dem er sehr bald aber nur noch wunderbare, warme Geborgenheit empfand, aus der er erst dann zum Aussteigen zu bewegen war, wenn man ihn auf seine „Waschfrauenhände" aufmerksam machte, auf die ihn immer aufs Neue erschreckenden schrumpligen Fingerkuppen und Handflächen, von denen er fürchtete, sie könnten plötzlich von bleibendem welligem Bestand sein.

Gleich hinter dem Badeofen stand der „Thron", wie das Klo augenzwinkernd im Familienkreis genannt wurde. Diese Bezeichnung kam Hans sehr entgegen, der immer ein wenig Furcht und Abneigung empfand vor den unverblümten Bezeichnungen kreatürlicher Verrichtungen, besonders wenn sie noch mit einem den ganzen Raum erfüllenden üblen Geruch in Verbindung standen. Bei seinen, durch die Lastwagenfahrten bedingten Besuche des Badezimmers besaß das Klo für ihn dagegen eine neutrale Ausstrahlung. Auf seinen Thron-Vorbeifahrten konnte es sogar geschehen, dass es ihm aus lauter Übermut in den Sinn kam, den an einer Kette aus doppeltem Messingblech gefertigten Gliedern hängenden weißen Keramikklöppel kräftig nach unten zu ziehen und begeistert dem Wassersturz zu lauschen, der sich aus dem hoch oben angebrachten gusseisernen Kasten durch ein dickes Bleirohr in die Kloschüssel ergoss. Noch während sich der Wasserbehälter oben wieder plätschernd füllte, setzte Hans seine Badezimmerrunde fort, unter der Kommode hindurch und vorbei am Handtuchhalter, wobei ihm die Tücher stets durchs Gesicht streiften und er auch mit geschlossenen Augen, allein vom Geruch her, sagen konnte, wer von der Familie, welches gerade im Gebrauch hatte.

Nach dem Badezimmer trat Hans die Rückfahrt an, lud die Hausschuhe wieder unter dem Bett der Mutter ab, stellte sie ordentlich nebeneinander und kehrte dann ins „Spielezimmer" zurück, wo er sein Fahrzeug auf dessen Stammplatz neben dem Regal mit den Büchern und Brettspielen parkte und die Taschenlampe ebenfalls zurück an ihren Platz in der Spielkommode verfrachtete.

Hans legte bereits als kleines Kind größten Wert darauf, dass alle Dinge, mit denen er es zu tun hatte, ihren festen Platz besaßen. Dieses Streben nach größtmöglicher Ordnung versuchte er, sein Leben lang beizubehalten, was ihm auch über weite Strecken gelang, solange er in der elterlichen Wohnung und später als Student allein wohnte. Schwierig sollte es erst werden, nachdem um ihn herum wie von selbst und scheinbar ohne sein Zutun eine eigene Familie entstanden und der Raum für seine Ordnungsstrukturen knapp geworden war. Komplikationen mit dem System gab es auch sehr viel später noch einmal in verschärfter Weise, als er sich vor Brendhild und den sporadisch auftauchenden erwachsenen Kindern in sein völlig überfülltes Arbeitszimmer zurückzog, wo es an Regal-, Schrank- und Kommodenraum derart mangelte, dass er sich gezwungen sah, Akten, Bücher und Briefe nun auch in Stapeln unterzubringen, die, obwohl halbwegs stabil zum Teil hüfthoch aufragend, dennoch jegliches Ordnungssystem, an dem er über so lange Zeiten gearbeitet und festgehalten hatte, zum Einsturz brachten. Auch das war ein Grund, weshalb sich in ihm immer mehr Groll gegen Brendhild ansammelte, sah er doch in ihr die Ursache für seine Raumnöte und damit letzten Endes auch für den Zusammenbruch seiner über so lange Jahre gepflegten Ordnung.

5

Als Hans 1931 eingeschult wurde, war aus dem niedlichen kleinen Kerl, der mit seinem hölzernen Lastwagen durch die Wohnung kurvte, draußen altes Laub und allen möglichen Unrat vom Bürgersteig in den Rinnstein transportierte und bereits zwei Vögel bestattet hatte, - einen schwarzen, erwachsenen mit Hilfe der Mutter und, allein, jenen jungen, der noch nackt war, - ein dicker, etwas unbeholfener Schuljunge geworden. Seine innersekretische Drüsenstörung war zwar diagnostiziert worden, aber der Arzt hatte schon angekündigt, dass es, selbst bei strenger Einhaltung der verordneten Diät, voraussichtlich mehrere Monate dauern würde, bis er seine normale, schlanke Figur wiedererlangt haben würde.

Zudem war Hans, neben seiner krankhaften Körperfülle, die dann doch früher vorüber gehen sollte als befürchtet, noch auf eine andere Art gehandicapt, die sich als weitaus dauerhafter herausstellen sollte. Verhängnisvollerweise hatte nämlich zu diesem Zeitpunkt noch niemand bemerkt, - selbst Hans nicht, - dass sein linkes Bein um etwa zweieinhalb Zentimeter kürzer war als das rechte. (Er würde erst die Fünfzig erreichen müssen, bis ein Orthopäde dem verkürzten Bein zum ersten Mal auf die Schliche kam, was an der Situation dann verständlicherweise nicht mehr das Geringste änderte.) Überraschend war nur, wie er es geschafft hatte, unbewusst wohl, dass man ihm diese Unregelmäßigkeit beim Gehen nicht anmerkte. Er hinkte nicht, wie man vielleicht hätte erwarten sollen. Nur seine Mutter betrachtete seinen Gang mit zunehmender Skepsis. Hans gehe irgendwie nach „auswärts", meinte sie, und ließ ihm besondere Stiefel nebst Einlagen verordnen. Die einzig spürbare, wenn auch zu diesem Zeitpunkt in ihrer Ursache eben noch lange nicht ergründete Einschränkung war für ihn eine gewisse Steifheit im Hüftbereich. Er nahm das aber als gottgegeben hin, obwohl es ihn schon sehr schmerzte, wenn man ihm beim Sportunterricht „Steifbock, Steifbock!" hinterher rief, besonders, als auch die Mädchen in diesen Spottruf mit gehässigem Lachen einzustimmen begannen.

Mädchen waren damals (und sollten es im Grunde sein Leben lang bleiben) für Hans fremde, unbegreifliche Wesen, die ihn aber, trotz seiner krankheitsbedingten Verzögerung sexueller Empfindungen, auf eine merkwürdige, magische Weise anzogen.

Er versuchte, sich gut mit ihnen zu stellen, er mochte die niedlichen Gesichter, umrahmt von langen Haaren, wobei es ihm besonders die blonden, gelockten angetan hatten. Aber was es war, und woher es rührte, das ihn bei den Mädchen so anzog, konnte er sich nicht erklären, obwohl er, mehr durch Zufall, schon bald bemerkt hatte, dass sie untenherum anders aussahen als er. In seiner Familie war über derartige grundlegende Unterschiede bislang nicht geredet worden, was auch so bleiben sollte. Hans war also darauf angewiesen, sich diesbezügliches Wissen, auf welchen Wegen auch immer, selbst anzueignen.

Es war auf dem Nachhauseweg von der Schule gewesen, den er ausgedehnt hatte, weil er die blonde Hedwig, genannt „Hedi", noch nach Hause begleiten wollte. Sie wohnte nur drei Straßen weiter als er. Hedi war ein fröhliches Mädchen, das unentwegt erzählen konnte. Sie hatte übrigens auch nicht mitgemacht, als die anderen auf dem Schulhof „Steifbock" hinter Hans hergerufen hatten.

Er trottete neben ihr her, hörte mit Geduld und Ausdauer auf ihr Geplapper, auch noch, als sie in die Straße einbogen, auf der es nur auf der einen Seite Häuser gab, während die gegenüberliegende auf diesem Teilstück mit einem kleinen Buchenwäldchen bestanden war.

„Warte mal, Hans," unterbrach sich Hedi selber, „ich muss mal ganz dringend Pippi. Du darfst dich aber nicht umdrehen, versprichst du mir das?"

„Ist schon gut", grunzte Hans und trottete gemächlich weiter. Plötzlich hörte er den schrillen Ruf eines Bussards aus kurzer Entfernung hinter sich im Wald. Fast automatisch, ohne in diesem Augenblick an Hedi zu denken, drehte er sich um und sah, wie das Mädchen gerade im Begriff war, sich sein Unterhöschen wieder hochzuziehen. Konsterniert, erschrocken, zugleich auf eine merkwürdige Weise fasziniert, sah Hans, dass bei Hedi etwas fehlte.

„Du Schuft," rief Hedi, „du hattest mir versprochen, dich nicht umzudrehen!"

Sie schien aber gar nicht so empört, wie sie tat, und wie Hans es befürchtet hatte, denn sie lachte auf eine nur mäßig verschämte Weise, die Hans noch neugieriger machte.

Als sie sich vor Hedis Haus verabschiedet hatten, bummelte Hans zutiefst in Gedanken versunken nach Hause. Mädchen waren ganz anders, dachte Hans und spürte eine eigentümliche, angenehme Aufregung, die er irgendwie mit seiner ungewollten Entdeckung von Hedis „Mangel" in Verbindung brachte.

In seiner Freizeit aber hielt sich Hans überwiegend an die Jungen in seinem Alter. Erich war einer von ihnen, mit dem er sich ganz besonders angefreundet hatte. Zum einen mochte er dessen sommersprossiges Gesicht mit den roten Haaren drum herum, zum anderen war Erich ein idealer Spielkamerad, der es, genau wie er, liebte, sich Geschichten auszudenken, auf Entdeckungsreise zu gehen und sich die normale Umgebung mit ähnlich lebhafter Phantasie in eine Abenteuer- und Märchenwelt umzudeuten. Und noch etwas gab es, das Erich für Hans ganz besonders interessant machte: Sein Vater war Pedell am Theater, ein gutmütiger rundlicher, kleiner Mann, der die beiden Jungen fast überall im Theaterbereich herumstreifen ließ. Für Hans eröffnete sich damit eine ganz neue, phantastische Welt. Das begann mit der „Unterwelt" des Theaters, dem riesigen Heizungskeller, wo zwei vom Kohlenstaub dunkle Gestalten für den alles verschlingenden Ofen zuständig waren, der in Winterzeiten ständig mit dem im Hintergrund in großen Bergen lagernden Koks gefüttert werden musste. Hans hatte sich recht bald angefreundet mit den Heizern, die ihm anfangs mit ihren schwarzen freien Oberkörpern so unheimlich erschienen waren, dass er sie in seiner Phantasie schon in die Hölle selbst versetzt hatte, wo sie das Feuer für die Verdammten schüren mussten. Sehr bald aber bemerkte er, dass auch Höllenheizer schlichte Angestellte mit Familie waren, die einfach ihre Arbeit taten. Und Hans bekam von ihnen eines Tages einen großen Schatz, wie er es empfand. In ihrem riesigen Ofen verbrannten die Heizer neben der Kohle auch alles Mögliche an Abfall, der bei der Produktion von Kulissen in den Werkstätten eines großen Theater ständig anfiel. Auf diesem Wege, wie und woher wusste anschließend niemand mehr zu sagen, mussten auch Zinngegenstände den Weg in den Feuerschlund gefunden haben. Jedenfalls holte Herrmann, einer der beiden gutmütigen Heizer, einen großen Klumpen, zu einer Kugel geschmolzenen Zinns aus dem auskühlenden Ofen. Hans bekam ihn zum Geschenk und war vor Freude darüber ganz aus dem Häuschen. Er erhob den Klumpen in seiner eigenen Vorstellungswelt sofort zum Goldschatz, den er vom König für treue Dienste im Kampf gegen einen Drachen erhalten hatte. Sorgsam, in einem mit Seidenpapier ausgelegtem Schuhkarton, seiner Schatztruhe, verstaute er ihn in der dritten Schublade seiner Kommode, im Sockenfach unter all seinen Strümpfen. Von Zeit zu Zeit, wenn niemand in der Nähe war, holte er den schweren, silbriggrauen Kugelklumpen hervor und träumte sich mit ihm in eine wundervolle Welt, in der die Kugel mal ihre Zauberkräfte gegen feindliche Heere auf verheerende Weise entfaltete oder, auf einem anderen Schlachtfeld auf hoher See, als Kanonenkugel gegen grausame Piraten den entscheidenden Sieg der königstreuen Flotte einleitete.

Ein besonders beliebter Spielplatz auf dem Theatergelände war der, von einem weiten, mit Teerpappe gedecktem Dach geschützte Abstellplatz für vorläufig nicht benötigte Kulissen, die in der Tischler- und Malerwerkstatt für die unterschiedlichen Aufführungen angefertigt worden waren. Noch Jahrzehnte später, wenn ihm dieser aufregende Geruch aus Holz, Farbe und Leim zufällig aus einer Tischlerwerkstatt um die Nase wehte, hatte er mit einem Schlag den Kulissenplatz des Hannoverschen Theaters wieder vor Augen.

Hans und Erich durften darin nach Herzenslust herumstöbern und Verstecken spielen zwischen den hölzernen, mit Leinentuch bespannten Wänden und besaßen ihre je eigenen Lieblingsplätze darin. An einen Kulissenausflug konnte sich Hans ganz besonders lebhaft erinnern. Vielleicht lag es daran, dass es seine erste Erkundungstour auf dem Kulissenhof war, vielleicht auch, weil er die Darstellungen auf den riesigen Wänden besonders bezaubernd fand, zu denen sich auch noch Bäume und Sträucher aus Draht und Pappmaché gesellten, die mit glitzerndem Gold- und Silberstaub auf berückende Weise beschneit schienen.

„Das gehört alles zum ‚Sommernachtstraum,'" erklärte Erich sachkundig. Natürlich hatte Hans noch nie etwas von Oberon, Puck oder Titania gehört, die in diesem Stück ihr Wesen und Unwesen trieben. Aber das spielte auch keine Rolle. Er war schon verzaubert genug und setzte sich zwischen die bunten Kulissenwände und die teils versilberten, teils goldbestäubten Bäume. Er träumte seinen eigenen Traum von einer Nacht im Sommer, von Elfen und guten Feen, von gefährlichen Drachen und von sich selbst als Drachentöter, dem hinter einem Busch aus purem Gold, zum Lohn für seinen siegreichen Kampf, eine zarte Prinzessin erschien, die Hedi nicht unähnlich sah, auch wenn ihre Gesichtszüge noch feiner und ihr Haar noch goldener und gelockter war als das der Schulkameradin.

Gut zehn Jahre später war Hans immer noch beim Theater. Er stöberte nicht mehr in abgestellten Kulissen herum, träumte nicht länger von Elfen und Kobolden, sondern stand nun zwei- dreimal die Woche selbst auf der Bühne, als Statist. Erich, der ihm damals die Theaterwelt geöffnet hatte, war als Tischlerlehrling im dritten Jahr einen anderen Weg gegangen als er selbst, der sich in der Obersekunda mit Georg, dem Sohn des damaligen Theaterintendanten Müller befreundet hatte und der ihm wegen der gleichen Theaterbesessenheit ans Herz gewachsen war. Georg schloss Hans das Theater zum zweiten Mal auf, indem er ihn des Öfteren mit nach Hause nahm, wo er seinem Vater auffiel durch sein „liebliches Gesicht", wie Georg es seinem Freund bei einem oder zwei Bier später einmal verriet. Wobei „lieblich" eigentlich nicht das passende Wort zur Beschreibung seines Gesichts war, wie Hans später vor dem Spiegel nach ausführlicher Prüfung feststellte. Seine stark ausgeprägten, vom Großvater mütterlicherseits geerbten schwarzen Augenbrauen standen im Kontrast zu seinem weichen, vollen Mund, der immer dunkelrot geschminkt schien und mit seinem kräftigen Kinn zusammen ein Gesicht geformt hatte, auf das man aufmerksam wurde, wenn er mit Gleichaltrigen zusammenstand. Besonders Frauen schienen dieses Gesicht anziehend zu finden. Hans begegnete der überdurchschnittlichen Aufmerksamkeit für seine Person besonders bei älteren Frauen, zumeist im Alter seiner Mutter oder sogar darüber mit Skepsis. Einerseits wusste er die Zuwendung dieser um so viel älteren Frauen sehr wohl zu schätzen, bedeutete sie doch zumeist große Freundlichkeit und Versorgungswillen. Andererseits machte ihm das auch zu schaffen, weil er das Gefühl nicht ganz loswurde, dass sie in ihm jemanden zum Bemuttern und Verwöhnen sahen, was er mit seiner Eigenwahrnehmung als „jugendlicher Held", wie man im Theater sagen würde, nicht in Einklang zu bringen vermochte.

Wie dem auch sei, Hans fiel dem Intendanten auf. Allerdings auch nicht als wahrhaftige Verkörperung des „jungendlichen Helden", sondern eben als ein Gesicht, das sich auf der Bühne einfach gut machte und wegen der ausdrucksstarken Brauen, den schwarzen Haaren und dem stets dunkelrot leuchtenden vollen Mund auch nicht groß geschminkt werden musste. Hans spielte mit in der Goethe-Tragödie „Clavigo", in Schillers „Don Carlos", einmal sogar in „Hamlet". Er war mit anderen zusammen meist das „Volk", einmal sogar ein „Knappe" und durfte dabei „Es ist so, Sire!" sagen. In anderen Stücken musste er Quadrille, Kreuzpolka und Walzer tanzen, wobei ihm, wegen seiner Hüftsteife der Walzer, besonders linksherum, anfangs schwer fiel. Seine Mitstatistinnen übten mit ihm den Walzer aber so lange, bis er ihn, trotz seiner Behinderung, schwungvoll und ohne Auffälligkeiten tanzen konnte.

Die zwei oder drei Mark, die er pro Abend für seine Statistenauftritte bekam, wurden nach der Vorstellung im gegenüberliegenden Restaurant gleich wieder verjubelt. Es kam ihm ja auch gar nicht unbedingt aufs Geldverdienen an. Viel wichtiger waren ihm die Gespräche mit Bühnenarbeitern, Beleuchtern und Schauspielern, die sich alle in der Kneipe gegenüber trafen und nach getaner Arbeit ihr Bier tranken. Hans verstand sich dabei natürlich als Schauspieler, zumindest als einer, der es werden wollte, und fragte deshalb die richtigen Schauspieler bis in die letzten Einzelheiten ihres Auftritts hinein aus. Die wiederum, weil sie diesen netten, interessierten jungen Burschen einfach mochten, beantworteten geduldig alle Fragen, die er auf dem Herzen hatte.

Abends im Bett, wenn er nach einem „großen Theaterabend" noch nicht einschlafen konnte und mit offenen Augen in seinem Bett lag, während er seine Mutter tief und regelmäßig atmen, manchmal auch ein wenig schnarchen hörte, träumte sich Hans in die ihm liebste Rolle. Dann war er der große Mime, der im einzigen Scheinwerferkegel auf sonst dunkler Bühne, mit schweren, nachdenklichen Worten: „Sein oder Nichtsein…" leise vor sich hin sprach und darüber einschlief.

6

Hans ging in die erste Klasse, als er einen ersten Versuch mit der Selbständigkeit unternahm. Auf seinem Schulweg, der nur etwa zehn Minuten lang war, kam er auf dem Hin- und Rückweg am Schreibwarengeschäft „Engel" vorbei und blieb regelmäßig vor dem Schaufenster stehen, um immer wieder seinen Blick über die Vielzahl der Auslagen schweifen zu lassen. Zum Schulanfang hatte Hans von seinen Eltern zwei Bleistifte Härtegrad HB2 und eine Packung Buntstifte bekommen, die er besonders liebte, weil sie verheißungsvoll, in einem kleinen ausgesparten Fenster in der Pappumhüllung ihre Farbenpracht, geordnet nach dem Regenbogen, schon vor der Benutzung ankündigten, und, wie auch die beiden Bleistifte, aus Engels Schreibwarenladen stammten.

Nun hatte er bei Hedi, seiner Banknachbarin in der Schule, einen silbern glänzenden Anspitzer bewundert und auch auf seine Bitte hin benutzen dürfen. Er mochte das feine schabende Geräusch, das beim Drehen des Bleistifts durch das scharfe kleine Hobelmesser im Anspitzer zu hören war, und freute sich an der herunter hängenden, in Spiralform immer länger werdenden „Schale", wie Hans die haarfeine abgeschnittene bräunliche Holzschicht nannte.

So einen silbernen Anspitzer wollte er unbedingt auch haben und hatte ihn auch schon im Schaufenster von Engels entdeckt. Fünfzig Pfennig sollte er kosten. Für Hans war das viel Geld, das er aber durch das Schlachten seines Sparschweins aufbringen zu können glaubte. „Schlachten" war eigentlich kein der Sache angemessenes Wort, denn er hatte hinten in der Kommode unter den Strümpfen, wo er alle ihm wichtigen Dinge aufbewahrte und wo in einer Schachtel auch sein „Schatz" ruhte, den winzigen Schlüssel versteckt, dessen es bedurfte, um das kleine Metallplättchen unter dem Bauch des rosa Porzellanschweins zu öffnen. Hans wusste im Übrigen, dass mindestens zwei Fünfzigpfennigstücke im Bauch des Schweins sein müssten, weil sein Onkel Heinrich vor nicht allzu langer Zeit zu Besuch gewesen war. Er verehrte diesen jovialen, etwas korpulenten und stets von einer leichten Alkoholfahne umwehten Onkel sehr, der immer neue, abenteuerliche Geschichten von seinen Luftwaffeneinsätzen im Ersten Weltkrieg zu erzählen wusste. Ob es dagegen stimmte, was er bei einem seiner letzten Besuche zum Besten gegeben und in den prächtigsten Farben ausgeschmückt hatte, dass er nämlich eine zeitlang im Geschwader zusammen mit dem „Roten Baron" geflogen sei, konnte Hans später, als er wusste, welch legendäre Gestalt sich hinter diesem Namen verbarg, nicht mehr mit Sicherheit herausfinden.

Schon die Ankunft dieses Onkels war furios. Er benutzte nicht wie jeder andere Besuch die Klingel an der Haustür, sondern warf mit Fünfzigpfennigstü-

cken so lange gegen die Scheiben des Wohnzimmerfensters, bis ihm irgendjemand die Tür öffnete. Wenn Hans und sein Bruder Friedhelm den lachenden Onkel vor der Tür mit einer Umarmung begrüßt hatten, stürmten sie, die Alkoholfahne Heinrichs noch ein Stück mit sich ziehend, in den Vorgarten unter das Wohnzimmerfenster, um die blitzenden Geldstücke, ähnlich dem Eiersuchen zu Ostern, zwischen den abgeblühten Tulpen und Narzissen aufzuklauben. Das letzte Mal hatte Hans sich dabei ertappt, dass er vor den anderen das bewusste, ihm sehr vertraute Klirren an der Fensterscheibe zwar gehört, aber anfangs absichtlich nicht darauf reagiert hatte. Er wollte dem Onkel einfach ausreichend Gelegenheit geben, möglichst viele Geldstücke zu werfen, die dann über den Vorgartenumweg jeweils in sein und Friedhelms Sparschein wanderten. Zunächst hatte es zwischen den Brüdern Streit über die Verteilung der Münzen gegeben. Friedhelm war mit seinen vier Jahren, die er seinem Bruder im Alter voraus war, natürlich meist geschickter und schneller im Finden des Geldes. Schließlich hatte man sich aber darauf geeinigt, alle gefundenen Münzen zunächst in einen Topf zu tun, um sie danach gerecht, das heißt, zu gleichen Teilen, in die Obhut der Schweine übergehen zu lassen.
Hans schloss, als er sich versichert hatte, dass er unbeobachtet war, sein Sparschwein auf und entnahm eines von den beiden Fünfzigpfennigstücken aus dem Inneren. Nach dem er den Bauch sorgfältig wieder verschlossen und den Schlüssel an seinen Platz zurückgelegt hatte, machte er sich auf den Weg zu Engels. Er war ein klein weinig aufgeregt, weil es sein erster ganz und gar selbständiger Einkauf werden würde, ohne Zuhilfenahme der Eltern, ja nicht einmal mit deren Wissen und Billigung.
Als er beim Laden angekommen war, vergewisserte er sich noch einmal mit einem kurzen Blick ins Schaufenster, ob der kleine silberne Anspitzer noch da wäre. Als er ihn in der Nachmittagssonne schwach durch das gelbe, durchsichtige Rollo blinken sah, das die Engels zum Schutz vor dem Vergilben der ausgelegten Hefte und Malblöcke bei Sonnenschein herunterließen, öffnete er unter Herzklopfen die Ladentür, die dabei eine verborgene Dreiklangglocke zum Klingen brachte und den Engels im Hinterzimmer anzeigte, dass Kundschaft den Laden betreten hatte.
Hans legte seinen Fünfziger auf die Ladentheke, wies mit dem Finger in die Auslage und sagte beherzt:
„Diesen silbernen Anspitzer möchte ich haben, bitte." Frau Engel lächelte, zog eine von den vielen kleinen Schubladen in der großen Kommode hinter sich auf und hielt Hans genau solch einen Anspitzer hin, wie er ihn sich im Fenster immer wieder angesehen hatte, und sagte mit zuvorkommender Stimme:

„Bitte schön, der Herr, es ist mir eine Ehre.".
Hans war überrascht, dass Engels eine ganze Schublade voller silberner Anspitzer besaßen. Er steckte stolz seinen soeben erworbenen in die Hosentasche, sagte höflich auf Wiedersehen, und rannte glücklich mit seinem Besitz nach Hause, direkt in die Arme seiner Mutter, die zur selben Zeit von einer Nachbarin nach Hause kam.
„Guck mal, was ich mir gekauft habe!" platzte er heraus, und konnte in seinem Stolz über den Einkauf kaum an sich halten.
„Aber Hans, du Dummchen, dein Vater hat davon drei Stück auf seinem Schreibtisch im Arbeitszimmer liegen! Bring ihn mal gleich wieder hin. Da du ihn noch gar nicht benutzt hast, müssen Engels ihn zurücknehmen."
Hans stand wie vom Donner gerührt. Sein Stolz, seine Freude, sein Gefühl von Selbständigkeit, das ihn bis gerade eben noch getragen hatte, waren mit einem Schlage dahin.
„Nein, das kann ich nicht", brachte er nur mühsam, schon den Tränen nahe, heraus. „Was sollen die denn sagen?"
„Nicht sie, du wirst ihnen etwas sagen! Dass es dir nämlich leid tut, und du hättest nicht gewusst, dass es bei uns schon drei Anspitzer gebe und du dein Geld gern wieder haben möchtest. Nun los, lauf schnell rüber, es sind doch nur ein paar Schritte. Je eher du die Sache hinter dich bringst, desto besser," drängte ihn die Mutter, die in ihrer sprichwörtlichen Sparsamkeit nicht einsah, warum er diese unnötige Ausgabe machen sollte. „Hättest mich doch fragen können, bevor du eigenmächtig losstürmst und dir etwas kaufst, was es längst bei uns im Hause gibt. Vater wird dir mit Sicherheit einen von seinen Anspitzern schenken."
Hans vermochte sich immer noch nicht zu bewegen. Als seine Mutter im Haus verschwunden war, kullerten ihm die Tränen über die Wangen. Mit einem Schluchzer wandte er sich um und machte sich mit bleischweren Füßen auf den Weg zu Engels. Er war zutiefst enttäuscht und überlegte, was er Frau Engel nur sagen könnte. Je näher er dem Laden kam, desto peinlicher und entwürdigender erschien ihm sein Auftrag. Aber da er ein gehorsamer Junge war und es ihm natürlich einleuchtete, dass man keine vier Anspitzer brauchte, sah er auch keine Möglichkeit für einen Rückzug. Schweren Herzens drückte er die Klinke an der Ladentür herunter, hörte wieder die Dreiklagglocke, die ihm dieses Mal aber zu laut und abweisend klang.
Frau Engel erschien hinter der Ladentheke. „Na, hast Du was vergessen, mein Junge? Aber was machst du denn für ein Gesicht?"
Wieder schossen Hans die Tränen in die Augen: „Ich kann den Anspitzer nicht behalten," schluchzte er, „wir haben schon drei, sagt meine Mutter."

„Na, das hättest du dir aber früher überlegen können!" Das Lächeln aus ihrem Gesicht war verschwunden, ihre Worte hatten einen wesentlich kühleren Ton bekommen. „Die Zeiten sind nicht gut, Junge. Mein Mann und ich sind auf die wenigen Einnahmen angewiesen, auch wenn es nur Pfennigbeträge sind. Warum hast du dich nicht vorher bei deinen Eltern erkundigt?"
Wie hätte Hans Frau Engel klarmachen können, dass er nichts gewusst hatte von den Anspitzern zu Hause, dass er Hedis silbernen so schön fand und unbedingt auch einen solchen haben wollte und dass er mit stolzer Freude losgelaufen war, um seinen ersten eigenen Einkauf zu tätigen. Er war verzweifelt und niedergeschlagen, noch dazu, weil die sonst so freundliche Frau Engel derart abweisend, fast unfreundlich zu ihm war.
„Bitte," flehte er mit tränenerstickter Stimme und legte seinen Anspitzer vor Frau Engel auf den Ladentisch.
Ohne ein weiteres Wort zu sagen, drehte sich Frau Engel um, Hans hörte wie die Kassenschublade mit einem Klingelton aufging. Wortlos legte Frau Engel ein Fünfzigpfennigstück vor Hans auf den Tisch und wandte sich zum Gehen.
„Das nächste Mal überlegst Du dir das früher, sonst brauchst du gar nicht erst wiederzukommen!" hörte er noch, als Frau Engel schon im Hinterzimmer verschwand.
Mit schwerem Herzen, beschämt und zutiefst traurig trat er auf die Straße. Noch schien die Nachmittagssonne und malte helle Flecken auf den Bürgersteig unter den großen Bäumen.
Mit zunehmendem Abstand zu Engels Geschäft verließen ihn Niedergeschlagenheit und Beschämung. Als er wenige Meter von zu Hause entfernt eine große dunkelbraune, fast schwarze, pelzige Raupe entdeckte, die sich mit wellenartigem Zusammenziehen und Strecken ihres Körpers durch einen Sonnenfleck vor ihm auf dem Bürgersteig bewegte, ohne dass er ein verstehbares Ziel erkennen konnte, das die Raupe anstrebte, hatte er seine Schmach fast schon wieder vergessen.

Doch in dem Moment, wo er die schmiedeiserne Gartenpforte zum Vorgarten öffnete, stieg in ihm die Erinnerung an das eben Erlebte mit einem Schlag wieder auf. Er grollte noch immer seiner Mutter, die ihn auf diesen demütigenden Weg zu Engels geschickt hatte. Hans wollte sie jetzt nicht sehen und ging durch den Vorgarten, vorbei am eingezäunten kleinen Buchsbaumgarten, um das Haus herum zum Schuppen, der auf dem Nachbargrundstück stand und dessen mit Brettern verkleidete Rückwand die linke Grundstücksbegrenzung zum eigenen Garten bildete. Das Stück Erde davor, das zumeist im Schatten lag, war mit den abgeblühten Maiglöckchen bestanden, die er als

kleine, schon blühende Pflanzen vor wenigen Wochen in die Erde gebracht hatte. Jetzt waren von den duftenden kleinen weißen Glocken in ihrer leuchtendgrünen Blatthülle nur hohe, dunkle Blätter übrig geblieben, von denen einige beigefarbene, vertrocknete Rispen umhüllten, an denen die weißen Blüten vor nicht allzu langer Zeit noch ihren betörenden Duft verströmt hatten. Nur wenige dieser Rispen konnten mit Früchten, den gelbroten kleinen Beeren aufwarten. Insgesamt passte alles zu Hansens trüber Stimmung, denn so fröhlich die Glöckchen auch geblüht hatten, so lieblich ihr Duft ihm auch erschienen war, er verband damit in seiner Erinnerung nur Gefahr und Tod.
Damals hatte die Mutter, als sie mit einem großen Karton voller Maiglöckchen von den Nachbarn im übernächsten Haus nach Hause gekommen war, ihn zu sich gerufen:
„Schau mal, was ich da bringe, Hans! Die Grundmanns haben davon ganze Teppiche in ihrem Garten, ich durfte mir so viele nehmen, wie ich wollte. Du kennst doch die Stelle hinten am Schuppen, die ist gerade richtig für die Maiglöckchen, die es mehr schattig und feucht mögen. Wenn du willst, kannst du sie dort gleich einpflanzen."
Hans wollte das, aber zunächst hatte ihm seine Mutter noch ganz merkwürdige und, wie er fand, widersprüchliche Dinge über diese Blumen erzählt. Das Wichtigste, was es zu berücksichtigen gelte, wäre, so hatte sie es ihm mit eindringlichen Worten zu verstehen gegeben, dass sowohl die Blätter, wie auch die Blüten und natürlich ebenso die Früchte, rötliche, an Preiselbeeren erinnernde kleine Perlen, sehr giftig seien, weshalb es dringend geraten erscheine, sich schon dann die Hände zu waschen, wenn man beim Sortieren und Pflanzen die Blumen mit bloßen Fingern angefasst hätte. Hans schauderte es fast ein wenig, als er die sich so harmlos gebenden weißen Glöckchen, die so fein dufteten, anschaute.
Aber es gäbe auch schöne kleine Geschichten von den Maiglöckchen zu erzählen, beruhigte ihn die Mutter. Eine Legende, also eine alte Geschichte, die die Leute sich seit langem erzählten, berichte davon, dass plötzlich Maiglöckchen aus der Erde gewachsen seien, wo die Tränen Marias zu Boden fielen, als sie unter dem Kreuz den Tod ihres Sohnes Jesus beweint habe. Deshalb, so hatte die Mutter erklärt, hießen sie auch Frauen- oder Marientränen und gälten seit langem als ein Zeichen grenzenloser Liebe.
Hans hatte das Bild von den Tränen und den daraus entstehenden weißen Glöckchen sehr berührt. Er kannte von Ostern her die Geschichte von diesem Jesus, den man so grausam umgebracht hatte und der sowohl die römischen Soldaten als auch seinen Feinden unter den Juden ein Schnippchen geschlagen

hatte, als er nach seinem Tod einfach aus dem Grab gewandert war. In seiner Phantasie sah Hans nun die Tränen Marias unter das Kreuz rollen, wo sie sich im selben Augenblick in weiße Blumenglöckchen verwandelten, auf die nun wiederum dunkelrote Blutstropfen des Sohnes fielen, die von den weißen Blüten vergiftet wurden – ein doppelter Tod.

Und dann hatte seine Mutter gesagt, dass man mit den Maiglöckchen, wenn man sie an andere verschenke, auch große Liebe ausdrücken könne.

Seitdem sah er die Blumen mit ihren langen, etwas gerollten Blättern gleichermaßen als bedrohlich und erfreulich an: Tod und Liebe gingen davon aus, Gefahr und Schönheit, Himmel und Hölle. Im Augenblick aber sollte für Hans die dunkle, dem Tode zugeneigte Seite der weißen Blüten überwiegen, was etwas mit dem Pflanzen der duftenden Blumen zu tun hatte.

Als er sich darauf vorbereitete, mit Schaufel und Hacke hinaus zum Einpflanzen der Maiglöckchen zu ziehen, wappnete er sich zusätzlich noch mit seinem kleinen Tropenhelm, den er von den Bechtermanns am Ende der Straße bekommen hatte. Ludwig Bechtermann war früher von Beruf Landvermesser gewesen und hatte als solcher lange Jahre in den deutschen Kolonien Afrikas neu zu bauende Straßen, Eisenbahnen und Grundstücksgrenzen weißer Siedler vermessen. Sie hatten einen Sohn gehabt, den Herbert, der damals aber, ungefähr im gleichen Alter, in dem Hans sich jetzt gerade befand, „den Menschenfressern zum Opfer gefallen" wäre, wie beide Bechtermanns mit trauriger Miene mitgeteilt hatten. Hans wagte, sich diesen Vorgang, trotz seiner sonst so blühenden Phantasie, überhaupt nicht weiter auszumalen, weil ihm das einfach zu gruselig erschien. Seit ihrer Rückkehr nach Deutschland hatten sich Herr und Frau Bechtermann immer wieder Kinder aus der Nachbarschaft eingeladen, weil sie hofften, damit über den Verlust ihres einzigen Sohns hinwegzukommen. Als Hans etwa das Alter Herberts erreicht hatte, in dem dieser auf dunkle, kaum glaubhafte Weise den Bechtermanns abhanden gekommen war, gehörte nun auch er zu denjenigen, die im Bechtermannschen Haus mit Kuchen, Limonade und viel trauriger Freundlichkeit versorgt wurden.

Beide Bechtermanns hatten an Hans einen ganz besonderen Narren gefressen, was sich vor allem darin ausdrückte, dass sie ihm, zum Zeichen ihrer Wertschätzung, den kleinen Tropenhelm ihres Sohnes schenkten, den dieser zum Zeitpunkt seines ungeklärten Verschwindens, - Hans mochte sich einfach nicht vorstellen, dass irgendwelche schrecklichen schwarzen Menschen ihn einfach aufgegessen hätten, - nicht getragen hatte.

Insofern fühlte er sich angemessen ausgerüstet mit dem Helm als Kopfbedeckung, dem Überbleibsel aus einer so tragischen Geschichte, als er sich der dunklen, der giftigen Seite der Maiglöckchen beim Pflanzen zwangsläufig und sehenden Auges aussetzte. Er begann die obere Bodenkruste mit der Hacke aufzulockern, um dann mit dem Spaten etwas tiefer zu graben. Vorsichtig wollte er nun die wunderschönen giftigen Blumen in die feuchte Erde setzen, sie auch ein wenig festdrücken, wie es ihm die Mutter empfohlen hatte und schließlich siegreich heimkehren aus der Gefahr, um sich gründlich die Hände zu waschen.

Völlig überraschend wurde er aber schon zu Beginn seiner Pflanzaktion unterbrochen. Ungefähr beim dritten oder vierten Spatenstich kam etwas Weißliches in der dunklen Erde zum Vorschein. Hans hockte sich hin, griff nach dem kleinen Gegenstand, putzte ein wenig daran herum und erstarrte, während ihm eine Gänsehaut über den Rücken lief. Er hielt einen Zahn, offenbar einen Backenzahn in der Hand. Die wildesten Gedanken schossen ihm durch den Kopf. Könnte es sein, wenn er weiter grübe, dass er auf eine Leiche stieße? Womöglich auf die Herbert Bechtermanns? Hans verwarf diesen Gedanken sofort wieder, wie sollte der von Afrika hierher gekommen sein, zumal er ja angeblich aufgegessen worden war. Aber vielleicht war ja ein Zahn übrig geblieben? Hans schüttelte erneut den Kopf über seine eigene Dummheit. Dass nur ein einzelner Zahn von Herbert Bechtermann den Weg hierher gefunden hatte, war noch unwahrscheinlicher, als dass es der ganze Herbert hierher geschafft haben könnte.

Nachdem er diesen verrückten ersten, aus dem Schrecken geborenen Gedanken endgültig beiseite geschoben hatte, blieb aber immerhin noch die Frage, wem denn dann dieser Zahn gehört haben könnte. Er konnte jetzt nicht einfach weitergraben. Giftige Maiglöckchen mit betörendem Duft, der Zahn einer Leiche, das Gedenken an den armen Herbert Bechtermann, all das zusammen hatte ihn aus dem seelischen Gleichgewicht gebracht und verlangte nach einer Unterbrechung, nach Mitteilung und Trost. Er zog sich zuerst einmal ins Haus zurück, suchte und fand seine Mutter in der Küche im Souterrain, wo sie mit Frieda die Einzelheiten fürs Mittagessen besprach. Noch immer aufgeregt und bleich, präsentierte er seiner Mutter wortlos den Zahn auf offener Handfläche.

„Was hast du denn da gefunden," fragte sie, „einen Zahn?" Sie nahm ihn Hans aus der Hand und hielt ihn Frieda unter die Nase.

„Jo, und vun een Peerd!" trompete Frieda mit rauem Lachen. „Das kenn ich von zuhause, gnädige Frau, das ist ganz klar ein Pferdezahn." Und zu Hans gewandt: „Smiet em ruut, mien Jong. Oder vergrab ihn in der Erde, das bringt Glück!"

Hans wandte sich zögerlich zum Gehen, er war beruhigt und enttäuscht zugleich. Langsam und bedächtig schritt er wieder hinaus zu seiner Baustelle. Den angeblichen Pferdezahn hatte er in die Hosentasche gesteckt. Sorgsam und ohne weitere Unterbrechungen pflanzte er die Maiglöckchen in die vorbereitete Erde. Manche der Blumen waren in ihrem dicken Wurzelwerk noch ineinander verflochten. Er pflückte sie nicht auseinander, sondern ließ sie in ihrem angestammten Verband. Sie sollten nach wie vor mit ihren Verwandten oder Freunden beisammen bleiben und blühen dürfen.

Danach nahm er seinen Helm ab, blieb noch kurze Zeit zufrieden vor seinem Pflanzwerk stehen und ging dann mit Hacke und Schaufel zurück ins Haus, um sich zu allererst gründlich die Hände zu waschen.

7

Hans ahnte früh, dass aus ihm niemals eine Sportskanone werden würde, allein schon wegen seiner Hüftsteifheit, deren Ursache – ein zu kurzes linkes Bein - noch etliche Jahrzehnte verborgen bleiben sollte. Da er aber durchaus bewegungsfreudig war, hatte er früh schon das Wasser als idealen Bewegungsraum für sich entdeckt. Dort bedurfte es keiner übergroßen Gelenkigkeit oder Kraftanstrengungen wie beim Geräteturnen. Er sollte das Wasser in einem solchen Maße schätzen lernen, dass er nicht nur dem HSV, dem Hannoverschen Schwimmverein beitreten würde, er suchte sich sogar, als der Eintritt in die Hitler-Jugend unumgänglich wurde, die Marine-Jugend aus und staunte später selbst, wie er dort die geforderten Körperertüchtigungsauflagen an Land, ohne aufzufallen, überstanden hatte.

Dabei hätte er bei seinen ersten, durchaus noch von Angst und Ablehnung geprägten Begegnungen mit dem Element Wasser um ein Haar sich selbst und seine Mutter umgebracht. Ihr lag sehr daran, da auch sie den Wassersport über die Maßen liebte, dass ihre beiden Söhne es ihr nachtun sollten. Zum einen böte ihr das die Gelegenheit, ihrem eigenen Hobby nachzugehen, zum anderen müsste sie zur Ausübung ihres Lieblingssports die Kinder nicht anderweitig unterbringen.

An einem strahlenden Julitag 1932 sollte er seinen ersten ernstzunehmenden Kontakt mit dem Wasser im Flussbad der Ihme, einem kleinen Seitenfluss der Leine, die zusammen, neben dem allerdings erst 1937 vollendeten Maschsee der Stadt ein attraktives Wassergesicht verliehen.

Hans war wegen seiner Drüsenstörungen zu diesem Zeitpunkt noch ein Kind von außergewöhnlichem Umfang und einem ebenfalls erheblich über dem Durchschnitt liegenden Gewicht. Er liebte zwar das Wasser grundsätzlich, aber nur, wie er es bislang in der heimischen Badewanne kennengelernt hatte, nämlich warm, flach und durchsichtig. Was er an diesem Sommermorgen an der Ihme vom Wasser zu sehen bekam, gefiel ihm zwar vom Landschaftsbild her recht gut: Eine große Trauerweide goss ihre Zweige auf eine stille, glänzende Wasserfläche, eine liebliche Ausbuchtung der Ihme, an der das beliebte Familienbad mit einer von Weidenbüschen eingefassten Liegewiese zu Lande und rot bemalten, aneinander gebundenen Korkstücken draußen auf dem Wasser begrenzt wurde. Zur Absicherung des Schwimmbereichs gegen den Fluss hin, dort wo seine Strömung wieder Fahrt aufnahm und ungeübten Schwimmern gefährlich hätte werden können, bildeten sie eine weithin sichtbare rote Kette.

Flussgrünlichbraun lag das von einer warmen Sonne beschienene und von zahllosen Libellen unterschiedlicher Größe und Farbe überflogene Wasser vor Hans, der bei diesem Anblick ängstlich blinzelte.

„Komm, mein Fröschlein", rief ihm die Mutter aufmunternd zu, „das Wasser ist warm, mindestens 24 Grad, komm ich nehme dich an die Hand!"

Widerstrebend tappte er ins Wasser und war noch mehr beunruhigt, als er schon nach wenigen Schritten, - das Wasser reichte ihm noch nicht einmal bis zu den Knien, - seine Füße auf dem feinschlammigen Grund nicht mehr sehen konnte. Er mochte sich überdies gar nicht vorstellen, was bereits zu diesem Zeitpunkt alles an Getier um seine Beine herum wimmeln könnte: wilde Fische, drachenähnliche Molche und undefinierbare Kleinlebewesen, von denen er in seinem Naturkundebuch als übelste Sorte, wie er fand, die Fischegel entdeckt hatte. Verglichen mit seinem Badewasser erschien ihm auch die Wassertemperatur hier draußen völlig inakzeptabel. Da aber, wie er beim Hineineingehen bemerkt hatte, etliche, auf der Wiese liegende Badegäste auf ihren großen Sonnenhandtüchern in Ellenbogenstützlage gegangen waren, um seinem Stapellauf lächelnd zuzuschauen, konnte er beim besten Willen nicht mehr zurück, ohne sich lächerlich zu machen.

„Nun komm schon, Hans," lachte die Mutter, als sie sein Gesicht sah, auf dem sich ein aus Ablehnung, Ekel und Furcht bestehender, grotesker und ans Clownhafte erinnernder Gesichtsausdruck festgesetzt hatte. Ihm war das Wasser mittlerweile bis zu den Brustwarzen gestiegen, wobei jetzt die Angst in seinen Gesichtszügen mehr und mehr die Oberhand gewann.

Endlich konnte er die Hand der Mutter fassen, die ihn zu sich heranzog, mit beiden Armen seinen Bauch umschlang und ihn in eine waagerechte Lage im Wasser brachte.

„Versuch mal, mit deinen Armen und Füßen die Froschbewegung nachzumachen!" wollte sie ihm die Grundzüge der Unterwasserbewegungen beibringen, indem sie ihm durch Weitergehen den Eindruck von eigenem Vorankommen suggerierte. Sie hatte ihn mit über die rote Korkenkette hinausgenommen, weil ihr das Wasser im Nichtschwimmerbereich zu flach erschien, um ihn ohne Anstrengung halten zu können. In ihrem Eifer hatte sie aber nicht darauf geachtet, sich nur parallel zum Ufer fortzubewegen, sondern war unbemerkt zur Flussmitte hinausgeschritten. Unsichtbar und für ihre Augen im trüben Wasser nicht zu erkennen, gab es im Flussboden plötzlich einen kleinen aber steilen Abhang, so dass sie selbst mit einem Schlag ohne Bodenberührung war. Hans hatte das sofort gespürt, geriet in Panik und klammerte sich mit der Energie eines Ertrinkenden an der Mutter fest. Wegen des Gewichts des Kindes und der Lähmung durch dessen Klammergriff war sie für eine viel zu

lange Zeit nicht in der Lage, auch nur irgendeine sinnvolle, sie an der Oberfläche haltende Schwimmbewegung zu machen. So tauchte sie samt ihrem Kind unter, bekam für kurze Zeit wieder Flussboden unter die Füße und stieß sich mit einem verzweifelten Sprung ab. Das gelang aber nur unbefriedigend, da der Untergrund schlammigweich war und nicht genügend harten Widerstand bot. Sie hatte kaum Zeit, an der Wasseroberfläche ausreichend Luft zu holen, als sie schon wieder mit dem, sie in eiserner Klammer haltenden Hans hinuntergezogen wurde und daher, selbst am Rand einer Panik, wilde Beinbewegungen machte, um irgendwie wieder die Wasseroberfläche zu erreichen.
In diesem Moment spürte sie, wie eine kräftige Hand ihren Oberarm packte und energisch nach oben zog. Als sie ihren Kopf wieder über Wasser hatte, sah sie dass es ein junger Mann mit athletischen Schultern war, der sie mit festem Griff und kräftigen Schwimmbewegungen wieder ins stehtiefe Wasser zog. Zusammen rannten sie, sobald sie Boden unter den Füßen spürten und so schnell es das Wasser zuließ, an Land, um Hans, der nun fast leblos von ihr abfiel, buchstäblich auszugießen. Er hatte erhebliche Mengen Wassers geschluckt und hustete glücklicherweise den Rest davon sehr bald selber aus.
Es würde ihn für den Rest seines Lebens immer wieder in Staunen versetzen, dass er trotz dieser „Feuertaufe" – er empfand das jedenfalls so, denn, was er da erlebt hatte, war mehr als Wasser – überhaupt wieder einen Fuß in öffentliche Gewässer setzte, darüber hinaus sogar ein recht passabeler Wassersportler wurde und später auch noch zur Marine ging.
Sehr viel überschaubarer empfand er das Hallenbad, in das die Mutter recht bald ihre beiden Söhne ein- bis zweimal die Woche mitnahm. Unter professioneller Anleitung hatte Hans sehr schnell seine Angst vor dem Wasser verloren und Schwimmen gelernt. Nachträglich erklärte er sich seinen ersten panischen Auftritt im und unter Wasser einzig mit der unübersichtlichen Situation im Ihme-Bad. Auch später noch vermied er es nach Möglichkeit, in freien Gewässern wie Seen und Flüssen zu schwimmen, und selbst an Nord- und Ostsee, wo er besonders an Brandungstagen gern badete, konnte er ein Gefühl von Bedrohung durch eine unbekannte Unterwasserwelt nicht unterdrücken. Umso sicherer fühlte er sich im klaren, wenn auch gechlorten Wasser von Badeanstalten. Fast immer konnte man bis auf den Grund schauen und war vor irgendwelchen zudringlichen Wassertieren vollkommen sicher.
Dafür gab es andere Herausforderungen, mit denen er zu kämpfen hatte. Wenn er nach unzähligen Schwimmbahnen hin und zurück im 25 Meter langen Becken erschöpft auf einer Bank an der breiten Fensterfront der Halle ausruhte und anderen Kindern und Jugendlichen beim Toben zusah, staunte er

immer wieder über die Selbstverständlichkeit mit der sie auch die Sprungbretter, zwei ein Meter und ein drei Meter hohes, in ihr Spiel mit einbezogen. Schon wenn er das Ein-Meter-Brett betrat, empfand er den Abstand zur Wasseroberfläche reichlich groß. Aber dieses Unwohlgefühl konnte er noch einigermaßen überwinden. Wie die anderen stürzte er sich kopfüber ins Becken, wobei er allerdings zusah, nicht allzu lange unter Wasser zu bleiben. Das nur zu leicht Panik erzeugende Gefühl, keine Luft mehr zu bekommen, konnte man als eine der Spätfolgen seines Ihme-Abenteuers betrachten.
Nur einmal hatte er es gewagt, das Drei-Meter-Brett zu besteigen. Er war dabei bis zum Ende des schmalen, wippenden Sprungbretts gegangen und stellte mit größtem Unbehagen fest, dass solche Höhen in ihm nichts als beklemmende Angst und Schwindelgefühle auslösten. Er war auf der Stelle umgekehrt und die steile Leiter wieder heruntergeklettert, obwohl er sich ein bisschen schämte, als er fragende, bei manchen auch leicht verächtliche Blicke auf sich fühlte bei seinem ersten, misslungenen Versuch mit der Höhe.
Seine Mutter hatte sich bei ihren regelmäßigen Besuchen in der Schwimmhalle ein wenig mit einem hünenhaften Mann befreundet, der fast jedes Mal zur selben Zeit das Bad besuchte. Der Mann war jünger als sie und hatte bei seiner auffallenden Größe auch noch eine Figur, wie man sie sich idealer nicht vorstellen konnte: breite, muskulöse Schultern, einen riesigen Brustkorb, der in schmale Hüften auslief und in feste, runde Hinterbacken überging, um dann in den wohlgeformten Oberschenkelmuskeln wieder leicht an Umfang zuzunehmen. Die Beine waren lang und mit Muskeln gut proportioniert, die Fesseln schlank.
„Ein Kerl wie ein Keil," hörte Hans seine Mutter sich bewundernd äußern. Wenn er dagegen in Gedanken seinen armen schmächtigen Vater mit seinem vom Schicksal und Bechterew gebeugten Rücken daneben stellte, konnte er zumindest ansatzweise verstehen, warum seine Mutter dieses Prachtbild von einem Mann manchmal verstohlen, mit einem sehnsüchtigen Ausdruck in den Augen, bei seinen kühnen Sprüngen und kraftvollen Kraulbewegungen beobachtete. Hin und wieder sprachen sie auch miteinander, wobei sie erfuhr dass „Aaron", wie sie ihn später beim Vornamen in Verbindung mit dem Abstand wahrenden „Sie" nannte, ein aus Russland stammender Jude war, der bei der deutschen Niederlassung einer großen ausländischen Bank in der Anlageberatung tätig war.
Hans mochte und bewunderte Aaron ebenfalls, weil er das Idealbild von einem Mann, zumindest äußerlich, verkörperte, zu dem er selbst gern einmal würde heranwachsen wollen. Aaron hatte zudem eine ganz offene, bescheidene Art, mit Kindern umzugehen. Er gab sich ernsthaft und partnerschaftlich

ihnen gegenüber, ohne sich anzubiedern, wodurch sie schnell Vertrauen zu ihm fassten. Aaron hatte Hans bei seinem vergeblichen Versuch mit dem Drei-Meter-Brett beobachtet und wollte ihm helfen, seine Scheu zu überwinden. Als er neben seiner Mutter auf der Bank unter den Fenstern saß, um sich von seinen schnell geschwommenen Bahnen auszuruhen, setzte sich Aaron mit einem aufmunternden Lächeln daneben.
„Grüß Dich, Hans, bist ja richtig ausdauernd geworden mit deinem Schwimmen. Wie wär's noch mal mit einem Versuch vom Drei-Meter-Brett?"
Hans, der sich beim Lob für sein gutes Schwimmen kerzengerade aufgerichtet hatte, rutschte bei Aarons Vorschlag wieder in sich zusammen.
„Nein, Aaron, das ist mir zu hoch, ich hab's schon mal probiert, das ist nichts für mich," wehrte er leise ab.
„Ach komm, sei kein Frosch, ich helfe dir dabei!"
Hans schaute etwas ratlos in das Gesicht seiner Mutter. Sie lächelte ihm aufmunternd zu:
„Mit Aaron brauchst Du keine Angst zu haben, Hänschen." Hans ärgerte sich über das „Hänschen". Obwohl er wusste, dass es ganz besonders lieb gemeint war, fühlte er sich, mit dieser diminutiven Form seines Namens angeredet, noch kleiner neben dem so hoch aufragenden, schönen Aaron.
„Ich nehme dich einfach auf meine Schultern," schlug Aaron vor und stupste ihn mit der Faust freundschaftlich in die Seite.
Hans war hin- und hergerissen. Einerseits mochte er Aarons nett gemeintes Angebot nicht einfach ausschlagen, zum anderen bekam er schon wieder Herzklopfen, wenn er nur an die Schwindel erregende Bretthöhe dachte. Aber natürlich wollte er vor Aaron nicht als Feigling dastehen.
„Na gut," flüsterte Hans, stand auf und ließ sich von dem freundlichen Hünen an die Hand nehmen. Es kostete ihn eine Menge Überwindung, vor Aaron her die Leiter zum Drei-Meter-Brett zu erklimmen. Oben angekommen, blieb er stehen und schaute ganz bewusst nicht in die schreckliche Tiefe, sondern auf das Hallendach, das ihm beängstigend nahe erschien. Aaron griff ihm mit beiden Händen unter die Arme, hob ihn fast spielerisch in die Höhe und setze ihn sich auf die breiten Schultern. Jetzt war er noch einmal mehr als anderthalb Meter höher als das Brett. Er schloss für einen Moment die Augen. Als er sie wieder öffnete, sah er irgendwo in der Tiefe die Mutter, die ihm fröhlich zuwinkte. Ihm war alles andere als zum Lachen zumute. Am liebsten wäre er auf er Stelle sowohl von Aarons Schultern als auch von diesem fürchterlichen Brett heruntergeklettert, wagte es aber nicht, seinen großen Freund zu enttäuschen, der sich so viel Mühe mit ihm gab und jetzt langsamen und sicheren Schrittes nach vorn zum Brettende ging.

„Dann wollen wir mal!" rief ihm Aaron zu, wippte ein klein wenig auf dem Brett auf und ab, während Hans die Arme verzweifelt um Aarons Stirn schlang. Er fühlte, wie sich beim Absprung beide noch einmal in die Höhe bewegten, bevor es rasend schnell in die Tiefe ging. Er spürte noch, wie es im Magen eine Hüpfer gab, dann war er auch schon im Wasser, unter Wasser, tief unter Wasser, wie ihm schien. Aaron hatte den festen Griff um seine Fußknöchel jetzt freigegeben, beide tauchten zur Wasseroberfläche empor. Hans hatte beim heftigen Eintauchen ins Becken Wasser in die Nase bekommen, er schniefte und schnaufte, hustete und prustete, als er mit kräftigen Schwimmzügen zur Leiter aus dem Becken strebte.
Die Mutter empfing ihn lachend:
„Na, war das nicht prima?" Sie rollte ihn ins große Handtuch ein und rieb ihn kräftig trocken.
„Willst du noch mal?" fragte Aaron, in dem er sich mit beiden Händen auf die Schultern klopfte, wo Hans eben noch so viele Nöte ausgestanden hatte. Er schüttelte energisch den Kopf und brachte mit wackeliger Stimme gerade noch ein „Nein danke" hervor.
In der Folgezeit, selbst nach Jahren und Jahrzehnten hatte er nie wieder irgendein Sprungbrett betreten, das höher als ein Meter über die Wasserfläche ragte. Auch Aussichtsplattformen auf Türmen und anderen Gebäuden, sowie Gipfel von Alpenbergen trachtete Hans bis in die Gegenwart hinein zu meiden, weil er schon sehr früh, beim Blick aus der im zweiten Stock liegenden Wohnung eines Klassenkameraden, Schwindel und ein merkwürdiges, an Übelkeit erinnerndes Gefühl im Magen wahrnahm, das sich jedes Mal bei ähnlichen Anlässen umgehend wieder einstellte.

An ein Wassererlebnis besonderer Art erinnerte sich er auch nur mit sehr gemischten Gefühlen. In den ersten zwei Jahren der Grundschule wurden die Klassen, nach Jungen und Mädchen getrennt, einmal wöchentlich zum Duschen in den Duschraum der Schule, gleich neben der Turnhalle geführt. Zu diesem Unternehmen bat man jedes Mal auch eine Reihe von Müttern, um den Lehrkräften zur Hand zu gehen. Hans erwartete den Duschtag gewöhnlich mit Bangen und Neugier. Unter jeder der zwölf Duschen, die nicht durch Kabinen oder auch nur Wände voneinander abgetrennt waren, stand jeweils ein nackter kleiner Junge, eingehüllt in warmen Dunst, der sich rasch, über die heißen Duschen hinaus, im ganzen Raum ausbreitete. Hans schämte sich immer ein bisschen, so völlig nackt den Blicken seiner Mitschüler ausgesetzt zu sein. Andererseits schaute er selbst auch verstohlen auf die nackten Jungen neben sich, vorzüglich natürlich auf jene Körperteile, die normalerweise durch Kleidung dem Blick entzogen waren. Besonders neugierig und intensiv betrachtete Hans die kleinen Penisse mancher Jungen, die keine Vorhaut über der Eichel besaßen, weil das so anders und irgendwie auch aufregend aussah. Er hätte da gern einmal angefasst, aber er wusste natürlich, dass so etwas völlig undenkbar war, jedenfalls hier im Duschraum. Zu einer anderen Zeit und an verborgenen Orten hatte er mit seinem Freund Erich durchaus solche Berührungen. Unter der Vorgabe, man müsse sich gegenseitig medizinisch unbedingt untersuchen, hatten sie einander schon öfter berührt und ihre kleinen Zipfel untersucht, wobei sie das Gefühl, das die Hand des anderen dabei hervorrief, durchaus genießen konnten. Das wurde noch dadurch gesteigert, dass sie natürlich wussten, dass so etwas eigentlich verboten war. „Das man tut nicht, davon wird man krank!" hatte es immer schon seitens der Eltern geheißen, wenn Hans beim Baden in der Badewanne, sich oft verträumt selbst „dort unten" berührt und, meist ohne dass er es bewusst wahrnahm, mit seinem Penis gespielt hatte.

Hier, in der Schule beim Duschen, berührte man sich dort bestenfalls beim Abseifen, was wiederum nicht nur nicht sanktioniert, sondern sogar von den Lehrern aus hygienischen Gründen gefordert wurde. Und so ergab sich eine Duschsituation, in der Verbotenes und Erlaubtes sich vermengten, wo man scheinbar wegschaute, um dann doch wie zufällig hinzuschauen, wo es Erregendes und Angsteinflößendes gab, wo man sich in seiner Nacktheit verletzlich fühlte und von resoluten Müttern abgerubbelt wurde.

Hansens Mutter, als sie zum ersten Mal zum Duscheinsatz beordert wurde, rief beim Betreten des Duschraums, empört amüsiert aus: „Du lieber Himmel! Es riecht hier ja wie von abgebrühten Hühnern!" Die übrigen Mütter stimmten ihr lachend zu und verrichteten unter Scherzen ihre Sortierarbeit, wobei die Duschlinge zum Ausziehen ihrer Sachen angehalten und zum Reinigungsakt eingeschleust werden mussten, und dann, fertig geduscht und getrocknet, beim Anziehen ihrer Sachen energisch angetrieben werden wollten.

8

In seiner Erinnerung brachte Hans den Duschraumgeruch in keiner Weise mit „abgebrühten Hühnern" in Verbindung. Wie alle auffallenden Gerüche und Düfte würde er auch diesen in seinem Geruchsgedächtnis abspeichern und immer wieder in höchste Lebendigkeit verwandeln können, sobald diese besondere Zusammensetzung der Duftkomponenten seine Nase auch nur streiften.
Hier in der Volksschule roch er keine Hühner, sondern die Haut von Kindern. Hinzu kamen unterschiedliche Seifengerüche, von der bodenständigen, nach Waschhaus und großer Wäsche riechenden Kernseife, bis hin zum ausgeklügelten Duft feiner „Palmolive"-Seifen der Jungen aus betuchteren Elternhäusern. Die Hans tief eingeprägten Gerüche von einem alles ins sanfte Nebellicht tauchenden, allgegenwärtigen Dampf um nackte Leiber zusammen mit der von Seifenduft durchmischten Luft, ergaben für ihn jenen so charakteristischen, unverwechselbaren Duschraumgeruch. Noch viele Male würde er solche Duschraumgerüche erleben, in der Oberschule, der Hitler-Jugend, bei der Marine und natürlich später im heimischen Badezimmer, inmitten einer eigenen Familie. Auch durch alle weiteren Jahre seines Lebens sollte ihn dieser Geruch begleiten und immer wieder Eindrücke aus dem Erinnerungsnebel aufsteigen lassen, sobald er ihm irgendwo unter die Nase kam, besonders von den frühsten Bildern aus seinen Volksschulduschzeiten bis hin zum Kasernenduschen mit nackten Soldaten, wo durch den Duschnebel neben Männerschweißgerüchen die anzüglichsten Witze flogen, wobei Hans nicht selten Zielscheibe mancher Grobheiten wurde.
Er sammelte also Gerüche, wie andere Leute Erinnerungsfotos in dicken Alben zusammentrugen. Dabei erwies sich seine Geruchssammlung den Fotos insofern überlegen, als die Geruchserinnerungen, wurden sie durch einen besonderen Duft aktiviert, auf der Stelle dreidimensionale duftende, nicht selten auch sprechende und natürlich mit lebhaftesten Gefühlen besetzte Nacherlebnisse ermöglichten, die ein Foto niemals würde hergeben können.
Hans unterschied dabei große, mittlere und kleine Gerüche, wobei es vor allem die großen waren, die in höchstem Maße Gefühle aktivierten wie Freude, Trauer, Angst, aber auch Erotik, Fernweh, Liebe und eine nicht näher zu bestimmende Aufbruchslust. Kleine Gerüche waren zum Beispiel der Kulissenduft vom Abstellplatz des Theaters. Wenn er später einen solchen Geruch in die Nase bekam, erstanden zwar in ihm die Bilder vom „Sommernachtstraum" wieder und auch seine eigenen Sommerträume dazu von Drachen und Prinzessinnen, aber das alles gehörte mehr zu solchen einmaligen Situationen,

die in ihren Gefühlsdimensionen längst nicht so tief gingen wie die mittleren oder gar die großen Gerüche.

Lange Zeit schwankte Hans, ob er den Duft der Maiglöckchen den mittleren oder den großen Gerüchen zurechnen sollte. Abgewandelter Maiglöckchenduft, also von Parfums oder nach Maiglöckchen riechende Seifen konnten allenfalls den mittleren Gerüchen zugerechnet werden, da sie ihn eigentlich nur an seine Pflanzaktion vor der Schuppenwand erinnerten und an die damit verbundene Angst vor ihrer Giftigkeit. Beugte er sich indes hinab, wenn im Frühjahr die sich in den Folgejahren am Schuppen munter ausbreitenden Maiglöckchen mit ihren weißen Blüten jenen wunderbaren Duft verbreiteten, dann war er davon überzeugt, dass die Maiglöckchen sehr wohl zu den „großen Gerüchen" gezählt werden müssten. Denn mit einem Schlag waren all jene, ans Herz gehenden Bilder wieder da, die er beim Duft der Maiglöckchen und durch die Erzählungen seiner Mutter in sich entstehen gesehen hatte. Ein großer Geruch waren die Maiglöckchen, weil sie für ihn die größten Themen des Menschen überhaupt in sich bargen: Liebe und Tod. Kaum hatten sich die kleinen Glöckchen geöffnet, so dass er ihren überwältigenden Duft tief in sich aufnehmen konnte, der ihm beim Gang durch den Frühlingsgarten von der Schuppenwand schon von Weitem entgegenschlug, dann sah er vor sich das Kreuz mit Maria darunter. Er sah, wie sich ihre Tränen auf der von römischen Soldaten zertrampelten Erde Golgathas umgehend in Maiglöckchen verwandelten, auf die die Blutstropfen des sterbenden Christus fielen. Zugleich sah er junge Mädchen in Frühlingskleidern lachend durch Laubwälder ziehen und auf regelrechten Maiglöckchenwiesen große Sträuße pflücken, die sie ihren Geliebten mit frohen Gesichtern zum Zeichen ihrer Liebe überbrachten. Hans stellte sich vor, er selbst wäre der Empfänger eines solchen Straußes, den ihm ein lächelndes Mädchen mit blonden Locken, das sehr an Hedi erinnerte, in die Hand drückte mit einem zarten Kuss auf die Wange. Das war Seligkeit. Sie wurde wenig später nur dadurch gestört, dass er mitten in dieses wunderschöne Bild die Stimme seiner Mutter tönen hörte: „Vergiss dir nicht, die Hände zu waschen Hans, du weißt, sie sind sehr giftig!" Dann verblasste das schöne Bild des Mädchens, löste sich auf, und er hatte wieder den unheimlichen Backenzahn vor Augen, der ihm aus der feuchten Erde entgegenschimmerte - der zweite Tod, der sich für Hans mit den Maiglöckchen verband. Denn Herbert Bechtermann, halb von den Menschfressern aufgegessen, erschien vor ihm und legte einen seiner Zähne in die Maiglöckchenerde. Auch wenn Hans mit zunehmendem Alter dieses Bild immer als etwas hysterisch einstufte, so verband es doch in seiner Morbidität zugleich das Schicksal Herbert Bechtermanns mit der großen Frage, die Hans ein Leben lang beschäftigen sollte und die er immer wieder mit größtem Zweifel, manchmal auch mit tiefer Verzweiflung in sich bewegte: Was wird aus dem Menschen, wenn er stirbt? Er sah sich dann über den halben Herbert Bechtermann emporwachsen, wieder hinauf auf die dunkle Bühne, wo er im einsamen Scheinwerferlicht als Hamlet den Totenkopf in der Hand gedankenvoll drehte und mit hohler Stimme „Sein oder Nichtsein..." sprach.

Wenn diese Bilder vor ihm vorüberzogen, dann wusste er, dass der Duft von Maiglöckchen ohne Zweifel zu den großen Gerüchen gehörte. Todesglocken läuteten hinein, Liebesduft umfing ihn, Hingabe. Er glaubte zu spüren, wie diese Dinge alle zusammengehörten, Liebe und Tod, Liebe, die bis in den Tod oder darüber hinausging, Tod, der in jeder großen Liebe schon vorhanden war, als sich die Liebe noch unsterblich glaubte. Hans würde mit Brendhild diese bittere Erfahrung machen, und er würde wissen, dass die wirklich große Liebe nur durch den Tod zu retten war. Je länger er mit Brendhild zusammen lebte, desto häufiger ertappte er sich dabei, dass er Romeo und Julia beneidete. Liebe kann nur durch den Tod groß bleiben, der sie gnädig vor der Banalität des Alltags bewahrt. Oder, auch so konnte Hans denken, man bewahrte sich die Erinnerung an die große Anfangsliebe und nahm ganz einfach in Kauf, dass daraus eine Alltagsliebe wurde, abgestoßen an den Ecken, aber noch gut genug, das schwierige gemeinsame Leben zu meistern. Erst wenn auch diese Gebrauchsliebe zu Boden ging, wurde es schwer. Hans wusste das.

Wenn er gefragt wurde, aber wer fragte ihn später schon nach der Welt seiner Gerüche? Brendhild bestimmt nicht! Wenn er sich also zur Kontrolle seines Geruchsimperiums selbst fragte, welche er denn zu den „mittleren Gerüchen" rechnen würde, dann fiel ihm auf Anhieb ein Urlaubsgeruch ein. Genau genommen war es ein Geruch, der sich in drei verschiedene, „kleine", zum Heidedorf gehörige Gerüche untergliederte und erst in der Summe ihrer Dreiheit zu einem mittleren Geruch aufgestiegen war.

Hans ging noch zur Schule, als in seinen letzten Volksschuljahren und den ersten auf dem Gymnasium die Familie regelmäßig in ein kleines Heidedorf nordöstlich von Hannover für vier Wochen in die Sommerfrische fuhr. Sie wohnten stets in derselben, sehr einfachen Pension beim Gastwirt des Orts, der neben seiner Gaststube und den Gästebetten auch noch eine Landwirtschaft betrieb. Wenn Hans nach einem langen Schuljahr das Heidehaus wieder betrat, dann schlug ihm ein einzigartiger Geruch aus Heide, Sand und Rauch entgegen, der all die Erlebnisse der vorangegangenen Jahre wieder lebendig werden ließ. Da erschien wieder die zehnjährige Gastwirtstochter Rosi, die eines Sommers in ihrem Frauwerden offenbar schon so weit vorangeschritten war, dass sie glaubte, Hans über die Liebe zwischen Mann und

Frau, vornehmlich über die körperlich-technische Seite dieser Liebe, aufklären zu müssen. So jedenfalls deutete Hans im Nachhinein ihre Worte und Übungen, - einmal legte sie sich flach auf die Wiese hinter dem Haus und hieß Hans, sich auf sie zu legen und sich rhythmisch zu bewegen. Er befolgte aus lauter Ehrfurcht vor dem drei Jahre älteren Mädchen und dessen großer Erfahrung diese Anweisung, empfand aber nichts dabei außer einer gewissen Verwunderung darüber, was eine solche Übung wohl mit Liebe zu tun haben könnte. Hans entschuldigte sich vor sich selbst später dafür, dass er wegen seiner innersekretischen Drüsenstörung und deren länger andauernder Wirkung sexuell eben ein ziemlicher Spätentwickler gewesen wäre. Es würden ja auch noch recht viele Jahre ins Land gehen müssen, bis er, trotz etlicher vergeblicher Anläufe, die es durchaus an anderen Orten mit anderen Mädchen gegeben hatte, es endlich mit und unter Anleitung von Brendhild schaffen sollte, dem so früh von Rosi gewiesenen Weg in der Realität zum ersten Mal und im vollen Verständnis des beschriebenen Vorgangs mit Genuss zu folgen.
Ein weiterer „kleiner Geruch", der es mit den anderen beiden zusammen zu einem mittleren Geruch schaffen sollte, entströmte dem Krämerladen im Heidedorf. Wenn er irgend eine Kleinigkeit kaufen wollte, oder manchmal auch bloß so, um zu genießen, sich aufmachte, betrat er jedes Mal verzückt und verzaubert den Laden von Walter Heilmann, der den Träumer schon kannte und ihn so lange ungefragt den Laden durchwandern und gewähren ließ, bis er von sich aus etwas bestellte oder einfach wieder still von dannen zog. Hans tauchte ein in den Orient, wenn er diesen Laden betrat. Ein Gemisch aus fremden, wunderbaren Düften wehten ihm Geschichten aus „1000 und einer Nacht" in seine Erinnerung, sodass er hier zum ersten Mal ganz tiefes Fernweh erlebte, was er aber erst später als solches bestimmen konnte, weil er bei diesem ersten Mal gar nicht wusste, was ihn plötzlich so sehnsüchtig machte. In manchen Jahren war es wie eine Sucht gewesen, die ihn immer und immer wieder in Heilmanns Krämerladen trieb, und jedes Mal trat er versunken und mit wehem Herzen zurück auf die staubige Dorfstraße, wo es eine lange Zeit brauchte, bis er wieder in der Heide Hermann Löns angelangt war. Bis auf das eine Mal, als der Wiedereintritt recht abrupt geschah.
Wieder einmal hatte er mit versonnenem Blick und mit Sehnsucht im Herzen Heilmanns Laden verlassen, war am nächsten Gehöft an einer abgestellten Egge vorbeigekommen, über die er, noch immer verträumt, als wäre es eine Brücke in jene geheimnisvolle orientalische Fremde, balancierte, als er plötzlich abrutschte, stolperte und mit einem nicht mehr aufzuhaltenden Sturz in den frisch aufgeworfenen, noch dampfenden Misthaufen dahinter flog. Bis er sich frei gearbeitet hatte, war er über und über derart vom saftigen Mist be-

schmiert, dass er vor dem fürchterlichen Gestank, den er nun selbst verbreitete, entsetzt davonlief. Völlig konsterniert suchte er bei seiner Mutter Zuflucht, die er im gemütlichen Plausch mit der Gastwirtsfrau antraf. Beide Frauen machten anfangs ein erschrockenes Gesicht bei seinem Anblick, mussten dann aber dermaßen losprusten vor Lachen, dass Hans in seiner stinkenden Not ganz wütend wurde. Die Mutter hatte dann ein Einsehen, ließ ihn sich splitternackt ausziehen, und führte den armen Hans unter den Augen der schadenfroh lachenden Bewohner zum Naturbad vor dem Dorf, wo er in dem bräunlichen, aber sehr sauberen Moorwasser solange schwimmen musste, bis er dem Gewässer zitternd, aber wieder neutral riechend entsteigen durfte. Er schien dabei aber den gewaltigen Mistgestank derart von sich abgespalten zu haben, dass er, als er in späteren Zeiten ähnlichen Mistdüften begegnete, nicht einmal die Erfahrung auch nur eines „kleinen Geruchs" damit verbinden konnte.

Der dritte Heide-Geruch ging von der abendlichen Gaststube aus: ein verwirrendes Gemisch aus frisch gezapftem und verplemperten Bier, Zigarren- und Zigarettenrauch, von Schnitzel und Eisbein, Sauerkraut und Schinkenrauch, der aus der nahen Räucherkammer von Zeit zu Zeit hereinwehte. Lachend und schwadronierend, an heißen Tagen noch mit freiem Oberkörper, so wie sie geschuftet hatten, saßen die Arbeitsdienstler bei ihren „Stiefeln" und ließen sich und den Feierabend vollaufen. Hans mochte diese verwegenen Gesellen, nur manchmal, wenn sie sich bei einem plötzlichen, vom Alkohol befeuerten Streit wüst anschrieen, bekam er es mit der Angst und rückte enger an die Mutter, bis der Gastwirt gutmütig, aber sehr bestimmt wieder Ruhe im Laden geschaffen hatte.

Hans war völlig gefangen genommen von dem herrlichen Grammophon auf der Vitrine im Schankraum, das mit seiner großen, glänzenden Trichteröffnung nach sich wiederholendem Drehen an der glänzenden Kurbel, was zumeist Rosis Aufgabe war, bevor sie ins Bett musste, endlos die beliebten Couplets von Otto Reutter durch die rauchige Stube plärrte. Hans mochte besonders das eine, das pausenlos wiederholt wurde und dennoch bei der Zeile: „Seh'n Se weg – von dem Fleck, ist der Überzieher weg!" immer erneutes Gelächter und schließlich Mitsingen dieses Refrains in seinen entsprechenden Abwandlungen bei den Gästen provozierte, in das er begeistert mit einstimmte.

Ledergeruch war für Hans schon immer, bis in die Gegenwart hinein etwas überaus Elektrisierendes, das ihn sofort aus einer anderen, situationsbedingten Gefühlslage herauszukatapultieren vermochte. Das galt grundsätzlich für jeden Lederfetzen, woher er auch immer stammen mochte. Dieser „große Geruch" Leder, Hans war geneigt, „ganz großer Geruch" dazu zu sagen, ließ sich aber leicht in viele Unterarten differenzieren, je nachdem ob es sich um Schuhe, Kleidungsstücke, Handtaschen, Rucksäcke oder Polstermöbel handelte. Jede Untergruppe hatte ihre eigenen Reize, manchmal auch Ängste, in jedem Fall gab es zu allen spezifischen Gerüchen Bilder, die sofort in ihrer ganzen Komplexität vor ihm aufstiegen, sobald auch nur ein bestimmter Ledergeruch in seiner jeweiligen charakteristischen Eigenheit an seiner Nase vorüberzog.

Für diese besondere Liebe zum Leder, die er später, hinter vorgehaltener Hand, mit einem kleinen, albernen Kichern, auch seinen „Lederfetischismus" nennen würde, - ohne damit beinhalten zu wollen, dass es auch nur entfernt etwas mit Sado-Maso zu tun gehabt hätte, - gab es einen Ursprung, der natürlich auch in seiner frühen Kindheit zu finden war.

Ein paar Häuser weiter kam er auf seinen ersten selbständigen Ausflügen rund um die elterliche Wohnung auch an einem Lederwarengeschäft vorbei, das ihn sofort in seinen Bann zog. Vermutlich von den Besitzern, einem kinderlosen Ehepaar, als Blickfang gedacht, prangte in der Mitte der Schaufensterauslage, neben Handschuhen und Jacken aus feinstem Nappaleder, Trachtenjacken und -mänteln aus wertvollem Hirschleder, ein ausgestopfter Pinscher, dessen Fell mit seiner darunter liegenden Haut wohl auch ein Leder besonderer Art darstellte. Hans konnte lange vor dem Schaufenster stehen, versunken in den Anblick des traurigen Stopftiers, der aus seinem geöffneten Maul eine fröhliche, aus Gips nachgeformte und rot angestrichene Zunge hängen ließ, die in einem gewissen Kontrast zu den traurig ins Leere blickenden Glasaugen stand. Für Hans schien dieser kleine Hund derart lebendig, dass er immer wieder darauf wartete, wann er denn endlich einmal seinen Kopf zu ihm hindrehen oder doch wenigstens mit dem Schwanzstummel wedeln würde.

Da er sich beinahe täglich auf seinen Streifzügen in der Nachbarschaft die Nase an Künzels Lederwarengeschäft platt drückte, fiel er zwangsläufig dem kinderfreundlichen, aber eben kinderlosen Ehepaar auf. So trat Frau Künzel denn eines Tages auf die Straße und stellte sich neben Hans, der sie zunächst, versunken wie er war in den Anblick des bewegungslosen, scheinbar aber so bewegungsbereiten Pinschers, gar nicht bemerkte.

„Das war mal unser Freddi," seufzte Frau Künzel, die neben Hans in die Hocke gegangen war und nun mit ihm auf gleicher Höhe auf den Pinscher schaute. „Fünfzehn Jahre ist er alt geworden, und wir hatten uns so an ihn gewöhnt, dass wir ihn noch ein Weilchen bei uns behalten wollten. Durch unser Geschäft kannten wir einen Mann, der sich auf das Ausstopfen von Tieren verstand. Und nun steht unser Freddi hier auch schon einige Jahre im Fenster, aber, du kannst mir glauben, dasselbe ist das nicht. Es ist halt mehr wie ein

Erinnerungsbild. Hast du Lust mit uns zu frühstücken, Kleiner? Wie heißt du eigentlich?"

Hans nannte seinen Namen und ließ sich willig von Frau Künzel an die Hand nehmen und durch den Ladenraum in die dahinter liegende Wohnung des Ehepaars führen. Was ihn schon beim Betreten des Ladens augenblicklich gefangen nahm und ihm fast alle Sinne raubte, war der wundervolle Ledergeruch, der sich bis ins Wohnzimmer der Künzels fortzog, denn auch dort gab es viel Leder, vom Bezug der Möbel bis hin zum rotbraun und weiß gefleckten Fell einer ausgewachsenen Kuh, das den Künzels als Teppich unter dem Sofatisch diente.

Zum Frühstück gab es Kuchen, was ihn überraschte, denn zu Hause aß man morgens an Süßem allenfalls Marmeladenbrote. Er hatte aber nichts gegen den herrlichen Butterkuchen von Frau Künzel einzuwenden, zumal der Duft des frischen Gebäcks sich mit dem allenthalben vorhandenen Ledergeruch zu einem für ihn äußerst appetitanregenden Gemisch vermengte. Die Künzels waren ganz offensichtlich hoch erfreut über ihren Gast, den sie beim Essen immer wieder anschauen und gut zureden mussten, damit er sich auch nach Herzenslust bediente. Gegen Ende bat Hans seine Gastgeber etwas schüchtern, ob er sich denn noch einmal im Laden umsehen dürfe, er interessiere sich doch so sehr für Leder. Außerdem würde er doch zu gern Freddi noch einmal ganz aus der Nähe betrachten und ihn, wenn es erlaubt wäre, auch streicheln wollen.

„Schau dir alles an, was du magst!" ermunterte ihn Frau Künzel, und Hans stand auf, um sich in dem duftenden Verkaufsraum nach allen Seiten umzutun. Zuerst trat er an Freddi heran, jetzt also von hinten, der dem Fenster abgekehrten Seite des Tiers. Behutsam streckte er die Hand aus und legte sie Freddi auf den Rücken mit der heimlichen Erwartung, dass der sofort mit dem Kopf herumfahren müsste, um zu sehen, wer ihn da berührt hätte. Aber Freddi rührte sich nicht. Hans streifte mit seiner Hand über das schwarze kurze Fell des Tierrückens, der ihm recht hart erschien, so dass ihm langsam immer klarer wurde, dass Freddi nie mehr aus seiner ausgestopften Haltung herauskäme, um ihm womöglich die Hand zu lecken. Mit einem kleinen bedauernden Klaps ließ er Freddi stehen, sah und roch sich weiter um in diesem Laden, wo Lederjacken und Mäntel auf Bügeln in Regalen hingen. Hier und da hob er mal einen Ärmel oder eine Mantelecke hoch, um sie mit der Nase zu prüfen. Und dann entdeckte er die Schuhe, die er sich schon immer gewünscht hatte. Künzels hatten nur wenige ausgewählte Paare auf einer Kommode stehen. Offenbar gehörten sie zu einem Ensemble aus ledernen Trachtenjankern und hirschledernen Kniebundhosen. Sie waren aus dickem, glattem, rötlichbrau-

nem Rindsleder gefertigt und oben herum mit einem dunkelgrünen feinen Lederstreifen abgesetzt, der als gezacktes Band auch die seitlich angebrachte Schnürleiste einfasste. Durch die dicken, dunkel getönten Ösen waren geschmeidige Lederriemen gezogen, ähnlich den etwas dünneren in den Sohlennähten verwendeten ledernen Fäden. Hans nahm einen dieser Wunderwerke in die Hand steckte die Nase in den Schuh und sog ganz tief die Luft ein. Er war hingerissen von der sanften Strenge des Dufts, der ihm entgegenströmte. Mit leuchtenden Augen schaute er in das gutmütig lächelnde Gesicht von Herrn Künzel, der hinter ihm stand und sich darüber freute, mit welcher Intensität und Konzentration der Knabe die Schuhe betrachtete:
„Solche wollte ich schon immer gern haben," seufzte Hans und stellte den Schuh zurück auf seinen Platz.
„Frag doch deine Eltern, ob sie sie dir schenken. Sie sind allerdings nicht ganz billig." schränkte Herr Künzel ein.
Hans würde in der nächsten Woche seinen siebten Geburtstag feiern. Bisher hatte er noch keinen besonderen Wunsch geäußert. Er nahm sich fest vor, seine Eltern von diesen Schuhen hier zu überzeugen. Bevor er sich auf den Heimweg machte, - er hatte es jetzt, mit den ersehnten Schuhen vor Augen und seinen Plänen dazu im Kopf, sehr eilig, nach Hause zu kommen, - zeigte ihm Frau Künzel noch eine Kiste mit Lederabfällen der verschiedensten Sorten.
„Wenn Du magst, darfst du dir davon ein Stück aussuchen," lächelte sie Hans aufmunternd zu.
Der ließ sich das nicht zweimal sagen. Sorgfältig wühlte und schnüffelte er sich durch die ganze Kiste und hielt dann ein kleines, graues ganz weiches Stück Hirschleder in der Hand. Er bedankte sich höflich für das Geschenk und trat selig seufzend hinaus auf die Straße in den warmen Morgensonnenschein. Fast auf dem ganzen Weg nach Hause hielt er sich den kleinen Lederlappen unter die Nase, befühlte ihn auch immer wieder mit den Fingern und machte eine seltsame Entdeckung dabei. Von der Nase über die Finger verbreitete sich in ihm ein wunderbares Wohlgefühl, das sich bis in seine unteren Regionen ausdehnte und einen herrlichen Erregungszustand zur Folge hatte. Später würde er zu dieser Wirkung lächelnd sagen:
„Manche Ledersorten üben eine geradezu erotische Wirkung auf mich aus."
Auch das sollte bleiben in seinem Leben. Schon allein deshalb war es für ihn völlig unstritten, dass Leder zu den „großen", den „sehr großen Gerüchen" gehörte.

Auf seinem Geburtstagstisch fand Hans die ersehnten Schuhe. Er war so selig, dass er alles Übrige, ein Paar dazu passende dunkelgrüne Socken, etliche Naturkunde- und Technikbücher sowie Süßigkeiten völlig außer Acht ließ.
Als er an diesem Abend und in den nächsten Tagen ins Bett ging, nahm er seine Schuhe dahin mit. Sie lagen neben ihm am Kopfende, abwechselnd steckte er die Nase hinein und genoss diesen kräftigen, für ihn exakt zu Schuhen passenden Lederduft. Der Schuhgeruch gemahnte ihn an Aufbruch, an Ferne, an Bewegung und Stärke. Ein Hauch von Abenteuer ging davon aus, der ihn nur mühsam einschlafen ließ. Wie anders war doch dieser würzigkräftige Geruch im Vergleich mit dem feinen, verführerischen Duft seines kleinen Hirschlederlappens, den er aber in diesen Tagen nicht mit ins Bett nahm, weil das Nebeneinander zweier so verschiedener Reize seine Sinne ganz einfach überfordert hätte.
Aber Hans vernachlässigte die andere Seite des Dufts, die hirschlederne in keiner Weise. Ausgehend von dem wundersamen Gefühl, das dieser Duft in seinem ganzen Körper auszulösen vermochte, strebte er sehr bald nach kurzen Hosen, die exakt aus einem solchen Leder gefertigt sein müssten. Hier und da hatte er sie bereits bei Schulkameraden gesehen und neidvoll in all ihren Einzelheiten studiert. Wenn er so ein Leder als ganzes Kleidungsstück besäße, das bereits als kleiner Lappen eine derart frappierende Wirkung auf ihn ausübte, um wie viel größer müsste nicht das Trageglück eines solchen Leders sein, noch dazu, wenn es die so besonders empfindlich darauf reagierenden unteren Regionen seines Körpers umkleidete!
Es sollte aber noch lange Zeit vergehen, ehe Hans sich auch nur Ähnliches beschaffen konnte, obwohl er mit seinem Lederhosenwunsch sogar an die Öffentlichkeit ging.
Als Fünfzehnjähriger, - er hatte bis dahin immer noch keine Hirschlederhosen auftreiben können, - gab er eine Anzeige in der Hannoverschen Zeitung auf: „Tausche Reithose gegen Hirschlederhose." Die Reithose hatte er aus den Beständen seines Vaters ergattert, der im ersten Krieg zur berittenen Truppe gehörte, bevor er jenen schicksalsträchtigen Eisenbahn-Kutschen-Unfall erlitt, der sein Leben so grundlegend verändert hatte, dass auch nach dem Krieg nicht daran zu denken war, je wieder den Rücken eines Pferdes besteigen können, was dann natürlich auch seine später diagnostizierte Bechterewsche Krankheit völlig unmöglich machte. Hansens Vater hatte also gar keine Verwendung mehr für die Reithose, die er schlicht aus Erinnerungsgründen immer noch aufbewahrt hatte und die ihn nun aber bitter an eine Zeit erinnerte, als ihm auf schnellen Pferderücken die Welt, der Feind und die Frauen zu Füßen lagen. Es war ihm also gar nicht so unrecht wenn dieses Relikt aus

glücklichen Zeiten endlich verschwände, da es ihn nur traurig machte, wenn er daran dachte und seine jetzige steife und gebeugte Körpersilhouette im Spiegel betrachtete.

Hans bekam eine Antwort auf seine Annonce: Er sollte sich am nächsten Morgen um neun mit einem gewissen Heinecke am Hauptbahnhof treffen. Er war überpünktlich und wartete nervös am angegebenen Treffpunkt vor dem Kiosk mit seiner Reithose über dem Arm.

„Sind sie Hans Sogau?" hörte er eine sanfte Stimme hinter sich. Hans drehte sich um und schaute in das nervöse Gesicht eines großen, leicht gebeugten, hageren Mannes, dem die mühsam nach links gescheitelten langen schwarzen Haare ständig wieder in die Stirn fielen, wenn er sie beim Sprechen mit der Hand aus dem Gesicht zu streichen versuchte.

„Ja," sagte Hans, „haben Sie die Hose dabei?"

„Konnte ich in der kurzen Zeit nicht auftreiben", erwiderte der Mann, „aber ich hab was Anderes für Sie." Hinter seinem Rücken holte er eine Art Tornister hervor. „Stammt aus dem ersten Krieg, ist ein „Affe", wie die Landser dazu sagten. Na, was hältst du davon, Kumpel?" fragte Heinecke gehetzt und schaute sich dabei immer wieder um. Die Erwähnung der Landser aus dem ersten Weltkrieg veranlasste ihn wohl dazu, Hans gegenüber vom Sie ins vertrauliche Du zu fallen.

„Du kannst aber mitkommen mit mir nach Steinhude, da haben wir eine Gruppe. Irgendeiner von denen hat bestimmt so 'ne Hose, wie du sie haben willst."

Heinecke legte Hans den Arm um die Schulter und zog ihn kräftig an seine Brust, presste kurz seinen Kopf mit den wirrhängenden Haaren gegen Hansens Wange, drückte ihm den Affen in die Hand und nahm im Gegenzug die Reithose an sich.

Hans war von der ganzen Aktion dermaßen überrumpelt, dass er keinen Ton hervorbrachte.

„Komm, Kleiner, wir fahren nach Steinhude zu den anderen", drängte Heinecke und wollte ihn, dem er immer noch den Arm um die Schulter hielt, mit sich, in Richtung Bahnsteige fortziehen. Hans wehrte sich. Das alles kam ihm zu merkwürdig und unheimlich vor. Er wand sich aus Heineckes langem Arm, drehte sich zum Ausgang des Bahnhofs und stotterte: "Nein, nein, lassen Sie man, vielleicht ein anderes Mal..., ich muss jetzt nach Hause, meine Straßenbahn geht in drei Minuten." und rannte ohne anzuhalten bis zur Haltestelle, wo er nur langsam zu sich kam. Verdutzt sah er auf den „Affen", wunderte sich, wie der anstatt einer hirschledernen Hose in seine Hand gekommen war, und schüttelte im Nachhinein den Kopf über diesen verrückten Heinecke. Er erwog, dass dieser verworren wirkende Mann mit seinem fast panischen Annäherungsversuch entweder homosexuell oder, wegen seines ständigen nervösen sich Umsehens, ein Widerstandskämpfer sein könnte, womöglich beides zusammen: ein schwuler Untergrundler. Es hätte Hans schon gereizt, dessen Steinhuder Gruppe kennenzulernen, wenn das ganze Gehabe Heineckes nicht so disparat und drängend gewirkt hätte.

Als er mit der Straßenbahn durch den leichten Nieselregen dieses Morgens nach Hause fuhr mit dem Affen auf dem Schoß, musste er unwillkürlich lächeln, über sich, über Heinecke und die so ersehnte Hirschlederhose, die sich unversehens, ohne dass er es gewollt oder auch nur hätte voraussehen können, in einen Affen verwandelt hatte. Trotz dieser wundersamen Wandlung dachte Hans noch lange nicht daran, das Hosenprojekt aufzugeben. Aber er war bereit, Abstriche daran zu machen.

Der Krieg war mit anfänglichen, verblüffenden Erfolgen der Hitler-Armeen ins zweite Jahr gegangen, und trotz der euphorischen Siegesmeldungen in den üblichen Propagandasendungen und einer noch scheinbaren ungebrochenen Zuversicht im Volk, gab es für Nachdenkliche manche Zeichen, die auf noch lange währende Kriegshandlungen mit ungewissem Ausgang schließen ließen. Einige, sonst immer vorhandene Konsumgüter standen nicht mehr im gewohnten Umfang zur Verfügung oder waren nur auf besonderen Wegen, unter Inanspruchnahme von Beziehungen zu bekommen.

Hans erhielt zwar mit sechzehn die lang ersehnte Lederhose, allerdings bestand sie nicht aus seinem geliebten Hirschleder, sondern aus sogenanntem Spaltleder. Das war üblicherweise Rindsleder, das beim Spalten der Haut aus der unteren, weniger haltbaren Schicht gewonnen wurde, die aber auf Grund ihrer Faserigkeit große Ähnlichkeit mit Wildleder besaß und dem teuren, von Hans eigentlich bevorzugtem Hirschleder täuschend ähnlich sah.

Nach Außen hin besaß seine Lederhose demnach das gleiche Aussehen wie diejenigen mancher Klassenkameraden, die noch das Glück gehabt hatten, wirkliche Hirschlederhosen zu bekommen. Niemand also hätte an Hansens Hose Anstoß genommen, wenn nicht er selber, der sich mit Leder so gut auskannte wie kaum jemand, um zu wissen, dass Spaltleder zwar so aussah wie Wildleder, keineswegs aber jenen unverwechselbaren Geruch und die Geschmeidigkeit besaß wie wirkliches Hirschleder. Und auf den Duft kam es ihm ja schließlich an beim Leder. Nur in zweiter Linie ging es ihm um Aussehen und Festigkeit. Der unnachahmliche Geruch und das Fingergefühl von weichem, schmiegsamem Hirschleder, das war es, was er eigentlich im Sinn gehabt hatte. Dennoch zog er natürlich seine neue Lederhose an, betrachtete

sich ausführlich im Spiegel und befand sie vom äußeren Erscheinungsbild her für völlig annehmbar.
Das war sie offenbar auch für Dr. Henschel, seinen geschätzten, hoch gebildeten, kunstverständigen und äußerst sensiblen Deutschlehrer, der ihm auch Privatunterricht im Lateinischen gab. Es lief indes ein Gerücht über diesen Pädagogen, dass er nämlich nicht nur Pädagoge, sondern auch ein Pädophiler sei, der eine beträchtliche Bildersammlung von nackten Knaben besaß, die er im Lauf seines Lehrerdaseins mit eigener Kamera als Freikörperkulturaufnahmen selbst gefertigt haben sollte. Hans interessierte sich für derlei Gerede in keiner Weise, sondern ging ausgesprochen gern in die Privatwohnung von Dr. Henschel, wo er stets freundlich und zuvorkommend mit einer Tasse Tee begrüßt wurde.
Vor allem aber hatte es Hans wieder der Geruch angetan, der ihn augenblicklich beim Betreten der Lehrerwohnung umgab. Nicht nur die fein aufeinander abgestimmten Möbel und Accessoires begeisterten Hans beim ersten Mal, sondern dieses wundervolle Duftgemisch aus hochwertigem Wildleder, - der Lehrer besaß ein perfekt geschneidertes Sakko aus Hirschleder! - einem herbmännlichem Rasierwasser und dem zarten Rauch sündhaft teurer ägyptischer Zigaretten. Von denen rauchte Dr. Henschel ein bis zwei während der Privatstunde, wobei er die Asche in einem ebenfalls orientalischen, fein ziseliertem Silberaschenbecher, dessen Mitte aus dem Flachrelief eines Kamels bestand, abstreifte und die Zigarette darin schließlich ausdrückte.
Dr. Henschel hatte die neue Lederhose, die Hans, ausgesprochen stolz, auch beim Besuch der Privatstunde trug, mit mehr als nur bewundernden Worten gewürdigt. Zunächst hatte er sich über Hans gebeugt, während der mit dem Abschreiben lateinischer Verbformen, insbesondere von *tangere* und *cupere* (Hans dachte sich nichts dabei) beschäftigt war. Dr. Henschel musste auch etwas von Gerüchen verstehen, schloss Hans daraus und wurde darin bestätigt, als er ein genießerisches Seufzen an seinem linken Ohr hörte:
„Deine Hose duftet ja noch so wunderschön nach neuem, weichem Leder, Hans!"
Als Hans zur Bestätigung den Kopf hob, streifte er dabei überraschend und aus seiner Sicht völlig unbeabsichtigt die Lippen des Lehrers, der ihm eigentümlich zulächelte. Hans begriff in seiner Naivität nichts und freute sich nur, dass der Dr. Henschel Anteil nahm an seinem Stolz auf das neue Kleidungsstück. Merkwürdig fand er nur, dass der Lehrer, der ihn gefragt hatte, ob er das Leder mal auf seine Geschmeidigkeit prüfen dürfte, was Hans ihm sofort gestattete, seine Finger gar nicht wieder von seinem Hosenbein fort nehmen mochte, sondern offenbar versuchte, tiefer darin einzudringen. Hans schob die

Hand des Lehrers einfach beiseite, und Dr. Henschel beendete auf diese Geste hin seine Erkundungen auf der Stelle.

Als der Lehrer einige Tage nach diesem Besuch nicht mehr in der Schule erschien, und es hieß, er sei wegen pädophiler Handlungen vom Dienst suspendiert und vor Gericht gestellt worden, brachte Hans seine Erlebnisse während der letzten Privatstunde damit in keiner Weise in Verbindung. Irgendwelche Eltern hätten sich beim Direktor über Dr. Henschel beschwert, war aus all den schwirrenden Gerüchten als harter Kern herauszuhören.

Das Letzte, was die Schülerschaft über den Fall Dr. Henschel zu hören bekam, war, dass der Lehrer zu vier Jahren Zuchthaus verurteilt worden war, die er in Hameln abzusitzen hätte. Mehr als zehn Jahre sollten vergehen, bis Hans etwas über das ganze Schicksal seines geschätzten Lateinlehrers in Erfahrung bringen konnte. Die Nazi-Richter, die ihn zu der vierjährigen Zuchthausstrafe verurteilt hatten, gaben dem Lehrer, sozusagen zur dringend empfohlenen Benutzung, eine Pistole mit auf den Weg in die Haft, was in den Augen deutscher, akademisch geschulter und zumeist durch schlagende Verbindungen gegangener Juristen vermutlich als Ehrenerweis galt. Dr. Henschel könnte wohl auf diesem Weg wieder etwas gut machen, ließen sie ihn wissen. Der aber ließ die Waffe unbenutzt liegen und beschäftigte sich stattdessen lieber mit der Gefängnisbibliothek, wo man den stillen, vornehmen kleinen Mann ganz einfach vergaß, im ganz wörtlichen Sinn. Man „vergaß", ihn weiterhin ausreichend mit Anstaltsnahrung zu versorgen, auch seine Kleidung zerfiel im Lauf von Monaten und wurde fadenscheinig, weil man „vergessen" hatte, den Doktor der Philologie mit neuen Anstaltssachen auszustatten. Schließlich, so brachte Hans weiterhin von Gewährsleuten in Erfahrung, habe der Lehrer wohl auch sich selbst vergessen. Er wurde immer dünner, schleppte sich nur noch mit Mühe in seine Bibliothek, bis er sich nicht einmal mehr von seiner harten Pritsche zu erheben vermochte. Nach drei Jahren, zwei Monaten und fünfzehn Tagen sei Dr. Henschel gänzlich verschwunden, vernahm Hans mit aufrichtigem und tief empfundenem Bedauern. Man habe das Wenige, was von dem Doktor noch übrig geblieben war, unauffällig beiseite geräumt und in einem nahe gelegenen Krematorium dem Wind anvertraut.

Neben dem Ledergeruch, den Hans sogar als „Hauptgeruch" in seinem Leben über all die Jahre und Jahrzehnte hätte bezeichnen können und in dem er aus eigener Wahrnehmung heraus immer wieder deutliche Spuren erotischer Empfindungen bestätigen konnte, gab es für ihn noch einen weiteren „großen Geruch", den er später als seinen „romantischen Duft" ausgeben würde. Dabei begann auch dieser Duft, wie so manch anderer bei Hans, mit einem unbestimmten Sehnen, als er ihn zum ersten Mal mit Bewusstsein wahrgenommen hatte.

Es war noch in Hannover, in der vertrauten Straße, wo er vom Kleinkind über seine mehr geschlechtsneutrale Phase der Drüsenstörungen als kleiner Knabe schließlich zum jungen Mann herangewachsen war.

In einem weit von der Straße zurückgesetzten, mit großen, wild wuchernden Rhododendronbüschen vor den Blicken der Passanten geschützten Haus, lebte, ebenso zurückgezogen, Professor Steinheber mit seiner Frau Eva. Bis vor wenigen Jahren war er der medizinische Direktor einer großen Klinik gewesen, hatte sich dann aber, mit Anfang sechzig, aus seinem sehr anstrengenden, ihn gleichwohl ausfüllenden Berufsleben zurückgezogen. Nur ausnahmsweise, in nachbarlichen Notfällen oder unter Kollegen griff Steinheber hin und wieder noch einmal zu seinem schwarzen, abgewetzten Medizinerkoffer, der ihn ein ganzes Leben lang, seit seiner Praktikantenzeit, begleitet hatte.

Über einen Korpsbruder, der mit Hansens Vater in der Oberfinanzdirektion arbeitete, hatten die Sogaus bei einem Essen, das der Kollege anlässlich seiner Beförderung zum Oberfinanzrat gegeben hatte, Prof. Steinheber nebst Ehefrau kennengelernt. Verblüfft stellten beide Paare fest, dass man nur wenige Häuser voneinander entfernt in derselben Straße wohnte, ohne dass man sich vorher schon einmal begegnet wäre.

„Wir kommen kaum noch aus dem Haus, seit sich die Hüftprobleme meiner Frau derart verschlimmert haben," erklärte, wie zur Entschuldigung, der Professor den Sogaus, die dazu nur nicken konnten, für sich aber annahmen, dass die Steinhebers wohl am liebsten gar keinen Kontakt mit der Nachbarschaft gehabt hätten.

Vielleicht um über diesen für beide Seiten peinlichen Umstand hinwegzukommen, dass man schon etliche Jahre, sozusagen nebeneinander gewohnt hatte, ohne dass man sich je gegenseitig wahrgenommen hätte, schlug der Professor in jovialem, anordnungsgewohntem Ton vor:

„Na, dann kommen Sie uns doch bald mal besuchen, und lassen Sie sich dabei nicht zuviel Zeit! Bei dem Prachtwetter, das wir im Moment haben, blüht der Flieder bei uns im Garten aus allen Knopflöchern, nicht wahr Eva?" wandte er sich an seine Frau, die lebhaft nickte.

„Wie wäre es denn gleich morgen Nachmittag zum Kaffee, sagen wir um vier?" schlug sie kurzerhand vor. Die Sogaus, sichtbar geschmeichelt, von den neuen alten, in der ganzen Straße hoch geschätzten Nachbarn mit einer so freundlichen Einladung bedacht worden zu sein, willigten erfreut, aber mit höflicher und wie sie dachten, in einem solchen Fall angemessener Zurückhaltung und Bescheidenheit ein.

Der Sonntag erwies sich mit seinem strahlenden, vom frühen Morgen an wolkenlosen Maihimmel, als ideale Gelegenheit für das Erleben von Steinhebers Fliedergarten. Hans versank geradezu vor Ehrfurcht und Staunen. So etwas Schönes hatte er noch nie zuvor gesehen. Dunkelroter, strahlendweißer und violetter Flieder, in verschiedenen Helligkeitsstufen, stand in voller Blüte. Die schwer mit blühenden Dolden behangenen Äste überragten einander teilweise so dicht, dass Hans glaubte, er wandele unter einem duftenden Himmel voller Flieder, der hier und dort durch die im Gegenlicht leuchtende Sonne glühendrot oder schneeweiß aufstrahlte. Der Duft war derart betörend, dass es Hans fast schwindlig wurde vor Wohlgefühl und Sehnsucht nach einem Himmel, von dem er glaubte, dort schon einmal gewesen sein zu müssen. Er ging wie benommen umher, im Herzen bis zum Bersten angefüllt von Glück und einer ziellosen, das ganze Leben und die Welt umfassenden Liebe.

Fast ein Jahrzehnt später öffnete sich für Hans dieser Himmel aus Duft und Liebe, aus Sehnsucht und Glück noch einmal, wobei die übrige Welt seine Liebe mit einem hübschen jungen Mädchen teilen musste, das an diesem Maiabend neben ihm auf einer Parkbank saß, über die sich verheißungsvoll und gütig ein großer Fliederbaum mit dunkelroten, in der milden Abendluft süß duftenden Blütendolden beugte.
Hans war Mechthild erst am Vortag in einer Einführungsvorlesung begegnet, wobei sie zufällig festgestellt hatten, dass sie beide in Hannover aufgewachsen waren. Wie sich herausstellte, als man über die Hannoverschen Sommer sprach, kannte Mechthild sogar noch das gemütliche Familienbad an der Ihme, das schon seit langem nicht mehr existierte, und Hans gab bei dieser Gelegenheit seine Geschichte von der „Beinahe-Versenkung" seiner Mutter zum Besten.
Hans mochte Mechthild auf Anhieb, nahm seinen ganzen Mut zusammen und verabredete sich mit ihr für den folgenden Samstagnachmittag zu einem ausführlichen Hainberg-Spaziergang. Auch dieser Tag hatte strahlend begonnen. Man wanderte durch den hohen Buchenwald, versunken in Kindheitserinnerungen, die man sich gegenseitig mit wachsendem Eifer erzählte. Hans vertraute dabei seine verblüffende Geburtsgeschichte zum zweiten Mal einem Mädchen an. Aber noch blieb die Erinnerung an Glückstiefe und Welt umfassende Liebe, wie er sie damals unter dem blühenden und duftenden Fliederdach der Steinhebers fast mit Bestürzung erlebt hatte, verborgen und wehte nur erst wie ein entfernter, noch unbewusster Schleier über diesem sonnigen Tag.

An einem Kiosk hatten sie eine Kleinigkeit gegessen und schlenderten dann durch die Altstadt bis hierher in diesen Park, wo sie nun versunken nebeneinander auf der Bank saßen, mit sich selbst im Nachglühen all der wieder zum Leben erwachten Erinnerungen beschäftigt. Hans war beglückt, wie sie schon nach so kurzer Zeit des Kennenlernens auch miteinander schweigen konnten, ohne dass dieses Schweigen in beunruhigende Sprachlosigkeit umzuschlagen drohte.

Mit dem sanften, feuchten Hauch der Dämmerung umhüllte der betörende Duft des Flieders das Paar so berauschend, dass er plötzlich wieder den märchenhaften Garten der Steinhebers vor Augen hatte. Auch das Glück von damals erfüllte ihn vollständig, und eine Liebe, die er nun nicht mehr so ziellos allumfassend wie damals erlebte, sondern als lodernde Verliebtheit in Mechthild, ließ ihn zärtlich den Arm um die Schulter des jungen Mädchens legen. Noch immer ohne Worte lehnten sie sanft die Köpfe aneinander.

„Spürst Du diesen Duft?" flüsterte Hans. Mechthild nickte nur und legte ihm ihre Hand auf den Mund. Ganz vorsichtig nahm Hans die Hand beiseite und küsste Mechthild behutsam auf den Mund. Sie erwiderte seinen Kuss mit einer Leidenschaft, die ihn zunächst völlig überraschte, dann aber mitriss. Sie hatten einander nun ganz zugewandt, hielten sich umschlungen, eingehüllt in den Fliederduft, der Hans alle Kraft des Gefühls von damals wiederbrachte und ihn zudem mit einer so tiefen Dankbarkeit erfüllte, dass er gar nicht wusste, wohin damit. Gott? Mechthild? Dem Schicksal gegenüber, dem Leben?

Obwohl Hans nun auch spürte, wie ihn die Erregung erfasste, drängte es ihn nicht, weiterzugehen in seiner Umarmung als über dieses innige Küssen hinaus. Er hatte das Gefühl, dass sich alles in einer guten Ausgewogenheit befand, dass ihre Umarmung der süßen Fülle des Flieders völlig entsprach, dass sein Glück und seine Erfüllung nicht nach mehr verlangte, als dieses schöne junge Mädchen nur so im Arm zu halten und ihren Mund, ihre Stirn und Wangen immer wieder zart zu küssen und mit seinen Fingern zu liebkosen.

Irgendwann war Mechthild einfach aufgestanden und hatte Hans an der Hand mit sich fortgezogen. Arm in Arm schlenderten sie noch einmal über die dunklen Parkwege. Er ließ sich einfach von ihr führen und merkte erst viel später, dass Mechthild sehr wohl wusste, wohin sie ging. Sie stiegen eine leicht ansteigende Straße hinauf, die auf beiden Seiten mit Linden bestanden war. Die Häuser, so schien es Hans, waren überwiegend in den dreißiger Jahren entstanden. Vor einem davon, mit einem weiß leuchtenden Flieder im Vorgarten, blieb Mechthild stehen.

„Hier wohne ich," sagte sie ganz leise in Hansens Ohr, „kommst du noch mit rauf?" „Darfst du das denn?" fragte Hans erstaunt, eingedenk des Theaters, das es bei ihm mit Frau Meyer gegeben hätte, wenn er dort so spät noch mit „Damenbesuch" angerückt wäre.

„Pöh," lachte Mechthild, „wer will denn da was sagen, die Wohnung gehört doch meinen Eltern; haben sie gekauft, als Geldanlage, verstehst du?"

Hans nickte nur ehrfürchtig und ließ Mechthild vorangehen, damit sie die Tür aufschließen konnte. Mit einem Blick erfasste er beim Betrachten der Wohnungseinrichtung, dass es Mechthild, beziehungsweise ihren Eltern an Geld wahrhaftig nicht mangeln konnte. Neben einigen antiken Stücken, gab es auch zwei ganz neue, mit frischen farbigen Stoffen bezogene kleine Sessel, die zusammen mit einem geschwungenen Tischchen und einer Chaiselongue aus der Vorkriegszeit ein Ensemble bildeten. Mechthild hatte zwei Kerzen auf dem Tisch angezündet, zwei Gläser hingestellt, süßen Weißwein eingefüllt und sich dann mit glänzenden Augen auf das zierliche, so eigenwillig geformte Sofa gelegt.

„Komm, setzt dich zu mir, Hans", ermunterte sie ihn und wies auf die lange auslaufende Liegefläche an ihrer Seite.

„Zum Wohl, du schüchterner Schöner!" prostete sie ihm lächelnd zu. Sie nippten an ihren Gläsern und Mechthild sah ihn aus ihren Augenwinkeln verführerisch an:

„Und jetzt zieh mich mal ganz sanft und zärtlich aus!" forderte sie ihn unumwunden auf.

Hans bekam einen gewaltigen Schrecken. Manches Mädchen hatte er schon im Arm gehalten und auch hier und dort berührt und gestreichelt, aber noch nie hatte er ein Mädchen entkleidet, ja, außer Ruth in den Karpaten, auch niemals gänzlich nackt gesehen. Und jetzt sollte er das plötzlich einfach so tun?

„Na komm schon, zier dich nicht so, Hänschen!" neckte sie ihn, und Hans wusste nicht, was er machen sollte. Unmöglich konnte er sagen, er wolle das nicht, weil er gar nicht wüsste, wie das gehe. Mechthild hätte sich zurückgewiesen, ja womöglich gar verletzt fühlen können.

Mit einer Mischung aus Beklommenheit, Furcht, Neugier und Erregung begann Hans ihr die Bluse aufzuknöpfen. Sie hob ihren Oberkörper ein wenig an, damit er es leichter hätte, ihr die Bluse über die Schultern zu schieben und sanft über die Arme zu ziehen, so dass die Ärmel nun links waren, als Hans das Kleidungsstück auf den Boden fallen ließ. Mechthild drehte ihm leicht den Rücken zu, damit Hans ihr den Büstenhalter öffnen konnte, was ihm auch nach kurzer Zeit gelang. Sie hatte sich wieder zurückgelehnt an die gebogene Lehne der Chaiselonge und Hans bewunderte ihre schön geformten Brüste, die ganz nach seinem Geschmack waren: nicht zu groß und nicht zu klein, mit

einer leichten, aufsteigenden Kurve zu den bräunlich olivfarbenen Knospen. Die zarten Haarbüschelchen unter Mechthilds Achseln waren von der gleichen Farbe und passten gut dazu, fand Hans.
Nun aber sollte es an Mechthilds untere Hälfte gehen, und Hans merkte, wie ihm die Hände zitterten, als er rechts und links die Knöpfe öffnete, die Mechthilds Rock um die Hüfte geschlossen hielten. Er streifte den Rock ganz vorsichtig über ihre Knie und die nackten Füße und betrachtete atemlos Mechthilds schneeweißes, mit einer zarten Spitze eingefasstes Höschen. Sie selbst schob es ein kleines Stück herunter, so dass er nun keine Mühe mehr hatte, es gänzlich abzustreifen.
Mechthild streckte sich wohlig und schien nicht im Geringsten geniert, staunte Hans, der seine Blicke nicht von dem wunderschönen Mädchenkörper wenden mochte, aber andererseits auch keine Anstalten machte, sie zu berühren. Er war plötzlich ganz scheu, tausend Gedanken flogen ihm durch den Kopf. Was sollte er nun tun? Noch nie hatte er mit einem Mädchen geschlafen, sollte das jetzt geschehen? Aber wie ging das eigentlich wirklich, und was, wenn dabei etwas geschähe? Und was erwartete Mechthild überhaupt von ihm? Es drängte ihn gar nicht, sich jetzt womöglich auch auszuziehen, um dann, ja wie eigentlich, mit Mechthild in einen direkten sexuellen Kontakt zu kommen? Hans hatte noch keine rechten Worte dafür, kannte nicht die richtigen Gesten und Liebkosungen. Im Moment reichte es ihm, diesen wunderschönen weiblichen Körper mit Ehrfurcht zu betrachten und in Staunen und Dankbarkeit einfach neben ihr zu sitzen.
„Oh, Hans," seufzte Mechthild, die recht gut begriffen hatte, wie es um ihn stand und zweifellos spürte, dass es zu keiner Liebesnacht mit diesem jungfräulichen Mann kommen würde. Sie setzte sich auf, winkte Hans mit dem Zeigefinger herbei und gab ihm, schon zum Abschied, einen ganz zarten Kuss auf den Mund. „Gute Nacht, mein Held", sagte sie leise mit einem kleinen, resignierten Lächeln, „du findest hinaus, nicht wahr?"
Auf der Straße angelangt, stürzten ihm die Gefühle übereinander. Scham, Sehnsucht, Liebe, Versagen, Wut über sich selbst, Hilflosigkeit ließen ihn mit hängendem Kopf und zögerlichen Schritten die Straße hinunter tappen. Sollte er noch einmal umkehren? Hinaufstürmen? Mechthild leidenschaftlich umarmen, gar auf den Arm nehmen und sie ins Schlafzimmer tragen, sich über sie werfen, blindlings darauf hoffend, dass irgend etwas geschähe, - Es geschähe? Hans musste, selbst in seiner Verzweiflung, über sich lächeln. Das könnte er nicht, so einer war er nicht. Die Situation, Mechthilds selbstverständliche Nacktheit, die Makellosigkeit ihres Körpers, das alles war zu viel für ihn gewesen. Er spürte, dass er entweder an die Hand genommen werden wollte, es

ihm gesagt, gezeigt, er unmerklich geführt werden müsste oder dass beide einen gleichen Stand hätten haben müssen, um sich aneinander heranzufühlen, um sich gegenseitig auszuprobieren, zu suchen und zu tasten wo es denn lang ginge für beide.

Als Hans in seinem, verglichen mit Mechthilds Wohnung, stillos eingerichtetem Zimmer ankam an diesem Abend, wusste er, dass die so verheißungsvoll begonnene Liebesgeschichte mit Mechthild schon ihr Ende gefunden hatte. Er warf sich auf sein Bett und schämte sich seiner Tränen nicht.

Eine Woche später sah er Mechthild, die, lebhaft plaudernd, Arm in Arm mit einem jungen Mann, der sie glücklich von der Seite anstrahlte, vor ihm ging, ohne dass sie ihn bemerkt hätte.

Hans bildete sich ein, dass ihn in diesem Moment Fliederduft von irgendwoher umwehte.

9

Hansens Mutter, Marianne, war bemüht, ein gutbürgerliches Haus zu führen. Sie hatte es in ihrem Hallenser Elternhaus so kennengelernt, wo sie zusammen mit ihren Brüdern nach der Rückkehr aus Indien, 1903, schon als kleines Kind, - Marianne war gerade acht Jahre alt geworden, als die Familie nach Deutschland kam, - angehalten wurde, sich mit „kulturell wertvollen Dingen" zu beschäftigen. Das bedeutete in erster Linie Literatur. Neben den Klassikern wie Goethe, Schiller, Kleist, die später auch auf ihrem Lyzeum als Pflichtlektüre im Deutschunterricht an erster Stelle standen, hatte es der dann sechzehn, siebzehnjährigen Marianne vor allem Heinrich Heine angetan.

In der Schule spielte Heine eine mehr untergeordnete Rolle, zumal seine sehr kritische Haltung Deutschland gegenüber so gar nicht zum Hurra-Patriotismus in den Jahren vor dem Ausbruch des Ersten Weltkriegs passte. Dass er mehr als zwanzig Jahre beim „Erzfeind" in Paris gelebt und von dort sein „deutsches Nest beschmutzt" hatte, verzieh man ihm nie.

Durch ihren zwanzigjährigen Aufenthalt in Indien hatten sich Mariannes Eltern durch vielerlei Kontakte zu Briten und Indern einen weltbürgerlichen Horizont erworben, den man auch nach der Rückkehr in die Heimat nicht verleugnen wollte. In diesem Geist wuchs die hellwache Marianne heran und setzte schon aus diesem Grund sehr früh auf Heine und gegen die nationalistische, monarchistische Erziehung in der Schule. Marianne, die von Indien her gewohnt war, allem Fremden mit Neugier und Offenheit zu begegnen, und die durch Ihren Vater die Grundzüge des Hinduismus und Buddhismus kennengelernt hatte, konnte die dumpfe Feindschaft gegen alles Fremde, das sie bei Lehrern und Klassenkameradinnen in Deutschland erlebte, kaum ertragen.

Als ihr Deutschlehrer, Dr. Gerade, eine Lyrikwoche in der Klasse veranstaltete, wo jede Schülerin ein deutsches Gedicht auswendig lernen und vor der Klasse aufsagen sollte, suchte Marianne sich mit Bedacht und heimlicher Vorfreude auf die zu erwartende Reaktion ein kurzes, in ihren Augen besonders bissiges Heine-Gedicht zum Thema Deutschland aus.

Ihre Mitschülerinnen trugen Goethegedichte vor, Balladen von Schiller, Eichendorffs „Mondnacht", den „römischen Brunnen" von Conrad Ferdinand Meyer und viel Erbauliches mehr. Und dann kam Marianne mit ihrem Heine-Gedicht und den besonders provokanten Zeilen:

„Aber wir verstehen uns bass,
Wir Germanen auf den Hass.
Aus Gemütes Tiefen quillt er,

Deutscher Hass! Doch riesig schwillt er,
Und mit seinem Gifte füllt er
Schier das Heidelberger Fass."

Marianne schaffte es gerade noch, zu erwähnen, dass das gegenwärtig noch erhaltene, vierte große Heidelberger Fass von 1751 ein Fassungsvermögen von 221.726 Litern gehabt habe, was den deutschen Hass auf alles Fremde ganz gut veranschauliche, als auch schon ein Tumult in der Klasse losbrach. „Widerlich" wäre das, was Marianne da vorgetragen hätte, eine „Schmach für Deutschland und das Kaiserreich", „Nestbeschmutzung".
Dr. Gerade hatte alle Mühe, die Gemüter zu beruhigen, um dann mit ernsten Worten und schmerzlicher Miene Marianne klarzumachen, dass sie sich in der Auswahl ihres Lyrikbeitrags wohl fürchterlich vergriffen hätte. Zur „besseren Besinnung", um Deutschlands „wahren Wert" wirklich zu begreifen, solle sie bis zur nächsten Stunde in zwei Tagen Hölderlins „Gesang des Deutschen" auswendig lernen und der Klasse vortragen. Marianne stellte zu Hause fest, dass dieses Gedicht 15 Strophen zu je vier Zeilen umfasste. Aber das war ihr der Heine wert gewesen.
Weniger dramatisch hatte sich die musikalische Erziehung Mariannes gestaltet. Sie lernte, wie fast die meisten ihrer Mitschülerinnen auf dem Lyzeum, Klavierspielen, was ihr von Anfang an Freude bereitete und worin sie es recht bald zu einiger Virtuosität brachte. Anlässlich von Familienfesten versammelte sich die Verwandtschaft im großen Salon, wo der Flügel stand, und lauschte der Hausmusik, die Marianne mit ihren Brüdern, die Cello und Geige spielten, zum Vortrag brachte. Schon in sehr jungen Jahren nahm sich Marianne vor, sollte sie selbst einmal eine Familie haben, ihre Kinder zum Musizieren anzuhalten.
Marianne hielt Wort. Als ihr Erstgeborener, Friedhelm, acht Jahre alt war, bekam er Cello-Unterricht bei Robert Baumkron, einem Mitglied des philharmonischen Orchesters. Sehr bald stellte sich heraus, dass Friedhelm in seiner Musikalität genau das richtige Instrument für sich gewählt hatte. Er übte täglich unaufgefordert, machte gute Fortschritte und würde später, bis ins Alter hinein, mit wechselnden Partnern, Kammermusikabende im privaten Kreis veranstalten.
Da Hans, als er vier Jahre später das gleiche Alter für den von Marianne vorgesehenen Eintritt ins Musikleben erreicht hatte, er aber nicht so recht wusste, zu welchem Instrument er greifen sollte, empfahl ihm Marianne die Geige, wohl in Erinnerung an ihre Brüder, die sie damals mit ihrem Klavierspiel zu Cello und Geige begleitet hatte. Im Gegensatz zu seinem Bruder Friedhelm

mit dem Cello tat sich Hans schwer beim Geigenunterricht. Es gelang ihm zwar mit viel Mühe und unter gutem, bisweilen auch etwas kräftigeren Zureden seiner Mutter, einfachere kleine Stücke zu Wege zu bringen, aber er selbst war unzufrieden mit dem Ton seiner Geige. Auch wenn er meinte, jede Note richtig gespielt zu haben, blieb sein Ton unsauber und stets um jenes Quäntchen nach oben oder unten hin verschoben, das den Zuhörern und manchmal auch Hans selbst Unbehagen bereitete, besonders beim Solovortrag, aber ebenso beim gemeinsamen Spiel mit Friedhelms Cello und seiner Mutter am Klavier.

Obwohl er mit seiner eigenen Leistung und seinem Spielvermögen unzufrieden war, genoss er die Hausmusik zu bestimmten Zeiten dann doch. Die Weihnachtszeit gehörte in besonderer Weise dazu. Seine Mutter verstand es, schon zur Adventszeit eine erwartungsvolle, freudige Atmosphäre im Haus zu schaffen. Ein untrügliches Zeichen, woran Hans als Kind erkennen konnte, dass jene besondere Adventsjahreszeit wieder begonnen hatte, war die Öffnung des „Damenzimmers", das Marianne das übrige Jahr zur alleinigen Nutzung für sich selbst verschlossen hielt.

Abweichend von den Gebräuchen in anderen Familien, wo der Weihnachtsbaum erst unmittelbar am Heiligen Abend ins Haus geholt wurde, begann die Adventszeit im Hause Sogau mit dem Aufstellen einer großen Edeltanne, die gewöhnlich bis unmittelbar unter die Decke der hohen Wohnräume reichte. Hansens Mutter nahm sich viel Zeit für das Schmücken des Baums. Kerzen aus Bienenwachs, die beim Brennen einen wunderbaren Honigduft verströmten, den Hans besonders liebte, gehörten für sie ganz selbstverständlich dazu. Mit dem Aufstecken der Kerzen eröffnete sie am Vorabend des ersten Advents, wenn die Kinder schon schliefen, das Schmücken des Weihnachtsbaums. Sie legte Wert darauf, diese Arbeit allein zu tun, ohne die Kinder und ohne Mann, der sich gern darein fügte. Zum einen lag ihm das ganze Weihnachtszeremoniell ohnehin nicht groß am Herzen, andererseits war ihm die fast rituell feierliche Haltung, mit der Marianne an die Festvorbereitungen heranging, ein wenig fremd.

Nach den Kerzen kamen die großen, verschiedenfarbigen Glaskugeln an die Reihe, dann das Lametta. Marianne warf es nicht etwa büschelweise über die Zweige, sondern nahm jeden einzelnen Faden in die Hand, zog ihn zwischen Daumen und Zeigefinder der linken Hand hindurch, wobei sie mit dem Daumennagel für einen makellos glatten Lamettastreifen sorgte, der dann an seinen mit Bedacht ausgewählten Platz über einen Zweig gehängt wurde.

Während der folgenden Adventswochen durften dann die Kinder den Schmuck vervollständigen. Hans nahm Zucker- und Schokoladenringe dazu und manchmal noch kleine rote Äpfel, wobei er stets Mühe hatte, mit seinen anfangs noch etwas ungelenken kleinen Fingern die Zwirnsfäden um die winzigen Apfelstiele zu binden.

Zur Feier der Weihnacht hatte Hans in dem Jahr, als er von den Künzels aus dem Ledergeschäft jenen kleinen, duftenden Hirschlederlappen bekommen hatte, beschlossen, auch dieses kleine Lederstück mit einem Faden an den Christbaum zu hängen.

„Was soll das denn?" hatte Friedhelm ihn abfällig gefragt, der seinerseits etliche bunt bemalte Zinnsoldaten an die Zweige hängte. Hans hatte Mühe, seinem Bruder zu erklären, wie wichtig ihm das Lederstückchen war und warum er es unbedingt am Weihnachtsbaum sehen wollte.

„Die drei heiligen Könige haben dem Jesuskind doch auch kostbare Geschenke gebracht." erklärte Hans. „Weihrauch, Myrthe (unter „Myrre", dem aromatischen Räucherharz konnte Hans sich lange Zeit nichts vorstellen, während er die immergrünen Myrtenzweige gut kannte und liebte) und Gold. Das Ledertuch ist mein Kostbarstes. Und meine Schatzkugel. Die ist aber so schwer, dass sie herunterfallen würde vom Baum. Deshalb habe ich mein Lederstück drangehängt."

Friedhelm fand das mit seinen zwölf Jahren völlig idiotisch. Die Mutter entschied schließlich den Christbaumlederstreit salomonisch. Hans durfte sein Läppchen hängen lassen, solange die Familie allein um den Baum versammelt war. Während möglicher Besuche von Verwandten, Freunden und Nachbarn sollte Hans sein Ledergeschenk für Jesus vorsorglich wieder abnehmen, da sich keiner aus der Familie, einschließlich Hans, der sich nicht traute oder es nicht wollte, in der Lage sah zu erklären, was es mit dem kleinen grauen Lederlappen am Weihnachtsbaum auf sich hätte. Was die Eltern ihm nicht sagten, war, dass sie sich vor Fremden auch ein wenig schämten, da Hans seinen Lappen gut sichtbar im mittleren Drittel des Baums platziert hatte, wo er besonders unangenehm auffiel zwischen den kostbaren Kerzen, Kugeln und Kringeln nebst Friedhelms Zinnsoldaten.

Von Zeit zu Zeit gab es für einen erwählten Zuhörerkreis aus der befreundeten Nachbarschaft Hauskonzerte. Hans und sein Bruder Friedhelm hatten schon während des Herbstes viele Stunden dafür geprobt. Friedhelm mit Eifer und in freudiger Erwartung von Beifall und Anerkennung für sein Spiel, Hans dagegen mehr mit Mühe und Zähneklappern im Blick auf die Vortragsabende. Kleine Stücke von Bach, Pergolesi, Corelli, Purcel und Händel standen meist auf dem Programm, und wenn es dann geschafft war und Hans halbwegs sicher, zwar mit leichten Tonverschiebungen, aber ohne größere Fehler, hindurch gekommen war, konnte auch er sich am Applaus des auserwählten Pub-

likums freuen und erleben, wie sich eine wohlig warme Weihnachtsstimmung in ihm ausbreitete. So gehörten diese Hauskonzerte für ihn, besonders im Vorhinein, zwar zu durchaus mit Angst besetzten Ereignissen, aber sie waren zugleich auch ein unverzichtbarer Bestandteil der Vorweihnachtszeit, ohne den sich Hans ein richtiges Weihnachtsfest gar nicht vorstellen konnte.
Übertroffen wurde dieser halböffentliche Auftritt mit der Geige für Hans nur noch durch das alljährliche Krippenspiel, das sich zur Hausmusik hinzugesellte, als er mit zehn auf das Hannoversche Ratsgymnasium kam. Mit ihm gelangte auch zum ersten Mal ein Mädchen auf die sonst reine Jungenschule. Gabriele Neumann, so hieß das kleine, blonde Mädchen, das Hans sofort an Hedi erinnerte, konnte auf ihrem Lyzeum kein Griechisch lernen, was aber im altsprachigen Zug des Ratsgymnasium selbstverständlich unterrichtet wurde. Da Gabrieles Eltern es sich in den Kopf gesetzt hatten, dass ihre Tochter einmal Latein studieren sollte, weil auch Herr Neumann, obwohl Jurist, alte Sprachen gelernt hatte und vom Nutzen und hohen Bildungswert des Lateinischen wie auch des Griechischen zutiefst überzeugt war, hatte man eine Sondergenehmigung für Gabriele erstritten, wodurch nun das Gymnasium rund achthundert Schüler und eine Schülerin hatte. Gabriele schlug sich wacker in den ersten Wochen auf der neuen Schule. Natürlich sah sie sich ununterbrochen Anspielungen und Sticheleien seitens der Jungen ausgesetzt, da sie aber keine Angst hatte und sich nicht beleidigt in sich selbst verkroch, sondern mutig den Jungen gegenübertrat und sehr wohl auch selbst auszuteilen verstand, ließen die dummen Bemerkungen mit der Zeit nach, und ihr Erscheinen in der Jungenschule wurde schließlich als etwas Selbstverständliches hingenommen.
Es gehörte zur Tradition des Gymnasiums, dass in einer festlich gestalteten Weihnachtsfeier kurz vor den Ferien in der großen Aula, zu der auch die Eltern der Schüler aus der Unterstufe geladen waren, alljährlich ein Krippenspiel aufgeführt wurde. Die Inszenierung lehnte sich stets sehr eng an das lukanische Weihnachtsevangelium an und wurde, unter der Leitung von Dr. Erwin Gremser mit großer Ernsthaftigkeit, Akribie und Liebe zum Detail einstudiert und aufgeführt. Zur Tradition gehörte auch, dass jeweils die zu Ostern neu eingeschulten Sextaner Schauspieler und Statisten zu stellen hatten, womit garantiert war, dass in jedem Jahr neues Personal das Stück auf die Bühne brachte. Mit dem Erscheinen von Gabriele Neumann wurde indes diese Tradition in soweit durchbrochen, als dass Gabriele in drei aufeinander folgenden Jahren die Maria spielen durfte und anschließend, bis zu ihrem Abitur, als Verkündigungsengel zu einer festen Institution in der Besetzung der Rollen wurde.

Es galt auf dem Gymnasium stets als eine große Ehre, im Krippenspiel mitwirken zu dürfen, wobei es natürlich erhebliche Abstufungen in der Bedeutung und dem Ansehen der jeweiligen Rollen gab. Um aus pädagogischen Gründen möglichst viele Schüler beteiligen zu können, bekamen die im Evangelium mehr pauschal erwähnten „Hirten in derselben Gegend auf dem Felde" und „die Menge der himmlischen Heerscharen" eine größere Bedeutung als bei sonst üblichen Krippenspielen. Wer also nur zum Fußvolk der Hirten und himmlischen Heerscharen ohne Sprechrolle gehörte, wurde zwar geachtet, aber doch wesentlich geringer angesehen als diejenigen von den Hirten, die sich erst laut über Düsternis und Kälte beklagen sollten, um sich dann anschließend über das strahlende Licht der himmlischen Verkünder wundern zu dürfen. Besonders umworben war die Rolle des Engels, der die weltentscheidende Botschaft mit dem trostreichen „Fürchtet euch nicht!" zu verkünden hatte. Ganz an der Spitze im Ansehen der Schauspieler aber standen natürlich Maria und Joseph. Bevor Gabriele Neumann auf der Bildfläche erschien, hatte es mitunter ein leichtes Schmunzeln, zuweilen sogar unterdrücktes Lachen gegeben, wenn ein Sextaner mit besonders zarter Stimme und zu Anfang des Stückes noch als manchmal zu deftig drapierte Schwangere auf dem Irrweg durch ein winterliches, fremdenfeindliches Bethlehem zog , um zusammen mit „ihrem Mann" nach einer halbwegs passablen Herberge für die bitterkalte Nacht zu suchen.

Mit Gabriele Neumann änderte sich die Lage grundsätzlich. Man hatte nun wirklich eine Frau, die die Maria mit einer nicht zu übertreffenden Glaubwürdigkeit spielen konnte. Natürlich bedurfte es gar keines Abwägens, wer sonst wohl noch für die Rolle infrage käme. Alle nahmen es für das Selbstverständlichste von der Welt, dass Gabriele die Maria sein würde, sie selbst eingeschlossen.

Umso spannender und nicht vorhersehbar war, wen Dr. Gremser in diesem Jahr für den Joseph aussuchen würde. Es stand bei allen außer Frage, auch bei Dr. Gremser, dass er als Lehrer die einzelnen Rollen, zumindest die Wortrollen bestimmen würde. Vor mehreren Jahren hatte sich Gremser ein einziges Mal darauf eingelassen, den Sextanern die Auswahl bei der Besetzung der Rollen selbst zu überlassen. Dabei hatte sich gezeigt, dass die Schüler sich in der Vergabe der Rollen weniger am Inhalt des Stückes und der Fähigkeit der Spieler orientierten, als vielmehr an der klasseninternen Hierarchie, was zur Folge hatte, dass die lautesten und durchsetzungsfähigsten Jungen auch die begehrtesten Rollen ergatterten. Es hatte Dr. Gremser einen riesigen Zeitaufwand und großes Regiegeschick unter erschwerten Bedingungen gekostet, um das Stück noch halbwegs annehmbar über die Bühne zu bringen. Dabei blieb es ihm nicht erspart, dass der Joseph und zwei oder drei Hirten ungebührlich und in einer der Würde ihrer Rolle in keiner Weise angemessenen Art während des Stückes auf der Bühne herumgekaspert hatten. Von da an stand es für Dr. Gremser fest, künftig auf derlei „demokratische Spielchen" zu verzichten und fortan mit sehr viel Gefühl und Verständnis seine Schauspieler selbst auszusuchen, nicht zuletzt auch deshalb, weil sein Name und sein Renommee im Kollegium untrennbar mit einer guten Besetzung des Krippenspiels verbunden waren. Jedenfalls war Dr. Gremser fest davon überzeugt.

Für Hans kam es daher völlig unerwartet und überraschend, dass er von Dr. Gremser für die Rolle des Josephs bestimmt wurde. Schlagartig stieg sein Ansehen in der Klasse. Zugleich fühlte er, wie es ihn hin und her riss zwischen Stolz und hochfliegendem Jubel über die neue Bedeutung, die er durch diese Auswahl im Klassenverband plötzlich genoss, und der Furcht, dem Ganzen nicht gerecht werden zu können und womöglich einen ebenso schwachen Joseph abzugeben, als welcher er im biblischen Bericht tatsächlich auch erschien. Denn dort war sein Auftreten nur mit einem einzigen Satz beschrieben: „Da machte sich auf auch Joseph aus Galiläa...., auf dass er sich schätzen ließe mit Maria, seinem vertrauten Weibe, die war schwanger". Danach erfährt man von Joseph nichts mehr. Nur einmal noch wird sein Name erwähnt, nämlich in der Aufzählung all dessen, was die Hirten auffinden, als sie zum Stall geeilt kommen. Wie anders dagegen Maria, die Mutter, die nicht nur eine Geburt unter extremen Bedingungen hinter sich gebracht hatte, sondern auch die Botschaft von ihrem Kind, die die Hirten ihr verkündeten, „behielt" und in ihrem Herzen „bewegte". Joseph konnte man in all der ganzen Geburts- und Verkündigungsdramatik eigentlich nur als Dabeisteher bezeichnen. Und gerade das bereitete Hans viel Kopfzerbrechen. Wie konnte er aus einem mehr minder unbeteiligten Dabeisteher einen Dabeihandelnden, Dabeischützenden Dabeitröstenden machen und das auch noch glaubwürdig darstellen?

Sehr ambivalente Gefühle bewegten ihn auch im Blick auf „sein vertrautes Weib". Gabriele hatte ihn, als Dr. Gremser die Namen derjenigen vorlas, die die Hauptrollen besetzen sollten, lächelnd und zugleich herausfordernd angesehen. Was soviel heißen sollte wie: also wir beide, na, dann zeig mal, was du kannst! Die rein äußerliche Ähnlichkeit Gabrieles mit Hedi, die Hans als einziges Mädchen bisher richtig kennen und schätzen gelernt hatte, nahm ihn für seine künftige „Kollegin" ohne Frage ein. Die Herausforderung indes, die in ihrem Blick lag, erfüllte ihn mit Unruhe und Furcht. Wie würde er neben ihr und ihrer Bedeutung im Stück bestehen können? Würde sie ihm genug Raum lassen, um gebührender als Vater des Kindes wahrgenommen zu werden, als es dem wirklichen Joseph in der Geburtsgeschichte von Lukas beschieden war? Eine Woche sollte noch vergehen bis zur ersten Probe. Dr. Gremser hatte gesagt, man wolle von Anfang an auf der Bühne der Aula üben, damit sich alle an die räumlichen Gegebenheiten und ihre späteren Plätze dort oben gewöhnen könnten. Mitte November trafen sich alle Spieler in der Aula, und Dr. Gremser staunte nun selbst über die große Zahl der himmlischen Heerscharen, die später, bei der Aufführung vor übervoller Aula, alle zusammen halbwegs wohl tönend „Vom Himmel hoch, da komm ich her…" singen sollten.

Die Hauptdarsteller Maria und Joseph, vier Hirten, der Verkündigungsengel und die drei Könige erhielten jeweils ihre Textzettel, die himmlischen Heerscharen den Liedtext mit drei Strophen aus „Vom Himmel hoch, da komm ich her…" und die überzähligen, aus pädagogischen Gründen zusätzlich eingesetzten fünf Hirten erhielten gar nichts außer der Ermahnung von Dr. Gremser, dass sie sich unter die vier sprechenden Hirten zu zweit und zu dritt setzen und beim Auftreten des Verkündigungsengel Erschrecken und Furcht, dann aber auch Staunen und Freude mimisch darstellen sollten.

Als Hans sein Manuskript in die Hand bekam, durchblätterte er es erwartungsvoll, um zu erfahren, wie groß der Umfang seiner Rolle als Joseph tatsächlich wäre, und sah sich in seiner Befürchtung voll bestätigt. Joseph hatte gerade einmal an drei Stellen etwas zu sagen. Kurze Sätze waren es obendrein, in denen er Maria in ihrer Klage über die anstrengende Schwangerschaft, den unmöglichen Weg nach Bethlehem und die Unverschämtheit der Herbergswirte, die dem Paar die Aufnahme verweigerten, unterstützen und trösten sollte. Viel Raum für eigene Gestaltungsmöglichkeiten ließ ihm die Rolle nicht. Gabriele sah ihn triumphierend an:
„Da, schau mal, ich hab den meisten Text von allen! Du hast es ja richtig gut mit dem bisschen, was du sagen musst."

Hans sah sie nur mit traurigen Augen an und sagte gar nichts. Er hatte genau gespürt, dass Gabriele ihn nicht im Mindesten um seinen kurzen Text beneidete, sondern mit ihrer Bemerkung nur hervorkehren wollte, wie wichtig und bedeutsam ihre Rolle, die längste im ganzen Stück, und sie selbst dadurch natürlich wäre. Dafür nahm Hans sich vor, sich in seiner, fast bis zur Randfigur degradierten Rolle nicht unterkriegen zu lassen. Immerhin war er der Vater des Kindes, auch wenn er schon von den anders lautenden Nachrichten gehört hatte, dass in Wirklichkeit der Heilige Geist für die Schwangerschaft Marias verantwortlich gewesen sein sollte. Hans konnte sich darunter aber überhaupt nichts vorstellen, zumal er seit kurzem wusste – er hatte ein entsprechendes Buch im Bücherschrank seines Vaters gefunden, - wie die Kinder im Mutterleib entstanden und auf welchem Weg sie zur Welt kamen. Er hatte das alles ungeheuer spannend und zugleich auch ein wenig Furcht einflößend gefunden, da er sich noch nicht so recht die Rolle des Mannes dabei denken konnte und das Ausmaß der Schmerzen bei der Geburt eines Kindes nicht abzuschätzen vermochte. Da er aber schon in sehr frühen Jahren großes Vertrauen in das Nachprüfbare, Augenscheinliche und naturwissenschaftlich Abgesicherte setzte, hielt er die Version mit dem Heiligen Geist als heimlicher himmlischer Vater des Kindes nur für eine nachträgliche und im Grunde unzulässige Ausschmückung der Geschichte. Selbstverständlich verstand er sich als der rechtmäßige Vater des zu erwartenden Kindes und wollte das durch seinen Auftritt im Krippenspiel auch deutlich werden lassen. Wie das zu bewerkstelligen war, wusste er noch nicht. Nur war ihm völlig klar, dass man es irgendwie seiner Haltung und seinem Gesichtsausdruck würde ansehen können müssen, wie einzig bei ihm die ganze Vaterwürde und –bürde läge. Er würde darum kämpfen wollen, selbst wenn es dabei zu Auseinandersetzungen mit Dr. Gremser kommen sollte.

Und natürlich kam es dazu, schon zwei Wochen später. Bereits beim ersten Treffen waren alle Teilnehmer des Spiels, Statisten und Sprechrollen, von Dr. Gremser aufgefordert worden, sich um das zu ihrer Rolle gehörende Kostüm selbst zu kümmern, beziehungsweise die Mütter zu bitten, ihnen mit Rat, Stoff und Gestaltungswillen zur Seite zu stehen. Den himmlischen Heerscharen verordnete er unterschiedslos allen Flügel, um sie als Wesen aus einer anderen Welt von vornherein kenntlich zu machen. Allerdings bestand er nicht auf ein und derselben Flügelform, sondern gestattete runde und spitze, kleine und große, ganz gleich aus welchen Materialien, ob Pappe oder Gänsefedern. Zwar würde die unterschiedliche Ausführung der Flügel das einheitliche militärische Bild vom Auftreten der himmlischen Heerscharen stören, meinte Dr. Gremser, aber da man letztlich keine wirklichen Vorstellungen von der himmlischen Truppe hätte und Gott womöglich auch dabei, wie überall sonst in seiner Schöpfung, auf Vielfältigkeit setzte, könnten die unterschiedlichen Formen der Flügel wie auch der Kleidung unter Umständen sogar dem göttlichen Plan entsprechen.

Hansens Mutter hatte auf dem Boden noch die alte Schaffelljacke ihres Vaters gefunden, die zwar mehr zu einem Hirten gepasst hätte, die andererseits durch ihre Länge bei Hansens Größe eher wie ein Mantel wirkte und damit auch einem Tischlermeister bei winterlicher Wanderung durch die judäischen Berge gut zu Gesicht stünde. Die Wahl einer passenden Kopfbedeckung gestaltete sich schon erheblich schwieriger. Hansens Mutter schlug vor, er sollte doch einfach den alten Filzhut seines Vaters aufsetzen, den der schon seit langem nicht mehr auf seinem Weg in die Oberfinanzdirektion trug, was Hans auf der Stelle empört zurückwies. Wie sähe das denn aus, ein Tischler aus Nazareth zur Zeitenwende mit einem Hut aus den zwanziger Jahren des zwanzigsten Jahrhunderts?! Man entschied sich schließlich für die kleine Persianer Pelzkappe von Oma Dora, die Hans gut passte und ihn zu einem fast modisch erscheinenden Mann aus römischer Zeit werden ließ.

Als alle Kinder zur Probe erschienen waren, zeigte sich Dr. Gremser insgesamt sehr zufrieden mit dem Resultat. Hier und dort ließen ein paar Engel ihre Flügel zu sehr hängen, was aber mit wenigen Handgriffen korrigiert werden konnte. Derjenige der Könige, der bei Krippenspielen gemeinhin als „Neger" erschien, hatte seine schwarze Gesichtsfarbe noch nicht aufgetragen, versprach aber, zur eigentlichen Aufführung mit einem Gesicht zu erscheinen, das ihn von einem Schwarzafrikaner kaum unterscheidbar machen würde. Gabriele Neumann strahlte im klassischen Rot und Blau, wie man es von den meisten Mariendarstellungen aus der christlichen Historienmalerei her kannte. Als Dr. Gremser Hans begutachtete, schien er mit dem Kostüm durchaus einverstanden. Einen Einwand aber gab es:

„Es fehlt der Bart, Hans." monierte er. „Jeder fromme jüdische Mann trug damals einen Bart. Aber das macht nichts, ich habe noch einen aus der Aufführung vom letzten Jahr in der Kostümkiste, den kannst du umbinden."

Hans wehrte sich mit Händen und Füßen gegen einen Bart, der sein Gesicht bis hin zur Unkenntlichkeit entstellen und in seiner Maskenhaftigkeit ihn noch mehr in die Rolle eines bloßen Statisten drängen würde. Dagegen hatte Hans sich doch vorgenommen, das Wenige, was er zu sagen hätte, durch eine sehr lebhafte Mimik zu unterstreichen, damit jeder erkennen könnte, wie sehr er innerlich Anteil nahm am Leiden seiner Frau und an ihrem Ärger über arrogante Bethlehemer Wirte. Das Argument Dr. Gremsers, jeder jüdische Mann müsse einen Bart tragen, ließ Hans nur zur Hälfte gelten. Er verwies noch einmal darauf, dass die Weihnachtsgeschichte bei Lukas mit den Worten begann: „Es begab sich aber zu der Zeit, dass ein Gebot von dem *Kaiser Augustus* ausging..." Ganz Palästina habe damals unter römischer Besatzung gestanden, und er, Hans, habe auf Bildern und an Statuen aus jener Zeit sehr wohl gesehen, dass viele Römer glatt rasierte Gesichter aufwiesen. Warum sollten sich nicht etliche Juden diesen neuen weltmännischen Moden der Römer angepasst haben? Ein Tischlermeister aus Nazareth habe gewiss viele Arbeiten für römische Offiziere in deren Häusern erledigen müssen. Dabei wäre es gewiss von Vorteil für die Auftragslage gewesen, wenn man sich auch äußerlich den neuen Herren angepasst hätte.

Dr. Gremser lächelte zweifelnd, während Hans seine Einschätzung vom Hause Josephs in Nazareth vortrug, ließ sich aber durch die lebhafte und entschiedene Argumentationsweise des Josephinterpreten beeindrucken und gewährte ihm zu dessen Genugtuung eine bartlose Darstellung des vermeintlichen Jesuserzeugers.

Am 21. Dezember, einem Donnerstag, nachmittags um vier Uhr, war es dann soweit. Die Sitzreihen in der Aula waren dicht besetzt mit Schülern aus allen Klassen, den Eltern mit Geschwisterkindern aus Grundschule und Kindergarten, mit Großeltern, Tanten und Onkeln der Darsteller. Hansens Eltern warteten gespannt auf den Beginn der Vorstellung. Seine Mutter fragte ihre Nachbarin, um sich die Zeit und ihre aufkommende Nervosität zu vertreiben, welche Rolle ihr Kind denn im Krippenspiel bekleide.

„Unsere Tochter spielt die Maria!" verkündete Frau Neumann, hörbar stolz darauf, dass ihre Gabriele die Hauptrolle spielte und, sowohl vom Text, wie auch vom inneren Sinn der Geschichte her gesehen, im Mittelpunkt des ganzen Geschehens stand. Frau Sogau gratulierte und gab bekannt, dass es ja ein seltsamer Zufall sei, dass ausgerechnet sie beide beieinander säßen, da ihr Hans nämlich den Joseph spiele. Frau Neumann zeigte sich ebenso überrascht und meinte, dass man dann ja den Kindern nur die Daumen drücken könne bei ihrem Auftritt als Paar, wobei, wie man ja wisse, der eine vom Erscheinungsbild des anderen stets ein wenig mit geprägt würde.

„Es ist doch wie ihm richtigen Leben, wenn Sie wissen, was ich meine!" kicherte Frau Neumann in sich hinein und schaute stolz auf ihren Ehemann, der aufrecht und stattlich dasaß, sorgfältig in einen dunkelblauen Anzug von bester Qualität gekleidet. Hansens Mutter blickte prüfend auf ihren Mann, den die Bechterewsche Krankheit und manch Kummer im Dienst gebeugt und klein erscheinen ließen, wogegen auch sein tadelloser Nadelstreifenanzug mit der silberfarbenen Krawatte nichts Wesentliches auszurichten vermochte.

In Mariannes sorgenvolle Gedanken hinein erklang der Gong, das Deckenlicht der Aula erlosch, erwartungsvolle Stille breitete sich aus. Der Vorhang der Bühne öffnete sich, ein einzelner Scheinwerfer war auf Dr. Gremser gerichtet, der hinter einem Pult stand. Er begrüßte die Anwesenden mit großer Freundlichkeit und drückte seine Freude über die rege Anteilnahme an dem bevorstehenden Stück aus. Alle Schüler hätten sich die größte Mühe gegeben, um ihre Rollen auch richtig auszufüllen, man möge aber dennoch nachsichtig sein, wenn dem einen oder anderen Spieler in der Aufregung ein Fehler unterlaufe. Dr. Gremser verwies noch einmal mit einem Lächeln darauf, dass ja wohl allen die dem Stück zugrunde liegende Geschichte bekannt sein dürfte

und wünschte sich und allen Anwesenden ein guten Verlauf des Spiels und eine für alle angenehme und gesegnete Weihnachtszeit.
„Und nun: Bühne frei für unsere jungen Akteure!" rief er, während als Einleitung zum Krippenspiel das Schülerorchester, das im Halbkreis vor der Bühne aufgebaut und von Hans Kramer geleitet wurde, Arcangelo Corellis Cocerto grosso Op. 6, Nr.8 intonierte. Zur Gruppe der Streicher zählte auch Hansens Bruder Friedhelm mit seinem Cello, der seit seinem Wechsel zum Gymnasium vor vier Jahren fest zum Orchester gehörte. Auf den hölzernen Notenständern hatten die Orchestermitglieder eine Weihnachtsbaumkerze festgetropft und angezündet, die ihnen half, bei der von Dr. Gremser gewünschten Dunkelheit die Noten zu erkennen, die aber vor allem eine ganz besondere Stimmung verbreiten sollte, um Corellis Musik noch feierlicher wirken zu lassen.
Als die Musik verklungen war, betraten Maria und Joseph die Bühne. Weihnachtsbäume in unterschiedlicher Größe, dazwischen einige Pappmascheefelsen deuteten den Weg durch die judäischen Berge an. Ein Spotlight war auf das Paar gerichtet und begleitete es bei seinem Weg zwischen Bäumen und Felsen hindurch. Hans hatte Gabriele den rechten Arm um die Schulter gelegt, in der linken hielt er einen Wanderstab, um damit die Länge und Anstrengung der Reise noch einmal wirkungsvoll zu unterstreichen.
Maria beklagte sich mit bitteren Worten über die Willkür der Besatzungsmacht, die sie auf diesen beschwerlichen Weg in Josephs Geburtsstadt gezwungen hätte.
Hans durfte darauf nur „Wie Recht du hast, Maria" sagen, obwohl ihm sehr viel mehr zu diesem schikanösen bürokratischen Akt der Römer eingefallen wäre. Zum Ausgleich für die ihm auferlegte Schweigepflicht schaute er Gabriele aber mit schmerzvoll verzerrtem Gesicht an und stöhnte laut auf. Gleichzeitig schlang er seinen Arm um Gabrieles Schulter noch fester und gab ihr einen, in den Regieanweisungen nicht vorgesehen und auch bei den vorangegangenen Proben nicht einstudierten Kuss auf die Wange, der vom Publikum mit wohlwollendem Schmunzeln aufgenommen und von Maria mit einem erstaunten Blick quittiert wurde. Frau Sogau wunderte sich über den Mut ihres sonst so schüchternen Sohnes. Frau Neumann beugte sich zu Marianne hinüber und flüsterte ergriffen: „Ist das nicht süß?"
Nachdem sich auf der Bühne zum zweiten Mal der Vorhang geöffnet hatte, waren dort die Bäume und Felsen durch einige mit farbigen Pappkartons angedeutete und im Hintergrund auf eine große Wand gemalte orientalische Häuser ersetzt worden. Bethlehem. Hier und dort traten behäbige Wirte mit Bäckerschürzen hinter den Kulissen hervor, die aber auf Hansens Anfrage nach einem freien Zimmer nur mit dem Kopf schüttelten. Worte waren ihnen,

vermutlich aus zeitökonomischen Gründen, nicht zugedacht worden. Je öfter das verzweifelte Paar abgewiesen wurde, desto bitterer und vom Schmerz einsetzender Wehen verängstigter klangen Marias Worte, denen Hans laut Manuskript nur mit einem knappen: „Ja, es ist eine Schande, Maria!" zustimmen durfte. Auch hier hatte er sich Etliches an Mimik und Gestik ausgedacht, das seinen Zorn über die hartherzigen Wirte und sein Mitleid für die der Liebe und des Trostes bedürftige Gabriele zum Ausdruck bringen sollte. So schwang er jedes Mal drohend die Faust, als sie von der Schwelle einer Herberge gewiesen wurden, nahm seine Pelzkappe ab und raufte sich die Haare. Mehrfach umarmte Hans Maria, wobei er den Eindruck hatte, dass sie sich darüber nicht nur freute, sondern auch ein bisschen dagegen wehrte. Hans konnte und wollte aber darauf keine Rücksicht nehmen, schließlich stand er in der Verantwortung für seine hochschwangere Frau und das jederzeit zu erwartende Kind. Er bemühte sich über die drohenden und, zu Maria gewandten tröstend schützenden Gesten hinaus, seine Zerrissenheit zwischen Wut und Schmerz, Ärger und tiefster Anteilnahme auch auf seinem Gesicht zum Ausdruck zu bringen. Hans war überzeugt, dass ihm das auch gelungen war, da er das verwunderte Raunen des Publikums über seine heftigen Grimassen als Ausdruck von Bewunderung und Zustimmung wertete.

Die letzte Szene, an der Krippe im Stall, erschien Hans immer als die schwierigste. Während Maria sich über das Kind beugen konnte, - es war Gabrieles wertvolle Baby-Puppe, - um sich mit dem Säugling zu beschäftigen, sah sich Hans nun auch von der Dramaturgie her in die Statistenrolle gedrängt. Er durfte nur hinter seiner Frau stehen, um ebenfalls andächtig auf das Kind zu schauen, wie es alle noch zu erwartenden Besucher mit Ergriffenheit tun würden. Allenfalls Hinsetzen war ihm noch gestattet, was er aber ablehnte, da er auf diese Weise noch mehr in den Schatten Marias geraten wäre und man ihn völlig hätte übersehen können.

So bekam er in dieser Szene eine Ahnung davon, wie sich der wirkliche Joseph gefühlt haben musste, als alle nur noch an dem neugeborenen Kind und seiner Mutter interessiert waren, der Mann Joseph aber einfach keine Rolle mehr spielte. Hans hatte lange überlegt, wie er diesem Joseph aus der Patsche helfen könnte. Schließlich kam er gerade noch rechtzeitig vor der Premiere auf die Idee, dass er ja, als quasi „Hausherr" im Stall, die eintrudelnden Gäste doch mit Handschlag begrüßen könnte. Leider kam er nicht mehr dazu, diesen, wie er fand, genialen Regieeinfall mit Dr. Gremser und den beteiligten Spielern abzusprechen. Er musste also spontan handeln und gab zur großen Verwunderung Gabrieles, sofort nachdem der Vorhang aufgegangen war, seinen ihm zugedachten Platz hinter Maria auf und stellte sich seitlich vor die

Krippe mit dem Kind, als auch schon die Hirten auftauchten. Hans trat ihnen freundlich lächelnd entgegen, ergriff nacheinander mit großer Herzlichkeit die Hände der vier Männer und geleitete sie mit einladender Gebärde zur Krippe, wo sie sich, immer noch verblüfft über diese unerwartete Begrüßung, auf die Knie niederließen, „um dem Kindlein zu huldigen", wie es in der Regieanweisung stand. Auch die Könige ließen nicht lange auf sich warten und betraten mit Würde und gemessenen Schrittes den Stall, wo sie beinahe mit dem Begrüßungskomitee in Form von Hans zusammengestoßen wären. Dennoch gelang es ihm auch hier, die würdigen Herren mit einem charmanten Lächeln zu ihrem vorgeschriebenen Platz an der Krippe zu geleiten, wo sie ihre Geschenke für das Kind niederlegen konnten. Danach erst stellte sich auch Hans wieder an seinen vorgesehen Platz hinter Maria, lächelte mild und zufrieden auf die Anbetenden herunter und war der festen Überzeugung, dass er genau das Richtige getan hatte. Im Schlussapplaus verbeugten sich alle Spieler, auch die himmlischen Heerscharen, so dass es zu einem fröhlichen Gedränge kam. Schließlich erschien auch Dr. Gremser auf der Bühne und verbeugte sich, wobei er Hans einen Blick zuwarf, den der nicht recht zu deuten wusste. Da aber das Stück offenbar äußerst positiv aufgenommen worden war, kam es zu keiner Rüge für den übereifrigen Hans.

„Du hast mich ja ganz schön ins Schwitzen gebracht!" war das Einzige, was Hans zu hören bekam, der aber auch das noch als Kompliment für seine spontanen Einfälle verstand. Nur von Gabriele bekam er einen schrägen Blick: „Manchmal spinnst du ein bisschen, weißt du?" Mit diesen Worten ließ sie „ihren Mann" stehen, der noch lange darüber nachgrübelte, was sie denn damit gemeint haben könnte.

10

Als Hans zehn Jahre alt geworden war, wollte er, wie fast alle seine Klassenkameraden, ins Deutsche Jungvolk eintreten. Ältere Jungen aus der Nachbarschaft waren schon des Öfteren bei den Sogaus vorstellig geworden, um für das Jungvolk zu werben. Während Hansens Vater dem Drängen der Jungen und dem Wunsch seines Sohnes zur Mitgliedschaft in der Jugendorganisation mehr neutral gegenüberstand, lehnte die Mutter das Ansinnen anfangs rundheraus ab.
Als Weltkrieg I Teilnehmer hatte sich Karl nach dem Krieg dem „Stahlhelm" angeschlossen. Er stand der Weimarer Republik äußerst skeptisch gegenüber, trauerte der Kaiserzeit nach und fand im „Stahlhelm" Gesinnungsgenossen und viele ehemalige Frontoffiziere, mit denen er sich in fester Kameradschaft verbunden fühlte. Als der „Stahlhelm" 1935 aufgelöst wurde, - er hatte schon 1934 nach der „Gleichschaltung" seinen Namen wie auch seine Bedeutung verloren und bestand als Unterabteilung der SA als „Nationalsozialistischer Deutscher Frontkämpferbund" noch ein Jahr weiter, - trat Karl Sogau auch offiziell der SA bei. Dabei ging es ihm in keiner Weise um die nationalsozialistische Ideologie. Als Kaisertreuer verabscheute er das „braune Pack", wie er es stets nannte, seit ihrem Auftreten unter Adolf Hitler. Aber Karl Sogau war ein vorsichtiger und wohl auch ängstlicher Mann, der für sich eine ganz einfache und pragmatische Rechnung aufmachte. Seine Bechterewsche Krankheit war im Jahr 1935 schon so weit fortgeschritten, dass Karl kaum mehr in der Lage war, aufrecht zu gehen und seinen Mitmenschen gerade in die Augen zu sehen. Er war gezwungen, wenn er mit jemandem sprach, stets ein wenig von unten her den Gesprächspartner anzusehen, was ihm einen etwas unterwürfig wirkenden Ausdruck verlieh. Jedenfalls entsprach er, auch nach seiner eigenen Einschätzung, ganz und gar nicht dem von den Nazis so sehr propagiertem Typ eines arischen, aufrechten Mannes, wie man ihn allenthalben von Propagandaplakaten an der Seite eines blonden, mit geflochtenem Haarkranz gekrönten, arischen Weibes auf das Volk herniederlächeln sehen konnte. Karl war in jenen Wochen, wo es um den Beitritt zur SA ging, von der Sorge getrieben, er könnte ganz einfach ausgebootet werden. Er fürchtete, irgend so ein blonder Plakat-Protzheld könnte seine führende Stelle bei der Oberfinanzdirektion übernehmen, während er selber als nicht arische Erscheinung aufs Abstellgleis geschoben würde. Also trat er der SA und auch der NSDAP bei, versuchte aber, soweit es ging, im Hintergrund zu bleiben und unauffällig seine Arbeit zu tun.

Als Hans ihn bestürmte, er möge ihn doch zum Jungvolk gehen lassen, riet er ihm, im Gegensatz zu Marianne, nicht davon ab, bestärkte ihn aber auch nicht darin. Als Marianne in ihrem Mann keinen Beistand gegen eine Mitgliedschaft ihres Sohnes im Jungvolk fand, gab sie ihren Widerstand auf, wie sie es schon ein Jahr zuvor getan hatte, als Friedhelm unbedingt der Hitlerjugend, allerdings dem Musikkorps innerhalb der Organisation, beitreten wollte.

Für Hans war das Jungvolk, das er schon seit längerer Zeit beobachtete, wenn es in kleinen Gruppen jeweils mit einem Fähnleinführer durch das Viertel zog, fremd und ungeheuer anziehend zugleich. Fremd war für ihn, der es gewohnt war, mehr oder minder für sich allein zu leben, dass man sich überhaupt freiwillig zu einer Gruppe zusammenschließen konnte. Seine Schulklasse betrachtete er unter einem ganz anderen Gesichtspunkt. Das war sozusagen „der Ernst des Lebens", wie seine Eltern es ihm erklärt hatten, als er eingeschult wurde. Schule war Arbeit, Pflicht, Notwendigkeit. Das Jungvolk sah er dagegen völlig anders. Hier wehte etwas von Abenteuer und Kameradschaft, von lustvoller Unterordnung unter einen höheren Willen, in der man sich mit dem großen Führer über unendlich viele untergeordnete Männer verbunden fühlen konnte, wobei immer der eine der Führer von anderen Führern war, bis hinunter zum „Hordenführer", der nun bald für Hans und eine Handvoll Jungen in seinem Alter zuständig sein würde und der noch einen schwachen Abglanz vom alleinigen Führer Adolf Hitler auf der Stirn trug, von dem er jederzeit seine Autorität und letztlich auch die Forderung nach striktem Gehorsam ableiten konnte.

Ihm gefiel die Ordnung des Ganzen, wie eins sich zum anderen fügte, wie aus einzelnen Pimpfen, wie er selbst jetzt einer war, eine Horde wurde, eine Jungschaft, ein Jungzug und ein Fähnlein, ein Jungstamm und der Bann. Alle Einheiten und Untereinheiten wurden von Führern geführt, deren Bedeutung man an den verschiedenfarbigen und unterschiedlichen Stärken ihrer Schnüre auf der Brust ablesen konnte. Alles schien ihm klar gegliedert, jeder wusste wo sein Platz war, die Kette von Befehl und Gehorsam lief lückenlos. Hans spürte, wie er im Begriff war, Teil eines Ganzen zu werden, wie er unversehens bedeutsam wurde für sein Land und vor allem für den Führer Adolf Hitler, der allen eine tragende Bedeutung gab mit seiner vorgestreckten Hand und seiner donnernden Stimme, die jedem auf der Welt, bis in die fernsten Länder hinein, zu verstehen gab, sich diesem absoluten Führungsanspruch doch besser unterzuordnen, zum eigenen Glück oder, im Falle der Verweigerung, zu seinem Verderben.

Ganz besonders aber hatte es ihm die Uniform angetan, die man sich kaufen musste, um dazuzugehören, um vom Einzelnen zur Einheit zu werden, vom

Individuum zum Ganzen, vom Hans zum Pimpf unter Pimpfen. Gleich um die Ecke gab es den „Braunen Laden", in dem man die Uniform erwerben konnte, bis nach dem Brand der Synagogen zentrale Ausgabestellen im Stadtzentrum die kleinen Läden ersetzten. Nur oberflächlich betrachtet waren die Uniformen alle gleich. Bei genauerem Hinsehen gab es Unterschiede, in die hinein sich der unausrottbare Wunsch ausdrückte, selbst in der Masse noch erkennbar zu sein. Bei gestandenen Pimpfen, besonders aber bei den höheren Chargen des Jungvolks konnte Hans sehen, dass braun nicht gleich braun war und dunkle Hose nicht gleich dunkle Hose. Beim häufigen Waschen der Hemden, was durch Allwettereinsätze im Gelände notwendig wurde, verblich das Braun, und etwas Kühnes kam zum Vorschein: die Abgewetztheit der Routine alter Landser, die raue Erfahrung vom Leben in der Truppe. Hans gefiel diese Patina aus Schmutz und Schweiß, die selbst nach erfolgter Wäsche noch darüber lag. Um möglichst schnell aufzurücken in den Dunstkreis der Altgedienten, bat er Frieda, sein Hemd, das er mit seiner Mutter neben den anderen Utensilien gekauft hatte, sofort zu waschen - auf dem Waschbrett und mit der schärfsten Seife, die es gebe!

Ein unausgesprochener, verbissener Wettkampf wurde unter den Jungvolkmitgliedern auch um die Hosenbeine geführt. Hans hatte von den Jungen aus der Nachbarschaft, die ihn für das Jungvolk warben und immer wieder an der Haustür der Sogaus klingelten, gehört, dass es eine grobe Richtlinie gäbe. Zwei Handbreit über dem Knie sollte ein Hosenbein spätestens enden. Länger wäre lächerlich, kürzer aber besser. Mit Argusaugen betrachteten die Jungen untereinander, bei wem das Hosenbein womöglich höher gerutscht war als das eigene, um sofort Korrekturen vornehmen zu lassen, damit man mitziehen könnte. Warum es wichtig war, möglichst viel Bein zu zeigen, wusste Hans ganz und gar nicht. Nur eine dumpfe Ahnung beschlich ihn, als er merkte, wie sein Jungschaftsführer, wenn man im Kreis ums Lagerfeuer saß, den Jungen rechts und links gern mal auf den Oberschenkel schlug. Nicht hart genug, so dass es wehtat, nicht ausreichend zufällig, um bei Hans nicht ein merkwürdiges, verwirrendes Gefühl im Unterbauch aufkommen zu lassen.

Fünf Minuten von der Wohnung der Sogaus entfernt traf sich das Jungvolk in einem ehemaligen jüdischen Kindergarten. Hans wunderte sich und erkundigte sich bei seinem Jungschaftsführer, wo denn all die jüdischen Kinder geblieben seien, die doch hier noch vor nicht allzu langer Zeit getobt hätten, wie er es sehr gut in Erinnerung hatte. Der Jungschaftsführer, nicht mehr als zwei, drei Jahre älter als Hans, hatte keine Ahnung.

„Die haben bestimmt einen neuen Kindergarten anderswo bekommen." vermutete er.

„Ja, bestimmt," pflichtete ihm ein etwas älterer Fähnleinführer bei, wobei es Hans aber nicht entging, dass er das in einem merkwürdig spöttischen Ton gesagt hatte, mit einem geringschätzigen Lächeln um die Lippen.
Hans aber wünschte den jüdischen Kindern einen neuen Kindergarten von ganzem Herzen, wunderte sich jedoch, warum sie ein so solides Gebäude mit einem derart schönen Außengelände aufgegeben hatten.
In den Räumen des Kindergartens wurde er zusammen mit fünf weiteren Pimpfen auf die „Pimpfenprobe" vorbereitet. Er war ganz aufgeregt, als er hörte, dass damit auch sportliche Leistungen verknüpft sein sollten. Weitsprung und Laufen gehörten dazu. Auswendiglernen sollten die neuen Pimpfe auch so manches. Lieder zum Beispiel, wie „Unsere Fahne flattert uns voran", das Horst-Wessel-Lied und natürlich „Deutschland, Deutschland über alles". Hans erfuhr, dass bei seinem neuen, von Frieda mit groben Händen und grober Seife gewaschenem Hemd in die linke Brusttasche Verbandszeug gehörte und in die rechte der Jungvolk-Ausweis, der einmal im Monat zum Abstempeln vorzulegen wäre, wobei es auch eine Benotung gäbe, die den Diensteifer und den Einsatz des Inhabers im Ausweis zum Ausdruck brächte.
Nach bestandener Probe, Hans hatte sich beim Sport irgendwie durchgemogelt, besaß er nun alle Insignien seiner neuen Pimpfenwürde: Die Uniform bestehend aus Hemd und Hose und einem dunkelblauen Blouson für kühle und windige Tage, einem Halstuch, das man um den Hemdkragen knotete und einem schwarzen Lederkoppel, auf dem „Blut und Ehre" eingraviert war, sowie dem Fahrtenmesser, auf dem die gleichen Worte standen und mit denen Hans aber nichts Rechtes anzufangen wusste. Er konnte sich nicht vorstellen, wie die beiden Worte miteinander in Verbindung zu bringen wären. Er hatte oft genug geblutet, wenn er sich geschnitten oder die Knie aufgeschlagen hatte. Meistens aber betrachtete er dieses Bluten eher als peinliches Resultat seiner Ungeschicklichkeit und empfand es bestenfalls als ehrenvoll, wenn er danach nicht allzu lange geheult hatte. Andererseits sah er es durchaus als ehrenvoll an, jetzt dem Jungvolk anzugehören, hoffte aber inständig, dass seine Mitgliedschaft darin ohne größeres Blutvergießen vonstatten ginge. Es kam nicht im Traum darauf, dass mit „Blut und Ehre" noch ganz andere Vorstellungen wie Vaterland, Führer und Volk verbunden sein könnten und dass es dabei nicht mehr nur um sein eigenes Blut und seine ganz persönliche Ehre ging. Diese arglose, vertrauensselige, wenn nicht gar ausgesprochen naive und unpolitische Einstellung seiner Umgebung gegenüber kennzeichneten nicht nur die Kindheit und Jugend von Hans, sondern sollte ein Leben lang sein Weltbild bestimmen. So würde er sich zu Beginn seines Studiums in Göttingen zum Sommersemester 1948 wegen seiner völligen politischen Naivität

noch schwere Vorwürfe von seinem Freund Philipp Rothmann machen lassen müssen. Er kannte Philipp schon aus Jungvolkzeiten, wo sie sich angefreundet hatten, und er sich nicht erklären konnte, warum Philipp plötzlich aus seiner Horde ausgeschlossen worden war. Seine Mutter hatte ihm später gesagt, Philipp sei Halbjude und würde deshalb nicht mehr im Jungvolk geduldet. Philipp hatte ihm bei ihrem Wiedersehen zum Studienbeginn in Göttingen erzählt, dass sein Vater in Auschwitz unaussprechliches Leid habe erdulden müssen, Gott sei Dank aber überlebt habe und von der Roten Armee befreit werden konnte. Hans hatte daraufhin gefragt, was denn in Auschwitz eigentlich so Schreckliches passiert wäre.

„Sag mal, bist du noch zu retten, Hans?" brüllte Philipp ihn an. „Willst du mir wirklich erzählen, dass es heute, 1948, noch einen Deutschen gibt, der nichts von der Judenvernichtung in Auschwitz-Birkenau und anderswo gehört hat?! Weißt Du nicht, dass Ihr sechs Millionen Juden und zahllose andere Menschen mehr ermordet habt? Willst du mir wirklich weismachen, du hättest von all dem nichts gewusst?" fragte Philipp fassungslos. Hans konnte nur eingestehen, dass er davon wirklich nichts erfahren hätte, musste allerdings auch zugeben, sich nie um diese Dinge gekümmert zu haben, weil ihn Politik, Naziideologie und Kriegsverlauf nie richtig interessiert hätten. Philipp hatte ihn nur mit großen, ungläubigen Augen angesehen, als er merkte, dass Hans zumindest die Wahrheit sagte.

„Wie kann man bloß so naiv und borniert durchs Leben gehen, kannst Du mir das mal sagen?" fragte er Hans kopfschüttelnd.

Als er keine Antwort bekam und Hans nur unsicher und beschämt vor sich hinlächelte, ließ Philipp seinen Freund einfach stehen und wandte sich zum Gehen. Sie hatten sich später noch öfter getroffen. Philipp schien zwar versöhnt, brachte aber immer wieder sein Erstaunen zum Ausdruck, wie man nur so blind und gutgläubig gewesen sein könnte, wenn man nicht womöglich bewusst beiseite gesehen und die Ohren verschlossen hätte. Nur mit Mühe begriff er, dass Hans derart in sein eigenes Leben versponnen war und somit größere politische Zusammenhänge einfach nicht begreifen konnte. Natürlich wusste Hans, dass es gerade die Gründung der Bundesrepublik Deutschland gegeben hatte und Adenauer ihr erster Kanzler war, aber was das tatsächlich bedeutete, nahm er nur als Auswirkung um sich herum wahr, nämlich in dem, was er aß, wo er wohnte, dass er frei studieren, tun und lassen konnte, was er wollte.

Jeder Pimpf hatte mittwochs, samstags und, falls erforderlich, auch sonntags zum Dienst zu erscheinen, wobei, wie Hans recht bald feststellte, „Dienst" ein großes Wort war für Antreten zum Fahnenappell, für Geländespiele, Liedersingen, Wanderungen und sportliche Ertüchtigung. Letzteres war das Einzige, was ihm wegen seiner Hüftsteife wirklich schwer fiel, was aber unumgänglich schien, da das Jahr 1935, als Hans beitrat, gemäß den jährlichen Parolen des Reichsjugendführers als „Jahr der Ertüchtigung" ausgegeben worden war. Danach hatte der Schwerpunkt im Dienstplan der gesamten Hitlerjugend stets den Jahresparolen zu folgen. Hans war erleichtert, dass als nächstes das „Jahr des Jungvolks" ausgerufen wurde und das darauf folgende als „Jahr der Heimbeschaffung". Ganz und gar zufrieden zeigte er sich erst mit dem Jahr 1938, das als „Jahr der Verständigung" in die Geschichte der Hitlerjugend einging, was ihn auf die Idee brachte, dass es um wahre Völkerverständigung gehen könnte und darum, die Abwehr möglicher Kriegsgefahren, von denen gemunkelt wurde, zu intensivieren.

Hans merkte auch nicht, dass fast alle Geländespiele, zu denen sie in die Eilenriede wanderten, irgendwie einen militärischen Hintergrund aufwiesen. So wurden die Horden und Fähnlein zum Beispiel in „Blaue" und „Rote" aufgeteilt, wobei man sich, entsprechend der Zugehörigkeit, rote oder blaue Bänder mit einer Schleife ums Handgelenk binden lassen musste. Rot und Blau wurden jeweils an den entgegen gesetzten Enden des Stadtwalds aufgestellt und mussten in möglichst kurzer Zeit und auf direktem Weg die andere Seite erreichen. Die gegnerischen Parteien sollten einander daran hindern, indem sie die feindlichen Bänder an sich zu bringen versuchten. Wer sein Band an den Gegner verlor, galt als tot und schied aus. Gewonnen hatte diejenige Partei, die am meisten eigene Leute auf der anderen Seite des Stadtwalds vorweisen konnte.

Hans, der zur blauen Partei gehörte, war nach etwa einer Viertelstunde auf den ersten „Roten" getroffen, der ihn anfangs gar nicht bemerkte, weil er hingegeben, ohne auf irgendwelche Deckung zu achten, an einen Baum pinkelte. Hans schlich sich lautlos von hinten heran und schaffte es tatsächlich unbemerkt an das rote Band des Gegners zu gelangen. Als er jedoch an dem einen Fadenende zog, um das Band abzuziehen, merkte er, dass es nicht, wie vorgeschrieben, mit einer Schleife, sondern mit einem Knoten um das Handgelenk des Jungen gebunden war. Nachdem der seinen Schrecken überwunden und rasch seine „private parts" verstaut hatte, schaffte er es, nach einem kurzen, stummen Ringkampf Hans das blaue Band vom Handgelenk zu ziehen, das bei ihm, natürlich vorschriftsmäßig, nur mit einer Schleife befestigt war. Hans protestierte:

„Das gilt nicht, du hast einen Knoten gemacht!" Der „Rote" grinste ihn nur hämisch an, tippte sich an die Stirn und verschwand im Unterholz.

Als Hans seinem Fähnleinführer empört Meldung machte über diesen unerhörten Vorgang, fragte der ihn, ob er das beweisen könne und wie der fragliche Junge denn heiße. Hans kannte den Jungen nicht und sah sich auch nicht in der Lage, den Betrug zu beweisen.
„Dann pass das nächste Mal besser auf, Soldat!" bekam er zur Antwort. Hans biss die Zähne zusammen vor Wut. Ungerechtigkeiten konnte er am allerwenigsten ertragen, sah aber ein, dass hier nichts mehr zu machen war. Stumm und den Tränen nahe, wandte er sich ab und stapfte zu den übrigen Jungen seiner Horde zurück, die in der Sonne am Waldrand lagerten und sich mit den anderen „Blauen" als Sieger feierten. Er hockte sich, noch immer schmollend, abseits ins Gras und mochte sich nicht mitfreuen. Sein Freund Bernhard Schröder, er ging mit ihm in die Sexta des Ratsgymnasiums, kannte die so sehr verletzliche Seite an Hans nur zu gut und setzte sich neben ihn.
„Komm, Hans, mach nicht so ein Gesicht. Hauptsache, wir haben gewonnen. Vergiss den Kerl, der dich betrogen hat. Wir sind die Sieger!"
Hans konnte aber nicht mitjubeln. Was hieß hier Sieger?! Er hatte gegen diesen gemeinen Kerl verloren. Das war seine Niederlage, eine ungerechte dazu. Er konnte und wollte sich nicht in die Gemeinschaft der Sieger begeben. Zwar gehörte er zu seiner Horde und zu diesem Zug und Fähnlein, die alle zum „blauen" Stamm zählten, aber er empfand sich dennoch stets als eine eigene Einheit, die niemals vollständig im Ganzen aufgehen könnte. Dennoch fand er es anständig von Bernhard, dass er ihn trösten und in die Siegeslaune der anderen mit einbeziehen wollte.
„Ist schon gut," murmelte Hans. Er blieb noch immer auf seinem Platz, abseits der Gruppe sitzen, wandte sich aber mit schon freundlicherem Gesicht den anderen wieder zu.
Dieses Dabeisein aus der Distanz, das Alleinseinwollen in der Gruppe, die Angst vor Vereinnahmung und zu großer Nähe bewahrte er sich in allen Gruppen und persönlichen Verbindungen. Angefangen von der Schule über das Jungvolk, die Marine HJ, den Arbeitsdienst bis hin zum Militär, immer legte Hans Wert darauf, für sich zu sein, obwohl er klaglos, ja sogar mit großem Eifer alle Aufgaben erledigte, die man ihm stellte. Auf diese Weise fiel er nie negativ auf, war zumeist ein wertgeschätzter, weil sehr williger Untergebener, der aber in sich selbst, von anderen unbemerkt, sich seine eigene Welt bewahrte und auch gelegentliche Gruppeneuphorie mit Distanz betrachtete und freundlich verträumt auch im größten Gedränge noch Raum um sich schaffen konnte. Ideologische Vereinnahmung durch das System bemerkte er entweder nicht oder verstand zumindest nicht, worum es dabei ging.

Gefördert wurde diese Haltung bewusst oder unbewusst durch Hansens Mutter. Sie bestand energisch darauf, dass ihre beiden Söhne an keiner längeren Ferienfreizeit der Hitler-Jugend teilnahmen:
„Ich will meine Jungs für mich haben. Keine Lager!" Und damit war die Familie Sogau in der Lüneburger Heide zur Sommerfrische verschwunden.
Im Nachhinein staunte Hans, wie sie das immer wieder geschafft hatte, war doch der Druck durch die Jugendorganisation erheblich, und eine Absage brachte sie schnell in den Ruch, regimefeindlich zu sein. Was Marianne auch wirklich war, anders als ihr Mann, der sich ängstlich anpasste, um nicht unangenehm aufzufallen und womöglich seine Stellung zu verlieren. Zumindest im Familienkreis schimpfte Marianne von Herzen über die Nazis, insbesondere die NS-Frauenschaft, in die man sie unbedingt hineinzwingen wollte. Wann immer sie von den Frauen in der Nachbarschaft angesprochen und fast genötigt wurde, sich ihnen anzuschließen, kam sie fuchsteufelswild nach Hause und entlud ein Donnerwetter über das ganze „braune Gesocks", so dass Karl Sogau am liebsten rasch die Fenster geschlossen hätte. Halb ängstlich, halb scherzhaft ermahnte er sie immer wieder:
„Sei still, Annchen, nicht so laut, sonst kommst du noch ins ‚Konzertlager'!"
Karl war bemüht, durch diese Veralberung des Worts, das Grauen und den Schrecken der Konzentrationslager, über die er nur die schlimmsten Schilderungen erhalten hatte, von sich und aus seiner Welt fernzuhalten. Bei Hans dagegen hinterließ das Wort „Konzertlager" vage Vorstellungen von Kammermusikfreizeiten, wo seine Mutter wegen ihrer rüden Worte womöglich verpflichtet worden wäre, stundenlang Klavier zu spielen. Versponnen in seine Welt, fragte er natürlich auch nicht nach, um den wahren Hintergrund dieses Worts zu erfahren, was ihm den späten Zorn eines Philipp Rothmanns vielleicht erspart hätte. Dabei wäre Hans womöglich noch in der Lage gewesen, sogar den eigentlichen Zweck eines Konzentrationslagers in ein freundlicheres Licht zu rücken, weil er allen Menschen grundsätzlich zunächst einmal vertraute und ihnen die besten Absichten unterstellte, selbst den Nazis.
Hans verstand es fabelhaft, sich vor allen obligatorischen Sportveranstaltungen des Jungvolks zu drücken, nicht aus Faulheit, sondern weil ihm seine Hüftsteifheit sportliche Erfolge allenfalls im Wasser erlaubte. Aus diesem Grund hatte er auch weiterhin an der Mitgliedschaft in seinem Schwimmklub festgehalten, obwohl selbst dort sehr bald der Einfluss der Nazis unübersehbar wurde, besonders was die Badekleidung anbetraf.
Er hatte sich, wie viele seiner Schwimmkameraden eine neu schwarze Dreieck-Badehose angeschafft. Alle versuchten diese Badehosen so knapp wie möglich zu halten, so dass sie nur das Allernötigste bedeckten, ansonsten aber

Beine und Po in ganzer Kraft und Schönheit zur Geltung kamen. Hans war zwar erst zehn Jahre alt, aber er war mindestens so stolz wie die Anderen und Größeren auf sein winziges schwarzes Dreieck. Seine Mutter, die in der Familie stets auf Sparsamkeit achtete, hatte sich bitter beklagt, dass man für einen so kleinen Fetzen Stoff so viel Geld ausgeben müsse. Hans konnte über eine solche Sicht der Dinge nur lachen. Alle hatten solche Badehosen, wenigstens bis zu dem Zeitpunkt, als die Nazis auf der Beachtung eines Erlasses aus dem Jahr 1932 bestanden, der damals als sogenannter „Zwickel-Erlass" mit viel Heiterkeit und satirischen Seitenhieben auf spießige Beamtenseelen bedacht wurde. Darin hieß es unter anderem:
„Männer dürfen öffentlich baden, falls sie wenigstens eine Badehose tragen, die mit angeschnittenen Beinen und einem Zwickel versehen ist."
Söhne von linientreuen Nazis hatten sich darüber beklagt, dass die meisten Jungen „fast nackt" badeten. Die besorgten Eltern, die eine solche Badekleidung, wie sie auch Hans besaß und liebte, als undeutsch, wenn nicht gar als dekadent und entartet betrachteten, verwiesen auf die vom Reichskommissar für Preußen, Franz Bracht, erlassene „Badepolizeiverordnung", die immer noch Gültigkeit besitze und die es nun mit aller Strenge durchzusetzen gelte.
Im Schwimmverein wurde dieses Ansinnen zunächst mit ungläubigem Spott aufgenommen und natürlich nicht beachtet. Die besorgten, um deutsche Würde und Anstand fürchtenden Eltern mobilisierten die Parteiführung auf Stadtebene, worauf der Vorstand des Schwimmvereins angewiesen wurde, den Erlass mit allem Nachdruck durchzusetzen, widrigenfalls es zur Schließung der Vereinsschwimmhalle und Auflösung des Vereins selbst kommen würde.
Hansens Mutter schimpfte mit etlichen Seitenhieben auf die „beschränkten Nazi-Idioten", dass nun schon wieder eine neue Badehose angeschafft werden müsste. Hans war, wie seine Freunde wütend, dass sie mit den altmodischen, unmöglich aussehenden Zwickelhosen, von denen sie sich eingezwängt fühlten, künftig ihren Sport würden ausüben müssen. Er war aber zu sehr Wassersportler, als dass er das Schwimmen nur wegen eines unmöglichen Kleidungsstücks aufgegeben hätte und schwamm fortan mit Zwickel.
Insgesamt mochte er seine Jungvolk-Dienste, die aus Singen und Wochenendfreizeiten bestanden. Er lernte, wie man auch mit feuchtem Holz unter Zuhilfenahme von Birkenborke ein Feuer entzünden konnte, auf dem sich im Kochgeschirr eine Suppe heißmachen ließ, wie man Zelte in kürzester Zeit auf- und abbauen konnte und beim Geländespiel seine Spuren verwischte, um dem „Gegner" zu entkommen, und vieles mehr.
Sein restliches Leben aber würde Hans sich an einen ganz besonderen Fahnenappell am 1. September 1939 erinnern. Wie üblich war der Stamm mit

seinen vier Fähnlein auf dem Appellplatz angetreten, als ihnen der Stammführer mit sehr ernstem Ton in der Stimme verkündete:
„Heute ist der Krieg ausgebrochen. Wir wünschen Deutschland und unserem Führer Kraft, Weisheit und einen grandiosen Sieg gegen unsere Feinde! Heil Hitler!"
Diese Mitteilung wurde vom angetretenen Stamm mit Schweigen und großer Betroffenheit, Hans würde später sagen, mit Trauer aufgenommen. Aber da zehn bis vierzehnjährige Jungen sich keine, es sei denn nur heldenhafte Vorstellungen vom Krieg machen konnten, ging man sehr bald zur gewohnten Tagesordnung über, und das hieß an diesem Tag: Aufräumen und Saubermachen des Jungvolkheims sowie des Außengeländes.
Es dauerte aber nur wenige Wochen bis sich für Hans doch Grundsätzliches im Jungvolk-Dasein ändern sollte. Verwundete Soldaten aus dem Polenfeldzug, vom Unteroffizier bis zum Leutnant, wurden, bis sie wieder frontfähig waren, zur „Schulung" des Jungvolks eingesetzt. Für Hans mit seiner steifen Hüfte bedeutete das eine Tortur. Jetzt ging es nicht mehr um irgendwelche Geländespiele, sondern um „Übungen im Gelände". Jeder Soldat nahm sich ein Fähnlein vor, ließ es antreten und beschimpfte die Jungen, dass sie wie „lahme Enten" oder „Fragezeichen" dastünden. Sie sollten die Hacken zusammennehmen und anständig antreten. Es folgte ein „Rechts um – im Gleichschritt Marsch!" und ab ging's ins Gelände. Hans stolperte schon bei den ersten Schritten und musste sich unflätige Beschimpfungen anhören. Draußen, auf einer feuchten Wiese ging es dann erst richtig zur Sache.
„Hinlegen!" brüllte der Feldwebel, der Hans und sein Fähnlein befehligte. „Hacken runter, ihr Pflaumen, oder wollt ihr gleich die Füße kaputt geschossen bekommen?!" „Auf, auf, marsch, marsch!" ging es weiter und dann wieder „Hinlegen!" Nach einer Viertelstunde war Hans dermaßen erledigt, dass er beim nächsten „Auf, auf, marsch, marsch!" einfach liegen blieb. Seinem Freund, Bernhard Schröder, neben ihm, ging es nicht anders. Sie mussten sich wüste Beschimpfungen anhören:
„Wollt ihr vielleicht Mittagsschlaf halten, ihr Säcke?! Glaubt ihr, dass ihr später als Soldaten Deutschland mit einer so schlaffen Haltung siegen helfen könnt? Kommt auf die Beine, ihr Flaschen, bewegt euch ein bisschen, ich hab nicht den ganzen Tag Zeit, um auf euch zu warten. Los! Los! Aufstehen!"
Hans hatte mit diesem Tag genug vom Jungvolk. Er war mit einer so bitteren Wut nach Hause gekommen, dass seine Mutter sich Sorgen um ihn machte, als sie die verlaufenen Tränenspuren in seinem schmutzigen Gesicht sah. Da sie ihn gut kannte und wusste, dass er jetzt auf ihre Frage nicht ein Wort herausbringen würde, wartete sie, bis er am Abend von allein kam und erzählte,

was vorgefallen war. Natürlich stand Marianne ganz und gar auf der Seite ihres Sohnes.

„Da gehst du erst mal nicht wieder hin. Du bist mit deinen vierzehneinhalb Jahren sowieso schon fast zu alt fürs Jungvolk. Guck dir Friedhelm an, der hat mit seinem Musikkorps in der HJ nichts auszustehen. Such dir doch auch irgendeine Sparte, in der du, wenn schon HJ, wenigstens mit deinen Interessen was anfangen kannst."

Gleich am nächsten Tag ging er los und meldete sich bei der Marine-HJ. Er hatte die Jungen in ihren schicken Marinehemden und den langen Hosen mit Schlag schon immer bewundert. Alles drehte sich ums Wasser, was ihm schon von daher äußerst sympathisch war. Am meisten aber freute es ihn, dass auch Bernhard Schröder sich zusammen mit ihm bei der Marine-HJ anmeldete.

Hans blühte auf. Kein stumpfsinniges Exerzieren mehr, es wurde gerudert, gesegelt und abends am Wasser sang man Shanties und andere Seemannslieder. Hans avancierte zum Scharführer, trug stolz seine grüne Schnur, die ihn als solchen kennzeichnete, und setzte sich mit Freude für seine Kameraden ein.

Ganz praktisch zeigte sich dieser Einsatz durch seine Vorliebe für die Chemie. Aufbauend auf einen „Kasten für junge Chemiker", der eine Grundausrüstung nebst Bunsenbrenner, Reagenzgläsern und Kolben enthielt, fand er eine in dieser Zeit äußerst seltene Quelle für chemische Stoffe, die es eigentlich unter Kriegsbedingungen nicht mehr geben durfte. In der Nachbarschaft befand sich eine Drogerie, die Hermann und Margarete Franke seit nahezu drei Jahrzehnten führten. Beide waren verschlossene, fast mürrisch wirkende Menschen, die aber aus Nachbarschaftsgründen bereit waren, Hans die chemischen Ausgangsstoffe zu besorgen, die auf dem normalen Markt einfach nicht mehr zu haben waren. So entwickelte er zum Beispiel in seinem „Labor" eine Dichtungsmasse zum Kalfatern der Marinekutter, mit der er die Fugen ausgoss. Nach einigen Stunden war die flüssige Masse soweit hart geworden, dass sie die Planken auf lange Zeit wasserdicht hielt.

Besonders attraktiv für seine Marinekameraden gestaltete Hans die Silvesterfeier 1940 im Bootshaus am Maschsee. Feuerwerkskörper standen wegen der auf Hochtouren laufenden Munitionsproduktion praktisch nicht mehr zur Verfügung. Um aber dennoch irgendeinen Feuerzauber veranstalten zu können, ließ er seine nachbarlichen Verbindungen zu den Frankes spielen, setzte sich in sein „Labor" im Keller und mischte eine Grundsubstanz aus Kolophonium, Kaliumchlorat und Schwefel zusammen, der er Strontiumoxalat für rotes, beziehungsweise Bariumchlorid für grünes Feuer beimengte.

Mit dem Anbruch des Neuen Jahres entzündete Hans unter den anfeuernden Rufen der Kameraden sein Gebräu auf der Terrasse des Bootshauses. Die beiden Mischungen brannten in ihrer gewollten Farbgebung so ab, wie er sich das auch vorgestellt hatte. Allerdings entwickelten sie dabei eine riesige Menge von beißendem, weißlichem Rauch, der nach kurzer Zeit nicht nur in das offen stehende Bootshaus zog und es unbetretbar machte, sondern er zog auch auf die Terrasse, wo er die hustenden Silvesterfeiernden einhüllte, so dass Hans froh war, als nach einiger Zeit eine Windbö den Rauch nach Osten hin forttrieb. Obwohl seine Künste mehr zur Belästigung als zur Belustigung seiner Kameraden beigetragen hatten, feierte man sein pyrotechnisches Können mit lauten Bravorufen. Er verbeugte sich gerührt und entschuldigte sich für den „fürchterlichen Qualm", der natürlich in diesem ungeahntem Ausmaß nicht beabsichtigt gewesen sei.

11

Selbst als Hans 16 Jahre alt war, hatte er von der „Welt", außer der Lüneburger Heide und dem Harz noch nichts gesehen. Dorthin, in den Harz, hatte er noch mit seinem geschätzten Lehrer Dr. Henschel und einem Referendar namens Horst Konrad eine Fahrt auf den Brocken unternommen und dabei „in vollen Zügen Harzluft getrunken", wie er später als wichtigsten Eindruck davon immer wieder berichtete.

Umso aufgeregter war er, als er an einem Julimorgen 1941 tatsächlich im dem Zug saß, der ihn innerhalb von zwei Tagen nach Siebenbürgen zu den Verwandten mütterlicherseits bringen sollte, die auf einem 750 Morgen großen Hof am Rande der Karpaten lebten. Er hatte diesen Zweig der Familie noch nicht kennengelernt und war nun aufs Äußerste gespannt, wie er dort aufgenommen werden würde, wie es wohl aussähe in diesem wilden Land mit den wilden Leuten, von denen schon abenteuerliche Geschichten zu ihm gedrungen waren. Am meisten hatte ihn die unglaubliche Kunde von seinem gut zwanzigjährigem Vetter Heinrich beeindruckt, der schon mit seinen jungen Jahren ein ganz rauer Bursche und ein erfolgreicher Tierzüchter sein sollte. Er war völlig eigenverantwortlich für die Zucht der aus Russland stammenden Kuchugury-Schafe zuständig, die auf den steil ansteigenden Höhen der Karpaten genügsam und äußerst wetterfest zu einer stattlichen Herde herangewachsen waren. Unten in der Ebene hatte Heinrich eine Pferdezucht aufgebaut, wo er aus dem Memelland eingeführte Trakehner erfolgreich mit robusten einheimischen Rassen kreuzte.

Seine ganze Leidenschaft sollte aber der Jägerei gehören, hatte Hans gehört, weshalb es für seine Jagdfreunde nur seinem Ungestüm, nicht aber seiner Unkenntnis im Umgang mit Jagdwaffen zuzurechnen gewesen sei, dass er einen Aufsehen erregenden Waffenunfall erlitten hatte. Manchen schien er zu Heinrichs wildem Wesen durchaus zu passen, andere schüttelten nur den Kopf über so viel Unbesonnenheit und mangelnde Vorsicht im Umgang mit scharfen Waffen. Noch vor seiner Abfahrt hatte Hans die schier unglaublich klingende Geschichte gehört:

Während sich Heinrich auf der Pirsch befand und einem der kapitalen Hirsche des Reviers nachstellte, hatte er sich bei leichtem Nieselregen unter eine alte Eiche zurückgezogen, um seine Büchse vor dem Regen zu schützen und sie mit einem trockenen Tuch und anschließend mit einem von Waffenöl getränkten alten Lappen abzureiben. Dabei hatte er, so beschrieb er den für ihn selbst so äußerst peinlichen, und nur durch seine tollkühne darauf erfolgte Reaktion halbwegs noch in einem glimpflichen Licht erscheinenden Unfall, seinen Zeigefinger zum besseren Halt der Waffe auf die Mündung des Laufs gelegt. Unverzeihlicherweise hatte er zuvor vergessen, die Waffe zu sichern, so dass er beim Reinigen den Abzug berührte und sich mit fürchterlichem Getöse die Fingerkuppe wegschoss. Heinrich berichtete weiter, er sei nur im ersten Moment völlig überrascht und entsetzt gewesen, habe dann aber schnell geschaltet und gesehen, dass es offenbar nur ein Streifschuss gewesen sei, zwar schlimm genug, um das oberste Fingerlied abzufetzen, aber nicht ausreichend zerstörerisch, so dass von dem Glied nur mehr Trümmer übrig geblieben oder gar nichts mehr zu finden gewesen wäre. Vielmehr habe Heinrich das blutige Stück Finger etwa einen halben Meter neben der Waffe gefunden, es in sein Taschentuch gewickelt, die Waffe geschultert, sich auf sein in der Nähe befindliches Pferd geworfen und sei mit einem wahren Teufelsritt in die Klinik einer benachbarten Kleinstadt gestürmt. Dort habe es ein beherzter Chirurg tatsächlich geschafft, das so gewaltsam von seinem Finger getrennte oberste Glied wieder anzunähen. Zwar würde Heinrich nun bis zum Ende seines Lebens mit einem steifen obersten Glied des rechten Zeigfingers herumlaufen müssen, aber immerhin wäre er nicht zum Krüppel geworden und könnte selbst beim Schreiben den Finger wieder so gut gebrauchen, dass sein bisheriges Schriftbild fast unverändert geblieben sei.

Diese Geschichte ging Hans noch einmal durch den Kopf, als er mit dem Zug unter einem strahlend blauen Sommerhimmel nach Süden brauste und dabei überlegte, was daran wohl wirklich stimmte oder eher dem Jägerlatein zuzurechnen wäre. Wie immer es sich auch wirklich zugetragen haben mochte, dachte Hans, er freute sich darauf, diesen wilden Heinrich kennenzulernen und auch seine Cousine Ruth, die ungefähr im gleichen Alter wie er selbst sein sollte.

Wie wenig Vorstellungen Hans von den politischen Gegebenheiten im Transitland Ungarn und dem Zielland Rumänien hatte, wie wenig auch von den Einstellungen der Menschen in Rumänien Hitlerdeutschland gegenüber, war für ihn noch kurz vor Fahrtantritt beschämend deutlich geworden. In einem Telefongespräch, das nach langer Anmeldung und etlichen Unterbrechungen mit seiner Tante Christel in Siebenbürgen schließlich zustande gekommen war, hatte Hans gefragt, ob er sich in seiner schicken neuen Hitler-Marine-Jugend-Uniform auf die Reise machen sollte. Am anderen Ende war nur ein entsetzter Aufschrei zu hören gewesen. So etwas könnten die Leute hier gar nicht vertragen, und er würde es wohl kaum über die ungarische, sicherlich noch weniger über die rumänische Grenze schaffen, wenn er in einem solchen „Aufzug" anzureisen versuchte. Und so machte Hans sich in seiner vertrauten Spaltlederhose und mit einem neutralen Oberhemd auf den Weg und war

dankbar, dass er überhaupt hatte reisen dürfen, - immerhin war es nötig gewesen, den hannoverschen Polizeipräsidenten um freundliche Mithilfe zu bitten, damit Hans nach der sechswöchigen Bearbeitungszeit seines Antrags eine Reiseerlaubnis bekam.
Als er nach der ihm endlos scheinenden Zugfahrt schließlich im siebenbürgischen Schäßburg ankam, wurde er schon auf dem Bahnsteig erwartet. Seine Tante Christel, - sie erkannte Hans von den Fotos her, die ihm ihre Schwägerin, Hansens Mutter, vor einem Vierteljahr geschickt hatte, - und die Cousine Ruth begrüßten Hans aufs Herzlichste und nahmen ihn ganz selbstverständlich in den Arm mit Küssen auf die rechte und die linke Wange. Auf dem Bahnhofsvorplatz winkte ihnen vom Kutschbock seines Zweispänners der „wilde" Heinrich zu und lachte über sein ganzes verwegenes Gesicht:
„Willkommen in Transsylvanien, lieber Cousin," begrüßte er Hans lauthals, als der mit Tante und Cousine noch zwanzig Meter von der Kutsche entfernt war. „Ich hoffe, du fürchtest dich nicht vor Vampiren, Kumpel, bei uns werden immer mal wieder welche gesichtet!"
Hans lachte wie über einen gut gemeinten Witz. Zwar hatte er sich vor ein paar Jahren in *Tod Brownings* Film „Das Zeichen des Vampirs" mit *Bela Lugosi* in der Hauptrolle ziemlich gegruselt, aber natürlich kannte er die Legende und wusste, dass es eben auch nicht mehr war, als das.
Heinrich ließ mehr aus Lust und Übermut, denn aus Notwendigkeit die Peitsche knallen und schon rumpelte die viersitzige Kutsche über den mit Kopfsteinen gepflasterten Bahnhofsvorplatz in Richtung Berge zur Stadt hinaus. Hans schaute immer wieder verstohlen zu der neben ihm sitzenden Ruth hinüber. Er hatte sich augenblicklich in ihr feines, ebenmäßiges Profil verliebt. Dunkles, fast schwarzes Haar umrahmte ihr schon von Natur aus bronzefarbenes Gesicht, das im Sonnenschein der letzten Sommerwochen tief gebräunt war. Ihre Mundwinkel wirkten als spielte ein beständiges Lächeln um ihre Lippen. Dunkle Augen, die, wie Hans fand, feurig leuchteten, wenn sie sich ihm zuwandte, gaben ihrem Gesicht einen mitreißend rassigen Ausdruck. Hans hätte sie am liebsten während der ganzen zweieinhalbstündigen Fahrt hinaus zur Farm angesehen, was ihm natürlich viel zu aufdringlich erschien. Und so gab er hin und wieder vor, sich in der weiten Landschaft umzuschauen, wobei er stets einen sehr intensiven, fast ein bisschen sehnsüchtigen Blick auf seine hübsche Cousine warf, die sich mit ihrer Mutter darüber unterhielt, was man ihrem Gast aus Deutschland alles unbedingt zeigen müsse.
Hans war tief beeindruckt von der Lage des stattlichen Hofs seiner Tante, als die Kutschengesellschaft vor dem Haupthaus angekommen war. Eine warme Abendsonne lag über den großen Koppeln mit den Pferden und ließ die so nah

erscheinenden Berge in einem sanften Orangerot glühen. Es roch nach Rauch und Pferden. Hans würde später diesen Geruch, wann immer er ihm in der Zukunft auch nur in einem annähernd ähnlichem Gemisch begegnen sollte, augenblicklich mit dem Ankunftstag bei seinen Verwandten in Siebenbürgen verbinden. Und stets würde dieser Duft sehnsüchtige Gefühle in ihm wecken, nach dieser herben Landschaft, nach den rauen, herzlichen Menschen, nach einer geheimnisvoll lächelnden Ruth und ihrem wunderschönen Körper, den Hans wie durch ein Wunder zur Gänze hatte in Augenschein nehmen dürfen.
Gleich am nächsten Morgen, an dem die Sonne strahlend über der Bergkette aufgegangen war und wieder einen heißen Sommertag angekündigt hatte, war er mit Ruth in die Berge aufgebrochen. Sie hatte versprochen, ihm ihre Lieblingsstelle an einem ganz klaren Gebirgsbach zu zeigen, der in den Mureg mündete. Ruth hatte einen Korb in der Hand als sie aufbrachen, in dem Hans zu Recht deftige Wegzehrung vermutete, denn seine Cousine hatte ihm schon am Abend angekündigt, dass man mehrere Stunden für den Ausflug brauchen, dafür aber auch mit einem einmaligen Naturerlebnis belohnt werden würde. Wie Recht sie damit hatte, konnte sich Hans, als sie aufbrachen, noch gar nicht vorstellen.
Ihr Weg führte sie über eine mit spärlichem Gras bewachsene Hochebene der Gebirgskette entgegen, die ihm so geschlossen erschien, dass er gespannt war, wie sie wohl dort eindringen und den von Ruth beschrieben klaren Gebirgsbach würden finden können. Trotz des frühen Morgens brannte die Sonne schon heiß vom Himmel, so dass ihm der Gedanke an kühles Wasser aus dem Gebirge immer verlockender vorkam. Verstohlen schaute er seine Cousine immer wieder von der Seite an. Das Besondere ihrer Schönheit, so schien es ihm, kam aus ihrem klaren, geraden Wesen. Es zeigte sich nicht nur in ihrem Gesicht, sondern es umgab ihre ganze Gestalt. Die Ausgewogenheit der Proportionen, die Ruhe und Eleganz ihrer Bewegungen, dazu der volle, warme Klang einer fraulichen Stimme ließen Hans daran zweifeln, dass er es wirklich mit einer erst Sechzehnjährigen zu tun hatte.
Ruth beschrieb ihm mit lebhaften Worten, wie sich das Leben bei ihnen auf dem Land gestaltete und erwähnte noch einmal mit missbilligendem Kopfschütteln Heinrichs Husarenstück mit dem weggeschossenen Finger und seinem Teufelsritt in die Klinik. Ruth selbst war nur während der großen Ferien wieder zu Hause auf dem Hof, sonst bewohnte sie ein kleines Zimmer in Schäßburg, wo sie auf das dortige Gymnasium ging. Sie versprach Hans, dass sie ihm noch während seines Aufenthalts die romantische kleine Stadt mit ihrer altehrwürdigen Schule zeigen wolle. Dort könnten sie am Samstag auch ausgehen, wenn sie wollten und dann bei ihr im Zimmer übernachten. Hans war

von den Plänen Ruths auf der Stelle begeistert, obwohl ihm beim Gedanken daran, dass er mit diesem wunderschönen Mädchen für eine Nacht das Zimmer teilen sollte, schon ein wenig beklommen zumute wurde.
Ihr Weg führte sie nun an einem klaren, breiten Bach entlang in eine Schlucht hinein, aus der schon von fern ein mächtiges Wasserrauschen zu hören war. Kleine Akazien und hohes schilfartiges Gras säumten das schnell fließende, kristallklare Gewässer, von dem ein wohltuender kühler Hauch zu ihnen herüber wehte. Kurz bevor die Schlucht vor einer hohen Felswand ihr Ende zu nehmen schien, blieb Ruth plötzlich stehen und wandte sich Hans mit einem geheimnisvollen Lächeln zu:
„Mach jetzt mal die Augen zu! Keine Angst, ich werde dich ganz sicher an der Hand führen, aber versprich mir, dass du nicht schummelst. Es soll doch eine Überraschung für dich sein."
Hans versprach es hoch und heilig, schloss die Augen und fühlte, wie sich Ruths glatte und erstaunlich kühle Hand um die seine schloss. Er musste sich erst daran gewöhnen, weiterhin normale Schritte zu machen, ohne sehen zu können, wohin er trat. Bald aber bereitete ihm das keine Probleme mehr, und er dachte, wie gut sich das anfühlte, von Ruth mit einer so sicheren, festen Hand geführt zu werden.
Nach ungefähr fünf Minuten blieb Ruth stehen.
„So, nun kannst du die Augen wieder aufmachen," sagte sie.
Hans riss förmlich die Augen auf, als er sah, was da vor ihm lag. Sie standen nun fast unmittelbar an der Felswand, von der aus ungefähr vierzig Meter Höhe ein tosender Wasserfall herabstürzte in eine riesige, fast kreisrunde Felsenschüssel. Bäume mit zarten Zweigen und Blättern umstanden das große Bassin, hier und da auch Schilfbüschel.
Hans war zutiefst berührt. Wenn es denn irgendwo ein Paradies gäbe, dann müsste es so aussehen wie hier, dachte er und schaute in Ruths Gesicht, die ihn prüfend ansah, um zu erfahren, wie Hans auf ihren Lieblingsplatz reagieren würde.
„Das ist unbeschreiblich schön," flüsterte Hans, noch immer ganz ergriffen und sah, wie Ruths Augen vor Freude aufleuchteten.
„Na, dann nichts wie hinein in die Fluten, liebster Cousin!" jubelte sie.
„Aber wir haben doch gar keine Badesachen mit!" wandte Hans etwas kleinlaut ein.
„Wozu brauchen wir denn so was?! Siehst du hier etwa Leute herumstehen, die uns etwas weggucken könnten?" lachte Ruth ihren zögerlichen Cousin aus und begann sich ganz selbstverständlich auszuziehen.

Hans tat es ihr nach, drehte sich aber ein wenig verschämt zur Seite. Als er noch dabei war, die Unterhose auszuziehen, hörte er neben dem Rauschen des Wasserfalls das klatschende Geräusch, das von Ruths Körper herrührte, als sie kopfüber ins Wasser sprang. Hans näherte sich jetzt ebenfalls dem Felsrand des paradiesischen, natürlichen Wasserbassins, in dem das türkisfarbene Wasser ständig sprudelte und all die Tausende von Luftbläschen freigab, die es beim Sturz in die Tiefe aufgenommen hatte.

Hans schaute hinüber zu Ruth, die auf der anderen Seite auf einen riesigen, flachen Felsen geklettert war. Das Wasser perlte noch von ihren breiten, braunen Schultern, das schwarze Haar lag ganz dicht an ihrem Kopf, während sie versuchte, es hinten zusammenzunehmen und in einen Knoten zu legen. Hans staunte über ihre wunderbar ausgewogenen Figur, die schlanke Taille, die langen, wohl geformten Beine, die sich in dem dunklen Dreieck vereinten, das Ruths „Mangel" verdeckte. Hans konnte nur mit dem Kopf schütteln, wenn er an seine erste Erfahrung mit der Nacktheit, jedenfalls der unteren Nacktheit eines Mädchens dachte, als er bei Hedi, verstört und erregt zugleich, entdeckte, dass Mädchen dort so ganz anders waren.

Ruth hatte sich jetzt drüben in einer Haltung auf den Felsen gesetzt, wie Hans sich immer die Loreley hoch über dem Rhein sitzend vorgestellt hatte. Es war das erste Mal, dass er ein Mädchen gänzlich nackt sah, nicht nur die obere Hälfte wie beim raschen Umziehen der Frauen im Freibad oder nur die untere Hälfte wie bei Hedi. Er war zutiefst beeindruckt von diesem Anblick, der ihn an einen Besuch in Berlin erinnerte, wo er in einem Museum fasziniert vor einer Statue der Athene gestanden hatte und von der ergreifenden Schönheit und Perfektion des Frauenkörpers überwältigt war.

Hans schaute an sich selbst herunter. Seine Haut war von norddeutscher Blässe, mit seiner Figur war er halbwegs zufrieden: Restpolster als Überbleibsel seiner innersekretischen Drüsenstörungen waren nirgends mehr zu sehen. Durch seinen mit Leidenschaft betriebenen Schwimmsport war besonders sein Oberkörper kräftig ausgebildet. Dennoch rümpfte Hans innerlich die Nase über diesen Männerkörper. Was er früher in seiner völligen Unkenntnis bei Hedi als „Mangel" empfunden hatte, erlebte er nun bei Ruth als vollendete Schönheit und Harmonie, wohingegen er mit Geringschätzung auf seine baumelnden „private parts" blickte. Sie kamen ihm irgendwie angehängt vor. Und selbst im Erregungszustand, wenn sich sein Glied fest aufgerichtet hatte, würde Hans nie auf die Idee kommen, das „schön" zu finden. Zwar bereitete ihm das zuweilen große Lust, aber, im Spiegel angesehen, was Hans hin und wieder mit ernsthaftem Interesse tat, erschien ihm dieser Anblick eher tierisch und in seinem Ausdruck aggressiv.

Fast andachtsvoll betrachtete er dagegen den wunderschönen Körper Ruths, dessen Ausdruckskraft, Anmut und Begehrenswürdigkeit durch die bronzefarbene Haut noch einmal besonders betont wurden.
Ruth, die natürlich nichts von Hansens fast philosophischen Betrachtungen über den Unterschied von Frauen- und Männerkörpern ahnte, ermunterte ihn mit einem ein wenig spöttischen Ton in der Stimme:
„Nun komm doch schon, Hans! Brauchst keine Angst zu haben, das Wasser ist zwar nicht gerade warm, aber wunderbar erfrischend!"
Hans seufzte noch einmal, sah mit milder Verachtung auf seine „Anhängsel" und sprang mit einem eleganten Kopfsprung ins frische, kühle Gebirgswasser. Mit wenigen kräftigen Schwimmzügen war er drüben bei Ruth angekommen und kletterte prustend und schimpfend neben sie auf den Felsen:
„Nicht gerade warm!" empörte sich Hans, „eiskalt ist es, wie direkt vom Gletscher!"
„Ach komm, hab dich nicht so," beschwichtigte ihn Ruth, „spürst du nicht, wie gut das tut in dieser Sommerhitze?"
Hans knurrte noch irgendetwas Unverständliches, was aber schon sehr versöhnlich klang und hockte sich neben Ruth, wobei er mit beiden Armen seine Knie umschlang, um seine baumelnden Anhängsel nicht direkt Ruths Blicken auszusetzen. Er spürte aber auch, wie unbefangen und selbstverständlich sie mit ihrer beider Nacktheit umging.
„Adam und Eva im Paradies," sann Hans halblaut vor sich hin, „wo ist dein Apfel, Eva, ich bekomme allmählich Hunger!"
„Mit der Erkenntnis musst du noch ein bisschen warten, Adam," nahm Ruth lächelnd seinen Paradiestraum auf, „die Äpfel sind im Picknickkorb, drüben auf der anderen Seite. Vor dem ersten Biss musst du noch ein wenig schwimmen. Aber Hunger habe ich auch. Los komm, wer ist zuerst bei der Erkenntnis?"
Beide standen auf, gingen zur Felskante und sprangen ins Wasser. Fast gleichzeitig tauchten sie kopfüber ein, und Hans hatte sehr bald einen Vorsprung auf der kurzen Strecke ans andere Ufer, aber bevor er sich mit beiden Armen nach oben gezogen und hochgestemmt hatte, war Ruth schon an ihm vorbei.
„Du magst vielleicht schneller im Wasser sein, aber eine Gebirgsziege schlägst du beim Klettern nie!" triumphierte Ruth, während Hans bemüht war, sie auf dem Weg zu ihren Sachen und dem Picknickkorb wieder einzuholen.
„Du siehst wunderschön aus, Ruth!" rief Hans ihr atemlos zu, als er kurz hinter ihr am Rastplatz anlangte und ihren nackten Körper noch einmal ehrfurchtsvoll betrachtete, während Ruth begann, sich wieder anzuziehen.

Ruths Gesicht wurde um eine Spur dunkler. Sie lächelte in sich hinein, dann sah sie Hans gerade in die Augen.

„Red keinen Quatsch, Hänschen, ich bin ganz normal, fertig, aus, Schluss!"
Nun war es Hans, der errötete und sich zur Wehr setzte.
„Ich mein das wirklich so, Ruth, sonst würde ich das nicht sagen."
„Danke." sagte Ruth und lachte. Und Hans dachte, wie ungekünstelt, klar und natürlich seine Cousine mit seinem Kompliment umging.
„Du bist wie dieses Wasser aus dem Gebirge", schwärmte Hans weiter, „so erfrischend, so lebendig, so schön!"
„Nun ist es aber genug, Hans Sogau!" ermahnte sie ihn mit der gespielt strengen Stimme einer Lehrerin. „Jetzt wird gegessen und getrunken und dann geht's ab nach Hause!"
Hans hätte am liebsten noch weiter schwärmen wollen von dieser jungen Frau, weil ihn alles um sie herum wie in einen Rausch versetzt hatte: Die herrliche Bergwelt, von der sie umgeben waren, das Rauschen des Wasserfalls, das silbrige Glitzern der Sonne im Wasser des Paradiesteichs, Ruth. Aber sie hatte ihn mit ihrer selbstverständlichen Art und natürlichen Unbefangenheit wieder auf den Boden gestellt. Freundlich war sie und ihm ganz zugewandt, aber er spürte auch, dass sie die Grenze, die sie durch ihrer beider Verwandtschaft miteinander gezogen sah, nicht zu überschreiten gedachte. Hans konnte das akzeptieren, auch wenn er spürte, wie er sich Hals über Kopf in seine Cousine verliebt hatte.
Die Tage auf dem Hof bei seinen Verwandten flogen nur so dahin. Er war ganz viel mit Ruth auf der Farm und in der Umgebung unterwegs, er lernte Nachbarn und Freunde kennen und saß manch einen Abend lang mit dem wilden Heinrich beim Bier zusammen. Er hörte Geschichten aus den Bergen und von der Jagd, von den schnellen Pferden, die Heinrich zog und von den Schwierigkeiten, seine Schafe nach einem Unwetter wieder heil zusammen zu bekommen.
Ein Wochenende lag noch vor seiner Heimfahrt, an dem darauf folgenden Montag ging sein Zug. Ruth hatte es für sie beide schon ganz zu Anfang von Hansens Aufenthalt für den Besuch in Schäßburg reserviert. Heinrich wollte am Samstagmorgen mit seinem Zweispänner zum Markt in die Stadt fahren und war bereit, Schwester und Cousin dorthin mitzunehmen.
Die Sonne war gerade mit einem weißen, fast harten Licht über die Gebirgskämme gestiegen, es war noch sehr früh am Morgen und angenehm frisch, als Heinrich vor dem Wohnhaus der Farm vorfuhr, um seine beiden Passagiere aufzunehmen. Noch ein wenig verschlafen erschien Hans vor der Haustür, kletterte mit einem müden: „Guten Morgen" zu Heinrich in die Kutsche. Bei-

de warteten auf Ruth, die wenig später mit einem strahlenden Lächeln und ihrem Korb in der Hand vor der Tür erschien. Hans staunte, wie Ruth an einem so frühen Morgen schon derart frisch und strahlend erscheinen konnte. Sie ließ sich neben ihm in die Lederpolster der Kutsche fallen, jubilierte „Guten Morgen, ist das nicht ein herrlicher Tag?" und, indem sie die Gutsherrin mimte, rief sie mit gnädigem Tonfall in der Stimme ihrem Bruder zu:
„Sie können losfahren, Johann, wir sind komplett!"
„Zu Diensten, gnädige Frau," nahm Heinrich ihr Spiel auf und ließ die Pferde lostraben hinaus auf den breiten, staubigen Weg in Richtung Stadt.
Am Marktplatz ließ Heinrich Schwester und Cousin aussteigen. Beide bummelten durch die Marktstände, lachten über die sich gegenseitig in ihren Anpreisungen überbietenden Händler und schlenderten durch die Straßen der kleinen romantischen Stadt, die man auch das „Rothenburg" Siebenbürgens nannte. Sie staunten über die mittelalterlichen Zunfttürme und gelangten schließlich über die „Schülertreppe" zum „Bischof-Teutsch-Gymnasium", das Ruth Hans voller Stolz als ihre Schule vorstellte:
„Die gibt's seit 1522, mindestens, davor soll es hier angeblich schon eine Lateinschule gegeben haben," erklärte sie Hans, der mit Bewunderung das stattliche alte Gebäude betrachtete.
„Eigentlich sollte ich im „Alberthaus", dem Internat, untergebracht werden," erklärte Ruth, „aber das mochte ich nicht. Internatsleben ist mir zu streng und reguliert. Ganz in der Nähe hab ich ein süßes kleines Zimmer in einem Haus gefunden, das mindestens auch schon 400 Jahre alt sein soll. Ich zeig's dir gleich, lass uns aber erst noch was trinken gehen, in meinem Lieblingscafé! Das ist hier gleich um die Ecke."
Sie nahm Hans ganz selbstverständlich an die Hand und zog ihn mit sich fort. Er ließ sich das gern gefallen und spürte erstaunt, wie durch die so kleine, scheinbar selbstverständliche Berührung ihrer Hand Großes in ihm wach wurde. Natürlich hatte er sich auch Gedanken gemacht, dass es eine Liebe zwischen ihm und seiner wunderschönen, temperamentvollen Cousine kaum geben könne. Er sah allerdings weniger in ihrem verwandtschaftlichen Band ein Hindernis darin, als vielmehr in der unendlich großen Entfernung, die zwischen ihnen, den „Liebenden" (Hans war so kühn, sich und Ruth als solche zu betrachten) liegen würde. Ein zweiter, ebenso gewichtiger Grund, der gegen eine von Hans ersehnte Liebesbeziehung sprach, war, dass Ruth gar keine Anstalten zu machen schien, ihr Verhältnis zueinander auf dieses romantische Gleis geraten zu lassen. Sie war Hans gegenüber stets herzlich und zugewandt, sprach offen über alles, was ihr gerade einfiel und nahm ihn als das,

was er für sie in erster Linie wirklich war: ein neu dazu gewonnenes Mitglied der Familie.
Und dennoch war da etwas mehr. Er spürte das, konnte es damals aber in seiner ganzen Unschuld noch nicht so recht verstehen. Es war dieses kaum wahrnehmbare, in vollkommener Willkür fliegende erotische Band, das sich um beide spielerisch wand, wenn sie sich plötzlich, scheinbar unabsichtlich in die Augen sahen, wenn Hans seinen Satzduktus verlor, weil seine Gedanken unversehens andere Wege gingen, als es seine Worte zum Ausdruck brachten. Es waren jene zarten Momente, die man niemals benennen darf, damit sie ihren geheimnisvollen Zauber behalten, der die Spannung zwischen den Geschlechtern, die Neugier, das hoch fliegende Lebensgefühl, alle Möglichkeiten zu haben, sie aber nicht, noch nicht, nutzen zu wollen, ausmacht.
Er spürte das alles unbewusst und empfand, wie es unsichtbare Wogen gab, die zwischen ihren Herzen hin und her gingen und war zum Glück scheu genug, nicht danach zu fragen. So genoss er sein Herzklopfen, seine Sehnsucht, seine Träume, die sich alle um dieses schöne, dunkel strahlende Mädchen drehten, das ihn jetzt lachend mit sich fortzog, das so offen und arglos alles hervorsprudelte, was ihr durch den Kopf ging. Hans genoss selbst den eigentümlichen Schmerz, der sich hin und wieder bemerkbar machte, wenn er daran dachte, dass seine Ferien bald zu Ende gingen und er nicht wusste, ob sie sich je wiedersehen würden. Zugleich fachte der Schmerz über die Vergeblichkeit seiner Liebe das Feuer der Verliebtheit noch mehr an. Hans griff hoch in seinen Bildern, bis hin zu Romeo und Julia, verspann sich in seinen Ruth-Träumen und seufzte tief in genussvollem Schmerz. Viele Jahre später, als sich die Entfremdung zwischen ihm und Brendhild wie ein Flächenbrand ausbreitete, dachte Hans mit Sehnsucht an diesen „Wohlschmerz", an die bittersüße Unmöglichkeit, in der allein seine Liebe zu Ruth leben konnte, in der sie für ein ganzes Leben würde überleben können, weil sie sich niemals den Prüfungen und dem Scheitern im Alltag hatte aussetzen müssen.
Jetzt saßen sie vor dem kleinen Café, das auf die Straße hinausgewachsen war, weil die Sonne schien, die Gärten dufteten und die Mädchen sommerliche Kleider trugen. Während Ruth sich bei Limonade und Kuchen als kleine Fremdenführerin betätigte und ihm von der um 1350 begonnen, ovalen Ringmauer um Burg- und Schulberg erzählte, die ursprünglich 930 Meter lang gewesen sein sollte und die heute noch zum größten Teil erhalten war, träumte Hans noch immer von Ruths schöner dunkler Hand, die er bis eben in der seinen gehalten hatte und von der er wusste, dass er sie nicht als Erweis einer zutraulichen Liebe deuten durfte. Natürlich würde Ruth, spräche er sie daraufhin an, sagen, sie habe ihn nur mit sich fortziehen und hierher führen wol-

len, und deshalb fragte er sie auch gar nicht erst. Er spürte vielmehr, während sie von den Zunfttürmen erzählte und dass der Stundturm mit seinen 64 Metern der höchste in der Wehranlage sei, wie diese Hand Unsagbares, jene kleine Spur von Zärtlichkeit mitgeteilt hatte, die er ganz schnell in seinem Herzen festhielt, damit sie ihm nicht verloren ginge.

Hans hatte sich so sehr in seine Wachträume verloren, dass er Ruth zwar mit strahlenden Augen ansah, während sie weiterhin sachkundig über ihre Stadt erzählte und er ihre Worte auch hörte, aber deren Inhalt nicht verstand. Er versuchte, sich ihr lebendiges, ausdruckvolles Gesicht einzuprägen, wollte für immer den vollen, ungekünstelten Klang ihrer Stimme in sich bewahren und alles zusammen in diesen betörenden Sommerduft aus tausend Gärten eingehüllt sein lassen.

Als sie am Abend, über den Dächern der Stadt begann es bereits zu dämmern, Ruths kleines Zimmer in dem alten, liebevoll gepflegten Haus betraten, waren sie müde und auch ein wenig erschöpft, aber doch zugleich angefüllt vom lebendigen Atem der sommerlichen Stadt, die so friedlich schien, dass Hans sich nicht vorstellen konnte, wie anderswo zur gleichen Zeit der Krieg mit seinen Grausamkeiten in unvorstellbarem Ausmaß tobte. Allein der Gedanke daran und dass er womöglich auch noch in diesen schrecklichen Krieg würde ziehen müssen, ließ bleierne Schwere über ihn kommen. Zugleich aber bestärkte diese Schwermut sein Gefühl, in etwas Bedeutendes verwickelt zu sein, in eine Liebe, die gleich zweifach aussichtslos war. Zum einen wurde sie ganz offensichtlich nicht erwidert, es sei denn in diesen leisen Spuren, die Hände und Augen fast unmerklich hinterließen, und zugleich war sie gefährdet durch den Tod, der zwar ständig gegenwärtig war, wie Hans wusste, der aber durch den Krieg sehr viel realistischer wurde und dadurch eine besonders hässliche Fratze besaß.

Tod und Liebe, Liebe, die durch den Tod bedroht wird, die aber angesichts des Todes erst ihre ungeheure Lebendigkeit und besondere Bedeutung erhält, - Hans war wieder bei seinem Thema. Auch ohne durch den lieblichen Duft der Maiglöckchen in diesen ewigen Konflikt, - oder sollte er sagen in die gegenseitige Ergänzung, die unerbittliche Bedingung? –, in das dunkle Geheimnis gezogen zu werden, fühlte er den nur scheinbaren Antagonismus von Tod und Liebe mit Schwermut und Lust, mit Traurigkeit und genussvoller Genugtuung. Er spürte, wie sowohl die Bedrohung der Liebe, als auch ihre höchst sehnsuchtsvoll erwartete Erfüllung gleichbedeutend nebeneinander lagen und sich zugleich gegenseitig ausschlossen. Eine durch den Tod bedrohte Liebe war sicherlich die höchste Form von Liebe, die Hans sich vorstellen konnte, ging sie aber jemals in Erfüllung, dann war sie in diesem Moment schon zum

Verglühen verurteilt, weil sie sich dem Alltag würde anpassen müssen, der zwar mit dem Tod nicht direkt etwas zu tun hat, aber durch Gewöhnung und die tausend kleinen Reibereien letztlich zum selben Ergebnis, zumindest nicht selten zur völligen Erschöpfung der Liebe führt. Und würde der Tod, sei es auf dem Schlachtfeld, durch Krankheit oder Unfall die Liebe heimsuchen, dann wäre sie sogar unwiederbringlich ausgelöscht, eine Liebe, die nur durch die tödliche Bedrohung sich ins Unermessliche hatte steigern können. Hans konnte diesen ständigen Gefühlswechsel an diesem Abend natürlich nicht mit Worten beschreiben, wie er es erst viele Jahre später im verzweifelten und vergeblichen Versuch, seine Liebe zu Brendhild zu retten, vermochte. Aber er ahnte bereits die Dimensionen, die von diesem wunderbaren, unheimlichen und doch nur scheinbaren Gegensatz von Liebe und Tod ausgingen.

„So, jetzt ist es aber genug!" sagte Hans halblaut vor sich hin, und Ruth sah in fragend an?

„Wie bitte?"

„Ach gar nichts, ich musste nur an etwas denken," wehrte Hans erschrocken ab, und nach einer Pause: „Vielleicht erzähle ich dir heute Abend mal ein bisschen was von meinem Weltschmerz."

Ruth lächelte und sah ihn nachdenklich an: „Tu das", ermunterte sie Hans, „ich höre dir gern zu, und vielleicht können ja meine Gedanken etwas gegen deinen Weltschmerz tun?"

„Natürlich könntest du etwas dagegen tun", sagte Hans und sah ihr dabei so tief und innig in die Augen, dass Ruth sich ein wenig verlegen abwandte und rasch zu einem anderen Thema überging.

„Komm, Cousin, lass uns ein bisschen was essen, ich hab uns einiges in den Korb gepackt. Irgendwo muss hier auch noch eine Flasche Rotwein stehen, die ich geschenkt bekommen habe."

Sie sah sich suchend um, öffnete eine Schranktür und hielt triumphierend eine Flasche hoch, die sie auf den kleinen quadratischen Tisch stellte, der mit zwei alten Stühlen rechts und links unter dem etwas schiefen Fenster stand. Ein roter Himmel mit einem einzigen glänzenden Stern kündigte den Abend an. Ruth entzündete eine Kerze und stellte sie auf das Tischchen. Auf die beiden Teller, auf deren Rand umlaufend ein kleiner Blumenkranz gemalt war, legte sie für Hans und für sich ein kräftiges Schinkenbrot, das sie morgens, noch vor ihrer Abfahrt nach Schäßburg, zubereitet hatte.

Hans öffnete die Flasche und goss dunkelroten Wein in zwei einfache Wassergläser, weil Ruth keine speziellen Weingläser besaß, die sie normalerweise auch gar nicht benötigte, weil sie fast nie Wein tränke, wie sie ihm versicherte.

Sie prosteten sich zu:
„Auf das Leben!" sagte Hans und versuchte mit seinen Augen Ruths Blick etwas länger festzuhalten, als es für das Erheben der Gläser nötig gewesen wäre.
„Auf das Leben!" erwiderte Ruth lächelnd. Sie stellte nach einem kräftigen Schluck ihr Glas ab und machte sich mit offensichtlich gutem Appetit über ihr Schinkenbrot her, während Hans verträumt immer noch sein Glas in der Hand hielt und noch einen zweiten, vorsichtigen Schluck nahm. Auf diese Weise, Schluck für Schluck, wollte er das Zusammensein mit Ruth genießen. Kleine Schlucke sollten es sein, gerade weil das Ende seiner siebenbürgener Zeit schon so absehbar war. Ruth hatte seinen tiefen Blick sehr wohl bemerkt und versuchte, ihn aus seinen Träumen zu holen, indem sie ihn mehr beiläufig fragte:
„Hast du gar keinen Hunger, Hans? Iss doch mal was, ich bin ja schon gleich fertig mit meinem Brot!"
Hans tauchte aus seinen träumerischen Gedanken auf und guckte sie mit großen Augen an. Er griff eine Spur zu hastig nach seinem Brot, biss hinein und spürte jetzt erst, wie hungrig er war.
„Schmeckt prima!" beeilte er sich mit vollem Mund die von Ruth offensichtlich gewünschte Unbefangenheit wieder herzustellen, so weit ihm das überhaupt möglich war. Denn er spürte immer deutlicher, wie sehr es ihn hinzog zu diesem Mädchen, und da er so etwas zum ersten Mal erlebte, war er unsicher, wie er sich verhalten sollte. Nur dass er mit seinen verworrenen Gefühlen und Wünschen nicht einfach herausplatzen konnte, war ihm klar, und von daher war er Ruth dankbar, dass sie mit ihrer natürlichen Art über seine Verworrenheit scheinbar ganz selbstverständlich und behutsam zugleich hinwegging.
Ruth dehnte und reckte sich nach einer Weile und verkündete mit einem Gähnen in der Stimme:
„Puh, das war ein langer Tag, was hältst du vom Schlafengehen, lieber Cousin?"
Hans sah sich noch einmal im Raum um, aber außer Ruths großem Bett konnte er keine andere Schlafgelegenheit entdecken.
„Ja, und wo? Ich meine, natürlich hast du dein Bett, aber wo soll ich schlafen?" fragte er ratlos.
„Natürlich auch im Bett!" befahl Ruth, „Oder meinst du, ich lass dich als Bettvorleger auf dem Boden schlafen? Hei, du brauchst nicht gleich rot zu werden, wir sind doch so etwas wie Schwester und Bruder, da musst du dich doch nicht genieren."

Hans wurde ganz schwindlig zumute. Er sollte eine ganze Nacht neben diesem wunderbaren Wesen liegen? Würde er da überhaupt eine Minute schlafen können? Zwar merkte er, dass Ruth es wirklich genauso gemeint hatte mit Bruder und Schwester, dass aus ihrer Aufforderung, im selben Bett mit ihr zu schlafen, auch nicht die geringste Erwartung herauszuhören war, dass es zu irgendwelchen Zärtlichkeiten kommen könnte. Aber allein die Vorstellung ihr so nahe zu sein, mit ihr unter einer Bettdecke zu liegen, ließ sein Herz wild klopfen.

„Du kannst dich draußen waschen. Auf halber Treppe gibt's eine Toilette mit einem kleinen Waschbecken, für eine Nacht wird das reichen. Hier, da hast du ein Handtuch!" Ruth drückte ihm ein kleines, dunkelblaues Leinentuch in die Hand. „Seife liegt am Waschbecken. Beeil dich, ich will da auch noch mal hin!" rief sie ihm durch die offene Tür nach.

Als Hans nach seiner Katzenwäsche zurück ins Zimmer kam, stand Ruth in einem langen, weißen Nachthemd schon an der Tür.

„Und was soll ich anziehen für die Nacht?" fragte Hans etwas verlegen, weil er an seinen Schlafanzug überhaupt nicht gedacht hatte, als sie am Morgen aufgebrochen waren.

„Ich hab dir schon ein weites Nachthemd von mir aufs Bett gelegt. Ich glaub, das wird dir passen, mir war's immer zu groß."

Als Ruth die Tür hinter sich geschlossen hatte, begann Hans sich auszuziehen. Dann streifte er das Nachthemd über, das einen angenehmen, leichten Lavendelduft ausströmte.

„Hallo, Schwesterchen!" prustete Ruth los, als sie nach ihrer Rückkehr Hans in ihrem Nachthemd etwas steif dastehen sah. „Du siehst süß aus mit den rosa Röschen auf der Brust! Und nun ab ins Bett!" forderte sie ihn energisch auf und ersparte ihm auf diese Weise das gerade entstehende Erröten und eine hilflos Verlegenheit.

Als sich beide, nebeneinander liegend, unter der Bettdecke einigermaßen eingerichtet hatten, löschte Ruth die Nachttischlampe. Das Zimmer lag jetzt im Halbdunkel, von draußen fiel das gelbliche Licht einer alten Gaslaterne, die neben der Haútür stand, durch die dünnen Gardinen. Hans war hellwach und wagte kaum zu atmen. Er meinte die Wärme ihres Körpers zu spüren, so dicht lagen sie beieinander. Es fiel ihm auch kein Wort ein, das er hätte sagen können, um die Situation so natürlich wie möglich erscheinen zu lassen. Wieder einmal war es Ruth, die offenbar alles ganz normal fand, als sie ihn mit unveränderter Stimme aufforderte:

„Und nun erzähl mir mal was von deinem Weltschmerz!"

Hans war es jetzt peinlich, dass er vorhin überhaupt davon angefangen hatte. Nun konnte er nicht mehr zurück, obwohl er gar nicht wusste, wie er beginnen sollte mit dem, was ihn schon seit zwei, drei Jahren immer wieder quälte und ihn jetzt angesichts des Krieges, in den er selbst möglicherweise würde ziehen müssen, noch mehr bedrängte.

„Ach Ruth, ich weiß nicht recht, wo ich anfangen soll. Also, manchmal überfällt mich einfach so eine Angst vor dem Tod. Nein, eigentlich ist es gar nicht der Tod, sondern das, was danach ist. Weißt du, ich kann mir einfach nicht vorstellen, dass all das hier - er hielt sich und ihr seine Hände vor die Augen, - einfach nicht mehr ist.

Klar weiß ich, dass alles seinen ganz normalen biologischen Weg geht. Mein Körper zerfällt und die Würmer helfen dabei, diesen Prozess zu beschleunigen. Aber was ist dann mit mir? Verstehst du? Mit dem, was man Seele nennt oder das Ich? Ist dann auch das einfach alles ausgelöscht? Gibt es etwas danach?"

„Hast du es einmal mit dem Himmel versucht? Steht doch genug davon in der Bibel," schlug Ruth vor.

Es schien Hans, als nehme sie ihn mit ihrer etwas flapsigen Gegenfrage nicht richtig ernst in dem, was ihn quälte.

„Ach, das sind doch alles nur mythologische Bilder: mit dem Himmel, den Engeln und einem Herrschergott. Wo soll der denn sein? Über den Wolken, über den Sternen, wie die sich das damals vorgestellt haben? Und selbst wenn es so etwas gäbe, wie kann man sich denn das denken: die ewige Seligkeit? Was bedeutet das überhaupt? Mir würde davor grauen, ewig selig lächelnd herumzusitzen oder umherzuwandeln. Gut, wahrscheinlich hätten wir dann kein Zeitgefühl mehr, weil es die Zeit einfach nicht mehr gäbe, aber tröstlich finde ich das auch nicht! Doch was gibt es denn dann wirklich? Wie ist das, tot zu sein?" Hans hatte sich jetzt in einen Eifer hineingeredet, in den er schon des Öfteren geraten war, wenn er mit anderen Leuten über seine Weltschmerzfragen diskutierte.

„Meinst du, du wirst das je herausfinden in deinem Leben?" fragte Ruth. „Warum suchst du nicht wirklich mal im Christentum? Da ist doch einiges darüber gesagt worden. Immerhin hat Jesus gezeigt, dass mit dem Tod nicht alles aus ist. Er ist doch auferstanden, oder?"

„Ach Ruth, guck dir mal andere große Lehrer an, zum Beispiel einige indische Gurus. Von denen heißt es auch immer, dass sie auferstanden oder einfach in einen anderen Zustand übergegangen seien, nachdem sie gestorben waren. Weißt du was? Für mich sind das alles nur Zeichen dafür, dass wir Menschen uns nicht begnügen können mit diesem Leben. Wir können es einfach nicht

ertragen, dass wir so mir nichts, dir nichts spurlos von der Welt verschwinden sollen. Selbst nicht nach einem langen und in bestem Wohlstand gelebten Leben. Vielleicht dann sogar noch weniger. Also entwerfen wir uns einen Himmel, eine ins Ewige gesteigerte Glückseligkeit, weil wir nicht genug kriegen können. Schau dir die Tiere und Pflanzen an, wie bescheiden die leben! Ohne zu protestieren nehmen sie ihr Werden und Vergehen einfach hin. So möchte ich das auch können!"
„Und warum tust du's dann nicht?"
„Weil ich auch infiziert bin. Weil ich mir als Seiender ein Nichtsein einfach nicht denken kann, weil ich Angst habe vor der großen, schwarzen Leere, weil alle Koordinaten, die für mein Leben bisher bestimmend gewesen sind, dann offenbar keine Gültigkeit mehr haben. Manchmal macht mich das ganz wahnsinnig. Ich bin dann nahe daran, mich aus Angst vor dem Tod umzubringen! Ist das nicht bekloppt!?"
„Ja", sagte Ruth ungerührt.
„Wie machst Du das denn, Ruth? Oder geht die Zeit hier in euren Bergen und den verträumten kleinen Städten ganz anders? Bist du womöglich eine ganz gläubige Christin, die an all das glaubt, was man in der Kirche erzählt?"
„Red keinen Quatsch, Hans, soweit müsstest du mich eigentlichen schon kennen, dass ich nicht irgendwelchen Pfaffen hinterher renne. Ich mach mir schon meine eigenen Gedanken über das alles."
„Ja, dann sag doch mal, was du denkst!" drängte Hans seine Cousine.
„Wenn du mir dazu Zeit lässt, will ich das gern tun," lachte Ruth leise.
„Ja, bitte, entschuldige," nahm Hans sich schnell zurück.
„Natürlich habe ich mir auch ganz ähnliche Fragen gestellt wie du," begann Ruth, „aber ich habe recht bald gemerkt, dass ich keine Systeme brauche. Das Christentum, das Judentum, die Bibel wie ein großes Märchenbuch. Tolle Geschichten. Aber ihr Gott? Auf Bergen, an Flüssen, im Donner oder Feuer? Mal lieb und gnädig, mal wütend und rächend? Selbst Jesus überzeugt mich nicht in seiner Ausschließlichkeit. Schau dir mal an, wie der seine Anhänger gesammelt hat. Den Fischern hat er gesagt: kommt mit mir. Und die lassen alles stehen und liegen und gehen einfach mit, lassen ihre Arbeit zurück und ihre Familien. Niemand hat je gefragt, jedenfalls habe ich nichts davon gehört, was wohl aus ihren Frauen und Kindern geworden ist ohne den Ernährer. Nee, Hans, ich mag solche Rattenfänger nicht, deren Ideologie du komplett übernehmen musst, sonst gehörst du nicht dazu, schlimmer noch, du bist verloren. Jedenfalls für den Himmel."
„Und was setzt du dagegen?", wollte Hans wissen, der ihr gebannt zugehört hatte.

„Falsch, Hans," sagte Ruth und er konnte erkennen, wie sie ihren Kopf auf dem Kissen schüttelte, „ich setzte nichts *dagegen,* ich setzte etwas da*neben,* sonst wäre es doch dasselbe in Grün: Abgrenzung, Ausgrenzung. Ich habe keine Theorie, keine neuen Glaubenssätze und keine Philosophie. Ich habe nur Momente."

Hans wandte ihr neugierig den Kopf zu und sah sie fragend an. „Was bedeutet denn das nun wieder, Momente?"

„Ach das lässt sich nur schwer beschreiben, ohne dass du mich für eine verrückte Schwärmerin hältst. Aber ich will es wenigstens versuchen. Du erinnerst dich doch noch an unseren ersten Ausflug zum Wasserfall, kurz nach dem du angekommen bist?"

„Na klar!" Und ob er sich erinnerte! Er würde diesen Tag im „Paradies" nie vergessen.

„Ich bin oft allein da gewesen. Natürlich war das nicht immer gleich, und es geschah auch nur ganz selten, vielleicht zwei oder dreimal."

„Was denn, Ruth, was geschah?" drängte Hans.

„Der Moment." sagte Ruth versonnen. „Mit einem Mal war alles richtig: der Himmel, der Wind, das Licht, das Glitzern der Sonne im stürzenden Wasser und ich mittendrin. Das dauerte vielleicht zwei oder drei Sekunden, vielleicht auch fünf. Das ist auch egal, weil es für mich in diesem Moment keine Zeit gab und auch keine Fragen mehr. Da war nur ein einziges, ganz intensives Gefühl: es ist alles gut! und alles war erfüllt mit einer großen, ruhigen Liebe. Ich war ganz voll davon. Und dann war es zu Ende, obwohl alles noch genauso war wie vorher: das Licht, das Wasser, das Glitzern, die Sonne. Aber meine Fragen waren wieder da, nach der Ungerechtigkeit auf der Welt, nach der Grausamkeit, dem Morden und Quälen, dem Sterben der Kinder. Merkwürdigerweise aber hatte sich in mir dieses ‚Es-ist-alles-gut' festgesetzt. Ich kann es nicht begründen, wie sollte ich auch, wenn du dir Welt ansiehst, wie sie ist mit diesem Wahnsinnskrieg! Vielleicht bin ich ja naiv oder zu blauäugig, vielleicht nennt man es auch einfach Urvertrauen, dieses ‚Es-ist-alles-gut'. Jedenfalls brauche ich seither nichts Anderes mehr, keine Religion mit festgelegten Riten und Regeln, keine Glaubenssätze, keine Philosophie, keine Ideologie. Es ist in mir, meine Wahrheit, wenn du so willst, es ist eine Liebe ohne Bedingungen."

Ruth hatte die letzten Sätze leise, aber sehr deutlich und entschieden gesprochen. Jetzt schwieg sie und Hans mochte dieses Schweigen nicht unterbrechen. Er dachte lange nach und sagte dann zögerlich:

„Ich glaub, ich weiß, was du meinst. Ich erinnere mich an einen Garten in unserer Nachbarschaft, der einem alten Arztehepaar gehörte. Der ganze Gar-

ten stand voller Fliederbäume. An einem Samstag im Mai, ich weiß nicht mehr wann, kann sein so vor sieben, acht Jahren, waren wir dort zum Kaffee eingeladen. Die Erwachsenen saßen auf der Terrasse, ich ging ganz allein durch den Garten mit dem Flieder. Große Blütendolden überall, dunkelrote, weiße, violette, darüber ein blauer Frühlingshimmel. Die Blüten leuchteten in der Sonne und ein Duft, Ruth, du glaubst es nicht, ich war wie im Himmel."
„Ja", sagte Ruth, „dann weißt du ein wenig von dem, was ich meine, nur dass du das damals vielleicht mehr unbewusst erlebt hast. In meinen Momenten wusste ich, was geschah, na ja, und auch wieder nicht. Aber wenn du sagst, ‚ich war wie im Himmel', dann könnte ich das auch für mich sagen. So jedenfalls stelle ich mir das vor: die Aufhebung von Zeit, ohne Zweifel, ohne Fragen, durchdrungen von einer großen Liebe, die nicht auf eine Person gerichtet ist oder auf irgendeinen Gegenstand, sondern einfach alles umfasst. Schade, dass man diese Momente nicht willentlich herstellen kann, sie geschehen halt einfach. Aber kannst du verstehen, dass ich nach solchen Erfahrungen niemanden mehr brauchen kann, der mir sagt, wo's lang geht im Leben, was man glauben müsse und was nicht?"
„Doch, das kann ich verstehen", erwiderte Hans eifrig. „ich habe damit auch meine Erfahrungen gemacht. Nach meiner Konfirmation war das. Wir hatten da einen alten Konsistorialrat, der eigentlich ganz nett war, nur mit meinen Fragen konnte er wenig anfangen. Ich kann mich noch genau erinnern, wir diskutierten wieder einmal über die uralte Frage, warum Gott all die Grausamkeiten zulässt, wenn er denn schon allmächtig ist und die Welt regiert, wie es in der Bibel heißt. Einer aus unserer Gruppe brachte als besonders anschauliches und bekanntes Beispiel das Erdbeben von Lissabon ins Spiel. Du weißt, dieses fürchterliche Erd- und Seebeben von 1755, bei dem mindesten sechzigtausend Leute ums Leben gekommen sein sollen, Kinder und Alte, Männer und Frauen, Schuldige und Unschuldige – der erste wirklich große Schock für das gläubige Europa. Und ich meinte dann, wie das denn mit Gott, dem Vater übereingringe, der angeblich so sehr auf das Wohlergehen seiner Kinder bedacht sei. Und das Erdbeben von Lissabon war ja nur ein, allerdings ganz schreckliches Ereignis in einer ganzen Kette von Naturkatastrophen, wo vom Baby bis zum Greis Zigtausende zerquetscht und zerschmettert wurden, verbrannt, ertrunken oder sonst wie ums Leben gekommen sind.
Ich habe ihn dann ganz direkt gefragt, was er denn dazu sage, mit Gott als Vater im Hintergrund. Und weißt du, was dann kam? Das ärmlichste Argument, was die Theologen in solchen Fragen dann immer parat haben: Man könne Gottes Ratschluss nicht verstehen und man solle auch nicht erst versuchen, das zu erforschen, weil es zu nichts führe. Das sei eben das ‚Abenteuer'

des Glaubens, dass man trotz allem auf Gottes Liebe und Gerechtigkeit vertraue. Und als ich ihn dann gefragt habe, wie man das denn macht, wenn der Kopf ständig dagegen steht, meinte er, das sei eben das ‚Geschenk des Glaubens', das man nicht erzwingen könne. Ich hab ihm dann noch gesagt, dass ich mindestens schon drei Jahre mit offenen Händen auf das Geschenk des Glaubens warten würde, offenbar vergebens. Ich sage dir Ruth, irgendetwas stimmt da nicht."

„Das ging mir genauso," pflichtete ihm Ruth bei, „nur dass ich nicht Jahre gewartet habe. Ich bin meinen eigenen Weg gegangen, als ich merkte, dass ich nur vertröstet wurde. Heute vermisse ich gar nichts. Im Gegenteil, ich fühle mich frei und muss mich nicht mit all den Ungereimtheiten herumschlagen, den flauen Ausflüchten und rigorosen Ansprüchen, nur hier oder dort gebe es die einzig wahre Wahrheit. Ich habe für mich meine Wahrheit gefunden. Ich will sie keinem aufdrängen, ich will niemanden, der mir darin ‚nachfolgt'. Ich habe keine Antworten auf die großen Welträtsel, ich muss sie auch nicht erklären. Ich weiß nur, wenn ich mich dem Leben einfach hingebe, so wie es die Tiere und Pflanzen tun, die ja auch gar keine andere Wahl haben, dann gibt es eben diese Momente, von denen ich dir erzählt habe. Für die habe ich auch keine Erklärungen, ich fühle nur, dass ich darin einer Wahrheit begegne, die keine Ansprüche auf Unterwerfung und blinde Gefolgschaft stellt. Ich fühle mich darin mit der Welt in einer ganz tiefen Liebe verbunden, die einfach da ist. Wenn du mich fragst, dann kann ich dir nur sagen, dass mir eine solche Vorstellung von Gott, wenn ich denn das Wort gebrauchen soll, noch am meisten einleuchtet. Das habe ich in den letzten Jahren gelernt von meinen Bergen, den Flüssen, dem Himmel und dem Licht."

Hans hatte ihr mit großer Aufmerksamkeit zugehört. Er war verblüfft, wie klar und sicher Ruth in ihren Ansichten war. Irgendwie kam sie ihm trotz ihrer jungen Jahre weise vor. Er fühlte sich wohl, wenn sie so sprach, mit Worten, die ihn zu nichts drängten, die nichts forderten, die ihm nur nahe legten, sich selbst und seinen eigenen Gefühlen zu trauen. Natürlich spürte er auch, dass seine Urfragen damit nicht beantwortet waren: Was ist nach dem Tod? Warum ist alles vergänglich? Welchen Sinn hat das Ganze? Aber er fand, dass Ruths Weg auch für ihn gangbar sein könnte, dass er keine Abhängigkeiten erzeugte, keine falschen Kompromisse erforderte, keine Angst vor Verdammnis oder sonst irgendwelchen göttlichen Strafen.

„So, mein Lieblingscousin, jetzt haben wir genug philosophiert für heute. Ich bin hundemüde von diesem Tag, gute Nacht und schlaf schön." Sie beugte sich zu Hans hinüber und gab ihm einen kleinen Kuss auf die Stirn.

Hans lag wie gelähmt. Natürlich legte er in diesen Kuss sehr viel mehr, als von Ruth gemeint war. Er spürte jetzt keine Spur mehr von Müdigkeit, lag da mit weit offenen Augen, hing immer noch ihren klaren, einfachen, so überzeugenden Worten nach. Was war das für ein Tag! Übermorgen würde er wieder im Zug nach Hause sitzen, zurück nach Deutschland fahren müssen, womöglich auch in den Krieg, wenn nicht in diesem Jahr, vielleicht auch noch nicht im nächsten, mit achtzehn aber sicherlich, wenn der Krieg nicht vorher noch zu Ende ginge. Und wie sollte es mit Ruth weitergehen? Gar nicht, wahrscheinlich. Er würde seine große Liebe zu diesem Mädchen mit auf die Heimreise nehmen, würde stets an sie denken müssen, selbst im Krieg. Und wenn er darin umkäme, wäre sein letzter Gedanke: Ruth.

Hans wandte ihr im Liegen sein Gesicht zu. Er lauschte dem tiefen Rhythmus ihres Atems, Ruth schlief schon fest. Er richtete sich ganz vorsichtig auf im Bett, beugte sich zu Ruth hinüber und gab ihr einen ganz zarten Kuss auf die Wange. Für einen Moment war der gleichmäßige Atemrhythmus unterbrochen, Ruth wandte den Kopf auf die andere Seite und Hans hörte sie wieder atmen wie zuvor.

Er war voller Seligkeit und Schmerz. Tränen standen ihm in den Augen, als sie ihm dann schließlich doch vor lauter Müdigkeit zufielen.

12

Hans hatte gerade seinen achtzehnten Geburtstag hinter sich gebracht, als er Ende Mai 1943, zusammen mit seinem Freund Bernhard Schröder, im Zug nach Osten rollte, dem Arbeitsdienst entgegen. Die beiden jungen Männer saßen einander schweigend am Abteilfenster gegenüber. Ein Knäuel Butterbrotpapier war aus dem überfüllten Abfallbehälter unterhalb des Fensters auf den Boden gerollt. Hans nahm es auf und stopfte es wieder hinein. Sie hatten eben ihre letzten Brote von Zuhause verspeist, und damit war auch das letzte Band, das sie mit dem zivilen, heimatlichen Leben verbunden hatte, gelöst. Mit Beklommenheit dachten sie an das, was sie wohl dort an der Weichsel im kleinen Ort Grützen erwarten würde. Der Zug sollte sie nach Kulm bringen. Von dort, so hieß es, wären Lastwagen vorgesehen für den Transport ins Lager Grützen. Er konnte sich keinerlei Vorstellungen machen vom Leben in einem solchen Lager. Zwar hatte er schon manches von Bekannten gehört, die den Arbeitsdienst bereits hinter sich hatten, aber die Erfahrungen der einzelnen Absolventen waren derart unterschiedlich gewesen, dass sich für ihn kein klares Bild daraus ergab. Hart und einfach sollte es da zugehen und ziemlich rau. Es hinge sehr vom Personal ab, vom ganz persönlichen Vorgesetzten, ob es erträglich würde oder eine Tortur.

Er schaute versonnen aus dem Fenster. Draußen am Bahndamm flogen blaue Lupinen und leuchtendgelber Ginster vorbei, dunkle Wälder und hin und wieder ein stiller, silberglänzender See.

Bernhard hatte die Augen geschlossen und den Kopf angelehnt, der im Schaukelrhythmus des Schienentakts hin und her rollte. Sein Gesicht war entspannt vom leichten Schlaf. Hans war froh, dass er unter all den unbekannten Leidensgenossen, die mit ihnen im Arbeitsdienst-Sonderzug saßen, den vertrauten Freund dabei hatte. Man würde sich aneinander festhalten können, wenn es allzu arg käme, hoffte er. Noch hing sein Herz mit allen Fasern an der Heimat. Er hatte jetzt auch die Augen geschlossen und schaute gleichsam nach innen. Er dachte an den Abschied von Almuth, die ihn zusammen mit seinen Eltern an den Zug gebracht hatte. Sie waren miteinander vertraut geworden. Hans war noch immer nicht „entflammt", wie er sich eingestehen musste. Das war er zum ersten Mal und mit allen Symptomen einer totalen Verliebtheit bei Ruth gewesen, danach nicht wieder. Mit wilden Träumereien, dramatischen Bildern von Krieg und möglichem Tod war das einhergegangen, selbst ein Leben zu zweit fürs ganze Leben hatte er sich ausgemalt. Noch immer konnte er, wenn er es sich nur vorstellte, Ruths schöne, kühle Hand in seiner fühlen und dem Aufruhr in seinem Körper nachspüren, den diese Be-

rührungen in ihm ausgelöst hatten. Fast zwei Jahre waren seither vergangen. Er war damals wie in Trance nach Hause gefahren mit weher Seele und romantischen Phantasien, hatte Ruth noch zwei-, dreimal geschrieben und in die Briefe behutsam, aber für sie erkennbar, seine ganze Sehnsucht gepackt. Ruth jedoch gab sich in ihren Antworten so sachlich, fröhlich, herzlich, wie sie es schon bei seinem Aufenthalt in Siebenbürgen gewesen war. Er hatte dennoch weiter geträumt, länger als ein Jahr. Und dann die langsame Annäherung an Almuth, vom häufigen miteinander Sprechen über Schulangelegenheiten, später auch über Hansens Weltschmerz. Schließlich der erste Kuss unter den Platanen vor Almuths Haustür; vor kurzem sein Fest zum achtzehnten Geburtstag mit dem unschönen Ende; danach der strahlende Tag am Maschsee unter dem blühenden Birnbaum mit seiner Geburtsgeschichte…
Der Zug hielt mit einem plötzlichen Ruck auf offener Strecke. Hans schaute zum Fenster hinaus, konnte aber keinen Grund für den plötzlichen Halt erkennen. Er schloss wieder die Augen, um die Gegenwart auszuschließen, und tauchte erneut ein in seine langsam dahinsegelnden Gedanken, die kleine Wellen leiser Wehmut hinterließen. Almuth hatte nur schwer ihre Tränen verbergen können, als er sie zum Abschied in den Arm nahm. Ihm war dabei deutlich geworden, wie vertraut sie miteinander waren, aber sehr viel mehr war für ihn auch nicht daraus geworden. Vielleicht lag es daran, dachte er, dass Almuth einen so deutlichen Riegel vorgeschoben hatte, wenn er mehr wollte als nur Küsse. Er glaubte, dass er für sie ungefähr soviel empfände wie Ruth damals für ihn. Irgendwie geschwisterlich, abgesehen von den gelegentlichen Küssen, die von Almuths Seite stets leidenschaftlicher kamen als von ihm. Er hatte gute, freundliche Gedanken, wenn er jetzt an sie dachte, er sehnte sich aber nach brennender Sehnsucht, nach Aufruhr, kühnen Träumen, heimlichen Zeichen, zufälligen Berührungen, die alles in ihm explodieren ließen, er sehnte sich nach leidenschaftlicher Liebe und weniger nach freundlicher Zuneigung.
Fast unbemerkt hatte sich der Zug wieder in Bewegung gesetzt. Er merkte es erst als sie über die erste Gleisverbindung rollten. Draußen zog langsam ein kleiner Birkenwald vorbei, noch immer im frischen Grün neuer Blätter.

„Alles aufsitzen!" brüllte eine Stimme, als die Neuen für den Arbeitsdienst nachts um zwei auf dem Bahnhof von Kulm aus dem Zug torkelten und sich auf die bereitstehenden Lastwagen zu bewegten.
„Hier geht's nach Grützen, nun mal los, schlaft nicht ein, habt lange genug pennen können auf der Fahrt!" Hans kam die Stimme irgendwie bekannt vor. Er sah genauer hin und erkannte im fahlen Licht der Bahnhofslaternen den

Pfleger Werner Schulze aus dem Henriettenstift in Hannover, in dem seine Großeltern bis zu deren Tod vor zwei Jahren, sie waren kurz hintereinander gestorben, gelebt hatten.
„Woll'n doch mal sehen was in euch steckt, ihr feinen Abirenten!" tönte Werner Schulze weiter, und Hans schwante, dass dieser Ton und die abfällige Verhohnepiepelung des Worts Abiturienten nichts Gutes bedeutete. Dabei hatten sie ja noch nicht einmal Abitur. Das stünde erst im Frühjahr 44 an. Hitler gingen vermutlich schon die Soldaten aus nach der Katastrophe von Stalingrad von Ende Januar, Anfang Februar, dachte Hans. Der Arbeitsdienst war schon um die Hälfte auf drei Monate verkürzt worden, dann sollte es zum Militär gehen. Er kroch müde und zerschlagen zusammen mit Bernhard auf einen der Lastwagen, auf dessen Ladefläche links und rechts hölzerne Bänke angebracht waren. Keiner redete, einige hatten sich eine Zigarette angezündet. Wenn sie daran zogen, leuchtete die Glut auf und ließ das Gesicht für einen Moment rötlich glühen. Hans rauchte nur sporadisch. Seine erste Erfahrung mit dem Rauchen vor vier Jahren war ihm noch gut in Erinnerung. Er hatte seinem Vater eine Zigarre stibitzt und heimlich mit einigen Freunden aus dem Jungvolk, Bernhard war auch dabei, hinter dem Jungvolkheim geraucht. Mit verheerenden Folgen für seinen Verdauungstrakt. Später war man dann zu den milderen Weinblättern von der Gartenlaube übergegangen, bevor er mit siebzehneinhalb würzige Balkanzigaretten bevorzugt hatte.
Der Lastwagen rumpelte durch die Nacht, mittlerweile auf unbefestigten Straßen, wie Hans merkte, und schüttelte die jungen Männer kräftig durch, die sich zeitweise an die grau gestrichenen Leisten der Bänke klammern mussten, um nicht heruntergeschleudert zu werden.
„Absitzen, ihr Penner, nun mal dalli, dalli! Wir woll'n doch alle noch'n bisschen Schlaf fassen! Da sind eure Unterkünfte. Was ihr fürs Erste braucht, liegt auf den Betten. Waschen könnt ihr euch da drüben, die Latrine ist auf der anderen Seite, können sich immer zwölf Mann auf einmal gemütlich machen da. Ist nun endlich der letzte Mann vom Wagen? Hei, wo willst du denn hin?" ranzte Schulze Hans an, der sich mit seinem Koffer auf den Weg Richtung Baracken gemacht hatte.
„Ich dachte, dass.."
„Du sollst hier nicht denken, Kleiner, das mach ich für euch. In Dreierreihen zum Zählappell angetreten!" brüllte Schulze, wobei er das „R" in „angetreten" übertrieben rollte.
„Abzählen!" Die jungen Männer stießen ihre Zahlen hervor.
„Das kann ja heiter werden," sagte Hans halblaut zu dem neben ihm stehenden Bernhard.

„Halt den Mund, Kleiner! Hier wird nicht gequatscht. Wenn du mir noch mal auffällst, kriegst du einen Tag Karzer."
Hans bekam tatsächlich einen Tag Karzer und noch eine Nacht dazu. Aber nicht am ersten, sondern quasi am letzten Tag seines Arbeitsdienstes. Die Wochen waren schnell vergangen. Schulze hatte ihnen schon am Morgen nach ihrer Ankunft mit hämischem Grinsen im Gesicht erklärt, es gäbe hier keine Landwirtschaft und keine Arbeiten am Kanal oder an Straßen. Sie wären da, um „frontreif geschliffen" zu werden. Und so empfand Hans das auch. Es wurde viel exerziert, nicht mehr wie anfänglich beim Arbeitsdienst mit den albernen Spaten, sondern schon mit richtigen Armeegewehren. Im Gelände wurde auf Mannscheiben scharf geschossen, sie wurden durch jeden Matschtümpel gezogen und mussten stundenlang marschieren. Die Klamotten in den Spinden wurden laufend aus- und eingeräumt, ständig waren Leute in Schichten rund um die Uhr als Lagerwache abkommandiert. Trotz seiner Hüftsteife gelang es Hans, halbwegs Schritt zu halten mit den körperlichen Anforderungen, er fiel nicht weiter auf. Drei Tage vor dem Ende der dreimonatigen Dienstzeit pflanzte sich Schulze vor der „Truppe" auf:
„Männer," grölte er in seinem üblichen Ton. „Übermorgen geht's nach Hause. Man kann auch sagen zu den richtigen Soldaten. Ihr habt euch ganz gut gehalten. Dafür hauen wir morgen Abend mal richtig auf die Pauke! Sogau, du fährst mit dem Fahrrad in die Stadt und kaufst einiges ein. Liste kriegste nachher von mir. Zum Lagerputzen weggetreten!"
Hans hatte sich im Lauf der Wochen ein klein wenig mit Schulze angefreundet. Er erzählte ihm auch, dass er ihn als Pfleger im Henriettenstift des Öfteren gesehen hätte, wenn er bei seinen Großeltern zu Besuch gewesen sei. Schulze hatte daraufhin mehr und mehr einen Vertrauten in Hans gesehen und ihn schon ein paar Mal mit Sonderaufträgen betraut, wie Postholen und Büroarbeit. Jetzt sollte er vor allem Papierschlangen, kleine Hakenkreuzfahnen und weiße Papierdecken in Rollen für die rauen Holztische in der Kantine zum Abschlussfest besorgen.
Hans machte sich mit dem Lagerfahrrad auf den Weg nach Kulm. Die letzten Augusttage waren noch einmal richtig heiß geworden. Schulze hatte ihm zum Glück erlaubt, seine leichten Zivilschuhe gegen die schweren Arbeitsdienststiefel einzutauschen für die Fahrt in die Stadt. Er trug ein weißes offenes Hemd und schwarze kurze Hosen. Er genoss den warmen Fahrtwind, und bald tauchten schon die vielen Kirchtürme Kulms auf. Als er näher kam, konnte er auch die mittelalterlichen Wehrmauern erkennen. Die Anlage der Stadt erinnerte ihn an Schäßburg, wo er in Ruths kleinem Zimmer mit dem windschiefen Fensterchen mit klopfendem Herzen eine Nacht lang neben ihr lag.

Hans schob sein Fahrrad durch die Straßen der Altstadt, bewunderte das Graudenzer Tor und die alte Klosteranlage mit der Johanniskirche. Er hätte sich gern alle Kirchen angesehen, aber dazu reichte seine Zeit nicht aus. In einem Geschäft mit Papierwaren erstand er alles, was Schulze ihm aufgetragen hatte. Jetzt kam er an einer Bäckerei vorbei, durch deren geöffnete Tür der Duft frisch gebackener Brote und Kuchen wehte. Hans war, als Geruchsmensch, sofort davon angezogen und spürte nun auch, wie hungrig er war. Er lehnte sein Fahrrad an die Hauswand neben dem Eingang und stellte sich geduldig in die lange Reihe der Wartenden, die Brot und vor allem den verlockend aussehenden Zuckerkuchen in großen Partien kauften. Er erstand drei Stücke vom Zuckerkuchen und trat wieder auf die heiße, sonnige Straße hinaus, als ihn ein kalter Schrecken durchfuhr: Sein Fahrrad war verschwunden! Hans rannte in den Laden zurück, fragte die Kunden am Ende der Schlange, die fast bis zur Eingangstür reichte, ob sie irgendetwas gesehen hätten. Alle schüttelten mit dem Kopf. Hans war verzweifelt. Er rannte durch die Straßen auf der Suche nach dem schwarzen Fahrrad, vergeblich. Wie käme er nun mit der großen Tüte voller Luftschlangen, Fahnen und Papierdecken zurück in Lager? Er fand die Straße auf der er in die Stadt gekommen war und auch die unbefestigte, die mehr einem breiten Weg glich, von der er auf die breite gepflasterte eingebogen war. Er beschloss, sich zu Fuß auf den Rückmarsch zu machen, als er hinter sich ein Motorengeräusch hörte. Er drehte sich um und entdeckte einen kleinen Lastwagen, der durch die zahllosen Schlaglöcher holperte. Als der Wagen näher kam, hob er unschlüssig die Hand und sah den Fahrer fragend an.

„Wo soll's denn hingehen, junger Mann?" fragte ein gutmütig dreinblickender Mann um die Fünfzig.

„Ich muss zurück ins Arbeitsdienstlager Grützen," brachte Hans hervor, immer noch niedergeschlagen vom Schrecken über den Fahrraddiebstahl.

„Da haben Sie Glück, Herr Arbeitsdienstler," scherzte der Fahrer, „genau da soll ich hin mit meiner Brotladung! Machen Sie's sich bequem neben mir."

Hans erzählte ihm von seinem schrecklichen Unglück.

„Na, die werden Ihnen nicht gleich den Kopf abreißen," versuchte der Mann ihn zu trösten. Aber Hans konnte sich nicht beruhigen. Sein Verhältnis zu Schulze war ja nicht schlecht, aber das konnte sich sofort ändern, wenn dem etwas nicht passte, fürchtete er.

„Mit dem Fahrrad bist du losgefahren, Sogau, und mit dem Bäckerauto kommst du zurück. Kannst du mir mal sagen, was das zu bedeuten hat?" wunderte sich Schulze, der bei ihrer Ankunft vor der Küchenbaracke stand, vor der der Wagen hielt.

Hans informierte ihn mit knappen Worten und schuldbewusstem Ton in der Stimme, was geschehen war. Schulze wurde wild.
„Mann, Sogau, das war das einzige Fahrrad, das wir hier hatten. Bist du von allen guten Geistern verlassen? Nur um dir den Bauch mit Kuchen vollzuhauen, lässt du die Karre aus den Augen?! Weißt du, was das bedeutet? ‚Leichtfertiger Umgang mit Reichseigentum'! Ein Tag und eine Nacht Arrest, Sogau. Wenn die andern übermorgen nach Hause fahren, bleibst du noch einen Tag länger und büßt deine Strafe ab. Und davor: Honigschleudern bei den Zwölfzylindern! Außerdem kann dein alter Herr mal ordentlich in die Tasche greifen, um den Schaden zu ersetzen. Weggetreten!"
Hans trottete über den Appellplatz in seine Baracke. „Honigschleudern bei den Zwölfzylindern", er wusste, was dieser Lagerjargon bedeutete: die zwölfsitzige Latrine leeren und säubern. Bislang war er darum herum gekommen. Es hatte immer wieder andere Pechvögel gegeben, die als Strafe für unordentliche Spinde, Zapfenstreichübertretungen oder ungebührliches Benehmen nach einem Besäufnis im Dorfkrug die gefürchtete, stinkende Arbeit übernehmen mussten. Jetzt, praktisch schon bei der Heimkehr, hatte es ihn doch noch erwischt.
Für alle potenziellen Übeltäter zur Abschreckung stand die kleine Arrestzelle auf einem kleinen Hügel unweit der Latrinen. Hans hatte all seine Kameraden mit den Lastwagen davonfahren sehen, auch Bernhard. Er hatte sich mit einem bedauernden Klaps auf die Schulter von ihm verabschiedet. Bernhard versuchte ihn zu trösten:
„Diesen einen Tag wirst du auch noch überstehen, Junge, ich besuche dich dann am Donnerstag zu Hause, bei deinen Eltern, ja? Mach's gut, Alter!"
Nun war das Lager leer. Die nächste Besatzung sollte erst am folgenden Tag einrücken. Hans war mit Schulze allein, der ihn unverzüglich mit dem „Goldeimer" zum „Honigschleudern" schickte.
„Danach meldest du dich bei mir zum Vollzug der Arreststrafe. Weggetreten!" Besonders nach diesem Befehl hasste Hans das übertrieben gerollte R Schulzes noch mehr.
Als er am frühen Vormittag den Karzer bezog, herrschten in der kleinen Zelle annähernd vierzig Grad Hitze. Er öffnete das winzige, vergitterte Fenster, aber draußen stand die Luft. Er zog sein Hemd aus, die Stiefel, die noch immer nach „Honigschleudern" stanken und seine Socken, die wegen der Hitze und dem Schweiß auch nicht viel besser rochen. In der Ecke, stand ein schwarzer Eimer, in den er sich erleichterte, bevor er sich deprimiert auf die harte Pritsche setzte und darauf wartete, dass die Zeit verging.

Am späten Nachmittag wurde die Luft immer schwüler. Durch sein kleines Fenster konnte er sehen, wie sich dicke Gewitterwolken zusammenbrauten. „Auch das noch, als wenn es nicht schon reichte", murmelte er deprimiert und streckte sich auf der Pritsche aus, während er sich am ganzen Körper vom Schweiß feucht und klebrig fühlte. Er sehnte sich nach einer Dusche oder, noch besser, nach einem kühlen Bad in dem kleinen See, der sich fünfhundert Meter vom Lager entfernt, nahe eines kleinen Wäldchens erstreckte.
Es wurde rasch dunkel. Er schaute auf seine Armbanduhr und bemerkte, dass es noch viel zu früh dafür war. Es mussten die schwarzen Gewitterwolken sein, die es so plötzlich hatten Abend werden lassen. Und wenig später brach es los: Ein gleißender Blitz und beinahe gleichzeitig ein trockenes Krachen. Ein Blitz musste in eine der großen Eichen eingeschlagen sein, die am nördlichen Rand des Lagers auf einer kleinen Anhöhe standen. Wenig später goss es in Strömen, es wurde noch dunkler. Die riesigen Wassertropfen, vermischt mit großen Hagelkörnern, prasselten mit unerträglichem Getöse auf das Blechdach der winzigen Arrestzelle. Dazwischen erhellten fast ununterbrochen Blitze das inzwischen nachtdunkle Lager und ließen die leeren Baracken in einem fahlen, unheimlichen Licht erscheinen, begleitet von fast pausenlos krachendem Donner. Hans bekam es zunehmend mit der Angst in diesem weltuntergangsähnlichen Getöse. Er wollte raus aus dieser schrecklichen Enge. Was, wenn ein Blitz direkt in die Hütte einschlüge, sie lag ja im Vergleich zum übrigen Lager ziemlich erhöht? Es beruhigte ihn ein wenig, dass die großen Eichen nicht fern waren. Aber nach drei Stunden war er völlig am Ende. Das Gewitter schien nach zwei Stunden abzuziehen, hatte dann aber noch einmal mit voller Wucht zugeschlagen. Jetzt glaubte er, dass es tatsächlich schwächer wurde. Das Donnergrollen wurde immer seltener, die Blitze, die vor kurzem noch die Nacht zerrissen hatten, gingen in ein flackerndes Wetterleuchten über. Hans schlief erschöpft auf seiner Pritsche ein.
Schulze brachte ihn persönlich am nächsten Morgen zum Zug nach Kulm, verabschiedete ihn sogar mit Handschlag und wünschte ihm alles Gute. Hans war nach dieser Nacht recht einsilbig geblieben auf der Fahrt in die Stadt. Er fand die Bestrafung, besonders nach dem schrecklichen Erlebnis mit dem Gewitter, eingepfercht in die winzige stickige Zelle, als völlig unangemessen. Was hatte er denn getan? Allenfalls war er für einen Moment unaufmerksam gewesen, aber er konnte sich weder Leichtfertigkeit noch irgendeinen Vorsatz vorwerfen. Er hätte nie damit gerechnet, dass dieses schon relativ alte Fahrrad gestohlen werden könnte. Nach dem Abschied, der von seiner Seite aus ohne Lächeln erfolgte, ging er auf den Bahnsteig hinaus, wo der Zug nach Berlin

schon abfahrtbereit stand, und drehte sich nicht noch einmal nach Schulze um. Er hoffte nur, dass er ihm nie wieder im Leben begegnen würde.

Hans erfuhr, als er wieder zu Hause war und nach ein paar Tagen mit seinem Vater sprach, dass von der Leitung des Reichsarbeitsdienstes eine Zahlungsaufforderung für den Ersatz von Reichseigentum in Höhe von 40,- Reichsmark eingegangen wäre, die Karl Sogau für seinen Sohn an die angegebene Kontonummer zu überweisen hätte. Sein Vater war mit ihm einer Meinung, dass sowohl der Tag in der Arrestzelle als auch die Zahlung der geforderten Summe nicht angemessen, wenn überhaupt rechtmäßig verhängt worden wären. Gleichzeitig stimmten sie darin überein, dass es sich nicht lohne, gegen die beiden Maßnahmen rechtlich anzugehen, da für Hans das Kapitel Arbeitsdienst ein für alle mal beendet wäre.

13

Etwas mehr als sechs Wochen blieben Hans noch bis zum Eintritt in die Marine. Anfangs schien es ihm, als wäre er aus der Zeit gefallen. Der von morgens bis abends durchregulierte Tag im Arbeitsdienst hatte binnen kurzem dazu geführt, dass sich eine Routine einstellte, in der sich die Tage höchstens vom Wetter her unterschieden. Die Gleichförmigkeit des Dienstes, die wenigen Abwechslungen, die es gab, ließen die Tage schnell vergehen, und sie gaben dem Leben eine klare, abgezirkelte Struktur. Wieder zu Hause im Elternhaus, in dem er sich einerseits heimisch fühlte, andererseits aber den Eindruck hatte, als habe er sich längst davon gelöst, sei ein Mann geworden, wusste er nicht mehr so recht, wohin er gehörte. Die Tage lagen ihm nun zu Füßen und forderten von ihm nicht mehr, als dass er sie herumbrächte. Sie hatten keine Struktur, waren willfährig und Hans verdächtigte sie, dass sie sich ein wenig über ihn lustig machten, weil er nicht so recht zuzugreifen wusste, weil er vor ihnen stand und erwartete, dass sie sich von selbst gestalteten und er sich nur mitziehen lassen müsste. Er wich dem Tagesbeginn des Öfteren aus, indem er einfach länger schlief. Als er dann schließlich gegen Mittag aufstand, - seine Mutter missbilligte das aufs Äußerste, - hatte er das Gefühl, dem Tag schon ein Schnippchen geschlagen zu haben, weil er sich der ersten Hälfte einfach entzogen hatte.

Er traf sich mit Bernhard in der Innenstadt, die trotz ihrer Bombenlöcher noch sehr lebendig schien. Als gerade zurückgekehrte, ehemalige Arbeitsdienstler fühlten sie sich anfangs als raue Gesellen, denen das Abenteurertum eigentlich auf zehn Meter im Voraus anzusehen sein müsste. Wie oft hatten sie nicht in ihrer Schlafstube davon geträumt, wie sie sich danach an die Mädchen heranmachen würden. Manch einer seiner Kameraden konnte davon Geschichten erzählen, bei denen es Hans ganz heiß und kalt geworden war, wobei er erschrocken spürte, wie es gar nicht mehr um seine liebevoll gepflegte Ruth-Romantik ging, sondern um die, wie er fand, niedrigsten Triebe, die einfach nur befriedigt werden wollten. Bei den Geschichten dieser Kameraden, die er eigentlich unmöglich und unerträglich fand, weil die Mädchen darin nur als Objekte männlicher Triebbefriedungen vorkamen, erlebte er mit Begierde und Scham zugleich, dass auch ihn solche „primitiven Wünsche" beherrschten.

Von solchen Wünschen beseelt, mit einem Gehabe aus vorgegebener, aber noch nicht ganz gekonnter Männlichkeit, gepaart mit Schulbubenalbernheiten und Übermut zogen sie ihre Kreise um den Hauptbahnhof, um „Beute" zu machen. Die wenigen Mädchen aber, die ihnen begegneten, schienen nicht unbedingt auf sie gewartet zu haben. Wenn er oder Bernhard, - sie hatten be-

schlossen einander dabei abzuwechseln, - mit einem aus ihrer eigentlichen Schüchternheit hervor gequetschten kecken Spruch einem Mädchen in den Weg traten: „Hat ihnen schon einmal jemand gesagt, wie hübsch sie sind?" gab es durchweg abweisende Reaktionen:
„Was seid ihr denn für Spinner?" oder „Fällt euch nicht noch was Dümmeres ein?"
Entmutigt von solchen Erwiderungen und enttäuscht, dass ihr gefühltes Freibeutertum der Lebenswirklichkeit offenbar so gar nicht entsprach, zogen sie sich aus diesem Kampfgeschehen unrühmlich zurück und wandten sich wieder den bekannten heimatlichen Gefilden zu. Bernhard erinnerte sich seiner Tanzstundenfreundschaften und beschloss, die eine oder andere davon wieder aufleben zu lassen. Hans ging mit Almuth ins Kino, hielt ihre Hand und sie lehnte bei besonders romantischen Szenen seufzend ihren Kopf an seine Schulter, schob aber zugleich entschieden seine Hand von ihrem Knie, wenn er im Begriff war, sie etwas nach oben rutschen zu lassen. Er träumte noch immer von Ruth und phantasierte sich in eine Arbeitsdiensterotik mit Almuth hinein, die natürlich nicht befriedigt wurde. Er schämte sich anschließend für diese Phantasien, weil Almuth es nach wie vor ernst und aufrichtig mit ihm meinte, er aber an ganz anderen Dingen bei ihr interessiert war. Er hatte seine Frauensehnsüchte gänzlich aufgespalten in die ferne, schöne, fremde Ruth, mit der er im Himmel ewiger Romanzen wandelte und in die nahe, anfassbare Almuth, um die sich seine „niederen Phantasien" drehten. Hans spürte, wie etwas, das eigentlich erst durch eine Verbindung zu einer wahren, lebendigen und erfüllten Liebe führen könnte, sich in zwei getrennten, manchmal einander regelrecht feindlich gesonnenen Lagern gesammelt hatte. Er litt darunter, empfand Leere und Sehnsucht gleichermaßen, vor allem aber die ganze Schalheit einer im wahrsten Sinne unbefriedigenden Situation. Er spürte, wie ihm Almuth dabei langsam entglitt, die sehr bald erkannt hatte, worum es ihm bei ihr ging, und natürlich hatte er längst schon Ruth verloren, die sich immer mehr zur Fata Morgana seiner Sehnsüchte wandelte, zu einem Wunschbild, das mit der klaren, geraden, handfesten Ruth kaum noch mehr als den Namen gemein hatte.
In all dem Durcheinander begegnete Hans auch noch einem Mädchen, das ihn dazu verleitete, erotische Almuth-Phantasien mit romantischen Ruth-Liebessehnsüchten doch noch verbinden zu wollen. Er hatte die junge Frau mehrmals morgens an der Bushaltestelle gesehen, wenn er es geschafft hatte, sich den Herausforderungen des Tages früh zu stellen. Er vermutete, dass sie irgendwo in der Innenstadt arbeitete, und da er frei über seine Zeit verfügen

konnte, stieg er eines Tages mit in den Bus, um herauszufinden, wohin sie führe.
Hans hatte richtig gedacht, eine Haltestelle vor dem Hauptbahnhof stieg sie aus. Er folgte ihr und sah, wie sie in einem kleinen Laden für Stoffe und Handarbeiten verschwand. Er trieb sich in der Nähe so lange herum, bis der Laden um neun Uhr endlich öffnete. Er stellte sich zunächst vor das kleine Schaufenster und suchte in den Auslagen, ob sich für ihn irgendein Grund fände, weshalb er mit einiger Berechtigung den Laden betreten könnte. Ihm fiel ein, dass ihm sein Vater vor zwei Tagen angeboten hatte, als er wieder einmal darüber jammerte, dass er keine vernünftige Jacke für die Übergangszeit besäße, ihm seinen alten Seesack aus dem Ersten Weltkrieg zu schenken. Der sei aus bestem, haltbarstem Segelstoff gemacht und hervorragend als Jackenstoff geeignet. Hans war sofort Feuer und Flamme gewesen, besaß dieser Stoff doch genau jene abenteuerliche Schäbigkeit gestandener Landser, wie er sie damals schon beim Eintritt in das Jungvolk seinem ersten braunen Hemd durch gnadenloses Waschen zu verleihen trachtete. Die Mutter eines ehemaligen Schulkameraden hatte sich bereit erklärt, die Näharbeit für eine gemäßigt erscheinende Entlohnung zu übernehmen. Sie hatte ihm aber aufgetragen, einen, seinen Vorstellungen von dieser Jacke entsprechenden Schnittbogen zu besorgen. Jetzt, so fand Hans, war genau die Gelegenheit gekommen, sich danach umzusehen.
Da er nun einen triftigen Grund zu haben meinte, betrat er entschlossen den kleinen Laden, in dem sich, noch ein Glücksumstand, wegen des frühen Morgens keine weitere Kundschaft befand. Kurze Zeit später erschien das Mädchen, das ihm freundlich entgegenlächelte und auch aus der Nähe wirklich so hübsch war, wie es ihm schon aus scheuer Entfernung erschienen war. Sie hatte einen fast blauschwarzen Bubikopf, lustige braune Augen und einen wunderschönen, blutrot geschminkten Mund, der seinen Liebreiz besonders bei einem so feinen Lächeln entfaltete, mit dem sie ihn jetzt anschaute.
„Darf ich Ihnen behilflich sein?" fragte sie ihn freundlich mit einer Stimme, die ihn an die Ruths erinnerte. Er erklärte ihr seinen Wunsch nach einem Schnittbogen für seine künftige Jacke, und sie schien ihn sofort zu verstehen. „Sportlich in den Schultern, nicht zu lang, in der Hüfte enger, vielleicht sogar anliegend?" Sie blätterte eifrig in einem Heft mit Herrenjacken und hielt Hans nach kurzer Zeit eine Abbildung unter die Nase, auf der ein gut aussehender junger Mann zu sehen war, mit dessen Äußeren Hans mithalten zu können glaubte. Die Form der Jacke, ihr fesch nach oben geschlagener Kragen, die weiten Taschen an den Seiten, in die der junge Mann sehr lässig und sportlich eine Hand gesteckt hatte, die vier großen Knöpfe aus hellem Horn, das alles

gefiel ihm auf Anhieb. Er nickte bestätigend auf den erwartungsvollen Blick des hübschen Mädchens.

„Ich muss Ihnen den Schnittbogen bestellen. Sie können ihn in vier Tagen abholen oder sollen wir ihn an Ihre Adresse schicken lassen, dann müssten Sie ihn aber im Voraus bezahlen."

Hans, der sich auf der Stelle in das junge Mädchen verliebt hatte, beeilte sich mit roten Wangen zu sagen:

„Nein, nein, ich komme gern in vier Tagen wieder und hol den Bogen ab, Fräulein…"

„Beermann," machte sie sich bekannt, „Iris Beermann."

„Hans Sogau, sehr angenehm" brachte Hans ein wenig atemlos heraus. „Ich komme dann also am Donnerstag wieder, ja? Herzlichen Dank für Ihre so freundliche Bedienung, ich finde Sie, sehr, sehr nett, Iris, äh, Fräulein Beermann."

„Bitte schön, Herr Sogau," wunderte sich Fräulein Beermann über die so erstaunliche Begeisterung ihres Gegenübers.

„Auf Wiedersehen!" verabschiedete er sich mit etwas heiserer Stimme, drehte sich um und stieß etwas ungeschickt gegen einen Drehständer mit Schnittmusterzeitungen.

"Oh, entschuldigen Sie bitte," stotterte Hans errötend.

„Ist schon gut, Herr Sogau, ist ja nichts passiert." lachte sie und winkte ihm mit der Hand kurz nach, als er hinaus auf die Straße stolperte.

Hans ärgerte sich auf dem Nachhauseweg über seine Tollpatschigkeit, betete aber im Stillen Iris Beermann bereits an, als er seine Bushaltestelle erreicht hatte. Der andere Hans in ihm schüttelte dagegen nur mit dem Kopf, wie man sich so Hals über Kopf verknallen könnte, wo er doch noch nicht einmal wüsste, ob sie nicht schon längst in festen Händen sei. Der Kind-Hans schob all solche Einwände fröhlich beiseite und fieberte dem Donnerstag entgegen. Natürlich kamen ihm die dazwischen liegenden Tage noch überflüssiger vor. Er hatte Mühe, sie einigermaßen auszufüllen. Er versuchte zu lesen. Hermann Hesses „Siddharta" lag schon lange unberührt auf seinem Nachttisch. Das Buch war ein Geschenk von Almuth. Sie hatte es mit Begeisterung verschlungen und ihm dringend empfohlen:

„Lies das mal, da steht viel über deinen Weltschmerz drin und was man dagegen tun kann. Ich krieg die Stelle nicht mehr richtig zusammen, aber sinngemäß heißt es da, als Siddharta seinen Freund Govinda verabschiedet, der dem großen Lehrer folgt: ‚Was wirklich zählt im Leben, worauf es letztlich ankommt, das kann kein Lehrer lehren.' Also wörtlich sagt der das noch anders, aber der Sinn ist so. Das passt doch zu dir mit deiner Skepsis gegenüber allen Heilslehren."

Hans hatte genickt und an Ruth und die Nacht in Schäßburg gedacht, als sie lange über all diese Fragen gesprochen hatten und Ruth ihm von ihren „Momenten" erzählte.

Jetzt aber kam er nur halb durch „Siddharta", legte das Buch aus der Hand, um von der schönen Kamala zu träumen, die Siddharta in die Kunst der Liebe einwies. Solch einer Frau wäre er nur zu gern begegnet, eine die ganz kundig wäre, die ihn behutsam einführen könnte in die Liebe, von der er, außer seinen Träumereien und sehr vagen Vorstellungen im Grunde noch nichts wusste. Er ging noch einmal seine Schullektüren durch, die kleinen Reclambände, die sie immer lesen sollten, und von denen die meisten den Inhalt dann doch nur über eine elterliche Literaturgeschichte in Erfahrung gebracht hatten. Er nahm sich noch einmal den „Werther" vor, bei dem er damals über die ersten drei Seiten nicht hinausgekommen war, weil er mal wieder mit seiner Marine-HJ-Gruppe eine Segeltour unternommen hatte. Jetzt las er das Buch atemlos von vorn bis hinten durch, litt mit Werther, verstand sein Schicksal, sein Sehnen, seinen Freitod. Hans nahm kaum etwas Anderes um sich herum wahr, träumte sich danach stundenlang in den Helden der Geschichte hinein und sah, dass Lotte mal das Gesicht von Ruth, mal dasjenige von Iris trug, obwohl doch beide mit der schwierigen Situation Lottes als verlobter Frau nichts zu tun hatten. Aber er spürte in Werther auch seine eigene Sehnsucht nach der Frau, der Geliebten, nach der man sich mit allen Fasern verzehrte. Er träumte sich noch weiter hinein, wollte selbst bedeutsam werden und nicht nur ein kriegsbedingt abgebrochener Oberprimaner sein. Er wollte zeigen, was in ihm steckte, wollte beweisen, dass auch in ihm etwas von der Poesie des Lebens zu finden wäre, dass auch er sich sehr wohl imstande sähe, seine Sehnsucht und Leidenschaft wie Goethe zu Papier zu bringen. Hans saß die halbe Nacht und dichtete, dachte an Ruth, Lotte und Iris dabei, und als der erste Tagesschimmer den Horizont erkennen ließ, hatte er ein Morgengedicht nach seinem stürmischen Herzen geformt:

Am Morgen
Blassgrüner Himmel, ins Blaue versinkendes Licht –
strahlendes Weiß verbrennt deine Ruhe.
Freiheit und Angst verbergen sich nicht,
lassen dich stocken, wanken und zaudern.

Ketten halten das Ich – allein durch ihr Klirren.
Fliehen willst du? – So frage wohin!
Immer und ewig lässt Sehnen dich irren
Gedanke und Wort locken dich fort.

Licht, Himmel, Farbe und Strahlen
geben dir Antwort – ohne die Frage,
wollen das Ew'ge ins Herz dir malen,
doch schon lässt Zweifel dir alles verglüh'n.

Hans war stolz auf sein Werk, aber auch erschöpft, als eine blutrote Oktobersonne über den Horizont kletterte und er die drei Strophen nach den vielen vorangehenden Änderungen aus der Hand legte. Seine Sehnsucht hatte er darin untergebracht und auch, mit dem Gesicht Ruths vor Augen, ihren „Moment" aus Licht, Himmel und Farben. Er überlegte, ob er sein Gedicht womöglich Iris schenken könnte, damit sie wüsste, wie es in ihm aussähe. Der andere Hans protestierte auf der Stelle dagegen. Das wäre doch vollkommen unmöglich und viel zu intim zu diesem Zeitpunkt. Er sollte doch erst einmal den Donnerstag abwarten und sehen, ob Iris überhaupt ein Zeichen von sich gäbe, das er zu seinen und seiner Verliebtheit Gunsten deuten könnte. Der Kind-Hans murrte dagegen: Und wenn sie verheiratet wäre, dann sähe sie jener Lotte aus dem Werther nur noch ähnlicher! Im Stillen aber musste er zugeben, dass es für ein so besonderes Geschenk wohl doch noch zu früh wäre. Und wenn er es Ruth schickte? Er hatte aber über ein Jahr nichts mehr von ihr gehört und fürchtete, dass sie nach einem so langen zeitlichen Abstand nichts damit anzufangen wüsste. Seine Eltern kamen für sein Gedicht schon gar nicht in Betracht, und Bernhard würde ihn vermutlich nur auslachen. Der hatte sich schon des Öfteren lustig gemacht über seinen „Sturm und Drang". Und so faltete er seine Zeilen zweimal zusammen und legte sie mit einem tiefen Seufzer in den „Werther", den er daraufhin ins Bücherbord zurückstellte. Er legte sich auf sein Bett, deckte sich mit einer warmen Wolldecke zu und schlief bis zum Mittag.
Am Donnerstagmorgen stand er kurz nach Öffnung des Ladens wieder vor dem Handarbeitsgeschäft. Er hatte sich vorgenommen, allen Mut zusammenzunehmen und Iris zu fragen, ob Sie ihn ins Kino begleiten wolle. An den Litfasssäulen hatte er entdeckt, dass der vor zwei Jahren entstandene Film „Quax, der Bruchpilot" mit Heinz Rühmann in der Hauptrolle wieder ins Programm eines Kinos aufgenommen worden war. Er hatte den Film damals kurz nach seinem Erscheinen 1941 schon einmal gesehen und war danach begeis-

tert nach Hause gefahren. Außerdem dachte er, dass diese frechfröhliche Fliegerkomödie für den Anfang unverfänglicher und besser geeignet wäre als irgendeine Liebesromanze. Die könnte man sich immer noch für später aufheben, wenn er Iris erst einmal in seinen Armen halten würde.

Hans holte ganz tief Atem und betrat beherzt den Laden. Er strahlte schon im Voraus, da er jederzeit mit dem Erscheinen von Iris Beermann rechnete, die ihn mit ihrem liebreizenden Lächeln empfangen würde. Die Tür zum Privatraum hinter dem Laden öffnete sich, und eine freundliche kleine Frau um die Fünfzig mit grauschwarz meliertem Haar und feinen Gesichtszügen wandte sich Hans lächelnd zu.

„Womit kann ich Ihnen dienen?" fragte sie mit einer weichen, melodiösen Stimme. Hans war völlig verdattert.

„Ich wollte, ich meine, ich habe am Montag einen Schnittbogen bestellt, bei Fräulein Beermann."

„Sind Sie Herr Sogau?" erkundigte sich die Frau, in der Hans vermutlich zu Recht die Ladenbesitzerin sah. Er nickte nur. „Dann weiß ich Bescheid. Fräulein Beermann hat mir gestern Abend angekündigt, dass sie heute kommen würden, um den Bogen abzuholen."

Er schluckte und nahm nun wirklich all seinen Mut zusammen.

„Warum, also ich wollte fragen, warum ist Fräulein Beermann, wo ist sie denn heute Morgen?" stotterte Hans und wurde rot dabei. Die Ladeninhaberin lächelte verständnisvoll.

„Sie hat sich drei Tage Urlaub genommen, um mit ihrem Verlobten an die Nordsee zu fahren." teilte sie Hans mit einem schonenden Ton in der Stimme mit und legte den bestellten Schnittbogen auf den Ladentisch. „Ich bekomme drei Mark fünfzig von ihnen, Herr Sogau."

Etwas benommen und unfähig, einen klaren Gedanken zu fassen, zog er seine Geldtasche hervor, zählte der Frau die gewünschte Summe auf den Tisch, zog sich fast fluchtartig mit einem flüchtigen „Dankeschön" zurück und rannte auf die Straße hinaus, wo ihn eine milde Oktobersonne in Empfang nahm, die er aber gar nicht bemerkte. Er verlangsamte seine Schritte und ging nun enttäuscht, mit gesenktem Kopf, zurück zu seiner Haltestelle, setzte sich auf eine Bank und starrte auf die gleichmütigen, dunklen Linien zwischen den grauen Betonplatten des Pflasters. Hans hörte in sich den „anderen Hans" höhnisch lachen:

„Na, was hab ich gesagt, du Dummkopf? Verlobt ist sie, deine Angebetete, der du ein Gedicht geschrieben hast!" Der Kind-Hans schwieg betreten. Ihm war nach Weinen zumute.

„Warum bin ich nur immer so schnell entflammt und warum geht immer alles schief?" seufzte er, als sein Bus kam, mit dem er über die vielen bombenbedingten Löcher in der Straße nach Hause rumpelte.
Schweigend betrat er das Haus.
„Na, bist Du schon wieder zurück?" erkundigte sich seine Mutter, die gerade die Treppe von der Küche im Souterrain heraufkam. Hans murmelte nur etwas Unverständliches, betrat die Wohnung und ging ins Schlafzimmer, in dem er noch immer zusammen mit seiner Mutter schlief, seit zwei Jahren allein, da Friedhelm als Sanitäter an der Ostfront war. Er warf sich auf sein Bett, fühlte, wie ihm die Tränen über die Wangen liefen, auch ohne Schluchzen. Er blieb lange auf seinem Bett liegen und spürte, wie sich eine große, graue Leere in ihm ausbreitete. Er hatte zu nichts Lust. Die freundliche Oktobersonne, die warm ins Schlafzimmer strahlte, schloss er aus, indem er die Vorhänge davor zog. Ihm schien es, als verhöhne die Sonne sein Leiden oder als nehme sie es, gleichmütig und herzlos, überhaupt nicht zur Kenntnis. Am Nachmittag hatte er sich ins frühere „Spielezimmer" zurückgezogen, das ihm jetzt überwiegend als Arbeitszimmer diente. Gedankenlos blätterte er in alten Schulunterlagen herum, nahm noch einmal den „Werther" hervor, aus dem das gefaltete Blatt mit seinem Gedicht heraus fiel. Er las es wieder und wieder und schüttelte den Kopf. Was ihm noch vor kurzem als tiefster Ausdruck seiner brennenden Seele erschienen war und ihn mit Stolz erfüllt hatte, kam ihm nun hohl und pathetisch vor. Er legte das Blatt zurück in den Reclam-Band, schaute mit leerem Blick ins bunte, von der Sonne gelbrot durchglühte Herbstlaub vor dem Haus, stützte den Kopf in die Hände und träumte vor sich hin.
Hans ging an diesem Abend früh ins Bett. Er wollte mit der Welt da draußen und dem familiären Leben hier drinnen nichts zu tun haben. Er mied seinen Vater, der seit einigen Tagen zu Hause war. Die Abteilung der Oberfinanzdirektion, in der Karl Sogau tätig war, hatte vor drei Tagen bei einem nächtlichen Bombenangriff einen Treffer abbekommen. Nun waren erst einmal die Handwerker bei der Arbeit, um die Räume halbwegs wieder herzurichten. Es würde darüber hinaus noch Wochen dauern, hatte Karl zu Hause verkündet, bis man die beim Angriff zerstörten Akten wieder so weit ergänzt hätte, um normal weiterarbeiten zu können. Hans hatte manchmal den Eindruck, als lebten er und sein Vater auf verschiedenen Sternen. Er glaubte, dass der Vater all seine eigenen romantischen Gefühle vergessen haben müsste, wenn er denn je welche gehabt hätte. Er schien ausschließlich mit seiner Arbeit und seiner Krankheit beschäftigt. Er hatte keine Fragen an Hans, und wenn doch, dann gingen sie derart an seiner Lebenswirklichkeit vorbei, dass er nicht wusste, was er darauf antworten sollte. Die Mutter war da ganz anders. Sie

fragte nicht, gab ihm aber mit Gesten und Augen zu verstehen, dass sie ahnte, wie es um ihn stand, dass sie mit seinem Kummer mitfühlte, ohne sich einzumischen, ohne zu kommentieren oder Ratschläge zu erteilen. Er war ihr sehr dankbar dafür. Allmählich verschwammen ihm die Gedanken und verknüpften sich in absurden Verbindungen; er war eingeschlafen.

Das Nächste, was er hörte, waren die Sirenen, die einen Luftangriff ankündigten. Zuerst hatte er sie in seinen Traum mit einbezogen, in dem er einer lächelnden Iris hinterher stürmte, die sich an der Seite eines riesigen nackten Mannes in hohe Nordseewellen warf. Das drohende Mahnen des Sirenenklangs empfand er in seinem Traum als adäquate Begleitmusik dieser tragischen Szene. Erst als er die Augen aufschlug, bemerkte er, dass die Sirenen nicht im Rauschen der Nordsee untergegangen waren, sondern mit bedrohlichem Auf- und Abschwellen beharrlich danach verlangten, dass er sich vom Bett erhöbe, um im Keller Zuflucht zu suchen vor einem möglichen Bombeneinschlag.

Der Abstieg in den Keller war für Hans und seine Eltern schon zur Routine geworden in den letzten Wochen, in denen die gespenstisch klingenden Sirenen sie, anfangs von Schrecken und Furcht erfüllt, immer häufiger in den Keller getrieben hatten. Aber selbst daran konnte man sich gewöhnen, hatte er festgestellt, und so stürzte er schon lange nicht mehr mit ängstlich klopfendem Herzen die Treppen hinunter, sondern stieg auch jetzt eher gleichmütig, noch immer in seinen Iris-Traum versponnen, die Treppen hinab, wo ihn seine Eltern schon erwarteten. Gleich neben der Küche war ein Abstellraum, an dessen Wände sich Regale mit Eingemachtem und Marmeladen aus verschiedenen Gartenobstgenerationen lehnten. Seine Mutter hatte in der Mitte des Raums einen kleinen Tisch mit drei Stühlen aufgestellt, auf denen sie sich niederließen, wenn sich der Alarm in die Länge zog. Da die Küche direkt daneben lag, war es möglich, sich Mahlzeiten zuzubereiten, so dass der Aufenthalt hier unten, den Umständen entsprechend, noch recht komfortabel war.

Heute Morgen klang der Angriff anders, hatte Hans das Gefühl. Normalerweise war das dumpfe Motorendröhnen der Bomber von Ferne zu hören gewesen, dann die krachenden Einschläge im Zentrum oder in entlegeneren Stadtteilen. Heute schien das Dröhnen der Bomber viel lauter, und die Einschläge kamen rasend schnell heran. Hans schielte auf die drei kleinen Koffer unmittelbar neben der Tür, die seine Mutter für den Fall gepackt und hier abgestellt hatte, dass, was hoffentlich nicht geschehen würde, das eigene Haus einen Treffer abbekommen sollte. Leichte Kleidung war darin, damit man nicht allzu viel zu schleppen hätte, das Nötigste an Wäsche für etwa eine Woche.

Hans würde in seinem ganzen späteren Leben das fürchterliche Krachen niemals mehr vergessen, mit dem die Bombe ins Haus einschlug. Nachträglich erst wurde deutlich, dass sie unmittelbar vor der Explosion das Dach durchschlagen, die obere Wohnung der Hausbesitzer verwüstet haben musste, um schließlich im Schacht des hölzernen Speiseaufzugs zu explodieren, der das Sogausche Wohnzimmer mit der Küche im Souterrain verband. Glücklicherweise war die Bombe im oberen Schacht, noch auf Höhe des Wohnzimmers explodiert und nicht erst unten in der Küche, wobei die Sogaus mit den schwersten Verletzungen, wenn nicht gar mit dem Tod, hätten rechnen müssen. Und wiederum war es ein glücklicher Umstand, dass keiner von ihnen sich gerade in der Küche aufhielt, in die der Druck der Explosion die ganze Holzverkleidung nebst Aufzug in kleinen geschossartigen Stücken prasseln ließ und alles bis auf den robusten „Tänzer-Gruden"-Herd zerstörte.

Nach diesem fürchterlichen Schlag trat eine fast unheimliche Stille ein, die etwas Drohendes in sich barg. Noch völlig benommen, vom dichten Staub grau geworden, erhoben sich die Drei von ihren Stühlen. Wie in Trance ergriff jeder seinen Koffer, so wie man es besprochen und auch hin und wieder geübt hatte und ging hinaus auf den Kellerflur. Hans sah es mit Entsetzen und Furcht als erster: Von oben herab über die Treppe floss eine blendende, weißglühende Masse, die jede der Holzstufen, die sie berührte, sofort in Flammen aufgehen ließ.

„Phosphor! Nichts wie raus hier!" schrie Karl Sogau. Eine kurze, gefliese Treppe führte direkt zu einer Tür in den hinteren Garten. Hustend vom Rauch aus der Küche und dem giftigen, weißlichen Qualm des Phosphors stolperten die Sogaus dorthin, und es gelang ihnen, noch rechtzeitig ins Freie zu stürzen. Alle drei atmeten tief durch und blickten mit stummem Entsetzen auf den brennenden Dachstuhl, die Flammen, die aus den zerborstenen Fenstern des oberen Stockwerks loderten und die hell erleuchteten Flurfenster, die vom lodernden Brand in der eigenen Wohnung kündeten. Karl Sogau, kriegserfahren schon aus dem ersten großen Krieg, den er bis zu seiner Rückenverletzung mitgemacht hatte, fasste sich als erster wieder.

„Das Haus ist hin." Stellte er beinahe sachlich fest. „Das Einzige, was mich wirklich ärgert ist, dass ich zu blöd war, meine guten Wintersachen mit in den Keller zu nehmen, den Pelzmantel, die gefütterten Stiefel und natürlich die Anzüge und Hemden. Weg, aus, alles verbrannt."

„Glaubst du, wir hätten mehr gerettet?" fragte Marianne Sogau ihren Mann mit flacher, tonloser Stimme. „Und jetzt, - wo bleiben wir?"

„Wir müssen schon noch bis zum Morgen warten. Hörst du? Die Feuerwehr kommt. Retten können die auch nichts mehr, nur noch kontrolliert abbrennen

lassen. Wir sind ausgebombt, Anni! Ausgebombt!" Seine Stimme nahm einen zunehmend hysterischen Ton an.
Hans stand daneben, starrte auf die Feuersbrunst und begriff zum ersten Mal, was das Wort „ausgebombt" wirklich bedeutete. Er hatte es am eigenen Leib gespürt; die Bombe hatte sie im wahrsten Sinn des Wortes herausgebombt aus ihrem Heim und in wenigen Minuten alles zerstört, was für ihn einmal Zuhause, Geborgenheit, Lebensordnung, Sicherheit bedeutete. Eben noch, so kam es ihm vor, hatte er in seinem Bett gelegen und von einer unerreichbaren, verlobten Iris geträumt. Sie war mit einem großen nackten Mann in der Nordsee verschwunden und hatte ihm nur die Sirenen, eine Bombe und das schreckliche Bild des in Flammen stehenden Hauses hinterlassen. Er hatte das Gefühl, als sei auch er in einem Meer verschwunden, in einem Meer aus Flammen und Rauch und mit ihm seine Kindheit, sein Vertrauen auf eine im Grunde unzerstörbare Welt. Natürlich hatte er von Klassenkameraden gehört, die erzählten, sie seien „ausgebombt". Aber für Hans klang das eher abenteuerlich, hatte den Geruch von neuem Leben, wenn man die Bomben überlebt hatte. Wie sehr eine solche Zerstörung in die Seele geht, wie sehr dadurch alles Vertraute und Gewohnte weggefegt wurde, davon hatte er sich nie eine Vorstellung gemacht, vielleicht auch gar nicht machen wollen.
Er dachte daran, dass er sich zum Wochenbeginn bei der Marine zur Grundausbildung melden sollte. Als er vor einigen Tagen den Einberufungsbescheid in der Hand hielt, hatte er zum ersten Mal einen Anflug von einem richtigen Abschied gespürt. Er sollte nach der sechswöchigen Grundausbildung auf einem schweren Kreuzer eingesetzt werden, hatte man ihm geschrieben. Wie sicher war so ein Schiff? In einem Seegefecht konnte ein Treffer genauso schnell alles auslöschen, wie die Wohnung hier vor seinen Augen durch einen Bombenschlag völlig zerstört worden war. Und womöglich käme er auf See nicht so glimpflich davon. Vielleicht sähe er seine Eltern nie wieder, auch nicht die verlobte Iris in der Nordsee oder die schöne Ruth vor dem Wasserfall in den Karpaten. Hans spürte den Wind der Vergänglichkeit so kalt wie nie zuvor in seinem Leben. Natürlich wusste er, dass auch er sterben würde. Aber das war ein Wissen ähnlich dem, wie er wusste, dass nach dem Herbst der Winter käme, dass es andere Menschen gab, die aus seinem Bekanntenkreis gestorben waren. Und selbst als seine Großeltern starben, hatte er darin noch die Ordnung der Welt gesehen, konnte einwilligen in ein Geschehen, das unabwendbar schien, mit ihm aber nur wenig zu tun hatte.
Jetzt war das anders. Zum ersten Mal fühlte er sich wirklich unbehaust, hatte gespürt, wie nahe der Tod einem wirklich rücken konnte, wie schmal der Steg ist, der Leben und Tod voneinander trennt. Immerhin, keiner von ihnen war

zu Schaden gekommen, und so fand er es fast skurril, dass sein Vater als Erstes an seinen Pelz im Schlafzimmerschrank dachte, dem es an den Kragen gegangen war. Er spürte mit einem Schauer von Dankbarkeit, wie wertvoll es war, einfach nur überlebt zu haben, weiterleben zu dürfen und die Köstlichkeit puren Lebens zu genießen.

Die Feuerwehrleute hatten ihren kurzen Kampf vornehmlich gegen den hohen Funkenflug ausgefochten, damit niemand in der Nachbarschaft zusätzlich geschädigt würde. Jetzt richteten sie nur noch vereinzelt einen Strahl auf herabstürzende Balken, die noch einmal ein Millionenheer von Funken aufstieben ließen. Um seine Eltern hatten sich Nachbarn geschart, die den Sogaus anboten, den Rest der Nacht in ihrem Haus zu verbringen, bis sie am nächsten Tag von einem regionalen Amt einen Wohn- und Schlafraum in einer dafür vorgesehenen Wohnung zugewiesen bekämen.

Als Hans sich ihnen anschloss, um im Haus der Nachbarn seinen Koffer abzustellen und Tee zu trinken, stand ihm glasklar vor Augen, dass ein ganzer Lebensabschnitt zu Ende gegangen war. Aber er fühlte auch, wie sehr das Ende dieses Abschnitts für ihn von anderer Qualität war, als für seine Eltern. Er war der Überzeugung, dass nun etwas wirklich Neues anbrach, etwas Gefährliches, vielleicht sogar etwas Großes, in jedem Fall ein Leben, das mit seinem bisherigen nur noch wenig zu tun haben würde. Für seine Eltern dagegen, so vermutete Hans, ging es mehr um ein irgendwie geartetes Überleben, ein zu Ende bringen des bisherigen Bogens, um die Organisation von Leben unter sehr einschränkenden Bedingungen. Auch wenn Hans Mühe hatte, sich in seine Eltern hineinzuversetzen, wie es ihm schon immer schwer gefallen war, das Leben anderer zu verstehen und sich auch nur ansatzweise einzufühlen, empfand er jetzt Mitleid mit seinem Vater und seiner Mutter.

14

„Junger Mann, sie müssen noch etwas gelenkiger werden!", dröhnte es Hans entgegen, als er 1941 den sportlichen Teil seiner Prüfung zur Aufnahme in die Marine abgelegt hatte. Er war zu verschiedenen Tests nach Stralsund eingeladen worden. „Sie hängen ja wie ein zu schwer gewordenen Mehlsack am Reck!"
Hans mühte sich mit hochrotem Kopf über die nach seiner Einschätzung viel zu hoch angebrachte Reckstange und fiel dann wirklich wie ein nasser Sack auf die Matte. Wie hätte er dem Leutnant klarmachen können, dass es an seiner Hüftsteife liege, die ihn sich nur so schwer bewegen ließ. Jetzt brachte er atemlos und erschöpft nur ein „Jawoll, Herr Leutnant!" heraus.
In seinem Überschwang von Begeisterung über seine gute Erfahrung bei der Marine-HJ hatte er sich freiwillig zur Kriegsmarine gemeldet und war überrascht, dass es vor der Aufnahme ein Prüfung geben sollte, die nicht nur die körperlichen Qualitäten der Bewerber testen sollte, sondern auch deren psychische Stabilität und Belastbarkeit in schwierigen Situationen. So hatte man ihn am Morgen zu einem Gespräch in einen Raum gebeten, wo hinter einem langen Tisch fünf Männer, zwei davon in Uniform, saßen und ihn mit kritisch prüfenden Blicken in Empfang nahmen.
„Sie sind Herr Sogau?" fragte einer der beiden Uniformierten. Hans, der sich mit den Rangabzeichen bei der Marine schon einigermaßen auskannte, nahm Haltung an:
„Jawoll, Herr Kapitän, Sogau, Hans, Jahrgang 25!" Die Herren lächelten amüsiert. „Danke, Sogau, stehen sie bequem. Bitte nehmen sie Platz." erwiderte Kapitän zur See Werner Schlüter in ruhigem, höflichem Ton.
Hans sah sich verblüfft im Raum um. Nirgendwo war ein Gegenstand zu sehen, den man als Sitzgelegenheit hätte nutzen können. Er begriff nicht, dass diese Aufforderung schon Teil des psychologischen Tests war, mit dem man seine Reaktion auf eine unklare Situation prüfen wollte. Er fühlte sich unsicher und überlegte, ob die Männer sich einen Scherz mit ihm erlauben wollten oder womöglich einfach vergessen hatten, einen Stuhl für ihn bereitstellen zu lassen. Er dachte kurz daran, noch einmal hinaus zu gehen, um sich im Vorraum nach einem freien Stuhl umzusehen. Aber draußen saßen, wie er gezählt hatte, 10 Mitbewerber, die sich vermutlich über ihn amüsieren würden, wenn er einen von ihnen bäte, ihm dessen Stuhl zu überlassen. Er hatte auch im Vorraum schon gestanden, während für alle anderen ein Stuhl vorhanden war.
Hans stand noch immer unbeweglich vor dem Tisch der Prüfungskommission, lächelte unsicher und ließ sich dann langsam auf den Boden nieder, wo er es

sich im Schneidersitz einigermaßen bequem zu machen suchte. Die Herren lächelten wieder, einige notierten sich etwas mit dem Bleistift, keiner sagte ein Wort.

Hans sagte auch nichts, blickte ein wenig verlegen zu Boden und wartete darauf, dass er ein neues Kommando bekäme. Er sah, wie die Vormittagssonne durch die Fenster fiel und mit einem glänzenden Fleck auf dem glatten Eichenparkett fast sein Knie berührte, als wollte sie ihm mit einer langen Zunge zum Trost die Beine lecken. Allmählich begann er sich mit seiner Situation abzufinden. Er schaute unter seinen gesenkten Lidern mit den langen schwarzen Wimpern ein wenig höher und betrachtete interessiert die Beine seiner Prüfer unter dem langen Tisch.

Einer hielt die Füße gekreuzt, ein anderer saß mit übergeschlagenen Beinen und wippte nervös mit der rechten Fußspitze. Wieder ein anderer hatte seine dicken, runden uniformierten Beine mit schwarzen, blank polierten Marine-Halbschuhen an den Füßen im rechten Winkel fest aufs Parkett gestellt. Sein Nachbar, ein Zivilist, streckte gerade seine langen, in elegantes, dunkelblaues Anzugtuch gehüllten Beine ganz aus, so dass die Füße auf der anderen Seite des Tisches hervorstanden, als er sie lässig übereinander legte.

Als Hans seinen Blick noch weiter hob, konnte er den Führer aus einem goldenen Rahmen energisch ernst auf die ganze Szene blicken sehen. Er hatte stets ambivalente Gefühle, wenn er dieses Bild sah, das in so vielen Amtsstuben hing. Einerseits empfand er Ehrfurcht vor diesem Mann, dem er ganz Deutschland auf die Schultern gelegt sah, zum anderen fürchtete er sich vor dem Blick, der soviel entschlossene Männlichkeit zum Ausdruck bringen sollte und dabei eigentlich doch nur drohend wirkte.

„Danke, Herr Sogau, Sie können gehen." Hans schreckte aus seinen stillen Betrachtungen auf, erhob sich etwas mühsam wegen seiner Hüftsteife, versuchte Haltung anzunehmen, grüßte ungelenk und verließ verwundert den Raum. Noch verwunderter war er, als er am Ende des Tages sein Prüfungsergebnis in der Hand hielt, das ihn als „für den Dienst in der Marine geeignet" ausgab. In einem kleinen Zusatz wurde ihm allerdings nahe gelegt, seine sportlichen Fähigkeiten entschieden weiter zu entwickeln.

Das alles ging ihm noch einmal durch den Kopf, als er Mitte Oktober 1943 im Zug nach Flensburg saß mit dem Seesack seines Vaters oben im Gepäcknetz, aus dem, wegen der Umstände, Hans und seine Eltern waren ja vor kurzem ausgebombt worden, noch keine Jacke hatte werden können. Zu seiner Überraschung hatte er ihn unter dem umgekippten Regal im Abstellraum gefunden, als er am Morgen nach dem Brand den Keller noch einmal auf der Suche nach Brauchbarem durchstöberte. Der Seesack war nur dürftig gefüllt, genau genommen nur mit dem Inhalt des kleinen Notfall-Koffers, den er, wie auch seine Eltern den Ihren, aus dem brennenden Haus hatte retten können. Aber das bereitete ihm keine großen Sorgen. Er wusste, dass er bei der Marine komplett neu eingekleidet werden würde, einschließlich Unterwäsche und Ausgehuniform. Wozu also brauchte er noch Privatklamotten, dachte er, wenn es ohnehin in den Krieg ging?

Er schaute aus dem Abteilfenster. Draußen zogen, bräunlich grau, abgeblühte Heideflächen vorüber, Mischwälder leuchteten kieferngrün mit rotgelb gefärbten Buchen und Ahornbäumen dazwischen. Die von vielen gefürchtete Grundausbildung in Felnsburg-Mürwik stand ihm bevor, vor allem wegen des ungeliebten Sports, den er fürchtete, nicht wegen der Anstrengung, sondern wegen seiner angeborenen Steifheit, die ihm stets als Schlaffheit und Tölpelhaftigkeit ausgelegt wurde. Hans war im Geheimen froh, dass der Zugführer in seiner Ausbildungseinheit ein Schulkamerad Friedhelms war, den er schon von seinem Bruder her kannte. Gregor Brückner hatte Friedhelm versprochen, so gut es ginge, auf dessen kleinen Bruder Acht zu geben, was aber nicht hieße, so gab er unmissverständlich zu verstehen, dass er ihn in irgendeiner Weise protegieren könnte.

Hans hatte sich duldsam ins Soldatenleben sinken lassen. Er bemühte sich, in seinem Spind Unterhemden und Unterhosen winkelscharf übereinander zu stapeln, indem er, wie er es den Anderen abgeguckt hatte, Seidenpapier als Einlage benutzte, um mehr Formsteife in die Wäsche zu bekommen. Dennoch fiel er beim Appell immer wieder auf, weil ihm das kantig Soldatische immer wieder verrutschte, nicht nur im Spind, sondern auch in seiner ganzen Haltung. Er verstand zwar das Prinzip mit dem Kopf, konnte es aber innerlich nicht übernehmen, weil er in seiner Versponnenheit den Kern des Soldatentums, wie aus vielen Einzelmenschen eine einzige funktionierende Maschine wurde, einfach nicht begriff. Er versuchte immer wieder, durch Freundlichkeit und sanften Umgang mit den Kameraden ein weiches Umfeld für sich zu schaffen, an dem er sich nicht ständig stoßen musste. Das wiederum verstanden seine Kameraden nicht, die ihn der Schlaffheit und Schleimerei bezichtigten. Da er aber seinen Vorgesetzten keinen Grund gab, ihn als aufmüpfig oder gar Wehrkraft zersetzend einzustufen, lief er, zwar oft belächelt und genetzt, doch immer irgendwie mit. Nur im Gelände und auf den Hindernisbahnen erwies er sich als völlig unbrauchbar. Es gelang Gregor Brückner, den Bruder seines Freundes halbwegs aus der Schusslinie zu halten, was aber nicht verhinderte, dass Hans sich beim Schlussappell am Ende der Grundausbildung vom Kommandeur anhören musste:

„Matrose Sogau, Sie stehen ja ganz schief da, stehen Sie doch mal gerade, Mann! Wissen Sie was? Ihnen fehlt es noch erheblich an richtigem Soldatengeist. Sie kommen noch ein zweites Mal unter die gute Hand von Leutnant zur See Brückner, das wird ihnen gut tun, Sogau. Sie wiederholen die Grundausbildung. Wäre doch gelacht, wenn wir aus ihnen nicht einen richtigen Soldaten machten! Weggetreten!"
Hans wurde es ganz schwindlig. Noch einmal das Ganze von vorn! Mit den zahllosen Appellen, den Alarmübungen und Spindkontrollen, dem Gewürge im Gelände, dem Spott der Kameraden, den süffisanten Anspielungen der Vorgesetzten („Wohl mal wieder zu lange an der Rückenmarklenzpumpe gespielt, was Sogau? Nun bewegen sie sich mal!"). Andererseits sagte er sich zu Recht, dass in der Grundausbildung nicht scharf geschossen werde und es keine Angriffe von feindlichen Kampfschiffen oder Tiefffliegern gebe. Ihm graute vor dem Gelände, aber er würde darin nicht umkommen. Und da es ihm immer wieder gelang, sich in seine Hülle aus Freundlichkeit und Willigkeit nach außen hin und träumender Wahrnehmungslosigkeit nach innen zurückzuziehen, überstand er auch die zweite Runde Grundausbildung. Nicht unbedingt mit besseren Resultaten, aber mit der Überzeugung seiner Vorgesetzten, dass er auf der „Admiral Hipper", auf die er versetzt werden sollte, ohnehin keine Geländehürdenläufe oder Reckübungen würde ableisten müssen, dagegen aber wegen seines scheinbar milden Wesens und seines technischen Sachverstands auf einem schweren Kreuzer ganz gut zu gebrauchen wäre.
So war es wieder Mai geworden, zwei Tage vor seinem Geburtstag 1944, als er mit seinem jetzt recht prall gewordenen Seesack im Zug nach Gotenhafen saß. Dort fand er unschwer die „Admiral Hipper" an der Pier, die zuvor von einem englischen Treffer im Kesselraum 1 auf der Pillauer Werft repariert worden war. Jetzt diente sie, von Gotenhafen aus, der Rekrutenausbildung. Es würden, wie Hans bei seinem Eintreffen erfuhr, immer wieder Probefahrten zwischen den Häfen Gotenhafen, Pillau und Swinemünde unternommen, dem unter Marineleuten sogenannten „Idiotendreieck", unterbrochen von gelegentlichen Werftaufenthalten. So geschah es auch, und die Besatzung nahm es gelassen hin. Wo geprobt wird, wird nicht scharf geschossen, dachten die meisten und versuchten, es sich so gut wie möglich gehen zu lassen.
Hans wurde vom Decksoffizier, dem er seinen Versetzungsbescheid übergab, einem entsprechenden Mannschaftsquartier zugewiesen und begab sich auf die Suche mit seinem schweren Seesack durch die engen Gänge, bis er das Quartier für den ersten von den beiden Kadettenzügen fand, die zur Ausbildung auf der „Hipper" abkommandiert waren. Als er die Tür aufstieß, war

drinnen offenbar gerade eine Party im Gange. Ein rundlicher Matrose mit kurzem strubbeligem, schwarzem Haar hatte sich eine weiße Küchenschürze umgebunden, die einen Mädchenrock symbolisieren sollte, und drehte sich zu Mundharmonikamusik mit erhobene Armen und ausgewinkelten Händen neckisch im Kreise. Als er den hereinkommenden Hans erblickte, schritt er mit zierlichen Trippelschritten auf ihn zu und gab ihm einen hingebungsvollen Kuss mitten auf den Mund. Die Mannschaft ringsherum johlte und Hans wurde rot vor Überraschung und Scham.

„Hei Kumpel, mach dir nichts draus, der Rolf mag nun mal kleine Jungs - und große auch!" beruhigte ihn ein großer Blonder aus der immer noch kichernden Runde. „Da drüben ist deine Hängematte, mach's dir gemütlich, Alter!"

So zog der Seekadett Hans Sogau ins Mannschaftsdeck der „Admiral Hipper" ein. Er umgab sich wie gewohnt mit einer Ära aus Milde und Abwesenheit, verrichtete alles, was man ihm auftrug, mit williger Gewissenhaftigkeit und fiel nicht weiter auf. Manchmal konnte er das Leben an Bord auch richtig genießen. Während der Freiwachen zog er sich mit Günter Häsmann, einem Seekadetten wie er, der aus Oldenburg stammte, ein Jahr älter war als Hans und sein Abitur gerade noch hinter sich gebracht hatte, in eines der Rettungsboote zurück, wo sie niemand stören konnte. Dort lagen sie auf dem Rücken, schauten in den kristallklaren Sternenhimmel und philosophierten über Gott und die Welt. Günter, ein ausgeprägter Einzelgänger, beschwerte sich immer wieder über die unerträgliche „Masse Mensch", die er in jeder Ansammlung entlarvt hatte, von den riesigen Aufmärschen bei den Nürnberger Parteitagen angefangen, bis hin zu ihrer Ausbildungscrew, wenn sie an Deck angetreten waren.

Hans vermutete nicht zu unrecht, dass Günter vermutlich schon eine Versammlung von mehr als drei Personen als kaum zu ertragende „Masse Mensch" abtun würde und wurde darin auch bestätigt, als sie in einer milden Julinacht wieder in ihrem Rettungsboot lagen, das Sternbild des großen Wagens, - es war so ziemlich das einzige, das Hans kannte, - entdeckt hatten und, jeder in seine eigenen Gedanken versponnen, schweigend rauchten.

„Weißt Du, was Oscar Wilde bezüglich der Masse Mensche gesagt hat, Hans?" unterbrach Günter die Stille. Hans schüttelte im Dunkeln den Kopf und wartete darauf, dass Günter es ihm sagen würde.

„Oscar Wilde hat gesagt," hob Günter von neuem an und nahm einen tiefen Zug aus seiner Zigarette, „Die einzig mögliche Gesellschaft ist man selbst." Er blies zufrieden den Rauch in den Nachthimmel und kicherte leise in sich hinein. „Ist das nicht gut, Sogau? Und es stimmt Wort für Wort!"

Hans war ein bisschen traurig. „Willst du damit sagen, dass ich lieber von hier verschwinden soll, Günter? Bin ich dir auch schon zu viel?"
„Ach Quatsch, nimm das man nicht persönlich. Ich meine nur, das ist eine dufte Abgrenzung zur Masse Mensch. Der Mann war halt konsequent."
Hans hatte sich das Leben auf einem schweren Kreuzer nicht so geruhsam vorgestellt. Nur hin und wieder gab es ernsthafte Unterbrechungen des Müßiggangs auf dem großen Schiff. Da waren die Portepee-Unteroffiziere vom Bootsmann bis zum Hauptbootsmann, die es besonders auf die Seekadetten, die Offiziersanwärter, abgesehen hatten, denen sie die vermeintliche Arroganz und Besserwisserei austreiben wollten. Benahm sich von denen auch nur einer ein bisschen daneben, dann musste der ganze Ausbildungszug darunter leiden. Mitte Januar 1945 war es wieder einmal so weit. Hans hatte gar nicht mitbekommen, wer der „Übeltäter" war und welcher Verfehlungen er sich schuldig gemacht haben sollte. Alle Seekadetten waren, wie befohlen, mit gezurrter Hängematte auf der Pier angetreten. Es war eiskalt, aber die beiden Maate, zwischen denen ein „Hase und Igel-Lauf" geplant war, versicherten mit einem nichts Gutes verheißenden Lächeln den frierenden Kadetten, dass ihnen recht bald warm werden würde. Und dann ging es los: „Im Laufschritt, Marsch!" lautete das Kommando, und damit sich niemand herausreden könnte, er hätte, außer diesem, kein anderes Kommando mehr gehört, - früher hatten bei ähnlichen Veranstaltungen gewitzte Kadetten das behauptet und waren einfach weitergelaufen aus dem Hörbereich des Vorgesetzten hinaus, - stand nun am anderen Ende des Kais der zweite Maat, der Sie mit: „Kehrt, Marsch, Marsch!" empfing und gleich wieder zurückschickte. So ging es mehrere Male hin und her.
Nach kurzer Zeit schwitzten die jungen Männer, weißer Atemdampf stieß aus ihren Mündern, etliche begannen zu stolpern, weil die Kräfte fehlten. Hans hatte sich trotz seiner Hüftsteife wacker geschlagen, geriet aber plötzlich auch ins Stolpern und fiel mit dem Knie auf eine „Haifischflosse", einen eisernen dreieckigen Winkel zum Festmachen der Schiffe. Zunächst empfand Hans keinen Schmerz, er fühlte nur, wie seine Hose über dem Knie feucht wurde und setzte sich auf einen der großen Poller, um nachzusehen, woher die warme Feuchtigkeit rührte. Noch beim Hochkrempel des Hosenbeins spürte er plötzlich einen scharfen, stechenden Schmerz im Knie. Als er das Knie freigelegt hatte, sah er wie das Blut im steten Fluss aus einer tiefen Wunde sickerte, in deren Mitte er weißliche Knochenhaut erkennen konnte. Ihm wurde schwindlig. Als die Kameraden ihn auf seinem Poller blutend und wankend sitzen sahen, sammelten sich einige um ihn und kümmerten sich nicht mehr um die lauthals geschrieenen Kommandos der Maate. Einer der beiden be-

merkte die Ansammlung um Hans und kam mit langen Schritten auf die Gruppe zugestürzt.
„Habt ihr keine Lust mehr, Männer? Mal ein Päuschen machen, was? Komm, komm Sogau, nimm deinen Hintern hoch und weiter!" Die Umstehenden wiesen stumm auf Hansens blutendes Knie.
„Ach du Scheiße, Mann!" keuchte der Maat. „Los, ihr beiden schafft Sogau zum Doktor. Alle anderen: angetreten!" Nachdem die übrigen Kadetten in Dreierreihe mit ihren gezurrten Hängematten angetreten waren, viele waren völlig außer Atem, einige konnten kaum noch stramm stehen, kam endlich das erlösende Kommando:
„In die Quartiere weggetreten! Marsch, Marsch!"
Hans hatte mit Erleichterung vom Truppenarzt erfahren, dass vermutlich keine Knochenverletzung vorläge, und es sich nur um eine tiefe Fleischwunde handelte. Die allerdings müsste genäht werden. Er bekäme jetzt zwar eine lokale Betäubung, der Arzt könne jedoch nicht garantieren, dass er von den sieben Stichen, die man ungefähr benötige, nichts spüren würde. Er biss die Zähne zusammen bei jedem einzelnen der vierzehn Einstiche und krallte seine Hände in die Arme der beiden „Sanis", die ihn auf der Behandlungsliege festhielten. Nachdem die Wunde verbunden war, bekam er zur Sicherheit noch eine Tetanusspritze, auf die Hans zum Entsetzen des Arztes völlig allergisch, bis hin zum Kreiskaufkollaps reagierte. Er musste die ganze Nacht betreut werden, bekam immer erneute Infusionen, und als der Morgen graute, murmelte der Arzt, der neben seinem Bett saß:
„Ich glaube, Sie haben's geschafft, Sogau. Mein lieber Mann, das war knapp!"
Hans blieb noch drei Tage im Krankenrevier, bevor er ins Quartier zu seinen Kameraden zurückhumpeln konnte. Das einzig Gute an der ganzen Sache sah er darin, dass er in den folgenden vierzehn Tagen nur zum Dienst als Deckswache zur Befehlsweitergabe eingesetzt werden durfte. So war es auch, als die „Hipper" am 30. Januar 1945 mit rund 1500 Flüchtlingen an Bord mit Kurs auf Kiel ablegte. Die Nacht war schwarz und eiskalt, minus fünfzehn Grad zeigte das Thermometer, als das Schiff mit verschiedenen anderen Einheiten im Geleit zum Hafen hinaus glitt. Hans hatte, wie immer, von den lauernden Gefahren, - Minen und sowjetische U-Boote, - nicht viel mit bekommen. Er hatte niemanden gefragt, und ob einer der Vorgesetzten die Besatzung auf die tödliche Gefährdung hingewiesen hatte, wusste er im Nachhinein nicht mehr zu sagen. Die Kälte war durch den zunehmenden Fahrtwind schneidend geworden, Himmel und Meer hatten sich in ihrer Schwärze vereint, das Schiff war kaum beleuchtet, um nicht so schnell entdeckt zu werden.

Es war etwa 21 Uhr, als ihn Fritz Beversen, ein Kamerad aus Münster, mit dem zusammen Hans Wache hatte, mit dem Ellbogen anstieß:
„Guck mal, da vorn, die Positionslichter, das ist die „Wilhelm Gustloff", hab ich grad auf der Brücke gehört, die soll Tausende von Flüchtlingen an Bord haben, kommt aus Danzig."
Hans konnte nicht viel mehr als die Positionslichter der „Gustloff" erkennen, das Schiff fuhr ungefähr eine Seemeile vor ihnen. Plötzlich erschütterten drei Explosionen in kürzester Abfolge die Nacht. Er sah, wie sich ein Feuerschein von der „Gustloff" über das Wasser ergoss und vom Schiff in den Himmel stieg. Schreie waren zu hören. Er spürte, wie sein Schiff die Fahrt verlangsamte. Im Schein der brennenden „Gustloff" konnte er Rettungsboote ausmachen, wo Menschen mit verzweifeltem „Windmühlenschlag" der Ruder versuchten sich vom langsam sinkenden Schiff zu befreien. Die „Hipper" hatte nun vollends gestoppt. Hans hörte Kommandos, die er nicht verstand, und sah, wie Baumstämme, Fender und ähnliches Gerät über Bord ging, woran sich im Wasser treibende Menschen möglicherweise festhalten konnten. Er überlegte, wie lange ein Mensch wohl bei minus zwanzig Grad und einer Wassertemperatur von bestenfalls knapp über dem Gefrierpunkt würde überleben können. Dann nahm das Schiff, auf dem er stand, langsam wieder Fahrt auf.
Als er von einem Decksoffizier hörte, dass man das ganze Geleit aus Torpedobooten, leichten Kreuzern und weiteren Schiffen zur Bergung der Überlebenden zurückgelassen hatte, weil man mit den 1500 eigenen Flüchtlingen an Bord nicht mehr bergungsfähig sei und nur unnötig ein weiteres Ziel für sowjetische U-Boote darstelle, konnte er sich halbwegs beruhigt vom Anblick der Katastrophe und der sinkenden „Gustloff" lösen. Er hoffte und wünschte nur, dass es den Begleitschiffen gelänge, alle Schiffbrüchigen zu bergen. Später erst, in Kiel, erfuhr er, dass nur gut 1200 Menschen gerettet worden waren und zwischen 8800 und 9300 Flüchtlinge, überwiegend Frauen und Kinder, alte Männer und junge Soldaten ums Leben gekommen seien. Diese Nachricht war für Hans unvorstellbar und machte ihn völlig ratlos.
Die „Admiral Hipper" schaffte es, Kiel unbehelligt zu erreichen. Durch ein neues Minenspürgerät war es ihr gelungen, sich vorsichtig durch feindliche Minengürtel hindurchzutasten und ihr großes Flüchtlingskontingent unversehrt in Kiel an Land zu setzen. Das Schiff selbst ging bei den „Deutschen Werken" ins Dock, um den immer noch defekten Kesselraum 3 reparieren zu lassen. Mit vielen seiner Kameraden wurde Hans zu Außenbordarbeiten abkommandiert. Mit einem stählernen Dreikant sollten sie den Tarnanstrich der „Hipper" abkratzen, eine sehr mühsame und Farbstaub produzierende Arbeit,

die ihn nicht gerade mit Begeisterung erfüllte. Dennoch fand er sie im Vergleich zum stumpfsinnigen Exerzieren und Herumrennen mit gezurrter Hängematte als sinnvoll und beinahe tiefsinnig. Er konnte dabei ganz mit sich allein sein und seinen Gedanken nachhängen, konnte darüber nachdenken, was dieser Krieg ihm bisher gebracht hatte und seinem Land, das mit seinen zerstörten Städten fast am Boden lag, und in dem es noch immer Menschen gab, die vom Endsieg träumten. Hans, der kaum in der Lage war, politische Zusammenhänge zu begreifen und sich selten für Frontberichte und Frontverläufe interessierte, sondern auch im Krieg als kleine geschlossene, in sich gekehrte Einheit durch alle Wechselfälle geglitten war, brauchte drastisches Anschauungsmaterial, um zu verstehen, was Krieg eigentlich bedeutete. Der Untergang der „Wilhelm Gustloff" war ein solches drastisches Bild gewesen, obwohl, als er es vor Augen hatte, auch noch nicht richtig begreifen konnte, was da vor sich ging. In seiner verträumten Art, das Leben anzugehen, vertraute er darauf, dass alle Dinge eigentlich zu einem guten Zweck führen müssten und nichts aus wirklicher Bosheit geschehen konnte. So hatte er wie selbstverständlich angenommen, dass alle Passagiere des sinkenden Schiffs gerettet werden konnten. Denn das Schiff war ja nicht in wenigen Augenblicken vor seinen Augen gesunken, sondern erst, wie er später hörte, nach knapp fünfzig Minuten, eine Zeit, wie er meinte, die eigentlich für eine Evakuierung hätte ausreichen müssen. Erst als er erfuhr, wie viele Menschen auf dem Schiff gewesen waren, dass es viel zu wenig Rettungsboote gegeben habe und die wenigen wegen Vereisung gar nicht oder viel zu spät hätten zu Wasser gelassen werden können, dass Chaos und Panik geherrscht hätten, begann er zu verstehen und konnte sich mit seiner ihm eigenen Phantasie vorstellen, welche dramatischen und entsetzlichen Szenen sich in diesen fünfzig Minuten abgespielt haben mussten. Auf diese Weise vermochte er zum ersten Mal in das grauenvolle, hässliche Gesicht des Krieges zu schauen, das keinen Schimmer von Heldentum, Grandiosität und Ruhm aufwies, sondern nur von Mord und Tränen zeugte, und, im Falle der „Gustloff", vom Sterben junger wie alter Frauen, von Kindern und auch den meisten der fast 1000 jungen Soldaten der zweiten U-Boot-Lehrdivision, die ebenfalls an Bord waren und keine Ahnung vom Leben und vom Krieg hatten. Er hatte zwar vom verzweifelten Untergang deutscher Divisionen in Stalingrad gehört, aber das war ihm und seinen Landsleuten noch als heldenhaftes Sterben für das Vaterland verkauft worden. Er war von der Schiffsführung auch informiert worden, was vor drei Wochen in Dresden geschehen war, dass die Engländer die Stadt mit ihren Bombern in Schutt und Asche gelegt hatten, nebst einer in die Zigtausende gehende Anzahl von Bewohnern und Flüchtlingen, die sich zu diesem

Zeitpunkt in den Straßen befanden. Aber für Hans blieben all diese Zahlen und Berichte nur abstrakte Größen, die ihn in seiner prinzipiell weltfreundlichen Seelenverfassung nicht wirklich treffen konnten. Nur der Anblick der hilflosen Ruderschläge der Rettungsbootsinsassen, das Schreien ins Wasser gestürzter Menschen, die spürbare Todesangst, die über dem schwarzen Wasser lag und nach allen Seiten um sich griff, war ein Bild, das Hans verstehen konnte, wenn auch in seiner ganzen Tragweite erst im Nachhinein, als er hörte, dass Tausende dabei ihr Leben hatten lassen müssen.

Mit diesen Bildern und Gedanken im Kopf schlug und kratzte Hans, auf einem schmalen Brett an der Außenwand des Schiffes hängend, auf den bröckelnden Tarnanstrich ein. Und mit jedem Schlag schlug er auch die Bilder weg, kratzte verzweifelt die dunkle Nacht des Untergangs von seiner Seele, um sich wieder in die gewohnte Schutzschicht aus Freundlichkeit und Weltfremdheit zu hüllen, um sich zu bewahren vor einer wilden Wirklichkeit, die viel zu rau war für die empfindsame Knabenverletzlichkeit, eine Umhüllung, mit der er sich bisher erfolgreich hatte umkleiden können, um sich auf diese Weise unversehrt durch Hitler-Jugend, Arbeitsdienst, Grundausbildung und Schiffsschikane zu lavieren.

Hans war dermaßen versunken in sein Tun, ins äußerliche und innerliche Abkratzen und Abschlagen, dass er die Sirenen fast überhört hätte, die erneute Fliegerangriffe ankündigten. Die Mannschaft hatte den Befehl bekommen, sich bei Fliegeralarm, ohne weitere Kommandos abzuwarten, eigenständig und umgehend in den nächsten Bunker zu begeben. Hans legte seinen Dreikant neben sich, ließ sich mit seinem Brett zu Boden gleiten und lief den Kameraden hinterher, die schon auf dem Weg zum Schutzraum waren, als die ersten Bomben niedergingen auf das Schiff, das eigentlich einer Reparatur entgegensah und womöglich noch neuen Einsätzen für den Endsieg. Einige seiner Kameraden hatten, wie er hinterher erfuhr und mit eigenen Augen sehen konnte, den Alarm nicht ernst genommen und waren unter Deck geblieben, weil es schon zuvor des Öfteren Fehlalarme gegeben oder der Angriff nicht dem Schiff gegolten hatte. Nachdem auch noch eine zweite Angriffswelle über Werft und Schiff hinweggegangen war, zählte die Besatzung neun Treffer auf der „Admiral Hipper" und mehrere tote Kameraden, die es zumeist in ihren Quartieren erwischt hatte.

Das Schiff wurde aufgegeben und sollte gesprengt werden. Vor der Sprengung aber hieß es „Lasten öffnen!", was bedeutete, dass die Besatzung alles, was es an Verpflegung und Kleidung noch an Bord gab, zum eigenen Gebrauch an sich nehmen durfte. Ehe Hans begriffen hatte, was da eigentlich vor sich ging, sah er, wie die ersten Kameraden mit schweren „Lasten" beladen

den verwundeten Schiffskörper schon wieder verließen. Er rannte in die Mannschaftsquartiere und musste mit Bedauern feststellen, dass ausgerechnet sein Spind mit den wenigen Privatsachen, die er aus dem brennenden Haus in Hannover noch hatte retten können, durch einen Treffer buchstäblich vernichtet war. Er arbeitete sich vor im Schiff, um wenigstens noch an die Verpflegungsreserven heranzukommen. Zwei große graue Dosen, Gasmaskenhüllen, fand er auf seinem Weg und füllte sie hastig, die eine mit Schmalz, die andere mit Butter, stopfte noch ein paar Sachen, Unterwäsche und Uniformteile in einen ebenfalls gefundenen leeren Seesack und verließ den todwunden Schiffsleib in dem Augenblick, als schon das Sprengkommando anrückte, um dem einst so stolzen Schiff den Garaus zu machen. Später, als er schon mit allen Seekadetten auf einem Kieler Förde-Dampfer nach Flensburg-Mürwik gebracht worden war, um nach der Kapitulation Dönitz persönlich unterstellt zu werden, hörte er, dass sich das Schiff auch nach dem Sprenganschlag der eigenen Leute seinem Ende zunächst noch widersetzt hatte. Erst als man es aus dem Dock herausgeschleppt hatte, um es auf offener See endgültig zu versenken, verschwand die „Admiral Hipper", kurz bevor sich die Kieler Förde weithin zum Meer öffnet, auf der Höhe von Laboe, still und scheinbar selbstbestimmt im Wasser, womit es in kaum zu überbietender Bildhaftigkeit den Zustand des Landes symbolisierte, unter dessen Flagge es einst, am 6. Februar 1937 bei *Blohm & Voss* in Hamburg vom Stapel gelaufen und gut zwei Jahre später mit großen Erwartungen in Dienst gestellt worden war.

So recht wusste man in Flensburg nichts mit den verwaisten „Hipper"-Kadetten anzufangen. Die Marine Kriegsschule war in ein Lazarett verwandelt worden, Dönitz hatte nichts mehr zu sagen, der Fördedampfer war zurückgefahren. Das Letzte, was noch geschah, war ein Appell auf dem Hof der ehemaligen Marineschule, wo ihnen, bereits von der englischen Besatzung, die Festnahme von Dönitz mitgeteilt wurde. Aus dem Kadettenzug machte man kurzerhand eine Wirtschaftskompanie, die dazu abkommandiert wurde, den geordneten Betrieb des Lazaretts aufrecht zu erhalten.

Im Gegensatz zu seinen Kameraden fand Hans sich in der völlig strukturlosen, unübersichtlichen neuen Situation nur schwer zurecht. Viele der Kadetten, besonders aber einige alte Landser, die es, auf welchem Weg auch immer, hierher verschlagen hatte, entwickelten sich zu wahren Meistern des Organisierens, was allerdings weniger zum Nutzen des Lazaretts ausschlug als vielmehr zum eigenen. Ein alter, stets unrasierter Landser mit dem Spitznamen „Vatti" hatte es sogar geschafft einen alten Armeelastwagen aufzutreiben, mit dem er Geschäfte in ungeahntem Ausmaß betrieb.

Hans kam mit all diesen selbst initiierten Neuanfängen wendiger, wandlungsfähiger Soldaten nicht mit. Sein einziger „Geniestreich", wie er es selbst nannte, war ein kleiner, gepflegter Handel mit einer Krankenschwester, zu der er, zumindest einseitig und aus seiner Sicht betrachtet, ein zartes, erotisches Band zu knüpfen versuchte.

Er hatte aus einem gesunden Egoismus den Inhalt der Buttergasmakendose für sich selbst verwendet, um in diesen mageren Zeiten, wie er hoffte, gut zu überleben. Aber die ungewohnte fette Kost, - er hatte im Heißhunger die Butter manchmal einfach so, ohne Brot, verschlungen, - bekam ihm gar nicht gut. Er wurde von einer äußerst unangenehmen und schmerzhaften Furunkulose, die er auf seine Butterschlemmerei zurückführte, heimgesucht und die ihn selbst zum Lazarettbedürftigen verurteilte, eingesperrt in eine einsame Quarantäne. Nur allmählich erholte er sich davon und plante nun auch seine Heimkehr zur Familie. Viele seiner ehemaligen Kameraden waren schon längst verschwunden, nur Hans, als könnte er sich aus einem einmal für ihn bestimmten Leben aus eigener Kraft nicht lösen, blieb über die Zeit, den Krieg noch hinter sich herschleifend, an dem Ort, wo das Soldatsein für ihn begonnen hatte.

Schwester Jutta war es, die für ihn das Band zwischen Außenwelt und seinem eigenen bedürftigen Herzen wieder knüpfte. Wie immer, wenn er ferne, unerreichbare Mädchen sah, die ihm dennoch, wie hier durch ganz handfeste Pflege, nahe kamen, verlor er sich in Phantasien, sah Jutta, eine beherzte, kräftige junge Frau mit blonden Haaren und einem fröhlichen Mund, der unentwegt von einem Neubeginn plapperte, als eine gute Fee, die nicht nur seinen Furunkeln, sondern auch seinem Herzen nahe kam. Hans verliebte sich zuerst in ihren Duft, den er tief einsog, wenn sie sich über ihn beugte, um sich seinen Geschwüren zu widmen, die sich vom Hals bis zur rechten Wade wie eine lange Kette kleiner Vulkane herabzog. Sie roch nach Sonnenschein und Lavendel, fand Hans, und manchmal auch nach frischem Weißbrot. Gern hätte er sie angefasst und einfach nur gestreichelt, ihre festen Arme, die vom frühen, sonnigen Mai gebräunten Schultern, am liebsten auch ihre festen Wangen, in denen, wenn sie lachte, verführerische Grübchen entstanden.

Hansens „Geniestreich" lag nun aber nicht im Streicheln von Juttas duftender Haut, sondern in einem, wie er fand, ganz fairen Handel. Er besaß ja noch die nahrhafte, nicht so schnell verderbende Füllung der zweiten Gasmaskendose, bestes weißes Schweineschmalz. Im Lauf der Furunkelpflege hatte Hans Jutta erzählt, dass er mit seinen Eltern durch die Bomben im Oktober 43 so ziemlich alles an Hab und Gut verloren hatte, dass er jetzt nichts mehr besäße, nicht einmal vernünftige Schuhe, von Strümpfen ganz zu schweigen. Auf der

„Hipper" wäre auch noch seine letzte Habe, das bisschen Zivilwäsche samt Spind getroffen worden, womit er sozusagen zum zweiten Mal ausgebombt worden sei. Er hatte Jutta gegenüber angedeutet, dass er nur noch über jene dicke „Fettpatrone" als Wertgegenstand verfüge. Bei Fett hatte Jutta aufgehorcht, und er erfuhr bei der Gelegenheit die Traum zerstörende Neuigkeit, dass Jutta zwei kleine hungrige Kinder und einen arbeitslosen Mann zu Hause hätte, die mit einer guten Portion Schmalz über das Gröbste der nächsten Tage hinwegkommen könnten.

Die beiden wurden rasch handelseinig. Jutta bekam das Gasmaskenfett für die Familie, und Hans erhielt im Gegenzug ein paar Schuhe, Strümpfe sowie zwei Wolldecken, Bettlaken und Bettbezüge und wollte gar nicht so genau wissen, woher die tadellose Vorkriegsware stammte, obwohl er es natürlich ahnte.

Es war ein herzlicher Abschied, zu dem er Jutta fest in seine Arme schloss und ihr einen dicken, brüderlichen Kuss auf die Wange drückte, den sie mit einem zarten, flüchtigen Kuss auf seinen Mund erwiderte. Es dauerte eine Weile, bis Hans sich davon wieder erholt hatte und mit seiner alten und neuen Habe auf einen Lastwagen klettern konnte, der ihn und einige andere, ihm fremde Menschen, nach Hannover bringen sollte. Er reiste mit einer Seekiste, in die er Juttas Schmalzbezahlung gestopft hatte und dem alten Seesack, in dem sich die „Beutekleidung" von der „Hipper" befand: jene Militärunterwäsche und Uniformteile, die er beim Verlassen des Schiffs willkürlich an sich gebracht hatte, und die sowohl in Größe als auch Abnutzungsgrad stark differierten. Trotz seiner ärmlichen Ausstattung war er guter Dinge, als er es sich auf der mit einer Zeltbahn überdachten Ladefläche des Lastwagens so bequem wie möglich machte und sich die warme Juniluft um die Nase wehen ließ. Es ging nach Hause. Er war gespannt, wie und wo er seine Eltern wiederfinden würde und hoffte, dass sie seine Postkarten erhalten hätten, die er vom Lazarett an ihre letzte, ihm bekannte Adresse geschickt hatte. Die Luft roch nach Sommer, auf den Feldern wuchs mit langen, noch weichen grünen Grannen Gerste, in die der Wind sanfte Wellen aus dunklem und hellem Grün wehte und ein einziges Meer aus weichen Ährenwogen entstehen ließ. Hans ging es gut. Er hatte den Krieg überlebt.

15

Nach etwa sieben Stunden anstrengender Fahrt, - manche Straßen waren durch Luftangriffe völlig zerstört worden, Umwege waren erforderlich, - kam Hans ziemlich zerschlagen in seiner Heimatstadt an. Der Fahrer hatte schon vor der Abfahrt in Flensburg angekündigt, er wolle seine Passagiere am Hauptbahnhof in Hannover absetzen. Von da an müsse jeder selbst sehen, wie er zu seinem jeweiligen Ziel gelangte. So stand Hans nun, es war schon vier Uhr nachmittags, mit Seekiste und Seesack vor dem Hauptbahnhof, der starke Spuren vorangegangener Luftangriffe aufwies. Seine etwas lädierte Marineuniform, Schuhe, die zwei Nummern zu groß waren, Haare, die längst wieder einmal hätten geschnitten werden müssen und ihm wild in die Stirn hingen, ließen an ihm im Kleinen noch einmal den tatsächlichen Zustand eines Volkes erkennen, das sich zum Herrscher über alle Länder der Welt hatte aufschwingen wollen und dabei nur zur lächerlichen, gedemütigten Spottfigur unter den Völkern geworden war.

Er entdeckte, dass eine ganze Reihe von Straßenbahnlinien schon wieder in Betrieb war und staunte über das quirlige Treiben rings um ihn herum. Männer und Frauen in, verglichen mit seinem eigenen Äußeren, nicht viel eleganteren Aufzügen, eilten in die verschiedensten Richtungen, drängten sich um die Straßenbahnen und hingen in Trauben daran, wenn der Fahrer schließlich, ohne weitere Rücksicht auf die Drängelnden zu nehmen, die Bahn langsam anrollen ließ. Er wunderte sich, wie schnell sich wieder das Leben regte, wenn der Sturm sich erst verzogen hatte. Es erinnerte ihn an ein Übungsgelände in der Nähe Flensburgs, wo alle Truppenteile, manche mit schweren Fahrzeugen, geübt und alles vorherige Grün in aufgewühlte Erde verwandelt hatten. Als mehrere Tage die Sonne darauf geschienen hatte, war eine Art Staubwüste daraus geworden. Zwei Wochen später, nach drei kräftigen Regenschauern, hatte Hans entdeckt, dass sich kleine weißgelbe Kamilleblüten aus tiefen Fahrrillen hervorgearbeitet hatten. Er pflückte eine davon und sog den würzigen Duft der weißen Sternblüten mit dem dicken gelbgewölbten Köpfchen tief ein und spürte, wie es ihn innerlich vor Sehnsucht nach Normalität und Frieden, nach der wirklichen Würze des Lebens fast zerriss im Vergleich zum erstickenden, alles bedrohenden Geruch des Krieges, der allem anhaftete, was in Uniform und unter Waffen noch so stolz daherkommen mochte. Zugleich hatte er damals die Kraft und Vitalität der kleinen Pflanzen bewundert, die sich um nichts scherten und neues Leben durch alle vorangegangene Zerstörung ihres bisherigen Standorts durchsetzten und sich fröhlich ausbreiteten.

Kaum waren die Bombenteppiche wieder eingerollt, die noch für lange Zeit Spuren tödlicher Zerstörung hinterlassen würden, breitete sich dazwischen neues Leben aus, erhoben Menschen ihren sorgsam eingezogenen Kopf erneut, um einfach bloß zu leben. Und dann, um ein bisschen besser zu leben, um schließlich wieder kleine Genüsse zu ergattern, um sich wild, verzweifelt zwar noch, aber dennoch lebenstrunken, wieder zu lieben, woraus erneut Kinder wüchsen, die den Krieg nicht mehr kennen würden, und die ihn, wie Ihre Eltern damals schworen, auch niemals kennenlernen sollten.

So stand er in der warmen Nachmittagssonne vor dem Hauptbahnhof und sann verträumt den Todes- und neuen Lebensspuren nach, als neben ihm ein dreirädriges kleines Lastauto hielt. Der Fahrer stieß die Beifahrertür mit kräftigem Schwung auf und forderte Hans mit fröhlicher Stimme auf:

„Na, mal los, eingestiegen, Herr Seekadett! Schmeiß deinen Seesack und die Kiste hinten drauf, ich fahr dich hin, wo immer du willst!"

„Mensch, Bernhard! Das ist ja eine Überraschung. Wo kommst du denn her? Woher hast du dieses Auto?" staunte Hans und war glücklich über den Freund aus alten HJ-und Arbeitsdiensttagen, mit dem er vor nicht allzu langer Zeit versucht hatte, die Mädchen mit gespielter Männlichkeit zu beeindrucken, und wobei sie doch so lächerlich gescheitert waren.

„Ach, das ist eine lange Geschichte, können wir uns mal beim Bier erzählen." vertröstete ihn Bernhard, als das Gepäck verstaut war und Hans auf dem durchgesessenen Polster des Beifahrersitzes neben Bernhard Platz genommen hatte.

"Die Karre hier fahre ich für einen Gemüsehändler. Wir klappern die Bauern in der Umgebung ab und versuchen Frühkartoffeln, Möhren, Salat und ein paar Eier zu organisieren, die wir dann den Leuten in der Stadt verscherbeln für Schmuck, Kleidung und was sie sonst noch so haben und hergeben wollen. Damit kaufen wir dann draußen auf dem Land neue Ware. Aber glaub nicht, dass so mein künftiges Leben aussehen wird."

Bernhard ließ den Wagen mit beachtlichem Knattern anrollen, nachdem sich der mit trübem Rot leuchtende Winker halb aus seiner schwarzen Blechhülle erhoben hatte. „Sobald ich's mir leisten kann, geht's los mit dem Studium. Geschichte und Philosophie. Du glaubst gar nicht, wie ich mich danach sehne nach diesem ganzen Kriegsscheiß! Und nun sag schon, wohin ich dich bringen soll!"

Hans hatte die letzte Karte von seinen Eltern noch nach Kiel auf die „Hipper" bekommen. Danach lebten seine Eltern nach vorübergehender Einquartierung bei Nachbarn schon lange in einer großen Sieben-Zimmer-Wohnung am Kantplatz. Sie gehörte einem pensionierten Oberfinanzrat, der sich während der letzten eineinhalb Kriegsjahre mit seiner Frau zu den Kindern auf dem Land abgesetzt hatte. Großzügigerweise hatte der alte Herr alle Möbel samt eines, zur riesigen Freude Mariannes, wunderbaren Klaviers in der Wohnung belassen, so dass das Ehepaar Sogau als Ausgebombte ein recht komfortables Leben führen konnte. Einmal, Mitte März 1944, hatte Hans sie dort während eines einwöchigen Urlaubs besuchen können. Es gab für ihn sogar ein eigenes Zimmer, in dem zuvor die Tochter des Oberfinanzrats gewohnt hatte. Hans war sofort wieder ins Träumen versunken, als er sich am ersten Abend in das Jungmädchenbett legte und sich vorstellte, wie es wäre, wenn jetzt so ein zartes Wesen neben ihm läge und das weiße, nach Lavendel duftende Laken mit ihm teilte. Er hatte an Ruth und die Nacht seiner Sehnsucht in Schäßburg denken müssen und war schließlich aus seinen Tagträumen in die unkontrollierbaren Träume der Nacht gesunken.

Hans dirigierte Bernhard bis zum Kantplatz in Hannover-Kleefeld und bat den Freund kurz zu warten, damit er sich vergewissern könnte, ob die Eltern noch in der Wohnung anzutreffen wären. Nach kurzer Zeit kam er mit zerfurchter Stirn wieder aus dem alten Gründerzeithaus hinaus auf die Straße gerannt.

„Haben die Engländer beschlagnahmt und meine Eltern einfach rausgeschmissen. Die sollen jetzt ein Zimmer gleich hier um die Ecke haben: nächste Straße rechts, drittes Haus auf der linken Seite, Parterre," teilte er atemlos dem Freund mit. Bernhard ließ den Motor an und ratterte mit dem Freund um nächste Straßenecke. Hans sprang vor dem Haus auf die Straße und lud rasch seine ärmliche Habe von der kleinen, mit einigen Kisten bestandenen Ladefläche des Wagens. Er verabschiedete sich von Bernhard:

„Danke, Alter, du glaubst nicht, wie mir das geholfen hat. Wie kann ich dich erreichen, um dich zum Bier einzuladen?"

„Unter dieser Nummer erreichst du meinen Chef, der hat immerhin schon wieder Telefon." Er reichte ihm einen kleinen Zettel heraus. „Kannst ihm eine Nachricht für mich hinterlassen… und: willkommen in der Heimat, Hans! Machs gut, bis bald."

Die letzten Worte rief Bernhard schon aus dem offenen Fenster seines anfahrenden Geschäftswagens und winkte noch einmal kurz mit der Hand.

Hans stand mit dem „Beute"-Seesack von der „Hipper" und seiner Holzkiste vor den drei Stufen, die zur Haustür führten, hinter der er nun seine Eltern wiederzusehen erwartete. Die Haustür war unverschlossen. Hans drückte die Klinke herunter und betrat den Hausflur. Der hatte, soviel konnte er mit einem Blick erkennen, schon wesentlich bessere Zeiten gesehen. Der Fluranstrich war schadhaft, einige Fliesen im Fußboden hatten Sprünge; der kleinen, aus welligem Milchglas geformten Deckenleuchte fehlten zwei, drei Wellen, das

Haus roch nach Mittagessen, irgendwo hatte es heute Kohl gegeben. Er schaute zuerst auf die rechte Wohnungstür. Kleine, flüchtig in unterschiedlichen Handschriften und mit dem Bleistift oder verschiedenfarbiger Tinte geschriebene Namenszettel ließen darauf schließen, dass die augenblicklichen Bewohner nicht mit einer langen Verweildauer rechneten. Ein Schildchen mit „Sogau" darauf fand er nicht. Er wandte sich zur linken Wohnungstür und wurde fündig. Neben drei weiteren Schildchen, auf denen „Schmidt", „Burgbauer" und „Hentrich" zu lesen war, fand er ein zartblaues mit der feinen, von der Porzellanmalerei geschulten Handschrift seiner Mutter darauf. Das „S" war größer als die übrigen Buchstaben geschrieben und besaß im unteren Bogen einen hervorgehobenen Schwung, so als ob seine Mutter dort kräftiger aufgedrückt hätte. Allein dieser untere S-Bogen gab dem Namensschild einen kraftvollen Ausdruck, wie Hans ihn so gut vom Wesen seiner Mutter her kannte.

Er drückte auf den Klingelknopf und erschrak fast vor dem heiseren, rasselnden Läuten. Kurze Zeit später wurde die Tür einen Spalt weit geöffnet, genau so weit, wie es die Länge der chromglänzenden, kleinen Sicherungskette dazwischen zuließ. In dem Spalt erschien das mürrische, unrasierte Gesicht eines Mannes um die Achtzig.

„Ja, bitte?" kam es von ihm mit einer brüchigen Altmännerstimme.

„Guten Tag," bemühte sich Hans freundlich zu antworten, „mein Name ist Hans Sogau, ich möchte zu meinen Eltern."

Der Mann blickte Hans immer noch misstrauisch an und ließ die Kette eingehängt. Er drehte den Kopf halb zurück in die Wohnung und rief nun mit höherer, genauso bröckeliger Stimme nach hinten: „Frau Sogau, hier steht jemand vor der Tür und behauptet, Ihr Sohn zu sein!"

Hans hörte die schnellen, energischen Schritte seiner Mutter auf den Holzdielen des Wohnungsflurs. Das Gesicht seiner Mutter strahlte vor freudiger Überraschung im schmalen Türspalt. Hans hörte das metallische Schieben und kurze Ausrasten des Kettenknopfes aus seiner länglichen Führungsschiene, die Tür öffnete sich weit, und Marianne flog Hans mit Tränen in den Augen um den Hals. Sie konnte keinen Ton hervorbringen und auch Hans blieben die Worte im Hals stecken. In dieser tränenversunkenen, stummen Umarmung seiner Mutter hörte Hans die schlurfenden Schritte des Alten, der sich grummelnd in den hinteren Teil der Wohnung zurückzog.

„Komm rein, Hans!" sagte seine Mutter leise und zog ihn sanft an der rechten Hand mit sich fort. Sie wischte sich die Tränen aus den Augen, während das Strahlen auf ihrem Gesicht unverändert blieb, so als könne sie für die nächsten Minuten gar nicht anders schauen als vom Wiedersehensglück erfüllt.

Marianne öffnete eine dunkle Tür im düsteren Flur, der sein dünnes Licht nur durch die im oberen Teil verglasten, mit stilisierten Schneeflocken wie vereist wirkende Wohnungstür erhielt.
„Hier bringe ich dir jemanden, Karl!" Sie hatte versucht, ihrer Stimme einen fröhlichen, ausgelassenen Klang zu geben, aber mitten drin zerbrach ein Schluchzer ihre Ankündigung. Karl Sogau, der in dem völlig überfüllten Zimmer an einer Art Schreibtisch saß, auf dem sich Akten und Papiere türmten, wandte den Kopf und schaute Hans mit unsicherem Lächeln entgegen. Er sagte kein Wort, aber Hans sah, dass auch seine Augen feucht glänzten. Hans war erschrocken, wie fahl und eingefallen das Gesicht seines Vaters geworden war, die Augen lagen tief in dunklen Höhlen, das sorgsam gescheitelte Haar war weißer, als es dem Alter des Vaters hätte entsprechen müssen. Der Rücken war noch stärker gebeugt, als Hans es in Erinnerung hatte, der faltige Hals mit dem ausgeprägten Adamsapfel schien bemüht, den Kopf widerständisch empor zu drücken. Der Anblick gab Hans einen Stich im Herzen, er ging die wenigen Schritte hinüber zu seinem Vater und nahm ihn stumm und ungelenk in den Arm. Der Vater schob Hansens Arme trotzig zart zurück, indem er mit einigen unartikulierten Grunzlauten versuchte, die ihm peinliche Nähe zu überspielen.
„Du warst lange weg!" brachte er schließlich heiser hervor.
Und nun begann Hans zu erzählen, stockend anfangs noch, dann immer flüssiger und eifriger. Seine Eltern hörten ihm mal lächelnd, mal stumm nickend zu, bis es an ihnen war zu erzählen, wie sie ziemlich rüde von der englischen Besatzungsmacht aus der großen Wohnung ausgewiesen worden wären, die sie innerhalb eines Tages hatten räumen müssen. Hier wäre ihnen neben drei weiteren Parteien nur ein einziges Zimmer zugewiesen worden, wobei sie sich Bad und Küche mit insgesamt zehn Personen teilen müssten. Hans könne sich sicher vorstellen, was das, allein im Blick auf die hygienischen Verhältnisse, bedeute. Man hoffe aber, dass dieser Zustand nur von kurzer Dauer sei, und man bald wieder vereint in einer angemessenen Wohnung würde Platz finden können. Im Übrigen sehe man sich außerstande, ihn in diesem kleinen Zimmer, das allein schon durch das große Ehebett ausgefüllt sei, einen Schlafplatz anzubieten, wäre aber sicherlich in der Lage, ein Notlager unweit von hier, bei Freunden, aufzutreiben. Die hätten zwar auch nur eine kleine zweieinhalb Zimmer Wohnung, dafür stünde in deren Wohnzimmer aber ein Couch, die man durchaus zum Schlafen nutzen könnte.
Hans war also wieder zu Hause und war es doch zugleich nicht. Er hatte noch überhaupt keine Vorstellung, wie sich sein Leben in den nächsten Tagen und Wochen gestalten sollte. Tagsüber würde er sich wohl, wenn er nicht unter-

wegs war, bei seinen Eltern aufhalten müssen, in der erstickenden Enge des nach alten Sachen riechenden, verwohnten kleinen Raums, der ehedem vielleicht einmal einem Kind als Spielzimmer gedient haben mochte. Aber wie könnte er sich dabei um seine Zukunft kümmern? Es ging um eine Ausbildung, um einen Beruf. Er war jetzt zwanzig, und die eineinhalb Jahre bei der Marine hatten ihn in einer gewissen Hinsicht auch reifer und erfahrener werden lassen, als das für einen Zwanzigjährigen in Friedenszeiten üblich gewesen wäre. Andererseits hatte er noch immer kein Abitur, die unabdingbare Voraussetzung für ein Studium. Aber selbst wenn er es hätte, was sollte er dann studieren? Dass es irgendetwas mit Naturwissenschaften sein müsste, war ihm schon klar. Bei all seinem Hang zum Weltschmerz und zu den letzten Fragen nach Tod und Leben spürte er aber sehr deutlich, dass ihn ein Studium der Philosophie oder gar Theologie darin nicht wirklich weiterführen würde. Er vermutete zu Recht, dass er diese Fragen mit mehr oder minder großer Belastung für sein Gemüt würde mitschleifen müssen durch sein künftiges Leben. Er würde sich immer wieder mit diesen Fragen beschäftigen, wenn ihn wohlige Melancholie überkäme und in eine grandiose Ratlosigkeit stürzte, in der er mit immer neuen Gesprächspartnern, Männern wie Frauen, herumstochern könnte, um dann mit seligem Seufzen und dem Gefühl von tiefer, bedeutsamer Unauflösbarkeit alles den „Rätseln des Lebens" zuschieben zu können.

Psychologie käme schon gar nicht infrage. Er ahnte, dass er von anderen Menschen nicht mehr begriff, als was ihm das äußere Bild und die Aussage des Betreffenden vermittelte. Er war immer schon bereit gewesen und würde es auch für den Rest seines Lebens bleiben, dass er das, was die Menschen ihm sagten, stets für bare Münze nähme und in freundlicher Hoffnung darauf vertraute, dass alle nur das Beste wollten. Die sehr herben Enttäuschungen, die er dabei schon als Kind hatte hinnehmen müssen und die sich fortgesetzt hatten in der Hitler-Jugend, im Arbeitsdienst und beim Militär, erschütterten diese positive Menschensicht nicht im Geringsten. Vermutlich lag es daran, dass er sich selbst so begriff. Er war jemand, der stets darum bemüht war, freundlichen Frieden in und um sich zu schaffen, um sich gegen alle Bedrohlichkeiten von außen, gegen Menschen und Umstände derart zu wappnen, dass er wie eine in sich geschlossene Einheit, unbehelligt von allem Argen, sich weiterhin durchs Leben träumen könnte, das er stets mit seinem eigenen, ihm angenehmen Farbanstrich versah.

So verstand er auch nicht die tiefe Tragik, die das Nachkriegsschicksal seines Vaters überzogen hatte und ihn noch kleiner und gebeugter erscheinen ließ, als er es ohnehin schon war. Ein Kollege aus der Oberfinanzdirektion hatte ihn beim englischen Besatzungsregime denunziert, wonach er während der NS-Zeit über eine Reihe von Mitarbeitern Berichte über die politische Zuverlässigkeit der Betreffenden geschrieben und diese Aufzeichnungen einem seiner Nazi-Vorgesetzten zugespielt haben sollte. Aufgrund dieser Behauptungen war Karl Sogau zunächst vom Dienst suspendiert und schließlich auf fünf Jahre für eine Arbeit bei allen öffentlichen Behörden gesperrt worden. Da Hans von seinem Vater wusste, dass diese Denunziation auf keinerlei Tatsachen gründete, und er auch keinen Grund sah, daran zu zweifeln, meinte er, dass sein Vater doch eigentlich erhobenen Hauptes seines Weges gehen könne, wobei er nicht einmal gewahr wurde, dass allein dieses Bild angesichts der Krankheit seines Vaters schon ein wenig zynisch wirkte. Dass seinen Eltern im Augenblick nur die kleine Kriegsversehrtenrente aus dem Kutschenunfall seines Vaters blieb, nahm er nicht als eine verheerende Notlage wahr, die sie aber in Wirklichkeit war. Er freute sich vielmehr, dass seine Eltern, wie auch er, den Krieg überlebt hatten und man nun wieder als Familie vereint war. Über Friedhelm war ihm berichtet worden, dass er nach der Entlassung aus englischer Kriegsgefangenschaft sich fürs Erste in der Nähe von Bremen niedergelassen hatte, um die drangvolle Enge in der Einzimmerwohnung der Eltern nicht noch mehr zu verschärfen.

Immerhin fühlte Hans instinktiv, dass auch er jetzt eine Verantwortung für die Gestaltung und Bewältigung des Nachkriegslebens seiner Familie trug. Nach kurzer Zeit bereitete ihm diese Aufgabe sogar Freude, weil er in mancherlei Hinsicht Einfallsreichtum und Zähigkeit in der Durchführung seiner Projekte bewies.

So war er kurze Zeit nach seiner Rückkehr Erika Hansen über den Weg gelaufen, einer ehemaligen Tanzstundendame, die jetzt als Helferin im englischen Offizierskasino arbeitete. Hans hatte damals auch für Erika geschwärmt, wie er so ziemlich unterschiedslos für alle weiblichen Wesen schwärmen konnte, sofern sie ihm denn nur halbwegs ansehnlich erschienen und freundlich begegneten. Alles Weitere erledigte er dann in seiner Phantasie, wo er diese Wesen mit Eigenschaften, Schönheit und Abenteuern ausstattete, die an erotischer Spannung, triebhaften Wunschträumen und einer zugleich angenehmen Folgenlosigkeit nichts zu wünschen übrig ließen.

Erika war eine ganz praktische, fröhliche junge Frau von in der Tat angenehmen Äußeren und erledigte ihre Arbeit im Casino zur vollsten Zufriedenheit der Besatzungsmacht. Da Hans unbedingt etwas zur Verbesserung der Stimmung seines Vaters tun wollte, hatte er überlegt, wie er ihm, ohne großen finanziellen Aufwand und heikle Schwarzmarktaktionen, etwas zum Rauchen verschaffen könnte. Als er Erika bei ihrem zufälligem Treffen danach fragte, ob sie vielleicht auf irgendeinem Wege an englische Zigaretten herankommen könnte, meinte sie, direkt ginge das nicht, aber da es ja mit zu ihren Aufgaben gehörte, die Tische regelmäßig abzuräumen, könnte sie ihm zumindest alle Kippen verschaffen, die die englischen Herren in zum Teil beträchtlicher Länge in den Aschenbechern liegen ließen. An Zigarettenpapier käme sie zwar nicht heran, aber manche englischen Zeitungen hätten ein derart dünnes und feines Papier, dass sich daraus ohne Weiteres auch Zigaretten drehen ließen. Hans solle sie am Abend hinter dem Kasino erwarten, dann könne sie ihm sicherlich schon eine beträchtliche Menge von halb aufgerauchten Zigaretten und Stummeln unauffällig zukommen lassen.

Um sich die Zeit zu vertreiben, wanderte er durch das zerstörte Hannover. An fast allen Ecken wurde emsig aufgeräumt und auch schon wieder aufgebaut, wobei er sich wunderte, wie manche Leute es offenbar geschafft hatten, sich Geld und Materialien zu beschaffen, um den Wiederaufbau so prompt zu betreiben. Der Sommer hatte tief durchgeatmet und die schlimmen Wunden der Stadt in ein fast freundliches Sonnenlicht getaucht. Die Menschen schienen alle hohlwangig, wirkten aber im Gegensatz zu ihrem äußeren Erscheinungsbild recht zuversichtlich, manche, in Ihrem Eifer, das Leben neu anzugehen und zu organisieren, wie besessen.

Mit Freude und einem feinen, schmerzlichen Stich im Herzen hatte Hans entdeckt, dass selbst der kleine Handarbeitsladen, obwohl äußerlich noch ziemlich lädiert, schon wieder geöffnet hatte. Bei dem Bestreben der meisten Menschen, aus allem möglichen gebrauchten Zeug Neues zu fertigen, schien ihm das sehr einleuchtend und Profit verheißend. Er tat so, als schlendere er rein zufällig am Laden vorbei und bliebe eher gelangweilt vor den Auslagen stehen. Seine Absicht war es aber zu sehen, ob Iris Beermann womöglich im Laden stünde, ob sie noch immer den schwarzen Bubikopf hätte, ihr Mund noch genauso blutrot leuchtete und ihre braunen Augen so fröhlich strahlen würden wie bei seiner ersten und einzigen Begegnung mit ihr. Aber er entdeckte nur die kleine freundliche Ladenbesitzerin im Inneren. Ihr grauschwarzmeliertes Haar war fast gänzlich grau geworden, ihr Gesicht um Vieles schmaler. Und als sie einmal aufblickte, ohne Hans vor dem Fenster zu bemerken, schien es ihm, als schauten ihre Augen müde, wie nach einer langen, schlaflosen Nacht. Und wenn er es recht bedachte, hatte es seit seinem letzten Besuch hier tatsächlich eine lange Nacht gegeben, die sich düster über Stadt und Land gesenkt hatte. Nun rieben sich die Leute die Augen, und nicht wenige schauten noch recht zaghaft in die so sehr beschädigte Welt nach dieser finsteren Zeit.

Für einen Augenblick war Hans geneigt, den Laden zu betreten, um nach Iris Beermann zu fragen. Aber selbst er hielt das für eine etwas zu verträumte Form von Nostalgie. Zudem fürchtete er, nur wieder zu hören zu bekommen, dass Iris an der Nordsee mit ihrem großen nackten Verlobten hängen geblieben, vermutlich schon verheiratet und Mutter von zwei Kindern wäre. Hans musste unwillkürlich über sich lächeln. Immer wieder, schon beim kleinsten Anlass, war er sofort bereit, in seine erotischen Träumereien zu verfallen. Er führte das auf seine furchtsame Sehnsucht zurück, endlich einmal zu erfahren, wie das wäre mit der Liebe, der körperlichen, ganz wirklichen und ganz handgreiflichen, nicht immer nur der erträumten und phantasierten Umarmung mit einer Frau.

Mit diesen Gedanken und einem allmählich wieder verschwimmenden Bild von Iris im Kopf wanderte Hans gegen Abend zum Casino, wo kurz nach seiner Ankunft Erika an der Hintertür erschien und ihm eine Papiertüte mit Zigarettenabfällen in die Hand drückte. Aus der Schürzentasche zog sie eine englische Zeitung aus feinem Papier, reichte sie ihm, flüsterte noch: „Komm in zwei Tagen wieder!" und verschwand ganz schnell wieder im Inneren des Hauses.

Hans erwischte eine Straßenbahn nach Kleefeld zum Kantplatz, stieg dort aus, setzte sich auf die wackelige Bank neben der Haltestelle und inspizierte seine Beute. Manche Zigaretten waren nur zur Hälfte aufgeraucht. Das ausgedrückte Ende roch scharf und unangenehm, aber der Tabak im übrigen Teil war noch ganz in Ordnung. Er riss ein halbwegs rechteckiges Stück aus der englischen Zeitung, bog eine Rinne hinein und füllte sie mit gelbbraunen Tabakkrümeln. Er rollte das Papier samt Inhalt zusammen und war mit dem Ergebnis, seiner mit Buchstaben bedruckten Zigarette von zirka sieben Zentimeter Länge, durchaus zufrieden. Er leckte das überstehende Papierende an, aber der Zusammenhalt ergab sich mehr aus der guten Rollenform seiner Zigarette, die er immer wieder zwischen den Fingern hin und her gedreht hatte, als aus der Haftfähigkeit seines Speichels.

Als er sein Werk noch einmal einer Abschlussbegutachtung unterzog, lachte er amüsiert: Da stand, ein wenig durch das angefeuchtete Ende überdeckt, aber doch gerade eben noch lesbar, „Be careful, boys, with the beautiful German Frauleins!". Natürlich, dachte er, wonach immer auch du auf der Suche bist, stets und überall stößt du auf dasselbe Thema.

Hans sah seinen Vater zum ersten Mal nach langer Zeit wieder richtig strahlen, als er ihm seine „Fraulein"-Zigarette präsentierte. Mit tiefen Zügen und verklärtem Gesicht rauchte der Vater nach Wochen, wenn nicht gar Monaten zwangsweiser Enthaltsamkeit.

„Danke, Hans! Das ist sehr aufmerksam von dir." Er nahm die von Hans gereichte Tüte mit den übrigen Zigarettenstummeln sowie die englische Zeitung entgegen und beteuerte gut gelaunt:
„Ich hab ja jetzt mehr Zeit als ich mir wünschen kann, das ist eine prima Beschäftigung und eine genussvolle dazu. Danke, mein Junge."

Es war Herbst geworden, als Hans ganz aufgeregt nach Hause kam und seinen Eltern von dem halbjährigen Abiturkurs für Kriegsteilnehmer berichtete, der in Form von dreistündigen Abendveranstaltungen in einem wiedereröffneten Gymnasium abgehalten würde. Vom 15. Oktober 1945 bis zum 15. April 46 sollte der Kurs dauern und Hans war sofort Feuer und Flamme gewesen. Er hatte sich umgehend angemeldet, was seine Eltern mit Freude billigten und unterstützten. Karl Sogau besaß noch etliche Blöcke von holzfreiem Din A 4 Papier, das er ohne Skrupel bei seinem Rauswurf aus dem Amt mitgenommen hatte, dazu noch sechs weiche Bleistifte aus derselben Quelle.
Als Hans am Abend des 15. Oktobers das Gymnasium am Rande Hannovers betrat, stand auf einem Schild: „Abiturkurs für Kriegsteilnehmer Klassenraum 10". Er ging den langen Gang mit den alten Holztüren entlang, die Nummer 10 stand offen. Drinnen drängten sich etwa dreißig ehemalige Soldaten, zumeist in alter, notdürftig geflickter Kleidung. Manche waren um einige Jahre älter als er. Auf vielen Gesichtern lag noch bleierne Müdigkeit und die Erschütterung über die Schmach eines verlorenen Kampfes. Andere wirkten so, als wären sie jetzt erst aufgewacht und schämten sich für ihr „Vaterland", das sie vermeintlich verteidigt hatten, ohne zu wissen oder es wahrhaben zu wollen, dass sie die Völker Europas in Leid, Not und Tod gestürzt hatten. Die Männer, die sich noch aus ihrer Einheit her kannten sprachen leise miteinander. Manchmal war ein Lachen zu hören, das aber nicht fröhlich, sondern eher bitter klang. Zwei junge Frauen entdeckte Hans unter all den Männern. Sie hatten vermutlich in Lazaretten gearbeitet und wollten nun ebenfalls ihr eigenes, ihr eigentliches Leben beginnen.
Dann betrat noch eine junge Frau den Raum und Hans traute seinen Augen nicht. Vor ihm, - er war beim Betreten des Raums gleich an der Tür stehen geblieben, - stand Iris Beermann! Das Erste, was er erkannte, war ihr blauschwarzer Bubikopf, der ihm unverändert schien. Auch der Mund war noch immer wunderschön und so blutrot wie an jenem Tag, als Hans ihr zum ersten Mal in dem kleinen Laden in der Nähe des Hauptbahnhofs gegenüberstand. Nur ihre Augen leuchteten nicht mehr so strahlend wie damals, sondern schauten ihn ein wenig matt an, so, als suchten sie nach einer fernen Erinnerung aus einem längst vergangenen Leben.

Erst als er mit großen Augen „Iris, äh, ich meine Fräulein Beermann?" stammelte, schaute sie ihn mit ihrem feinen Lächeln an, in das er sich damals auf der Stelle verliebt hatte.
„Sie sind Herr So... Sogau, Hans Sogau?", fragte sie freundlich, und Hans nickte überaus eifrig. Er strahlte über das ganze Gesicht und war glücklich, dass Iris seinen Namen behalten hatte.
„Wie geht es Ihnen? Sind Sie immer noch verlobt?" fragte Hans und hätte sich im nächsten Augenblick ohrfeigen können wegen einer so dämlichen und indiskreten Frage. Aber Iris reagierte nicht befremdet, nur ihre Augen umwölkten sich. Leise, fast so als schämte sie sich, erzählte sie Hans, dass Ernst, ihr Verlobter, vier Wochen vor Kriegsende in der Nähe Berlins noch gefallen sei. Eine kleine Tochter, Lucie, gäbe es, das Einzige, was ihr von ihm geblieben wäre. Ihre Mutter würde auf das Kind Acht geben, während sie diesen Lehrgang besuchte. Sie hätte damals nach der Unterprima die Schule abgebrochen, um in dem Handarbeitsladen zu arbeiten, den er ja kenne, um wenigstens ein wenig Geld zu verdienen, nachdem ihr Vater wegen „Verächtlichmachung der Partei" im Konzentrationslager gelandet wäre, wo er, ebenfalls zwei Monate vor der Kapitulation, an Typhus gestorben sei. Nun wolle sie versuchen, als Kriegsteilnehmerin – vor der Geburt Lucies habe sie als Hilfsschwester im Gotenhafener Lazarett gearbeitet – das Abitur nach zu machen, um Lehrerin zu werden.
Hans hatte ihr teilnahmsvoll zugehört und spürte, wie seine Gefühle für die junge Frau, der er nur ein einziges Mal, vor etwa zwei Jahren, begegnet war, sofort wieder wach wurden. Er erinnerte sich an sein erstes und einziges Gedicht, das er für sie oder doch wenigstens mit heißen Gedanken an sie mit aufgewühltem Herzen geschrieben hatte und das in jener fatalen Bombennacht mit in den Flammen aufgegangen war. Er war sich nicht sicher, ob er es noch einmal zusammenbekäme, um es gegebenenfalls doch noch Iris überreichen zu können. Er konnte sich auch ohne weiteres vorstellen, Lucie zu sich zu nehmen, obwohl sie doch von dem großen nackten Mann stammte, den er in seinem Traum gemeinsam mit Iris in der Nordsee hatte verschwinden sehen. Er würde für das Kind zusammen mit seiner Mutter sorgen wollen und beide schon irgendwie durchbringen.
„Also, auf gute Freundschaft und Zusammenarbeit, Hans! Ich darf Sie doch beim Vornamen nennen, nicht wahr?"
„Ja, selbstverständlich, Iris, ich bitte sogar darum. Es hat mich riesig gefreut, Sie wiederzusehen, vielleicht können wir ja mal zusammen ausgehen oder wenigstens spazieren gehen." beeilte er sich, auf das Angebot der jungen Frau einzugehen.

„Na, ich glaube, zuerst wollen wir mal sehen, dass wir unser Abi schaffen. Ein bisschen fürchte ich mich ja davor, weil ich schon so lange raus bin." bremste sie, wie damals, den stürmischen Hans, der aber ganz glücklich war über die Aussicht, Iris nun jeden Abend hier in der Schule sehen zu können.
Der Lehrgang stellte sich allerdings als Schnellkurs heraus, der bei weitem nicht alle Fächer in der nötigen Tiefe behandeln konnte. Das Haupt- und Pflichtfach für die Prüfung war Deutsch, weil die Veranstalter davon ausgingen, dass die Fertigkeit in Schrift und Sprache die wichtigste Voraussetzung für ein eventuelles Studium wäre, alles Weitere darüber hinaus ließe sich auch während der verschiedenen Studiengänge, je nach Schwerpunkt, ergänzen und vertiefen. Hans hatte aber gerade mit dieser besonderen Gewichtung des Faches Deutsch seine Schwierigkeiten. Bereits damals schon, auf dem Ratsgymnasium, bereitete ihm das Schreiben mit dem Füllhalter, schon rein technisch gesehen, immer wieder Schwierigkeiten. Später würde er es seine „schwere Handschrift" nennen und froh sein, als ihm die erste Schreibmaschine, die er gebraucht noch im Studium erstand, die mühsame Schreiberei mit der Hand abnahm.
Aber auch inhaltlich, bei den zahlreichen Aufsatzübungen, schüttelte Dr. Herzbach, ein kleines, feines Männchen, aber ein großer Philologe und Pädagoge, der aus der Tschechei geflüchtet war, immer wieder den Kopf über Hansens „Ergüsse", wie er das nannte.
„Herr Sogau", ermahnte er ihn nicht nur einmal, „es ist ja nicht so, dass sie nicht schreiben könnten, im Gegenteil. Ihre Sätze sind bildreich und oft elegant formuliert, aber sie entfernen sich dabei dermaßen weit vom Thema, dass Sie manchmal zu vergessen scheinen, wo sie angefangen haben. Es ist erstaunlich, was ihnen alles einfällt, aber sie verstricken sich zu sehr im Urwald ihrer Worte und Gedanken. Sie müssen zielgerichteter schreiben lernen, insbesondere, wenn Sie später einmal wissenschaftliche Arbeiten verfassen müssen."
Hans hatte aus dem kleinen Vortrag von Dr. Herzbach vor allem die Worte „bildreich" und „elegant" als Beschreibung für seine Art zu schreiben herausgehört und war damit eigentlich ganz zufrieden. Das Andere würde er gewiss irgendwie hinkriegen, hoffte er. Als er jedoch die Prüfungsarbeit für den Abschluss, eine Hausarbeit über „Don Carlos" anfertigen sollte, war er realistisch genug zuzugeben, dass er das allein kaum würde bewältigen können. Er fürchtete zu Recht, dass er bei der herzzerreißenden Liebesgeschichte zwischen Carlos und seiner Verlobten Elizabeth, die ihm sein Vater Philipp II. abspenstig gemacht und geheiratet hatte, hängen bleiben würde und selbst bei dem in eine völlig andere Richtung zielenden Thema der Arbeit („Erläutern

Sie die Bedeutung der Forderung des Marquis von Posa: „Sire, geben Sie Gedankenfreiheit!" im Licht der jüngsten deutschen Vergangenheit.") immer wieder auf dieses tragische Liebesdrama zurückkommen würde.

Iris, die mit den „Räubern" zwar auch ein Schillerdrama für ihre Hausarbeit bekommen hatte, sah aber in Hansens Thema keinerlei Überschneidung mit der eigenen Aufgabe und erklärte sich bereit, ihm beim Abfassen seines Aufsatzes zur Seite zu stehen.

Da sie überaus fleißig und in ihrer schriftlichen Darstellungsfähigkeit klarsichtig, konzentriert und sehr präzise am Thema entlang arbeitete, war sie recht bald mit ihrer Arbeit fertig und konnte sich daher in den noch ausstehenden fünf Tagen, die Hans bis zur Abgabe der Arbeit blieben, mit seinem Thema befassen.

Sie waren in der Tat nur auf freundschaftlicher Basis miteinander geblieben, so wie Iris es ihm bei ihrem Wiedersehen zu Beginn des Kurses angekündigt hatte. Er war darüber anfangs sehr enttäuscht gewesen. Als Iris ihm jedoch mit schlichten, einfachen Worten beschrieb, wie es in ihr aussah, dass ihr Herz nämlich noch ganz bei Ernst und sie noch mitten in ihrer Trauer wäre, hatte er verstanden, dass sich selbst seine romantischen Träumereien in diesem Fall als völlig unpassend und wenig rücksichtsvoll erwiesen. So war tatsächlich eine gute Freundschaft zwischen ihnen entstanden, die es ihm auch ohne Peinlichkeit ermöglicht hatte, Iris um Mithilfe bei seinem Aufsatz zu bitten.

Er hatte schon vorgearbeitet, als Iris an einem Frühlingsabend, Anfang April, bei ihm zu Hause erschien. Seit zwei Monaten wohnte die Familie wieder in der Innenstadt, in der großen Wohnung, die von den Engländern nach kürzerer Zeit als gedacht freigegeben worden war. Hans besaß darin zum ersten Mal in seinem Leben ein eigenes Zimmer, das damals, bei seinem Heimatbesuch, noch das Mädchenzimmer der Eigentümer war und in dem er sich nur als Gast gefühlt hatte. Er hielt penibel Ordnung, was allerdings auch nicht sehr schwer war, da er praktisch nichts besaß außer ein paar Büchern, vornehmlich eine zehnbändige Schillerausgabe, die er von einem früheren Kollegen seines Vaters geschenkt bekommen hatte, und ein paar für wenig Geld erstandene Reclam-Bände aus einem überladenen Antiquariat in Kleefeld. In dem stehen gebliebenen und ihm zum Gebrauch überlassenen Jungmädchenschrank hatte Hans seine wenige Wäsche, drei Paar Strümpfe und die übrigen „Beuteteile" von der „Hipper", deponiert. Ein kleiner runder Tisch, den er ebenfalls vorgefunden hatte, womöglich der Schminktisch der jungen Dame dachte Hans schon wieder mit ungezielten Sehnsüchten, diente ihm als Arbeitsplatz, an dem er seinen ersten Don Carlos-Entwurf angefertigt hatte.

Jetzt hatte sich, im Schein der untergehenden Aprilsonne, Iris über seine „schwere Handschrift" gebeugt, las mit Mühe, was er zustande gebracht hatte, und schüttelte immer wieder amüsiert den Kopf.
„Mensch, Hans, das kann doch nicht wahr sein! Du verlierst dich ganz und gar in der Darstellung der tragischen Liebe zwischen Carlos und Elizabeth. Das ist ja toll, wie du das in manchen Sätzen geradezu einfühlsam und poetisch hinbekommen hast, aber das ist doch völlig an deinem Thema vorbei! Weißt du was, hier lässt sich überhaupt gar nichts verbessern. Heb's dir auf als Andenken oder wirf es in den Papierkorb, ich schreib's dir noch mal neu, in Ordnung?"
Hans war hoch erfreut, dass Iris seine Sätze „einfühlsam" und sogar „poetisch" fand und überließ es ihr daher leichten Herzens, einen zweiten Versuch mit seinem Thema zu beginnen. Nach drei Tagen lag das Ergebnis auf seinem kleinen Arbeitstisch, er brauchte es nur noch in seine Handschrift zu übertragen. Für ihn bedeutete das noch Mühe genug, denn Iris hatte achtzehn eng beschriebene Seiten verfasst, die er nun mühsam mit schwerer Hand abzuschreiben begann.
Hans bekam für seinen von Iris gefertigten Aufsatz eine glatte Zwei und ein großes Lob von Dr. Herzbach, der sich wunderte, aber auch freute, dass Hans, wenn es darauf ankäme, doch in der Lage sei, zielgerichtet und in einer sehr stringenten Argumentationsweise zu schreiben. Der wurde noch nicht einmal rot dabei, sondern strahlte über das ganze Gesicht, weil er fast schon selbst glaubte, dass tatsächlich er der Verfasser der Arbeit wäre.
Mit etlichen Seufzern aus der Mitte der Prüfungskommission heraus bestand er auch seine mündliche Prüfung, bei der Dr. Herzbach ganz offensichtlich bedauerte, dass Hans bei der Beantwortung der Prüfungsfragen zu Friedrich Schiller im Allgemeinen wieder in seine weitschweifende und vom Thema abweichende, märchenhafte Erzählweise verfallen war. Auf Grund der guten Hausarbeit aber bekam Hans insgesamt ein „Befriedigend" in Deutsch und ein Abschlusszeugnis, in dem ihm bescheinigt wurde, dass er mit dieser Prüfung die Hochschulreife erlangt hätte, und nun berechtigt wäre, sich an jeder deutschen Universität für ein Studium einzuschreiben. Hans hatte sein Ziel erreicht.
Er vereinbarte mit seinen Eltern, dass er ein einjähriges Praktikum in einer chemischen Fabrik absolvieren würde, um sich dann an der Göttinger Universität für das Fach Chemie mit Beginn des Sommersemesters 1948 einzuschreiben. Er habe ja schon Erfahrung mit der Chemie, behauptete er Iris gegenüber und erzählte ihr von seinem großartigen Silvesterfeuerwerk 1940, das er vor dem Bootshaus der Marinejugend am Maschsee zur Freude seiner Ka-

meraden veranstaltet hatte. Allerdings verschwieg er ihr die fürchterliche Rauchentwicklung dabei, die das Ganze zu einem eher zweifelhaften Vergnügen für ihn und die Anderen hatte werden lassen.

16

Anfang April 1948, der Wind jagte letzte Schneeschauer eines sich in die Mittelgebirge zurückziehenden Winters durch die Straßen Göttingens, machte Hans sich mit einer Adresse in der Hand auf den Weg, um seine „Studentenbude" zu finden. Er war von Hannover aus mit einem erst nur kleinen Koffer nach Göttingen aufgebrochen, der nicht viel mehr barg, als ein wenig Wäsche für die nächsten Tage. Seine Mutter hatte ihn zu ihrem Cousin Herbert geschickt, der sich bereit erklärt hatte, ihn für die ersten Tage zu beherbergen, bis er ein eigenes Zimmer gefunden hätte. Herbert versprach, ihm auch sonst unter die Arme greifen beim sich Zurechtfinden im Studium und in der Stadt.
Hans war in Hannover mit großen Erwartungen, einem bangen Herzen und Träumen von einer großartigen Freiheit zum Bahnhof aufgebrochen. Seine Mutter hatte sich eine Bahnsteigkarte geleistet und ihn bis zum Zug begleitet. Sie ließ es sich nicht anmerken, wie schwer es ihr fiel, ihren ‚Kleinen' ziehen zu lassen. Friedhelm war längst aus dem Haus, um sein Medizinstudium fortzusetzen, das er vor dem Krieg schon begonnen hatte. Nun hatte er sein Physikum in Kiel bestanden und war mit Feuer und Flamme dabei, in den klinischen Semestern das anwenden und vertiefen zu können, was er, nur halb ausgebildet, im Lazarettdienst schon an ärztlicher Tätigkeit zwangsläufig hatte ausüben müssen.
Hans war nach der Rückkehr aus dem Krieg zu Hause geblieben, erst noch in der drangvollen Enge der Einzimmerwohnung in Kleefeld, später dann in der großen, von den Engländern freigegebenen Wohnung im Zentrum der Stadt. Er hatte sich rührend um seine Eltern gekümmert, mit dem Vater noch im ersten Winter auf einem wackeligen Handwagen einen Ofen für das kleine Zimmer am Kantplatz geholt, später auf etwas dunkleren Kanälen das dazugehörige Brennholz, Eisenbahnschwellen aus schwerem Eichenholz. Irgendwoher war es ihm auch immer wieder gelungen, Essbares aufzutreiben. Bauersfrauen im Umland mochten den freundlichen jungen Mann, der so schön zu erzählen wusste und mit naiver Vertrauensseligkeit die persönlichsten Dinge zum Besten gab, wie etwa Einzelheiten von der Krankheit seines Vaters oder den 53 Gallensteinen seiner Mutter. Die Frauen hatten Mitleid und entwickelten auf der Stelle mütterliche Gefühle für Hans, der diese als Erfolg seines umwerfenden Charmes deutete und überzeugt war, die Frauen wären vom Eindruck seiner Männlichkeit ganz überwältigt gewesen. Von welcher Seite man es auch betrachten mochte, er war in jedem Fall stolz, des Öfteren mit einem Dutzend Eier oder einer nicht unbeträchtlichen Seite Speck nach Hause zu kommen.

Marianne war selig, ihren großen „Kleinen" noch so lange bei sich haben zu können, und begriff nun erst auf dem Bahnsteig, dass nicht nur diese schöne, schwierige Nachkriegszeit, sondern auch ihr unmittelbares Muttersein sich dem Ende zuneigte.

Sie nahm ihn inniger und fester in den Arm als sonst und versuchte ihre aufsteigenden Tränen zu verbergen vor einem Hans, der sich zwar ein wenig wunderte über die ungewohnte Zärtlichkeit, sonst aber mit seinen Gedanken längst schon in Göttingen war und die Zäsur, die dieser Abschied für seine Mutter bedeutete, zum gegenwärtigen Zeitpunkt überhaupt nicht begriff.

Der Zug hielt bereits in Kreiensen, als Hans das erste Mal an seine Eltern dachte, die sich nun allein zurechtfinden mussten mit ihrer spärlichen Rente. Man hatte Karl Sogau seitens der englischen Besatzungsbehörde zwar in Aussicht gestellt, seinen Fall noch einmal überprüfen zu wollen, man konnte ihm indes nicht versprechen, ob es noch im selben Jahr mit einer Rückkehr in die Finanzdirektion klappen würde. Hans hatte über seine Praktikumszeit hinaus noch etwas länger in der Chemiefabrik gearbeitet und sich so einen kleinen Fundus erwirtschaftet, mit dem er hoffte, wenigstens die ersten beiden Semester finanzieren zu können. Der Zug hielt noch immer in Kreiensen, dem vom Ort her unbedeutenden, als Schienenkreuz aber bekannt gewordenen kleinen Städtchen am Harzrand, obwohl er laut Fahrplan schon seit fünfzehn Minuten in Richtung Göttingen mit dem Ziel Stuttgart hätte unterwegs sein müssen. Er erfuhr vom Schaffner, dass man noch auf einen verspäteten Zug aus Goslar warten müsse, der aber in etwa zwei Minuten eintreffen sollte.

Er dachte mit ein wenig Wehmut an seine Eltern. Es dämmerte ihm nun auch, dass ein ganzer Lebensabschnitt zu Ende gegangen war, dass sein Kindsein im unmittelbaren Radius von Eltern aufgehört und er sich nun auf den Weg in sein eigenes Leben gemacht hatte. Er fand das sehr aufregend, vor allem auch, weil er fest davon ausging, dass da draußen bereits eine, ihm zwar noch unbekannte, aber mit Sicherheit schon als „seine" zu bezeichnende Frau warten und all das an Liebe und Zärtlichkeit, Erotik und Leidenschaft für ihn bereithalten würde, wonach er sich seit Jahren sehnte. Alle bisherigen Versuche, einem Mädchen oder einer Frau ganz nahe zu kommen, waren entweder immer schon im Ansatz missglückt oder hatten sich nie so recht erfüllt. Mit Ruth nicht, obwohl er für sie eine große, aufrechte Liebe empfunden hatte, die ihn in ihrer Vergeblichkeit noch immer schmerzte, und auch nicht mit Almuth, von der er den ersten richtigen Kuss bekommen hatte. Immer wieder hatte er in Flammen gestanden, wenn er anderen Frauen begegnet war, hatte deren freundliche Reaktion auf seine verträumte Vertrauensseligkeit als Zuneigung, wenn nicht gar als Liebe gedeutet und wurde doch immer nur erneut enttäuscht, wenn im Hintergrund Verlobte oder Männer auftauchten, die ihn bis in seine Träume hinein verfolgten.

Nun aber konnte es gar nicht anders sein, als dass es dort draußen im Leben diejenige gäbe, die einzige, mit der er die Freuden der körperlichen Liebe würde auskosten können, nach denen er sich immer nur gesehnt und deren wüste Kraft und kreatürliche Wildheit er mit Entsetzen und Entzücken in den Lenden gespürt, aber außer in den einsamen Spielen mit sich selbst, noch nie richtig ausgelebt hatte. Er wurde ganz unruhig bei diesen betörenden Gedanken, die ihn fast vergessen ließen, dass ja auch noch ein ganzes langes Studium mit vielen Prüfungen vor ihm lag, dazu noch so ganz banale und vordergründige Dinge wie Zimmersuche, die Begegnung mit diesem Onkel Herbert und seiner Familie, denen er auf keinen Fall länger als zwei, drei Tage zur Last fallen wollte.

Als der Zug endlich im Göttinger Bahnhof einrollte, stieg er mit seinem kleinen Koffer aus und sah sich sorgsam um. Er betrachtete alles mit großer Aufmerksamkeit und dem Bewusstsein, dass jede Einzelheit um ihn herum von nun an zu seinem neuen Leben gehören würde. Das launige Aprilwetter hatte ihm eben noch auf dem Bahnsteig große wattige Schneeflocken ins Gesicht geweht und ließ jetzt draußen auf dem Vorplatz eine blendende Sonne hinter dem abziehenden Schauer aus einem waschblauen Himmel warm herabstrahlen.

Hans war mit großer Herzlichkeit von seinem Onkel Herbert aufgenommen worden, obwohl es ja nicht sein richtiger Onkel, sondern nur der Cousin seiner Mutter war. Als er nach einigem Suchen das Dreifamilienhaus am Rande der Innenstadt gefunden hatte, entschuldigte sich Onkel Herbert, dass er ihn nicht direkt vom Zug hatte abholen können, da er eben erst von der letzten Stunde aus dem Max-Planck-Gymnasium, er war dort als Lehrer für Latein und Griechisch tätig, gekommen sei. Hätte er allerdings gewusst, dass Hansens Zug mit fast einer halben Stunde Verspätung eingetroffen war, wäre er direkt von der Schule zum Bahnhof gekommen. Auch seine „Tante" Inga begrüßte ihn überraschend herzlich, indem sie den ihr unbekannten „Neffen" kurzerhand in den Arm nahm und mit einem dicken Kuss auf die Wange willkommen hieß.

Von den Nachbarn seiner Gastfamilie hatte Hans die Adresse bekommen, mit der er jetzt auf dem Weg in die Innenstadt war, um sich, sollte er auf Anhieb Glück haben, sein erstes eigenes Zimmer außerhalb seines Elternhauses zu suchen. Die Nachbarn hatten ihn bereits telefonisch bei der Vermieterin angemeldet.

Als er vor der großen, dunklen Wohnungstür ankam, die im oberen Teil ein mit feinem Glasschliff versehenes Fenster besaß, - Lilien wuchsen auf milchigem Grund, - und von innen her mit einer Gardine verhangen war, entdeckte er auch das ovale, auf Hochglanz polierte Messingschild mit dem in lateinischer Schrift eingravierten Namenszug seiner künftigen Wirtin: *Meier*. Kurz unter dem Schild, das links neben der Tür auf Höhe der Klinke angebracht war, fand er den Klingelknopf inmitten eines Schälchens, das ebenfalls aus Messing bestand und genauso blank glänzte wie das Namensschild. Er erschrak unwillkürlich vor dam laut schnarrenden Klingelgeräusch. Drinnen hörte er schlurfende Schritte, die Tür wurde geöffnet, und vor ihm stand eine etwas rundliche, mittelgroße Frau in einer Art schwarzem Morgenmantel, zwischen dessen nicht ganz geschlossenen Hälften ein rosafarbener, seidig glänzender Unterrock hervorschaute. Hans vermutete, es mit diesem Einblick nicht nur zufällig zu tun zu haben, denn das erst abschätzige, dann um ein Haar ins Schmierige abgleitende Lächeln der ungefähr vierzigjährigen Frau verwirrte ihn auf seltsame Weise.

„Sie sind Herr Sogau?" fragte die Frau mit tiefer, etwas heiserer Stimme, der sie einen einschmeichelnden Klang zu geben bemüht war. Er nickte.

„Dann kommen Sie mal mit, mein Lieber!" forderte sie ihn auf und ging vor ihm den Flur entlang. Er musste unwillkürlich auf ihr, nach seiner Einschätzung etwas zu groß geratenes, rundes Hinterteil gucken, das sie vor ihm hin und her schwenkte. Auf Hans machte das alles einen eher komischen Eindruck. Frau Meyer, sie war, wie er später erfuhr, seit einem Jahr verwitwet, hatte die Tür zu einem etwas düsteren, mittelgroßen Zimmer geöffnet und bat ihn, mit einer gewollt neckischen Handbewegung einzutreten. Das Erste, was ihm noch an der Tür auffiel, war ein im oberen Drittel eingelassenes Fenster mit Klarglas. Als Frau Meier seinem Blick auf dieses Fenster folgte, mahnte sie ihn eindringlich:

„Bitte, Herr Sogau, dieses Fenster nicht zuhängen, es ist eine der wenigen Lichtquellen für den Flur, auf dem sonst immer nur elektrisches Licht brennen müsste. Aber schauen Sie sich erst einmal um hier. Das Zimmer hat mein Mann, Gott hab' ihn selig, immer als Arbeitszimmer benutzt. Daher der große Schreibtisch zwischen den Fenstern und das hohe Bücherregal da drüben. Das Bett stammt noch von Elli, unserer Bediensteten, die wir uns vor dem Krieg noch leisten konnten. Nach dem Krieg hat mein Mann seine Arbeit als Richter verloren. Die Tommys warfen ihm vor, er hätte willfährig zu viele Todesurteile verhängt, was natürlich Quatsch ist. Mein Mann hat sich immer an die Gesetze und Richtlinien der Partei gehalten. Aber darüber will ich ja gar nicht reden. Wo war ich stehen geblieben? Ach ja, bei Elli und dem Bett. Es hat eine gute Federkernmatratze, ganz weich, Elli hat immer prima darin geschlafen. Die Arme ist von so einem Heimkehrerhalunken geschwängert und sitzen gelassen worden, jetzt ist sie wieder auf dem Hof bei ihren Eltern und wird wie eine gewöhnliche Magd behandelt, oder noch schlimmer. In dem Kind sehen sie nur den Bastard, obwohl sich Elli in ihrer wenigen Freizeit wirklich Mühe gibt mit dem Jungen. – „Na, wie isses, Herr Sogau, wollnse das Zimmer?" kam sie für ihn völlig überraschend auf den eigentlich Grund seines Besuchs zurück.

Hans hatte ein merkwürdiges Gefühl im Magen. Irgendetwas in ihm wehrte sich entschieden gegen Elsa Meier und dieses düstere Zimmer mit dem riesigen schwarzen Schreibtisch darin. Andererseits wagte er kaum, irgendwelche Einwände zu machen, weil er sich dem ganzen Auftreten dieser Frau unterlegen fühlte. Die Mischung von lasziven Blicken und Bewegungen, ihre Art zu reden, die einerseits keinen Widerspruch zuließ, zum anderen leicht an den Rand der Intimität geriet, machte ihn reichlich hilflos. So nickte er nur zögernd, was Frau Meier sofort als Vertragsabschluss deutete:

„50 Mark im Monat, Herr Sogau, einmal am Tag kriegense Wasser in dem großen Krug auf der Kommode da drüben in der Waschschüssel, Wasser zum Zähneputzen gibt's extra. Klo ist auf dem Flur, ganz hinten links. Müssense sich ein bisschen einteilen mit zwei Kollegen, die auch noch hier wohnen. Zum Kaffeekochen hab ich ihnen einen Tauchsieder in den Topf da drüben auf dem Schreibtisch gestellt. Damenbesuch möglichst nicht, auf keinen Fall aber nach acht. So, dann holen se man ihre Sachen, sie können hier sofort einziehen. Weil der Monat schon angefangen hat, brauchense für April nur 45 Mark zu zahlen. Ist doch'n gutes Geschäft, nicht?"

Als er wieder auf der Straße im dichten Schneegestöber stand, wo kurz zuvor noch die Sonne geschienen hatte, segelten ihm die Gedanken genauso wild durcheinander wie die Schneeflocken vor seinen Augen. Waschwasser und Zahnputzwasser, Damenbesuch im Klo, Männer auf dem Flur, Frau Meier im Unterrock und wackelndem Po vor Ellis Bett mit Federkernmatratze, der Tauchsieder auf dem schwarzen Schreibtisch eines toten Nazischarfrichters! Hans wischte sich über die Augen, um all den wirklichen wie auch den Gedankenschnee von seinem Gesicht zu wischen und trottete zum Haus seines Onkels mit Heimweh im Herzen. So also sollte es losgehen, das große Leben! Mit Frau Meier und dem geteilten Klo! Damenbesuch kam ja gar nicht in Betracht, noch hatte Hans keine Frau kennengelernt, ganz zu schweigen von einer Dame, was immer Frau Meier sich auch darunter vorstellen mochte. Später erst verstand er, dass „Damenbesuch" ein feststehender Begriff in der Studentenszene war und jede Art von verschiedengeschlechtlicher Zweisamkeit bezeichnete, ganz gleich, was man im Zimmer auch tat, ob lernen oder lieben, büffeln oder Brötchen essen.

Eine Nacht nur hatte er in der Wohnung seines Onkels verbringen müssen. Er selbst war überrascht und erfreut, dass seiner Zimmersuche ein so schneller Erfolg beschieden war, auch wenn er mit sehr gemischten Gefühlen bei Frau Meier einzog. Er schrieb an diesem ersten Abend in seinem Zimmer eine Postkarte mit seiner neuen Anschrift nach Hause. Von seinem Heimweh stand nichts darin, sondern nur, dass er sich freue, so schnell fündig geworden zu sein und dass seine Vermieterin eigentlich eine nette Frau wäre, die gewiss ein wenig unter Einsamkeit litte, nachdem ihr Mann mit nur 45 Jahren so plötzlich an einem Herzinfarkt gestorben war. Frau Meier hatte ihm den Vorgang des dramatischen Ablebens von Herrn Meier noch am Nachmittag desselben Tages sehr drastisch beschrieben, als er dabei war, seine wenigen Sachen auszupacken.

In den nächsten Tagen hatte er alle Hände voll damit zu tun, sich für sein Chemiestudium einzuschreiben, vor allem aber um sich zurechtzufinden im noch ungewohnten Studentenleben, das ihm einerseits einen riesigen Freiraum zur eigenen Gestaltung der vor ihm liegenden Tage und Wochen bot, zum anderen aber mindestens ebensoviel Disziplin abverlangte, um sich nicht einfach nur im Nichtstun treiben zu lassen und auf alle möglichen Angebote von studentischen Verbindungen und anderen Gruppierungen einzugehen. Viele solcher Angebote gaben offensichtlich nur vor, den noch orientierungslosen Erstsemestern die Wege ins studentische Leben zu erleichtern, entpuppten sich aber bei näherem Hinsehen mehr als Werbeveranstaltungen für die eigene Organisation und Gesinnung. Hans war allerdings zu der Überzeugung gelangt, dass er es, im Blick auf die unterschiedlichen Korporationen, mehr mit seinem Crewkameraden von der „Hipper", Günter Häsmann, hielt, der schon eine Ansammlung von mehr als drei Personen als eine ihm unerträgliche „Masse Mensch" bezeichnet hatte. Abgesehen davon, dass Hans darin eine satirische Überspitzung eigener Empfindungen sah, die nur darauf hinweisen sollte, dass Günter, wie er selbst auch, kein Massenmensch sein wollte und konnte, verstand er sich sonst durchaus als geselliger Mensch. Aber er mochte keine Großveranstaltungen, zu denen er auch die bierseligen Kommerse der mit Kappe und Schärpe versehenen Verbindungsstudenten rechnete. Er hielt sich lieber an einzelne Kommilitonen, die er zum Teil noch aus Hannoveraner und HJ-Zeiten kannte. Dazu zählte auch Philipp Rothmann, den er schon in den ersten Göttinger Tagen wiedergetroffen hatte. Zwar waren sie gleich zu Beginn ihres Wiedersehens hart aneinander geraten, - Philipp hatte sich furchtbar über Hans aufgeregt, weil er nicht verstehen konnte, wie ein junger

Deutscher in Hansens Alter noch im Jahr 1948 nichts von der Ermordung der Juden in den Konzentrationslagern gewusst haben wollte, - es hatte aber bald eine Versöhnung stattgefunden, als Philipp resigniert feststellen musste, dass es solche Menschen wie Hans tatsächlich gab. Er begriff allmählich, dass der in seiner Lebensverträumtheit und Gutgläubigkeit nie eine Frage gestellt hatte, weil so etwas wie Auschwitz weder in seinem Denken noch in seiner Vorstellung vom Menschen im Allgemeinen vorkam. Philipp hatte ihm alles erklärt, was er über die sogenannte „Endlösung" der Judenfrage wusste und was ihm von seinem Vater, als direkt Betroffenem, über das unfassbare Geschehen in Auschwitz berichtet worden war. Hans hatte sich alles mit Interesse und großer Bestürzung angehört, während Philipp sich jedoch des Eindrucks nicht erwehren konnte, dass ein alles in Erschütterung bringendes Entsetzen überhaupt nicht bis in Hansens Herz vorzudringen vermochte. Er spürte, welch einen Abwehrring aus Gutgläubigkeit und grundsätzlicher Menschenfreundlichkeit sich Hans als Schutz aufgebaut hatte, damit es nicht geschehen konnte, dass ihn solche Grausamkeiten im Inneren wirklich träfen und aus der Bahn würfen. Philipp verstand, dass sein Freund daran zu zerbrechen drohte, weil in ihm eine von feinen, freundlichen Traumfäden umwobene Weltsicht zerstört worden wäre, was ihn in tiefe Depressionen, wenn nicht gar in Schlimmeres gestürzt hätte. Als Philipp das verstanden hatte, konnte er seinem Freund wieder unbefangen begegnen, weil er in dessen Unkenntnis nicht eine Leugnung der historischen Tatsache der Ermordung von Millionen Juden sah, sondern pures Unvermögen, sich dieser furchtbaren Vergangenheit klarsichtig und mit erwachsenem Urteilsvermögen zu stellen. So wanderten jetzt beide des Öfteren in den werdenden Frühling, der die zarten, neuen Blätter der alten Buchen im Hainberg dazu brachte, mit ihrem hellem, lichten Grün den kommenden Sommer anzukünden.

Und natürlich hielt Hans immer wieder nach Mädchen Ausschau, denen der Frühling, wie den vielen bunten Blumen, Anmut, Duft und Reiz verlieh. Er meinte, noch nie so viele hübsche Mädchen auf einmal gesehen zu haben wie in diesen ersten Semestertagen auf dem Campus der Universität von Göttingen. Immer wieder hatte er versucht, durch Blicke und freundliche Mimik Eindruck zu machen und bekam dafür nur manch amüsiertes Lächeln. Wollte er allerdings gleich Nägel mit Köpfen machen und sprach die jungen Frauen direkt und unverblümt auf gemeinsames Kaffeetrinken oder Spaziergänge an, dann handelte er sich zumeist nur Überraschung, Ablehnung, manchmal sogar brüske Zurückweisung ein. Bis er in jenen milden Maitagen auf Mechthild getroffen war, die mit einem verheißungsvollen Lächeln auf seine Hainbergspaziergehwünsche eingegangen war. Mit noch immer klopfendem Herzen musste er an diesen verzauberten Abend unter dem Flieder im Park denken, als er geglaubt hatte, ein Mädchenherz und damit die ganze Welt stünde ihm offen. Alles hatte so gut begonnen und war für ihn doch so beschämend zu Ende gegangen. Von da an war Hans Mädchen gegenüber regelrecht scheu geworden. Nur von fern betrachtete er die Schönen, - mit Sehnsucht, träumerischen Phantasien und, wie er sich selbst eingestand, manchmal auch mit sehr triebgesteuerten Wünschen nach ganz konkreten Berührungen an ganz besonderen Stellen.

Wünsche, Phantasien und Träume, dazu die ungewohnte Anstrengung durch die geforderte Konzentration und Mitarbeit in Vorlesungen und Seminaren bestimmten seine erste Studienwochen. Als immer absurder hatte sich währenddessen seine Wohnsituation bei Frau Meier entpuppt. Zuerst hatte er geglaubt, er hätte zusätzlich zu all seinen Phantasien und Einbildungen nun auch noch leibhaftige Erscheinungen. Mehrfach schon war es ihm passiert, dass er beim Aufstehen oder ins Bett Gehen, wenn er nackt durch sein einsames Zimmer lief, meinte, das mit weit aufgerissenen Augen durch die Glasscheibe über seiner Zimmertür blickende Gesicht seiner Wirtin gesehen zu haben. Hans, der sich später, als er Brendhild schon kannte, zu einem begeisterten FKK-Anhänger entwickeln sollte, fand nichts dabei, sich in den eigenen vier Wänden völlig unbekleidet zu bewegen. Als ihm jedoch immer deutlicher wurde, dass er sich mit der Wahrnehmung von Frau Meiers Gesicht hinter seiner Türscheibe nicht geirrt hatte, beschloss er, nun zumindest Unterwäsche anzubehalten, wenn er in seinem Zimmer war.

Doch die großen Augen seiner Wirtin hinter der Scheibe waren nicht die einzige Eigentümlichkeit im Hause Meier. Er hatte mehrfach festgestellt, dass seine Post von den Eltern, die ihm Frau Meier immer dann ins Zimmer legte, wenn er in den Vorlesungen war, vorher schon einmal geöffnet worden sein musste. Diese Annahme wurde ihm zur Gewissheit, als er bei einem Besuch zu Hause von seiner Mutter gefragt wurde, ob ihm denn die gelegentlichen Zehn-Mark-Scheine aus ihren Briefen wenigstens ein bisschen weitergeholfen hätten. Marianne konnte das Geld guten Gewissens vom Wirtschaftsgeld abzweigen, da ihr Mann glücklicherweise recht bald voll rehabilitiert und mit allen Ehren, wieder in seinen früheren Posten bei der Oberfinanzdirektion eingesetzt worden war. Hans hatte seine Mutter verblüfft angeschaut. Von Geld hätte er nie etwas gesehen, versicherte er Marianne und berichtete ihr von den eigentümlichen Manipulationen an seinen Briefen, die er von ihr bekommen hatte. Beide, Marianne und Hans, waren überzeugt, dass seine Wirtin sich an diesem Geld vergriffen haben musste. Dabei hielt Marianne es für relativ zwecklos, Frau Meier zur zu Rede stellen.

„Dann steht Aussage gegen Aussage, Hans, oder glaubst Du, die würde den Diebstahl des Geldes zugeben, wenn du ihr das nicht hieb- und stichfest beweisen könntest?". Hans schüttelte den Kopf.
„Ich muss da unbedingt raus!" stellte er fest, und nachdem er seiner Mutter über das merkwürdige Verhalten von Frau Meier hinter der Glasscheibe seiner Zimmertür und der Aufforderung gleich zu Beginn, nichts vor dieses Fenster zu hängen, erzählt hatte, war Marianne so empört, dass sie ihren Sohn in dessen Schlussfolgerung aus all diesen Ereignissen voll unterstützte.
Aber wohin sollte er umziehen? Viele Zimmer, die er sich angesehen und die ihm gut gefallen hatten, waren schlicht unerschwinglich für seine Verhältnisse. Was ihm in dieser unsicheren Situation zugute kam, war sein angeborenes Geschick, mit technischem Personal bei Institutionen und Behörden recht schnell Freundschaft zu schließen. Schon als Kind hatte er das gekonnt, als er sich mit dem Hausmeister des Theaters, dem Vater seines Freundes Erich, und den beiden vierschrötigen Heizern angefreundet hatte, die ihm aus lauter Freundschaft eine „Schatzkugel" geschenkt hatten. So war es ihm auch mit dem Universitätspedell ergangen, mit dem er, auf der Suche nach einem ganz bestimmten Hörsaal, zufällig ins Gespräch gekommen war. In seiner bescheidenen, überaus freundlichen und gar nicht überheblichen Art technischem Personal gegenüber, hatte er rasch das Herz des Mannes gewonnen, was ihm nun zugute kommen sollte.
Hans erzählte dem freundlichen Mann mittleren Alters, der nur noch einen feinen, tonsurartigen Haarstreifen um den Kopf besaß und stets mit einer blauen, verblichenen Mantelschürze unterwegs war, von seinen misslichen, Meierschen Wohnverhältnissen. Rudi, so ließ er sich recht bald von Hans nennen, fand diese Situation ebenfalls unerträglich und bot ihm an, er könne vorübergehend, bis er etwas Richtiges gefunden hätte, unentgeltlich im Universitätskarzer wohnen. Der würde ohnehin nicht mehr gebraucht, ermögliche es aber mit seiner Einrichtung, - einem einfachen pritschenartigen Bett, einem Drahtgestell, das eine schlichte, weiße Emailleschüssel mit einem aus gleichem Material bestehenden Krug hielt, sowie einem kleinen Tisch mit Hocker, - halbwegs normal darin zu wohnen. Mit dem Krug könne er sich, wann immer er wolle, frisches Wasser aus einer der Toiletten besorgen. Einzige Voraussetzung wäre natürlich, dass man keine zu hohen Anforderungen an den Komfort einer solchen Unterkunft stelle und bereit wäre, die wenigen Unannehmlichkeiten in Kauf zu nehmen, wie eine gewisse Öffentlichkeit im Umkreis des Zimmers, sowie die damit verbundene Lärmbelästigung tagsüber und den nicht zu verleugnende Charakter einer kleinen Gefängniszelle.

Hans, dem es auf Luxus ohnehin nicht ankam, nahm dieses Angebot Rudis mit Freuden an. Er kündigte sein Zimmer bei Frau Meier zum Monatsende mit der Begründung, er habe eine Bleibe unmittelbar in Uni-Nähe gefunden. Frau Meier hingegen schien zu spüren, dass er sehr wohl noch andere Gründe hatte für seine Kündigung. Sie folgte ihm in sein Zimmer und wirkte etwas nervös, als sie ihn mit einer sonst bei ihr nicht üblichen Unsicherheit in der Stimme fragte:
„Gefällt ihnen irgendwas hier nicht, Herr Sogau? Fehlt ihnen was? Haben sie sich mit einem Mitbewohner angelegt?"
Hans schüttelte nur den Kopf und schwieg. Er hatte nicht vor, Frau Meier zu sagen, dass er ihre eigentümliche Neugier, besonders abends und morgens, wenn er sich wusch und aus- und anzöge, nicht ertragen könne und noch weniger die Gelddiebstähle aus seinen Briefen. Das Ganze hätte nur zu fürchterlichen Auseinandersetzungen geführt, denen er sich bei dem Mundwerk seiner Wirtin nicht gewachsen fühlte. So räumte er still und konzentriert seine wenigen Sachen zusammen, während Frau Meier hinter ihm hin und her ging, ihre Hilfe anbot und irgendwie von schlechtem Gewissen getrieben schien:
„Aber sie haben sich doch immer so wohl gefühlt bei mir, Herr Sogau. Wir sind doch gut miteinander ausgekommen, sie waren mein liebster Mieter, Hans. Aber wenn sie meinen, dann müssen sie wohl ausziehen, obwohl es von hier aus auch nur zehn Minuten zur Uni sind. Aber sie müssen es ja selbst wissen, was sie tun, ich habe es jedenfalls immer gut mit ihnen gemeint."
Hans hatte seine Sachen zusammengepackt und ging mit seinem Koffer zur Tür, warf noch einmal einen prüfenden Blick auf die darin eingelassene Glasscheibe und streckte Frau Meier die Hand entgegen, um sich zu verabschieden. Sie schien nun richtig in Wallung gekommen sein, blickte ihn mit rollenden Augen an und umarmte ihn plötzlich heftig, indem sie seinen Kopf zwischen ihre großen Brüste drückte. Dann stieß sie ihn von sich und sagte mit rauer Stimme und den Tränen nahe:
„Wenn es denn unbedingt sein muss, Herr Sogau, Hans, - dann auf Wiedersehen!" Sie drehte sich um und verließ mit schweren Schritten den Raum.
Hans, der gar nicht wusste, wie ihm geschah, als er sich plötzlich zwischen den weichen, leicht nach Veilchen duftenden Brüsten seiner Wirtin wiederfand, war noch viel zu verwirrt, um irgendetwas zu antworten. Nachdenklich nahm er seinen Koffer in die Hand, ging mit langsamen Schritten durch den Flur und verließ still die Wohnung. Draußen auf der Straße schien eine warme Nachmittagssonne durch weißblühende Ebereschen am Straßenrand. Er atmete tief durch und hatte das Gefühl, ein kurzes, sehr seltsames Kapitel seines Studentenlebens hinter sich gebracht zu haben. Er ging den Weg hinunter zur

Universität, erst noch langsam und nachdenklich zögernd, dann immer schneller, zum Schluss rannte er beinahe die noch ungepflasterte Straße entlang und fühlte sich zum ersten Mal richtig frei in dieser Stadt.

Hans bezog seine „Zelle" in der Universität und kam sich darin weniger eingesperrt vor, als er befürchtet hatte. Tagsüber allerdings meinte er manchmal, auf einem Marktplatz zu wohnen. Auch erregte er eine gewisse Aufmerksamkeit, wenn er morgens mit seinem großen Emaillekrug in der Hand zu den Toilettenräumen strebte, um sich Waschwasser für seine Schüssel zu besorgen. Manche Vorlesungen begannen im Sommer schon um sieben, so dass es unvermeidlich war, dass er auf seinen Krugängen etlichen Kommilitonen begegnete, die ihn in seinem blaugestreiften Flanellschlafanzug erstaunt und belustigt ansahen und sich noch mehrfach kichernd nach ihm umdrehten. Besonders wenn hübsche Mädchen darunter waren, mochte Hans gar nicht aufblicken. Es war ihm peinlich, mit schlafverworrenem Haar und Filzpantoffeln an den Füßen den adretten jungen Frauen gerade in die Augen zu blicken, wie es sonst seine Art war, die oft dazu führte, dass die Mädchen ihrerseits den Blick abwandten. Natürlich hätte er sich das Waschwasser ebenso gut schon am Vorabend besorgen können, was er gelegentlich auch tat, meist aber vergaß.

Die Nächte im Karzer waren lang und still, nur die Turmuhren zweier Kirchen verkündeten kurz nacheinander in unerbittlichem Takt das Voranschreiten der Zeit, was ihn aber, der im Allgemeinen über einen sehr guten Schlaf verfügte, kaum störte. Dennoch waren die Einschränkungen, denen er sich hier ständig ausgesetzt sah, nicht unerheblich. Besuch zu empfangen, war wegen der Enge seiner Zelle praktisch unmöglich. Dafür geschah es gelegentlich, wenn er vergessen hatte, seine Tür abzuschließen, dass plötzlich für ihn völlig fremde Studenten mitten in seiner Zelle standen und sich bei ihm nach irgendwelchen Veranstaltungen erkundigten. Wenn er an seinem Tisch saß und arbeitete, mochte das noch angehen, war er dagegen gerade dabei sich umzuziehen, ergaben sich geradezu groteske Szenen. Männer wie Frauen erblickten Hans in weißer Unterwäsche, was durchaus zu unterschiedlichen Reaktionen führte. Mädchen wandten sich mit einem kleinen, spitzen Aufschrei sofort wieder um und verließen fluchtartig den Raum. Andere, zumeist Männer, blieben belustigt mitten in Hansens Zelle stehen, bis er ihnen hastig erklärt hatte, dass er hier nur wohne, alles seine Richtigkeit hätte und er den Damen und Herren dankbar wäre, wenn er sich nun in Ruhe anziehen dürfe.

Tagsüber, in seiner vorlesungsfreien Zeit, war er ständig unterwegs, um sich nach einem neuen, richtigen Zimmer umzusehen. Und als er sich wieder einmal auf der Suche befand, dieses Mal im Norden Göttingens, begegnete ihm auf dem Bürgersteig eine junge Krankenschwester. Sie hatte sich während des Gehens umgedreht, um einer Kollegin noch etwas zuzurufen, was er nicht verstand, und lief nun geradewegs in Hans hinein, der sie in seinen Armen auffing. Das junge Mädchen errötete, stammelte eine Entschuldigung und wollte schleunigst weiterstürmen, als er sie, jetzt mit Worten, aufzuhalten versuchte, weil er sie auf Anhieb mochte und in ihrer stürmischen Begegnung einen Wink des Schicksals zu sehen meinte.

„Entschuldigen sie", sagte Hans schnell, „wissen sie zufällig, wo man hier in der Umgebung nach einem Studentenzimmer fragen könnte?"

Die Krankenschwester ließ sich aufhalten und überlegte:

„Warten sie mal, also eigentlich weiß ich das nicht, weil ich in einem Schwesternheim wohne, und da kann ich sie natürlich unmöglich unterbringen." Sie lachte Hans amüsiert ins Gesicht, und der stimmte in ihr Lachen ein, weil auch er die Vorstellung, allein unter vielleicht hundert oder mehr jungen Krankenschwestern zu wohnen, ziemlich abwegig, wenn auch reizvoll fand. Er hatte während ihres kurzen Wortwechsels das Gefühl, dass es sich sehr gut mit diesem Mädchen lachen ließe, sie ihn überhaupt nicht einschüchterte und an ihm durchaus nicht uninteressiert schien.

„Aber von einer Kollegin habe ich gehört, - ihr Freund ist auch Student, - dass er sich gerade gestern hier in der Straße was angesehen hat. Nettes Zimmer, war ihm wohl bloß zu klein, weil er mit seiner Freundin zusammenziehen wollte. Außerdem hatte der Vermieter sowieso kalte Füße bekommen, als er hörte, dass die beiden zusammenwohnen wollten, ohne verlobt oder verheiratet zu sein. Sie wissen schon, wegen des Kuppeleiparagraphen und so, er hatte Angst, man könnte ihm da was am Zeug flicken. Ich hab mir aber gemerkt, wo das war. Sehen sie den kleinen Lebensmittelladen da drüben? Da kaufe ich mir manchmal eine Tafel Schokolade, wenn ich es mir leisten kann. Meine Freundin auch und dabei hat sie mir das Haus gezeigt. Es ist das dritte links neben dem Laden, da müssen sie mal fragen. So, ich muss jetzt weiter, meine Mittagspause ist gleich um, also auf Wiedersehen!" Sie lächelte und zögerte, weiter zu gehen, als warte sie noch auf eine Reaktion von ihm.

„Danke für den Tipp," beeilte er sich, sie noch etwas länger aufzuhalten und beschloss, gleich aufs Ganze zu gehen. „Wäre es denn möglich, dass wir uns mal wiedersehen?" fragte er und kam sich sehr mutig vor. Die junge Frau zögerte einen Augenblick.

„Möglich wäre das schon", erwiderte sie gedehnt. „Wenn sie da einziehen sollten, wäre das ja fast unumgänglich. Das Schwesternheim liegt hundertfünfzig Meter weiter unten. Wenn sie einkaufen gehen in dem kleinen Laden, werden wir uns beinahe zwangsläufig über den Weg laufen."

„Darf ich vielleicht auch ihren Namen wissen, dann könnte ich sie im Laden wenigstens richtig begrüßen." Hans staunte über sich selbst, wie forsch er hier zur Sache ging.
„Brendhild Obermann, heiße ich. Und sie?"
„Hans Sogau."
„Na, dann vielleicht schon bis bald, Herr Sogau, entschuldigen sie noch mal, dass ich so blind in sie hineingelaufen bin."
„Oh, das war mir ein Vergnügen" sagte Hans lächelnd und merkte, wie diese Redensart in diesem Fall Wort für Wort den tatsächlichen Sachverhalt wiedergab. Ganz beschwingt ging er weiter, schnurstracks auf das von Brendhild Obermann bezeichnete Haus zu. Im Hausflur kam ihm eine junge Frau mit einem kleinen, vielleicht zweijährigen Kind entgegen. Er erkundigte sich bei ihr, ob sie wisse, wo es hier im Haus ein Zimmer für Studenten zu mieten gäbe.
„Das ist im ersten Stock, direkt neben uns", gab sie freundlich Auskunft. „Eigentlich gehörte das mal zu unserer Wohnung. Der Hauswirt hat es, kurz bevor wir einzogen, abgetrennt. Jetzt hat es einen eigenen Eingang. Fragen sie am besten mal bei unserem Vermieter, der wohnt gleich rechts im Nebenhaus. Ein Herr Volkmeier ist das. Vielleicht ist es ja noch frei, vor drei Tagen ist der letzte Mieter ausgezogen. Viel Glück!"
Er bedankte sich, klingelte im Nebenhaus bei „Volkmeier" und hatte Glück. Herr Volkmeier, ein umgänglicher Mann im Rentenalter, bat ihn herein. Er erkundigte sich nach seiner Herkunft, erzählte, dass er früher selbst einmal in Hannover gelebt hätte, sehr gern übrigens, in der Nähe des Maschsees. Schon aus lokalpatriotischen Gründen sähe er es daher gern, wenn das Zimmer an einen altgedienten Hannoveraner ginge. Herr Volkmeier begleitete Hans ins Nebenhaus die Treppe hinauf, schloss die kleine Flurtür auf und führte ihn in das leere Zimmer, das Hans auf Anhieb gefiel, weil es hell und freundlich war.
„Möbel gibt's nicht, wie sie sehen. Ihr Vorgänger wollte sowieso seine eigenen mitbringen. Bestimmt wird ihnen was einfallen, mehr als Tisch, Bett, Schrank und Stuhl braucht's doch nicht, oder?"
Hans nickte eifrig. Er dachte sofort an seinen Onkel Herbert und war überzeugt, dass er dort wenigstens eine Notausrüstung ergattern könnte.
„Na denn, mit sechzig Mark sind sie dabei, Einzug ist jederzeit möglich," strahlte Herr Volkmeier und hielt ihm seine große Pranke hin. Hans schlug ganz glücklich ein, und als er auf dem sonnigen Bürgersteig zurück in Richtung Innenstadt marschierte, war er der Überzeugung, dass es das Schicksal an diesem Tag nun wirklich gut mit ihm gemeint hatte. Ein hübsches, junges

Mädchen war ihm im wörtlichen Sinn in die Arme gelaufen, und eine Stunde später schon war er Mieter eines wunderschönen, völlig separat gelegenen Zimmers, das noch dazu in der Nähe des Wohnheims dieser Brendhild Obermann lag. Sie würden sich wiedersehen, er war überzeugt davon.

17

Als Hans aus dem Karzer „entlassen" worden war, - zum Scherz sprach er vor Kommilitonen stets von seiner sechswöchigen „Haftzeit", die er wegen ungebührlichen Benehmens hätte absitzen müssen, - zog er in sein kleines, bescheidenes Zimmer im Norden Göttingens, das ihm Herr Volkmeier aus Anhänglichkeit zu Hannover vermietet hatte. Kein Hauswirt oder -wirtin wohnte mit im Haus, die seine Ab- und Anwesenheitszeiten hätten kontrollieren können oder sich dafür interessierten, welchen Besuch Hans empfinge, ob männlichen oder weiblichen Geschlechts.

Von der ursprünglich fünf Zimmer großen Wohnung hatte der Hauswirt, genauso wie es die junge Frau mit dem Kind schon beschrieben hatte, ein außen liegendes Zimmer abgetrennt, mit einem kleinen Flur versehen und durch eine eigene Eingangstür zu einer kleinen, abgeschlossenen Wohnung gemacht. Sogar ein Waschbecken gab es im Zimmer, während er sich allerdings die Toilette auf halber Treppe mit der fünfköpfigen Familie von nebenan teilen musste.

Er genoss seine neue Freiheit in vollen Zügen. Es gab keine Frau Meier mehr, die seine Post öffnete, sich am Bargeld bediente und mit Argusaugen darauf achtete, dass nach acht Uhr abends kein „Damenbesuch" mehr im Hause erschien. Auch das schon freiere, dafür aber öffentliche Dasein im Karzer, wo tagsüber alle möglichen Leute, Studenten, Professoren und Angestellte an seiner „Zelle" vorbeikamen, hatte Hans leichten Herzens für das jetzige, ganz private Leben eingetauscht. Selbst dass seine „Wohnung", wie Hans künftig nur noch von seinem Studentenzimmer reden sollte, unmöbliert war, konnte seine Zufriedenheit nicht beeinträchtigen. Es dauerte zwar eine Weile, bis er mit Hilfe seines Onkels Herbert ein altes Bettgestell samt einer etwas quietschenden Matratze, einen wackeligen Tisch, den er mit seiner praktischen Veranlagung im Handumdrehen wieder in eine stabile Form gebracht hatte, einen schlichten Holzhocker, einen alten, weiß lackierten Kleiderschrank und sogar ein kleines Regal für seine noch nicht sehr zahlreichen Bücher zusammenbekommen hatte. Aber was für Außenstehende noch recht karg und ärmlich aussehen mochte, empfand er als sein „Reich", das für ihn Gemütlichkeit und ein wundervolles Gefühl von Geborgenheit ausstrahlte. Ein von den Eltern zum Einzug geschenkter kleiner Gummibaum mit schon fünf großen Blättern und einem sechsten, das sich bereits in einer kleinen, mit rötlichgrüner Haut überzogenen Rolle ankündigte, bildete für Hans das i-Tüpfelchen neu gewonnener Wohnlichkeit.

Vor kurzem war es ihm sogar gelungen, einen alten Radioapparat, dem sagenumwobenen „Volksempfänger" nicht unähnlich, aufzutreiben, den er für fünf Mark einem Kommilitonen abgekauft hatte, dessen Eltern reich genug waren, um ihn mit einem nagelneuen Nachkriegsgerät auszustatten. Er war glücklich, nun vor allem wunderbare Musiksendungen empfangen zu können, wobei er, als Reminiszenz an seine Versuche mit der Geige, besonders die Klassik bevorzugte. So war er auch ganz besonders stolz, wenn er seinem Besuch zusammen mit einem Glas Tee gelegentlich auch ein kleines Rundfunkkonzert servieren konnte, das für ihn die Empfindung von gediegenem Wohnen noch einmal auf ganz besondere Weise verstärkte.

Natürlich hatte Hans, schon einen Tag nach seinem Einzug, Brendhild Obermann vor dem kleinen Laden wiedergetroffen. Von da an hatten sie ein erneutes Treffen nicht mehr dem Zufall überlassen wollen, sondern sich gleich für den nächsten Tag zu einem Stadtbummel verabredet. Hans hatte, wie immer, schnell Feuer gefangen, und Brendhild erwies sich als eine zupackende junge Frau, mit der er, wie er überzeugt war, würde Pferde stehlen können.
Niemals aber sollte er den Abend vergessen, an dem ihn Brendhild zum ersten Mal in seiner Wohnung besuchte und dabei durchblicken ließ, dass sie unter Umständen, bei ihrem nächsten Besuch am Wochenende, auch über Nacht würde bleiben können.
Er war seit dieser Ankündigung aufgeregt wie ein Kind am Vorabend seines Geburtstags, obwohl sich auch ein wenig Beklommenheit einmischte. Wie würde das werden, zum ersten Mal mit einer Frau? Noch dazu während einer ganzen Nacht?
Wichtig war als Erstes, das hatte er sich für eine solche in Aussicht stehende Gelegenheit stets vorgenommen, für eine verlässliche Verhütung zu sorgen. Mit einem Gemisch aus selbstverständlichem Verantwortungsgefühl, Furcht, schräg angesehen zu werden, Schüchternheit und Peinlichkeit hatte er am Morgen dieses wundervollen Julitages, an dessen Abend Brendhild kommen würde, eine Apotheke betreten. Als die junge Angestellte ihn nach seinem Begehr fragte, lief Hans rot an, wäre am liebsten im Boden versunken und hätte zu gern auf der Stelle die Flucht ergriffen. Aber er hielt stand. Mit leiser, etwas undeutlicher Stimme, wobei er kaum die Lippen zu bewegen wagte wegen der beiden Damen, die neben ihm standen und mit dem Apotheker über Erkältungsmittel sprachen, brachte Hans fast unhörbar „Eine Packung Kondome, bitte," heraus, so dass die Angestellte noch einmal nachfragen musste, was seine Pein wiederum ins schier Unermessliche steigerte. Schließlich aber fand er sich auf der Straße wieder, hielt seine Dreierpackung in der

Hand, von der er annahm, dass sie für diese erste Nacht ausreichen müsste, und rannte mehr als dass er ging, um seiner Erleichterung Ausdruck zu verleihen, den Weg zurück bis in seine Wohnung.
Damit hatte er den schwierigsten Teil des Unternehmens schon hinter sich. Alles Weitere war ein Kinderspiel. Zum Abendbrot wollte er Spaghetti kochen. Bei seiner Mutter hatte er sich zuvor erkundigt, wie man die dazu benötigte Tomatensauce anfertigen müsse. Im Kolonialwarenladen, knapp fünfzig Meter von seiner Wohnung entfernt, wo er Brendhild nach ihrem ersten „Zusammenstoß" wiedergesehen hatte, erstand er neben einer Packung Spaghetti, zwei Zwiebeln, einem halben Pfund Tomaten und einem Bund Petersilie auch eine Flasche algerischen Rotwein für 99 Pfennig, den man, in Ermangelung von richtigen Weingläsern, aus zwei Wassergläsern würde trinken müssen. Selbst an eine Kerze hatte er gedacht, weil er sich nicht vorstellen konnte, wie bei seiner hellen Deckenlampe irgendwie eine Atmosphäre von Gemütlichkeit oder gar Erotik würde entstehen können.
Hans war in einer etwas nervösen, dennoch freudigen Erwartungsstimmung, und während er hier noch einmal die Vase mit den drei roten Nelken, die er auf dem Markt erstanden hatte, auf dem Tisch ein wenig nach rechts rückte und dort seine braunbeige karierten Filzpantoffel unter dem Bett verschwinden ließ, sprach er immer wieder, in einem selbst erfundenen rhythmischen Takt, den lateinischen Satz vor sich hin, den er vor ein paar Tagen im Vorbeigehen von einigen Verbindungsstudenten aufgeschnappt hatte:
„Extra Gottingam non est vita, si est vita, non est ita!" (Außerhalb Göttingens gibt es kein Leben, wenn doch, dann kein solches.)
Er hielt diese Aussage zwar für ziemlich albern, aber sie passte zu den Korpsstudenten, deren Gehabe und Auftreten er ebenfalls für albern und anachronistisch ansah. Jetzt aber, beim Warten auf Brendhild, wollte ihm dieser Ohrwurmspruch gar nicht mehr aus dem Sinn und, eingedenk seiner „Theaterzeit", skandierte Hans ihn immer erneut mit anderen Satzmelodien. Zum Schluss hatte er sich sogar eine Singweise ausgesucht, nach der er, in verschiedenen, melodischen Abstufungen, mal dem einen, mal dem anderen Wort eine besondere Betonung gab. Erst lag der Ton auf „extra", dann auf „Gottingam", schließlich, mit scharfem Akzent, auf „vita", zum Schluss, fast triumphal, nur noch auf „ita".
Immer wieder sah er auf die Uhr, einen altertümlichen Wecker mit einer außen liegenden Glocke, auf die zur Weckzeit ein kleiner, aber energischer, fürchterlichen Lärm erzeugender Klöppel einschlug. Man konnte ihn auch nicht etwa schlaftrunken, mit ungezielter Gebärde einfach zum Schweigen bringen, sondern musste den Wecker in die Hand nehmen und den rappelnden

Klöppel an einem rückwärtig angebrachten kleinen Hebel ausstellen. Der Hintergedanke des Konstrukteurs, so mutmaßte er, war wohl, dass man, hatte man erst einmal das lästige Läuten auf diese umständliche Weise abgestellt, bereits ausreichend wach war, um nicht erneut in morgendlichem Schlummer zu versinken.

Und dann klingelte es an der Wohnungstür. Hans stolperte über die Flasche mit dem algerischen Rotwein, die er nach dem Einkauf neben der Tür abgestellt und vergessen hatte, ins Regal zu stellen. Vor der Tür stand eine strahlende Brendhild im weißen Sommerkleid mit einer Flasche „Niersteiner Domtal" in der Hand. Sie flog ihm um den Hals, wobei die Weinflasche etwas unsanft gegen sein rechtes Schulterblatt schlug, was er aber nur nebenbei registrierte. Er küsste Brendhild zur Begrüßung lange und leidenschaftlich und schob sie dann durch den kleinen Flur in sein „Heim", wie er seine Wohnung zuweilen auch nannte. Brendhild setzte sich auf den kleinen Hocker, der bislang die einzige Sitzgelegenheit in der Wohnung war, wenn man einmal vom Bett absah, über das Hans eine rotblau gestreifte Wolldecke gebreitet hatte, um den reinen Bettcharakter des Bettes etwas abzumildern und ihm einen Hauch von Sofa zu verleihen.

Er setzte einen dunkelroten Emailletopf mit Wasser auf den „Herd", der aus nur einer einzigen Kochplatte und einem weißen Untersatz bestand. Den schwarzen Schalter daran stellte er auf 3, gab einen Esslöffel voll Salz ins Wasser, strahlte Brendhild an und schaltete das Radio ein.

„Albinoni", erklärte er, als die ersten, etwas verrauschten Töne erklangen. Brendhild nickte lächelnd.

„Du brauchst endlich mal vernünftige Stühle, Hans." sagte sie und setzte sich zu ihm aufs Bett.

„Krieg ich doch bald," erklärte er und zog Brendhild mit, als er sich nach hintenüber fallen ließ, „aber ist das Bett nicht eine gute Alternative?" Brendhild antwortete mit einem Kichern, das Hans in einem Kuss ertränkte.

„He, nicht so stürmisch, junger Mann," protestierte sie, als seine Hand auf ihrem Rücken herunter wanderte und er sie an sich zu pressen versuchte. „Ich glaube, dein Spaghettiwasser kocht."

Mit einem mürrischen Grunzen gab er sie frei, wälzte sich hoch und ließ die bereitliegenden Nudeln aus der Tüte ins sprudelnde Wasser gleiten, stand noch eine Weile daneben, um durch Umrühren mit einer Gabel das Zusammenklumpen der Spaghetti zu verhindern, während Brendhild sich über die Zwiebeln und Tomaten hermachte.

Zum Essen hatte Hans den Tisch ans Bett gerückt. Er bat Brendhild mit galanter Gebärde darauf Platz zu nehmen und setzte sich selbst, ihr gegenüber, auf

den herangezogenen Hocker. Auf dem Tisch hatte er eine weiße, mit einer kleinen Spitze umrahmte Tischdecke, die noch von seiner Großmutter Dora stammte, ausgebreitet. Die Kerze brannte, und die Wassergläser waren zur Hälfte mit algerischem Rotwein gefüllt.
Im Radio kündigte der Sprecher an, man werde im Abendprogramm die „Zauberflöte" original aus der Wiener Staatsoper übertragen.
„Mozart, wie bestellt", strahlte Hans. Er strich Brendhild liebevoll über die Hand und erhob sein Glas: „Willkommen in meinem Reich, lass es Dir schmecken!"
Brendhild lächelte, - verführerisch, wie Hans glaubte. Er erzählte ihr beim Essen ausführlich über sein „öffentliches" Leben im Karzer zu Beginn des Semesters, besonders von den verirrten Studenten in seiner Zelle, wenn er vergessen hatte, die Tür abzuschließen.
„Stell dir vor", prustete Hans, „einmal stand plötzlich eine etwas pummelige junge Dame in meiner Zelle, als ich mich gerade auszog! Ich glaube, sie wäre am liebsten geblieben."
„Na, na, das hätte dir wohl gefallen, was?" drohte ihm Brendhild mit dem Zeigefinger mit einer Spur von Eifersucht in der Stimme, wie er herauszuhören meinte.
„Ach komm, Brendhild," protestierte er, „ich mag nur Frauen mit deiner Figur."
„Was heißt hier Frau*en*? Bin ich dir nicht genug?" schmollte sie zum Schein.
Anstelle einer Antwort stand er auf, rückte den Tisch mit den abgegessenen Tellern und den leeren Gläsern entschlossen beiseite und setzte sich zu Brendhild aufs Bett.
„Ich sage nur so viel", kündigte er an und küsste sie auf den Mund.
Nun war es Brendhild, die sich nach hinten aufs Bett fallen ließ und Hans dabei mitzog, ohne dass ihre Lippen sich trennten. Sie umschlangen einander und liebkosten sich, wobei seine Hände geflissentlich versuchten, Brendhilds Kleid, das mit einer Knopfleiste auf dem Rücken geschlossen war, Knopf für Knopf zu öffnen, was sie sich ohne Widerspruch gefallen ließ.
Schließlich hatte er es geschafft und streifte die Ärmel des Kleids über ihre verletzlich wirkenden Schultern bis zu den Hüften hinunter, während sie mit den Füßen half, das Kleid gänzlich abzustreifen.
Er hob für einen Augenblick den Kopf und schaute auf ihren schönen weißen Körper. Unter seinem Blick streckte sich Brendhild, winkelte ein Bein an und zog ihn wieder zu sich herunter.
Als er sich ebenso geflissentlich um ihren Büstenhalter kümmern wollte, wie ihm das mit dem Kleid schon gelungen war, sich dabei aber völlig vernestelte,

musste sie lachen: „Lass mich das mal machen!" flüsterte sie ihm ins Ohr, drehte den Verschluss mit geübtem Griff nach vorn und hatte ihn im Nu geöffnet.

„Jetzt bist du aber dran," drohte sie liebevoll, knöpfte sein Hemd auf, zog es ihm ohne viel Federlesens aus, öffnete seine Hose und kniete sich neben ihn. Sie ergriff mit beiden Händen die Hosenbeine, zog ihm die Hose mit einem energischen Schwung über Hinterteil, Knie und die nackten Füße und ließ sie neben das Bett fallen. Dann lagen sie beide, nur in ihrer Unterwäsche, nebeneinander und streichelten sich zärtlich am ganzen Körper, wobei seine Hände immer wieder, wie aus Versehen, zwischen Brendhilds Beine gerieten.

Die Zauberflöte war schon in vollem Gang, überdeckt manchmal, wenn sie sich umeinander wälzten, von den metallischen Misstönen der Matratze.

Hans war in seiner Erregung und Liebe für Brendhild immer wieder abgelenkt, weil er über den richtigen Moment nachdachte, wann er sich eines seiner Kondome bedienen sollte, die er, vorsorglich schon ausgepackt, griffbereit unter dem Kopfkissen versteckt hatte. Als er schließlich versuchte, im, wie er meinte, rechten Augenblick einen davon überzustreifen, gelang ihm das nur sehr verunglückt, was ihn derart aus seinem Liebesrhythmus mit Brendhild brachte, dass zunächst gar nichts mehr ging.

„Tut mir leid," murmelte er und warf das Gummi verzweifelt aus dem Bett. Danach lag er eine Weile still neben ihr. Sie versuchte ihn mit zärtlichen Fingern und Worten zu trösten.

In seinen Vorträumen auf diesen Abend hin hatte er sich das alles ganz anders vorgestellt. Wie verschieden Phantasie und Wirklichkeit in der Liebe doch sind, dachte er, während Brendhild es inzwischen geschafft hatte, seine Manneskraft so weit wiederherzustellen, dass ein weiterer Versuch mit der Verhütung unternommen werden konnte. Brendhild nahm ihm das Kondom einfach aus der Hand.

„Lass mich das mal machen", flüsterte sie und streifte es ihm behutsam aber zugleich mit festem Druck über. Er genoss das Gefühl, das ihre Hand ihm dabei bereitete.

Und dann endlich erschien ihm die Vorstellung, die er sich von dieser Umarmung seit langer Zeit gemacht hatte, mit der erlebten Wirklichkeit übereinzustimmen. Mit wild klopfendem Herzen gab er sich ganz dieser Ekstase hin. Die Heftigkeit ihrer Umarmung empfand er zeitweilig wie einen aufregenden, wollüstigen Kampf. Aber noch beim Höhepunkt wusste er nicht zu sagen, ob die spitzen Töne, die er währenddessen hörte, aus der Arie der „Königin der Nacht", von Brendhild oder womöglich doch nur von der alten Matratze unter ihm stammten. Vielleicht haben sich ja alle drei zu diesem wilden Liebesgesang vereinigt, dachte er lächelnd, als er Brendhild danach im Arm hielt und die befreiende Entspannung genoss, die auf ihren Akt folgte und die für ihn eine über diesen Augenblick weit hinausgehende Wirkung besaß: Hans hatte es geschafft! Er gehörte von nun an in die „Familie" der Liebenden, - der tätigen, nicht länger mehr der nur träumenden Liebenden.

18

Brendhild bestimmte recht bald Form und Färbung ihres Zusammenseins in seiner Wohnung. Da er die Nächte unmöglich bei ihr im Schwesternwohnheim verbringen konnte, waren sie übereingekommen, sein Studentenzimmer als ihre gemeinsame Wohnung zu betrachten. Eigentlich war das ein Gedanke von Brendhild, dem er aber wegen der nicht zu leugnenden Evidenz beipflichtete, obwohl er ganz entfernt einen leisen Widerstand in sich spürte. Denn sie war auf diese Weise nicht länger mehr in der Gastrolle, was er eigentlich lieber gesehen hätte, sie fühlte sich bei ihm zu Hause. Nicht, dass er Nachteile davon gehabt hätte. Im Gegenteil. Sie füllte die Trinkgläser mit Wiesenblumen, die sie unweit des Schwesternwohnheims an einem Feldweg gepflückt hatte. Von zu Hause, - sie kam von einem Bauernhof in der Nähe von Langelsheim, unweit der alten Kaiserstadt Goslar, - brachte sie leinene Bettwäsche mit, die seine fadenscheinig gewordene „Schmalzwäsche", die er in Flensburg bei Schwester Jutta gegen seine „Fettpatrone" eingetauscht hatte, überflüssig machte. Fleisch- und Wurstkonserven aus geheimen, ungenehmigten Hausschlachtungen vom Hof der Obermanns wanderten in sein Regal und machten dort seinen Fachbüchern den Platz streitig, deren Zahl sich allmählich, mit fortschreitendem Studium, erhöhte. Brendhild hatte unter anderem auch ihren eigenen Gummibaum aus dem kleinen Heimzimmer zu ihm in die Wohnung gebracht.
„Hier ist mehr Licht und Luft für ihn," hatte sie erklärt. „Außerdem ist es doch hübsch, wenn die beiden sich schon einmal kennenlernen können. Sie werden doch in Zukunft Geschwister sein, wenn wir mal in eine größere Wohnung ziehen!"
Brendhilds Gummibaum war ungefähr zwanzig Zentimeter größer und um vier Blätter reicher als derjenige, den Hans von seinen Eltern zum Einzug bekommen hatte. Er fand es auch durchaus schön, dass es nun schon einen ganzen „Wald", wie er scherzhaft zu Brendhild sagte, in seinem Zimmer gäbe. Aber als er sie so völlig unbeschwert von einer nächsten gemeinsamen Wohnung reden hörte, rührte sich in ihm ein noch kaum nennenswerter Unwille, den er sogar völlig vergaß, als sie ihn noch am selben Sonnabendnachmittag, an dem der zweite Gummibaum gekommen war, auf hinreißende Weise verführte. Sie liebten sich leidenschaftlich auf dem dunkelbraunen Schaffell aus Obermannscher Produktion, das ebenfalls seinen Weg von Langelsheim nach Göttingen gefunden hatte und nun vor seinem Bett lag, wo es einen feinen Schafgeruch verbreitete. Als sie sich, ineinander verschlungen, darauf wälzten, spürte er, wie ihn dieser etwas strenge Duft ansportnte, auch alle kleinen

Fellfleckchen Brendhilds mit der Nase zu durchspüren und mit Küssen zu bedecken. Brendhild kicherte dabei hin und wieder, was ihn aber nur unerheblich darin bremste, sich ganz in seiner tierischen Spurensuche zu verlieren. Und als ihm in seiner Lust alles vor den Augen schwand, das zottelige Schaffell unter ihnen, die stolzen Gummibaumblätter darüber und Brendhilds blonde, flaumigweichen Härcheninseln mittendrin, stieg mit dem Höhepunkt in ihm ein stummer Jubel auf, der danach in einer angenehmen Schläfrigkeit verebbte.

In den ersten Wochen ihrer Bekanntschaft hatte Brendhild fast ununterbrochen erzählt. Wie sie zu Hause früh hatte mit anpacken müssen, im Stall und auf den Feldern, und wie sie das in einem Maß zuwege brachte, dass ihr Vater sie des Öfteren als den besten Knecht bezeichnete, den er je gehabt hätte. Brendhild überflügelte nicht selten, zum Beispiel bei der Heuernte, ihre beiden Brüder in Kraft und Ausdauer, was ihrem kleinen, drahtigen Körper gar nicht anzusehen war und Hans deshalb bei ihren Liebesrangeleien immer wieder mit Erstaunen und Bewunderung erfüllte.

„Ich bin eine, die zupacken muss!" hatte sie ihm immer wieder erklärt und damit auch ihre Berufswahl begründet. „Da nützen keine Bücher und keine Diskussionen, da musst du richtig hinfassen, auch wenn's manchmal nicht sehr einladend ist und die Patienten unter sich machen. Aber auch daran gewöhnt man sich. Und wenn du dann noch siehst, wie du manchen helfen und die Schmerzen lindern kannst, wie dankbar die sind, dann gehst du nach dem Dienst zufrieden nach Hause. Aber erzähl mal, was ihr da so macht in eurem Studium, ziemlich theoretisch, was?"

Hans war nach etwa zwei Monaten von der allgemeinen Chemie zum Schwerpunkt Mineralogie gewechselt und hatte sich dort besonders für Bodenkunde interessiert. Er versuchte ihr mit langen Erklärungen zu beschreiben, dass es auch bei ihm nicht nur theoretisch zuginge, sondern, gerade auch in der Bodenkunde, durchaus praktisch. In allen Einzelheiten erzählte er von seiner ersten Exkursion in die Magdeburger Börde, an der er schon nach kurzer Zeit mit den Bodenkundlern teilnehmen durfte, um die Tonfraktionen in den dortigen Lösformationen zu untersuchen und Proben davon zu nehmen. Als er in seinem Erzähleifer spürte, dass Brendhild ihm bei seinen detaillierten, fast schon wissenschaftlichen Erklärungen nicht mehr zu folgen vermochte, versuchte er noch einmal ihr Interesse zu wecken mit den etwas dramatischen und für ihn auch ein wenig peinlichen Begleitumständen der Heimfahrt. Sie waren an einem Freitagmorgen in aller Herrgottsfrühe mit einem alten, schnaufenden Bus voller fröhlich plappernder Studenten aufgebrochen. Auf der Hinfahrt hatte sich Hans noch ganz gut gehalten, obwohl manche seiner

Kommilitonen es tatsächlich fertig brachten, in dem vollbesetzten Bus zu rauchen, dessen Fenster sich nicht einmal öffnen ließen. Die Rückfahrt aber war für ihn zu einer regelrechten Tortur geworden. Im Lauf des Tages hatte es aufgeklart, so dass nun eine warme Oktobersonne die allein schon eine durch die pure Fülle entstandene Stickigkeit im Bus fast unerträglich werden ließ. Zum Zigarettenrauch gesellte sich jetzt sogar noch der Qualm einer Zigarre, die sich ein Kommilitone, direkt in der Sitzreihe vor Hans, angezündet hatte. Als dessen blaue Rauchschwaden ihm um die Nase zogen, wurde es ihm, eine halbe Stunde vor Ankunft in Göttingen, derart übel, dass er verzweifelt nach irgendwelchen Behältnissen Ausschau hielt, mit denen er seinem revoltierenden Magen beistehen und zur Not dessen Inhalt auffangen könnte. Er traute sich nicht, die ihm noch völlig unbekannten, scheinbar so selbstsicheren Kommilitonen zu bitten, den Busfahrer zum Halten zu bewegen. Als er spürte, dass der Zeitpunkt der Katastrophe unmittelbar bevorstand, zog er in letzter Verzweiflung seine Baskenmütze hervor und erbrach sich darein, ohne weitere Rücksicht auf den Kommilitonen neben ihm. Dem war offensichtlich auch nicht ganz gut, denn er hielt seinen Kopf mit eiserner Beharrlichkeit zum Fenster gewandt, als gäbe es da draußen ein ganz außergewöhnliches Spektakel zu betrachten. Jedenfalls tat er so, als würde er die Notentleerung seines Nachbarn gar nicht bemerkt haben. Hans hielt seine Baskenmütze sorgsam an den Rändern zusammen und transportierte den Inhalt auf diese Weise noch über die letzten zwanzig Minuten der Fahrt, bis er endlich in Göttingen am Institut aussteigen konnte. In mehreren Waschaktionen hatte er später versucht, die Mütze von ihrem lästigen Geruch zu befreien, was aber nur dazu führte, dass sie auf ungefähr die Hälfte ihrer ursprünglichen Größe eingelaufen war. (Hans hatte sie zur Erinnerung aufgehoben und würde sie, auch über Jahrzehnte hinweg noch, hin und wieder mit einem wehmütigen Lächeln für einen Seufzer lang in die Hand nehmen, um sie dann wieder sorgsam wegzuschließen.)
Brendhild hatte seinem Bericht anfangs noch teilnahmsvoll zugehört. Im Laufe der sehr detaillierten Wiedergabe dieser beklemmenden Ereignisse spiegelte sich auf ihrem Gesicht allerdings ein wachsender Ekel, den sie bei seiner Erzählung empfand.
„Ähh, Hans, das ist ja widerlich! Ich mag mir das gar nicht im Einzelnen vorstellen. Da kann einem ja selbst richtig schlecht werden!"
Hans war etwas enttäuscht. Er hatte geglaubt, dass seine Geschichte eher amüsant als Ekel erregend wirken würde. Im Geheimen empfand er sich sogar als Held, dem es geglückt war, eine sehr missliche Lage so zu meistern, dass sie sich nicht zu einer Katastrophe für alle Umsitzenden ausgeweitet hatte.

Zum wiederholten Mal befiel ihn das Gefühl, dass er sich mit Brendhild nicht immer in der Mitte ihrer Liebe träfe. Irgendwie glitten sie aneinander vorüber, wobei jeder in eine andere Richtung steuerte, die sich mit der eigenen nicht mehr in Übereinstimmung bringen ließ. Diese Erfahrung beunruhigte ihn zunehmend. Nach jener ersten Nacht mit Brendhild im Juli war er mit der Überzeugung aufgewacht, dass er nun die große Liebe seines Lebens gefunden hätte. Alles schien ihm stimmig. Die allmähliche Annäherung aneinander, das gemeinsame Erkunden der eigenen und der jeweils anderen Körperlichkeit, die Leidenschaft ihrer ersten, aufregenden sexuellen Begegnung. Beide waren danach glücklich zurückgesunken und in einer losen Umarmung eingeschlafen. Diese gelassene, entspannte Vertrautheit war auch noch am nächsten Morgen nicht verflogen, als sie von der Sonne geweckt wurden, die mit einem hellen Strahl, in dem Myriaden von Staubteilchen schwebten, durch die nur flüchtig zugezogenen Gardinen ins Zimmer bis hin zum Bett vorgedrungen war. Beinahe zur gleichen Zeit waren sie wach geworden, hatten sich mit leuchtenden Augen angesehen und sich noch einmal geliebt mit der ruhigen Gewissheit, schon ganz gut zu wissen, wie es dabei mit ihnen am besten ginge. Danach, im Halbschlummer, war es Hans noch einmal beglückend deutlich geworden, wie lieb er Brendhild schon nach so kurzer Zeit gewonnen hatte.

In den folgenden Wochen hatte sich dieses Gefühl noch gesteigert. Zum ersten Mal in seinem Leben konnte er die magischen drei Worte „Ich liebe dich" mit vollem Bewusstsein und großer Aufrichtigkeit zu einem Mädchen sagen. Er empfand dabei ein so tiefes Glück, dass ihm die Tränen gekommen waren. Und natürlich ging er damals davon aus, dass diese Liebe eine Lebensliebe sein würde, die sich wohl ein wenig wandeln könnte, in ihrem Tiefenfluss aber unendlich sein müsste, wie jede aufrichtige Liebe ewig währt, weil sie nur in zeitlicher Unbegrenztheit existieren kann. Hans vermochte sich eine zeitliche Einschränkung seiner Liebe überhaupt nicht vorstellen. Ein Satz wie: „Ich liebe dich, Brendhild, zumindest für die nächste Zeit." erschien ihm geradezu absurd. Wirkliche Liebe kann niemals durch die Zeit begrenzt sein, sonst wäre sie keine. Das wusste er schon seit Ruth, und das war ihm in seiner Liebe zu Brendhild noch einmal in aller Deutlichkeit bewusst geworden. Natürlich hatte er von anderen gehört, deren Liebe oft schon nach kurzer Zeit aufgebraucht, in sich zusammengesunken war, eine Liebe, die auch endlos und heiß begonnen hatte und nach einigen Monaten schon versiegt war, wie ein Fluss im Wüstensand. Hans hatte solche Erfahrungen anderer durchaus im Gedächtnis, aber sie bedeuteten nichts für ihn, weil er jetzt liebte, so sehr, dass ihm ein Ende dieser Liebe undenkbar schien.

Umso verunsicherter war er, als er bemerkte, je öfter er mit Brendhild zusammen war, wie sich eine gewisse Alltäglichkeit einschlich. Es beunruhigte ihn, dass selbst ihre sexuellen Begegnungen eine gewisse Normalität annahmen, indem sie sich meist dieselben, erprobten Pfade zu ihrer Befriedigung suchten. Schon längst waren ihre Umarmungen nicht mehr das Abenteuerlichste, Höchste und Aufregendste, was Hans ihnen immer beigemessen hatte, besonders bevor er sie zum ersten Mal erlebte. Er hatte geglaubt, dass dem Liebesakt stets etwas Ultimatives anhaften müsste, dass er sozusagen das Zentrum der Liebe zwischen Mann und Frau darstellen müsste, wo sie sich immer wieder treffen könnten nach zeitweiliger Ferne und manchen Missverständnissen. Nun hatte er den Eindruck, dass das miteinander Schlafen nur ein Teilaspekt ihrer Liebe war, ein lustvoller zwar, aber nicht unbedingt die Mitte und schon gar nicht von lang andauernder Wirkung. Aber was und wo war die Mitte ihrer Liebe? Nach wie vor liebte er Brendhilds herzliches, fröhliches Lachen. Aber immer häufiger, so schien es ihm, kam es nun an der verkehrten Stelle. Wenn Hans ihr von seinen Träumen erzählte, die sich vor einigen Jahren in einem mit heißem Herzen geschriebenen Gedicht verdichtet und manifestiert hatten, dann lachte Brendhild auch darüber. Aber es war ein Lachen, das nach Unverständnis klang, womöglich gar nach unverhohlenem Spott.

Anders herum, wenn Brendhild ihm mit endlosen Details von Krankengeschichten ihrer Patienten berichtete, die Hans nie zu Gesicht bekommen hatte und denen er wohl auch niemals begegnen würde, dann merkte er, wie sich ihr Leben anscheinend auf zwei völlig verschiedenen Feldern abspielte, wie sehr beide ganz andere Schwerpunkte setzten, jeder für sich, und damit zu leben versuchte. Er erkannte mit Ernüchterung, wie wenig an Gemeinsamkeiten es offensichtlich zwischen ihnen gab.

Es wurde ihm immer deutlicher, dass man sehr achtsam würde sein müssen mit der Liebe, mit dem Partner und natürlich auch mit sich selbst, um zu begreifen, worin die Substanz einer Liebe eigentlich bestand, was ihr Nahrung gab und hin und wieder das Feuer, das jede Liebe braucht, um nicht nur in einem freundlichen Miteinander dahin zu plätschern. Andererseits wäre Freundlichkeit ja auch schon ganz viel, glaubte Hans, besonders im Blick auf die Bewältigung des täglichen Lebens mit all den bedeutenden und unbedeutenden Ereignissen und Anforderungen darin. Aber er hatte als Maßstab für eine große Liebe noch immer sein Ruthgefühl in der Brust, auch all die literarischen Gestalten vor Augen, wie Don Carlos in seinem schrecklichen Ringen um Elizabeth oder auch die tragische, aus dem Rahmen aller Normalität fallende Liebe Werthers zu Lotte. Von einer solchen tragischen, verheerenden Liebe träumte er jetzt manchmal wieder, wenn er Brendhild nach einem geordneten Beischlaf noch eine Weile im Arm hielt, bevor beide, jeder für sich, auf ihre eigenen Traumpfade entschwanden.

Und noch etwas machte ihm zu schaffen. Obwohl er sich seiner Liebe zu Brendhild noch sicher wähnte, spürte er, mit welcher Lust und Neugier, welchen Phantasien und Begierden er anderen Mädchen wieder hinterher sah. Er rief sich immer wieder selbst zur Ordnung, ging mit sich ins Gericht und schalt sich solcher gedanklichen und triebhaften Abschweifungen vom Pfad seiner eigentlichen Treue. Es passierte ihm, - auch das ein Relikt aus der Vor-Brendhild-Zeit, was er mit seiner prinzipiellen Entscheidung für Brendhild längst für überwunden geglaubt hatte, - dass er von manchen Kommilitoninnen, aber auch von völlig unbekannten anderen Frauen, die ihm auf der Straße begegneten, wieder zu schwärmen begann. Er stellte sich fortwährend romantische Begegnungen mit ihnen vor, die in seiner Phantasie zumeist im Bett endeten.

So wurde es Hans zuweilen bange, und er war nicht selten entsetzt über sich, über seine offenbar doch keineswegs ungefährdete Liebe zu Brendhild, über ihre so unterschiedlichen Lebensansätze und immer wieder über den animalischen Drang der Männer (oder gab es so etwas bei Frauen auch?), sich ständig derart eindeutige Szenarien ausmalen zu müssen. Es passierte ihm nämlich eine Zeit lang ziemlich regelmäßig, dass er jede ihm entgegenkommende Frau nur unter diesem einen Aspekt betrachtete: wie es wohl mit ihr im Bett wäre. Er kam sich dabei oberflächlich, treulos, und auch ein gutes Stück dämlich vor. Hatte er denn nicht bei Brendhild alles, was er brauchte? Er kam zu dem Schluss, dass wohl doch irgendetwas fehlen müsse, sonst könnte es nicht sein, dass er mit derart haarsträubenden Wünschen und Bildern im Kopf durch Göttingens Straßen rannte. Zugleich wusste er, dass er mit Brendhild darüber nicht würde reden können. Sie hatte schon ein paar Mal sehr allergisch darauf reagiert, wenn sie bemerkte, wie er sich, scheinbar ohne es selbst zu merken, ganz automatisch nach irgendeinem Mädchen umdrehte, das ganz albern, so fand Brendhild, mit den Hüften wackelnd an ihnen vorbeizog. Außerdem fürchtete er sich auch vor irgendwelchen Szenen, weil das so wenig in sein Bild von einer großen Liebe passte. Ordinäre Vorwürfe, klägliche Verteidigungsversuche, aber auch beleidigtes Schweigen und deprimiertes sich Zurückziehen schienen ihm stets wie Messerstiche, die eine Liebe zwar nicht auf Anhieb umbrächten, sie aber langfristig durchaus versehrten.

19

Die Wochenenden verbrachten beide, vorausgesetzt Brendhilds Dienstplan ließ es zu, nun regelmäßig zusammen in seiner Studentenwohnung. Die Nachbarsfamilie schien sich nicht darum zu kümmern, dass Brendhild ein ständiger Schlafgast bei ihm war. Auch Herr Volkmeier, der Hausbesitzer von nebenan, interessierte sich in keiner Weise dafür, wen er wann bei sich zu Gast hatte, sofern nur die Miete regelmäßig bei ihm einging. Dafür aber sorgte Hans akribisch, so dass Wochen vergehen konnten, in denen sich Mieter und Vermieter überhaupt nicht zu Gesicht bekamen.
Verglichen mit der anfänglich recht kargen Ausstattung seines Zimmers, kurz nachdem er es bezogen hatte, war der Raum mittlerweile schon sehr erkennbar durch Brendhilds Gegenwart geprägt worden. Das Bett ragte nicht länger mehr in die Zimmermitte hinein, wodurch es den ganzen Raum beherrscht hatte und zugleich ein Ausdruck gewesen war für Hansens große Sehnsucht nach der körperlichen Liebe und seiner noch völlig verklärten Vorstellung von deren tatsächlichen Bedeutung für ein Leben zu zweit. In dem Maße aber, wie ihre Vereinigungen selbstverständlicher und unspektakulärer geworden waren, geriet auch das Bett immer mehr an den Rand, zum Schluss ganz wörtlich, als Brendhild es kurz entschlossen längsseits an die Wand stellte, so dass es kaum noch auffiel, wenn man den Raum betrat. Ferner hatte sie die blaurotgestreifte Decke durch eine weiße ersetzt, womit sich das Bett noch unauffälliger in die Wand einfügte. Hans hatte dabei schweigend zugesehen, zumal sich der neue Platz des Bettes für ihn weniger folgenreich als für Brendhild erwies. Da sie schon nach kurzer Zeit stillschweigend übereingekommen waren, dass sie links und Hans rechts im Bett schliefen, konnte er nach wie vor ohne Behinderung nach rechts aus dem Bett steigen, während Brendhild, wollte sie früher als er aufstehen, über ihn hinwegklettern musste. Anfangs fanden das beide durchaus lustig und anregend, denn er hatte manches Mal einfach zugegriffen, wenn Brendhild sich über ihn wälzte, und es war zu unverhofften, temperamentvollen Rangeleien, nicht selten auch zu einem ungeplanten Beischlaf gekommen, der besonders Hans eine wohlige morgendliche Befriedigung verschaffte. Es brauchte im Übrigen noch Jahre, bis er allmählich begriff, wie er auch Brendhild einbeziehen und sie bis zu ihrem Höhepunkt kurz vor dem seinen stimulieren konnte. Später, im Rückblick, hatte er über sich selbst nur den Kopf geschüttelt, wie wenig er damals von der Physis der Frau verstand. Zugleich konnte er, zumindest innerlich, Brendhild den Vorwurf nicht ersparen, ihn nicht behutsam und zielgerecht eingeführt zu haben in die Geheimnisse der Frauen. Es sei denn, auch sie selbst wäre wo-

möglich anfangs noch nicht ausreichend informiert gewesen, um ihm eine kundige Führerin sein zu können.

Mit der Zeit aber, als ihr körperliches Zusammensein durch ständige Verfügbarkeit fast unmerklich von selbst abnahm, wurden auch seine „Übergriffe" von seiner rechten Betthälfte aus immer seltener. Hatte Brendhild früher noch empört gelacht, wenn sie plötzlich in den Armen von Hans hängen geblieben war, geschah es später immer häufiger, dass sie ihn mit den Worten: „Ach komm, lass das jetzt!" zurückwies, was bei ihm ein augenblickliches Abflauen seines Begehrens und eine damit verbundene leise Trauer zur Folge hatte. Er fragte sich immer wieder, ob das wirklich der Lauf der Dinge und der Liebe wäre, dass alles stetig weniger wurde, und fand keine Antwort darauf. Verglichen mit dem, was er sich nach Siebenbürgen und seinen Ruthträumereien darunter vorgestellt hatte, und seiner jetzigen Erfahrung, verhielt es sich in etwa so wie mit einem großen, ausgeklügelten, raffinierten Festessen im Vergleich zu magerer, einfacher Hausmannskost, die zwar immerhin noch nährt, aber keine Überraschungen und besondere Gaumenkitzel mehr bereithält. Hans wusste nicht recht, auf welcher Seite er dabei die Korrekturen ansetzten sollte, ob bei seinen Ruthliebesträumen oder der nüchternen Wirklichkeit seines augenblicklichen Sexuallebens. Gab es so etwas im realen, alltäglichen Leben überhaupt, was er sich mit Ruth erträumt und in der Literatur so hochdramatisch geschildert gefunden hatte? Und wenn ja, womöglich nicht auch nur für einen kurzen Zeitraum, der nur durch seine literarische Fixierung so zeitlos lang erschien? Und war für eine wirklich berauschend große, leidenschaftliche Liebe nicht die Unmöglichkeit, sie wirklich leben zu können, wie etwa bei Werther, eine unabdingbare Voraussetzung für ihre Existenz? Könnte dagegen nicht das, was er jetzt mit Brendhild erlebte, eher der Normalzustand einer Liebe sein, den es sehr wohl auch zu achten und zu würdigen galt? Hans fand niemanden, mit dem er sich darüber hätte austauschen können. Brendhild von seinen, manchmal quälenden Gedanken zu erzählen, um zu erfahren, wie es ihr damit ginge, erschien ihm völlig unmöglich. Und da es den Anschein hatte, dass sie sehr wohl mit dem augenblicklichen Zustand zufrieden war und offensichtlich gar nicht mehr erwartete, blieb er mit seiner stillen, traurigen Unzufriedenheit allein. Er warf sich mit Vehemenz in sein Studium und versuchte die unbeschwerten Momente des Zusammenseins mit ihr, die es ja auch weiterhin gab, als das zu werten, was sie womöglich wirklich waren: das Erleben einer Liebe unter den alltäglichen Bedingungen von Arbeit und Freizeit, von Ferne und Nähe, Fremdheit und erneuter Vertrautheit.

An einem Samstag Ende November, vor dem ersten Advent, hatte er das Gefühl, dass Brendhild vom Morgen an anders war als an allen vorausgegangenen Tagen. Sie hatten bis zehn Uhr morgens im Bett gelegen, nachdem er schon eine halbe Stunde früher einen erfolgreichen Zugriff gewagt hatte, als Brendhild verheißungsvoll lächelnd über ihn hinwegsteigen wollte. Ihr normalerweise gleichmütiges Gesicht schien an diesem Tag von einem ständigen Leuchten erfüllt zu sein. Ihre Augen schauten Hans liebevoller an als in all den Wochen zuvor. Beim Frühstück machte sie rätselhafte, von Geheimnissen umflorte Anspielungen, die er nicht zu deuten wusste:
„Weißt du eigentlich, was heute für ein Tag ist, außer natürlich der Sonnabend vor dem ersten Advent?" Oder: „Manchmal muss die Liebe neue Wege gehen, glaubst du nicht auch?" Und: „Meinst du, wir beide könnten ein Geheimnis bewahren?"
Hans sah sie mit großen, fragenden Augen an, und als er sie aufforderte, doch endlich einmal zu sagen, was sie mit diesen Andeutungen meine, lächelte sie verschwörerisch und verneinte das mit einer langsamen Bewegung des Kopfes.
„Du wirst es schon erfahren, heute noch, ich versprech's dir." sagte sie feierlich.
Hans grübelte, was sich wohl hinter ihren Bemerkungen und diesem beständigen, versonnenem Lächeln verbergen mochte, kam aber nicht darauf, bis es ihm plötzlich wie ein Blitz durch den Kopf schoss: „Brendhild ist schwanger!" Er schwankte zwischen Schrecken und Glück, Abwehr und Freude, wagte aber nicht, seine Vermutung auszusprechen. Wenn es wirklich so war, dann sollte Brendhild selbst den Zeitpunkt bestimmen, es ihm zu sagen.
Während des ganzen Nachmittags, besonders auf ihrem Spaziergang durch einen schon winterlichen, von wenigen Schneeflocken überstreuselten Hainbergwald, malte er sich mit Beklommenheit sein künftiges Vatersein aus. Natürlich hatte er, im Blick auf sein weiteres Leben, immer daran gedacht, einmal Kinder zu haben. Aber ebenso selbstverständlich konnte er sich das nur in einer noch sehr fernen, unbestimmten Zukunft vorstellen, von einer Frau, mit der ihn eine große, romantische Liebe verband. Er betrachtete ein Kind, das aus einer solchen tiefen Liebesbindung hervorgehen würde, weniger als Gründung einer Familie, als vielmehr den lebendigen Ausdruck einer unaussprechlichen Liebe, die in großer Leidenschaft, am besten nach dramatisch überwundenen Hindernissen, endlich in einem Wunschkind ihre letztmögliche Erfüllung gefunden haben würde.
Hin und wieder lugte Hans unauffällig zu Brendhild hinüber. Er sah, wie weißer Atem ihren Hals umwehte, wie ihr noch immer verheißungsvoller Blick in

eine imaginäre Ferne gerichtet war und sich auch durch die vielstämmige Kompaktheit des Waldes nicht begrenzen zu lassen schien.
Als sie zu Hause ankamen, war die frühe Dezemberdunkelheit schon längst über die Stadt gesunken. Brendhild setzte Wasser auf und holte die große Tüte mit Pfefferminztee aus dem Regal, der im Obermannschen Garten gewachsen und von ihrer Mutter getrocknet worden war. Bei ihrem letzten Besuch in Langelsheim hatte sie zwei solche Tüten von zu Hause mitgebracht. In den darauf folgenden Tagen war fast ein kleines Ritual entstanden, wenn sie sich nachmittags an den kleinen Tisch setzten und den würzig duftenden, grünlichen Tee mit einem Löffel braunen Zuckers darin tranken. Auch an diesem Sonnabend zelebrierten sie ihre kleine „Teezeremonie", wie Brendhild ihr nachmittägliches Teetrinken schon bald nannte, mit einem Tannenzweig und einer roten Kerze auf dem Tisch, die aus einem Paket mit Pfefferkuchen, wollenen Handschuhen und einem dicken Schal von Hansens Mutter stammte. Marianne hatte dazu einen alten, aber durchaus noch intakten Pullover ihres Mannes aufgeribbelt, um für Hans die warmen Wintersachen zu stricken.
Aus dem Radio ertönte adventliche Musik, die Hans an seine Kindheit erinnerte, als seine Mutter, immer am Vorabend zum ersten Advent, im „Damenzimmer" mit dem Schmücken des großen Weihnachtsbaums begann. Er musste unwillkürlich lächeln, als er an den Streit um den kleinen Lederlappen dachte, den er unbedingt im besten Sichtbereich am Baum anbringen wollte und der nur zur „privaten Nutzung" erlaubt war, nicht aber, wenn Besuch kam. Er besaß das kleine Lederstück noch immer, weil er es damals mit in den Notkoffer gepackt und somit vor der Vernichtung durch die Flammen bewahrt hatte. Später war ihm das kleine Leder, sozusagen als Talisman, ein ständiger Begleiter bei der Marine gewesen, den er stets bei sich trug, und er war geneigt zu glauben, dass er ihm sein Überleben in den letzten beiden Kriegsjahren zu verdanken hätte.
Auch während ihrer Teezeremonie behielt Brendhild das verheißungsvolle Lächeln bei, ohne eine Andeutung über den Grund ihres geheimnisvollen Frohseins zu machen, das nun schon den ganzen Tag über andauerte und Bedeutsames anzukündigen schien. Er wollte sie nicht drängen, zumal ihm diese schweigsame, so viel Freundlichkeit ausstrahlende Brendhild durchaus gut gefiel im Vergleich zu der Frau, die sonst mit ihrer schnellen Rede, ihren fertigen Urteilen und ihrem angeblichen Wissen darum, was für sie beide das Beste wäre, stets bei der Hand war.
Die große rote Kerze, - Hans fragte sich immer wieder, wo seine Mutter die wohl aufgetrieben haben könnte, - brannte noch immer, als sich beide zum Abendessen erneut am kleinen Tisch niederließen. Er staunte, als Brendhild

hinter ihrem Rücken plötzlich eine Flasche Rotwein hervorzauberte und auf den Tisch stellte. Sie bat ihn, die Flasche zu öffnen und jedem einen Schluck in ihre Teegläser, - Brendhild hatte sie zuvor sorgsam abgewaschen, - einzuschenken. Mit feierlichem Gesicht erhob sie ihr Glas, prostete Hans zu und verkündete:

„Ich habe uns beiden etwas anfertigen lassen, Hans, schau mal hier, du darfst es auspacken!" Sie hielt ihm eine kleine Schachtel hin, die sie offenbar schon die ganze Zeit unter der Tischdecke auf ihrem Schoß gehalten hatte. Das Pappschächtelchen war quadratisch mit einem abnehmbaren Deckel. Um die gelblichweiße feine Pappe war ein schmales rotes Band mit einem ganz feinen Goldrand auf beiden Seiten geschlungen, das Hans an einer Schleife leicht aufziehen konnte. Als er ganz vorsichtig den kleinen Pappdeckel abhob, sah er zunächst nur gelbliche Watte. Die obere Schicht davon ließ sich ebenfalls ohne Umstände abheben und vor ihm lagen nun zwei goldene Ringe. Er hatte mit allem gerechnet, nur nicht mit dem, worauf er noch immer mit ungläubigen Augen starrte. In ihm überstürzten sich die Gefühle: Rührung, Ärger, Furcht, eine Spur von Freude, Schrecken, - alles ging ihm durcheinander. Er schaute Brendhild mit fragenden Augen an.

„Ich dachte, wir könnten uns schon mal heimlich verloben. Das braucht ja keiner zu wissen. Nur du und ich. Freust du dich denn gar nicht?" Ihre Worte purzelten überstürzt heraus, so, als müsste sie ihn ganz schnell überzeugen von ihrer guten Idee, damit ihm ja nichts Anderes übrig bliebe, als mit Freuden zuzustimmen. Sie blickte ihn mit flehenden, ängstlichen Augen an, die schon in Tränen zu schwimmen begannen, bevor er antworten konnte.

„Doch, doch, ich meine nur, das ist ja eine ganz schöne Überraschung, du hast mich ja gar nicht gefragt, aber die Ringe sind sehr schön, so schlicht und schmal, die müssen ja ein Vermögen gekostet haben, Brendhild." brachte er etwas verwirrt und stockend hervor.

„Ach, das ging," versuchte Brendhild ihn eilfertig zu beruhigen. „Ich habe vor ein paar Jahren von meiner Oma den ganz großen breiten, rotgoldenen Ehering meines Opas bekommen, als er so plötzlich starb, du erinnerst dich, ich habe dir davon erzählt. Diesen alten Ring habe ich in der Weender Straße zu dem kleinen Goldschmiedeladen an der Ecke, du weißt wo, gebracht, und der hat diese beiden neuen daraus gemacht. Ich hab auch noch nichts eingravieren lassen, das können wir dann machen, wenn wir uns offiziell verloben, einverstanden?"

Noch immer schien es so, als wollte sie den zögerlichen Hans mit sich reißen und ihn mit ihrer schon lange währenden Vorfreude anstecken, um ihm end-

lich ein glückliches Lächeln abzuringen. Er bemühte sich um solch ein Lächeln, aber es gelang ihm nur etwas schief und unsicher.
„Na ja, es ist eben eine Riesenüberraschung für mich, Brendhild. Wir haben ja nie darüber gesprochen, ich muss mich erst einmal an den Gedanken gewöhnen. Ist ja eigentlich ganz süß von dir, aber, ich, jetzt, ein Verlobter? Das klingt schon ziemlich neu und ungewohnt. Doch wenn du das unbedingt möchtest, dann machen wir das eben." Er versuchte sich zu fangen, goss sein Glas voll, erhob es mit großer Gebärde und rief mit verzweifeltem Übermut: „Auf unsere Verlobung, gnädige Frau! Ich mache Sie darauf aufmerksam, dass Sie dabei sind, freiwillig und nicht genötigt, langsam zu einer „Sogau" zu mutieren. Ist ihnen das bewusst, Frau Obermann?"
„Aber ja doch, Herr Dr. Sogau," kicherte Brendhild glücklich, indem sie auf seinen Plan anspielte, das Examen mit einer Dissertation abzuschließen.
„In Österreich wäre ich dann sogar Frau Doktor Sogau."
Das ‚Frau Doktor Sogau' hatte sie bewusst mit einer hohen, geziert näselnden Stimme gesprochen und musste nun selbst darüber lachen. Hans hatte seinen Wein in fröhlicher Resignation hinuntergestürzt und spürte jetzt, wegen seines leeren Magens, wie rasch ihm das ungewohnte Getränk zu Kopf stieg. Er merkte, wie seine Vorbehalte wichen und sein Gefühl für Brendhild immer wärmer wurde, wie er sie in ihrem befreiten, fröhlichen Lachen mit einem Mal brennend begehrte. Er erhob sich ein wenig schwankend und ging zu Brendhild hinüber auf die andere Tischseite. Er verneigte sich leicht mit steifem Oberkörper, bot ihr seinen Arm an und führte sie mit gespieltem Ernst feierlich zum Bett, von dem er mit einer eleganten Handbewegung die weiße Tagesdecke zog und zu Boden fallen ließ.

20

Die offizielle Verlobungsfeier fand ein halbes Jahr später statt. Brendhild war mit ihren Eltern übereingekommen, sie auf den 15. Mai festzulegen. Das war zugleich der fünfzigste Geburtstag ihres Vaters und obendrein ein Sonntag, an dem die ganze Familie zusammenkommen könnte, um diesen besonderen Geburtstag und die Verlobung der einzigen Tochter in Einem zu feiern. Hans hatte es etwas gegraut, als er hörte, was da auf ihn zukommen würde. Bernhard Obermann, der Vater Brendhilds, war Wehrführer bei der freiwilligen Feuerwehr, Mitglied des Gemeinderats und zugleich sehr engagiert in der Bauernschaft im ganzen Umland von Goslar. Brendhild rechnete damit, dass es vermutlich zwischen 200 und 300 Personen werden könnten, die man auf dem Hof zu bewirten haben würde. Hans erschrak bei diesen Zahlen und dachte wieder voller Sympathie an seinen Crewkameraden Günter Käsmann und dessen Definition von der „Masse Mensch".

Wochen vor der Verlobung hatte er seinen Antrittsbesuch bei den Obermanns gemacht und war dort freundlich, aber etwas reserviert aufgenommen worden. Bernhard Obermann hätte sich wohl lieber einen handfesten Bauern aus der Umgebung für seine Tochter gewünscht und nicht so einen „Studierten", von dem niemand wusste, ob er jemals richtig eine Familie würde ernähren können. Da Hans aber all seinen Charme entfaltete, gewann er die Herzen der Obermanns im Handumdrehen. Abends, bei einem Bier, aus dem recht bald mehrere wurden, begann er zu erzählen. Angefangen von seiner Maiglöckchen-Pflanzaktion als Kind, - er wollte damit zu verstehen geben, dass er wisse, wie es sich anfühle, wenn man mit den Händen die Erde bearbeitete (es war das einzige Mal bisher in seinem Leben), über seine Arbeitsdiensterfahrungen bis hin zu seinen Erlebnissen auf der „Hipper". Als er die Geschichte von den beiden Gasmaskendosen mit Butter und Schmalz zum Besten gab, und wie ihm die eine seine Furunkulose und die andere Bettwäsche und Strümpfe eingebracht hatte, schlug sich Bernhard Obermann mit der linken, freien Hand, - in der rechten hielt er sein viertes Bier, - vor Freude auf die Schenkel. Alles Nahrhafte und dessen bestmögliche Verwendung waren etwas, das ihm stets am Herzen lag. Er hielt Hans nur entgegen, dass es doch besser gewesen wäre, wenn man die Schmalzfüllung in kleine Portionen aufgeteilt hätte, um einen größeren Gewinn und, im Blick auf die Warenvielfalt, einen noch besseren Handel herausholen zu können.

Brendhilds Mutter, Margarete, erklärte Hans eindringlich mit freundlichen Worten, dass seine „lieben Eltern" und sein Bruder selbstverständlich auch zu der Feier im Mai eingeladen wären. Zum Schluss stießen alle auf den künfti-

gen Schwiegersohn an, worauf Hans zu Brendhilds Eltern „Bernhard" und „Margarete" sagen musste, während Bernhard, schon etwas angeheitert, aufstand und Hans mit der Bierflaschenhand an sich zog.
„Komm an meine Brust, Doktor Hans, Schwiegersohn, ich überlasse dir hiermit feierlich die Hand meiner Tochter." Dabei schwankte er ein klein wenig und auch das „überlasse" klang schon etwas geschmeidiger, mehr nach „üwellasse". Zugleich zerquetschte Bernhard noch eine kleine Träne, weil das ja seine einzige Tochter wäre, die er ihm, Hans, zu treuen Händen übergäbe.

Am 14. Mai kletterten Brendhild und Hans in den Zug nach Hamburg, der in Kreiensen halten sollte, so dass sie den Zug über Langelsheim, Goslar nach Bad Harzburg, der Endstation an der Grenze zur Sowjetischen Besatzungszone, erreichen könnten. Beim Umsteigen in Kreiensen sollte ungefähr zur selben Zeit ein Zug aus Hannover mit Hansens Eltern und seinem Bruder Friedhelm eintreffen, so dass man dann gemeinsam nach Langelsheim würde weiterfahren können.
Alles klappte, wie erwartet. Karl und Marianne Sogau stiegen in der besten Kleidung, die sie hatten auftreiben können, aus dem Zug und begrüßten erfreut Sohn und künftige Schwiegertochter. Letztere hatten sie schon vor einem Vierteljahr in Hannover kennengelernt, als Hans sie bei einem Besuch zu Hause seinen Eltern vorgestellt hatte. Die folgenden Wochen waren ohne ein Echo auf diesen Brendhild-Besuch vergangen, was ihn einigermaßen beunruhigte, weil er, wie sich später herausstellte, zu Recht vermutete, dass seine Eltern Vorbehalte gegen seine Braut hatten.
In Langelsheim warteten mit einem Zweispänner Kurt und Georg, die Brüder Brendhilds, auf die beiden Paare, um sie samt ihrem Gepäck die letzten Kilometer zum Obermannschen Hof zu fahren. Dort wimmelte in großer Aufregung schon alles durcheinander. Die größere der beiden Scheunen wurde geleert und ausgefegt, damit man darin weiterfeiern könnte, sollte das Wetter, trotz guter Vorhersage, nicht halten. Die verschiedenartigsten Blech- und Topfkuchen sowie Torten aller Art trafen aus der Nachbarschaft ein. An einem Feuer sollte zum Sonntagabend ein großes Spanferkel gebraten werden. Drei Fünfzigliterfässer waren von der Rammelsberger Brauerei aus Goslar angerollt, auf dem Hofplatz wurde die große vierspännige Kutsche gewaschen und poliert. Mit ihr sollten Hans und Brendhild am folgenden Tag durch Langelsheim rollen, direkt hinter der Feuerwehrkapelle her, die in den letzten Tagen pausenlos für das bevorstehende Ereignis geübt hatte.
Margarete Obermann empfing den Besuch aus Hannover und führte ihn in das Gästezimmer im ersten Stock des geräumigen Wohnhauses gleich neben der

großen Scheune. Hans und Brendhild würden wieder, wie schon bei seinem ersten Besuch vor zwei Monaten, in Brendhilds Mädchenzimmer übernachten, das ihr noch immer jederzeit unverändert zur Verfügung stand, wenn sie zu Besuch bei ihren Eltern weilte.

Der nächste Morgen war ein so strahlender Maitag, wie man ihn sich für das Fest nur wünschen konnte. Die Apfelbäume standen noch in voller Blüte, Rapsduft von den nahen Feldern machte die Luft süß. Auf dem Hofplatz stand die große Kutsche abfahrbereit, an allen vier Ecken waren Bündel von würzig duftendem Birkenreisig angebracht, in die jeweils bunte Bänder gewoben waren. Die zweite, kleinere Kutsche dahinter war ähnlich fröhlich geschmückt und für Hansens Eltern und Friedhelm vorgesehen, der noch am späten Samstagabend aus Bremen gekommen und bei Kurt im Zimmer zur Nacht untergebracht worden war.

Nach ausführlicher Begrüßung bestiegen alle die Kutschen. Brendhild strahlte vor Glück. Auf ihrem mittellangen, kastanienbraun schimmernden Haar lag, wie eine goldene Krone, ein fein gewundener Kranz aus leuchtendgelben Rapsblüten, den Nachbarn als Überraschung für Brendhild noch früh am Morgen gewunden hatten. Kurt, der ältere der beiden Brüder, fuhr den Vierspänner, Georg hielt die Zügel auf der kleineren, zweispännigen Kutsche in den Händen. Als beide Wagen vom Hof rollten, standen einige der Bediensteten und Nachbarn, die zurückgeblieben waren, um letzte Vorbereitungen für die anschließende Beköstigung der Gäste zu treffen, an der Ausfahrt und winkten den Kutschen lachend nach.

Am Ortseingang wartete die Feuerwehrkapelle mit ihren messingblitzenden Instrumenten, - ungefähr zweihundert Menschen, so schätzte Hans, hatten sich samt Bürgermeister um sie versammelt, - und empfing die Kutschen mit einem kräftigen Tusch.

„Lieber Bernhard, wir gratulieren dir von ganzem Herzen zu deinem fünfzigsten Geburtstag." begann der Bürgermeister im breitesten Vorharzdialekt. „Mögest du die nächsten fünfzig Jahre deines Lebens genauso munter und gesund verbringen wie die ersten. Ach ja, und dann gratulieren wir auch noch schön zur Verlobung deiner Tochter. Möge ihr eine gute Ehe beschieden sein. So, und nun lasst uns man alle erstmal gemütlich durch die Stadt ziehen. Meine eigentliche Geburtstagrede kriegst du dann auf deinem Hof zu hören, mach dich schon mal da drauf gefasst, alter Knabe!"

Die Kapelle setzte sich in Marsch, direkt dahinter schlossen sich die beiden Kutschen an, worauf die übrigen Gäste, lebhaft redend, zu Fuß folgten. Die Fahrer der wenigen Autos, die zu dieser Zeit in Richtung Goslar unterwegs waren, gedulteten sich und wurden, soweit das ging, umgeleitet.

Hans lehnte sich in die ledernen Polster zurück und hielt Brendhilds Hand. Er hatte irgendwie den Eindruck, dass auch er zu seiner Verlobung hatte kommen dürfen und fühlte sich mehr als Gast, denn als Gastgeber. Er versuchte gute Miene zu einem Spiel zu machen, das sich fast ausschließlich um seinen künftigen Schwiegervater drehte, der ihnen sozusagen erlaubt hatte, als Verlobte an seinem Fest teilzunehmen. Hans wurde immer unbehaglicher zumute, je länger der Zug sich durch die Straßen bewegte. Er hatte mit all diesen Leuten nicht das Geringste zu tun, von denen er keinen Menschen kannte. Dass er der Verlobte der Tochter des Wehrführers Obermann war, konnten natürlich alle daran sehen, dass er neben Brendhild und gegenüber seinen Schwiegereltern saß. Hans schaute Brendhild von der Seite her an. Sie lächelte während der ganzen Fahrt, rief hier und dort Leuten am Straßenrand ein Wort der Begrüßung zu und winkte immer wieder. Sie schien die seltsame Veranstaltung in vollen Zügen zu genießen, während er sich immer einsamer neben ihr fühlte. Mit wachsender Beklommenheit dachte er darüber nach, worauf er sich hier mit Brendhild und ihrer Familie eingelassen hatte. In den letzten Tagen vor der Verlobung wäre er am liebsten davongelaufen, um sich von allem zurückzuziehen. Von Brendhild und seinem unsicheren Gefühl ihr gegenüber, vom Studium, das ihm in den letzten Wochen, wo es schon auf erste Prüfungen zuging, immer schwerer gefallen war, am liebsten sogar aus Göttingen, weil ihm das ganze Studentengehabe nicht lag. Gewiss, er hatte einige gute Freunde dort, Philipp Rothmann zählte dazu, der ihm seine Unkenntnis hinsichtlich der Konzentrationslager schon lange nicht mehr übel nahm, sondern sich, wie Hans beobachtete, mit Wein, Weib und Gesang ins Getümmel gestürzt hatte, wie ein Verrückter trank und rauchte und noch dazu mit seinen schwarzen Locken und blauen Augen bei den Frauen so viel Erfolg hatte, dass er in seinen Kreisen nur noch der „Don Juan" hieß.

Hans konnte da natürlich in keiner Weise mithalten, wollte das auch gar nicht mit seinen romantischen Träumen, die sich nun so rasch in Brendhild manifestiert haben sollten. Ach ja, Brendhild. Er spürte immer deutlicher, wie sehr ihrer beider Interessen auf ganz verschiedenen Gebieten lagen und die Gemeinsamkeiten, wenn es sie denn je gegeben hatte, immer weniger wurden. Selbst in ihrem Wesen unterschieden sie sich grundlegend. Hans war verträumt und, wie er selbst zugab, manchmal etwas weltfremd, Brendhild dagegen zupackend, praktisch und ganz in der Gegenwart verhaftet. Manches Mal war es in den letzten beiden Monaten schon vorgekommen, dass sie beim Essen abends stumm an ihrem kleinen Tisch saßen. Hans suchte dann krampfhaft nach einer Frage, die er hätte stellen oder nach einer Begebenheit, von der er Brendhild hätte berichten können. Heiß und kalt war ihm in solchen Momenten geworden. Und jetzt saß er hier auf dieser Kutsche mit im Grunde fremden Menschen. Hin und wieder nickte er seinen Eltern zu, die ihm mit Friedhelm in der zweiten Kutsche folgten und auch nicht gerade einen glücklichen Eindruck machten. Und das war es ja, was ihn auch so bedrückte. Er hatte sich immer vorgestellt, dass seine „Auserwählte" einmal mit offenen Armen von seiner Familie aufgenommen werden würde. Höflich, korrekt und freundlich waren sie in Hannover Brendhild gegenüber gewesen, er konnte ihnen da keinen Vorwurf machen. Er hatte aber sehr wohl gespürt, dass es unterschwellig Vorbehalte gab, von denen Brendhild zum Glück nichts zu spüren schien. Sie hatte sich „pudelwohl" im Sogauschen Haus gefühlt, wie sie seinen Eltern beim Abschied lebhaft versicherte. Er erwartete mit unguter Vorahnung, dass sein Vater ihm irgendwann noch einmal erklären würde, was genau er an Brendhild auszusetzen hatte.

Solche Gedanken gingen ihm durch den Kopf, während er mit einem gefrorenen Lächeln auf seine künftigen Schwiegereltern gegenüber schaute. Bernhard Obermanns Gesicht glühte vor Wohlbehagen und Stolz, Margarete hatte ihren Mann untergehakt und lehnte den Kopf lächelnd an seine Schulter. In der folgenden Kutsche konnte Hans seinen Bruder Friedhelm erkennen, der mit amüsiert spöttischer Miene auf die Leute am Straßenrand schaute und hin und wieder ungläubig den Kopf schüttelte. Um seine Eltern machte sich Hans ein wenig Sorge. Sie bemühten sich freundlich drein zu schauen, aber dahinter spürte er, der sie nur zu gut kannte, distanziertes Unverständnis für die ganze Veranstaltung, die mit ihrem Sohn nur wenig zu tun zu haben schien. Man feierte ganz offensichtlich einen allseits beliebten Mitbürger, an dessen Geburtstag sich zufällig auch seine Tochter verlobte, die schon seit Jahren kaum noch zu Hause auftauchte.

Hans war dankbar, als der Zug endlich von der Straße in die Hofeinfahrt abbog und die öffentliche Zurschaustellung ein Ende hatte. Aus einer Gaststätte war ein riesiger Thermokübel, der offenbar noch aus Wehrmachtsbeständen stammte, mit einer deftigen Erbsensuppe gebracht worden. Die meisten der Begleiter hatten sich schon in einer Reihe davor aufgestellt und ließen sich auf tiefen Steinguttellern eine riesige Kelle Suppe auffüllen, in die eine rosig glänzende Vierzigjährige mit runden Armen und Apfelbäckchen unter freundlichen, manchmal auch anzüglichen Worten eine Bockwurst legte. Die Gesellschaft saß auf Bänken an langen rohen Fichtenholztischen, Biergläser mit überlaufendem Schaum wurden hastig abgetrunken, dazu gab die Feuerwehrkapelle noch ein paar Ohrwürmer zum Besten, aus denen Hans zumindest den Radetzky Marsch erkannte.

Brendhild stand in einer Gruppe von jungen Frauen, die sich um sie gesammelt hatten, immer wieder kicherten und dabei scheu zu Hans hinübersahen. Der saß ganz für sich allein, löffelte nachdenklich seine Suppe und fühlte sich erneut wie ein fernstehender Gast bei diesem großen Fest, an dem er doch, zumindest nach außen hin, als Mit-Gastgeber auftrat. Was hier so scheinbar nebenher geschah, sollte sein Leben immerhin für viele Jahre, wenn nicht gar für immer bestimmen, an der Seite von Brendhild, seiner künftigen Frau, der Mutter kommender Kinder und der Ursache, wie er im späten Rückblick glaubte, für Enge, Wortlosigkeit, Trauer und schließlich Hass.

21

Wieder allein mit Brendhild in Göttingen, hatte sich Hans nach einiger Zeit ganz gut von seiner Verlobung erholt. Beim Abschied von seinen Eltern auf dem Bahnhof in Kreiensen hatte ihm sein Vater, während Brendhild mit Marianne sprach, noch zugeraunt:
„Sich verloben, Hans, ist eine Sache, heiraten eine andere." Hans war dieser etwas sybillinisch klingende Satz seines Vaters auf der Weiterfahrt nach Göttingen noch lange durch den Kopf gegangen. Schließlich hatte er geglaubt, seinen Vater damit richtig verstanden zu haben. Es handelte sich offenkundig um eine Mahnung, dass er es sich mit der Heirat noch einmal überlegen sollte. Hans und Brendhild hatten am Fenster des D-Zugabteils einander gegenüber gesessen und teilnahmslos auf die vorbeihuschende Landschaft geschaut. Während Hans noch ganz in seine Gedanken versunken war, hatte er Brendhild hin und wieder prüfend angesehen. Sie lehnte mit dem Kopf am Fensterrahmen und schlief. Ihr Mund stand ein ganz klein wenig offen, sie schien völlig entspannt. Wenn der Zug gelegentlich ruckelnd über eine Weiche fuhr, schreckte sie für kurze Zeit auf, ohne dabei die Augen zu öffnen, und versank gleich wieder in ihrem, wie es ihm schien, kindlichen Schlummer.
Noch hielt er sie für völlig arglos. Sie war meist fröhlich und plante ständig irgendetwas Neues, Möbelumstellungen in Hansens Studentenwohnung, einen Einkauf für den Haushalt, obwohl sie zur Verlobung tausend Sachen bekommen hatten, nützliche aber natürlich auch solche, die die Leute selbst nicht mehr gebrauchen konnten und von denen sie annahmen, dass die „jungen Leute" damit vielleicht noch etwas anfangen könnten. Ein wirklich gutes Geschenk, das größte und kostbarste, war ein Elektroherd mit vier Platten und Backofen von Siemens, den sie von Brendhilds Eltern geschenkt bekommen hatten. Allerdings hatte dieses Geschenk Folgen. Brendhild bestand darauf, dass man für einen so guten Herd auch entsprechend ordentliche Töpfe haben müsste. Die hätte sie auch schon bei „Thode" im Schaufenster gesehen, verkündete sie Hans eifrig. Es wären dunkelrote Emailletöpfe, ähnlich seinem alten, mit einem silbernen Stahlrand und einem Deckel mit schwarzem Bagalitknauf. Drei in verschiedener Größe gehörten zu einem Satz und wären durchaus erschwinglich, wenn sie beide zusammenlegten. Obwohl Hans nur über wenig Geld verfügte, willigte er schließlich ein. Er selbst kümmerte sich nur insoweit um die Küche, wenn es galt, in kurzer Zeit etwas zuzubereiten, das satt machte. Das eigentliche Kochen überließ er Brendhild, die bei ihrer Mutter in die Lehre gegangen war und auch mit einfachsten Zutaten stets Wohlschmeckendes zustande brachte.

Ins Kino gehen mochte Brendhild für ihr Leben gern. Gerade erst hatten sie den neuen Film mit Orson Welles *„Der dritte Mann"* gesehen, der selbst Hans zutiefst beeindruckt hatte. Anschließend waren sie noch mit Philipp Rothmann, der zufällig in Begleitung einer blonden Schönheit in derselben Vorstellung gewesen war, auf ein Glas Bier im „Berliner Hof" eingekehrt. Obwohl Philipp in Begleitung eines hübschen, allerdings etwas unbedarft wirkenden Mädchens, wie Hans fand, gekommen war, hatte er umgehend angefangen, Brendhild schöne Augen und unverschämte Komplimente zu machen:
„Ihr Haar glänzt wie der Schimmer der Abendsonne auf dem Lago Maggiore, Fräulein Brendhild."
Hans war überzeugt, dass Philipp vermutlich nicht einmal wusste, wo der Lago Maggiore lag, geschweige denn, dass er ihn je gesehen hätte.
Brendhild schien in der Lago-Maggiore-Sonne förmlich aufzublühen, kicherte etwas albern, fand Hans, und sah Philipp mit schmeichelnden halb unter den Lidern verborgenen Augen an.
„Das haben Sie aber wunderschön gesagt, Philipp. Sie sind ja ein richtiger Poet", hauchte sie verklärt und wandte sich nun auch auf ihrem Stuhl ganz Philipp zu.
„Nehmse dat man nich janz so ernst, Froleen," bremste die Blonde Brendhild mit einer unerwarteten Kleinmädchenstimme. „Jestern lag der Schimmer von den Garda See noch uf meene Strippen. Der nächsten legt er bestimmt de janze Adria, inklusive Sonne und Jesang zu Füßen oder of'n Kopp."
Philipp hüstelte darüber hinweg und tätschelte seiner Gefährtin die runden Finger mit den knallrot lackierten Nägeln.
„Gretchen neigt in ihrer frischen Berliner Art manchmal zu Übertreibungen," erklärte er Hans und Brendhild mit augenblinzelndem Lächeln. „Wie wär's mit noch einem Bier? Ich lade euch ein dazu."
Hans bedankte sich höflich und auch Brendhild, die nach seiner Einschätzung etwas enttäuscht zu sein schien vom inflationären Sonnenschimmern auf Haaren, Seen und Meeren, erklärte, dass sie morgen Frühdienst hätte und eigentlich schon längst im Bett liegen müsste.
Abgesehen von den vielen amourösen und alkoholischen Eskapaden Phillips konnte Hans auf ausgedehnten Spaziergängen mit ihm über alles reden, auch, im ganz wörtlichen Sinn, über Gott und die Welt. Denn er war mit seinem „Weltschmerz" noch lange nicht fertig und sollte auch ein Leben lang, in mehr oder minder großen Abständen darunter leiden. Noch hatte er niemanden gefunden, der ihm halbwegs plausibel die ganz irdische Welt erklären konnte, geschweige denn eine, doch immerhin denkbare, jenseitige. Philipp,

der zwar als Jude geboren worden war und damit, wie er stets erklärte, aus einer Mischung von jüdischer Volkszugehörigkeit und jüdischer Religion bestand, behauptete jedoch immer, dass er bekennender Agnostiker sei, was Hans faszinierte und zugleich fassungslos machte. Wie könne man sich denn so aus all den grundlegenden Fragen heraushalten, wollte er immer wieder von Philipp wissen, dass man es zugleich für möglich wie auch nicht möglich hielt, dass es einen Gott und ein Jenseits gebe, nahm er bei ihren Wanderungen immer wieder diesen Faden auf, an dem er schon so lange gesponnen hatte.

„Na gut, Hans," räumte Philipp auf einem Weg, der sie durch wogende Kornfelder führte, großmütig ein, „gehen wir mal davon aus, dass es einen Himmel gibt. Findest du dann aber nicht, dass es von den Menschen ziemlich egoistisch wäre, wollten sie sich, als Krone der Schöpfung, allein darin wieder finden? Was ist denn mit den Tieren? Willst du denen nicht auch ein bisschen Himmel gönnen? Wie wär's denn mit einem Mäuse- oder Hundehimmel? Einem für Katzen und einem für Maikäfer? Ne, Hans, Spaß beiseite, was soll die ganze Spekulation mit dem Jenseits? Im Thanach, der jüdischen Bibel, die ihr, - auch so ein feiner Zug der Christen, - das „Alte Testament" im Gegensatz zu eurem „Neuen" nennt, als wäre unser Buch total veraltet, also im Thanach steht nichts vom Jenseits. Wenn da einer starb, dann „ging er ein zu seinen Vätern", das heißt mit anderen Worten, er wurde beerdigt. Und über die alten Haudegen Abraham, Isaak und Jakob wird erzählt, sie seien alt und lebenssatt gestorben. Glaubst du nicht auch, dass es keinen besseren Tod gibt, als sich am Leben satt gegessen zu haben, so dass man es dann auch einfach aus der Hand legen kann? So möchte ich jedenfalls mal sterben, am besten noch mit einem süßen Mädchen im Arm!"

„Mein Gott, Philipp, kannst du nicht einmal ernst bleiben?" hielt Hans dagegen. „Mag ja gut und schön sein, wenn man nach einem langen und guten Leben sagen kann: ‚Danke schön, das war's, und jetzt bin ich müde.' Aber was ist denn mit all den Kindern, die, kaum auf der Welt, schon wieder gehen müssen, ohne überhaupt die Gelegenheit erhalten zu haben, sich am Leben satt zu essen? Was ist mit den Zigtausenden von Menschen, über deren Schicksal du mir damals, als wir uns hier wiedertrafen, erzählt hast, die jung oder alt in den schrecklichen Lagern von den Deutschen ermordet wurden? Verdienen nicht wenigstens die einen Ausgleich für nicht gelebtes Leben? Verdienten sie nicht einen Himmel, allein schon aus Wiedergutmachungsgründen? Ich halte das sonst nicht aus, Philipp, eine solch trostlose Brutalität und unterschiedslose Vernichtung von Menschenleben macht mich depressiv.

Es muss einen Gott geben und einen Himmel, sonst kann man das doch gar nicht aushalten!"
„Ich schon, Hans, ich schon! Ich kann damit leben, auch ohne Gott und deinen Himmel." Aus Philipps Tonfall war die sonst übliche Ironie verschwunden. „Es ist doch ein Faktum in meinen Augen, dass unser jüdisches und euer christliches Reden von einem väterlichen Gott, der alle seine Kinder auf der Welt liebt und beschützt, ein Schmarren ist. Guck dir doch mal an, wie da gestorben wird und lass dabei mal die Unfasslichkeit der Konzentrationslager außen vor, das ist noch mal eine Kategorie für sich. Es reicht schon so. Bei Erdbeben und Überschwemmungen, durch Hunger, in Kriegen, Feuersbrünsten und Wirbelstürmen kommen ständig Tausende von Menschen um, große und kleine. Meinst du etwa, die waren so sündig oder aufmüpfig, dass sie ihren Tod als väterliche Strafe verdient hätten? Oder ist euer Gott nur für Christen zuständig? Aber dann schau mal richtig hin, auch Christen sterben sinnlos, christliche Kinder und christliche Erwachsene. Ne, Hans, entweder gibt's keinen Gott oder ihr verehrt den falschen oder ihr habt ein falsches Bild vom richtigen Gott."
Sie waren an ein Gerstenfeld gelangt, aus dem es mohnrot und kornblumenblau leuchtete. Philipp blieb stehen, suchte sich eine gerade aufblühende Mohnblume und hielt sie Hans hin:
„Da, schau dir das mal an, Hans, Blütenblätter aus roter Seide! Mit diesem feinen schwarzen Grund, den vielen Staubgefäßen, die sich um die schon fertige kleine achteckige Samenkapsel scharen! Reicht dir das nicht als Himmel? Spürst du nicht die schöpferische Intelligenz dahinter, höchste Kunstfertigkeit und eine endlose Phantasie und Vielfalt? Bleib auf der Erde, Hans, hier gibt's genug Wunder und Rätsel. Die langen für ein ganzes Leben."
Hans nickte stumm. Natürlich sah er das alles auch und fand es schön. Aber es reichte ihm nicht, um seine quälenden letzten Fragen zu beantworten, um seinen Schutzwall ungefährdet zu belassen, den er um sich brauchte, um nicht verletzt zu werden. Eigentlich war er ja ganz zufrieden mit seinem Leben. Er war nie ernstlich krank gewesen, abgesehen von seiner innersekretischen Drüsenstörung als Kind, die sich aber so rasch und unkompliziert ausgewachsen hatte. Und Furunkulose hatte er gehabt, aber das war nur ein bisschen schmerzhaft, niemals lebensbedrohlich. Brutalität, sinnloses Morden und Sterben, der Tod von Säuglingen und kleinen Kindern, all das zehrte immer wieder an seiner Ringfestung zur Verteidigung der Lebensgemütlichkeit und seiner großen Liebesträume. Letztere hatte er auch nach der Verlobung mit Brendhild nicht aufgegeben. Das war der nächste wunde Punkt, um den sich

Unsicherheit, Trauer, manchmal schon regelrechte Wut entzündeten, gefolgt von schlechtem Gewissen, Reue und Ratlosigkeit.

Bei einem Wochenendbesuch zu Hause in Hannover war es zu dem von Hans befürchteten Gespräch mit seinem Vater über Brendhild gekommen. Karl Sogau hatte seinem Sohn mit aller ungeschminkter Deutlichkeit, die ein unverwechselbares Markenzeichen seiner Welt- und Menschensicht war, klar gemacht, dass Brendhild nicht zu ihm passe.

„Sie mag ja ein nettes Mädchen sein, Hans." hatte sein Vater ihm zugestanden. „Die Verlobung auf dem Land war ja auch ganz hübsch, selbst wenn ich nicht ganz verstanden habe, was an der riesigen Geburtstagsfeier von Bernhard (beide Elternpaare hatten beschlossen, sich zu duzen) Verlobung gewesen sein soll. Aber sieh dir das doch mal nüchtern an: Sie kommt vom Land und du aus der Stadt, sie denkt rein praktisch und meist nur an sich, sie hält ihre Arbeit für das einzig Richtige und versteht gar nicht, wie man in wissenschaftlicher Tätigkeit genauso aufgehen kann, wie du das tust. Du bist zurückhaltend und kontrolliert, sie plappert alles heraus, was ihr in den Kopf kommt und geht in ihren Plänen und deren Durchführung zu oft über dich hinweg. Sieh mal zu, wie du da mit Anstand wieder herauskommst, du bist doch fast noch zu jung, um dich endgültig zu binden, und dann auch noch an die Falsche!"

Auf der Rückfahrt war Hans zu dem festen Entschluss gelangt, sich noch in der kommenden Woche von Brendhild zu trennen. Es war ja nicht so, dass sein Vater ihm erst die Augen über Brendhild hätte öffnen müssen, es war viel schlimmer. Sein Vater hatte aus seiner Sicht all das bestätigt, was er schon seit langem selbst gemerkt, aber immer wieder unterdrückt und beiseite geschoben hatte. Er war nur allzu schnell bereit, sich selber zu täuschen, wollte sich einreden, dass Brendhilds sprudelnde Lebendigkeit ihn deshalb so anzog, weil sie etwas lebte, was er nicht konnte: pure Lebensfreude und eine nicht zu hinterfragende Hinnahme von Lebensumständen, seien es die Wohnbedingungen oder das Weltall. Brendhild kam mit allem bestens zurecht und verstand nicht, wie man sich darüber den Kopf zerbrechen konnte. Er dagegen schien von einer selbstquälerischen Lust besessen, immer wieder alles infrage stellen zu müssen, ohne jemals einen einzigen Fortschritt darin zu verzeichnen. Auch nach dem langen Spaziergang mit Philipp war er keineswegs beruhigt gewesen in seinen Ängsten hinsichtlich einer wie auch immer geartete Existenz nach dem Tod. Er zog sich weiterhin vor jeder Nachricht zurück, die ihn mit den unfasslichen Grausamkeiten, die Menschen einander antun konnten, konfrontierten, die ihn regelrecht ansprangen und aus seinem zerbrechlichen, nur mühsam aufrecht erhaltenen Gleichgewicht zu bringen drohten.

Wenn er Brendhild gegenüber seine Gedanken und Fragen dazu auch nur andeutete, geschah es nicht selten, dass sie ihn einfach kopfschüttelnd auslachte.
„Womit du dir alles den Kopf vollstopfst! Glaubst du wirklich, du würdest damit auch nur ein bisschen ändern? Die Welt ist so, kapier das doch mal! Und dann deine ewigen Fragen, was geschieht mit uns nach dem Tod, - soweit ich weiß, hat das bis heute noch keiner herausgefunden. Hans Sogau, du bist gesund und jung, wir haben beide etwas zu tun, ich meine Arbeit und du deine Erdkrümel. Wir haben eine gute Zukunft vor uns. Merkst du nicht, wie alles nur besser wird? Die Leute können sich wieder was kaufen, wir sogar auch. Das einzige, was wir wirklich nötig brauchen, ist eine größere Wohnung, irgendwann will ich ja schließlich auch mal Kinder haben."
Hans hatte Brendhild noch nie so lange zusammenhängend reden gehört. Irgendwo hatte sie ja auch Recht, wobei er ihre Bemerkung über seine „Erdkrümel" schon einigermaßen verletzend fand. Es zeigte sich darin, dass sie sein Studium, seine mineralogischen Untersuchungen weder verstand noch ernst nahm, sondern mehr oder minder als nette Spielereien abtat.
Als Hans auf dem Göttinger Bahnhof aus dem Zug stieg, war er fest entschlossen, mit Brendhild sofort über die Auflösung ihrer Verlobung zu reden. Plötzlich hatte er es mit dem Gespräch ganz eilig, als befürchte er, dass ihm, je länger er wieder Göttinger Boden unter den Füßen hätte, seine Entschlusskraft abhanden kommen könnte und er wieder in jene mild verdrängende Haltung geriete, die zwar keine wirkliche Konfrontation erforderte, ihn aber mehr und mehr lähmte.
Er war mit dem frühen Zug aus Hannover gekommen und könnte es also noch schaffen, Brendhild in der Mittagspause zu treffen, um sie mit seinen Trennungsgedanken vertraut zu machen. Er wusste, in welchem Raum sich die Schwestern in ihren Pausen aufhielten und brauchte Brendhild nur zu sich hinaus auf das Krankenhausgelände zu bitten, um mit ihr unter vier Augen zu reden.
Er schwang sich auf sein Fahrrad, spürte, wie ihn das kräftige Treten und der frische Fahrtwind noch mutiger werden ließen für sein Vorhaben, und war in gut drei Minuten am grauweiß gestrichenen Klinikgebäude angelangt. Durch einen kleinen, nur vom Krankenhauspersonal genutzten Eingang war er in den Pausenraum gelangt, wo sich etwa zehn bis fünfzehn Schwestern aufhielten. Gesprächsfetzen flogen hin und her, unterbrochen von fröhlichem Gelächter. Als er in das fragende Gesicht Brendhilds schaute, machte er ihr ein Zeichen mit einer nach draußen weisenden Gebärde. Brendhild nickte verwundert und folgte ihm die wenigen Stufen hinab in den Hof.

Hans spürte, wie ihm das Herz bis zum Hals schlug. Er hatte das Gefühl, sein Vorhaben nehme ihm die Luft. Es musste also schnell geschehen, dass er Brendhild in Kenntnis setzte, sonst würde er daran ersticken.
„Wir müssen uns trennen, Brendhild, endgültig!" platzte er ohne Vorankündigung heraus. Ursprünglich hatte er sich vorgenommen, einen sanften Anweg zu nehmen, indem er ihr mit eindringlichen, aber freundlichen Worten seine Sicht der Dinge zu schildern versuchen wollte. Über die großen Wesensunterschiede zwischen ihnen wollte er sprechen, die wenigen Gemeinsamkeiten und ihr prinzipiell unterschiedliches Lebensverständnis. Jetzt war das alles wie weggeblasen, als hätte er vergessen, was er sagen wollte. Nur sein Entschluss, sich zu trennen, war geblieben, und nun hatte er ihr in einem einzigen, knappen Satz das Ergebnis seiner wochenlang sich hin und herwälzenden Gedanken vor die Füße geworfen.
Brendhild verschlug es die Sprache. Sie sah ihn einen Moment lang aus zusammengekniffenen Augen an, lächelte unsicher und wurde plötzlich ganz ernst, als sie merkte, dass Hans offenbar keinen Scherz gemacht hatte.
„Sag mal, hast du sie nicht mehr alle?" entfuhr es ihr schon reichlich laut.
„Doch, Brendhild," erwiderte er und spürte, wie er plötzlich ganz ruhig geworden war. „Ich habe mir das lange überlegt und bin zu dem Entschluss gekommen, dass es besser für uns beide ist, wenn wir unsere Verlobung auflösen und uns trennen."
Er sah dabei Brendhild offen in die Augen, seine Stimme hatte nicht gezittert, er war ihrem Blick nicht ausgewichen, wie so häufig zuvor, wenn es zu unangenehmen Auseinandersetzungen gekommen war. Zugleich nahm er wahr, wie sich Brendhilds sonst so sicheres, manchmal sogar hochmütiges Gesicht, wie er fand, völlig veränderte. Es zuckte um ihren Mund, ihr Gesicht erschien ihm jetzt viel kleiner und kindlicher als sonst, ihre Augen füllten sich mit Tränen. Er sah, nun schon teilnahmsvoller, wie ihre Schultern von einem ganz tiefen Schluchzen geschüttelt wurden. Plötzlich brach sie in ein so lautes und klagendes Weinen aus, wie Hans es noch nie von ihr gehört hatte. Es war ein kindlich ungebremstes Weinen, in dem sich Schmerz und Wut, Trauer und Enttäuschung mischten. Hans sah sich unsicher um, ob nicht womöglich jemand Zeuge dieses lautstarken Zusammenbruchs geworden sein könnte. Er konnte aber niemanden entdecken, nur auf einem Birnbaum, der schon kleine grüne Früchte trug, sang eine Amsel, scheinbar unbeeindruckt und unbeteiligt.
„Du Schuft!" schluchzte Brendhild noch immer fassungslos. „Nie hast du was gesagt, nie hast du dich beklagt, alles hast du mitgemacht: die heimliche und die richtige Verlobung! Nie habe ich auch nur ein Wort gehört, dass dir etwas nicht gefallen hätte. Und jetzt kommst du plötzlich mit so was, du Idiot!"

Brendhild konnte sich immer noch nicht fassen, ihre Worte waren tränenaufgelöst und von Schluchzern unterbrochen. Der Ausdruck ihrer Augen wechselte ständig zwischen Schmerz und Wut.
„Du hast doch selbst gemerkt, dass wir uns in der letzten Zeit kaum noch etwas zu sagen hatten," versuchte er sie zu beschwichtigen.
„Nichts hab ich gemerkt." klagte sie weinend weiter wie ein kleines Mädchen.
„Was sollten wir auch immer reden? Ich war kaputt von der Arbeit, und deinen Weltschmerz hatten wir schon so oft rauf und runter geredet. Ist doch ganz normal, dass man manchmal nichts sagt, wenn man am Tisch sitzt."
Sie machte zwei Schritte auf ihn zu und trommelte mit ihren kleinen, harten Fäusten auf ihn ein. Dann, als hätte sie sich eines Besseren besonnen, umschlang sie seinen Oberkörper und presste ihr tränennasses Gesicht verzweifelt an seine Brust. Hans spürte die warme Feuchtigkeit ihrer Tränen auf seiner Haut. Sie tat ihm unendlich leid, sein Herz wurde ganz schwer, sein Abwehrring um sein Gemüt wies Risse auf, es ging ihm zu Herzen. Und da er einem solchen Gefühl bisher meist erfolgreich aus dem Weg gegangen war, war er jetzt völlig hilflos. Noch bekam er es nicht fertig, seine Arme um sie zu legen. Er stand steif und unbeholfen da und wünschte, Brendhild ließe ihn wieder los. Aber das tat sie nicht. Sie klammerte sich immer fester an ihn und bettelte mit kleiner Stimme:
„Lass es uns doch noch mal versuchen, Hans, ich hab doch gar nicht gewusst, dass du solche Gedanken im Kopf hast. Wir haben es doch auch ganz gut gehabt. Und was sollen denn meine Eltern sagen, wenn sie erführen, dass wir uns getrennt haben, und was soll das ganze Dorf denken?"
Hans machte sich noch steifer. Brendhilds Eltern und das Dorf interessierten ihn überhaupt nicht. Es ging um sie beide und um niemand anderen.
„Gib uns doch noch eine Chance, Hans, du kannst doch nicht einfach so mir nichts, dir nichts Schluss machen." Sie weinte wieder ganz bitterlich.
Hans spürte, wie seine Entschlossenheit und Härte ins Wanken gerieten. So stark wie schon seit Monaten nicht mehr spürte er, dass er auch noch Zuneigung empfand für Brendhild. Er ahnte wieder, warum er sie so gemocht hatte und konnte sich diesem Gefühl vom Anfang ihrer Liebe wieder soweit nähern, dass er nun ganz langsam seine Arme um sie schloss. Er neigte seinen Kopf und legte ihn auf ihr Haar. Er spürte, wie das Schluchzen unter ihm allmählich verstummte, wie seine Ruhe sich auf sie übertrug. Hans hatte sich ergeben.
„Na gut, Brendhild, versuchen wir's noch mal, vielleicht hast du Recht." flüsterte er ihr ins Ohr. Brendhild hob ihren Kopf von seiner Brust, schaute ihn mit rotgeweinten Augen an, und Hans zog mit seinem Finger behutsam eine Tränenspur nach auf ihrem Gesicht.

22

Anfangs empfand Hans seinen misslungenen Trennungsversuch zwar als ein Scheitern, dennoch erschien er ihm wie ein reinigendes Gewitter zwischen ihnen beiden. Er hatte sie abends nach Dienstschluss von der Klinik abgeholt, beide wollten noch nicht nach Hause in ihre kleine Wohnung und bummelten durch die Innenstadt. Sie gingen Hand in Hand, sprachen nicht viel und sahen sich hin und wieder nur lächelnd an. Einmal blieben sie sogar mitten auf dem Bürgersteig stehen, nahmen sich fest in die Arme, wobei er sich einbildete, noch ein Schreckensbeben in Brendhilds Körper zu spüren. Sie küssten einander zum ersten Mal seit langer Zeit auf offener Straße, und er erlebte, wie aus vergessenen Tiefen eine Regung in ihm aufstieg, die sich Brendhild mitteilte, worüber sie leise lachte.

„Warte noch ein wenig, bis wir nach Hause kommen, Hans, aber vergiss es nicht," sagte sie gedehnt und schmiegte sich noch enger an ihn. Kinobesucher, die nach Vorstellungsende in Mengen aus dem Eingang kamen, vor dem Hans und Brendhild, ohne es zu merken, stehen geblieben waren, umströmten das Paar wie Wasser, das in einem Bach einen Stein umfließt, sich vor dem Hindernis teilt und dahinter wieder zusammenfließt, als wäre nie etwas im Weg gewesen. Die meisten der überwiegend jungen Leute bemerkten das Inselpaar fast gar nicht, andere sahen es mit verständnisvollem Lächeln, manche gar sehnsuchtsvoll an, woraus Hans, der das sehr wohl bemerkte, schloss, dass der Film einem ähnlichen Thema gegolten haben mochte. Vielleicht bildeten sie beide noch einmal das Happy End nach, zu dem es gerade im Film gekommen war, oder sie zeigten, wie der Film nach dem dramatischen Scheitern einer Liebe auch hätte ausgehen können und wonach sich nun alle sehnten.

Sie umrundeten das „Gänseliesel" auf dem Marktplatz und wollten eigentlich noch auf ein Glas in ihre Lieblingsweinstube. Aber ihre Umarmung, die so viele sinnliche Erinnerungen wachgerufen hatte, zog sie vom Gänseliesel schnurstracks nach Hause. Als sie die Tür hinter sich geschlossen hatten und Hans neben den Türrahmen fasste, um Licht zu machen, bog Brendhild seine Hand vom Schalter fort und hielt sie fest.

„Es kommt genügend Licht von draußen herein." flüsterte sie und zog ihn geradewegs zum Schaffell. Er ließ sich wie willenlos führen und zupfte ihr noch beim Gehen die Bluse aus dem Rock. Brendhild knöpfte ihm hastig das Hemd auf, streifte es ihm über die Schultern und umschlang seine nackte Brust. Er öffnete das Schleifenband, das ihren Rock hielt, und beide sanken auf das Obermannsche Schaffell zu Boden.

Hans dehnte sich genüsslich, als sie sich nach ihrem wilden Liebesakt auf das Bett hinaufgezogen hatten und noch ein wenig ausruhten. Wie lange war es eigentlich her, dass sie sich derart spontan und wild geliebt hatten, dachte Hans. Monate. Diese Feststellung ließ ihn in eine sanft melancholische Stimmung gleiten, die er beinahe hätte genießen können, wenn sich nicht ein Tropfen Bitterkeit eingemischt hätte mit dem Gedanken an die vielen Male, wo er ihr vergebens Avancen gemacht hatte. Später musste er sich eingestehen, dass er darin auch nicht sonderlich geschickt vorgegangen war. Es hatte ihn meist plötzlich überfallen, wenn sie abends im Bett lagen und sich noch einmal mit einer zärtlichen Geste von früher, die längst schon zur Routine geworden war, Gute Nacht sagten. Er versuchte dann Brendhilds Hand auf seiner Brust länger festzuhalten, als sie gewillt war, sie dort zu belassen. Er schob die Hand ein wenig tiefer, um ihr deutlich zu machen, dass er liebesbereit wäre. Brendhild murmelte dann oft etwas Unverständliches, das aber ziemlich abweisend klang.

Er hatte sich, nachdem er auf diese Weise des Öfteren gescheitert war, Rat bei seinem Freund Philipp Rothmann gesucht. Er hielt ihn zwar für einen Schwerenöter, zugleich billigte er ihm aber auch eine Expertenstellung zu, wenn es darum ging, sich den Frauen erfolgreich zu nähern. Sie hatten sich zum Bier im „Schmierigen Löffel" getroffen, wie sie ihre kleine Kneipe nannten, in der auch ein zwar sehr schmackhafter, nicht immer aber den hygienischen Anforderungen entsprechender Mittagstisch angeboten wurde. An jenem besagten Abend hatte Hans Philipp eingeladen. Normalerweise war es umgekehrt, da Philipp von Hause aus über sehr viel mehr Geld verfügte als Hans mit seinem schmalen elterlichen Wechsel. Er berichtete Philipp offen und in allen Einzelheiten, wie er Brendhild gegenüber zu Werke gegangen war und erntete bei Philipp nur verständnisloses Kopfschütteln.

„Wie kann man nur, Hans?" fragte er entrüstet. „Du hast ja so ziemlich alles falsch gemacht, was man falsch machen kann. Vielleicht erst mal einen kleinen Hinweis von Heinrich Heine, mein Lieber. Du solltest dich einfach mehr in der Literatur umsehen, Goethe, Schiller, Kleist, aber vor allem auch Heine. Lass mal überlegen, was der zu deinem Problem sagt. Ah ja, ich erinnere mich, warte mal, ich müsste das eigentlich noch zusammenkriegen. Hab ich mal während meiner Liebeskarriere auswendig gelernt. Das war was mit Gliedmaßen, nee, mit Gliedermassen, also das ging so:

Diese schönen Gliedermassen
Kolossaler Weiblichkeit
Sind jetzt, ohne Widerstreit,
Meinen Wünschen überlassen.

Wär ich, leidenschaftentzügelt,
Eigenkräftig ihr genaht,
Ich bereute solche Tat!
Ja, sie hätte mich geprügelt.

Welcher Busen, Hals und Kehle!
(Höher seh ich nicht genau.)
Eh ich ihr mich anvertrau,
Gott empfehl ich meine Seele.

Du bist der Typ aus der Mittelstrophe Hans, ‚leidenschaftentzügelt' hast du dich ihr eigenmächtig genaht. Sie hat dich nicht gerade geprügelt, aber weggeschupst, na ja, jedenfalls zurückgewiesen. Du musst sie dazu bringen, dass sie es will, dass sie dich drängt. Wie nennt Heine das? Dass sie sich deinen ‚Wünschen überlässt'. Und das geht nicht, wenn du ihr abends beim Gute Nacht Sagen die Hand festhältst und meinst, nun müsste ihre Begierde erwachen."
„Ist ja schon gut, Philipp," lenkte Hans kleinlaut ein, „ich habe ja verstanden; aber wie machst du das, was empfiehlt denn der Experte?"
„Na zum Beispiel, dass du sie schon zuvor den ganzen Tag umschwärmst. Natürlich erst mit Worten. Du musst ihr sagen, wie hübsch sie aussieht in ihrem Rock und was für schöne Beine sie hat. Hat sie doch wirklich, wenn ich mich recht entsinne, nicht?"
Hans nickte ungeduldig.
„Dann musst du tagsüber schon die körperliche Nähe und Wärme herstellen, die du abends gerne haben möchtest. Also Hans, stell dich nicht so dusselig an, ein bisschen Zärtlichkeit hier und da, am Wege halt. Nicht gezielt irgendwo hingreifen, sondern hier ein Streicheln der Wange, dort eine Berührung am Arm, ein Küsschen unterwegs und ganz viel reden. Tja, und dann sollst du mal sehen, vergiss aber nicht, Gott deine Seele zu empfehlen, rät jedenfalls Heine – und ich auch, denn dann ist der Bär los."
Als Hans sich von Philipp an diesem Abend verabschiedet hatte, schien ihm alles klar und einfach. Als er versuchte, Philipps Rat in die Tat umzusetzen, merkte er erst, woran es in ihrer Beziehung seit langem mangelte. Sie gingen,

schon über Wochen, aneinander vorüber, ohne sich auch nur zu streifen, geschweige denn mit einer zärtlichen Geste ein Signal zu geben. Sie besprachen das Notwendigste, was man zur Führung des gemeinsamen Haushalts brauchte, und waren kein schlechtes Team, aber kaum noch ein Liebespaar. Nur an einem Tag, irgendwann im Juli, war ihm ein wenig von dem gelungen, was Philipp ihm geraten hatte.

Die Sonne schien von einem wolkenlosen Himmel, schon am Vorabend hatten sie sich vorgenommen, bei gutem Wetter ins Freibad zu gehen. Hans war vom Aufwachen an gut gelaunt.

„Du brauchst dich gar nicht erst anzuziehen, wir gehen baden," rief er Brendhild zu, als er die Gardine zurückgezogen hatte und in den sommerblauen Himmel sah. Brendhild hatte an diesem Tag dienstfrei und war schon deshalb gnädig gestimmt. Sie hatten in aller Ruhe gefrühstückt und sich anschließend mit den Rädern zum Freibad aufgemacht. Hans war glücklich, sich endlich einmal wieder richtig beim Schwimmen ausarbeiten zu können. Hinterher lag er herrlich erschöpft im Gras, drehte sich hin und wieder auf die Seite und blinzelte Brendhild lächelnd zu. Sie trug einen längs gestreiften Badeanzug, der ihre schlanke Figur mit den gut proportionierten Beinen vorteilhaft betonte.

„Sie sehen äußerst begehrenswert aus, Frau Sogau in spe, sie bringen mich auf sehr schöne Gedanken." juxte Hans. Brendhild lachte geschmeichelt und gab mit gespielter Empörung und Strenge zurück:

„Was reden sie für törichtes Zeug, Herr Doktor, ich kann mir ihre schönen Gedanken schon vorstellen, sie schmeicheln mit ganz bestimmten Absichten!"

Sie hatten aus Spaß ein wenig gerangelt, und auch Brendhild schien die kräftigen Berührungen an Armen und Beinen, Schultern und Bauch zu genießen. Als er seine Erregung zu spüren begann und sie auch für Brendhild sichtbar wurde, sprang er auf, stürzte sich kopfüber vom Beckenrand ins Wasser, durchschwamm mit kräftigen Zügen eine lange Bahn unter Wasser und tauchte erst an den Anschlagklötzen der gegenüberliegenden Seite wieder auf. Schnaufend und prustend rannte er zurück zu Brendhild, schüttelte ihr die Wassertropfen von seinen Händen auf den Rücken, was sie mit einem spitzen Schrei quittierte, und ließ sich neben ihr auf sein Handtuch fallen.

Abends, als sie müde nach Hause geradelt waren, hatten sie sich ein rasches Abendbrot mit einem riesigen Berg Salat bereitet und dabei dicht nebeneinander gestanden. Ihre nackten Schultern hatten sich ganz von allein berührt. Beide begrüßten diese Zufälligkeit und genossen aneinander das Nachglühen der Sonnenwärme auf ihrer Haut. Zur Feier des Sommers, des Tages und ihrer so unverhofften Nähe gab es noch eine Flasche Wein, Brendhilds „Niersteiner

Domtal", der nach diesem Tag sogar Hans schmeckte. Ein wenig beschwippst vom ungewohnten Alkohol hatte Brendhild Hans von seinem Stuhl hochgezogen, was er willig geschehen ließ. Er dachte an Heine und empfahl seine Seele Gott, als Brendhild auf dem Bett mit wilder Zärtlichkeit über ihn herfiel. Später erschienen ihm diese Sommerstunden mit Brendhild wie ein einzelner bunter Schmetterling an einem ansonsten trüben Tag. Der Alltag hatte recht bald wieder Einzug gehalten und damit auch die langen Strecken der Wortlosigkeit. Man ging umeinander herum und vermied den körperlichen Kontakt. Abends im Bett schliefen beide mit einem müden „Gute Nacht" rasch ein. Hans versuchte, sich immer wieder dagegen zu wehren, er wollte nicht hinnehmen, dass so das alltägliche Leben einer Liebe aussah, von der er sich in seinen Ruth-Träumen einen einzigen Rausch erhofft hatte. Natürlich war er realistisch genug, um zu wissen, dass selbst mit einer Ruth aus diesem Rausch kein beständiger, alltäglicher Zustand geworden wäre, aber doch wohl mit Sicherheit ein liebevolles, inniges Miteinander und nicht ein solches geschäftsmäßiges Erledigungsleben wie mit Brendhild. Vielleicht, so dachte er, vermochte ein größeres Projekt, von dem sie beide träumen und woran sie arbeiten könnten, die vergessene Liebesmelodie in ihrem Leben erneut zum Klingen zu bringen.

Brendhild hatte in Abständen immer wieder von der Notwendigkeit einer größeren Wohnung gesprochen. Es konnte ja durchaus sein, räumte er ein, dass ihre Ausweichversuche unter gleichzeitiger, immer häufiger aufblitzender Gereiztheit auch etwas mit der Enge ihrer Einzimmerwohnung zu tun hatten. Ihm ging es ja kaum anders. Manchmal, wenn Brendhild Frühdienst hatte, übernachtete sie in ihrem kleinen Zimmer im Wohnheim, das sie noch immer behalten hatte, allein schon, um sich in der Mittagspause einmal richtig ausstrecken zu können. Hans genoss dann sein „Strohwitwerdasein" in vollen Zügen. Er drehte das Radio lauter als sonst, fläzte sich aufs Bett ohne die Schuhe auszuziehen, trank sein Bier aus der Flasche und genoss ein tiefes, mittellanges Rülpsen, - jedes einzelne war eine Verhaltensweise, die Brendhild empört mit einem roten Punkt versehen hätte. Wenn man also eine größere Wohnung hätte, mindestens zwei Zimmer, zu mehr würde das Geld ohnehin nicht reichen, so dachte er, könnte man einander doch besser aus dem Weg gehen. Dadurch würde sich ein Abstand ergeben, aus dem man sich wieder in den Blick bekäme. Hans hatte dafür immer einen optischen Vergleich: Wenn man sich zu dicht gegenübersteht, verschwimmt das Bild des anderen und löst sich auf. Tritt einen Schritt zurück, und du siehst wieder klar, dachte er, und übertrug das Beispiel auf ihr gemeinsames Leben. Zwei Zimmer würden vielleicht diesen notwendigen Abstand schaffen, so dass sie einander wieder erkennen, vielleicht sogar wieder lieben könnten. Er beschloss, Brendhild noch nichts von seinen Gedanken zu verraten, sondern nahm sich vor, Ausschau zu halten, sich umzuhören, und erst wenn er fündig geworden wäre, wollte er Brendhild mit diesem neuen Projekt überraschen. Er hoffte, dass damit eine Wende eingeleitet werden könnte.

Natürlich liefen alle wichtigen Dinge wie immer über Philipp Rothmann. Als Hans ihm von seinen Wohnungsplänen berichtete und ihn fragte, ob er nicht einen Einfall hätte, wo er sich erkundigen könnte, beschied ihn Philipp, doch einmal bei Frau Sorgenfrei nachzufragen. Als Hans ihn irritiert anschaute, wurde Philipp fast ungeduldig.

„Mensch Hans, kennst du nicht Emmy Sorgenfrei, hab ich dir noch nie von ihr erzählt? Na, dann wird's höchste Zeit. Emmy, ich darf sie seit einem halben Jahr so nennen, nachdem wir einen wunderbaren Weinabend verbracht haben, nein, nicht, was du jetzt wieder denkst, also Emmy ist so Mitte sechzig, besitzt ein kleines Sägewerk, das sie schon ganz schön groß gekriegt hat. Emmy hat ein goldenes Herz und hilft, wo sie nur kann. Auf dem Gelände des Sägewerks gibt es auch ein Wohngebäude, in dem sie früher selbst einmal gelebt hat. Seit kurzem wohnt sie auf dem Land, irgendein Dorf hier in der Nähe, ich hab den Namen vergessen, sie hat die Nase voll vom Stadtleben und vom Sägemehl, sagt sie. Weil nun das Wohnen mitten im Sägewerk nicht unbedingt luxuriös ist, vermietet sie ihre beiden Wohnungen an Leute wie dich. Entschuldige, Hans, ich will dir nicht zu nahe treten, also an Leute, die praktisch kein Geld haben. Natürlich musst du was bezahlen, aber nicht viel, und heizen kannst du mit den Holzabfällen vom Hof. Also, Alter, mach dich auf die Socken zu Emmy, von neun bis vier sitzt sie in ihrem Büro im Werk. Vielleicht hast du Glück, und es wird gerade was frei. Lass mal deinen Charme spielen, Junge, das zumindest kannst du ja."

Hans bedankte sich bei Philipp und machte sich auf den Weg, wobei er erst später die leicht unverschämte Schlussbemerkung Philipps begriff, deren Affront er in dem „zumindest" sah. Er beschloss, Philipp diese Frechheit bei Gelegenheit mit einer passenden, anzüglichen Bemerkung zurückzugeben, und war gespannt auf Emmy Sorgenfrei. Er wusste von sich seit frühester Kindheit, dass er aus einem ihm noch unbekannten Grund immer gut bei älteren Frauen ankam. Vielleicht, wie er früher schon einmal vermutet hatte, weil er unbewusst mütterliche Gefühle bei ihnen auslöste, was ihm bereits oft zugute gekommen war, ihn aber auch manchmal ärgerte, weil er sich selbst noch immer in der Rolle des jugendlichen Liebhabers sah.

Hans wusste, wo das Sägewerk lag, oft genug schon war er mit dem Fahrrad daran vorbeigefahren und hatte immer ganz tief den herrlich würzigen Duft

frisch gesägter Nadelhölzer eingesogen. Das Werk lag an der gleichen großen Ausfallstraße nach Norden wie auch seine jetzige Wohnung, nur etwa noch eineinhalb Kilometer weiter. Sie würden in ihrer neuen Adresse nur die Hausnummer ändern müssen, sollte aus seinem Projekt wirklich etwas werden.
An der Pförtnerloge, vorn an der Einfahrt zum Sägewerk, erkundigte sich Hans nach dem Büro von Frau Sorgenfrei. Freundlich wies ihm der Mann den Weg: Hans bräuchte nur über den Vorplatz zu gehen, dann sähe er auf der linken Seite ein zweistöckiges Backsteingebäude. In der unteren Etage befände sich das Büro der Chefin, darüber, soweit er wisse, zwei Wohnungen. In der einen hätte die Chefin früher selbst gewohnt, nun würden sie vermietet. Hans staunte über die Auskunftsfreudigkeit des Mannes und rechnete sie seinem guten Eindruck zu, den er offenbar auch hier wieder beim Pförtner hinterlassen hatte.
Emmy Sorgenfrei war eine rundliche, aber kompakte Frau mit kurzen, fast struppigen blonden Haaren und einem Gesicht, bei dem Lebensfreude, Gutmütigkeit und Humor in jeder ihrer vielen Fältchen geschrieben stand. Ihre Stimme war tief und kräftig.
„Na, junger Mann, was kann ich für sie tun?" Sie war hinter ihrem großen Schreibtisch aufgestanden, der über und über mit Zetteln besät war, auf denen Hans vor allem Zahlen erkennen konnte. Er stellte sich mit einer leichten Verbeugung vor, und Emmy Sorgenfrei ergriff seine Hand und drückte sie so fest, dass er meinte, es mit einer Männerhand zu tun zu haben. Er erzählte ihr, dass Philipp Rothmann ihn geschickt habe und wollte fortfahren, dass es um eine Wohnungsangelegenheit gehe. Aber soweit kam er nicht. Als Emmy Sorgenfrei Philipps Namen hörte, breitete sich ein amüsiertes Lächeln auf ihrem Gesicht aus.
„Ach ne, Philipp," sie machte eine kleine Pause, „der schöne Philipp hat sie hergeschickt? Wenn ich zwanzig Jahre jünger wäre, geriete ich bei dem direkt in Gefahr."
Hans dachte, dass Philipp ihr beim Wein also doch mehr als nur ein freundliches Lächeln geschenkt haben musste, dieser unverbesserliche Charmeur!
„Na, und was hat ihnen denn Philippchen von mir erzählt, dass sie jetzt vor mir stehen, mein Junge?"
Hans registrierte resigniert das „mein Junge" und wusste, dass seine erste Begegnung mit Emmy Sorgenfrei wieder in die Mutter-Sohn-Richtung gegangen war. Er ärgerte sich insgeheim, dass Philipp offenbar immer das gelang, was er selbst so gern für sich in Anspruch genommen hätte: der Auftritt eines charmanten Mannes, dem die Frauen jeden Alters sofort zu Füßen lagen.
Hans trug Emmy seine Wohnungsanfrage vor, bescheiden und zurückhaltend,

und spürte aus langer Erfahrung, wie sie ihre Mütterlichkeit mit Wonne würde entfalten wollen, was ihm in diesem Fall durchaus gelegen käme.

„Sie haben Glück, mein Lieber, die linke Wohnung wird zum übernächsten Monat frei. Sie können sich vorstellen, dass die Leute bei mir Schlange stehen wegen der günstigen Konditionen. Aber ich behalte mir immer vor, die Mieter selbst auszusuchen. Und weil der smarte Philipp sie geschickt hat und sie mir ein lieber Junge zu sein scheinen, kriegen sie die Wohnung."

Wieder registrierte Hans mit knirschenden Zähnen die bezeichnende Reihenfolge in der Begründung für die Wohnungsvergabe, sowie die so passenden Adjektive „smart" und „lieb" für das, was Philipp und er offenbar an unterschiedlicher Aura vor sich hertrugen. Natürlich ließ er sich nichts anmerken, sondern bedankte sich überschwänglich. Eine kleine Küche gäbe es auch, erfuhr er erfreut, und sogar ein zwar winziges, aber sehr wohl funktionsfähiges Badezimmer. Die Wohnung messe insgesamt ungefähr fünfundfünfzig Quadratmeter, informierte ihn Emmy Sorgenfrei noch.

Als er die anderthalb Kilometer zurück zu seiner Wohnung ging, war er stolz auf seinen Verhandlungserfolg und zugleich zuversichtlich, dass sich nun auch etwas in ihrer Beziehung verändern, sicherlich auch verbessern lassen würde. Noch am selben Abend wollte er Brendhild von der Aussicht, sehr bald auf größerem Raum leben zu können, erzählen und war gespannt, wie ihre Reaktion daraufhin ausfallen würde. Je mehr er sich mit der neuen Wohnung beschäftigte, desto lebendiger fühlte er sich. Zumindest bei ihm ließ sich jetzt schon feststellen, dass eine veränderte und, wie er meinte, verbesserte Zukunftsperspektive ihn aus der Lethargie des scheinbar Unveränderlichen und der alltäglichen Routine herausreißen würde. Zwar waren die Tage auch bisher keineswegs vom Nichtstun bestimmt gewesen; Brendhild hatte ihre Arbeit, Hans besuchte Vorlesungen und Seminare, arbeitete zu Hause und traf sich gelegentlich mit Kommilitonen. Dennoch glich das Ganze mehr einem Stillstand, weil sich in ihrer Beziehung zueinander nicht viel bewegte. Sie ähnelten routinierten Handwerkern, die ihre Aufgaben zufriedenstellend erledigten, deren Arbeit aber der innere Glanz fehlte und die Freude, etwas Gutes zu schaffen. Jetzt spürte er, wie in ihm wieder etwas aufgebrochen war, wie Erwartung und Zuversicht, gleich einem unvermuteten Sonnenstrahl, der durch einen ansonsten trüben Himmel bricht, das Alltägliche in ein neues Licht zu tauchen begann. Er konnte es kaum erwarten, bis Brendhild endlich nach Hause käme, und er ihr die frohe Botschaft verkünden könnte.

Er sollte sich nicht getäuscht haben. Sie hatte sich, als sie am Abend endlich, später als gewöhnlich, nach Hause kam, müde und abgearbeitet in den Sessel fallen lassen, der von ihren Eltern stammte und den sie zum Ausruhen, Hans

dagegen zum gemütlichen Lesen nutze. Jetzt stellte er sich vor sie, die Hände auf die Sessellehnen gestützt, und sah sie lächelnd an.
„Ich habe eine Neuigkeit für dich, Brendhild," begann er seine Rede bedeutungsvoll. „In gut sechs Wochen können wir tanzen in unserer Wohnung!"
Brendhild sah ihn verwirrt und müde an, spürte aber, dass irgendetwas in der Luft lag.
„Was soll das heißen?" fragte sie gelangweilt. „Sollen wir vielleicht das Zimmer ausräumen, damit du irgendeinem deiner spleenigen Einfälle nachgehen kannst?"
„Ausräumen ist schon richtig, Brendhild!" trumpfte er auf. „Aber nicht wieder einräumen, sondern umziehen. Ich habe uns heute eine größere Wohnung besorgt, wie du dir das immer gewünscht hast: zwei Zimmer, Küche und sogar ein kleines Bad! Und heizen können wir mit Holzabfällen des Sägewerks, auf dessen Gelände diese Wohnung liegt. Philipp hat das eingefädelt, er ist mit der Vermieterin, der Besitzerin des Sägewerks, schon länger bekannt. Du kennst ihn ja, der wickelt noch jede Frau um den kleinen Finger, egal wie alt sie ist. Sogar dich hat er zum Schmelzen gebracht mit seinem Lago Maggiore, weißt du noch?"
„Ach hör mir auf damit, Hans!" winkte Brendhild ab, sie schien immer noch peinlich berührt davon, wie sie Philipp nach dem Kino auf den Leim gegangen war. „Erzähl lieber mal, wie groß sind denn die Zimmer, hast du sie schon gesehen? Was haben sie für einen Fußboden und zu welcher Himmelsrichtung gehen die Fenster hinaus, werden wir die Nachmittagssonne in der Wohnung haben und was soll denn das Ganze kosten?"
Er konnte auf keine dieser Fragen eine Antwort geben, weil er ja mit nichts weiter als der Zusage von Emmy Sorgenfrei nach Hause gekommen war. Aber das schien Brendhild nicht weiter zu stören. Sie war, wie er das gehofft und erwartet hatte, ebenfalls ganz lebendig geworden. Sie legte ihm die Arme um den Hals und zog ihn zu sich auf ihren Schoß herunter, auf den er sich vorsichtig setzte, indem er darauf achtete, sie nicht mit seinem ganzen Gewicht zu belasten.
Die nächsten Tage verbrachten sie damit, Pläne zu schmieden. Hans hatte einen Besichtigungstermin für die Wohnung erhalten und so zogen beide Arm in Arm an einem Donnerstagabend zum Sägewerk, wo Emmy Sorgenfrei in ihrem Büro auf sie warten wollte. Sie hatte mit der Noch-Mieterin vereinbart, dass Hans und Brendhild sich einmal in der Wohnung umsehen dürften, um eine Vorstellung davon zu bekommen. Jetzt klingelten sie an der Haustür, nachdem Frau Sorgenfrei beide mit ihrem freundlichen Lachen begrüßt und sie die kurze Treppe hinauf geleitet hatte. Eine junge Frau, ebenfalls Studen-

tin, wie Hans später herausfand, öffnete die Tür weit und bat alle herein. Hier und dort standen Pappkartons herum, in denen schon die meisten ihrer Bücher verschwunden waren.

Trotz des sichtbaren Durcheinanders, das ein bevorstehender Umzug zwangsläufig mit sich zu bringen pflegt, konnten sich Brendhild und Hans dennoch ein gutes Bild von den Ausmaßen und dem Zustand der Wohnung machen. Sie waren höchst zufrieden mit dem, was sie sahen. Die beiden Zimmer schienen annähernd gleich groß, besaßen einen stabilen Holzfußboden und weiß gestrichene Wände. Die Küche machte einen funktionalen, ausreichend großen Eindruck, und dass es innerhalb der Wohnung sogar ein kleines Badezimmer gab, so dass man künftig nicht mehr zur Toilette auf halber Treppe würde gehen müssen wie bisher, erfüllte sie geradezu mit seliger Vorfreude. Der Mietpreis schien beiden sehr moderat, vor allem wenn man in Betracht zog, dass sie sich ihr Heizmaterial für die beiden Öfen unten auf dem Hof aus dem großen Berg von Schnittabfällen zusammensuchen durften.

Die letzten drei Wochen bis zum Tag des Umzugs vergingen wie im Flug. Die Semesterferien hatten für Hans begonnen und Brendhild wollte sich vor dem Umzug eine Woche frei nehmen. Beide hatten ständig etwas miteinander zu bereden, machten sich Zeichnungen, wie sie die noch wenigen Möbelstücke auf beide Zimmer verteilen wollten und in welchem das gemeinsame Bett stehen sollte. Dieser beständige Kontakt, durch den dazu noch die ganze Freude eines neuen Aufbruchs leuchtete, brachte beide einander wieder sehr viel näher. Alle Stagnation, die tägliche Routine, auch die immer häufiger aufgetretenen Gereiztheiten waren wie weggeblasen in den Wochen und Tagen vor dem Umzug. Hans fühlte sich ganz und gar bestätigt in seiner Erwartung von einer Wende zum Besseren.

Für den Umzug standen gleich mehrere Kommilitonen zur Verfügung und vor allem auch ein Fahrzeug. Und an dem hing eine ganze Geschichte, eine typische Hans-Geschichte. Er liebte Wochenmärkte, spätestens seit er mit Ruth über einen siebenbürgischen Wochenmarkt in Schäßburg gebummelt war und sich über die hochbeladenen Verkaufstische zünftiger Markthändler gebeugt hatte. In Göttingen ging er, wann immer er konnte, nun auch zum Markt, einerseits, weil er zwischen den Ständen so manches Mal seinen Ruth-Erinnerungen hinterher träumen konnte, zum anderen, weil er nur zu gern irgendeine Kleinigkeit kaufte, mal einen Salat, eine Gurke, irgendein Obst. Besonders im Oktober liebte er den Wochenmarkt, wenn die Tische sich bogen unter der Last herbstreifer Früchte.

Bei einem seiner Marktstreifzüge hatte er sich mit dem Gemüsehändler Friedrich Kornmeyer angefreundet. Er war vor dessen Stand längere Zeit stehen geblieben, hatte eine große Tüte Äpfel gekauft und sich über deren bestmögliche Aufbewahrung lange mit Friedrich Kornmeyer unterhalten. Der freundliche Händler hatte ihn auch gefragt, was er denn mache, - sicherlich Student, nicht wahr? - und wo er herkomme. Schließlich erzählte ihm Kornmeyer, dass auch er nicht von hier stamme, sondern aus Siebenbürgen, das er Ende März 1945 ziemlich fluchtartig verlassen hatte, als alle deutschen Bauern in Rumänien enteignet worden seien. Schon zuvor sei er nur mit knapper Not den Sowjets entgangen, als viele der arbeitsfähigen deutschen Männer und Frauen in die Sowjetunion deportiert wurden, wo sie angeblich beim Wiederaufbau dessen helfen sollten, was die deutschen Armeen an Verwüstungen im Land hinterlassen hatten.

Als Hans Siebenbürgen hörte, wurde er so aufgeregt, dass er Kornmeyer unterbrach, um herauszubekommen, wo er denn dort gelebt hätte. Der Händler erzählte ihm, dass er sein Gemüse in einem kleinen Dorf, ungefähr zehn Kilometer westlich von Schäßburg angebaut habe, um es von dort auf dem Wochenmarkt in der Stadt zu verkaufen. Jetzt war Hans natürlich ganz aus dem Häuschen.

„Vielleicht sind wir uns dort schon mal begegnet, Herr Kornmeyer, ich war mit meiner Cousine Ruth einmal auf dem Markt in Schäßburg, sie wohnte dort und ging aufs „Bischof-Teutsch-Gymnasium". Ich hab bei ihr im Zimmer übernachtet in einem Nachthemd von ihr, weil ich meinen Schlafanzug vergessen hatte," erzählte er eifrig in seliger Erinnerung und merkte dabei nicht, dass der Gemüsehändler mit diesen besonderen Einzelheiten nur wenig anzufangen wusste. Aber Friedrich Kornmeyer war ein gutmütiger, behäbiger Mann in den Vierzigern und lachte kräftig mit, wobei sein stattlicher Bauch kleine Hüpfer machte. Selbstverständlich schaute Hans in der Folgezeit regelmäßig bei Kornmeyer vorbei, wenn er auf den Markt ging. Nicht immer kaufte er etwas bei ihm, was der Händler auch gar nicht zu erwarten schien.

Als er ihm nun von dem bevorstehenden Umzug erzählte, bot Friedrich ihm spontan seine Hilfe an.

„Wenn ihr wollt, kann ich Euch euren Kram mit meinem Wagen rüber fahren." (Die beiden waren seit einiger Zeit per du): Er wies mit der Hand auf seinen dreirädrigen Lieferwagen, der immerhin über eine beachtliche Ladefläche verfügte. „Vorausgesetzt, ihr habt kein Klavier" lachte er, wieder mit etlichen Bauchhüpfern. Hans war glücklich. Für die paar Möbel würde Friedrichs Dreirädler allemal reichen.

Der Umzug war in drei Stunden erledigt. Hans, Philipp und Imre Baráth, ein ungarischer Kommilitone aus der landwirtschaftlichen Fakultät, hatten die Möbel auf dem kleinen Lastwagen rasch verstaut, selbst Friedrich Kornmeyer hatte mit zugepackt, obwohl er eigentlich nur als Fahrer seines Kleinlasters vorgesehen war. Hans hatte natürlich für Getränke gesorgt, überwiegend Bier, er wollte aber seine Helfer auch noch mit einem ordentlichen Essen entlohnen, denn mit Geld konnte er nicht aufwarten, was auch keiner zu erwarten schien. Bei seiner Essensaktion hatten sich Friedrichs Marktverbindungen als hilfreich erwiesen. Unmittelbar neben seinem Stand auf dem Wochenmarkt gab es einen Geflügelhändler, mit dem er kleine Geschäfte im Austausch von Naturalien machte. So war er auch auf die Idee gekommen, dass Hans doch für alle eine prächtige Gans zur Feier des Umzugs braten könnte. Er handelte mit seinem Nachbarn einen fairen Preis aus, der lediglich die Aufzuchtkosten beinhaltete und damit für Hans gerade noch erschwinglich war. Friedrich selbst wollte aus eigenen Beständen für Kartoffeln und Rotkohl sorgen, so dass man ein richtiges Festessen würde bereiten können, wobei Imre sofort erklärt hatte, nur er allein sei imstande eine Gans richtig zuzubereiten, dafür sei Ungarn ja schließlich berühmt. Er hätte das Gänsezubereiten sozusagen mit der Muttermilch eingesogen. Hans konnte sich zwar nicht vorstellen, wie man Gänse mit der Muttermilch einsaugen konnte, war aber nur zu gern bereit, Imre die Zubereitung eines so besonderen Vogels zu überlassen. Folglich blieb der Siemensherd mit der Gans darin bis zum Schluss in der alten Wohnung stehen, damit der Braten in aller Ruhe gar werden konnte, während die Männer den Umzug vornahmen. Erst wenn das Essen fertig wäre, wollten Hans und Friedrich, der sich auch auf kleinere Elektroarbeiten verstand, mit dem Herd nachgezogen kommen.

Am Schluss, als alle in prächtiger Stimmung sich um den kleinen Tisch im neuen Wohnzimmer drängten mit duftendem Gänsefleisch auf den Tellern samt Bergen von Kartoffeln und Rotkohl, verfestigte sich bei Hans der Eindruck, dass während des gesamten Umzugs eigentlich nur die Gans im Mittelpunkt gestanden hätte. Um sie herum waren vorsichtig die Möbel heraus getragen worden, sie allein blieb noch in der alten Wohnung zurück, um zu Farbe und Wohlgeschmack zu gelangen. Die Gans war es schließlich auch, die in einer Art Triumphzug in die neue Wohnung gebracht wurde, wo alle sich um sie scharten, um mit ihrem Ende zugleich den Einzug und den Beginn eines neuen Lebensabschnitts für Hans und Brendhild zu feiern.

23

Die ersten Wochen in der neuen Wohnung waren von Lebendigkeit, Planungsfreude und der Zufriedenheit, etwas erreicht zu haben, erfüllt. Hans und Brendhild konnten lange darüber reden, was für Gardinen wohl am besten passen würden und wo man sie herbekäme. Manchmal gingen sie ganz langsam durch ihre beiden Räume. Er hatte ihr dabei den Arm um die Schulter gelegt und dirigierte sie sanft von einem Wohnungsgegenstand zum anderen. Sie berieten lange, ob der einzige Sessel, den sie besaßen, dort am Fenster so stehen bleiben könnte oder ob er nicht vielleicht doch besser in Ofennähe gerückt werden sollte. Sie standen am Fenster und schauten auf den weiten, sonnenbeschienenen Hof des Sägewerks, wo sich das Holz in den unterschiedlichsten Verarbeitungsstufen türmte. Auf dem Rundholzplatz lagerten hunderte von frisch angelieferten Stämmen. Von der Sortieranlage, wo die Stämme nach und nach entrindet wurden, stieg der würzige Geruch von Nadelholzrinde auf, der bei offenem Fenster in die Wohnung wehte, was Hans mit seiner Freude an besonderen Düften begeisterte. Neben der Einschnittlinie mit ihren Gatter- und Bandsägen türmte sich gelblichweißes Sägemehl. Gleich daneben lag ihre Heizquelle: Schnittabfälle oder gesplittertes Holz, wo sie sich nach Herzenslust bedienen durften. In Eingangsnähe lagerten in haushohen Versandpaketen Kanthölzer, Bohlen und Bretter und warteten auf ihre Abnehmer zur Weiterverarbeitung auf Baustellen und in Werkstätten. Hans liebte das Holz, den Holzgeruch, den Anblick der großen Stämme. Dass tagsüber fast ununterbrochen die Sägen zu hören waren, störte weniger als befürchtet, da er meist in der Uni arbeitete und Brendhild im Krankenhaus Dienst tat.

Allmählich hatte sich der Reiz der neuen Umgebung, die Freude über die Verdoppelung des Wohnraums und die Aufregung bei der Vervollständigung der Einrichtung verbraucht. Das Leben war wieder eingeschwenkt in die Routine und die bekannten Abläufe. Die Gewöhnung an das Neue ihrer Umgebung war schneller als erwartet erfolgt. Ihre Gespräche wurden wieder einsilbiger, alles war gesagt zur Einrichtung und Ausstaffierung der Räume, das winzige Bad, das ihnen anfangs wie ein Luxus erschienen war, wurde mehr und mehr zu dem, was es wirklich war: ein sehr enger kleiner Raum, in dem sie sich kaum zu zweit aufhalten konnten, ohne aneinander zu stoßen. Das alles aber war nichts im Vergleich zu dem, worüber Hans sich erneut große Sorge machte. Er fürchtete sich vor der Langenweile, die sich wie ein grauer Schatten über ihr Leben zu schieben begann. Zwar konnte er in seinen Kreisen, besonders im Zusammensein mit Philipp und Imre, manchmal sogar vor

Einfällen nur so sprühen, und auch Brendhild galt in ihren Schwesternkreisen geradezu als Betriebsnudel. Sobald sie aber zusammen waren, allein als Paar, wurde es still um sie. Er hatte längst gemerkt, dass sie von seinen Studien und Untersuchungen nichts wissen wollte und sie noch immer als „Spielkram" abtat. Er selbst ertappte sich dabei, wie sich seine Gedanken bei ihren langen, ausführlichen Krankenhausgeschichten auf Wanderschaft begaben, oft sogar dem einen oder andern Mädchen hinterher, denen er vormittags in einer Vorlesung oder in der Mensa mit sehnsüchtigen Augen nachgeschaut hatte, wenn sie dicht an ihm vorübergingen und eine Duftschleppe verführerischen Parfüms nach sich zogen. Er fand solche Gedanken zwar schon beunruhigend und alarmierend genug im Blick auf sein künftiges Zusammenleben mit Brendhild, aber das waren für ihn immer noch Kleinigkeiten im Vergleich damit, was jetzt mit unerbittlicher Gewissheit auf ihn zukam. Für den November war ihre Hochzeit festgelegt worden. Zwei Jahre Verlobungszeit seien wahrhaftig genug, hatten Brendhilds Eltern gefunden und beide drängten, nun endlich „Nägel mit Köpfen" zu machen, wie sich Bernhard Obermann bei einem Besuch des Paares nach seinem dritten Bier ausdrückte, als sie alle zusammen in der großen Küche um den Abendbrottisch saßen. Margarete Obermann schien schon alles mit ihrer Tochter abgesprochen zu haben. Es sollte noch in diesem Jahr geschehen, nach der Ernte in jedem Fall, und da man noch ein wenig Planungs- und Vorbereitungszeit brauchte, war die zweite Novemberhälfte „angedacht" worden, wie sie Hans an diesem Abend zu verstehen gegeben hatten. Dem war darauf mit einem Mal ganz heiß und ein wenig übel geworden. Der Appetit auf die etwas zu fette Harzer Schmorwurst war ihm schon vorher vergangen. Er hatte nur genickt. Später ärgerte er sich fürchterlich über sich selbst, wie schwach und angepasst er sich wieder verhalten hatte, wie töricht es war, sehenden Auges in sein Unglück zu rennen. Denn zu dieser Einsicht war er schon vor seiner Hochzeit gelangt, dass Brendhild und er grundsätzlich nicht zueinander passten, auch wenn er zwischendurch, nach seinem Trennungsversuch und kurz nach dem Umzug, wieder Hoffnung geschöpft hatte.
Je näher der Termin rückte, desto verzweifelter wurde er. Manchmal ergriff ihn regelrecht Panik, wenn er sich ausmalte, dass er nun vermutlich auf immer an eine Frau gebunden sein würde, die er zwar anfangs für eine kurze Zeit abgöttisch geliebt hatte, die ihm aber immer fremder wurde in dem, was sie bewegte und was sie für ihr Leben erstrebte. Aber er konnte sich nicht noch einmal aufraffen und traute sich einen erneuten Versuch, doch noch eine Trennung von Brendhild vor diesem letzten Schritt zu erreichen, einfach nicht mehr zu. Er wusste, dass er sich damit Schuld aufladen würde für ein voraus-

sehbares Scheitern ihrer Beziehung, und er wusste auch, dass es seine Pflicht gewesen wäre, nein zu sagen zu einer Ehe, hinter der er in keiner Weise mehr stand. Und ebenso gut wusste er, dass er sich auch Brendhild gegenüber schuldig machen würde, wenn er nicht jetzt noch, sozusagen im letzten Augenblick, nein sagen würde, selbst wenn es dadurch einen gewaltigen Krach gäbe.

Mit seinen Eltern konnte er nicht mehr darüber reden, die hatten ihm schon lange von diesem so lebensentscheidenden Schritt abgeraten. Auch Philipp hatte Hans, zunächst mehr im Scherz, später dann immer eindringlicher davor gewarnt, sich mit einer Frau zu verbinden, die er nicht einmal mehr zum Zeitpunkt der Hochzeit wirklich liebte. Er wusste, dass sie alle Recht hatten, weil er selbst es spürte, wie wenig Aussichten es auf ein ersprießliches Zusammenleben mit Brendhild gab. Aber in seinem Streben nach Harmonie, nach der Unversehrtheit seines ihn umgebenden Friedens- und Traumbollwerks, dem festungsgleichen, lebensnotwendigen Sicherheitsschild vor seiner zerbrechlichen Seele, zog er den scheinheiligen Frieden auf Zeit einer letzten harten Auseinandersetzung und schmerzhaften Trennung vor. Hans hatte sich zum zweiten Mal ergeben. Nur hatte er beim ersten Mal noch den Frieden wohltuend gespürt, der ihn nach seinem Trennungsversuch erfüllte, und auch noch die Hoffnung auf eine Erneuerung ihrer Liebe. Dieses erneute Nachgeben jetzt glich eher einer tiefen Resignation und eines jämmerlichen sich Schickens ins Unvermeidliche. Er wusste das, vermochte sich aber nicht mehr dagegen zu wehren.

Nach der standesamtlichen Trauung, die er wort- und tatenlos über sich ergehen ließ, bis auf den Moment, wo er dem Standesbeamten „Ja, ich will" antworten und Brendhild öffentlich küssen musste, fühlte er sich wie gelähmt.

An die kirchliche Trauung in der Langelsheimer St. Andreaskirche erinnerte sich Hans später nur noch wie im Nebel. Brendhild trug ein weißes Hochzeitskleid mit einem kleinen Krönchen auf dem Kopf, von dem ein Schleier halb über ihr Gesicht fiel. Er selbst war mit dem einzigen Anzug bekleidet, den er besaß und bisher nur zu Prüfungszwecken angehabt hatte. Diese kirchliche Trauung kam ihm auch wie eine Prüfung vor, in der der Pastor im schwarzen Talar dunkle Worte über das gottgewollte Verhältnis von Mann und Frau sprach, in dem die beiden „ein Fleisch" sein würden und das in der Ehe seinen Höhepunkt fände, die ebenfalls gottgewollt und daher nicht zu scheiden wäre. Als Hans dann neben Brendhild vor dem Altar und dem davor hoch aufgerichtetem Talarträger mit Silberhaar knien musste, wäre er am liebsten davongerannt, was er natürlich nicht tat, sondern den Kopf senkte und sich so noch einmal ergab, noch einmal „ja" sagte, dieses Mal sogar vor der Instanz der Ewigkeit, wie ihm mit Schrecken bewusst wurde.

Die eigentliche Hochzeitsfeier in einem Landgasthof in Astfeld, zwischen Langelsheim und Goslar gelegen, fand Hans noch „ganz lustig", wie er sich später Philipp gegenüber ausdrückte, den Hans mitbringen durfte, weil von seiner Seite aus nur Marianne und Friedhelm kommen konnten, - Hansens Vater lag zu diesem Zeitpunkt im Krankenhaus. Freunde und Verwandte von Brendhild hatten eine zünftige Hochzeitszeitung erstellt, die entsprechend drastisch vorgetragen und, mit kleinen Sketchen garniert, überall gut ankam, auch wenn Hans manche Beiträge etwas zu sehr unterhalb der Gürtellinie angesiedelt fand, besonders als es um die irgendwann in Aussicht stehende Nachkommenschaft ging, und wie man das bewerkstelligen könnte.

Philipp hatte diese Hochzeit anfangs auch ausgesprochen lustig gefunden, weil er im Handumdrehen mit der blonden Sonja, einer guten Freundin Brendhilds, angebändelt hatte. Dabei war es aber nicht geblieben, denn Philipp nahm Sonja zum fortgeschrittenen Abend noch mit auf sein Zimmer, oben im Gasthof, wo er sich zur Nacht eingemietet hatte. Er äußerte sich Hans gegenüber auch noch am nächsten Morgen ausgesprochen anerkennend über die Fähigkeiten Sonjas in Sachen Liebe, zugleich fürchtete er aber, gestand er ihm mit bedrückter Miene, dass unter Umständen etwas schief gegangen sein könnte. Zum Glück für Philipp, wie Hans später fand, obwohl er es ihm auch gegönnt hätte, wenigstens einmal auf die Nase zu fallen, hatte Sonja ihm später durch Brendhild eine Nachricht zukommen lassen, in der sie Philipp mitteilte, dass glücklicherweise nichts passiert wäre und sie sich freuen würde, wenn sie ihn wiedersehen könnte. Philipp hatte zu dieser Zeit aber eine feste Freundin in Göttingen, der er von Sonja lieber nichts erzählte, weil er in dieses Mädchen noch immer verliebt war.

Anstatt auf Hochzeitreise zu gehen, hatten Hans und Brendhild am nächsten Morgen den Abwasch gemacht, der von dem Häuflein der Unentwegten stammte, die nach der Gaststätte noch im Obermannschen Haus weitergefeiert hatten. Hans und Brendhild zählten nicht dazu, sie waren todmüde ins Bett gesunken, wobei er noch ein wenig wehmütig an all die aufregenden Berichte von Hochzeitsnächten anderer Leute dachte, bevor er mit einem resignierten Seufzen die Augen schloss und umgehend in einen tiefen Schlaf gefallen war. Wilde Träume hatten ihn gequält in dieser Nacht. Noch einmal war er Iris Beermann nachgelaufen, die mit ihrem großen, nackten Mann wieder in der Nordsee verschwand, sich aber im Unterschied zu früheren Träumen noch einmal umdrehte, ihm fröhlich zulachte und ihn mit einer winkenden Handbewegung aufzufordern schien, ihr zu folgen. Mit Ruth ging er, nur mit dem

Nachthemd bekleidet, das sie ihm geliehen hatte, durch das dunkle Schäßburg, als sie unter einer gelb leuchtenden Straßenlaterne plötzlich auf Brendhild trafen, woraufhin er schweißgebadet aufwachte. Als er nach etwa einer halben Stunde wieder eingeschlafen war, sah er im Traum Mechthild nackt und schön auf einer Wiese liegen, in weiche Nebelschwaden gebettet, die sanft über sie und die Wiese hinwegzogen, wobei sie Mechthild mal verdeckten, mal in ihrer weißen, bloßen Makellosigkeit freigaben. Auch sie winkte ihm mit langsamer, feierlicher Gebärde grüßend zu, als würde sie ihm Mut machen wollen, es noch einmal auf einen Versuch mit ihr ankommen zu lassen.
Die Heirat blieb völlig ohne Auswirkung auf ihr alltägliches Leben in Göttingen, das nur für einen Moment durch dieses Hochzeitswochenende unterbrochen worden war. Danach nahmen beide ihren gewohnten Trott wieder auf, wobei es allerdings einen Funken gab, der im Moment noch im Verborgenen glomm, von dem Hans sich aber erneut Abwechslung, vielleicht gar Veränderung erhoffte, wenn er denn erst richtig zünden würde. Brendhilds Eltern hatten dem Paar ein Hochzeitsgeschenk von außergewöhnlicher Großzügigkeit gemacht, indem sie ihm einen Gutschein über eine zehntägige Reise nach Sylt überreicht hatten. Bernhard Obermann hatte dazu eine launige Rede gehalten, in der er bedauerte, dass Hans und Brendhild die Reise nicht sofort antreten könnten, wie man das von vielen Hochzeiten her so kenne. Er sei aber mit seiner Frau Margarete der Meinung gewesen, dass der Sommer für eine Syltreise viel angenehmer wäre, weil dann doch hoffentlich die Sonne schiene. Sie sollten dann aber auch acht geben, dass sie sich nicht zu weit auszögen, damit die Sonne sie nicht an Stellen verbrennen würde, wo es ungewöhnlich und unpraktisch wäre, und spielte damit offensichtlich auf die in manchen Kreisen beliebte „Freikörperkultur" an. Bernhard hatte dabei selbst am lautesten gelacht, woraufhin schließlich auch die Hochzeitsgesellschaft in Lachen und Applaus ausgebrochen war.
Da diese Reise aber in einer, von Dezember aus gesehen, recht weiten Ferne lag, hatte sie noch keine große Auswirkung auf eine Gegenwart, in der man sich durch frühe Dunkelheit, feuchte Kälte und einen reglementierten Alltag schlug. Erst als im März die Tage wieder spürbar länger wurden, die Sonne es schon hin und wieder gut meinte und erstes Grün sich zeigte, während bunte Krokusse die Erinnerung an einen grauen Winter zu vertreiben suchten, wuchs auch in Hans ein zartes Pflänzchen Vorfreude. Mit Brendhild sprach er nun öfter über die Reise, erzählte ihr von seinem Vorhaben, unbedingt die FKK-Strände aufzusuchen und erkundigte sich danach, ob sie bereit wäre, sich dort ebenfalls hüllenlos nicht nur der Sonne, sondern auch den Blicken

anderer Freunde und Freundinnen der Freikörperkultur auszusetzen. Da Brendhild in keiner Weise prüde war, ja in Sachen Körperlichkeit Hans an Natürlichkeit und Unbefangenheit sogar weit übertraf, bekundete sie, keinerlei Probleme mit dieser Aussicht zu haben. Es würde sie überdies sogar der Notwendigkeit entheben, sich vor der Reise noch einen neuen Badeanzug anschaffen zu müssen, da ihr bisheriger den modischen Anforderungen so gar nicht mehr entspräche.

Hans war erstaunt darüber, wie schnell durch ihre gemeinsamen Reisepläne, über die sie nun immer öfter sprachen, wieder eine vertrauensvolle Nähe unter ihnen entstanden war. Diese Erfahrung bestärkte ihn noch einmal in der Annahme, dass gemeinsame Ziele, gemeinsames Handeln sowie ein Höchstmaß an Übereinstimmung überhaupt Leben in eine langjährige Beziehung bringen könnten. Zugleich deprimierte ihn diese Feststellung auch, weil er ahnte, dass solche Vorhaben wie ihre Reise nur punktuelle Ereignisse in ihrem Leben bleiben könnten und die grundsätzliche Verschiedenheit im Blick auf fast alle anderen Lebensfragen nur kurzfristig überdecken würden. Dennoch bedeutete ihm die immer näher rückende Reise so viel Auftrieb, wie er unbedingt benötigte, um sich seinen Frieden mit den Mitmenschen und seiner Umgebung zu erhalten und mit unveränderter Zuversicht und dem Glauben, dass alles im Grunde gut und harmonisch sei, weiterleben zu können. So kannten ihn die Freunde, und so begegnete Hans auch fremden Menschen mit einer milden Freundlichkeit, sonnigen Lebensansichten und einer schier unerschöpflichen Bereitschaft, über sich und seine Erfahrungen zu erzählen, wobei es immer auch geschah, dass er auf ein weites Gelände voller Abirrungen vom Hauptthema geriet. Seine Freunde wussten, wie damit umzugehen war und unterbrachen ihn einfach mit einem „ist schon gut, Hans, lass uns mal gehen," oder „das hast du uns neulich schon mal erzählt". Hans kränkten derartige nachsichtig bremsenden Interventionen überhaupt nicht. Mit gleicher Freundlichkeit schwieg er oder schwenkte zurück auf das eigentliche Thema, von dem er wieder einmal in das Dickicht unüberschaubarer Einzelheiten geraten war. Er akzeptierte die freundschaftliche Lenkung seiner schäumenden Erzähllust vollkommen und meinte, sie tatsächlich auch zu brauchen. Schließlich hatte ihm selbst sein Doktorvater den ersten Entwurf seiner Dissertation mit dem Hinweis auf seine nach Märchenart gestaltete Darstellungsweise seiner Thesen zur Überarbeitung zurückgegeben.

An einem Julimorgen 1955, das Semester war vor wenigen Tagen zu Ende gegangen, bestiegen Hans und Brendhild den Zug nach Westerland über Hannover und Hamburg. Beide waren in einer aufgeräumten Stimmung und kicherten über die albernsten Sachen. So war sein Koffer beim Hochstemmen

ins Gepäcknetz abgerutscht und um ein Haar auf dem kahlen Kopf eines älteren bebrillten Herrn gelandet. Hans konnte seinen Koffer gerade noch auffangen und zu Boden gleiten lassen. Später platzten sie immer wieder fast vor Lachen, wenn nur einer von beiden mit den Augen den Weg beschrieb, den der Koffer beinahe genommen hätte. Hans fühlte, wie gut ihnen beiden das gemeinsame Lachen und bloße Herumalbern tat. Als der Zug dann nach einem kurzen Halt den Hannoverschen Hauptbahnhof in Richtung Hamburg verließ, stand er feierlich auf und salutierte seiner Heimatstadt mit gestreckter Hand am Kopf, worüber Brendhild sich wieder kaputtlachen wollte. Während der Fahrt durch die Heide dösten beide vor sich hin und Hans dachte an die zahlreichen Ferienaufenthalte mit der Familie in jenem kleinen Heidedorf. Er lächelte etwas wehmütig, als ihm die Gastwirtstochter Rosi in den Sinn kam, die so sehr darauf erpicht war, ihm die Liebespraxis zwischen Mann und Frau anhand einschlägiger Turnübungen zu erklären. In Hamburg machten sie sich gegenseitig auf den großartigen Anblick aufmerksam, den die Stadt bot, als der Zug zwischen Hauptbahnhof und Dammtor über die Brücke rollte, die Binnen- und Außenalster voneinander trennt. Hans ahnte zu diesem Zeitpunkt nicht im Geringsten, dass er später einmal sein gesamtes Berufsleben in dieser Stadt verbringen würde.
Langsam fuhr der Zug über den Hindenburgdamm. Es war Ebbe. Beide bestaunten die weiten Wattflächen, über denen an einem endlos blauen Himmel Möwen wie weiße Stofffetzen ins flache Wasser stürzten, das seine tiefe Bläue aus dem Himmel gesogen zu haben schien.
Sie waren in einer kleinen Pension in List einquartiert, die Platz für nur zehn Gäste bot. Hans erkundigte sich gleich bei ihrer Ankunft nach dem FKK-Strand und erfuhr, dass es bis dahin immerhin sechs Kilometer wären, was ungefähr einem Fußweg von gut einer Stunde entsprechen würde. Der normale Badestrand wäre aber in etwa einer Viertelstunde erreichbar. Dieses Gespräch bekam ein junges Pärchen mit, das hinter ihnen zur Anmeldung stand. Mit unverkennbarer Berliner Schnauze wandte sich der junge Mann an seine Freundin:
„Wat meenste, Evi, wolln wa die beeden mitnehmen in unsarn Bus nach Nacktenstrand?" Evi nickte, und so machten sich Hans und Brendhild schon nach einer Stunde mit den freundlichen jungen Leuten in deren sehr gebrauchtem VW-Bus auf zum FKK-Strand, wo es nur so von nackten Leuten jeglichen Alters und unterschiedlichster Körperformen wimmelte. Hans war ganz aufgeregt, er hatte seinen Fotoapparat nebst einem extra für diese Gelegenheit teuer erstandenen Farbfilm mitgenommen. Er fotografierte das Meer, die Menschen am Strand und Brendhild, dazu die netten Berliner, die sich gleich

neben ihnen niedergelassen hatten, aus immer wieder neuen Blickwinkeln. Am Abend, als sie müde aber glücklich in der Pension eingetroffen waren, stellte er fest, dass er genau an jenen Körperteilen, die Bernhard Obermann mit seiner Ansprache wohl im Sinn gehabt hatte, krebsrot geworden war. Den übrigen Körper hatte er schon im Göttinger Freibad gebräunt, so dass der Sonnenbrand nur den breiten weißen Badehosen-Streifen samt seiner „private parts" befallen hatte. Brendhild war vorsichtiger gewesen und hatte den weißen Abdruck ihres Badeanzugs sorgfältig mit Sonnenmilch eingecremt, so dass sie verschont geblieben war.

Was ihn später aber fast noch mehr als der Sonnenbrand schmerzte, war die Feststellung, dass sein Fotoapparat den kostbaren Farbfilm gar nicht transportiert hatte. Die Lasche musste schon beim ersten Aufziehen wieder herausgerutscht sein und alle Bilder, von denen er sich so viel versprochen hatte, waren folglich nur in seinem Kopf entstanden und sofort wieder verflogen, ohne sich festhalten zu lassen. Besonders einem Bild trauerte er nach, von dem er im Moment der Aufnahme überzeugt war, ein künstlerisch wertvolles Foto geschaffen zu haben. Es sollte eine Gegenlichtaufnahme werden von einer ihm unbekannten jungen Frau, die ihn aber in Gestalt und Haltung fast schmerzlich an Ruth erinnerte. Mit stolz erhobenem Kopf und einem adligen Profil, wie er fand, war sie anmutigen und zugleich kühnen Schrittes in die Brandung gegangen. Hans hatte just in dem Augenblick auf den Auslöser seiner Kamera gedrückt, als eine Welle mit weißer Gischtkrone an dem Mädchen empor sprang, als wollte sie den schönen Frauenkörper liebkosend umfangen. Nie, auch über Jahrzehnte hinweg nicht, würde er diesen Anblick vergessen, der ihn zutiefst anrührte und fast andächtig stimmte. Zuerst war er völlig deprimiert, dass er, wie schon die anderen, auch dieses eine, so besondere Foto verloren hatte. Mit der Zeit söhnte er sich jedoch aus mit diesem Verlust und war fast dankbar, diese „heilige Vision", wie er diesen Anblick später Philipp gegenüber beschrieb, ganz für sich allein gehabt zu haben, ohne sie mit jemandem teilen zu müssen, der darin womöglich nur einen die Sinne aufreizenden Schnappschuss hätte sehen können. Für ihn bedeutete dieses Bild dagegen den Inbegriff weiblicher Schönheit, wie er sie nie zuvor gesehen hatte und auch nicht glaubte, ihr in seinem späteren Leben noch einmal zu begegnen. Er nannte es später sein „Seelenbild" von einer Frau, von dem er überzeugt war, dass es für ihn ähnlich verehrungswürdig war, wie es eine byzantinische Marienikone für orthodoxe Gläubige sein müsste. Brendhild gegenüber hatte er später weder etwas von diesem Bild erwähnt noch von der unermesslichen, fast religiösen Bedeutung, die es für ihn besaß.

Immerhin führte diese „Offenbarung", wie er dieses Ereignis später auch nennen würde, dazu, dass er das Bild in seiner Ergriffenheit abends im Bett in Brendhild wiederzufinden trachtete. Da sie unter seinen Liebkosungen schwieg und nur hin und wieder leise stöhnte, gelang ihm das immerhin so weit, dass sie später beide, ganz beglückt durch diese von einem inneren Glühen getragenen Umarmung, in einen alle Probleme auflösenden Schlummer versanken.
Die Sylttage flogen dahin wie die Wolken über dem Meer. Da sie beide fast jeden Tag mit den freundlichen Berlinern und deren herzerfrischendem Humor verbrachten, waren sie von sich und ihren sonst üblichen Verständigungsproblemen weitgehend abgelenkt, so dass es kaum Streit oder Missstimmungen gab. Hans deutete das in seiner stets zu Optimismus neigenden Weltsicht als ein mögliches Zeichen dafür, dass aus ihrer Ehe mit der Zeit vielleicht doch noch etwas werden könnte.
Aber schon auf der Heimfahrt nach Göttingen ging ihm diese Hoffnung wieder verloren. Sie sprachen kaum miteinander, jeder hing seinen eigenen Sylterinnerungen nach und wappnete sich für die kommenden Alltagsprobleme, die zwangsläufig mit der Rückkehr über sie hereinbrechen würden. Er fühlte sich schlecht, weil er, trotz mitgenommner Bücher und vieler guter Vorsätze, nicht ausreichend für seine bevorstehenden Prüfungen gelernt hatte. Er versuchte, Brendhild an seinen diesbezüglichen Sorgen teilhaben zu lassen, doch sie lachte nur.
„Was du nur hast, die paar Formeln und Krümelbestimmungen würde sogar ich noch hinkriegen, wenn ich es wollte. Überleg mal, was es heißt, eine Woche lang Nachtdienst im Krankenhaus zu schieben und anschließend gleich mit der Frühschicht weiterzumachen. Das hieltest du keine drei Tage aus!"
Sie sagte das in einem so geringschätzigen Ton, dass ihm ein schwerer Riegel übers Herz fiel und er nichts darauf zu erwidern wusste.
Die kommenden Wochen und Monate waren vor allem dadurch geprägt, dass beide wieder ihre eigenen Wege gingen. Sie frühstückten und aßen Abendrot zusammen, nachts schliefen sie mit den Rücken gegeneinander, nur ganz selten kam es zu einer flüchtigen Umarmung. Hans war derart in die abschließenden Vorbereitungen für seine Promotion, die zugleich als Staatsexamen galt, vertieft, dass es ihm eigentlich ganz recht war, einfach nur in Ruhe gelassen zu werden. Brendhild versah ihren Dienst wie immer mit zähem Pflichtbewusstsein und vermittelte ihm die Überzeugung, dass ihre Arbeit allemal höher zu bewerten sei, als die angeblich wissenschaftlichen „Sandkastenspielchen", mit denen er sich beschäftigte. An ihren freien Abenden ging sie mit ihrem „Hexenklub" aus, den sie zusammen mit drei Frauen aus der Schwes-

ternschaft seit einiger Zeit als bewusste Provokation gegründet hatte, besonders im Blick auf die Männer, eigene wie fremde. Hans verbrachte seine wenigen lernfreien Abende zumeist mit Philipp und Imre im „Schmierigen Löffel", wo sie zu fortgeschrittener Stunde alle Frauen, außer die eigenen, bierselig hochleben ließen. Nüchtern betrachtet fand er eine solche Verhaltensweise ziemlich blödsinnig, aber immerhin, so musste er zugeben, dienten diese Abende ganz gut dazu, sich in seinem Kummer und seiner zunehmenden Verbitterung über Brendhild Luft zu verschaffen.

24

Hans betrachtete ihre unterschiedlichen Freizeitaktivitäten mit Sorge. Es konnte doch nicht sein, dachte er, dass sie schon am Anfang ihres gemeinsamen Weges, auf dem sie „in guten wie in schlechten Tagen einander helfend, stützend, treu ergeben, bis dass der Tod euch scheide", miteinander gehen sollten, wie sich der Pastor ausgedrückt hatte, schon so früh an eine Wegegabelung gelangt wären, wo jeder für sich allein seine eigene einsame Straße weiterzöge. Zwar wurde es ihm schon damals ganz bange, als er nach der Hochzeit ernsthaft über das „bis dass der Tod euch scheide" nachgedacht hatte, was er im Nebel der Trauung nur für eine Floskel hielt, die einfach dazugehörte zu einem Ritus, den er so steinern empfand wie die Andreaskirche selber. Mehr und mehr aber begriff er jetzt die zeitliche Dimension, die damit tatsächlich gemeint war. Er sollte mit Brendhild zusammenbleiben, bis einer von ihnen stürbe. Nun könnten das natürlich unter Umständen nur wenige Jahre werden, wenn er oder Brendhild durch einen unvermuteten Tod, sei es krankheits- oder unfallsbedingt, frühzeitig umkäme. Was aber wäre, wenn sie ihre prinzipielle Wesensverschiedenheit durch lange trockene Jahrzehnte würden schleppen müssen, Seite an Seite, ungeliebt und nicht mehr liebend, nach anderen sich sehnend und dennoch gebunden an einen Eid, der ihm fast unbewusst über die Lippen gekommen war und andere zu Tränen gerührt hatte? Oder waren die Tränen, die Margarete Obermann in der ersten Kirchenbank weinte, als ihre Tochter mit Hans vor dem Altar kniete, gar keine Tränen der Ergriffenheit und Rührung? Könnten es nicht auch Tränen der Trauer gewesen sein, die sie im Blick auf das, was Brendhild möglicherweise bevorstünde, weinte? Weil sie ja wusste, was auch auf ihre Tochter zukommen könnte, wenn sie an die fast drei Jahrzehnte dachte, die sie nun schon an der Seite ihres Bernhards zugebracht hatte? Hatte sie geweint über die Ausweglosigkeit eines „bis dass der Tod euch scheide", dem man nur durch Wort- oder gar Eidbruch entkäme, ohne die Folgen einer womöglich göttlichen Verärgerung je absehen zu können? Würde Hans, wenn er einst grau und gebeugt durchs Leben ginge, dann noch immer an der Seite Brendhilds gehen, stehen oder liegen? Von seiner jetzigen Gefühlslage ihr gegenüber bereitete ihm eine solche Vorstellung tiefes Unbehagen, manchmal, wenn es Hohn- und Spottgelächter gegeben hatte, auch plötzlich aufschießendes Entsetzen.
Er wollte dagegen anarbeiten, wollte sich später nicht den Vorwurf machen müssen, nichts gegen ein schon früh beginnendes Auseinanderleben unternommen, ja, nicht einmal den Versuch unternommen zu haben, sich der sich abzeichnenden Entfremdung zu widersetzen. Sie besuchten den Mediziner-

ball, den stets ein Flair von größtem Amüsement und genussvoller Verruchtheit umgab. Der Abend verlief in einem rasanten Tempo. Wilde Tänze wurden von bissigen kabarettistischen Einlagen unterbrochen. Ein eisgrauer Fünfzigjähriger im Smoking riss Hans Brendhild mit unerbittlichem Lächeln aus den Händen, und als er gekränkt am Rande stehend dem schwungvollen Paar mit den Augen über die Tanzfläche folgte, spürte er, wie sich plötzlich von hinten zwei Frauenarme um seinen Hals schlangen.

„Na, gefällt ihnen der Anblick nicht, mein Lieber?" flüsterte ihm jemand ins Ohr. „Schauen sie sich meinen Mann an, wie jung er wieder wird in den Armen ihrer reizenden Frau! Gucken sie doch nicht so bedeppert, der tut ihr schon nichts, kommen sie, wir zeigen denen mal, was *wir* können."

Eine brünette Frau um die vierzig hatte ihn nun untergehakt, schaute ihn mit blitzenden Augen und lachendem Mund an und zog einen nur schwach widerstrebenden Hans mit sich auf die Tanzfläche. Er war vom Duft und dem Lächeln dieser Frau betört und bemühte sich, mit ihrem Temperament und Tempo Schritt zu halten, was ihm aber auf Grund seiner Hüftsteife nur mäßig gelang. Doch die Frau lachte nur schallend, wenn Hans sich verstolperte und eine Entschuldigung stammelte.

„Sie sind ja ein reizender Junge," strahlte sie ihn an, worauf er mit komischem Ernst nickte, dem ein resigniertes Lächeln folgte. Er war vor wenigen Tagen dreißig Jahre alt geworden, was er wie ein Alarmzeichen dafür erlebt hatte, dass nun bereits das Altern begänne. Er ging nun auf die Vierzig zu, die Hälfte seines Lebens könnte schon herum sein! Und nun nannte ihn diese Frau, die vielleicht gerade einmal zehn Jahre älter war als er, wieder einen „Jungen". Wann würde endlich dieses Bild des kleinen Jungen, das er offenbar noch immer bei älteren Frauen hervorrief, weichen und dem Mann Platz machen, als der er sich fühlte und der ihm beim Blick in den Spiegel, besonders wenn er die Stirn ein wenig in Falten legte, auch tatsächlich entgegen schaute, wie er immer wieder mit Genugtuung feststellte.

Auf dem Nachhauseweg war es Brendhild, die ihn mit schweren Vorwürfen und Verdächtigungen überhäufte. Er hätte sie mit diesem „Flittchen" lächerlich gemacht, warf sie ihm unter Tränen vor, weil er doch den „ganzen Abend" mit der getanzt habe. Hans musste eingestehen, dass er dreimal mit „Verena", wie sie sich ihm gleich nach der ersten Runde vorstellte, auf der Tanzfläche gewesen war. Mit schlechtem Gewissen hatte er das Umherfliegen mit dieser temperamentvollen Frau genossen und dabei in Kauf genommen, dass Brendhild zweimal allein und offenbar vor Wut kochend am Rand der Tanzfläche gestanden und ihn mit bösen Blicken verfolgt hatte.

„Aber dich umschwärmte doch dein grauhaariger Doktor, Brendhild, der hat dich mir doch regelrecht entführt." versuchte er sie reumütig zu beschwichtigen.

„Ach der!" schluchzte sie, „Den kenn ich doch aus meinem Krankenhaus, der glaubt, er sei ganz was Tolles und keine könnte ihm widerstehen. Der zählt nicht, der ist hinter jedem Rock her. Aber du krallst dich gleich fest an seiner schlampigen Tusnelda! Ich bin doch auch noch da!"

Hans wurde es wieder ganz schwer ums Herz. Immer dann, wenn Brendhild so weinte, wenn er spürte, dass sie ihn offenbar noch immer liebte, kehrte eine schon verloren geglaubte Wärme zurück, trotz ihrer kalten Bemerkungen zu seinem Studium, ihrer verächtlichen Blicke, wenn er sich wieder einmal in seinen endlosen Erzählungen verlaufen hatte. Sie tat ihm leid. Früher war ihm warm ums Herz geworden, weil er spürte, wie sehr er sie liebte und wie wenig er sie verletzen mochte. Jetzt war es das Mitleid und im Blick auf Verena auch ein bisschen schlechtes Gewissen, das ihn seufzen ließ, als er ihr stumm den Arm um die Schulter legte. Verena hatte ihm noch zugelächelt, als ihr Mann Brendhild im Foyer zum Abschied in den Arm nahm.

„Ich würde sie gern wieder sehen, Hans, rufen sie doch mal an!" sagte sie mit leiser, heiserer Stimme bei einer flüchtigen, mehr höflich als herzlich geratenen Umarmung.

Er hatte im selben Augenblick schon gewusst, dass er Verena nicht anrufen würde, insofern brauchte er sich nichts vorzuwerfen. Aber er hätte sie gern angerufen und begann, schon als sie die Stufen vom Audimax hinuntergingen, sich aufregende Szenen mit ihr vorzustellen, als Brendhild ihn plötzlich mit ihren wütenden Vorwürfen angegangen war.

Als sie zu Hause angekommen waren, hatte sie sich weitgehend wieder beruhigt. Sie waren beide übereingekommen, dass derartige Veranstaltungen wie der Medizinerball wenig dazu geeignet wären, ein unbeschwertes Miteinander zu fördern. Hans hatte sich daraufhin bemüht, Karten für das „Deutsche Theater" zu bekommen. Normalerweise wäre das nicht übermäßig schwer gewesen, da er aber ausgerechnet die Vorstellung von „Des Teufels General" besuchen wollte, zu der Carl Zuckmayer, der mit dem Intendanten des Göttinger Theaters befreundet war, persönlich anwesend sein wollte, gab es Schwierigkeiten. Wenn Philipp nicht wieder im Spiel gewesen wäre, der eine Dame aus dem Vorverkauf kannte, wäre ihm das vermutlich auch nicht gelungen.

Die Aufführung war bis auf den letzten Platz besetzt. Hans und Brendhild verfolgten die Handlung des Stückes atemlos, und als sich im tosenden Schlussapplaus der Autor von den Schauspielern auf die Bühne ziehen ließ, standen auch sie von ihren Plätzen auf, um in den frenetischen Applaus und die Bravorufe mit einzustimmen. Nach dem Theater mochten sie noch nicht nach Hause gehen. Sie waren noch immer aufgewühlt von der Handlung des Stückes, in dem es darum ging, wie ein hoch angesehener, dem Naziregime kritisch gegenüber eingestellter Luftwaffenoffizier, der eigentlich bloß fliegen wollte, sich so sehr mit dem System einließ, dass er letztlich keinen anderen Ausweg mehr sah als den Freitod. Hans fragte sich immer wieder, wie er wohl anstelle des Generals gehandelt hätte und musste sich selbstkritisch einräumen, dass er wohl noch nicht einmal bemerkt hätte, wie er den Nazis auf den Leim gegangen wäre. Er war ja bis zum Schluss, bis zum letzten Tag auf der „Hipper", selbst derart naiv gewesen, dass ihm erst Philipp Rothmann die Augen hatte öffnen müssen, um zu begreifen, welche Verbrechen von den Deutschen überall in den von ihnen besetzten Ländern begangen worden waren.

Der Abend war mild, und so bummelten beide noch ein wenig durch die Straßen, um schließlich noch in ihrem Weinlokal einzukehren, wo sie, wie sie beide feststellten, eine Ewigkeit nicht mehr gewesen waren. Sie hatten Glück, der kleine Tisch unmittelbar neben dem Eingang war als letzter noch frei, da offenbar auch andere Theaterbesucher auf die Idee gekommen waren, diesen eindrucksvollen Abend mit Gesprächen und Wein hier ausklingen zu lassen. Selbst einige bekannte Schauspieler hatten den Weg hierher gefunden. Hans, der schon wegen seiner früheren „Arbeit am Theater", wie er seine Zeit als Statist an Hannoverschen Bühnen stets nannte, kannte sich mit den wichtigsten Darstellern gut aus. Etliche von ihnen waren auch durch den Film bekannt geworden. An diesem Abend entdeckte er Carl Raddatz und Brigitte Horney, die im lebhaften Gespräch miteinander nur zwei Tische weiter vor gefüllten Rotweingläsern saßen, während Raddatz, ohne es vermutlich vor lauter Gesprächsbegeisterung zu merken, an der Kerze herumfummelte, die zwischen beiden auf dem Tisch brannte. Hans erzählte Brendhild, dass er Raddatz gerade noch in „Rosen im Herbst" im Kino gesehen hätte und wie sehr er seine Schauspielkunst bewundere. Er glaubte, das aus seiner eigenen Erfahrung mit dem Theater beurteilen zu können, weil er wisse, so sagte er ihr, was es bedeute, „auf den Brettern zu stehen". Brendhild legte ihre Hand lächelnd auf die seine:

„Von deinen aufwühlenden Statistenrollen her, nicht wahr, Hans?" fragte sie mit einem unverkennbar spöttischen Unterton, den er zu überhören beschloss, weil er sich und ihr die Aura, die von den beiden Spitzenschauspielern dort drüben am Tisch ausging, nicht zerstören lassen wollte.

Als sie an diesem Abend nach Hause bummelten, herrschte eine ganz andere Stimmung zwischen ihnen als nach jener Ballnacht, als Hans Verena im Kopf und Brendhild ihre Wut im Bauch durch die dunklen Straßen der Stadt getragen hatten. Beide waren inspiriert von diesem großartigen Theatererlebnis. Und da sie noch lange davon zehrten, bemühte sich Hans um weitere „Kulturbäder", wie er Theaterbesuche, aber auch die Lesungen von Peter Bamm und Eugen Roth, die sie danach besucht hatten, nannte. Die hinterließen zwar nicht einen so nachhaltigen Eindruck wie „Des Teufels General", waren aber nach der Einschätzung Brendhilds Erlebnisse, die sie ohne seine Initiative nicht gehabt hätte, wie sie ihm später bestätigte. Er blühte förmlich auf unter der Anerkennung seiner Bemühungen und war wieder einmal der Hoffnung, dass sich, sollten sie auf diesem gemeinsamen Gleis weiterfahren, doch noch Manches zum Guten werde wenden können.

Zunächst aber lag vor Hans noch eine der größten Hürden seines Lebens, sein Staatsexamen, das im Wesentlichen aus der Verteidigung seiner Dissertation und den Prüfungsfächern Bodenkunde, Mineralogie und Geologie bestand. Er wusste, dass man seine Doktorarbeit nur mit „rite" bewertet hatte, weil ihm die Zweitfassung sprachlich nur so strohern gelungen war, und man ihm seine erste, die „Märchenerzählung", nicht hatte durchgehen lassen wollen. Und natürlich wusste er auch, dass er in der Vorbereitung nicht der Strebsamste gewesen war. Er wollte ja immer lernen, hatte schon nach Sylt fünf Bücher mitgeschleppt und sich auch in den letzten drei Wochen einen „Lernfahrplan" gemacht. In Sylt kam ihm allerdings sein Frauenbildnis in die Quere, seine Vision vom Wesen der Frau, von ihrer Schönheit und dem Ideal des Weibes überhaupt. Hans zögerte auch nicht, es das „heilige Weibliche" zu nennen und fühlte sich damit auf einer Stufe mit Goethe und dem Schlusswort aus Faust II: „Das ewig Weibliche zieht uns hinan.", in dem er eine gleiche Wertschätzung des „Prinzips Frau" erkannte wie in seiner Vision von dem Mädchen in der Nordseebrandung.

Seinen Lernfahrplan hatte er selbst immer wieder durcheinander gebracht, wenn er nach fünf Stunden mit Philipp einfach noch ein Bier trinken gehen musste, obwohl er sich täglich acht Stunden lernen verordnet hatte. Da er aber, trotz mancher Enttäuschungen, nicht von seiner insgesamt positiven Weltsicht abzubringen war, lächelte er immer nur beruhigend, wenn Brendhild ihm Vorhaltungen machte wegen seiner Inkonsequenz beim Lernen.

Plötzlich war der Prüfungstag da. Er hatte das Gefühl, als hätte sich die Zeit in der Woche zuvor kontinuierlich beschleunigt, so dass sie zum Schluss geradezu auf diesen 20. Februar 1954, 9.00 Uhr morgens zugerast war. Er biss sich durch seine Fächer und verteidigte seine Dissertation ein wenig besser als es ihm beim schriftlichen Abfassen der Arbeit gelungen war. Als er zum Schluss noch einmal im Prüfungsraum verschwand, um in der Geologie Rede und

Antwort zu stehen, warteten davor schon eine ganze Reihe seiner Kommilitonen und natürlich auch Philipp. Selbst Brendhild hatte sich frei genommen, um zu erleben, wie er auch noch die letzte Hürde seines Examens nehmen würde. Für sie hing sehr viel daran, denn wann immer sie ihn in den vorangegangenen Monaten auf ihren Kinderwunsch angesprochen hatte, war von ihm nur Ausweichendes oder gar deutliche Abwehr gekommen. Er wolle erst einmal sein Examen hinter sich bringen, einen richtigen Abschluss, mit dem er dann auch Geld verdienen könne, um eine Familie zu ernähren, hatte er erklärt. Auch wenn sie bis zum Schluss nicht so recht verstand, worin denn nun eigentlich die Bedeutung in der Analyse der verschiedensten Bodenproben lag und sie sein ganzes Gewese darum als völlig übertrieben ansah, war sie doch schon aus ganz eigennützigen Gründen daran interessiert, dass er sein Examen gleich beim ersten Anlauf bestehen würde.

Als er nach einer guten halben Stunde etwas bleich, aber grinsend den Prüfungsraum verließ, wusste sie, dass nicht nur er bestanden, sondern auch sie gewonnen hatte. Nun würde es keine Ausflüchte mehr geben. Sie nahm sich vor, die neckischen Ratschläge aus der Hochzeitszeitung, wo man einen ganz speziellen Speiseplan für Hans zur beschleunigten Zeugung eines Kindes zusammengestellt hatte, ernst zu nehmen und insgeheim in die Tat umzusetzen. So ganz glaubte sie zwar selbst nicht an die wohlgemeinte Rezeptur, aber sie wollte sich nicht vorwerfen müssen, irgendetwas außer Acht gelassen zu haben, was die Zeugungskraft ihres Mannes hätte stärken können.

Als Hans den Prüfungsraum verließ, dachte er nicht im Entferntesten daran, sich umgehend aufs Kinderzeugen zu stürzen. Man hätte ihm auch gar keine Zeit dazu gelassen, denn genauso, wie er jetzt aus dem Examensraum trat, erschöpft von den Prüfungen, noch immer in seinen Anzug gezwängt, den er auch zur Hochzeit getragen hatte, wurde er unter großem Jubel von den Kommilitonen gepackt, auf die kräftigen Schultern zweier Siebtsemester gehoben und unter Klatschen, Lachen und Hochrufen aus dem Institut getragen. Draußen vor der Tür stand ein mit Blumen geschmückter Leiterwagen bereit, auf dem im vorderen Teil ein Zehn-Liter-Fass mit Bier installiert worden war, hinter dem Hans Platz nehmen musste, indem er seine Beine rechts und links um das Fässchen legen sollte. Biergläser hatte Philipp aus dem „Schmierigen Löffel" geliehen, und Imre war jetzt bemüht, diese großen Humpen mit Bier zu füllen. An der Deichsel des Wagens hatte jemand eine Fahrradklingel angebracht, mit der nun zum Zeichen des Aufbruchs kräftig gelärmt wurde. Johlend setzte sich die Gesellschaft samt Wagen in Bewegung, mit Hans in der Mitte, dem man einen Lorbeerkranz auf die Haare gedrückt hatte und der stolz lächelnd um sich blickte. Einige Leute blieben stehen und schüttelten lächelnd den Kopf über den verrückten Zug. Viele Göttinger kannten diesen Brauch aber auch und wussten genau, wohin die Reise gehen sollte: „Na, wieder zum Marktplatz unterwegs? Das arme Gänseliesel!" war von einigen älteren Passanten zu hören. Hans wusste natürlich selbst schon lange, was da auf ihn zukam. Oft genug war er Zeuge gewesen, wenn es die Kandidaten vor ihm getroffen hatte. Das Einzige, vor dem er sich fürchtete, war das kalte Wasser beim Brunnen, aber es war abgemacht, dass er bei diesen Temperaturen nicht unterzutauchen brauchte. Um den Kuss käme er aber auf keinen Fall herum, war ihm zu verstehen gegeben worden. Fast einen Liter Bier hatte er für die Strecke vom Institut bis zum Marktplatz verbraucht und war in bester Stimmung, als er aus seinem geschmückten Wagen stieg. Auch fremde Leute waren dazu gekommen und sahen lächelnd zu, wie er unter dem Gejohle seiner Freunde den Brunnen samt Gänseliesel bestieg. Wie es der Brauch für Doktoranden verlangte, schmückte er zunächst die Bronzefigur, indem er ihr eine Blumenkette umhängte, und beugte sich dann vor, um dem Gänseliesel einen bierfeuchten Kuss auf den eiskalten Mund zu drücken, was er unter dem Applaus und den aufmunternden Rufen der Freunde auch zuwege brachte. Um ein Haar wäre er allerdings beim Herunterklettern doch noch in den Brunnen gerutscht, konnte sich aber gerade noch an einem der bronzenen Bögen festklammern, die das Gänseliesel wie Girlanden überwölbten. Als er schließlich die Treppen vom Brunnenbecken heruntergestiegen kam, umarmte und küsste er nun auch seine „Liesel", wie er Brendhild zum Scherz nannte, unter ähnlich starkem Jubel und Applaus wie zuvor schon bei der Umarmung der Brunnenfigur.

25

Hans fiel auf, dass Brendhild seit seinem Examen umgänglicher geworden war. Sie spottete nicht mehr über sein „Krümelzählen" und brüstete sich weniger mit ihrer im Vergleich dazu „handfesten Arbeit." Sie war nicht mehr so oft mit ihrem „Hexenklub" unterwegs und insgesamt häuslicher geworden. Wenn er am späten Nachmittag aus dem Institut nach Hause kam, - er hatte aus Mitteln der Deutschen Forschungsgemeinschaft ein Stipendium zur Weiterentwicklung der Mikroskopie in der Mineralogie erhalten, - fand er Brendhild mit einer Wolldecke auf dem Sofa mit angezogenen Beinen an die Seitenlehne gekuschelt. Vor ihr, auf dem kleinen Tischchen, brannte eine Kerze, daneben stand eine Tasse mit Tee. Sie begrüßte ihn stets freundlich, erzählte ihm von Peter Bamms Buch „Die unsichtbare Flagge", das sie sich gleich im Anschluss an die Lesung des Autors gekauft hatte. Meist war, wenn Hans sich etwas verspätete, der Abendbrotstisch schon gedeckt. Es gab im Vergleich zu früher, wie ihm auffiel, sehr viel häufiger Eier in den verschiedensten Zubereitungsarten und auch sonst eine kräftige, eiweißhaltige Kost, die ihm aber ausgesprochen gut mundete. Abends im Bett wandte Brendhild ihm auch nicht mehr, wie gewohnt, den Rücken zu. Nicht selten war sie es jetzt, die ihn mit zärtlicher Hand streichelte, erst über die Schultern, dann auf der Brust und schließlich tauchte die Hand in die unteren Hansregionen ab, was fast immer zur Folge hatte, dass er sich ihr mit aufsteigendem Interesse zuwandte, sie umarmte und sich mehr genüsslich als leidenschaftlich zwischen ihre Beine schob.

Es gab Abende, an denen Brendhild ihm schon während des Abendessens mit der Hand über die Beine strich, so dass sie manchmal gar nicht erst zu Ende aßen, sondern mit klopfendem Herzen auf das Schaffell sanken und sich nicht lange mehr mit irgendwelchen Vorspielen aufhielten. Natürlich hatte er sich gefragt, was es wohl mit dieser plötzlich so sanften und sinnlichen Brendhild auf sich haben könnte, und brauchte auch nicht lange zu rätseln. Er wusste, wie sehnlich sie sich ein Kind wünschte, und kannte ihre ausgeprägte Zielstrebigkeit, wenn sie sich etwas in den Kopf gesetzt hatte. Er war klug genug zu erkennen, dass ihre neue Sinnlichkeit weniger seinen Verführungskünsten zuzurechnen war, sondern sich vielmehr ihrem Bestreben verdankte, auf schnellstem Wege schwanger zu werden. Dennoch genoss er diese Wochen der körperlichen Nähe, ließ sich nur zu gern von ihr verführen, war es doch zuvor fast immer sein Part gewesen, sie mit Worten und Taten so weit zu bringen, dass es zu einem halbwegs annehmbaren Beischlaf kam. Er hatte sich zwar Philipps Ratschläge zu Herzen genommen, musste aber feststellen, dass es ihm oft schwer fiel, schon am Morgen an leidenschaftliche Umarmungen zu denken, wenn sie ihm müde beim Frühstück die Butter reichte, ganz zu schweigen von munteren Unterhaltungen, hinreißenden Komplimenten, zärtlichen Gesten, die Philipp für jede Tageszeit angemahnt hatte. Hans stellte nüchtern fest, dass die tägliche Liebe ein ganz schönes Stück Arbeit war, die man unmöglich immer zu beidseitiger Zufriedenheit schaffen konnte. Also begnügte er sich mit dem status quo einer leicht erworbenen, wenn auch zweckgerichteten körperlichen Nähe, die ihm einfach gut tat, die er genießen konnte wie eine schöne Mahlzeit, nach der er sich genüsslich und entspannt ausstreckte. Er schlief auch viel besser in diesen Tagen, Träume, in denen Frauen von früher oder von Ferne ersehnt auftraten, waren in dieser Zeit seltener.

Es war Anfang April, und das Jahr regte sich zum Aufbruch in einen neuen Frühling, erst sanft und vorsichtig mit kleinen Blättchen und Blüten, dann mit einer Wildheit und Üppigkeit, die Hans jedes Jahr wieder aufs Neue überraschte. Nach einem ersten richtig milden Tag, der ihn schon morgens mit einer noch feuchten Luft und den betörenden Blütendüften schier benommen gemacht hatte, war er nach langen Stunden aus dem Institut nach Hause gekommen. Der Abend war licht und leicht, die Amseln sangen ausgeklügelte Lieder, deren Melodie sie sich von manch menschlichen Tönen abgehört zu haben schienen. Er machte aus lauter Lust noch einen Umweg, bevor er, ganz erfüllt von all dem Aufbruch der Fauna und dem Aufbrechen aller Blüten ringsum, leichten Herzens und zwei Stufen auf einmal nehmend, die Treppe zur Sägewerkswohnung erklomm. Drinnen, im Wohnzimmer am Esstisch, saß bei geöffnetem Fenster Brendhild mit einer Kerze vor sich und leuchtenden Augen im strahlenden Gesicht.

„Hans, es ist so weit!" begrüßte sie ihren Mann, der zunächst nichts verstand, außer dass sie damit nichts Schlimmes ankündigen konnte. „Was sagst Du dazu?"

Er stutzte noch immer und wusste nicht, was er wozu sagen sollte. Er lächelte ein wenig unsicher, sah sie fragend an und überlegte krampfhaft, was sie wohl meinen könnte. Er musste nicht lange warten, denn Brendhild konnte ihre Neuigkeit gar nicht bei sich behalten oder mit Worten verklausulieren:

"Ich bin schwanger, Hans!" rief sie mit Tränen in den Augen und eine Idee zu laut, wie er im selben Moment dachte.

Er fühlte, wie auch ihm die Tränen kamen. Er ließ seine abgewetzte Aktentasche, die er von seinem Vater bekommen und die jener über Jahrzehnte in seine Finanzdirektion geschleppt hatte, einfach auf den Boden fallen. Mit drei Schritten war er bei Brendhild und umarmte sie still und innig, in dem er seine

Arme von hinten um sie schlang und seinen Kopf sacht auf ihr glattes Haar legte. Sein Hals fühlte sich an wie zugeschnürt, er brachte kein einziges Wort hervor. Langsam richtete er sich wieder auf, ging um den Tisch herum zu seinem Platz und setzte sich langsam auf den Stuhl. Er stützte seinen Kopf in die linke Hand und streichelte mit der rechten Brendhilds gefalteten Hände, die sie vor sich auf die Tischplatte gelegt hatte.

Allmählich begann es in seinem Kopf zu arbeiten. Er versuchte, alle Dimensionen dieser Nachricht zu begreifen. Er würde also Vater werden, sie hätten sehr bald ein Kind und wären dadurch noch enger aneinandergebunden, als sie es bisher schon durch ihre Heirat waren. Er würde sich bemühen müssen, aus den begrenzt fließenden DFG-Mitteln irgendwie eine feste Stelle zu machen, denn Brendhild hatte schon kurz nach der Hochzeit angekündigt, sie würde für den Fall einer Schwangerschaft, spätestens nach der Geburt des Kindes, aufhören zu arbeiten. Er spürte wie sich die Last einer neuen Verantwortung auf seine Schultern senkte. Würde er dem überhaupt gewachsen sein? Bisher hatte er noch gar keine Erfahrungen mit kleinen Kindern. Er fand sie irgendwie niedlich, wusste aber nie so recht, etwas mit ihnen anzufangen. Außerdem war es ihm stets auf die Nerven gegangen, wenn Freundespaare, mit denen man vorher ganz vernünftig reden konnte, nach der Geburt des ersten Kindes von nichts Anderem mehr zu erzählen wussten, als von seltsamen Gluckslauten und putzigen Bewegungen ihrer Kleinen, in die sie mit verblüffenderer Vermessenheit Anzeichen von höchster Intelligenz und wacher Weltbeobachtung hineindeuteten.

„Wo bist du denn mit deinen Gedanken, Hans?" riss sie ihn aus seinen abwägenden Überlegungen. „Wir kriegen ein Kind, Herr Doktor Sogau! Ist ihnen das überhaupt bewusst?!" rief sie ihm mit glücklichem Lachen zu.

Hans lächelte zurück. „Ich hab ja verstanden, Brendhild. Ich finde das wunderbar, phantastisch, großartig, phänomenal, toll, aber ich brauche auch ein bisschen Zeit, um mich an diesen Gedanken zu gewöhnen. Von jetzt an ist nichts mehr wie vorher. Wir werden Eltern und sind damit verantwortlich für einen Menschen - unser Leben lang. Uns wird ein Mensch an die Hand gegeben, der getragen, geführt, geleitet und auf den Weg gebracht werden will. Weißt du, was das heißt?"

„Natürlich weiß ich das," wehrte sie seine ihr im Augenblick zu überdehnt erscheinende Darstellung der Verantwortungslast ab. „Aber kannst du dich denn nicht einfach mal nur freuen, Hans? Mensch, da wächst neues Leben in mir! Nicht Hans und Brendhild in einer Ausgabe, sondern etwas ganz Eigenes für sich, was noch nie da war! Ist das nicht etwas ganz Irres, Wunderbares?

Und du musst dich gleich wieder über alle Konsequenzen praktischer, psychologischer und philosophischer Art verbreiten!"

Hans spürte, wie die Stimmung von einem zum anderen Moment kippen konnte. Aus puren Glückseligkeitstränen drohten bei Brendhild Tränen der Enttäuschung und der Bitterkeit über seine distanzierenden, sie in ihrer Freude bremsenden Gedanken zu werden. Er versuchte, seine ernsten Gedanken hintan zu stellen und bemühte sich um ein entspanntes, Glück und Freude ausdrückendes Lächeln.

„Ist ja schon gut, Brendhild, du hast ja Recht, jetzt sollten wir uns ganz einfach nur freuen, noch ist es ja gar nicht da. Wann soll es denn kommen, hat deine Ärztin was gesagt?" versuchte er sie zu besänftigen und Brendhilds Gesicht hellte sich sofort wieder auf.

„So um den 6. Dezember herum, meint sie. Es kann auch früher oder später werden, aber ein echtes Christkind wird wohl nicht daraus. Ist mir auch egal, auch ob's ein Junge oder Mädchen wird, - Hauptsache gesund."

Schon in den ersten Wochen der Schwangerschaft zog Brendhild Umstandskleidung an, nicht aus Notwendigkeit, argwöhnte Hans, sondern weil sie alle Welt an ihrem bevorstehend Glück teilhaben lassen wollte. Es wurde ihm immer klarer, dass ein Kind zu haben für sie weniger eine Ergänzung oder Erweiterung ihres gemeinschaftlichen Lebens war, sondern ein schon lange gehegtes Lebensziel. Sie verstand ihre Schwangerschaft als eine ganz klare Bestimmung des Schicksals oder gar des Schöpfers, die sie in ihrem Frausein bestätigte, und manchmal schien es ihm, als würde er in seiner Vaterrolle schon jetzt sanft aber bestimmt beiseite geschoben. Er empfand ihre klare Anfrage, was er denn schon dazu beigesteuert habe außer ein paar Tropfen der Lust mit hoffentlich gesunden Samen darin, herabsetzend und verletzend und ärgerte sich gleichzeitig darüber, wie sie sich selbst in den siebten Mutterhimmel erhob.

Dann gab es auch wieder unbeschwerte Tage, die ihm wie unvermuteter Sonnenschein erschienen, nachdem ihr in den ersten drei Monaten fast durchgängig schlecht gewesen war und sie sich häufig erbrochen hatte. Es gab Tage, da war sie nicht einmal imstande gewesen, in den Dienst zu gehen. Aber all diese unangenehmen Anfangserscheinungen ihrer Schwangerschaft verschwanden beinahe schlagartig nach den ersten dreizehn Wochen. Brendhild war wieder voller Tatendrang und Fröhlichkeit, erkundete mit Eifer, woher sie gebrauchte Babyausrüstungen bekommen könnte, und auch Margarete Obermann, ihre Mutter, tat sich überall um, begann eigenhändig Babysachen zu stricken und platzte vor Stolz, endlich Großmutter zu werden. Hans durfte mit Brendhild

öfter schlafen als er erwartet hatte, und es schien ihm, als genösse sie diese Umarmungen mehr noch als zuvor.
In den letzten Wochen vor der Geburt war sie in ihren Gemütszuständen sehr schwankend geworden, fand er. Von großer Vorfreude konnte sie blitzschnell in fast hysterische Weinanfälle abstürzen, denen er völlig hilflos ausgesetzt war. Er lernte erst allmählich, sich möglichst unauffällig und ruhig dabei zu verhalten, und dass es das Beste war, sie einfach wortlos in den Arm zu nehmen und ihr über den Rücken zu streichen.
In der letzten Novemberwoche war es für sie nur noch Mühsal. Sie wusste kaum noch, wohin mit ihrem dicken Bauch. Auch wenn sie sonst im Gesicht und an den Gliedmaßen gar nicht sichtbar zugenommen hatte, worauf sie sehr stolz war, bereitete ihr nun jeder Weg, vor allem das Treppensteigen, große Mühe. Glücklicherweise waren sie seit kurzem in den Genuss eines Telefons gekommen, so dass Hans, sollte es ganz plötzlich losgehen, imstande war, schnell Hilfe herbeizuholen. Schon seit langem hatte Brendhild mit ihrer Klinik vereinbart, dass sie nur anzurufen brauchte, wenn die Wehen einsetzten, und sofort würde sich jemand von den Kolleginnen aufmachen, um sie mit einem Klinikfahrzeug abzuholen. Hans glaubte, dass all diese Vorkehrungen ihr Anlass für Ruhe und Ausgeglichenheit sein müssten und sah daher selbst dem „Tag X", wie er ihn nannte, gelassen entgegen. Als der 6. Dezember verstrichen war, - er hatte Brendhild zum Trost und zur Aufmunterung eine richtig teure Tafel Schokolade in den Schuh gesteckt, - wurde sie unruhig und auch ungehalten. Sie schimpfte über die Plage, die den Frauen mit dem Kinderkriegen auferlegt worden sei, von wem auch immer, und ließ Hans jetzt wieder auf eine für ihn kränkende Weise spüren, dass er an diesem Kind eigentlich gar keinen Anteil hätte, wenn man einmal von der für ihn ja eher angenehmen Art der „Besamung" (Brendhild kam vom Bauernhof) absah. Er wiederum sah nicht ein, dass er sich dafür entschuldigen müsste, dass die Natur, oder wer auch immer, es so eingerichtet hatte, dass Frauen die Kinder bekämen.
In der Nacht zum 10. Dezember, gegen ein Uhr, hatte Brendhild einen Blasensprung. Sie rüttelte Hans am Arm und fühlte sich mit einem Mal völlig ruhig.
„Wach auf, Hans, es ist soweit, das ganze Bett ist nass, ruf die Klinik an!"
Hans fiel aus einem schweren Traum, in dem er Brendhild unter dem großen Birnbaum im Garten seiner Großeltern knien sah. Er selbst hatte sie dorthin geführt mit dem Argument, es wäre gut für sie, wenn sie ihr gemeinsames Kind just an der Stelle zur Welt brächte, wo er selbst geboren worden war. Im Traum hatte er noch sehr genau gewusst, warum er von der Güte des Orts so

überzeugt gewesen war, später, als er nach dem Aufwachen daran zurück dachte, konnte er sich an diese Begründung nicht mehr erinnern. In der letzten Szene seines Traums sah er Brendhild mit schmerzverzerrtem Gesicht unter dem Birnbaum knien, der keine Blüten, sondern schon reife Früchte trug, und nach einem lauten Schrei einen kleinen grünen Frosch zur Welt bringen, neben dem, im Moment seines Erscheinens eine dicke reife Birne einschlug, die ihn nur um ein Weniges verfehlte. Im Traum hatte er Brendhild für die tapfer durchgestandene Geburt des Fröschleins noch hoch gelobt. Als er indes von Brendhilds Hand in die Wirklichkeit der Dezembernacht zurück gerüttelt wurde, wunderte er sich, warum ihm der Frosch als ein so überaus preisenswertes, völlig selbstverständliches Produkt ihrer Schwangerschaft erschienen war.

Das Kind, ein kleiner Junge, kam um zehn Uhr morgens am 10. Dezember ohne größere Komplikationen zur Welt. Hans musste vor der Tür des Kreißsaals warten, nachdem sie um halb zwei in der Nacht problemlos in die Klinik gelangt waren. In der entscheidenden Geburtsphase hatte er Brendhild fürchterlich schreien hören, was ihm einen Schreckensschauer nach dem anderen über den Rücken jagte. Er war in diesem Moment aufrichtig dankbar, dass die Natur oder wer auch immer es so eingerichtet hatte, wie es war, auch wenn er ihr gern ein wenig von ihren Schmerzen abgenommen hätte. Nach einem letzten Schrei war plötzlich Ruhe eingetreten und kurze Zeit später hatte er das energische Babyschreien gehört, das ihm in diesem Moment wie Glockengeläut klang und ihn augenblicklich zum Heulen brachte. Wenig später, - er hatte sich wieder ein bisschen gefasst, - wurde er hereingerufen und durfte sein Söhnchen in Augenschein nehmen. Es war rot, schrumpelig und schleimig, aber wunderschön, wie er beglückt feststellte. Brendhild lag mit müden, erschöpft dreinblicken Augen noch auf dem Geburtsbett, lächelte glücklich und winkte ihn mit schwacher Hand zu sich. Er küsste sie vorsichtig auf die noch schweißnasse Stirn und flüsterte:
„Wunderbar, Brendhild, wunderbar hast du das gemacht!"
„Wie soll er denn heißen?" fragte der Arzt, der zusammen mit der Hebamme noch auf die Nachgeburt wartete.
„Sag's du ihnen." flüsterte Brendhild, denn er war es, der den Namen hatte bestimmen dürfen. Sie waren sich nämlich nicht einig geworden mit der Namensgebung. Für den Fall eines Mädchens hätte Brendhild es gern Anna, Hans jedoch lieber Dori nach seiner Oma Dora genannt. Sollte es dagegen ein Junge werden, so wollte sie ihn Bernd nach ihrem Vater Bernhard nennen, während sich Hans auf Felix festgelegt hatte. Da es keine Einigung gegeben hatte, waren sie so miteinander verblieben, dass Brendhild den Namen hätte

bestimmen dürfen, falls es ein Mädchen geworden wäre, er dagegen hatte den Vorrang für einen Jungennamen.
„Er soll Felix heißen," sagte Hans mit fester Stimme und lächelte stolz, „denn er soll glücklich werden!"

26

Felix zog ein und stellte alles auf den Kopf. Weder Brendhild noch Hans kannten sich aus mit kleinen Kindern, alles wurde zum Abenteuer des ersten Mals – das Baden des Babys, das richtige Wickeln mit den großen Tuchwindeln. Nur das Stillen geriet Brendhild ganz unkompliziert, wobei es unterschiedliche Ansichten in der Familie und bei Freundinnen gab, ob Felix, wann immer er wollte und so viel er mochte, trinken sollte, oder ob man ihn von vornherein an feste Zeiten gewöhnen sollte. Brendhild versuchte eine Harmonisierung der kontroversen, mit Verve und leidenschaftlichen Argumenten vorgetragenen Müttererfahrungsüberzeugungen. Sie hielt sich in etwa an einen Vierstundentakt, und wenn Felix zu sehr weinte, und Brendhild glaubte, es würde ihm gut tun zu trinken, gab sie ihm die Brust. Mit dem Ergebnis war sie insgesamt zufrieden, so dass sie sich nicht weiter um die Puristinnen der wahren Stilllehre kümmerte. Hans wurde ohnehin nicht gefragt, da sie der Auffassung war, Männer verstünden davon ohnehin nichts. Also hatte er auch gar nicht erst versucht, seine Meinung zum Thema kundzutun, obwohl er insgeheim ein Anhänger der Trink-wenn-du-willst-Praxis war. Überhaupt gewann er immer mehr den Eindruck, dass Brendhild, wie er schon im Voraus befürchtet hatte, das Kind ausschließlich als ihr Eigentum betrachtete. Er verstehe nichts davon, erklärte sie ihm immer wieder, und wenn er sein Söhnchen denn tatsächlich einmal auf den Arm nahm, hatte sie ständig etwas daran auszusetzen. Mal stützte er das Köpfchen nicht richtig ab, wie sie fand:
„Pass doch auf, Hans, soll er sich denn das Genick brechen?!"
Mal hielt er es zu waagerecht:
„Du musst ihn höher halten, sonst spuckt er doch gleich wieder die ganze Milch aus!"
Das Einzige, was ihm blieb, um sich seinem Kind ungestört nähern zu können, war, ganz dicht an dessen hölzerner Wiege zu sitzen – er selbst und schon sein Vater hatten als Babys darin gelegen – und ihm nur einfach beim Schlafen zuzusehen. Er tat das mit großer Ergriffenheit. Obwohl er nicht im kirchlich christlichen Sinne religiös war, sondern eher so wie Ruth mit ihren Momenten, schaute er wie gebannt auf das kleine Gesichtchen, auf dem, wie er fand, ein göttlicher Ausdruck von Frieden, Schönheit und einer anrührenden Sanftmut lag. Manchmal traten ihm unwillkürlich die Tränen in die Augen, so bewegt war er von diesem Anblick. Er begann zu verstehen, warum die befreundeten Paare, die schon vor ihnen Kinder bekommen hatten, mit einem Mal nur über die Beobachtungen an ihren Kleinen sprachen, was ihn ja früher so zu Tode gelangweilt hatte. Jetzt war er selbst es, der Philipp mit

jedem kleinen Gurrlaut auf die Nerven ging, den Felix unerwartet von sich gab.
Sein Umgang mit Brendhild wurde durch Felix nicht etwa entspannter oder liebevoller, was er aber in keiner Weise sich selbst anrechnete. Sie schien ihn manchmal überhaupt nicht mehr zur Kenntnis zu nehmen, höchstens als Störenfried, der sich stets ungeschickt und unbeholfen „ihrem" Kind näherte. Wenn ihn die Lust überfiel und er sich Brendhild abends im Bett behutsam zu nähern versuchte, wies sie ihn fast jedes Mal mit den Hinweis ab, sie sei viel zu müde und müsse wenigstens ein bisschen Schlaf haben, da Felix gleich wieder komme. Er könne sich glücklich schätzen, dass sie in Punkto Stillen unersetzlich wäre und er von den mitunter mörderisch kurzen Abständen, in denen das Kind sich melde, überhaupt nichts mitbekomme. Das aber stritt er entschieden ab. Er höre selbstverständlich auch das kleinste und feinste Schreien von Felix, versicherte er, und wäre jederzeit bereit aufzustehen. Er könne nun einmal nichts dafür, dass die Natur nur den Frauen Brüste gemacht hätte, die sich dazu eigneten, dem Nachwuchs Nahrung und Geborgenheit zu gewähren. Hans fühlte sich vernachlässigt, überflüssig und nur noch als Geldbeschaffer für Wohnung und Haushalt gebraucht. Immer häufiger zog er sich schmollend zurück, was Brendhild aber kaum zur Kenntnis zu nehmen schien.
Das änderte sich mit einem Schlag, als Felix mit etwa eineinhalb Jahren von einer rätselhaften Krankheit befallen wurde. Es begann damit, dass er sich, nachdem er seinen Zwieback-Banane-Brei noch mit offenkundigem Appetit verschlungen hatte, plötzlich ganz fürchterlich erbrach. Brendhild fühlte ihm die Stirn und zog die Augenbrauen zusammen. Das Thermometer zeigte wenig später 39,8. Sie wurde unruhig, sah Hans mit fragenden Augen an und meinte, dass man sofort den Kinderarzt konsultieren müsse. Hans möge ihn anrufen und bitten herzukommen, da sie das fiebernde Kind nicht noch durch die nasskalte Frühlingsluft schleppen wolle. Der Arzt kam noch am Nachmittag, untersuchte das Kind und schien nicht weiter beunruhigt. Es handele sich vermutlich um das übliche Drei-Tage-Fieber, das die Kleinen nicht selten befiele und meist keine ernst zu nehmende Ursache hätte.
Aber auch nach vier Tagen war das Fieber nicht gesunken. Felix hatte keinen Appetit mehr und wurde zusehends schwächer. Am fünften Tag hielt Hans es nicht länger aus. Er erklärte Brendhild, die schon nahe daran war durchzudrehen, er nehme jetzt das Kind und werde es in die Universitätsklinik bringen. Seit Brendhild nicht mehr alle Situationen mit dem Kind souverän zu beherrschen schien und sich die größten Sorgen machte, hatte sie ihn in ihrer Angst nun des Öfteren um Rat gefragt, warf sich ihm manchmal sogar schluchzend in die Arme. Er durfte Felix jetzt jederzeit aufnehmen, wenn er schrie, und

durch die Wohnung tragen, was das Kind wenigstens hin und wieder beruhigte.

Hans war entschlossen, die Sache selbst in die Hand zu nehmen, und sie ließ ihn gewähren. Beide machten sich auf in die Universitätskinderklinik und hatten das Glück, nicht noch lange warten zu müssen. Ein Arzt aus der Kinderklinik untersuchte Felix ausführlich und ordnete eine Blut- und Urinprobe an. Bevor die Ergebnisse vorlägen, könne er überhaupt nichts sagen, beschied er die besorgten Eltern.

Nach zwei Stunden wurden Hans und Brendhild wieder in den Behandlungsraum gebeten.

"Wir wissen nicht, was mit Felix ist," erklärte der Doktor ratlos. „Sein Urin ist rein und klar, die Blutsenkung katastrophal. Irgendwo muss ein riesiger Infekt sitzen, aber wir wissen nicht wo. Sie müssen das Kind hier lassen, es muss unbedingt unter Beobachtung bleiben, weil es sein kann, dass wir blitzschnell intervenieren müssen. Sie haben jederzeit Zugang zu ihrem Kind, aber ich empfehle ihnen, nach Hause zu gehen, wenn es heute Abend eingeschlafen ist. Sie können ja morgen schon so früh kommen, dass sie bereits da sind, wenn Felix wach wird."

Brendhild war jetzt auch bereit, sich die Tageswache an Felix' Bettchen mit Hans zu teilen. Es brächte nichts, meinte sie, wenn beide nur da säßen und sich gegenseitig verrückt machten. Er wollte gleich die erste Wache übernehmen.

Felix schien manchmal seine neue Umgebung und die vielen fremden Menschen zu vergessen. Hans spielte dann mit ihm und erinnerte sich, als Felix mit seinen kleinen Autos brummend über den Boden des Krankenzimmers kroch, an sein hölzernes Lastauto und wie vertieft er damals war bei seinen Ausfahrten zum Badezimmer, durch Friedas Mamsellraum oder auch daran vorbei.

Nach zehn Tagen waren Hans und Brendhild völlig mit den Nerven herunter. Zu Hause sprachen sie kaum noch miteinander, die Angst hielt ihr Herz wie mit einer kalten Hand umschlungen, ihre Gedanken kamen nicht vom Fleck und prallten immer wieder gegen eine Wand völliger Ratlosigkeit. Niemand konnte sich Felix' permanentes Fieber erklären, keiner wusste so recht, wie es weitergehen sollte, man beschränkte sich darauf, das Fieber in seinen Spitzen mit kalten Wickeln zu brechen.

Hans kannte den kleinen Park hinter der Klinik schon auswendig. Der Flieder blühte, aber er hatte das Empfinden, als verhöhne der süße Duft nur seine wachsende Verzweiflung. Ohne es richtig wahrzunehmen, begann er, Worte vor sich herzumurmeln:

„Mein Gott, mach, dass meinem kleinen Jungen nichts passiert. Lass mich sonst wie leiden, ich will alles ertragen, aber lass meinen Kleinen gesund werden, ich halte das nicht mehr aus!" Dabei schaute er hinüber zu seinem Kind, das im Sandkasten saß und mit schwacher Hand eine kleine Schaufel hielt, mit der es versuchte, ein Loch in den feuchten Sand zu graben.
Am späten Vormittag sollte es eine erneute Konsultation mit Dr. Möller, dem behandelnden Arzt geben, zu der auch Brendhild gebeten war. Aber auch die führte keinen Schritt weiter. Sie hatten sich in den letzten Tagen manchmal wie Ertrinkende aneinander geklammert und versucht, sich gegenseitig zu trösten. Sie verlor immer mehr von ihrer „Lass mich das mal machen, du verstehst sowieso nichts davon"- Haltung. Manchmal setzte sie sich sogar mit verweinten Augen auf seinen Schoß wie ein kleines Mädchen, das getröstet werden wollte. Er strich ihr dann hilflos über die Haare und wusste kein Wort, das er ihr sagen könnte. Nur manchmal murmelte er:
„Es wird alles wieder gut, Brendhild, es muss wieder gut werden und es wird wieder gut."
Eines Morgens, nach fast drei Wochen, bat sie der Arzt mit ernstem Gesicht zum Gespräch. Als Hans und Brendhild den Konsultationsraum betraten, befand sich neben Dr. Möller noch ein weiterer Arzt mit im Raum.
„Wir wissen immer noch nicht, was das ständige Fieber bei ihrem Kind verursacht. Wir kennen den Herd der Infektion nicht und haben daher folgendes beschlossen: Heute ist Freitag, und wir wollen einen letzten Versuch unternehmen, doch noch einen Anhaltspunkt zu finden. Deshalb habe ich meinen Kollegen, Dr. Schneider, aus der Röntgenologie gebeten, mit an unserer Beratung teilzunehmen. Das Röntgen des Unterbauchs ist keine ganz einfache Angelegenheit. Natürlich werden wir Felix so mit Blei zu schützen versuchen, dass seine spätere Fruchtbarkeit in keiner Weise gefährdet wird. Dennoch müssen Sie Ihre Einwilligung dazu geben, da das Durchleuchten des kleinen Kinderkörpers eben nicht ganz risikofrei ist. Sollte diese Untersuchung wiederum nichts ergeben, hat Prof. Hürkner, der Chef der Kinderklinik, angeordnet, Felix ab Montag auf Gelenkrheumatismus zu behandeln, weil das als einzig vorstellbare Quelle für die schlechten Blutwerte des Kindes übrig bliebe. Ich kann dagegen nichts einwenden, es sei denn, ich fände doch noch den eigentlichen Entzündungsherd."
Hans und Brendhild wurden von Dr. Schneider noch einmal in allen Einzelheiten auf die Möglichkeiten und Gefahren der Röntgenuntersuchung hingewiesen. In ihrer Sorge und Angst waren sie bereit, allem zuzustimmen, wenn sich auch nur die kleinste Chance böte, Helligkeit ins Dunkle der Vermutungen und Spekulationen zu bringen. Beiden fiel auf, mit welcher Erleichterung

Dr. Möller, der für Felix zuständige Stationsarzt, ihre Entscheidung aufnahm. Hans vermutete, dass der Arzt von der Hypothese seines Chefs, das Kind leide an Gelenkrheumatismus, nicht viel zu halten schien. Der Arzt gestattete, nachdem auch der Röntgenologe zugestimmt hatte, dass die Eltern das Kind auf die Röntgenstation begleiten dürften.

Es war zwölf Uhr mittags geworden, als Felix mit Dr. Schneider und Dr. Möller im eigentlichen Röntgenraum verschwanden, zu dem seine Eltern aus Sicherheitsgründen keinen Zutritt hatten. Nach ungefähr fünfzehn Minuten kamen die Ärzte zurück in Begleitung einer Schwester, die den weinenden Felix auf dem Arm hielt und ihn Brendhild reichte. Hans musste nicht groß in den Gesichtern der Ärzte zu lesen versuchen. Beide strahlten eine gewisse Erleichterung, zugleich aber auch eine erhöhte Anspannung aus. Dr. Möller ergriff das Wort, und seine Stimme klang fest und entschlossen:

„Wir wissen nun zumindest, wo sich der Infektionsherd befindet. Meine Vermutung hat sich bestätigt, dass irgendetwas mit den Nieren des Kindes nicht in Ordnung ist. Die Durchleuchtung hat ergeben, dass die rechte Niere, die, wie die linke es noch zeigt, im Alter ihres Sohns eigentlich die Größe eines Fünfmarkstücks haben sollte, tatsächlich aber als ein Schatten von der Größe einer Männerfaust erscheint. Der Abfluss der Niere, so glaube ich, ist völlig verstopft, weshalb wir logischerweise im Urin keinen Hinweis auf eine Entzündung haben finden können, da die andere Niere gut funktioniert und ganz klaren, nicht belasteten Urin abfließen lässt. Wir müssen Felix daher sofort operieren, da die Gefahr besteht, dass die kranke Niere jeden Moment platzt, was die Rettung des Kindes fast aussichtslos machen würde. Ich frage sie daher, ob sie mit der Operation ihres Kindes einverstanden sind. Sollten sie ihre Einwilligung jedoch verweigern, wäre ich gezwungen, mich in diesem Fall darüber hinwegzusetzen, weil ihr Kind in akuter Lebensgefahr schwebt. Dennoch ist es meine Pflicht, sie, wenn auch nur pro forma, noch einmal ausdrücklich zu fragen: Willigen sie in die Operation ihres Kindes ein?"

Hans und Brendhild hatten sich ängstlich aneinandergeklammert und nickten stumm. Dann ging alles ganz schnell. Der Chirurg, so hatte Hans im Nachhinein erfahren, der eigentlich schon fast im Zug zu einer Fortbildungstagung nach Heidelberg gesessen hatte, wäre von Dr. Möller angewiesen worden, sich sofort auf die Operation des Kindes vorzubereiten. Es hatte offensichtlich eine kurze, aber harte, lautstarke Auseinandersetzung zwischen den beiden Kollegen gegeben, da der Chirurg anfangs nicht bereit gewesen wäre, auf seine seit langem geplante Fortbildung zu verzichten. Als Dr. Möller ihn aber mit aller Schärfe darauf hingewiesen hätte, dass er dann möglicherweise für den Tod des Kindes verantwortlich wäre und wegen unterlassener Hilfeleistung gerichtlich belangt werden könnte, habe er schließlich nachgegeben. Nach der Operation, die gut gelungen und fast auf die Minute noch gerade zur rechten Zeit vorgenommen worden war, habe sich der Chirurg, so erfuhr Hans noch bei Dr. Möller, ausdrücklich dafür bedankt, dass er ihn so unmissverständlich an seine Pflicht erinnert hätte. Wäre der Eingriff nur eine Stunde später erfolgt, hätte man das Kind vermutlich nicht mehr retten können.

Hans durfte nach der Operation, die gut eineinhalb Stunden gedauert hatte, in den Aufwachraum an das Bett seines Söhnchens. Es lag dort auf dem Rücken, Arme und Beine von sich gestreckt, mit einem langen Schnitt quer über den Bauch, der mit Fäden zugenäht und mit einem durchsichtigen Sprühpflaster geschützt war, was ihn an eine zugenähte Weihnachtsgans erinnerte. Felix schlief noch tief und fest. In Hans stritten zwei Gefühle miteinander. Zum einen war er froh und dankbar, dass die furchtbaren Tage der Ungewissheit endlich vorüber waren und die Operation, wie man ihm bestätigte, - die rechte Niere hatte selbstverständlich ganz entfernt werden müssen - zur größten Zufriedenheit Dr. Möllers gelungen war. Andererseits erschütterte ihn der Anblick des zugenähten Kindes in seiner Hilflosigkeit und Verletzlichkeit zutiefst.

Nach einer Viertelstunde schlug Felix die Augen auf und sah sich benommen und orientierungslos im Raum um. Hans hatte aus einem Impuls heraus Felix' kleines, rotes Lieblingsauto eingesteckt und hielt es ihm nun vor die Augen. Das Kind richtete seinen Blick darauf und lächelte zaghaft.

„Auto!" stieß es hervor und griff danach. Hans war abgrundtief glücklich; er hatte das Gefühl, als ob in ihm plötzlich ein Damm gebrochen wäre, nachdem sich über drei Wochen Spannung und unruhige Angst aufgebaut und ihren Druck mehr und mehr verstärkt hatten. Die Tränen liefen ihm nur so über die Wangen und mit einem tiefen Schluchzer beugte er sich vorsichtig über sein Kind, küsste es behutsam auf die Stirn, wobei etliche seiner Tränen auf das kleine Gesichtchen fielen, die Felix mit seiner freien, rundlichen Kinderhand fortzuwischen versuchte, während er mit der anderen sein rotes Auto fest umklammert hielt.

27

Nach der Geburt von Bernd, dem zweiten der Sogau-Sprösslinge, verstärkte sich noch einmal das Bestreben Brendhilds, die Kinder möglichst ganz unter ihre eigenen Fittiche zu nehmen. Diese Tendenz hatte sich schon vorher, kurz nach der Geburt von Felix, abgezeichnet, war aber durch dessen schwere Erkrankung für einen Zeitraum von etwa zwei Monaten unterbrochen worden, während derer Hans gar nicht anders konnte, als sich mit seiner Angst und Sorge dazwischen zu schieben. Brendhild war danach recht bald wieder schwanger geworden. Mit der Erfahrung und Sicherheit der erprobten Mutter hatte sie ihre Flügel auch wieder ganz schnell über Felix gebreitet und wie eine glückliche Glucke dann auch das zweite Küken ausgebrütet, so jedenfalls kam es ihm vor. Er selbst war von morgens bis abends im Institut und wenn er nach Hause kam, fand er Brendhild zumeist schon damit beschäftigt, die Kinder bettfertig zu machen. Dabei schaffte sie es immer wieder, ihn so weit aus allem herauszuhalten, dass er das Gefühl hatte, nur als der ferne Vater von außen den Kindern noch kurz Gute Nacht sagen zu dürfen.
„Aber bitte, tobe nicht mehr soviel mit Felix, er ist eigentlich schon viel zu müde dafür und du kratzt ihn nur wieder auf." ermahnte sie ihn, wenn er mit Felix noch ein wenig im Bett herumtollte.
Solche Bemerkungen, auch wenn sie noch so berechtigt erschienen, lähmten Hans sofort. Er glaubte, dass sie ihm nicht einmal diese zehn Minuten unbefangenen Tobens mit seinem Ältesten gönnte. Er fühlte sich zunehmend eingeschränkt in dem, was er unter Vatersein verstand, ja sogar „in Ketten liegend", wie er es mit dramatischer Geste Philipp gegenüber zum Ausdruck brachte. Dabei hätte er es sogar noch hingenommen, dass ihm eigentlich nur das Wochenende für seine Kinder blieb, wenn Brendhild im Gegenzug wenigstens seine wissenschaftliche Arbeit mehr geachtet und gewürdigt hätte. Aber immer wieder gab es Szenen, in denen sie sagen konnte:
„Während du den ganzen Tag in die Röhre deiner Mikroskope guckst und Staubkörner zählst, habe ich den kompletten Haushalt am Hals, die Kinder mit ihren vollgemachten Windeln, einkaufen gehen, Essen machen, die Wohnung putzen. Ich stille Bernd und manchmal sogar noch Felix, versuche sie ordentlich zu kleiden und bin mit ihnen auf dem Spielplatz. Weißt du überhaupt, was Arbeit bedeutet, wenn du da in deinem Institut hockst?"
Hans fühlte sich durch solche Bemerkungen derart gekränkt und verletzt, dass er mit Grabesstimme nur noch: „Wir leben immerhin von meiner Arbeit, Brendhild!" murmeln konnte, ehe er sich abwandte, weil ihm die Tränen in die Augen stiegen.

Wenn er dann im Institut mit einem gehörigen Abstand noch einmal über alles nachdachte, gelang es ihm, seine Situation in einem klareren Licht zu sehen. Sein Zorn auf Brendhild wich einer nüchternen Bilanz, bei der er gerechterweise nicht alle Schuld bei ihr suchen wollte. Er war es ja, der sich auf das Ganze trotz besseren Wissens eingelassen hatte; er hatte es nicht fertig gebracht, bei seinem Trennungsentschluss zu bleiben, sondern sich zum Traualtar führen lassen mit all den Schwüren für ein gemeinsames Leben bis hin zum Tod. Wenn alles so weiterginge, dachte er, wäre er dort bald angekommen. Von Anfang an, spätestens nach dem ersten heftigen Verliebtsein, wusste er, dass ihre Interessensfelder auf weit voneinander getrennten Territorien lagen und Kinder zu haben nicht ausreichen würde für eine Gemeinschaft, die ein Leben lang währen sollte. Er war einfach zu schwach gewesen, um früh genug die Weichen in eine andere Richtung zu stellen, die ihn noch rechtzeitig von der Seite Brendhilds weggebracht hätte. Nun war er nicht nur standesamtlich und kirchlich verheiratet, er hatte dazu noch zwei Kinder und eine Frau zu ernähren. Eine Trennung zum jetzigen Zeitpunkt kam für ihn überhaupt nicht mehr in Betracht, weil er die Verantwortung übernommen hatte für eine ganze Familie und aus dieser Verantwortung wollte er sich auf keinen Fall herausstehlen. Diese Einsicht führte aber nicht dazu, dass er nun mit frischem Mut und neuer Zuversicht darangegangen wäre, sein Familienleben neu zu gestalten, das Gegenteil war der Fall. Je klarer er seine Situation überblickte, desto deutlicher wurde ihm, wie sehr er gebunden war, wie wenig es zu einer ersprießlichen, einander befruchtenden und fördernden Gemeinschaft mit Brendhild kommen würde. Das wiederum hatte zur Folge, dass er sich über das erforderliche Maß hinaus in die Institutsarbeit stürzte, wodurch ihr der Vorwurf, er entzöge sich auf diese Weise der Familie, sehr gelegen kam, um ihr gluckenhaftes Verhalten zu rechtfertigen.

Da Hans aber für seine harmonische Grundsicht der Welt unmöglich in einem immerwährenden Gegensatz zu einem von ihm erstrebten Leben existieren konnte, war er darauf aus, wenigstens nach Außen hin etwas aufzubauen, was nach Innen hin schon nicht mehr möglich war. Er plante seine Karriere, strebte ein eigenes Heim für seine Familie an, Pläne, die durch die Ankündigung seines Fünfzigpfennigstücke werfenden Onkels Heinrich, ihm dabei helfen zu wollen, lebhaft an Auftrieb gewannen. Er stünde mit einem gewissen Grundkapital für einen Hausbau in alter Verbundenheit zur Verfügung, hatte er ihm am Telefon mit einer sich vor Begeisterung überschlagenden Stimme zugesichert, die Hans vermuten ließ, dass Heinrich immer noch durch ein gewisses Maß an Alkohol in seinen Gedanken und seiner Rede beflügelt wurde.

Nun ging es nur noch darum, eine geeignete Stellung zu finden, die ihn in die Lage versetzte, mit einem über Jahre geregelten, festen Einkommen den Sprung in die Sicherheit eines gutbürgerlichen Lebens zu wagen, wie er es aus seinem Elternhaus gewohnt war und als ein nie hinterfragtes Ziel auch für sein eigenes Leben übernommen hatte. Allein die Aussicht, dass sich nun bald wieder etwas bewegen würde, befreite ihn aus dem Gefühl der Lähmung und deprimierenden Perspektivlosigkeit. Vielleicht, so hoffte er, würde sich mit einer derart grundlegenden Veränderung der äußeren Verhältnisse auch etwas in seinem Umgang mit Brendhild ändern.

Schneller als erwartet bot sich ihm eine Gelegenheit, die er in keiner Weise ausschlagen konnte und wollte. Sein Chef, Prof. Dr. Behrendt, bat ihn eines Morgens zu einem Gespräch in sein Büro und teilte ihm mit, dass er sich in schon weit fortgeschrittenen Berufungsverhandlungen mit dem bodenkundlichen Institut der Universität Hamburg befände. Man habe jetzt sogar seiner Bedingung, eine wissenschaftliche Ratsstelle einzurichten, die er benötige, um der wachsenden Bedeutung der Mikroskopie in seinem Fach gerecht zu werden, zähneknirschend zugestimmt und sich auch einverstanden damit erklärt, sie mit einem Wissenschaftler seiner Wahl zu besetzen.

„Wie steht's mit Ihnen, Herr Sogau?" fragte er Hans freundlich und erwartungsfroh. „Wollen Sie mit mir nach Hamburg gehen? Ich hätte sie gern an meiner Seite."

Dem verschlug es die Sprache. Mit einem Mal schien der Weg in ein Leben geebnet, wie er es sich gerade noch gewünscht hatte: eine feste Zukunftsperspektive für eine unkündbare Beamtenstellung, besoldungsmäßig noch über dem Studienrat angesiedelt, eine Lebensstellung womöglich, dazu das Versprechen von seinem Onkel Heinrich, ihm jederzeit beim Hausbau unter die Arme zu greifen, und das in einer Stadt, die ihn mit ihrem Flair schon immer angezogen hatte. Die äußeren Bedingungen für ein gutes, gesichertes Leben zeichneten sich immer greifbarer ab.

„Ja, ich will." sagte er mit fester Überzeugung in der Stimme, wobei ihm bei seinen eigenen Worten einfiel, dass er dieses „Ja, ich will" schon zweimal so gesprochen hatte, bei seiner standesamtlichen und kirchlichen Trauung, als er gefragt worden war, ob er Brendhild heiraten wolle. Schon beim ersten „Ja, ich will" hätte er am liebsten nein gesagt, beim zweiten Mal fast noch lieber, weil ihm dort wortwörtlich bescheinigt wurde, wie lange dieses Ja Gültigkeit haben sollte, für ein ganzes Leben nämlich, „bis dass der Tod euch scheide!" Er wischte diese schweren und zähen Gedanken beiseite und wollte lieber in eine lichte Zukunft schauen, in der ihm das Schaffen der äußeren Bedingungen für seine Familie, - Haus und Garten mit einem auskömmlichen Gehalt,

ohne dass Brendhild mitarbeiten müsste - genügend Ablenkung von ihrer beider Misere zu versprechen schien.
Professor Behrendt reichte ihm erfreut die Hand.
„Dann also auf eine gedeihliche Zusammenarbeit, mein lieber Sogau. Am 1. Oktober beginnt mein Ordinariat in Hamburg, das bedeutet noch ein halbes Jahr. Bis dahin sollten sie ein Standbein dort haben, denn Ihre Ratsstelle ist direkt an mein Ordinariat gekoppelt. Zur Not müssen sie sich ein Zimmer anmieten und ihre Familie später nachholen. Denken sie, dass sie das hinkriegen?"
„Selbstverständlich, Herr Professor" antwortete Hans sofort, obwohl er noch gar keine Vorstellung hatte, wo und wie er wohnen würde und ob es ihm gelänge, in dieser kurzen Zeit womöglich schon ein Haus für die Familie in Hamburg aufzutreiben. Wichtig wäre das schon, dachte er, weil Felix zu Ostern in die Schule käme und er somit noch ausreichend Zeit haben würde, sich in seiner neuen Umgebung einzuleben. Solche und tausend andere Gedanken flogen ihm durch den Kopf, während er höflich lächelte, sich von Prof. Behrendt mit zutiefst empfundenem Dank verabschiedete und sich wieder an seinen Arbeitsplatz hinter dem Mikroskop zurückzog.
Seine Gedanken irrten aber an diesem Tag immer wieder von seinen Untersuchungsgegenständen ab, weil er sich beständig ausmalen musste, wie das wohl werden würde mit Haus und Garten, wo die Kinder viel mehr Freiraum hätten als auf dem nicht ungefährlichen Sägewerksgelände. Er konnte sich nun sogar eine richtige Familienidylle vorstellen, wie er abends aus dem Institut nach Hause käme und Brendhild ihn mit Bernd auf dem Arm und Felix an ihrer Seite lächelnd empfangen würde und sie dann gemeinsam auf der Terrasse hinter dem Haus zu Abend äßen. Dieses einfache familiäre Bild beglückte ihn ihm Voraus schon so sehr, dass es bereits den grundsätzlichen Lebenskonflikt mit Brendhild zu überstrahlen begann und ihn still in sich hineinlächeln ließ. An diesem Tag konnte er es kaum erwarten, nach Hause zu kommen, während er sonst durchaus bereit war, seinen Feierabend noch um ein bis zwei Stunden hinauszuschieben.
Brendhild reagierte auf seine Ankündigung, man würde vermutlich schon in einem halben Jahr in Hamburg wohnen, womöglich gar im eigenen Haus, finanziert mit Onkel Heinrichs Eigenkapital und mit einer sicheren Beamtenstellung im Hintergrund, mit einem strahlenden Lächeln. Am Abend, als die Kinder im Bett waren, saßen sie noch lange beisammen und malten sich aus, was sie alles im Garten pflanzen und anbauen würden, wie es wäre, wenn die beiden Jungen jeweils ihr eigenes Zimmer besäßen und man auf niemanden in Nachbarwohnungen mehr Rücksicht zu nehmen brauchte. Brendhild betonte

noch einmal, wie wichtig es ihr wäre, nicht mit hinzuverdienen zu müssen, sondern sich ausschließlich den Kindern widmen zu können – und natürlich dem Haushalt.

In dieser Nacht kam es mit Brendhild nach sehr langer Zeit wieder zu einer leidenschaftlichen Umarmung, in die er sein ganzes Glücksgefühl über all die neuen Aussichten strömen ließ, das ihn bis zum Bersten erfüllte.

28

In einem nördlich von Hamburg gelegenen Vorort war er noch im Sommer 1965 fündig geworden. Die Gemeinde hatte ein Neubaugebiet ausgewiesen, das ausschließlich von einer Firma mit Fertighäusern bebaut werden sollte. Die Erschließung des Geländes war schon erfolgt, die Grundstücke weitgehend vergeben, die Fertighausfirma stand vierzehn Tage vor ihrem Einsatz, der in zwei Monaten bereits abgeschlossen sein sollte. Hans hatte den Hinweis von einem Hamburger Kollegen bekommen, der selbst demnächst dort ein Haus beziehen wollte. Eigentlich wäre die Situation aussichtslos gewesen, wenn er nicht gerade zu dem Zeitpunkt im Büro der Firma auf dem Siedlungsgelände vorstellig geworden wäre, als ein künftiger Bauherr aus „familiären Schwierigkeiten", wie er sagte, - Hans vermutete eine Trennung - seine Option auf ein Grundstück zurückgab. Ohne zu zögern oder auch nur Brendhild konsultiert zu haben, übernahm er auf der Stelle das Grundstück, das noch dazu eine bevorzugte Lage besaß. Es lag am Rand des Siedlungsgebiets und grenzte an einen mit einer uralten Buche bestandenen Knick, der das Baugebiet von der angrenzenden Feldmark trennte. Er staunte, wie plötzlich alles ineinander griff. Die Firma war einverstanden, dass er das Grundstück ohne größere Formalitäten übernehmen könne. Kaufvertrag und notarielle Eintragungen sollten in den nächsten Tagen erfolgen. Onkel Heinrich zeigte sich am Telefon begeistert, dass Hans ein solches „Schnäppchen" gemacht hätte und war bereit, zum rechtskräftigen Abschluss des Kaufvertrags eine Summe von 50 000,- DM zu überweisen. Hans war ihm aus ganzem Herzen dankbar dafür, auch wenn er nicht verstand, worin das „Schnäppchen" bestehen sollte, da er Grundstück und künftiges Haus keineswegs zu einem bevorzugten Preis erstanden hatte. Aber er kannte ja die alkoholbefeuerte Euphorie seines Lieblingsonkels schon von Kindheit an, wenn er strahlend, bestgelaunt und mit weit vor ihm her fliegender Kognakfahne in die Haustür stürmte, nachdem seine Klingelattacke mit den Fünfzigpfennigstücken erfolgreich gewesen war und er ihn lachend in die Arme schloss.

Hans spürte, wie ihn die problemlose Verwirklichung seiner Hausbauträume mit neuem Leben erfüllte. Es gab so viel zu organisieren, zu planen, einzuleiten, dass sein vierzehntägiger Urlaub, den er sich zur Sondierung der Wohnverhältnisse in Hamburg genommen hatte, gerade eben ausreichte, um die wichtigsten Weichen zu stellen. Als er wieder im Zug nach Göttingen saß, blätterte er noch einmal die Mappe der Fertighausfirma durch, die er mitbekommen hatte, um sich für einen der vier vorgeschlagenen Grundrisse des künftigen Hauses entscheiden zu können. Viel Zeit blieb ihm auch dafür nicht, aber er wollte die kommenden Abende nutzen, um mit Brendhild die Vor- und Nachteile jeder der vier Möglichkeiten genau durchzusprechen, um sich für diejenige zu entscheiden, die den Bedürfnissen der Familie am ehesten entsprach. Und stets dann, wenn es um die Bedürfnisse der Familie ging, war er sich mit Brendhild noch immer einig geworden, konnte mit ihr über alle Sachprobleme reden, und sie trafen sich dabei auf einer Art animalischen Ebene, so wie Tiereltern in naturhafter Selbstverständlichkeit und Sachbezogenheit zusammenarbeiten, um ihre Brut auf die beste Weise groß zu bekommen. Erst wenn sie wieder aufblickten vom „Brutgeschäft", wenn sie sich ansahen, empfand er erneut die Fremdheit, die ihn schon vor der Hochzeit geängstigt hatte. Wie kann es nur sein, dachte er dann, dass sich zwei Menschen für ein Leben zusammentun, die in so verschiedenen Welten leben und deren einzige Brücke zueinander in der archaischen Beschäftigung liegt, Nachkommen großzuziehen.

Als der Zug in den Göttinger Bahnhof einfuhr, hatte er sich entschlossen, diese selbstquälerischen Fragen beiseite zu schieben und einfach darauf zu hoffen, dass sie sich irgendwann einmal von selbst ergäben. Jetzt wollte er sich ganz der praktischen Seite des neuen Familienprojekts zuwenden, in der sicheren Erwartung, dass er dabei mit Brendhild wieder an einem Strang ziehen würde, dass erneut jene Vertrautheit in der Sache entstünde, mit der sie die Sägewerkswohnung bezogen und eingerichtet hatten und die in gewisser Weise auch bei Felix' Krankheit hilfreich gewesen war, als die eigenen Befindlichkeiten zwangsläufig ganz in den Hintergrund hatten treten müssen.

Er hatte sich nicht getäuscht. Mit Feuereifer blätterte Brendhild die unterschiedlichen Grundrissmöglichkeiten durch und diskutierte mit ihm sachbezogen und ausführlich die jeweiligen Vor- und Nachteile. Es gelang ihnen sogar, sich noch am selben Abend auf den Vorschlag zu einigen, der im Erdgeschoss ein großes Wohnzimmer, ein Gästezimmer mit kleinem Bad und Küche vorsah, während im ersten Stock das Elternschlafzimmer mit großem Badezimmer daneben, sowie zwei geräumige Kinderzimmer geplant waren. Er würde also schon am nächsten Morgen der Fertighausfirma grünes Licht geben können, damit der Zeitplan einzuhalten wäre, der vorsah, das Haus Mitte September schlüsselfertig zu übernehmen.

Todmüde, aber mit großer Zufriedenheit legte er sich an diesem Abend schlafen. Die Aussicht, dass sich sein Lebenstraum derart problemlos würde verwirklichen lassen, verdrängte alle Angstphantasien von einem künftigen Leben unter einem Dach mit einer Frau, die so wenig von ihm wusste und der er allenfalls „Mutter Courage"-Fähigkeiten zubilligen mochte, deren animalische Ausdrucksform er aber sogar ein wenig bewundern konnte.

29

Die ersten Wochen im neuen Heim waren für Hans vornehmlich von Gartenarbeiten geprägt, während Brendhild sich mit größtem Eifer auf die Innenausstattung stürzte. Er legte Beete an und pflanzte Büsche und Obstbäume. Im Vorgarten, an der Hausecke neben dem Küchenfenster, setzte er die Scheinbuche, die er von Prof. Behrendt, seinem Chef, zum Einzug geschenkt bekommen hatte.

„Das ist ein ganz interessantes Gewächs, mein lieber Sogau. Sie sollten sich damit mal näher befassen. Die antarktische Scheinbuche ist bei uns zu Unrecht kaum bekannt, dabei wächst sie in sehr schönen, dekorativen Verästelungen mit herrlichem, goldgelbem Laub im Herbst. Lassen Sie nur zwanzig, dreißig Jahre ins Land gehen, und sie werden diesen netten kleinen Busch nicht wiedererkennen." hatte der Professor mit Begeisterung verkündet.

Hans sah sich den kleinen Busch noch einmal genau an, dessen Blättchen mit den gekrausten Rändern sich schon langsam gelb zu färben begannen. Dort an der Hausecke verdeckte er ganz gut den unteren Teil der Dachrinne. Zudem würde noch genügend Platz für die Frühblüher bleiben. Hätte der Professor ihn Hans nicht zum Geschenk gemacht, er selbst wäre nie auf die Idee gekommen, diesen bestenfalls im Herbst dekorativen Busch zu pflanzen. Aber jetzt war er da und würde die ganze Morgensonne bis hin zum Mittag für sein Wachstum nutzen können. Hans gab ihm noch einen kräftigen Schluck zu trinken und wünschte ihm alles Gute als Türhüter, an dem alle Menschen, die sein Haus würden betreten wollen, vorbeigehen müssten. Großzügig verzieh er dem kleinen Scheinbuchenbusch jetzt auch, dass er sich mit dem Pflanzloch im steinharten Lehmboden so hatte abmühen müssen. Als Gegenleistung erwartete er von dem Kleinblättrigen lediglich, dass er ohne Probleme anwachsen und gedeihen sollte.

Aus dem Trubel und den aufregenden Aktivitäten der ersten Tage wurden mit der Zeit ruhige, planvolle Ergänzungsarbeiten in Haus und Garten. Der Winter zog ein mit erstem Schnee schon in der zweiten Novemberhälfte. Hans fuhr jeden Morgen mit S- und U- Bahn in sein Institut und war normalerweise abends um sechs wieder zu Hause. Er genoss diese Fahrten ins Institut, auf denen er einem großstädtischen Flair begegnete, das ihn angenehm an sein Leben in Hannover erinnerte. Zugleich mochte er es aber auch, sich am Abend wieder auf seine Scholle zurückziehen zu können, hier und da noch nach dem Rechten zu sehen und die Kinder ins Bett zu bringen, wenn Brendhild ihm das großzügigerweise gestattete.

Ganz allmählich wich das Neue aus ihrem Alltag, das die letzten Wochen beherrscht und beide zunächst in ein geschäftiges Miteinander gebracht hatte, das sich später wieder in ein neutrales Nebeneinander wandelte. Die eigentliche Schnittstelle ihres Lebens bestand weiterhin nur in der Komplettierung des Hausstandes, allenfalls noch in den Kindern, wobei Hans traurig feststellen musste, dass Brendhild, je weniger es mit der Zeit im Haus zu tun gab, desto entschiedener die Kinder wieder mit ihrer Umsorgung besetzte. Das war ihr ureigenster Bereich, in den er schon allein wegen mangelnder Anwesenheit nicht einzudringen vermochte. Schließlich gab er es ganz auf, noch weiter darum zu kämpfen. Die Folge war, dass es ihm vorkam, als erlebte er die Kinder aus einer ständig wachsenden Entfernung. Sie schienen manchmal eine regelrechte Scheu vor ihm zu empfinden, wenn er sich plötzlich in ihre Spiele einmischte, um ihnen Anteilnahme zu signalisieren, die er aber gar nicht empfinden konnte, weil er nicht wusste, worum es bei den Spielen ging. Äußerlich gesehen nahm alles einen guten Lauf. Felix' Schulstart war furios. Mit Freude und Leidenschaft stürzte er sich auf alles Wissensfutter, als wäre er zuvor regelrecht ausgehungert gewesen. Bernd hatte in seinem Kindergarten Fuß gefasst und sich mit Gesa, einem Nachbarskind, zu einem festen Verbund zusammengefunden. Brendhild hielt mit Eifer und Fleiß das Haus in Schuss, während Hans den Garten ringsherum nach seinem Entwurf gestaltete und pflegte. Er staunte, mit welcher Kraft und Wuchsfreudigkeit selbst die kleine Scheinbuche sich daran machte, ihren Platz neben der Haustür auszufüllen und durch vielfältige Verästelung auch zu erweitern begann. Die kleinen krausrändrigen, dunkelgrünen Blättchen glänzten in der Morgensonne wie lackiert. Sogar die Nachbarn bewunderten das schmucke Gewächs. Alle Neusiedler waren freundlich miteinander und halfen sich gegenseitig, wenn es im Haus oder Garten Probleme gab, die zur Bewältigung mehr als nur zwei Hände benötigten. Die Sogaus fügten sich unauffällig in den Kreis der neuen Nachbarn ein, waren geachtet und als freundliche, hilfsbereite Menschen durchaus geschätzt.
Unter dieser glatten Oberfläche einer problemlos gelebten Bürgerlichkeit verbarg sich indes eine wieder wachsende Wortlosigkeit zwischen den Eheleuten. Zwar konnten sie darüber reden, dass die Wagners von nebenan schon das zweite neue Auto innerhalb von zwei Jahren fuhren, natürlich ein größeres! Oder dass die Müllers zur Linken sich ein immens hässliches Gartenhäuschen ans Ende des Grundstücks gestellt hatten. Aber wie es in ihren Herzen aussah, darüber verloren sie kein Wort.
Hans fand es geradezu entlarvend, wie sich die Kinder im reinsten Wortsinn zwischen sie geschoben hatten. Seit langem schon schlief Bernd nicht mehr in

seinem Kinderbettchen, sondern auf der Ritze im breiten Ehebett zwischen den Eltern. Anfangs, wenn Hans den Eindruck hatte, dass Bernd im Tiefschlaf wäre, versuchte er hin und wieder noch eine Annäherung, indem er Brendhild mit Gesten signalisierte, dass er doch aufstehen und auf ihre Seite hinüberkommen könnte. Aber sie wies solche Versuche strikt zurück, einmal sogar mit einer Geste, die ihn zutiefst kränkte und ihm jeglichen Drang, hin zu ihr, buchstäblich gefrieren ließ. Sie kommentierte seine zaghafte Annährung, indem sie sich mit der flachen Hand an die Stirn schlug und den Kopf schüttelte. Von da an gab er seine ohnehin seltenen Versuche, wenigstens sexuelle Befriedigung bei Brendhild zu finden, auf. Wenn er sie dann tief atmen hörte und aus Erfahrung wusste, dass ihr Schlaf zu diesem Zeitpunkt steinschwer war, verschaffte er sich hin und wieder selbst jene körperliche Befriedigung, die er bei ihr nicht mehr finden konnte.

Bernd hielt unbewusst seine schlafende Wacht zwischen den beiden bis er zwölf Jahre alt wurde, bevor er wieder im eigenen Zimmer schlief. Aber da hatte Hans die Hoffnung schon gänzlich aufgegeben. Es wäre wohl auch gar nicht mehr gegangen, vermutete er, weil die Fremdheit zu groß geworden war und er sich nicht vorstellen konnte, wie und wo er Brendhild überhaupt noch berühren könnte. Er zog um ins Gästezimmer und begann sein einsames Nachtleben, indem er immer wieder alten Traumspuren nachging, die ihn mit Ruth umschlungen auf verschlungenen Siebenbürgenpfade führten oder mit Iris Beermann nackt an breite Nordseestrände spülten.

Im Institut ließ er sich von der häuslichen Vereinsamung nichts anmerken. Er war freundlich und redselig gegenüber den Kollegen, beantwortete die wissenschaftlich technischen Fragen seines Chefs oder dessen Kollegen aus dem mineralogischen Institut mit weitläufigen Antworten und vielen Randbemerkungen, die Verwunderung bis Verdruss erregten, und ihm auch hier recht bald den Ruf eines „Märchenonkels" einbrachten. Nicht, weil seine Methoden und Ergebnisse märchenhafte Züge trügen, sondern es war wieder, wie schon in der ersten Fassung seiner Dissertation, die weitschweifige Darstellung derselben, die teils zu Belustigungen, teils zu Ärgernissen führten, was ihn immer wieder mit Erstaunen erfüllte. Insgesamt hielt man ihn für einen liebenswerten, etwas schrulligen, übereifrigen Wissenschaftler, der in seinem ganz speziellen Fach, der Phasenkontrastmikroskopie, unersetzlich war. Forscher aus den Niederlanden und Spanien suchten ihn auf, um von ihm zu lernen. Da sie zumeist nur wenig Deutsch verstanden, hielt er sich auch mit seinen überbordenden Erklärungen und Kommentaren zurück, so dass ihm seitens der ausländischen Kollegen eigentlich nur höchste Anerkennung und Lob gezollt wurden. Das wiederum kam dem ganzen Institut zugute, weshalb Prof. Behrendt stets eine schützende Hand über ihn hielt, wenn man sich im Institut wieder einmal über den Märchenonkel amüsierte und ihn zum Spaß ein wenig stichelte. Er bemerkte solche verdeckten Attacken seiner Kollegen zumeist gar nicht. Er freute sich, wenn er mit ausführlichen Erläuterungen seiner Arbeit hilfreich sein konnte, und hielt jedes Lächeln im Rahmen seiner harmonischen Weltsicht für freundlich und anerkennend. So konnte er halbwegs sein seelisches Gleichgewicht erhalten, dessen er unbedingt bedurfte, damit sich die schlimme Welt nicht bis zu seinem Herzen vorfräße, es gar beschädigte und ihn damit in ungeahnte, fürchterliche Abgründe stürzen könnte.

So ruderte er durch die Jahre, immer darauf bedacht, im Meer menschlicher Gleichgültigkeiten oder gar Gehässigkeiten nicht unterzugehen, sondern sich ausschließlich an die Inseln der Freundlichkeit zu halten. Er spürte allerdings einen allmählich wachsenden seelischen Druck, der vor allem aus dem eigenen Haus zu kommen schien. Mit Mühe hatten er und Brendhild es geschafft, ihre silberne Hochzeit so zu feiern, dass sie sich einander dabei nicht selbst ausgesetzt sahen. Sie gaben für einen weitherzig gezogenen Kreis von Nachbarn im Haus der Freiwilligen Feuerwehr einen Empfang mit einem ansehnlichen Buffet. Einige kleine Reden wurden gehalten, in denen Hansens liebenswerte Umständlichkeit auf den Arm genommen wurde, wofür er nur wenig Verständnis aufbringen konnte, weil er das, was die anderen Umständlichkeit nannten, als mikroskopische Genauigkeit betrachtete, die ihm durch seine Arbeit wie selbstverständlich in Fleisch und Blut übergegangen war und die er natürlich auch im häuslichen Bereich anwandte.

Kaum einer der Nachbarn ahnte wirklich etwas von seiner seelischen Not. Sie lobten, mit welcher Bravour Felix sein Abitur abgelegt und wie glänzend er die ersten Hürden seines juristischen Studiums genommen hatte. Bernd war nicht ganz solch ein Himmelsstürmer, aber er lernte ebenfalls ohne Probleme und galt in der Oberstufe als ein zuverlässiger, ordentlicher Schüler, der sich nichts zu Schulden kommen ließ. Es kam nicht selten vor, dass man in der Nachbarschaft die Sogau-Söhne sogar als Vorbild für die eigenen Kinder hinstellte, was sich zwar für die Sogaus als ehrenvoll erwies, im Kreis der jugendlichen Nachbarn allerdings verächtlich aufgenommen wurde. Mit solchen „Strebern" wolle man nichts zu tun haben, behaupteten die Kinder ihren Eltern gegenüber, wobei sie persönlich eigentlich nichts gegen Felix und Bernd einzuwenden hatten.

Dieses ausgewogene, freundliche Bild, das die Sogaus in der Siedlung abgaben und das beide, Brendhild und Hans, auch gern vermitteln wollten, wurde nach etwa zwanzig Jahren Eigenheimleben durch ein Ereignis erschüttert, das

zumindest Hans auf ungeahnte Weise aus seiner Lebensspur warf, das aber auch für Brendhild nicht ohne weitreichende Folgen bleiben sollte.
Prof. Behrendt hatte sich ehrenvoll und unter großer Anteilnahme des Instituts in den Ruhestand verabschiedet. Bei einer kleinen Feier aus diesem Anlass hatte Hans ihm unter Tränen die Hände gedrückt und sich für dessen so liebevolle Begleitung und Förderung seines Berufsleben bedankt. Behrendt zeigte sich ebenfalls gerührt und nahm ihn zum Abschied herzlich in den Arm:
„Mein lieber Sogau," brachte der Professor mit vor Rührung undeutlicher Stimme hervor, indem er ihm wiederholt unbeholfen auf den Rücken klopfte, „ich weiß, dass die Kollegen manchmal über sie gelächelt, manche auch ein wenig gespottet haben, aber ich kenne keinen Wissenschaftler an der ganzen Uni, der so genau und sorgsam mit seinen Arbeitsergebnissen umgegangen wäre wie sie. Und dabei waren sie jederzeit liebenswürdig und freundlich zu allen Studenten, vor allem auch den ausländischen Forschern gegenüber, die uns besucht haben. Ich wünsche ihnen von ganzem Herzen, dass mein Nachfolger, der geschätzte junge Kollege Andreas Grell, recht bald erkennt, welch eine Perle er da in Gestalt von ihnen im Institut besitzt."
Professor Dr. Dr. Andreas Grell erkannte mit seinen neununddreißig Jahren diese Perle nicht. Im Gegenteil. Er verkannte sie nicht nur, sondern tat auch alles Erdenkliche, um Hans den so sicher geglaubten Boden unter den Füßen fortzuziehen. Da er selbst nie wirklich in die spezifische Technik der Phasenkontrastmikroskopie eingedrungen war und er der Auffassung war, dass jeder x-beliebige Techniker nach kurzer Anleitung eine solche Aufgabe leicht übernehmen könnte, beorderte er Hans kurze Zeit nach seinem Amtsantritt als Institutsleiter in sein Büro.
„Nehmen sie doch bitte Platz, Herr Dr. Sogau!" eröffnete er das Gespräch mit kalter Höflichkeit. „Mein Vorgänger, Herr Professor Behrendt, hat ja regelrecht von Ihnen geschwärmt, was ihre Mikroskopierfähigkeiten anbetrifft. Aber mal ehrlich, Herr Sogau, meinen Sie nicht, dass das Mikroskopieren allein ein zu eingeengter Bereich für die wissenschaftliche Arbeit hier am Institut ist? Ich stelle mir vor, dass sie in den nächsten Wochen vielleicht noch ein, zwei Assistenten anlernen und dann das Mikroskopieren erst mal beiseite legen. Als wissenschaftlicher Rat sind Sie ja gehalten, nicht nur in der Forschung zu arbeiten, sondern auch in der Lehre. Sie sollten für die nächsten Semester ein paar Seminare aus ihrem Forschungsbereich anbieten und danach sprechen wir uns wieder. Also, bis zum Semesterende bleiben sie noch an ihrem Arbeitsplatz, zeigen den wissenschaftlichen Assistenten, wie das geht mit dem Mikroskop, und zum Wintersemester starten Sie dann meinetwegen erst einmal mit einem Proseminar, das Sie im darauf folgenden Semes-

ter mit einem Hauptseminar fortführen können. Ansonsten freue ich mich auf eine gute Zusammenarbeit mit ihnen, Herr Sogau. Würden sie mich jetzt bitte entschuldigen? Sie können sich vorstellen, dass es in diesen ersten Wochen hier im Institut noch viel zu regeln gibt für mich."
Prof. Dr. Dr. Grell erhob sich, reichte ihm knapp die Hand und geleitete ihn mit einem Lächeln, das freundlich gemeint sein sollte, zur Tür seines Büros, die er, als Hans völlig verdattert im Vorraum angekommen war, energisch hinter ihm schloss.
Hans war unfähig, auch nur einen vernünftigen Gedanken zu fassen. Er blieb dort stehen, wo Prof. Grell die Tür hinter ihm geschlossen hatte, schaute zu Boden und versuchte zu begreifen, was geschehen war.
„Ist Ihnen nicht gut, Herr Sogau?" fragte die Geschäftszimmersekretärin besorgt, als er auch nach drei Minuten noch keine Anstalten machte, sich von der Stelle zu bewegen.
„Wie? Doch, doch, Frau Hayden, ich muss nur... Das kommt alles so überraschend."
Die Sekretärin konnte ihn dazu bewegen, sich erst einmal hinzusetzen und eine Tasse Kaffee zu trinken, den sie ständig für ihren Chef, für sich selbst und für überraschende Gäste wie Hans bereithielt. Er war noch immer nicht in der Lage, mit Frau Hayden irgendeine Konversation zu beginnen. Sie besaß Menschenkenntnis genug, um ihm anzusehen, dass ihn das, was im Zimmer ihres Chefs gesprochen worden war, fürchterlich getroffen haben musste. So ließ sie ihm Zeit, beschäftigte sich mit ihrer Korrespondenz und blickte nur hin und wieder aus den Augenwinkeln zu ihm hinüber, weil sie sich ernsthaft Sorgen machte um diesen stets freundlichen, liebenswürdigen Mann, der jetzt so blass und niedergeschlagen auf ihrem Besucherstuhl hockte.
Er war an diesem Tag nicht mehr zu seinem Arbeitsplatz am Mikroskop zurückgekehrt, hatte sich mit starkem Unwohlsein entschuldigt, was sogar völlig der Wahrheit entsprach, und beinahe fluchtartig das Institut verlassen. Jetzt saß er bei einer Tasse Tee im Alsterpavillon und versuchte, die neue Lage erst einmal zu begreifen, bevor er irgendwelche Schlüsse daraus zog.
Er fühlte sich vor allem zutiefst dadurch verletzt, dass Grell seine bisherige Arbeit offenbar überhaupt nicht zu würdigen wusste, was nur daran liegen konnte, dass er selbst keine Ahnung davon hatte, was er dort wirklich tat. So schnell ließ sich das eben nicht irgendeinem Assistenten beibringen, der noch nie zuvor am Mikroskop gearbeitet hatte. Dazu gehörten jahrelange Erfahrung, ein gutes Gespür, hohe Konzentrationsfähigkeit und eine gewisse Beharrlichkeit, auch den kaum wahrnehmbaren, sehr feinen Spuren nachzugehen. Die vielen ausländischen Besucher, die von ihm in diese besondere Art

der Mikroskopie eingeführt worden waren, hatten gerade immer über diese Beharrlichkeit gestaunt, sie zuerst belächelt, später aber eingesehen und auch anerkannt, wie notwendig diese besondere Eigenschaft für einen erfolgreichen Wissenschaftler in dieser Sparte war.

Diese Geringschätzung seiner so viel Sorgfalt erfordernden Arbeit durch den neuen Institutsleiter hatte ihn in einen Gemütszustand gestürzt, in dem er ständig zwischen Wut und Verachtung schwankte. In diese für ihn ohnehin nur schwer erträgliche Gefühlslage mischte sich, fast noch schlimmer, eine Existenz bedrohende Angst vor dem Neuen, das da auf ihn zukommen sollte. Er hatte bis zu diesem Zeitpunkt noch nicht eine Lehrveranstaltung abhalten müssen. Auch wenn ihm stets bescheinigt worden war, dass er es leicht auf eine Dreiviertelstunde Vortrag bringen könnte, wenn er erst einmal zu erzählen begann, so bereitete ihm die Vorstellung, ein Seminar für zwanzig, dreißig Studenten anbieten zu müssen, schon jetzt beklemmende Angstgefühle. Er war klarsichtig genug, um zu wissen, dass er über keinerlei pädagogische Fähigkeiten verfügte. Durchsetzungskraft anderen Menschen gegenüber ging ihm völlig ab Er stellte sich mit Grauen vor, wie leicht ihn irgendwelche arroganten Studenten mit gezielten Fragen im Nu aus dem Gleichgewicht und in eine peinliche Lage bringen könnten. Allein der Gedanke daran trieb ihm schon den Schweiß auf die Stirn. In der Magengegend hatte er jetzt ein bleischweres Gefühl, so, als drücke jemand ständig mit geballter Faust dagegen.

Er mochte auch nach dem Besuch des Alsterpavillons noch nicht nach Hause fahren und irrte planlos durch die Innenstadt, ging den Jungfernstieg entlang und fand sich plötzlich im Käuferstrom der Mönkebergstraße wieder. Er ging fast immer mit gesenktem Kopf, in dem ununterbrochen dieselben schrecklichen Gedanken kreisten.

Als er merkte, dass er unversehens beim Hauptbahnhof angelangt war, setzte er sich in eine Bahn, die ihn nach Hause brachte. Er begrüßte Brendhild nur mit einem schwachen Kopfnicken und zog sich sofort in sein Arbeitszimmer zurück, zu dem das Gästezimmer seit einiger Zeit geworden war.

Am nächsten Morgen sah er sich außerstande, ins Institut zu fahren. Er hatte kaum geschlafen, der Magendruck war noch stärker geworden und seine trüben Gedanken ließen ihn finster in die Zukunft blicken. Er wusste mit einem Mal nicht mehr, wie es weitergehen sollte. Selbst der Garten, in dem er sich sonst nach getaner Arbeit so gern erholte, verlor jeden Anreiz für irgendwelche Aktivitäten. Er mochte sein Arbeitszimmer nicht mehr verlassen. Tat er es dennoch, erschrak er über die Angst und Unsicherheit, die ihn sofort überfielen, wenn er nur einen Fuß nach draußen setzte. Er bildete sich jetzt auch ein, dass die Nachbarn ihn mit einem sonderbaren Blick ansähen und über ihn tuschelten, was seine Angst und Abneigung, sich draußen zu bewegen, noch verstärkte.

Von Brendhild, das wusste er, konnte er nicht viel Mitgefühl erwarten. Aber als er sie vor zwei Tagen in einem halblaut vor sich hin gesprochenen Satz „Jetzt wird der noch vollends bekloppt!" sagen hörte, musste er sich schleunigst in sein Zimmer flüchten, um die Tränen und sein Schluchzen vor ihr zu verbergen. Die Jungen, die ihrem Vater schon immer ein wenig scheu begegnet waren, machten, wenn sie jetzt sporadisch zu Hause weilten, stumm einen Bogen um den seltsamen Vater.

Als Hans spürte, wie er immer mehr in einem schwarzen Loch zu versinken drohte, suchte er zunächst seinen Hausarzt auf, der ihn sofort an den Leiter der psychiatrischen Klinik überwies, den Hans als einen erfahrenen, jovialen Mann bei Universitätsveranstaltungen kennengelernt hatte.

Zu diesem Zeitpunkt war er schon in einem Stadium, wo er nicht mehr in der Lage war, auch nur seinen Namen zu schreiben. Er mochte kaum noch reden und antwortete, ganz gegen seine sonstige Art, einsilbig und eingeschüchtert auf die Fragen des freundlichen Klinikleiters. Um sich überhaupt aus seiner inneren Verkrampfung ein wenig lösen zu können, bekam er erst einmal Medikamente, deren Nutzen und Wirkung er nicht kannte. Darauf folgten alle möglichen Untersuchungen von Kopf bis Fuß, wie er sich später, wie durch einen Schleier, noch erinnern konnte. Es begann mit dem Enzephalogramm und endete mit einer Computertomographie. Das Ergebnis, das ihm der Klinikleiter mit einfühlsamen Worten zu erklären versuchte, verstand er nur ungefähr. Es hieß, er habe eine „Stoffwechselstörung im Schaltzentrum", wie sich der Professor ausdrückte. Er konnte mit dieser Diagnose wenig anfangen. Später beschrieb er sein Gefühl so, dass er seinen Kopf ganz und gar in den Sand gesteckt hätte, um nichts zu sehen und zu hören. Dazu habe sich ein undefinierbarer körperlicher Schmerz gesellt sowie ein ständig anhaltender, heftiger Druck in der Magengegend. Die Medikamente, die ihm verabreicht wurden, führten zu einem Gefühl, als habe sich eine dumpfe, wattige Wand zwischen ihn und das Leben geschoben, die trotz ihrer Weichheit oder vielleicht gerade deswegen, wie er später glaubte, es ihm unmöglich machte, in eine fühlbare Realität vorzudringen. Wenn einmal ein Nachbar kam, um ihm durch seinen Besuch Anteilnahme zu signalisieren, ging er freundlich und gehorsam mit auf den von seinem Gast vorgeschlagenen Spazierweg. Unterwegs aber schwieg er überwiegend und schaute mit ins sich gekehrtem Blick zu Boden.

Als er glaubte, wirklich „verrückt" zu werden, brachte er es mit einem riesigen inneren Aufwand über sich, seinen Professor zu fragen, wie denn seine Aussichten wirklich stünden.
„Nach unserer Erfahrung, Herr Sogau, können sie wieder ganz gesund werden." beruhigte er ihn. „Sie müssen sich nur sehr gedulden, es braucht halt seine Zeit, aber ihre Aussichten stehen nicht schlecht. Wir bekommen das schon in den Griff."
Er dachte daraufhin, wie immer auch seine Krankheit heißen möge, was immer auch der Professor dagegen tun wolle, er wüsste schon, woher sie rührte. Sein Gefühl sagte ihm, dass es den äußeren, ihm feindlich gesonnen Mächten, - er sah sie vor allem in Grell und Brendhild manifestiert - gelungen war, zum ersten Mal in seinem Leben seinen so sorgsam gehüteten Verteidigungsring aus Harmonie und positiver Welt- und Menschensicht zu durchbrechen. Es war an die Substanz gegangen, hatte sein ängstliches Herz bloß gelegt und drohte, wie er anfangs meinte, ihn ganz zu vernichten.
Drei Monate vergingen, ohne dass er sein Haus und seinen Garten wiedergesehen hätte. Brendhild und die Kinder kamen ihn gelegentlich besuchen. Zur Aufhellung seiner Gemütsnacht trugen diese Besuche aber nicht bei, denn weder konnte er ein vernünftiges Gespräch führen, noch vermochte Brendhild ihre tiefe Überzeugung zu verbergen, dass bei ihm nun auch alle Symptome eines „Verrücktseins" erkennbar wären, das sie schon längst bei ihm vermutet hatte. Hinzu kam, dass er es zwar nicht so genau wusste und auch niemals würde beweisen können, aber dennoch tief in sich die Gewissheit spürte, dass Brendhild zu einem guten Teil mitverantwortlich wäre für seine Depressionen.
Nach drei Monaten wurde er auf Probe entlassen. Arbeiten sollte er lieber noch nicht, hatte ihm der Professor mit auf den Weg gegeben, dagegen sich erst einmal wieder zu Hause einfühlen, Verbindung aufnehmen mit dem früheren Leben, sich ausruhen und spazieren gehen. Als Brendhild ihn mit dem Auto abholte und sie durch den dichten Verkehr auf Hamburgs Straßen fuhren, bemerkte er erst, wie sehr er von dieser geschäftigen Welt abgeschieden gelebt hatte in den letzten Monaten. Allein die Geschwindigkeit, mit der sie fuhren, das Hupen der Autofahrer, als Brendhild an einer Ampel nicht sofort losgefahren war, der andauernde Spurwechsel ungeduldiger Fahrer, all das verängstigte ihn so sehr, dass er völlig erschöpft war, als sie zu Hause ankamen.
Die dann folgenden Tage gerieten ihm zum Alptraum. In der Klinik hatte man ihn von allem abgeschirmt. Die relative Stille auf der Privatstation des Professors, in die nur selten einmal ein unartikulierter Schrei eines Patienten von der

im Nachbargebäude untergebrachten geschlossenen Abteilung drang, hatte ihn in einem ganz anderen Kosmos leben lassen, so dass er sich in der Realität seines normalen Siedlungslebens kaum mehr zurecht fand. Man hatte bei seiner Entlassung Brendhild geraten, ihn nach und nach wieder mit kleinen Aufgaben zu betrauen, angefangen von leichter Gartenarbeit, Geschirr abtrocknen, bis hin zu Einkäufen im nahe gelegenen Supermarkt. Dabei hatte sich heraus gestellt, dass er so ziemlich alles bewältigen konnte, was im häuslichen Bereich erledigt werden musste. Als sie ihn jedoch nach etwa zwei Wochen zum ersten Mal mit einer kleinen Einkaufsliste in den Supermarkt schickte, kam es zu einem folgenschweren Eklat. Es war an einem Freitagnachmittag, der Markt quoll vor Menschen über. Allein die Lautstärke der den Einkauf der Kunden begleitenden Musik schien ihm so hoch und unerträglich, dass sich in ihm schon deshalb alles zusammenkrampfte. Am Fleischstand musste er sich in eine lange Schlange einreihen. Hinter ihm stand eine völlig entnervte Mutter mit zwei kleinen Kindern, die ihr ständig mit Quengeleien nach Leckereien in den Ohren lagen. Als die Frau ihn dann aus Versehen mit ihrem Einkaufswagen auch noch in die Hacken fuhr, war er so aufgebracht, dass er sie wütend anschrie, ob sie denn nicht ein bisschen aufpassen könne. Die Frau wehrte sich, sie habe sich doch schließlich gleich bei ihm entschuldigt, da könne er sie doch nicht auf eine so rüde Weise anbrüllen. Er war jetzt ganz außer sich und verlangte von der Verkäuferin hinter dem Tresen, dass sie sofort den Filialleiter verständigen sollte, damit der in „seinem eigenen Laden mal für Recht und Ordnung" sorgen könnte. Schon aus Gründen des Hausfriedens war das Verkaufspersonal bemüht, ihn schnellstens dem Marktleiter zuzuführen. Der Mann erschien auch nach wenigen Augenblicken und bat ihn höflich, aber sehr eindringlich, ihm in sein Büro zu folgen. Aber auch dort mochte er sich noch immer nicht beruhigen. Es wäre doch völlig unmöglich, dass man ihn hier so behandelte. Die Frau habe ihn nicht leiden mögen und sei ihm deshalb absichtlich mit ihrem Wagen „in die Hacken gefahren", beschwerte er sich voller Empörung und Bitterkeit. Der Filialleiter, der anfangs noch bemüht war, ihn mit ruhigen, erklärenden Worten wieder zur Ruhe zu bringen, wurde daraufhin ebenfalls ungehalten.

„Was bilden Sie sich denn eigentlich ein, Sie Querulant?! Können Sie denn nicht begreifen, dass die Frau, die mit ihren beiden kleinen Kindern schon genug zu tun hatte, ihren Wagen wirklich aus Versehen weiterrollen ließ? Bleiben sie doch verflixt noch mal auf dem Boden, Mann!"

Hans fand, dass dieser Mann da vor ihm, der ihn jetzt so kaltschnäuzig behandelte, obwohl er es doch war, der verletzt worden war, mehr und mehr die

Züge von Professor Grell annahm, von dem für ihn alles Unheil, das ihn bisher betroffen hatte, ausgegangen war.
Als er zu einer weiteren erbitterten Entgegnung ansetzen wollte, verstummte er mit einem Mal und brach in heftiges Schluchzen aus. Der völlig erschrockene Filialleiter war nun ganz anders um ihn bemüht als mit dieser Mischung aus Höflichkeit und kaum unterdrückter Wut. Er machte sich sofort Vorwürfe, nicht besonnener gehandelt zu haben. Jetzt wollte er gern alles wiedergutmachen. Er stand auf, ging zu Hans hinüber, der jetzt wie ein Häufchen Elend auf seinem Stuhl hockte, und fragte ihn, ob er eine Frau habe, die zu Hause auf ihn warte. Hans nickte nur. Er hatte sich wieder halbwegs beruhigt, was aber der Filialleiter nicht mit Erleichterung wahrnahm, weil er nun völlig apathisch wirkte, wie ein schwerkranker Mann. Ob er ihm die Telefonnummer sagen könne. Er schüttelte nur den Kopf. Wie er denn heiße, drängte ihn der Filialleiter mit freundlicher Besorgnis. Fast tonlos brachte er ein „Hans Sogau, Dr. Hans Sogau" heraus. Der Filialleiter blätterte im Telefonbuch, fand seine Nummer und rief an. Mit leisen, eindringlichen Worten beschrieb er Brendhild, was vorgefallen war. Sie werde sofort die Klinik benachrichtigen, versicherte sie und entschuldigte sich für ihren Mann:
„Tut mit leid, dass der schon wieder durchgedreht ist. Ausgerechnet noch bei ihnen."
Der Filialleiter beschwichtigte sie erleichtert, das mache doch gar nichts, man sei nur in Sorge, und bat Hans ganz ruhig sitzen zu bleiben, es werde gleich Hilfe kommen. Als nach zwanzig Minuten ein Notarzt ihn behutsam bat, ihm zu folgen, erhob er sich fahrig und etwas taumelnd, so dass ihn der Arzt unterhakte, um ihn vorsichtig zum Krankenwagen zu geleiten. Sein Gesicht drückte jetzt völlige Teilnahmslosigkeit aus, ohne ein Wort ließ er sich aus dem Raum führen, und der Filialleiter schloss mit einem erleichterten Seufzen seine Bürotür hinter beiden.
Vier weitere Monate Psychiatrie folgten. Der Professor hatte bedauert, dass man ihn vielleicht zu früh entlassen und dann mit dem sehr unglücklich geratenen Supermarktbesuch wohl auch überfordert hätte. Der Übergang von der geschützten Welt der Privatstation ins quasi normale Leben wäre möglicherweise zu abrupt gewesen. Das würde man das nächste Mal anders machen wollen, indem er erst einmal mit Wochenendurlaub beginnen sollte, den man dann allmählich beliebig lang ausdehnen könnte.
Demzufolge wurde er nach zwei Monaten zum ersten Mal in ein langes Wochenende geschickt. Brendhild holte ihn am Freitagmittag ab und fuhr mit ihm noch einen Umweg über die Elbchaussee, damit er etwas Anderes vor die Augen bekäme als immer nur die Parkwege auf dem Gelände der psychiatri-

schen Klinik. Aber bei diesem ersten Ausflug saß er noch recht teilnahmslos neben Brendhild im Auto. Die Knie hatte er leicht angewinkelt und eng aneinander gelegt, die offenen Hände sorgsam darüber. Der Oberkörper war steil aufgerichtet, das Gesicht hielt er starr geradeaus, selten wandte er den Kopf, um sich eine der großen, weißen Villen genauer anzuschauen. Brendhild hatte anfangs versucht, ihn mit kleinen Begebenheiten aus der Nachbarschaft aufzumuntern, aber er schien sich dafür gar nicht zu interessieren. So saßen sie nun schweigend nebeneinander, während sie längst schon auf dem Nachhauseweg waren. Als sie langsam in die Garageneinfahrt einbogen, schien es, als wachte er plötzlich auf. Er entdeckte die mittlerweile schon hoch gewachsene Scheinbuche, die er mit einem skeptisch abschätzenden Blick bedachte. Als er ausgestiegen war, ging er als Erstes ganz um das Haus herum, als wolle er sich überzeugen, dass es sich wirklich um sein Haus handelte. Als diese Prüfung offensichtlich zu seiner Zufriedenheit ausgefallen war, trat er bedächtig ein und ging durch alle Räume. Im Wohnzimmer setzte er sich auf den Sessel, den sie noch aus ihrer ersten Göttinger Zeit behalten hatten, und schaute hinaus in den noch blühenden Garten. Er saß dort etwa eine Stunde lang, ohne sich zu rühren, bis Brendhild ihn an den Abendbrottisch rief.

In den kommenden Wochen wurden diese „Heimaturlaube", wie er sie bald, in Erinnerung an seine Militärzeit, mit einem Lächeln nannte, immer entspannter. Er interessierte sich auch schon wieder für seine Fachzeitschriften, machte sich Notizen dazu, rief sogar zwei- bis dreimal im Institut an und erfuhr dabei, dass Prof. Dr. Dr. Grell entschieden habe, dass er, sollte er seine Arbeit wieder aufnehmen können, an sein Mikroskop zurückkehren dürfe. Diese Nachricht wirkte wie ein positiver Schub auf dem Weg seiner Genesung. Die „Heimaturlaube" verlängerten sich, bald hatte sich das Gleichgewicht von Urlaub und Klinikaufenthalt im Verhältnis von vier zu drei Tagen pro Woche verschoben. In den letzten drei Wochen blieb er jeweils nur noch für zwei Tage auf der Station, und als er schließlich entlassen wurde, fühlte er sich fast gesund und voller Tatendrang. Als störend empfand er lediglich den Blick Brendhilds, mit dem sie ihn von Zeit zu Zeit musterte. Er las darin Skepsis, eine Spur von Spott, auch einen Anflug von Verachtung. Ihre Gespräche beschränkten sich wieder, wie seit Jahren, auf die rein technischen Belange des Hauses und der Haushaltsführung. Allerdings hatte er den Eindruck, dass sie selbst in diesen Dingen sehr viel ungeduldiger geworden war und seine eher bedächtigen, manchmal auch umständlichen Vorstellungen, wie und wo etwas anzuschaffen sei, mit sarkastischen Bemerkungen kommentierte.

Drei Wochen nach seiner Entlassung ging er zum ersten Mal wieder ins Institut und bewältigte die vereinbarte halbe Stundenzahl ohne größere Ermüdungserscheinungen. Er fühlte sich jetzt wieder wie vor seiner Erkrankung und konnte nun auch in seiner Selbstwahrnehmung die vor so langer Zeit verkündete Prognose, er würde wieder ganz gesund werden, als eingetroffen bestätigen.

Sieben Jahre arbeitete er noch im Institut hinter seinem Mikroskop, das Grell ihm gelassen hatte, wobei er, ohne es laut zu äußern, ihn für seine akribisch genaue, sorgfältige und von langer Erfahrung geprägte Arbeit Respekt zollte. Als er ihn schließlich in den „wohlverdienten" Ruhestand entließ, bedankte sich Grell - immerhin vor dem ganzen Institut - bei ihm, dass er in der Sparte der Phasenkontrastmikroskopie Bedeutsames für die Bodenkunde geleistet habe, was über die Universität Hamburg, ja sogar über die Grenzen Deutschlands hinaus hohe Anerkennung in der Fachwelt gefunden hätte.

30

Zwar hatte Hans befürchtet, dass sich seine Pensionierung nicht unbedingt positiv auf sein Verhältnis zu Brendhild auswirken würde. Was sich nun aber tatsächlich abspielte, übertraf seine Befürchtungen bei weitem. Sie war es gewohnt gewesen, den ganzen Tag über frei schalten und walten zu können. Er ging gewöhnlich früh aus dem Haus und kehrte zumeist erst gegen achtzehn Uhr zurück. In der Zwischenzeit erledigte sie die Hausarbeit, fuhr mit dem Auto zum Einkaufen, kümmerte sich in der Nachbarschaft um zwei ältere Damen, die wegen ihrer Gehbeschwerden das Haus nicht mehr verlassen konnten und hielt hier und da noch ein Schwätzchen mit anderen Nachbarn. Abends, wenn Hans nach Hause gekommen war, hatten sie schweigend zusammen Abendbrot gegessen, wonach er sich gewöhnlich in sein Arbeitszimmer zurückzog und endlos kramte, - unter hohen Bücherstapeln und in seiner unermüdlichen Erinnerung.

Jetzt ging er morgens nicht mehr aus dem Haus, und Brendhild fühlte sich mit einem Mal beobachtet bei all ihren Tagesaktivitäten, obwohl er den Anschein erweckte, als kümmere er sich überhaupt nicht um sie. Wenn er jedoch den Flur entlang ging, um im Wohnzimmer ein Buch aus dem Regal zu holen, geschah es, dass sie zur selben Zeit hinter ihm ging, um in die Küche zu kommen. Er spürte in seinem Rücken ihre Ungeduld fast körperlich, hörte ihr verächtliches Schnaufen und manchmal auch ihre gemurmelten Worte: „Mein Gott, geht's vielleicht noch langsamer?" was ihn aber nicht dazu bewegte, seinen Schritt deswegen zu beschleunigen. Auch beim Staubsaugen war er im Weg, und als er am ersten Tag nach der Pensionierung zu fragen wagte, wann es denn Mittagessen gebe, lachte sie nur höhnisch auf.

„Ich koche schon seit Jahren nicht mehr mittags an gewöhnlichen Wochentagen!" beschied sie ihn, obwohl sie ihn während seiner Urlaube von der Klinik sehr wohl noch bekocht hatte. Er erwiderte kein Wort. Am nächsten Morgen ging er zum Supermarkt und deckte sich mit Tüten- und Dosensuppen ein, die er sich von nun an selbst mittags zubereitete.

In den Gartenjahreszeiten war er über Stunden draußen ums Haus beschäftigt, im Winter besuchte er einen Nachbarn, mit dem er sich seit drei Jahren näher befreundet hatte, und etliche Ärzte. Um Brendhilds katastrophaler Laune, die ihr, wie er fand, täglich deutlicher ins Gesicht geschrieben stand, wenigstens hin und wieder zu entfliehen, frischte er alte Freundschaften aus dem Arbeitsdienst, von der „Hipper" und aus dem Studium wieder auf. So besuchte er in großen Abständen seinen Crewkameraden Günter Käsmann, der in Lüneburg ein Leben lang als Studienrat für Deutsch und Philosophie unterrichtet hatte.

Als sie bei seinem erstem Besuch seit der „Hipper"-Zeit abends bei einer Flasche Rotwein alte Zeiten lebendig werden ließen, stellte er zufrieden fest, dass Günter „die Masse Mensch" noch immer nicht ertragen konnte und es ihn während seiner gesamten Dienstzeit in der Schule jeden Morgen Überwindung gekostet hatte, eine Klasse zu betreten, in der nicht selten weit über zwanzig Schüler ihn mit ihrer Dummheit quälten.
Bernhard Schröder, sein Freund aus HJ- und Arbeitsdienstzeiten, war in Hannover geblieben, wo er, statt Lehrer zu werden, in der City ein recht vornehmes Geschäft für Herrenoberbekleidung führte. Von ihm erfuhr er auch bei einem Wochenendbesuch, dass Iris Beermann, - Bernhard hatte sie vor ein paar Jahren nach einer Opernaufführung zufällig kennengelernt und lange mit ihr über Hans gesprochen, nachdem sie gemeinsam herausgefunden hatten, dass sie ihn beide gut kannten, - noch einmal geheiratet hatte. Allerdings wäre ihr zweiter Ehemann vor einem halben Jahr an einem Herzinfarkt ganz plötzlich gestorben, hörte Hans und bedauerte Iris, die ihm über all die Jahre nie aus dem Gedächtnis gegangen war.
„Ruf sie doch mal an, ich hab ihre Nummer. Ich glaube, sie würde sich riesig freuen." ermunterte Bernhard ihn.
Hans wurde rot wie ein Schuljunge und spürte, wie sein Herz aufgeregt zu schlagen begann.
„Ach, ich weiß nicht, Bernhard, meinst du, sie wird sich überhaupt noch an mich alten, dreiundsiebzigjährigen Knaben erinnern?" fragte er zweifelnd, wobei er zugleich einen unglaublichen Reiz spürte, Iris wiederzusehen.
„Na klar, sie wird dich nicht vergessen haben nach allem, was sie mir von dir erzählt hat. Wie ihr beim Abitur zusammengearbeitet habt und alles. Auch von deinem Besuch im Handarbeitsladen hat sie mir vorgeschwärmt. Du wärst ein so hübscher Kerl gewesen und hättest vor verliebter Verlegenheit kaum reden können. Leider wäre sie zu der Zeit schon mit ihrem ersten Mann verlobt gewesen. Komm, los, mach schon, es ist grad Schützenfest in Hannover, das größte der Welt, wie du weißt, vielleicht können wir ja alle zusammen heute Abend mal richtig auf die Pauke hauen. Meine Frau ist mit Sicherheit dabei!"
Als Hans Iris' Telefonnummer wählte, schlug sein Herz bis in den Hals. Nachdem das Rufzeichen sechsmal erklungen war, wollte er den Hörer schon mit Bedauern und Erleichterung auflegen, als er ein Knacken hörte und kurz danach Iris' Stimme hörte.
„Brockmann?" Er musste sich, völlig verwirrt, erst einmal klarmachen, dass sie nicht „Beermann" hatte sagen können, weil sie natürlich nicht mehr denselben Namen haben konnte, wie damals bei ihrem Kennenlernen.

„Wer ist denn da?" fragte sie, schon ein wenig ungeduldig.
„Ich bin es, Hans, Hans Sogau, Iris, weißt du noch... kennst du mich noch?" stotterte er.
„Das gibt's ja nicht! Mensch, Hans, wo steckst du denn? Warum hast du dich nicht längst schon mal gemeldet? Ach, ging ja nicht, du wusstest ja noch nicht mal, wie ich jetzt heiße. Aber wieso, woher hast du denn jetzt meine Nummer? Hans Sogau, - ich glaub's nicht!"
Mit ein paar Sätzen erklärte er ihr, dass er gerade bei Bernhard sei und fragte sie ganz aufgeregt:
„Hast du heute Abend schon etwas vor? Wir könnten doch mit Bernhard und seiner Frau über den Schützenplatz bummeln, na, was hältst du davon?"
„Klar komm ich mit. Ich will doch mal sehen, wie du dich in den letzten fünfzig Jahren gehalten hast, Herr Sogau, äh, Doktor Sogau, wie mir Bernhard erzählt hat."
Sie hatten vereinbart, sich beim Haupteingang „Gilde-Tor" bei den Telefonzellen zu treffen, und als Hans mit den Schröders auf diesen Treffpunkt zusteuerte, war er aufgeregt wie ein kleiner Junge. Edith, Bernhards Frau, war eine lebendige, etwas mollige Mittsechzigerin mit tausend Lachfältchen im Gesicht. Die beiden Männer hatten sie rechts und links untergehakt und marschierten forschen Schrittes auf die Telefonzellen zu, wo Hans schon von weitem Iris erkannte. Sie hatte ihre Bubikopffrisur beibehalten, nur dass aus den blauschwarzen Haaren, die er noch so gut in Erinnerung hatte, weiße geworden waren, die sie allerdings, wie er fand, keineswegs alt aussehen ließen. Sie winkte den beiden Männern mit der Frau in der Mitte schon von weitem zu und strahlte übers ganze Gesicht, aus dem ihm, als er näher kam und es erkennen konnte, ihre braunen Augen unternehmungslustig entgegenblitzten. Der Mund, dünner als früher und von feinen Falten gesäumt, war blutrot geschminkt und lächelte fast ebenso wie damals bei ihrer ersten Begegnung. Zum Verlieben, dachte er und nahm Iris in den Arm. Sie erwiderte seine Umarmung voller Herzlichkeit und drückte ihn kräftig.
„Na, lass dich anschauen, Hans!" Sie trat einen Schritt zurück, hielt ihn an beiden Händen und musterte ihn von oben bis unten. „Hast dich prächtig gehalten, bist schlank geblieben, das find ich gut. Ich mag keine Männer, die sich gehen lassen mit den Jahren und dann ihre fetten Bäuche vor sich hertragen."
Er freute sich, dass er vor Iris auch nach so vielen Jahren noch bestehen konnte. Sie begrüßte mit demselben strahlenden Lächeln Edith und Bernhard, und dann zogen sie los, Bernhard mit seiner Frau voran, Hans und Iris hinterdrein. Alle schienen in bester Stimmung, Hans hatte Iris ganz selbstverständlich

untergehakt. Zunächst ließen sie sich einfach mit dem Besucherstrom durch die breiten Straßen zwischen den Fahrgeschäften und Verkaufsbuden, den Losverkäufern und rauchenden Grillwurstständen treiben. Eine grässlich laute Musikmixtur lag über dem ganzen Platz, durch die immer wieder die grellen Angstvergnügungsschreie gellten aus den unmöglichsten Bahnen und Karussells, die mit diesem Namen eigentlich nichts mehr gemein hatten, sondern mehr an Raketen und Geschosse erinnerten. Der Duft von gebrannten Mandeln und Rostbratwürsten umwehte sie, und aus den großen Zelten drangen Stimmengewirr und Biergeruch.

Die Vier suchten sich ein Zelt aus, in dem es keine Kapelle gab, die die Unterhaltung unmöglich gemacht hätte. Sie fanden noch vier Plätze an einem langen Tisch, an dem es schon hoch herging. Man empfing die „Neuen" mit Hallo und empfahl ihnen, zur richtigen Einstimmung erst einmal eine „Lütje Lage" zu stemmen. Hans hatte diese spezielle Trinkweise, wobei man über das Bierglas beim Trinken noch ein Schnapsglas so zu halten hatte, dass der Inhalt zusammen mit dem Bier in den geöffneten Mund floss, ohne Spuren auf Hemd und Hose zu hinterlassen, seit Jahren nicht mehr geübt und war gespannt, ob er sie noch beherrschte. Seine drei Hannoveraner erklärten, dass die „Lütje Lage" ohnehin zu ihren Schützenfestpflichten gehörte und ließen nicht einen Tropfen vorbeigehen. Als Hans seine beiden Gläser erhob, feuerten sie ihn lachend an. Er sah zu seinem Entsetzen, dass sich der ganze Tisch, mindestens zwölf Personen, gespannt und mit Haltungskorrekturvorschlägen ihm zugewandt hatte, um zu sehen ob der „Ausländer" die „Lütje Lage" den Regeln entsprechend trinken könne. Ihm zitterten die Hände ein wenig vor Aufregung als er sein Bier und das Schnapsglas langsam hochhob und zu trinken begann. Er schaffte es wie früher, begleitet vom begeisterten Gejohle am Tisch.

Er hatte seit seinem Klinikaufenthalt praktisch keinen Alkohol mehr getrunken, zuletzt war es ein halbes Glas Sekt bei seiner Abschiedsfeier im Institut. Jetzt spürte er wie ihm das Bier, vor allem aber auch der Schnaps fast unmittelbar, nachdem er die Gläser gelehrt hatte, zu Kopf stiegen. Aber noch empfand er es als wohltuend und entspannend. Seine Worte reihten sich in gutem Fluss aneinander, als er Iris einen Überblick zu geben versuchte, was ihn durch die letzten fünfzig Jahre getrieben hatte. Er erzählte von seinen Kindern, seinem Haus und dem Garten. Von Brendhild sprach er auch. Er versuchte, nicht zu bitter zu klingen dabei und beschrieb ihr, wie sehr er bedauerte, nicht noch zur rechten Zeit den Absprung gefunden zu haben, als er gemerkt hatte, mit welch unterschiedlichen Augen sie das Leben betrachteten. Iris lächelte verstehend und strich ihm über die Hand, sagte aber nichts. Der

Alkohol hatte ihn mutig werden lassen. Sehnsüchtig schaute er Iris in die Augen und seufzte tief.

„Dich hätte ich heiraten sollen, Iris."

„Ach Hans, wie hätte das denn gehen sollen? Als wir uns kennenlernten, war ich verlobt, und als wir uns wieder trafen, beim Abi-Lehrgang, hatte ich mit meiner Trauer und mit Lucie, meiner kleinen Tochter, zu tun und du mit deinen Studienplänen. Dann sind wir unserer Wege gegangen, jeder für sich. Jetzt ist ein Leben vergangen. Ich bin schon lange Großmutter, meine Enkel gehen längst zur Schule. Natürlich kannst du träumen, Hans, ich tue das auch manchmal. Aber dann solltest du auch wissen, dass es ein Traum ist. Wenn du Lust hast, besuch mich mal in meiner einsam gewordenen großen Wohnung am Kantplatz, ganz in der Nähe, wo deine Eltern früher gewohnt haben. Aber die Zeit der Rosen ist vorbei, Hans. Wir sind wie Herbstlaub, und wenn wir Glück haben, fällt ein Sonnenstrahl darauf und lässt uns noch mal glühen, bevor wir endgültig welken und zu Boden sinken...Ach du liebe Zeit, was rede ich denn da für melancholisches Zeug! Es geht mir gut, nur meine Knie sind nicht mehr die besten. Ich lese viel, genieße meine Musik und abends mein Glas Rotwein. Ich gehe mit Freundinnen ins Theater und in die Oper, und im Sommer fahre ich mit dem Fahrrad durch die Heide. Ich lache gern und denke manchmal auch an dich, den schwarzbraunigen, hübschen, jungen Kerl, der mit roten Ohren in meinem Laden liebesstotterte. Ach Hans, es waren verrückte Jahre, in die uns das Leben geschuppst hat. BDM und Frauenschaft, der grässliche Krieg und das mörderische Deutschland. Ich spüre noch heute zentnerschwere Schuld auf meinen Schultern, wenn ich die Bilder sehe aus den Lagern. Und du kannst tausendmal sagen, wir hätten damit nichts zu tun gehabt, wir haben's doch, schon durch unsere Sprache, in der der böseste Zynismus, den ich kenne, „Arbeit macht frei", geschrieben steht für alle Zeiten. Aber auch darüber wollte ich eigentlich gar nicht mit dir reden. Die Nachkriegszeit, Hans, verrückt und spießig zugleich, unbeschwert und stinkkonservativ, Elvis Presley und Konrad Adenauer, - vielleicht war das unsere beste Zeit im Leben."

Er hatte ihr mit großer Anteilnahme zugehört. Noch immer erinnerte ihn ihre volle, kräftige Stimme an die Ruths, und er fragte sich, was sich das Leben wohl gedacht haben könnte, als es ihn mit seiner schönen Cousine und der wunderbaren Iris zusammengebracht hatte. Hätte er zugreifen, sich einfach nehmen sollen? Zweimal hätte er die Gelegenheit gehabt. Aber er musste sich auch eingestehen, dass er nicht der Typ dazu war. Das konnte er nur in seinen Träumen. Im wirklichen Leben war er stets schüchtern und ungeschickt Frauen gegenüber gewesen. Außerdem war Ruth seine Cousine, und wenn er sie

damals richtig verstanden hatte, wollte sie das auch nur bleiben. Iris war verlobt mit einem großen nackten Mann an der Nordsee. Und dann gab es da noch Mechthild, für einen Tag, ein wunderschönes Mädchen, das, nachdem er es ausgezogen hatte, wie auf Rembrandts Bild „Danae" lächelnd vor ihm lag. Und wiederum hatte er nicht gewusst, wie man das macht, zuzufassen. Er war verzweifelt davongelaufen und schämte sich noch heute für seine Unbeholfenheit von damals. Mit Brendhild hatte es zum ersten Mal geklappt, in seiner Studentenwohnung, auf dem Bett mit der quietschenden Matratze und der Königin der Nacht. Vielleicht war er deshalb bei Brendhild hängen geblieben, aus Dankbarkeit. Und später war es dann zu spät.
Iris stieß ihn mit dem Ellenbogen an: „He, was machst du denn für ein Gesicht? Deine Augen sehen aus, als träumtest du, und dein Mund, als wolltest du gleich weinen. Komm, lass uns noch ein Bier trinken und die Seelenschrammen begießen! Sie gehören zu uns und du kannst nicht noch mal von vorn anfangen, Hans. Freu dich an den Rosen, die Dornen gehören halt dazu. - Mein Gott, was red ich für ein plattes Zeug! Irgendwie bringt mich dein Gesicht auf solche Gartenweisheiten. Lach doch mal wieder. - Ja, so ist es besser. Also, auf das Leben!"
Iris erhob ihr Glas und Hans tat es ihr lächelnd nach. Edith und Bernhard hatten sich in ein Gespräch mit ihren Tischnachbarn verwickelt, wobei es irgendwie um Kohl ging, glaubte Hans, den Bundeskanzler.

31

Hans kehrte mit neuem Schwung aus Hannover zurück, was von Brendhild mit größter Skepsis aufgenommen wurde. Er hatte ihr nichts erzählt von seinen Erlebnissen, sondern nur hin und wieder still in sich hineingelächelt. Er war in den folgenden Tagen allerdings sehr viel unanfälliger für Brendhilds mit gewohnt kritischem Ton geäußerten Kurzkommentare zu allem, was er in Haus oder Garten tat. Sie musste irgendwie ahnen, so schien es ihm, dass seine schmunzelnde Gelassenheit nur mit einer Frau zusammenhängen könne. Denn obwohl Brendhild bei jeder sich bietenden Gelegenheit ihre Skepsis, nicht selten auch ihre Verachtung für ihn zum Ausdruck brachte, zeigte sie sich stets in höchstem Maße eifersüchtig, wenn er Namen wie Ruth, Almuth, Mechthild oder Iris auch nur am Rande erwähnte.
„Was war das denn nun wieder für eine Tussi, von der hast du mir ja noch gar nichts erzählt?" pflegte sie ihn dann giftig anzufahren, obwohl er ihr sehr wohl von seinen Ferien in Siebenbürgen erzählt hatte, ohne allerdings seine starken Gefühle für Ruth zu erwähnen. Auch Almuth musste ihr aus seinen Schulzeiterzählungen heraus bekannt sein. Von Mechthild hatte er, außer einmal ihren Namen, in der Tat nichts erwähnt, weil er aus dieser Begegnung nicht gerade heldenhaft hervorgegangen war. Von Iris ließ er nur so viel verlauten, dass er sich, kurz vor der Bombardierung der elterlichen Wohnung, bei ihr noch einen Schnittbogen für eine Jacke bestellt hatte. Aber er spürte sehr genau, dass sie sich die Namen gar nicht merken wollte. Er hätte auch ganz andere nennen können. Es ging ums Prinzip. Sie wollte sich niemanden außer sich selbst an seiner Seite vorstellen, mochten diese „Frauenzimmer" nun vor oder während ihrer gemeinsamen Zeit aufgetaucht oder bis zum gegenwärtigen Zeitpunkt noch gar nicht in Erscheinung getreten sein. Allein die Vorstellung, eine andere neben ihm zu sehen, machte sie rasend. Offenbar schien sie ihn als ihr Eigentum zu betrachten, glaubte er, mit dem sie selbst nach Belieben verfahren könnte, das sich aber in keiner Weise herausnehmen durfte, selbständig eigene Wege zu gehen, schon gar nicht solche, an deren Rändern andere Frauen stünden.
Nach ungefähr einer Woche war sein Vorrat an Iris bedingter Gelassenheit aufgebraucht, und das alte Gefühl von vorher setzte sich wieder durch, wonach Brendhild eifrig darauf bedacht zu sein schien, diesen „Mantel der Isolation", wie er das nannte, ihm immer perfekter umzuhängen. Wenn Besuch kam, zog sie sich mit diesem ins Wohnzimmer zurück. Wenn er daraufhin auch sehen wollte, wer da gekommen war, fragte sie ihn in Anwesenheit des Besuchers mit abweisender Stimme:

„Suchst du etwas Bestimmtes?"
Er begriff schnell, dass er nicht geduldet war, wenn sie Besuch hatte. Umgekehrt schien sie es nicht zu ertragen, wenn sich gelegentlich ein Besucher zu ihm verirrte. Einmal erschien ein Doktorand aus dem Institut, der ihn in den folgenden Wochen regelmäßig am Dienstagvormittag besuchte, um von ihm etwas über die Geschichte des Instituts in den letzten fünfunddreißig Jahren zu hören. Jedes Mal, wenn der junge Mann erschien, schloss Brendhild die Küchentür hinter sich mit soviel Getöse, so dass jedem klar werden musste, wie sehr sie diese Besuche missbilligte. Einmal brachte sie es zu seinem Entsetzen sogar fertig, während seiner Unterredung mit dem Doktoranden ins Wohnzimmer zu platzen und ihn rundheraus zu fragen, wann diese Gespräche endlich ein Ende hätten. Sie schätze es nämlich gar nicht, wenn das Wohnzimmer so lange blockiert wäre. Als sein Gast daraufhin nur höflich nachzufragen wagte, ob Hans nicht auch eine gewisse Wohnberechtigung in diesem Zimmer besäße, sah sie ihn nur voller Zorn an und verließ mit unwilligem Schnauben den Raum. Hans dagegen rieb sich vor Vergnügen die Hände.
„Der haben Sie's aber gezeigt," feixte er, „natürlich habe ich das gleiche Anrecht auf dieses Zimmer wie sie. Gut, dass ihr das mal jemand von außen richtig deutlich gemacht hat."
In der Folgezeit begnügte sich Brendhild nur mehr mit gemurmelten Kommentaren, die er zwar dem Inhalt nach nicht verstand, sehr wohl aber in ihrem Ton, der stets zwischen Hohn und Verachtung zu schwanken schien. Während er früher hin und wieder noch aufgebraust war und sich auf ein bitterhartes, zugleich fruchtloses Wortgefecht mit ihr eingelassen hatte, reagierte er seit langem nur noch mit einem scheinbar gleichgültigen Schweigen als Antwort auf ihre Sticheleien und abfälligen Kommentare. Aber er bemühte sich lediglich, gleichmütig zu wirken. Im Grunde fraß jede gehässige Bemerkung Brendhilds an seinem Gemüt. Mit Entsetzen registrierte er in jüngster Zeit, dass sich der ihm nur allzu bekannte Druck im Magen wieder einzustellen begann. Und nicht nur das. Manchmal spürte er, wie ihm diese vergiftete Atmosphäre regelrecht das Herz einschnürte, was ihn in höchste Alarmbereitschaft versetzte. Ein Leben lang hatte er sich erfolgreich bemüht, nichts und niemanden so dicht an sich herankommen zu lassen, dass es sein Herz hätte berühren oder gar beschädigen können. Menschen, Meinungen und Geschehnisse mussten stets im Vorfeld seines Herzens bleiben, damit nichts ihn überwältigen könne, überfiele und zu Boden risse. Jetzt bekam er Angst um sein Herz, die Festung schien zu bröckeln, Brendhild, so war sein Eindruck, rüttelte jeden Tag eifriger und erfolgreicher daran.

An einem strahlenden Maitag 1989, einen Tag vor seinem Geburtstag, überfiel ihn kurz nach dem Aufstehen eine unheimliche Schwäche. Ihm wurde schwindlig, und er musste sich schleunigst wieder auf sein Bett setzen, damit er nicht zu Boden stürzte. Nach einem zweiten Versuch, richtig auf die Beine zu kommen, erging es ihm nicht viel besser. Er war jetzt ernsthaft beunruhigt. Mit den Händen versuchte er, sich an den Wänden festzuhalten und wankte den Flur entlang bis zur Treppe. Stufe um Stufe stieg er hinunter, indem er sich krampfhaft am Geländer festklammerte. Unten kam ihm Brendhild auf ihrem Weg vom Wohnzimmer in die Küche entgegen. Sie pflegte bei solch zufälligen Begegnungen gar nicht mehr aufzublicken und konnte daher auch nicht bemerken, dass Hans aschfahl im Gesicht geworden war.
„Brendhild," flüsterte er gepresst, „kannst du mir mal behilflich sein? Mir geht es richtig schlecht."
„Ist es dir denn schon mal je richtig gut gegangen in letzter Zeit? Hier jedenfalls nicht, vielleicht ja in Hannover."
Sie sah ihn hasserfüllt an. Und jetzt, da sie bemerkte, wie blass und verfallen sein Gesicht aussah, stutzte sie, und ihr Blick wurde milder. Aus ihrer Krankenhauszeit wusste sie noch, dass Patienten, die so aussahen, sofort in ärztliche Behandlung gehörten. Sie rief mit professionell klingender Stimme den Notarzt an, zehn Minuten später hielt der Wagen mit Blaulicht vor der Tür und war nach wenigen Augenblicken mit Hans verschwunden.
Was er befürchtet hatte, war tatsächlich eingetreten: es hatte sein Herz befallen. Ein Herzinfarkt, hatte man in der Klinik rasch festgestellt. Nicht allzu beängstigend, war die Meinung des behandelnden Arztes gewesen, aber ein sehr ernst zu nehmendes Warnsignal. Auf alle Fälle würde er künftig, wegen seiner Herzschwäche, mit einem Schrittmacher leben müssen.
Sechs Wochen später ging es ihm besser als vor dem Infarkt, aber nur was seine physiologische Gesundheit betraf. Allein die Vorstellung, dass wirklich sein Herz betroffen war, dass die Welt, dass Brendhild vorgedrungen war in die letzte Sicherheitsbastion seines Lebens, erbitterte ihn. Nur selten noch, meist während der Treffen mit den Crewkameraden von der „Hipper" oder auch mit Iris, von denen es noch zwei gegeben hatte bis zu ihrem Krebstod, erlebte er sich mit seiner alten, damals unverwüstlich scheinenden Lebensheiterkeit. Zu Hause fraßen Missmut und ein stetig wachsender Zorn auf Brendhild an ihm und färbten seine Tage grau.
Und noch etwas geschah, was er erst ganz allmählich zu bemerken schien. In dem Gefühl, Brendhild in ihrer verächtlichen Kälte nicht gewachsen zu sein, und in seinem Hass, immer wieder an ihr abzugleiten, übertrug er seine hilflose Wut allmählich auf die Scheinbuche vor dem Haus. Bis vor nicht allzu

langer Zeit hatte er deren unverdrossenes Wachstum, ihre so vielfältigen und feinsinnigen Verästelungen noch mit Wohlwollen wahrgenommen. Dann hatte sich sein Verhältnis zu diesem Strauchbaum unmerklich ins Negative gewandelt. Obwohl er wusste, dass seine Unterstellungen der Scheinbuche gegenüber albern waren und jedweder Grundlage entbehrten, konnte er seinen wachsenden Zorn auf die Kleinblättrige nicht mehr unter Kontrolle bringen. Die Scheinbuche schien ihn zu verhöhnen. Je trockener sein Seelengrund wurde, je angegriffener er sich in seinem Herzen fühlte, woran der Schrittmacher nichts ändern konnte, desto glänzender ging es offenbar dem Baum mit den krausrändigen Blättchen. Er glänzte im Sonnenschein, reckte sich protzend in den blauen Himmel, und es schien Hans, als rücke er immer mehr zum Eingang hin, um ihm vielzweigig den Weg zu verstellen. Er fürchtete, eines Tages werde ihm die Scheinbuche den Zugang zum eigenen Haus verwehren. Er sah sie mit Brendhild im Bunde, um ihn zu verhöhnen und durch ihre pure Größe klein zu machen. Das aber würde er ihr austreiben. Allmählich setzte sich in ihm der Vorsatz fest, die Scheinbuche zu vernichten, um seiner Wut einen sinnlichen Ausdruck zu verleihen, um mit der Säge gegen Brendhilds nicht anders fassbaren Hass anzugehen.

Als er schließlich die „Erforschung seiner Vergangenheit" abgeschlossen zu haben meinte, zog er sein bitteres Fazit. Mit gesenktem Kopf ging er durch den Garten und sah das sich leicht golden färbende Laub der uralten Buche auf dem Knick nicht, auch das Zwitschern der Vögel drang nicht mehr zu ihm durch, noch fühlte er die Sonne, die sich mit fast spätsommerlicher Wärme wie eine leichte, lichte Decke über alles legte, was ihn umgab. Er sah sich bei seinem Blick zurück darin bestätigt, dass er sowohl in seiner gesamten Entwicklung als auch im Kern seines Wesens völlig verschieden von Brendhild war. Doch diese Verschiedenheit konnte er ihr nicht vorwerfen, das hatte er schon gewusst, nachdem die ersten Wochen blinder Verliebtheit vorüber waren. Vorwerfen musste er sich selbst, dass er sich damals trotz besseren Wissens in die Ehe mit Brendhild hatte hineinziehen lassen, dass er nicht widerstanden hatte, als es noch Zeit gewesen war. Er warf sich ferner vor, dass er sich später nicht einzustellen vermochte auf ihre Art, von den Kindern Besitz zu ergreifen, und wie sie es noch immer verstand, sie für sich und gegen ihn einzunehmen. Er hätte entschiedener sein Recht einfordern müssen, was er um des lieben Friedens willen nicht getan hatte. Ja, es gab etliches, das er nicht allein Brendhild anlasten konnte. Aber wenn er daran dachte, wie sie ihre Macht über ihn ausgenutzt und ihn systematisch zurückgedrängt hatte, dann spürte er, wie die Wut in ihm wuchs. Und wenn er sich dann vor Augen hielt, wie sie ihn immer mehr zu übersehen begann und jegliche Äußerung seinerseits mit höhnischen Kommentaren versah, fing der Hass in ihm regelrecht zu brodeln an. Er war jetzt unversehens bei der Scheinbuche angelangt und blickte zum ersten Mal auf aus seinen trüben Gedanken. Er ließ seinen Blick über den hohnleuchtenden Baum gleiten und fühlte die riesige irrationale Wut auf dieses Gewächs, die eigentlich, wie er wusste, eine Wut auf Brendhild war, in sich aufsteigen wie Wasser in einem vollaufenden Keller.

Von dieser erstickenden Wut getrieben rannte er ins Haus, stürzte die Kellertreppe hinunter und suchte nach seiner Baumsäge. Jetzt war es soweit, jetzt, so fühlte er, musste es geschehen. Die Scheinbuche würde verschwinden. Immerhin war es schon Herbst geworden, ihre Blätter begannen, sich gelb zu färben, ein Umstand, der ihn ein wenig beruhigte. Im Frühsommer, als eine Amsel gleich zweimal im Geäst des Baums Kinder großgezogen hatte, wäre ihm das womöglich schwerer gefallen. Er spürte zwar, dass er in seinem jetzigen Gemütszustand auch in der Lage gewesen wäre, den Baum selbst in vollem Blättergewand samt Amselnest zu fällen. Dennoch empfand er den jetzigen Zeitpunk, nicht zuletzt auch im Blick auf die Nachbarn, dann doch vertretbarer.

Er brauchte im Keller nicht nach der Säge zu suchen. Er hatte sein Werkzeug, - sehr gutes Werkzeug, auch das war ihm stets wichtig gewesen - immer an die eigens dazu angebrachten Haken und Klammern an der Wand nach der Benutzung zurückgehängt, nachdem er zuvor alle Gebrauchsspuren, soweit das möglich war, entfernt und alle empfindlichen Metallteile eingeölt hatte.

Jetzt riss er die Säge vom Haken und stürmte mit wild entschlossenen Schritten die Kellertreppe hinauf. Die Aluminiumleiter, die entlang des Kellerniedergangs mit zwei Haken an der Wand befestigt war, hatte er im Nu neben dem Delinquenten aufgeklappt. Vor dem fast völlig von den Zweigen der Scheinbuche verdeckten Küchenfenster machte er sich dann ans Werk. Er rückte dem Baum nicht von unten, kurz über dem Boden her zu Leibe, sondern begann das Fällen von oben herab. Auf diese Weise würde er nicht nachträglich mühsam die großen und kleinen Äste entfernen müssen. Es entsprach auch bei weitem mehr seinem Ordnungssinn. Außerdem fühlte er mit Ingrimm, dass es ihm gut tun würde zu erleben, wie der Baum allmählich wieder kleiner würde, nachdem er all die Jahre mit seinem üppigen Wachstum den Gegensatz zu seinen verkümmernden Gefühlen für Brendhild in einem unerträglichen Übermaß betont hatte.

In seinem zerstörerischen Eifer, mit dem er sich ans Werk machte, hatte er nicht bemerkt, dass Brendhild aus dem Haus gekommen war, offenbar direkt aus der Küche, worauf die noch umgebundene karierte Schürze schließen ließ. Mit dünnen Lippen sah sie ihm eine Zeitlang bei seiner Arbeit zu. Sie sprach kein Wort. Ihr einziger Kommentar bestand in einem verächtlichen Nasenschnauben. In ihren Augen aber brannte die Wut mit ähnlichem Feuer, wie Hans sie jetzt in seinem Inneren lodern fühlte. Sie wandte sich ab, ging ins Haus zurück und warf die Tür krachend hinter sich ins Schloss.

Mit der ihm eigenen Genauigkeit und Sorgfalt, mit der er alle Dinge in seinem Leben bewältigt hatte, ging er auch jetzt zu Werke. Er schnitt nicht etwa wütend hier oder da einfach einen Ast ab, sondern schaute mit ruhigem Auge durch den Schleier seiner Wut auf den Aufbau der Scheinbuche und sägte sich mit kalter Genauigkeit von oben nach unten. Eine eigentliche Krone gab es zwar nicht, wohl aber nach oben hin auseinander strebende Spitzen. Er spürte, wie das Erstickende aus seiner Wut durch die zielstrebige Arbeit allmählich wich, auch war er zunehmend mehr imstande, den Sinn seines zerstörerischen Tuns zu überdenken. Rühmliches trat dabei nicht zu Tage, das musste er sich wohl oder übel eingestehen. Und bei der fortschreitenden Verkleinerung des Baums spürte er die schon im Voraus geahnte Sinnlosigkeit seines Handelns sehr wohl. Dennoch, und auch das hatte er ja schon vermutet, bereitete ihm sein Zerstörungswerk grimmige Genugtuung. Und da er ein stets vorausschauender Mann war, überlegte er natürlich auch, was wohl die Folge sein könnte. Wie würde ihrer beider Leben in diesem Haus ohne die symbolische Mahnung vor dem Küchenfenster weitergehen?

Hans war schon nahe an die Achtzig herangekommen, auch Brendhild stand in ihren Endsiebzigern. Es war ihm völlig klar bei seiner Arbeit, dass er danach nichts mehr auf den vermaledeiten Baum vor der Haustür würde schieben können, der mit seiner fröhlichen Verzweigtheit und bei bester Gesundheit ein derart gegensätzliches Abbild im Vergleich zu den Zuständen im Haus darbot. Diese manchmal als unerträglich empfundene Provokation würde es in Zukunft nicht mehr geben.

Aber wie würde es dann weitergehen? Begegnete ihm Brendhilds Verachtung, durch kein Baumgezweig vor dem Küchenfenster mehr behindert, nun noch eher, noch spürbarer, schon vor dem Betreten des Hauses?

Sie hatten sich in den letzten Jahren angewöhnt, nur noch unumgänglich notwendige Informationen im Ton einer kalten Sachlichkeit auszutauschen. Darüber hinaus begegneten sie einander meist stumm. Er aber empfand ihre Stummheit durch die Blicke, die sie ihm dabei zuteil werden ließ, durchaus nicht als lautlos. Manchmal hatte er den Eindruck von unerträglichem Gebrüll, das von Brendhilds Stummheit ausging, so dass er sich ganz schnell ins vertraute Tohuwabohu seines kleinen Arbeitszimmers zurückziehen musste, damit das vermeintliche Schreien endlich aufhörte.

Er konnte nun schon ohne Trittleiter an der Scheinbuche arbeiten. Wenn er davor stand, musste er nicht mehr nach oben schauen. Er begegnete dem Baum jetzt auf Augenhöhe, stellte er mit Befriedigung fest.
Sie würden wohl in dieser Art miteinander weiterleben, vermutete er, bis einer von ihnen stürbe. Und wie wäre es dann? Hin und wieder kämen die Kinder vorbei. Vielleicht sogar öfter als jetzt, dachte er, weil auch sie unter der Sprachlosigkeit der beiden Alten zu leiden schienen. Aber natürlich würde es viele Tage in Folge geben, an denen niemand das Haus beträte. Wenn er allein übrig bleiben sollte, wie erginge es ihm dann in diesem Haus, das er dann ganz für sich hätte, obwohl er natürlich auf Schritt und Tritt Brendhild in allen Gegenständen noch begegnen würde, die sie, ohne ihn groß zu fragen, so angeordnet hatte, wie es bis jetzt über all die Jahre geblieben war. Würde er das wirklich alles ändern wollen, hätte er überhaupt die Kraft dazu?
Er war sich nicht sicher, ob er unter Einsamkeit leiden würde, so ganz allein im Haus, oder ob er vielleicht endlich die Freiheit spüren und ausleben könnte, die er ein Leben lang durch sie so schmerzlich eingeschränkt fand.
Er musste sich nun schon ein wenig bücken, um den dicken Stämmlingen der Scheinbuche beizukommen und empfand jetzt auch ein gewisses Maß an Müdigkeit durch die anstrengende Sägearbeit.
Plötzlich aber kam ihm ein Gedanke in den Kopf, von dem er niemals geglaubt hatte, dass er ihn je würde denken können. Was wäre, wenn Brendhild plötzlich stürbe und er sie womöglich vermisste? Lag nicht auch eine gewisse Verlässlichkeit und stete Abrufbereitschaft in ihrer Feindschaft? War der Hass, den sie beide aufeinander zu empfinden glaubten, nicht wie ein langjähriges Kleidungsstück, etwa ein Pullover, der allmählich immer löchriger wird und der eigentlich nur noch aus lieber Gewohnheit getragen wird, ohne dass er seinen anfänglichen Zweck noch erfüllte? Hans war von seinen neuen Gedanken dermaßen überrascht, dass er sie immer wieder von vorn zu denken begann, immer wieder mit der ihm fast absurd scheinenden Frage, ob er sie womöglich wirklich vermissen würde.
Jetzt war er dabei, die vier noch verbliebenen Stümpfe der Scheinbuche abzusägen. Neben ihm türmte sich das Geäst des einst stattlichen Baums, das er mehr mit Genugtuung als mit Reue betrachtete. Im Lauf des Nachmittags, während seiner kontinuierlichen und zielgerichteten Arbeit am Untergang der Scheinbuche, erlebte er Eigenartiges. Natürlich war sein Hass auf Brendhild durch die neuen Gedanken, die er sich beim Verschwinden der Scheinbuche machte, verbunden mit der Möglichkeit des eigenen oder auch ihres Ablebens, nicht gewichen. Aber er fühlte, dass diesem Hass irgendwie die frische Nahrung fehlte, vielleicht schon seit geraumer Zeit, und er das nur noch gar nicht

richtig wahrgenommen hatte. Kopfschüttelnd legte er den letzten Stumpf der Scheinbuche beiseite, oben auf das übrige Geäst.

Hans hatte seine Arbeit beendet. Morgen würde er sich darum kümmern, wie die Überreste der einst so stattlichen Scheinbuche verschwänden.

Er schloss die Haustür auf und wollte die Säge an ihren Platz zurückbringen. Auf ihrem Weg vom Wohnzimmer in die Küche begegnete ihm Brendhild. Sie sah ihn mit unverändertem Gesicht an, so wie er es seit Jahren gewohnt war: Irgendwie verächtlich und seit einiger Zeit auch so, als wäre er nicht mehr wirklich anwesend. Er erwiderte diesen ihm so vertrauten Blick. Er spürte dabei nicht, wie sich auf seinem Gesicht für einen Moment, wie ein kleiner Sonnenfleck, der aus einem ansonsten bewölkten Himmel durch die Landschaft huscht, ein Anflug von Zärtlichkeit ausbreitete, der im nächsten Augenblick auch schon wieder verschwunden war. Dieses kurze Aufleuchten dauerte aber immerhin so lange, dass Brendhild es noch verdutzt bemerkte. Sie sah ihn erstaunt an.